U0532413

进击的学霸

下篇　神之领域

叶修 著

江苏凤凰文艺出版社

目录

第一章　人形电脑的秘密　001

第二章　仪表盘　006

第三章　封号，禅师　014

第四章　旧相识　018

第五章　人物传：禅师——人世篇　024

第六章　迷失的学神　027

第七章　谁让你不是占武　032

第八章　人物传：占武——肉相篇　037

第九章　信仰　046

第十章　反叛者联盟　051

第十一章　小意外　057

第十二章　班主任的震怒　062

第十三章　惊人的惩罚　067

第十四章　将行　073

第十五章　未来会更好吗？　078

第十六章　烈焰——薪火相传　084

第十七章　演讲事件　089

第十八章　灵魂人物出现——二班的新篇章！　097

第十九章　合作学习初现框架　101

第二十章　拼一张英语试卷　105

第二十一章　突飞猛进　114

第二十二章　又来了！师生对峙！　124

第二十三章　人物传——李双关　129

第二十四章　师生再相逢——开始天地同力了吗？　137

第二十五章　记忆的最强策略　141

第二十六章　遗忘曲线的妙用　146

第二十七章　临湖震动　154

第二十八章　残缺的思维流　162

第二十九章　找不到人生的突破口　168

第三十章　人物传：禅师——传心篇　173

第三十一章　诸神之会（上）　179

第三十二章　诸神之会（中）　185

第三十三章　人物传——妖星　190

第三十四章　诸神之会（下）　196

第三十五章　人物传：占武——骨相篇　202

第三十六章　天地狂歌　209

第三十七章　不够高效的方法　214

第三十八章　不敢努力的恐惧　219

第三十九章　学习是零和博弈吗？　224

第四十章　信念之战——新的赌约开始了　228

第四十一章　成绩增长的极限　233

第四十二章　寻师问道　239

第四十三章　理由！不可接受的985学校　244

第四十四章　秘籍型思维的谬误　249

第四十五章　少有人走的学神之道　254

第四十六章　高三总复习的流程优化　259

第四十七章　凡人与学神的分野　264

第四十八章　心中的力量　270

第四十九章　合适的学习节奏　274

第五十章　学霸的虚弱气息　279

第五十一章　为什么假期学习效率低？　284

第五十二章　百象变——心智的出口　289

第五十三章　情绪如潮——一模前的焦虑　295

第五十四章　成绩波动——快阻击考前焦虑吧！　299

第五十五章　应对高考前焦虑的多种尝试　304

第五十六章　谷神密语　309

第五十七章　二模来临，倒数第二战！　315

第五十八章　近在咫尺的分数差距　320

第五十九章　古朴的抽认卡学习法　325

第六十章　三模的运气，在我这里　330

第六十一章　消失的学霸　336

第六十二章　速成的作文文采　341

第六十三章　无耻之徒　347

第六十四章　无尽的屈辱　351

第六十五章　斗智斗勇——保护学霸的计划　359

第六十六章　绝望的天台　366

第六十七章　人物传：占武——神相篇　371

第六十八章　寂静之夜　378

第六十九章　高考前状态调整　383

第七十章　卢标的感悟　388

第七十一章　最后一届学生　393

第七十二章　高考前夕　399

第七十三章　大决战！高考来临！　403

第七十四章　备战志愿填报　408

第七十五章　人物传：禅师——天心篇　412

第七十六章　高考分数揭晓！学霸的再聚会　416

第七十七章　二中的盛况　421

第七十八章　新的旅程　426

第一章

人形电脑的秘密

8月底,暑假刚刚结束,酷暑未退,即便临湖实验高中这依山傍水的学校里,依旧热浪层层,枝头知了的鸣叫让人烦躁。虽然临湖实验的暑假较其他学校更长,而作业也更少,不过依然满足不了学生们充分放松身心的需求。于是刚开学的那一天,酷暑的炙烤与假期不足的怨念汇聚在一起,形成更强烈的对于热天的烦躁。

开学的第一天下午,学校没有课程,只是领资料和住宿的同学收拾宿舍而已,剩下的同学可以在班级和自习室里自习。卢标略显不安地坐在新高三的教室里,倒不是因为假期不足或天气太热,而是看到妖星终于从教室外走了进来。

"来吧,'神'快到了。"妖星嘴角微微上扬,"跟我混总是有好处的,可以提前'参见'下'神'。'神'还没有回班级呢,刚注册完,我们几个熟人等下在实验班旁边的自习室里见一见。叶玄一跟'神'比较熟,我算是他引荐的朋友了,又拉下面子强行把你带上了——看,大哥罩着你吧!"

不知不觉,妖星就成了卢标的大哥了。卢标略显无奈,不过也不计较,只是好奇,这个被妖星尊为"神"的人,究竟是何方神圣?不论是妖星还是实力更强的叶玄一,都将此人捧得极高,几乎五体投地地敬佩——此人真有如此了得吗?

尽管狐疑着,卢标还是快速起身随妖星走出教室。

上了几层楼到实验班门口,只见叶玄一在走廊上靠窗台而立,一只手插在灰色运动裤的口袋里,另一只手操作手机,似乎在给人发信息。这造型真是帅气而霸道,再加上年级第一的身份,不知要迷倒多少少女。

"电脑兄,我们到了。"妖星招呼道,"大神来了吗?"

"电脑兄?"叶玄一瞥了妖星一眼,不满道,"没这么称呼的,严肃点!一会儿见了禅师你敢这么叫我名字,宰了你!"

叶玄一,临湖实验天字一号学神,封号"人形电脑"。不过单独把"电脑"两字提出来作为称呼，似乎还是不太雅，让人以为是个网瘾少年。卢标琢磨着，叶玄一居然会在意这么一个称呼的细节，可以推算他对那个"神"有多么重视了，重视"神"对他的印象，不允许妖星在"神"面前有损他的威严。

"好吧，叶兄！大神来了吗？"妖星耸耸肩，继续问。

"还没，还在教务处注册。借读回来的，档案什么的比较麻烦，还有二三十分钟才到吧。"

"来早了？"卢标喃喃道。

"来了就先聊会儿嘛，我们也好几个月没聚聚了。"叶玄一对卢标说。自从卢标教了他作文的几个速成技巧——WPS模型和作文标题技巧，他的作文已经稳定在50分以上了，甚至偶尔有53分、54分的高分。语文的弱项补上去以后，年级第一的绝对优势越发不可动摇。由此他对卢标倒是颇有好感。

"是啊，期末比较忙啊，都没空向你请教了。"卢标客气道。

"进教室去坐坐？"叶玄一邀请，"现在人少，很多人还没来。"

卢标扭头透过窗户看向实验班的教室，约二十人零零散散地坐在教室里，或是埋头读书，或是跷着二郎腿闭目凝思，又或是举着一本看不清封面的书指指点点、自言自语。卢标不知为何产生一种很奇怪的感觉，觉得这个班级里的氛围有些诡异。

"算了吧，就在走廊上聊会儿。"卢标本能地不想进那间教室。

妖星探着头从窗户往里看了会儿，退出身来，也喃喃道："感觉有点儿诡异啊，你们班的气场有些奇怪。"

"嗯，你们也感觉到了？"叶玄一看向妖星和卢标两人。

"怎么说呢？"妖星又看了教室众人几眼，道，"似乎有些压抑，缺乏一种和谐的氛围。"

"没错。"卢标接道，"比如跟我们班做个对比吧，教室里有人说话闲聊，有人笑笑闹闹，哪怕是那些低头做自己事情的同学，也会隐隐感觉他们是这个班级的一部分，与那些说笑玩闹的同学是一体的。你们班给人的感觉却……好像很散？没有那种相互交融而和睦的感觉。"

"而且略有点儿阴森。"妖星又补充道，"亏你在这样的班级里还能镇定自若，轻松出头。"

叶玄一微微摇头："并不轻松。这个班的特点是各自为战，相互竞争，交流少而压力大，而且各种强大、特殊甚至诡异的人很多。虽然我看起来是稳定的第一名，但依然觉得压力很大。强者太多了，每次与第二名、第三名都差不了几分，不过是人家少算错一两道小题的差距。在这样的氛围里，很难真正安心。"

"强大、特殊甚至诡异？"两人疑问。

叶玄一眉头微微一皱，向妖星与卢标二人介绍起来。

（背景音乐：《仪礼》）

"看那个女生吧。"叶玄一在走廊上伸手往教室里指去，低声道，"杨睿林，班级排名第四至六名波动。冷血美女，极少与人说话，开口从来都是词和短语，不说整句。班里没有朋友，据说初中也没有，从不参加任何社交活动，也没见过她从事任何娱乐活动，不像我还打打篮球什么的。她在学校边上的青山白云顶小区租房走读，租的是个大三室两厅。"

叶玄一特意强调了"大三室两厅"。

"三室两厅，家里人来陪读了？"卢标顺着问。

"错。一个是她的卧房，一个是大书房，堆满了她的学习用具——各种错题本、错题文件袋、错题打印机；十几种教辅书的全学科全年级套装，按照难度和特色顺序排列；从全国各地国家级重点中学购买的内部资料，全部整理齐全；房间墙壁上贴了十几张表格，各种日常规划、疑问留存、学习灵感记录等，以及各学科知识点按照遗忘曲线规律的复习规划、多套教辅资料的完成进度记录与规划。"

卢标感叹道："简直就像一个小型科研工作组了。"

"没错。而且，由于整套学习工具辅助体系太复杂，耗时太多，所以最后一间房里，住着她父母以不低于一万元月薪招聘来的一位全职学习助理！"

"学习助理？"卢标一惊。

"没错，学习助理。就像上市公司的董事长秘书一样，代办董事长的各类杂事。这位学习助理，是一个排名靠前的985高校的毕业生，本身成绩不错，对于简单的学习问题能解答，复杂的学习问题，在她去上课时整理她的疑问留存记录，然后搜索资料，等她晚上回来后讲解。每天帮她搜集和整理各类资料，包括刚才提到的各类教辅书的特点，就目前哪本书适合她的进度给出建议；以及制订她的遗忘曲线复习计划，并监督、提醒她执行。还有一大堆杂事，比如全程记录她的学习成绩与身心状态，代为向各种心理专家、学习专家、著名学科教师沟通并获取更高级别的建议等。"

卢标与妖星听得目瞪口呆——还有这种操作？！

"这才叫专业化学习啊……已经是一个高技术难度的工种了！"卢标感叹。

"再看那个男生吧。"叶玄一又一指，"木根山，班级排名第三至五名波动。每周只在学校出现两到三天，且无时间规律。"

"为什么？"

"因为他的学习主战场不在这里，而是他父母请的家教。我们学校的老师已经比较优秀了，但在全国范围内，还不算最强。所以他的父母不定期从文兴市请来各种更强的名师，给他进行一对一补习。各种学科都有，包括化学竞赛都找了一个文兴三中的退休化学竞赛教练。

"这些教师，他父亲派专职司机去文兴接，然后住离我们学校最近的五星级酒店，给他讲一到两天课，然后送回去，课时费一次五千到一万元，总成本大概一万到一万五千元——这样的做法已经一年多了，从他有一次掉到班级十名左右，抱怨老师的水平配不上教他开始。"

妖星一脸无奈："现在读个高中都这么拼爹的吗？土豪的世界真是不懂啊……卢标，你懂吗？你毕竟也是阔过的。"

"不懂，当年也没这么豪……"卢标一阵心酸无语，"那些名师真的有用吗？比你们实验班的老师更强吗？"

"没错，我偶然看过他用的一点儿资料，听他提过几句。在某些细节上，的确会比我们学校的老师更强一些。国家级重点高中的教研主任、学科竞赛教练之类的人，水平并不是吹出来的。"

卢标与妖星沉默下来。

"再看那个男生吧，刘云野，竞赛大佬。"叶玄一又道，"智商不详，但是……应该在我之上。"

"什么？"妖星与卢标都大为震惊。叶玄一测试智商不低于150，而这人又比叶玄一更聪明？不敢想象。

"真是我多次比较得出来的结果，新知识和高难知识的反应速度、思考深度，他都高我一筹。这人初中时数学竞赛得全省一等奖、第二名，在临湖实验的初中部，如果数学竞赛负责老师没来，不是其他数学老师顶上来，而是他来讲课。

"高中他对物理的兴趣突然爆发，转成物理竞赛，但同时也在完全没有准备的情况下顺便拿了数学竞赛的全省一等奖。物理竞赛其实是我们学校的弱势项目，缺老师，但他在老师较弱的情况下通过自学强势拿了国家一等奖，已经被保送清华了。

"自高二下学期以来，他已经不做作业也不听课了，每天去自习室看大学的数学和物理教材，或者带笔记本电脑上网——没人管他。话说我能一直维持年级第一名，与他早早专注竞赛、放弃高考并被保送清华有关。如果他专注高考的话，我应该不是他的对手。"

卢标和妖星对视一眼，深感天外有天。

"其他的同学，那个看书的，文学世家，初三毕业的时候去给兰水理工大学文学系的大学生做了几场讲座；那个穿蓝色衣服的，外交部官员的子女，目前掌握了四门外语，英语水平已经可以阅读任何原文书籍了；那个睡觉的，据说是过目不忘，选了物理、地理、生物三门课，其中地理和生物这种琐碎知识多、记忆量大的科目，长期接近满分，而且学起来极为轻松……

"所有这些人，没有谁看得起谁的，包括我在内。每一个人都会觉得，随时都可以把我拉下马——而这种可能性真的存在。所以在这个班级里，常常是阴沉的气氛，没法真正放松下来。"

卢标心生感慨，太强了，这些人实在是太强了。他甚至已经开始怀疑自己了。他的目标是清华、北大，而这要求在物理班的学生中全校排名至少十二名。也就是说，这些强大的如同怪物一般的人，如果有十三人，他就没有希望了——他仿佛已经默认了自己无法超过他们。

妖星受影响却是小一些，或许是因为他对清华、北大没有太执着吧。他眯着眼睛思忖了一会儿，忽而抬起头看向叶玄一："而你却能在这群怪物中间长期保持第一的位置。"

叶玄一也看向妖星，缓缓露出一丝不易察觉的微笑。

"那么，你的秘密呢？"

第二章

仪表盘

　　叶玄一作为临湖实验的天字一号学神，卢标以为，只是单纯的由于他智商太高了而已。不过具体怎么高，有什么表现形式，有没有什么特殊的方法作为这高智商的载体，或者能与之相互促进，他都不得而知。毕竟他只是通过妖星而认识了这么一号人，并不真的了解他。甚至于他压根儿没想过叶玄一背后还会有什么秘密。

　　而妖星与叶玄一私交更密切，从日常交流的许多蛛丝马迹里推测出，叶玄一背后必然还有秘密。这一次，刚好可以顺带问问了。

　　"呵呵，你倒是留了心思呢。"叶玄一略一沉吟，又道，"原本从来没和人讲过，不过嘛，老妖是旧相识，卢标也教了我些有用的东西，跟你们两人倒不用避讳。行，给你们展示一下吧。"说罢走进教室。

　　两人不知叶玄一进教室要干吗，但既然说了要展示一下，那肯定是与要展示的内容有关了。妖星带着诡谲而又有些得意的笑看向卢标，卢标与他对视一眼，心里也有些兴奋。今天不仅能见到妖星口中的大神，甚至还能一窥学神叶玄一的秘密，必然有所收获了。他相信，以他对学习策略的知识储备，一定能看懂叶玄一的秘密。

　　1分钟后，叶玄一拿着一张数学试卷、几个笔记本、一摞数学老师发的题型整理资料和笔走了出来，一指教室旁边的自习室道："进去吧。我的秘密比较复杂，语言是说不清楚的，得现场演示。"

　　走进教室里，叶玄一将手头资料放在一张桌子上，一只手扶着下巴略作沉思——大约是在思考如何展示他复杂的秘密？妖星与卢标识相地站在一旁静静看着，也不催促。

　　片刻之后，叶玄一忽然将周边几张桌子拉过来，四张桌子拼在一起形成一个大工作台，然后将手头的几个笔记本、题型资料等，依次打开平铺在桌面上，绕着桌子摆了一圈。霎时间，一个大工作台上全是各种数学公式、模型和解题技巧。最后，他又将一张没做过的空白试卷放在自己面前。

　　"呼，差不多了。"叶玄一做好了准备工作，然后回头看了一眼卢标与妖星，道，

"开始了。"

两人凝神屏息,又走近了两步,更不敢眨眼,怕错过分毫。

(背景音乐:*Manjushri*)

只见叶玄一直接将选择题第十一题、第十二题,填空题第十六题,以及大题最后一道题勾画出来,示意只做这几道题用于演示。这是一张试卷中难度最高的几道题了,而他所做的试卷,原本就是实验班内部专用的高难度试卷。

卢标看过这几道题,心里一紧,只有第十二题是因为做过模式识别而能够一眼看出思路的,而其他三道题则让他觉得陌生,没有必胜的把握。叶玄一当如何?卢标仔细观察着。

只见叶玄一忽然极端地专注,眉头微蹙,眼里仿佛凝聚出光来。第十一题,一道函数题:

函数 $f(x) = \dfrac{\sin x - 1}{\sqrt{3 - 2\cos x - 2\sin x}}$ $(0 \leqslant x \leqslant 2\pi)$ 的值域是( )。

A.(-1,0)
B.(-2,-1)
C.(-$\sqrt{3}$,-1)
D.(-2,-$\sqrt{3}$)

妖星和卢标各自想着,这题该怎么变化呢?求导应该是不现实了……只见叶玄一闭目了几秒,忽然伸出左手来,中指在左上角的一个笔记本上轻轻一点,又将大拇指打直,按在另一张题型总结卷上。

这是什么意思?

卢标细看过去,他中指按着的是一道三角函数题,关于三角变化的技巧;拇指压着的是另一份三角函数的总结资料,指甲正点在"1 的代换"几个字上。卢标、妖星二人正疑惑着,叶玄一又闭着眼睛伸出右手,中指在桌面右上角处封面标着"解析几何"几个字的笔记本上点了点,然后一路下滑,似乎在抚摸与感受着笔记本与练习册,如老医师摸骨一般;忽而又停在右下角的一张总复习试卷上,手指点两下。接着猛然睁眼,在稿纸上快速画了个坐标系、一个单位圆,然后不列式子不经计算,直接选了 A。

好快!妖星与卢标对视一眼,为叶玄一解难题的速度所震惊。更关键的是,全程莫名其妙,完全不知道是怎么解出来的。他在试卷、笔记本上点了几下,是什么意思啊?

来不及多想，叶玄一又开始做第十二题了。

$a>1$，$b>4$，$\dfrac{(a+b)^2}{\sqrt{b^2-4}+\sqrt{a^2-1}}$ 的最小值是（　）。

A. 2
B. 4
C. 6
D. 8

这一题正处在卢标的模式识别领域，如果卢标动手计算，应该问题不大。不过卢标更好奇的是，叶玄一会怎么做出来？他那手指在桌面各处资料上指指点点又是什么意思？

又开始了。叶玄一将桌面的几个笔记本、资料翻到不同页数，换成了不等式、三角函数、函数的相关题型公式技巧，却又不抬头看它们，依然伸出手指，在几个地方点过——依次是三角换元、根式换元、函数二次分式求值域，又在草稿纸上画了两个直角三角形。

这又是什么？

接着，叶玄一开始打草稿了，将带 b 的根式设成 m，带 a 的根式设成 n，然后一通化简。

$$\begin{matrix}\sqrt{b^2-4}=m\\ \sqrt{a^2-1}=n\end{matrix} \to \dfrac{(\sqrt{m^2+4}+\sqrt{n^2+1})^2}{m+n}=\dfrac{m^2+4+n^2+1+2\sqrt{(m^2+4)(n^2+1)}}{m+n}$$

随即又伸手在柯西不等式处点了一下，然后简略写道：

$$\begin{matrix}\sqrt{b^2-4}=m\\ \sqrt{a^2-1}=n\end{matrix} \to \dfrac{(\sqrt{m^2+4}+\sqrt{n^2+1})^2}{m+n}=\dfrac{m^2+4+n^2+1+2\sqrt{(m^2+4)(n^2+1)}}{m+n}$$

$$\geq \dfrac{m^2+n^2+5+2\sqrt{(mn+2)^2}}{m+n}$$

$$=\dfrac{m^2+n^2+2mn+9}{m+n}=m+n+\dfrac{9}{m+n}\geq 6$$

又做出来了！好快！

卢标、妖星两人依然不知道那一通指指点点是什么意思，但可以模糊感觉出来，叶玄一并没有做过类似的题，而是现场思考出来的解法。而他的思考过程，就隐藏在那一通指指点点当中。

叶玄一忽然喃喃道："图形法和三角换元就不试了，节约时间。"

随后又是一番指指点点、比比画画，小压轴的填空题和大压轴的最后一题也解了出来。

全程让人不明所以。

妖星一脸茫然地看向叶玄一，又看了看卢标。卢标愣愣地盯着叶玄一的桌面，似乎在回顾和思索着，也一言不发。

"喂，解释一下？"妖星终于忍不住了，"这一阵子比画是干吗呢？怎么就莫名其妙地把难题做出来了？"

"很难用语言解释。"叶玄一一摊手，"我思考的时候，大脑就是这么运作的。"

"这算什么玩意儿啊！大脑里面就是这么运作的？点来点去的，你这是结印呢，还是做手指操呢？"妖星十分不满。

叶玄一又一耸肩。

"难道……难道是……"卢标喃喃自语。

"怎么？"妖星赶紧问，"你看懂了？"

卢标抬起头来问叶玄一："你这是从哪里学来的？还是自己领悟的？"

"很早之前就这样了，大脑自动形成的思考模式，没处学。"

"唔……这种思维方式，似乎是……"卢标皱着眉头陷入回忆。

"哎呀，急死人了，到底是什么啊！"妖星已经不耐烦了。

卢标终于一字一句地道出答案："如果我没理解错，应该是可视化思维工具之——仪表盘！"

"可视化？仪表盘？"妖星一无所知。叶玄一虽然用了多年，但也并不熟悉其理论。

"想不到啊……几年前曾在老师家里见过，但老师没有列作我的必修课，我也没认真对待。没想到今天居然在你这里见到了！"卢标一脸惊叹地看着叶玄一。

"哦？看样子是我歪打正着地领悟了一种特殊的方法？如此说来，背后还有对应的理论体系了？"叶玄一饶有兴致地问。

卢标略作回忆和思考，深吸一口气："我来解释吧。这要从大脑的特点开始说起。

"如果把人脑看成一个计算机的话，那么人脑有一个非常显著的弱点，那就是内存非常小。人脑的内存，可以理解为短期记忆，或者叫作将多个信息暂时存储起来的能力，非常弱的，连一个普通的十一位数的手机号码都记不下来，要重复多次才行。对于稍微复杂的信息，只能暂时储存四个左右的信息单位。"

"嗯？有点儿抽象。举个例子？"妖星问。

卢标拿过叶玄一的纸和笔，边写边说："比如某道数学题，已知条件A、B、C，要求结论 G，其推理的路径为 A 推导出 D，B 推导出 E，C 推导出 F，然后 D、E、F 三个条件推导出 G。

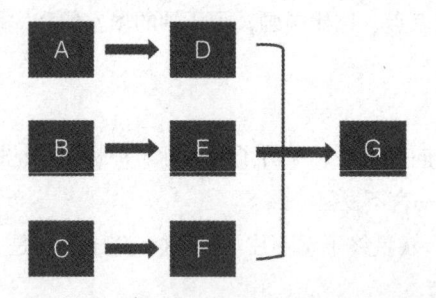

```
A → D ┐
B → E ├→ G
C → F ┘
```

"当你从 A 推导出 D，从 B 推导出 E 的时候，你必须暂时把 D、E 两个中间条件记下来，然后再用 C 推导出 F，这样才能同时使用 D、E、F 三个条件推导出最终结论 G。如果你没有暂时记住 D 和 E，那么后续的计算就无法进行了，这就是工作记忆对我们的限制。工作记忆较好的人，能够暂时记住 D、E 以待未来使用，而工作记忆较弱的人，则记不住 D、E，并导致最终无法做出这道题。

"2 分钟之前，我已经从条件 A 推导出结论 D 了。嗯，现在又从 B 推导出了 E。啊，又多了一个中间结论。那么 D、E 和 C 是什么关系？"

思考了 3 分钟之后……

"啊，原来 C 可以推导出 F，现在又怎样呢？等下，D 是什么东西？E 又是哪来的？怎么感觉思路乱七八糟的？唉，烦死了，从头开始重新算一次吧。"

工作记忆较小的人会遗忘之前的临时信息，无法顺利解决这个题目。

"上面的题目相对简单，只有 D、E、F 三个临时信息需要存储，更复杂的问题和任务，往往有更多的信息需要存储。根据目前的心理学研究，一般人的工作记忆上限是三至四个信息单位，即你顶多暂时存储三至四个信息单位，再多就记不住了。可是日常生活和工作中的问题常常无比复杂，远远超过三至四个信息单位。比如，那些比较难的题目，常常就需要处理至少七八个条件。"

妖星与叶玄一点点头。刚才做的那几道题，各种条件、中间结论以及试错的思维路径，甚至还不止七八个。

"总之，我们日常需要处理的问题，其复杂程度经常远远超出了我们的工作记忆能力范围，该怎么办？

"电脑内存不够了，我们可以把电脑拆开，然后加个内存条；大脑的内存不够用，我们没法把大脑打开，但我们可以加一个外部缓存——可视化思维方法。

"可视化思维是指，将各种信息（包括任务的原始信息、你推演出的临时信息、你大脑中已有的信息）以看得见的形式集中存储在某个版面上——纸张、黑板、电脑屏幕等，储存的信息往往是文字和图形的混合体。

"当大脑的硬件不足以支撑复杂的思考时，我们要用软件——思维方法来补充。既然内部的工作记忆不够用，那就用外部的补充来扩容。可视化思维方法能给我们带来两个基本的好处。

"第一个好处，自然是更大、更稳定的外部缓存。大脑自带的内存只能储存三至四个单位的信息，而你在草稿纸上储存的信息则可以大幅扩展，十个八个不在话下，还可以更多。同时，外部储存的信息也更加稳定。大脑内部的临时记忆，不仅时有遗忘，而且容易发生错误，比如把 A 大于 B 记忆成 A 小于 B，然后让随后的推理过程全部错乱。而纸上写下的数字和图形则既不会遗忘也不会发生错误。

"第二个好处是，可视化思维能带给我们更全面和更宏观的视角。假设有一个很宏观的问题，需要通过 A、B、C、D、E、F、G、H 这八个条件推导出结论 I，这八个条件已经远远超出了我们工作记忆的极限，你还没有理解条件 E，前面的条件 A、B、C、D 就已经忘记了，理论上无法完成这个任务。但将八个条件以及它们与 I 的关系用一张图的形式表现出来，你一眼看过去，所有条件与内在关系同时进入你的视野，就会有一种很宏观、很全面的感觉，也更容易完成任务了。

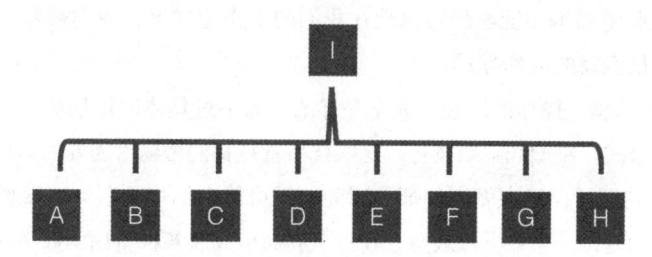

"顺着这个思路，就可以开发出一种叫作仪表盘的可视化思维工具。在很多解决复杂问题的场景中，都有仪表盘的影子。比如企业中高层管理者会运用到各种商业仪表盘；金融投资者会用到复杂的操盘版面（类似于仪表盘）；汽车、飞机、火车等的驾驶舱里也有相应的仪表盘，而操作简单的自行车就没有。

"虽然这些例子全都跟高中学习没关系，但我们依然可以通过它们来理解仪表盘的意义所在。

"以开车为例，司机在开车的过程中需要注意很多事情，要注意路面情况、前方与两侧的行人、后面是否有人超车、前面是否遇红灯等。这些外部的情况已经很复杂了，但是司机还需要进一步注意汽车本身的状态：

车速是多少？还剩多少油？水温有没有过高？电瓶里还有没有电？刚才进隧道开的车灯后来关了没有？制动系统是否正常？排气温度是否过高？……

"总之，司机需要注意的事情实在是太多了。如果你问一名司机，白天开车出了隧道以后要不要关灯？排气温度过高了该怎么办？一名合格的司机当然知道这些问题的答案。但当司机忙着去观察路边的行人和对面驶来的汽车时，他根本就不会想起来要问自己这些问题：我的汽车排气温度是否过高？制动系统是否正常？车灯是开的还是关的？我现在是否超速了？……

"就像我们在电脑中存了大量的资料，但是它们都在硬盘里老实待着，并没有被计算机加工，没有进入内存。这些关于汽车安全的知识也都在司机的大脑里待着，但并没有进入工作记忆。

"为了解决这个问题，我们可以把所有这些重要的信息都汇集到汽车仪表盘上。这样司机就不用时时刻刻提问自己一大堆不同的问题了，他只需要养成一个习惯——没事就瞟下仪表盘，看有没有什么问题。由于所有重要信息都汇集到仪表盘上了，所以不论哪一个地方出了问题，你都可以通过看仪表盘而得知信息。

"现在我们清楚仪表盘的运作原理了。尽管有很多事项我们知道是很重要的，但我们依然无法时时刻刻留意所有重要的事项，我们的大脑总是会忽略和遗漏几个要点。为了让这些重要事项能够经常出现在我们的工作记忆里，我们需要一个外部的提醒——这就是仪表盘的运作方式。

"在叶玄一那里，操作的原理是完全一样的，只不过具体的信息从汽车状态指标换成了各种数学公式、模型和解题技巧。这些技巧就是我们做题时需要的储备知识，我们原本已经掌握它们了，但在做题的那一瞬间，很可能会回忆不起来，没想到要使用它们。但如果我们制作一个数学仪表盘，在一个界面里放满各种备用的数学知识，碰到题了可以随时查阅，并把多个板块自由组合，那么就能极大地缓解思考时内存不足的问题了。所以他需要拉几张桌子拼成一个大工作台，就是为了给仪表盘的安置腾出空间。"

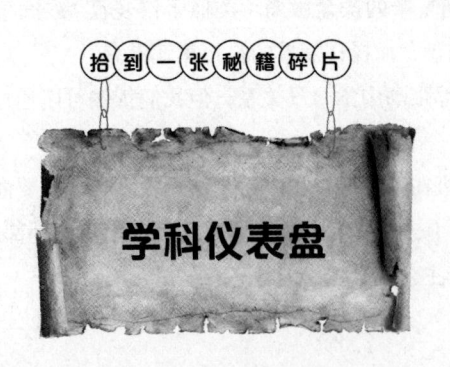

拾到一张秘籍碎片

学科仪表盘

"没错。"叶玄一点点头,"我大脑中的运作模式与你所描述的基本一致。在一个大的版面中,快速地查阅、组合各种储备知识来切换解题思路,基本没有停顿,所以速度极快。比如第十一题,看到根号下特殊的函数式子,立刻查阅三角函数变化的相关技巧;化简出来一个平方和的式子,立刻查阅代数式的几何意义,即解析几何的相关章节。又如第十二题,看到根号下平方相减的式子,立刻想到三角换元、常规换元和几何意义几种可能性,又想到函数求值域中,经常要把分子简化的思路。多思路分别查阅后组合,认为常规换元,将分子的根式换元成单字母最简便。换完后出现平方和相乘,应用柯西不等式是基本功,自不必说。"

"大致能够明白了。"妖星凝视着桌面的试卷和资料,"可是考试的时候怎么办呢?又不是开卷考试,怎么查这个仪表盘?"

叶玄一淡淡一笑:"摆出来,是为了让你们能够看到,不代表我需要看。"

"哦?"妖星微微一愣。

卢标低声道:"意思是,所有摆在桌上让我们看到的东西,全都在他大脑里自动呈现了。也就是说,他所使用的不是普通仪表盘,而是,内视化仪表盘。"

内视化仪表盘,太可怕了!这是怎样的大脑?简直如同科幻片中被特殊开发过的超能力者的大脑运行方式啊!当年他看到老师使用的尚且只是外显的普通仪表盘啊!

"内视化仪表盘?难道你有图像记忆能力?"妖星又是一惊。

"倒没有那么夸张。图像记忆是说任何东西都能图形化秒记。而我使用这个卢标称为'仪表盘'的方法,只需要记忆有限的内容。对数学学科来说,就是这桌面上的几十张纸。这是可以反复记忆然后在大脑中固定图像的,算不上真正的图像记忆能力。"叶玄一解释道。

"那也很厉害了啊。"卢标感叹,"正常人再怎么复习,也很难形成那种图像的。"普通人不能,他当年想去往这个方向练,被老师劝退了,因为成功率不高,练习难度却较大,总体性价比不高。可是今天看到叶玄一由于有初级的图像记忆能力而解锁了内视化仪表盘这样可怕的技能,又觉得有些后悔,并羡慕不已。

"真是可怕的家伙。"妖星也感叹,"太强了,没边了……"

叶玄一拿起手机瞟了一眼,道:"即便强如我,在另一些人面前,却也只能仰望。那人来了——封号,禅师。"

第三章

封号，禅师

叶玄一内视化仪表盘的惊人能力给卢标与妖星无比的震撼，激起层层波澜，尚未平息，又听到禅师即将来临的消息，两人脑海中更是如有浪花翻腾起来。

门忽然开了！

卢标、妖星慌忙抬头向门口看去。一男一女两个人走了进来，向三人看过来。男生简简单单一身黑色运动装，女生长运动裤加运动T恤，似乎并不出众。

哪一个是禅师？卢标紧紧盯着二人，心里猜测着。那个女生似乎比较平凡，男生虽然也并不惊艳，但眼神炯炯，似乎隐藏着一些智慧——他就是禅师吗？！

"咦？有人？"女生惊奇。

叶玄一道："嘀，你们也来'拜神'了？这两位是我朋友，也是来见禅师的。卢标、妖星，这两位是我们班的同学。"

喀……吓了一跳，原来不是禅师本人啊，卢标松了一口气。禅师被叶玄一和妖星两人吹捧得太高，卢标不自觉把禅师有些神化了，总觉着得是异于常人的样子才行——而这两人显然并没有太大的特色。

"这是余跃，化学竞赛的大佬。"叶玄一指着男生介绍。

"唉，别说什么大佬了，没得国奖，保送不了，自主招生也不太够用，还得回来高考。"男生笑道。

女生听罢赶紧自我介绍："叶大哥别介绍我了，我自己来吧——我叫刘若曦，凡人一个，实验班里基本垫底的女渣渣。"

叶玄一淡然一笑，也不多说什么场面话，指着妖星和卢标进一步介绍道："这两人你们认识吗？九班的，普通班里有封号的就他们两个了。诸葛千相，封号'妖星'；卢标，封号'命运'。"

"认识认识！你们两位在我们班里可是大名人了，有一阵子疯狂讨论你们。"刘若曦赶紧道。余跃也说："妖星嘛，高一就出名了，我还见过；卢标高二的时候也听说过了。"

余跃、刘若曦也在自习室里坐下，妖星、卢标与他们一阵客套，说了些场面话，自习室里又安静下来。所有人都在等那人出现。

"禅师怎么还没来？"几分钟后，妖星按捺不住，指着叶玄一的手机问，"你收到消息没？"

"等着吧，说是快了，不过估计办手续比较麻烦，办完了手续可能还要先去老师办公室交流下。"

"嘿嘿，等不及了啊，看来大家都一样啊。"余跃不好意思地笑道。

"其实我一个女生都很激动，更别说你们这些男生了。"刘若曦一边说一边紧张地搓着手。

这两人的话又是什么意思呢？卢标疑惑。但可以肯定，这两人对禅师一样万分景仰。卢标忍不住轻声问道："你们全都这么崇拜禅师？这人什么来头啊？真的这么了不起吗？"

叶玄一、妖星、余跃、刘若曦四人同时转向卢标，以一种看傻子和乡巴佬的表情盯着他，都不说话。

"……"卢标一阵无语，"能给我介绍下吗？这人有什么光辉事迹？什么特点？我只听妖星说过禅师高一第一次月考分数很高，其他就没了……"

"介绍……怎么说呢？"余跃犹豫着，"好像没法用语言描述啊……"

"光辉事迹……不好说啊……"刘若曦露出一脸艳羡的表情，"人间能有几回见……"

"一切文字都太浅显了……"妖星呆呆地望着窗外喃喃道，"只能用心去感受啊……"

"另一种高度。"叶玄一微微眯起眼睛，"是更大的世界的感觉……"

这都是些什么玩意儿啊？卢标无语。完全没有任何实际的介绍嘛！好吧，等吧，他倒要看看是何方神圣。

自习室里又沉寂下来，五个人各自发呆，不知想着什么，各自期待。一种无以言表的奇特氛围在自习室里传播开来。

太阳西斜，自习室两侧的窗户都关严，窗帘拉上，于是房间里有些暗。空调打开，冷气在方正的自习室里循环，机器隐隐作响。空调风吹到窗帘上，一阵阵地抖动，那遮拦阳光的窗帘于是打着节拍放入一缕缕的细微阳光。卢标就盯着那闪烁的光线发呆。

（背景音乐：*Windancer*）

静谧。

门又开了。五人集体向门口看去。

门大开，阳光汹涌地闯了进来。

一道身影立在门框下，太亮了，看不清。身影的背后是无数明亮的光线，将教室里的阴暗一扫而空。节能灯的光芒一瞬间黯然失色，太阳的光明倾泻而入。

刺眼。卢标手掌遮在眉眼之上，眯着眼睛强行看过去。

那是一个女生的身影。

他逐渐适应了光线，看见那一袭白衣。纯白的连衣裙，如雪，如皓月，如光明。

窈窕的身形静静地立在那里，伴着强烈的光与影，仿佛仙人画像，仿佛梦中幻境。

曲线柔和，从身躯到四肢。那不是充斥着荷尔蒙的妖娆与性感，是风之形，是水之意，是远山的廓影，是晨光中林木奔腾的生机。

她右手扣在一顶遮阳草帽上，穿着短袖，露出健康色的手臂肌肤。帽檐几乎盖住了刘海儿，刘海儿恍若遮掩了眼睛。五人的目光都被那刘海儿下隐秘的湖泊吸引。

卢标适应了强烈的光线，他看清了那脸颊，看清了那肌肤与手臂，看清了身躯。他一瞬间想起了曾经背诵过的诸多诗词，什么"手如柔荑，肤如凝脂"，什么"人面桃花相映红"，然后这些词句忽然又自动被撕裂得粉碎，消散在风里。他只觉得一阵恍惚，眼前一片白茫茫的景象。

他眨眼，忽而看见山谷密林，溪流飞鸟，晨曦光影。

他用手擦擦眼，接着看见高山与峡谷，层层林海，生机勃发。

他摇摇头，用力看，又看见平原无边，天高云阔，万里奔腾。

他再用力抹眼睛，却观得皓月星辰，天地四方，古往今来。

他只觉得一阵眩晕。

他终于回过神来，眼神顺着那手臂流向手腕，再滑到手指。她扶着遮阳草帽的右手将帽子缓缓摘下来，露出了刘海儿。微风吹过，刘海儿飘荡，又露出湖泊。

他呆呆盯着那湖泊，又一阵恍惚，仿佛忽然置身于天地之间，悬于暗夜的皓月之下，眼前一片深蓝，四周高山林立，山峦举起一片湖水。那是距离星辰最近的湖水啊，闪烁着光芒。他看着那高山湖泊，只觉得前所未见的纯净，纯净得让自己在这苍穹与湖水之间无处容身，只能慌乱地惊叹，又被这闪烁着星辰光芒的湖水瞬间涤除了慌乱，只剩下空灵。

他看向山峦与湖水的交界线，只觉得自己无限渺小。

他看向湖水中央闪烁的光芒，被牵引着心神，恍惚看见那一个光点之中映射出世界。

在皓月、高山与湖泊之间，灵动的风旋转而过，他的情绪与思维飘散在风里。

在星光、黑暗与无限的空间里，时间凝固，束缚他的与他背负的都消解，融入虚空。

他闭上眼，身体逐渐变大，手足触碰到星辰。

他的皮肉虚无，心神无限，意识穿透虚空。

啊，空无边。

啊，识无边。

在身体彻底虚无的一刹那，那残存的星星点点突然坚硬，剧烈地拉扯回他的意识，然后他急剧收缩，越过空间与时间，离开星辰与高山湖水，猛然坠入这间自习室里。

他呆呆地看着那身形、脸颊与眼睛。

叶玄一四人也好一阵子静默无言，仿佛不觉时间的流逝，在山河大地间穿梭。

直到那身影又向前迈了两步，眼睛扫过众人，微微一笑，发出空灵的声音："同学们，好久不见呀。"

那一迈步，如舞，如醉。

那一声语，大梦，大醒。

五人慌忙站起来，叶玄一带头打了招呼："好……好久不见……禅师！"

"禅师！"余跃兴奋得难以自抑地喊道。

"禅师！"刘若曦声音颤抖地叫道。

"禅师！"妖星失魂荡魄，茫茫然、恍恍惚喃喃道。

卢标盯着那女生的脸庞，忽而伸手指向她，诧异道："安……安谷？是你？"

▶ 第四章 ◀

旧相识

所有人都沉浸在再次见到禅师的喜悦中，忽闻卢标话语，诧异道："你认识她？"

禅师瞧见卢标，微微笑道："啊，卢标，好久没见了呢。有四五年了吧？其他同学也有两年没见了呢。叶玄一中间还与我联系过，这是余跃，这是……刘若曦吧？"

"哇，大神还记得我！"刘若曦一阵激动。

"这是……咦，我好像对你还有印象。是普通班的那位？好像你还有个封号来着？"禅师对妖星道，"妖什么的……对了，好像叫'小妖精'？"

妖星差点儿一口老血喷出来！妖星！我是妖星啊！以封号而论，妖星的名号虽然不如禅师这般神圣，但也至少是霸气外露。可是居然被禅师叫成了柔弱而带点儿呆萌的"小妖精"？这可真是……没办法，再厉害的妖王、妖星，以禅师的功力看来，大约也只是个呆萌的小妖精了。

"我是……妖星……算了，小妖就小妖吧……"妖星一脸的生无可恋。

"哦哦，对啦，封号是'妖星'啊。"禅师又笑道。

"等等，"妖星又道，"你和卢标认识吗？你们是一个初中的？卢标，你怎么没跟我提过？"

"不是一个初中的！我是长隆实验的，她应该是临湖初中部的吧？而且……"卢标瞪大眼睛转向禅师道："真……真是你啊！没想到，没想到他们捧到比天还高的禅师，居然就是你啊，安谷！"卢标一时百感交集，"这谁能想到！从'禅师'这个封号来看，怎么也想不到是你啊！完全不是一个气质啊！"

"咦？"妖星等人反而好奇起来。显然，卢标比他们更早就认识了禅师，而按卢标所说，早年的安谷并不是如今的气质。那又是怎样的呢？

叶玄一赶紧问道："那你认识的安谷是什么气质的？你觉得她的封号应该是什么？"

卢标愣愣道："不好说啊，反正不是'禅师'这个词的气质啊！可能更适合的封号是……"

"是什么？"众人齐问。

"比如'暴力女'？'狂躁'？"卢标无奈道。

"啊？暴力女？你管禅师叫暴力女？"众人大跌眼镜，"你疯了吧！"

禅师安谷也是一阵疑惑："哈？怎么这样说我呀？我好像没打过你吧？"

"没打过你？"众人又一阵疑惑。这又是什么情况？

卢标条件反射地叫起来："我看你打别人也很恐怖的好吧！吓得我差点儿不想去了！"

众人以惊异得无以复加的表情看向卢标——这都是些什么玩意儿啊？！禅师打过别人？打得很惨？吓到卢标小宝宝了？

正一通狐疑之时，忽而又见禅师微微一笑道："我想想——啊，记起来了！不过你这样的描述有点儿误导性呢。"

这好像是变相承认了啊！众人又更加惊异地看向禅师。什么情况？！

举手投足如女神一般散发着灵性与智慧光辉的禅师，居然曾经暴力殴打过其他人？还把卢标吓到了？太反常了啊！

妖星终于忍不住问道："卢标！到底什么情况？赶紧给我解释一下！"他接受不了光辉伟岸的禅师形象与"暴力女"这样的词联系起来。

卢标咽了口唾沫，缓缓道："啊……那是好几年以前的事情了……不过话说回来，安谷，你的变化好大啊，我差点儿没认出来。"

禅师安谷继续保持若有若无的微笑，妖星又催道："别废话了！赶快解释！"

"好吧。妖星，我小学时曾有一个特殊的教学习策略的老师，你知道的吧？"

"是。然后呢？"

"那是五年级的事情了，我爸爸第一次带我去拜见那位老师。跟老师聊完基础信息后，老师表示愿意接收我，我也对老师教授的东西很感兴趣，准备在老师门下学习了。然后老师要和我爸爸谈些什么事情，让我自己在房子里转转。我就在房子里随意游走，恰好看见后门处有个院子，院子里还有响动，好像是其他的学生在做活动。我就好奇地进院子看看，结果就看见她了，她在院子里暴打一个男生！"

"哈？"众人继续惊异。

禅师咯咯笑了起来："啊，那个好像是在做反应力的练习吧？"

"我管你什么反应力的练习！反正把我吓死了！更恐怖的是，那个男生被打趴下了求饶，她突然抬头看见我了，然后对着我大吼一声：'你是新来的学生？过来！自己戴拳套！'一边吼还一边瞪我。"卢标一边回忆当时的场景，一边还忍不住露出惊恐的表情。

"哈？"众人诧异不断。

卢标定了定神，说："当然，你们看着现在的我和她，听我描述的场景可能还不觉得怎么恐怖。可是别忘了，那时我才读五年级，还没开始发育呢！可她已经长个儿了，比我高半个头。而且，我看被她按着打的那个男生跟我差不多高，连发型都很像，还是一样的校服，代入感太强了！她还说什么这是所有新生都要做的训练，吓得我当时就不想去学了！"

"还好没把你吓走呢，要不然你可就亏了。"禅师笑道，"你们也别被他的夸张描述吓到了，其实只是很简单的一些搏击训练。学习策略体系的一部分是专注力与反应力，而搏击训练、闪躲训练会起到相应的功效，就这么简单而已啦。"

"你还练过搏击？女侠啊！"余跃和刘若曦惊叹道。

禅师安谷笑着摇摇头："女侠就算了，现在已经很久没练过了。我也并不是专业的训练搏击，只是在某个阶段曾经练过一点，单纯地为了提高专注力与反应力而已。后来用其他手段代替了。现在只是个柔弱的普通女生了。"

叶玄一等人若有所思地点点头。

卢标又接着说："除了搏击训练的时候特别残暴以外，我记得你平时好像也有点儿暴躁的啊！一起上课的时候，好像看过几次你发脾气？而且我和你一起上课的次数也并不多，这样算起来你发脾气的概率还蛮高的。"

"哦，那时候啊，好像正是我有些烦躁的阶段呢。"安谷说话时总带着一丝微微的笑意。

"不过后来跟你接触得少了，上课也没见你，不知道你干吗去了……而且我初一上完课，初二的时候就没去了。但你转变也太大了吧！看你现在的气质，哪还有当年的影子啊！完全是淑女模样了。"

"不是淑女，是女神……"刘若曦小声道。

"'女神'这词也不好。"余跃插话，"现在女神都叫烂了，稍微有点儿姿色的，化个妆、卖个萌或者装个高冷，就叫女神了。根本体现不出来安谷的特殊性嘛！还是就叫禅师吧，原汁原味保留本来的特色。"

叶玄一与妖星也点点头。以烂大街的女神叫法来形容安谷，是辱没了她。

禅师安谷又说："我跟你上的不是一个阶段的课嘛。你来得晚，一直在上些初级课程，什么结构化、逻辑链、信息循环之类的。最开始那几次见你，也是我临时复习一下初级课程而已。后来复习完了，自然见面就少了。"

"其实我倒是很好奇你后来都在学些什么东西？"卢标饶有兴致地问道，"我初二就走了，也没有学完，对后面的课程并不了解。"

禅师微笑着看着卢标，并不答话。

"对了！"卢标忽然兴奋道，"思维流你掌握了吗？我当时听老师说过，但是太难了，根本没法练成！我走的时候连基本功的阶段都没完成。"

禅师点点头。

"练成了？真的能够练成吗？我一度以为是不可能完成的任务啊！"卢标激动地喊道。

禅师微笑道："对于你来说可能有点儿难，你是半路出家，五年级才开始练，两三年间想要学会思维流确实不太容易。我从六七岁就开始打基本功了，思维流对于我来说，并没有那么难。"

"思维流？这又是啥？"妖星和叶玄一等人疑惑道。

"哦，这是一种思维方法，难度很高，威力极大，具体怎么说呢……"卢标想要以最简洁的语言解释。

禅师接道："思维如流，生生不停；念念相续，随心所欲——思维流与其说是思维方法，不如说是思维境界。"

思维如流……随心所欲……众人不知如何接话，细细品味这两句话。

"后面没见你那儿年，你就是去练习思维流了吗？怎么练的？"卢标又激动起来。

禅师道："你最初见到我的时候，我的思维流已经接近成形了。后面几年有其他事情。"

卢标一愣，道："意思是，思维流尚且不是最高境界？"

禅师微笑着摇摇头。

天啊！自己心心念念、可望而不可即的思维流，居然不是最高境界！

"那是思维爆发，还是照相记忆？"卢标又激动地追问。

禅师笑而不语。

卢标不明所以，又追问："照相记忆你练成了吗？"

禅师微微点头。

"思维爆发呢？"

禅师又点头。

卢标惊得说不出话来，连问题都不知道怎么问了。

禅师看着卢标迷茫的眼神道："以技术而论，思维爆发最容易，图像记忆稍难，而在大脑内部的思维能力和状态上，思维流已经算是技术大成了。可技术大成并不一定就是思维的最高境界，还有很多外部的精巧思维方法和模式可以学习。技术之外，尚有格局可以扩大。"

"思维格局？格局……"卢标若有所思，"指的是什么呢？"

禅师又道："后一两年，我学的东西其实挺乱的，因为我前期学东西速度有些超预期，课程中并没有规划我这种年龄提前学完既定内容后该怎么办——一般人都是延期完成的。所以后面一两年的时间，我做了很多方向的尝试。我记得那段时间，有看经济金融类的知识，也有学习《孙子兵法》《鬼谷子》，还顺带着看《毛泽东选集》《六韬》

《资治通鉴》等书。当然也有很多通俗的思维类畅销书，名字就不提了。"

叶玄一、妖星、余跃、刘若曦几人如同听天书一般——这都学的什么东西啊？六年级、初一的学生在学这个？看《鬼谷子》《毛泽东选集》？余跃心想：当年自己初一时看个《时间简史》就自以为很高端了，结果发现禅师初一的时候在看《鬼谷子》。

妖星也是无比诧异，问卢标："卢标，你好像和安谷是同一个体系学出来的？你初中时期也学了《毛泽东选集》《六韬》之类的书吗？"

"哈？完全没有啊！老师提都没跟我提过！"卢标道，"还有什么《孙子兵法》《鬼谷子》的，也没有教啊！偶尔倒是有点儿国学小知识的科普和讨论课，但是并没有系统学啊！"

"唔……"妖星喃喃道，"看来你的老师判断你资质不怎么样，不稀罕教你高端货啊……"

"你……"卢标一脸怨念地看了看妖星，"好吧，不过论资质，我比安谷确实差了不少吧。学习之前，我是个彻底的平凡之人，我目前的水平，完全是老师人为拔高出来的。安谷的话，应该算是先天与后天完美契合了吧。"

"是啊，完美的女人……"刘若曦感叹道。

禅师微笑道："不论先天与后天，我都不完美，不过是运气好一点儿罢了。"

叶玄一忽然道："今天可真是有意思，原本只是想和安谷见个面聊聊，预估更多的是聊她在文兴国师附中的事情，没想到卢标居然和安谷是旧相识。我们几个人对安谷的了解，仅限于她高一的那惊艳的一个月而已，而卢标却知道她过去的样子，甚至知道她受过特殊教育的经历。"

卢标赶紧道："只有很少一点儿而已。"

妖星接着说："没错。禅师你天资过人是必然的，但你小时候究竟受过什么教育，才会变成现在这完美的样子啊？环境塑造人，教育塑造人……"

"过誉了。"

"完不完美的，其实可以分析下。评价一个高中生是否优秀，有哪些重要的维度呢？"余跃道，"首先是学习成绩，这点禅师是顶尖的吧。"

"以及学习动机，要有自主学习的动力，而不是被逼成应试高手。"刘若曦道。

"思维能力算是一个重要维度吧？"卢标说，"这一点安谷是同龄人的顶级水平了，甚至不算年龄，在全人类中也算顶级水平了啊！"

叶玄一又插话："综合能力与素质，比如见识面、思想深度、阅读广度之类的。"

"至于道德品行，善良、礼貌等，自不必说了吧。"妖星说，"这方面安谷肯定也没问题的。"

"气质完美，自信心、优雅、深邃……"刘若曦艳羡道，"我要是有你的万分之一的气质就……"

禅师安谷微微闭上眼，不知在思索什么。对于众人的猛烈吹捧，她既无得意，也不再作谦逊态。

"好了。学习动机、成绩、思维能力与思想深度、见识与视野、自信与气质，以及个人品行，全都优秀到极致了。那么问题来了——这样的优秀是怎么炼成的？"叶玄一抛出了这个终极问题。

所有人注视着禅师安谷，急切地想知道问题的答案。

禅师又微笑道："我以为今天是来给你们汇报下我在文兴国师附中的有趣见闻呢。"

叶玄一、妖星等人赶紧道："不过我们对你小学和初中时的经历更感兴趣……"

禅师闭眼略作思索，道："好吧，可以给你们稍微讲一讲我过去的部分经历呢。没有做准备，随意讲吧，顺序会有些乱。"

众人正襟危坐，盯着禅师安谷不愿眨眼，有种夜半虚前席的感觉。一层面纱，将要揭开了。

▶ 第五章 ◀

人物传：禅师——人世篇

我是安谷，一个普通的女生。

我的背后悬浮着一张巨大的图谱。一双眼透过图谱看到我，看到世界；一双手在图谱上雕琢与纵横。我在泡沫垫上爬行，盯着眼前的毛绒玩具，然后一回头，看见温暖的笑脸。

我受的教育与同龄人有细微的区别。我读了一个完全不讲知识的幼儿园，每天奔跑玩闹，然后在父母读绘本的时候顺便认几个字。从五六岁开始，我经常玩一些奇怪的游戏，比如长时间的单脚站立，长时间的将双手举过头顶合掌，或者一边单脚站立一边双手举过头顶合掌。我会快速掰自己的手指，或者满地连续翻滚，或者快速旋转。我还会玩一种控制呼吸深浅和强度的游戏，一种快速旋转扭动腰部乃至产生爆发性抖动效果的奇怪游戏，一种双腿叠起来坐着不动的游戏。

玩具枪射出泡沫弹，以距离远近调整速度和难度，可以玩躲子弹的游戏，也可以玩空手接子弹的游戏。醋酒茶，姜葱蒜，散落在房间的角落里，闭眼细嗅，找到方向、辨识远近，也是游戏。声音也有玩法，听敲击声由大到小，辨识方位远近可供娱乐。还有更刺激的玩法，用带响铃的软玩具球砸我头，我闭着眼挥掌打开。如果觉得无聊，就找人来跟我比赛，一般都是我赢。

小学的时候，我经常去公园，去爬山，还会到处旅游。我在火车上摆弄火柴棒、七巧板与魔方，然后在庐山上读《望庐山瀑布》，在岳阳楼前念《岳阳楼记》。我在草原与沙漠里穿行，在山谷与溪流边静立，采摘荔枝、脐橙，挖坑摆灶、生火煮饭。平时就读《黄帝内经》《易经》《心经》等，也不知道什么意思，就当唱歌。

我从七八岁开始学结构化思维，把知识点画上线条，分成一类一类。然后就开始画各种图，方框、线条、箭头与表格，画流程图、画地图、画坐标、画仪表盘。接着又练习逻辑链，思考一个个为什么、然后呢，以及为了达到目的该怎么样。一边阅读一边写作，换位思考，把我当成作家，把作家当成我。

奥数是一些固定的套路，一开始很难，后来很简单。自然实验很有意思，光、电、力、速，有时候几种药水混合起来还会轻微爆炸。不过学校不让用太多实验器材，我就自己在家里倒腾，加热、燃烧与使用腐蚀性液体会有人指导，其他我自己随便玩。

有时候我不想学了，就去教别人学。我的身边适时地出现了一些小朋友，我得意地教他们作文和奥数。叔叔阿姨一边夸我一边感谢我，我一边嬉笑一边指导学习。

有时我学习过后，会得到花花绿绿的卡片，记载了我的学习成果，还会做成进度条贴在墙上，我就忍不住想要把进度条往后推进，还会被家里的客人看见并表扬。我学英语的时候先学动词与生活场景短句，一边学一边摆出各种动作，又满屋子跑，再加上其他小伙伴一起跑来跑去，好不快活，动作最正确的人又会得到卡片，比赛输掉的人就想赶快再来一局。我的电脑里还有各种英语动画，我和小朋友一起模仿着演戏，假装自己是小熊、小兔、小鸟，连台词和语调都学得一样。

过生日的时候我看过孕妇分娩的纪录片，也看过老人濒死前的采访。我很早学会做饭，摆弄各种烘焙工具和烤红薯也是我的娱乐。有一个书柜专门放我的绘本、童话书、故事书、科普书和英文故事书——这也是学结构化思维的一部分。

我会每天盘腿静坐，也会一边控制呼吸一边摆出奇怪的姿势，拉扯活动全身的筋与关节。后来又去练习搏击，把躲开快速击打和瞬间判断别人防守失位当作游戏。乒乓球比较好玩，象棋也可以，钢琴试了下似乎没太大兴趣，但是在音乐会听着装靓丽的人弹琴倒是很不错。跳舞也很有趣，但我随着静坐训练的推进，逐渐意识到很多的跳舞姿势对身体是无意义的，后来兴趣就不大了。

每隔一段时间就会觉得不太想学习了，我就去参加各种比赛。有英语比赛，这个最简单，随便念几段话就行了。演讲比赛参加了好几次，得过特等奖，也被预赛淘汰过。其他小朋友的声音很假、很扭曲，背稿子很生硬，而且到了临场发挥的复赛阶段他们的思维就很乱，一点儿也不结构化，更没有逻辑。不过有时候评委老师很喜欢他们演讲稿的类型，就给了高分。得过几次演讲比赛的特等奖后，墙上没空地贴奖状了，也就没兴趣了。乒乓球和搏击比赛比较吓人，乒乓球只打一轮，搏击比赛很痛，可是必须去，最后居然得了亚军——但是痛死了。奥数比赛轻松得一等奖，作文比赛更简单，有点儿无聊。

后来我就开始写长篇小说，一边写一边看美剧，看家里的书，还读一些剧本创作技巧。写完以后被迫修改了很多次，但是后来发表了，有人表扬我，所以感觉还不错。

我又开始学基础的批判性思维，学习信息搜集和网络搜索，然后开始看一些社会热点事件。好复杂，好矛盾，好气愤，好无奈，有时会信息流过载，然后就快速隔离。接着就去读经，去运动，去静坐。

我又开始读《孙子兵法》，看战争电视剧，玩战争演练游戏，以及真人CS游戏。

暑假里我被迫玩了好几个星期，一开始练枪法，后来练跑位，再后来站在训练坑外的小山上看同学们打着玩，看了好几天，一边看他们打，一边读《孙子兵法》。后来又下去带队，打得另一边的同学发誓这辈子再也不玩了。后来又在俱乐部里当了两周的助教，人都晒黑了。

六年级我开始喜欢一个男生，过了一阵子又觉得另一个男生也很帅气。后来我就在家里看《裸猿》《人类行为学》《生物行为学》和一堆心理咨询案例，以及娱乐圈的八卦分析。我被迫写了近十万字的读书笔记和感想，还把全班一小半同学的行为特征、价值倾向和家庭背景写了一遍，按照心理咨询案例的模板往上面套，套到最后居然很有意思。

我延长了静坐的时间，进入到更深的宁静里。然后走出来，带着半通不通的心理学、生理学、行为学知识，做了PPT并写了文字稿，给班上同学讲青春期课程，然后又给全校讲，有人拍了视频传到网络上，居然有不少浏览量。

那次之后我开始练习静静地盯着人看。尽管小时候也玩过"猜人"的游戏，但这次是有指导的练习。看身边的人，看电视上的大小明星；看低年级的小朋友，也看成年人。看眉眼、颧骨与下巴，看体态，也看动作。看完再听，听嗓音，听语气，听急缓，又逐字辨析文字背后之意，感到新奇、震撼、得意与茫然。

小学升初中我几乎是全区最高分，初一是在重点初中重点班。同学们抱怨作业多、题目难，我没有感觉，但发现请假变得很麻烦，居然不能出去旅游了。初一的期末考试我全区第一，各类比赛得奖，组织学校活动，见了教育局领导。我又写了份商业策划书拿了五千元初始资金，在学校里做了次微型创业，赚了三四万元，然后全部分给班上的同学。有人开始把我称作"大神"。

当静坐进入了更深的沉寂，脑海中愈加明亮，闭眼图像清晰，我逐渐不需要依靠记忆术与分散记忆等低阶方法。但背了几本诗词以后，新奇劲也就过去了。模式识别、拆解定位等方法也完全熟练，对几乎所有知识点都能辨识细致、思考入微。某些时段，心思安定、大脑活跃、思维如细流，各学科知识分类清晰、交互关联，扑腾如浪花。然而某些时候又会突然烦躁，流水中断。

初一下学期期末考试我再次总分全区第一，全市也是第一。

然后我陷入巨大的虚无与厌烦，失去了一切学习的兴趣。

背后那张脸依然微笑。

请病假，休学。

第六章

迷失的学神

　　安谷与几人粗略讲了点儿自己幼时的事情，几人听得津津有味，卢标也收获颇丰。大家心中感叹，教育居然能玩出如此多花样，看来所谓重点中学的实验班，也远远不是教育的终点，教育这门学科，还有很远的路要走啊。

　　不知不觉一个多小时过去了，晚自习即将开始。叶玄一、余跃和刘若曦三人返回实验班，妖星也走出自习室。安谷转身欲走时，却被卢标叫住。

　　"安谷，稍等下！我有些事还想咨询你。"卢标忽然道。

　　安谷回首，面带笑意："什么事？"

　　"我想向你请教些问题……关于我……关于我最近面临的一些问题……"卢标开口，却吞吐起来，词不达意，"我最近感觉状态不太好……感觉……感觉……"

　　安谷微笑盯着卢标，而那原本就轻微的笑意忽然减小幅度，眼神更加凝聚，仿佛透出光来，卢标整个人都映在那眸子里——他的眉眼、皮肉、姿态……几乎一切。

　　"嗯，我组织下语言吧……"卢标清了清嗓子，道，"我这一年多状态不太好，感觉学习进入了瓶颈。从成绩上说，一直在小幅倒退，目前的成绩在能上清华、北大的边缘，再退就要掉下去了；更重要的是心理状态上，有点儿迷茫，对学习的规划没有那么清晰了……"

　　卢标又叹了口气，道："其实整个人生也有点儿迷茫了，不过先不管那些吧，还是说学习。若论学习策略，我虽然没有掌握你学会的那么多内容，但基础策略和中级策略基本已经掌握齐全了。而超神级别的思维流、照相记忆等，又不是一时半会儿可以掌握的，甚至可能根本就不是一般人能够练成的……所以，我感觉，我对学习策略的掌握已经到了普通人的极限了——可依然没能越过考上清北的那道线。

　　"我一直在想，自己提高的空间在哪里？到底怎么样才能再突破呢？冥思苦想依然没有答案。最差的答案是，这就是我的极限了，没有办法了，可这个答案我真不愿意接受。另一个可能就是，学习策略体系我依然没有彻底贯通，除去思维流和照相记忆这类能力以外，一定还有什么其他的方法可以帮我实现突破，稳定越过清北线——毕竟其他在清北线以上的人也没有掌握这么变态的能力啊！可是这种能够弥补我学习漏洞的方法在哪儿呢？

"我自己是没找到，但我想，你学的时间比我长，内容比我学得更深、更广，一定有部分技术是你掌握了而我没有掌握的。所以，也许你能看出我的症结，给我一些指点和建议，让我早点儿离开这不对劲的位置，摆脱这不对劲的感觉吧！"

卢标看向安谷，急切地想要知道答案。

安谷又露出那平静的微笑，缓缓道："并没有不对劲。"

"啊？"卢标一愣。

"你所在的位置，正是与你目前状态最匹配的位置。"

卢标愣过之后，赶紧细细思考起来：安谷这话又是什么意思呢？我目前的位置正是与我状态最匹配的位置？意思是我在这个不上不下的地方，不是偶然，是必然，是符合某种内在规律的？那这规律又是什么呢？

安谷直视卢标的眼睛，她的眼眸澄净，卢标仿佛能在那眼中看到自己。

"比较高的先天智商，比较高的努力程度，比较好的教育环境，比较合理的策略——样样都比较好，样样都没有到极致，于是吊在这不上不下的位置，不是正合适吗？"安谷微笑道。

卢标抬头叹口气，道："是啊……从小还算聪明，但又不是最聪明的。自从遇见老师以后，学习也努力了，自认为非常努力，可是见过那些真正努力到极限、用命去拼的人以后才知道，自己的努力也只是还行而已。初中、高中虽然都在重点学校重点班，但也只是兰水这个三线城市的重点而已，与文兴甚至北京、上海的国家级重点相比，依然有天壤之别。学习策略虽然功效惊人，但毕竟也没有练到极致，高难度的思维流也没掌握……唉，我这种样样都还凑合的条件，原本只是能考上普通211学校的水平，能到清北线的边上，已经是在老师的策略体系下勉力拔高的结果了……"

顿了顿，卢标又说："所以我才更需要进一步完善和补充学习策略体系啊！智商、环境都是改不了的，努力程度以前虽然不够，但现在也接近极限了啊。唯一还能够提升的，就只有策略体系了。"

"全流程优化，我记得你是学过的。"安谷道。

"啊，这个学过！"卢标赶紧回答，"你是说这个策略能帮我突围？可是我已经用了啊！从预习到考试的全流程优化，还叠加了信息循环……"

"那么——"安谷不急不缓地打断卢标的话，"全流程优化的反面又是什么呢？"

"反面？"卢标立刻跟上安谷的思路，回忆道，"我记得第一课就讲过，是……是秘籍型思维吧。"

回答完后，卢标看向安谷，却见安谷一言不发，带着那谜一般的微笑看着他。

"啊！你是说——"卢标忽然回过神来，"是啊，我刚才的想法，正是一种秘籍型思维，在找你要某种秘籍……"卢标苦笑两声，微微低下头。他原以为，秘籍型思维是一种低级错误，既容易看穿又容易避免，永远不会与他有关……没想到自己的心态已经乱到这个地步了。

"这真是犯了个低级错误……"卢标喃喃道。

"焦躁。"安谷忽而又道，依然直视着卢标的眼睛。

"焦躁？是啊，一直卡在这条线上，还慢慢往回退，当然焦躁啊……"卢标叹气。

"背后又是什么呢？"安谷又问。

"背后？焦躁的背后？"卢标犹豫着，"目标导致的焦躁？还是能力不足的焦躁？两者也有关联……"

"我当可以。"安谷忽而又说。

"哈？我当可以？当可以……"卢标愣过之后，赶紧细思起来，"认为自己应当可以，却发现不可以，所以产生了焦躁？说得通……可是，难道这个'我当可以'的念头是错的？难道要有'我不可以'的想法？不可能啊……我当可以……这与我所说的目标导致的焦躁有什么区别呢？而且，目标导致的焦躁，本质上还是由于目标超过了自己的能力而产生的，解决问题的突破口还是要从能力那里去找啊！这也是我找你问有没有新的策略的原因……"

是啊。想着自己应当可以，这是个积极的心理暗示，自然比那怀着自卑、恐惧心态，总觉得"我不行"的人要强多了。这想法又哪里有问题了呢？卢标想不明白。

"你的目标又是什么呢？"安谷缓缓问道。

"我的目标很清晰，往前进几名，稳过清北线，确保在正常发挥的情况下能够考上清北。"卢标果断道。

"假。"

"假？假目标？"卢标不解，这明明是自己最真实的目标，为什么会假？

"上清北，又是为了什么？"安谷又问，依然盯着卢标的眼睛。

"上清北……更高的平台、更开阔的眼界，接触更优质的同学，为自己的未来打最好的基础……"

"假。"

"……"卢标不知怎样回复，看向安谷，四目相对，忽然觉得一阵空虚，只觉得自己迷了路，顺着本能往前走，却不知道最终要去哪里。他有些招架不住安谷的目光了。或者，他是招架不住自己。

"为什么是假呢？这是……短期目标……可是长期目标又是什么？长期目标……"

他愣愣地扶着一张课桌，缓缓坐下来，"长期目标……我爸的事业，家庭……赚钱还债……这……"

他忽然抬起头看向安谷，喃喃道："所以我底层的目标，就是焦躁驱动的？所以……"

"所以那令人焦躁的目标，渗透在你内心的每一个角落，然后化为丝丝缕缕的心智损耗。"

卢标低下头，喃喃道："所以，各种策略的效率并没发挥到极致，还差了一点儿，而我的分数，也正好差了一点儿……"

"而更关键的问题是，你想要实现一个超出你能力范围的短期目标，你要突破，你的力量当从何处来？"

"力量从何处来？"卢标又蒙了。这是什么意思呢？力量？力量……

这显然不是说肌肉了，甚至也不是普通的精神意志力。力量……那是指某种凭借吗？我要实现一个很难的目标，凭什么我能实现？凭什么……卢标忽然卡住了，他从没想过这个问题。他的一生太顺利，当他想要实现目标的时候，从来都是很轻易的。回顾起来，那些"努力后获得回报"的经历，更像是具有教学目的的设计，他并没有遇到过什么真正的困难。世上有目标的人太多，愿意为目标全力以赴的人也太多，然而仅此就能实现目标了吗？全都能吗？总要有所凭借的。

凭什么？

卢标一遍遍地想，我的力量从何处来？他答不出这个问题。

许久之后，他试探道："难道目标本身不提供力量吗？"他看向安谷，眼神中充满疑惑。

"因为你的弱小，目标无法给你强大的力量。"安谷声音平静。

"我的弱小……我的弱小……"卢标对这个描述感到陌生。他一贯太顺利、太优秀，他从没想过将自己和弱小联系起来。顺着这个念头，他推演不出什么东西。

"家庭呢？"他又问，"父母与家族给予我的养料，给予我力量，不行吗？"

安谷盯着卢标的眼睛，深吸一口气，微微闭上眼，呼气，然后缓缓道："你家族的力量已经衰竭。"

"衰竭？"

"不仅是金钱而已。"

卢标又不知如何接话了。

安谷又露出迷人的微笑，道："那么，你决定从哪里去寻找那股力量呢？"

她缓缓离开自习室，留下失神的卢标。

马上要上晚自习了，安谷正准备回班，一出自习室门，却又发现妖星正在走廊上立着——显然是在等她。

"有事？"

妖星正在沉思着什么，忽见安谷出来，赶紧道："啊！没什么……大事。本来要走，忽然想起有件事情想要请教一下你……"

▶ 第七章 ◀

谁让你不是占武

妖星知道卢标在自习室里咨询安谷一些私事,也就没进去打扰,而是在外面等待。他也有自己的问题要问。

"请说。"禅师安谷对妖星道。

"啊,那个……我想问一下,如果……如果一个人一直处于极端恶劣的环境中,连家庭都是腐烂的,周围的环境是绝对黑暗的,那么,他有可能突破环境的桎梏,闯出一条路来吗?"妖星问道。

禅师被这个没头没脑的问题逗得微微一笑,反问道:"你觉得呢?"

"我?我觉得不能……理论上应该不能……相由心生嘛。反正我没见过这样的案例。"

"首先,那就要看你如何定义'绝对黑暗'了。一个人的生态是多样而复杂的,要想让环境能够绝对黑暗,恐怕也很难。比如,原生家庭恶劣的时候,小学的某个同学给了他关爱和帮助,这种情况算绝对黑暗吗?如果同学也孤立与欺压他,也许哪个老师很看好他,常常表扬和赞美他,这算绝对黑暗吗?要把这人一生中所遇到的所有人,全部调整为负面的、伤害性的,在现实中也是不会存在的。哪怕人间邪魔全在他身边凑齐了,还有天地万物呢,春花秋月,夏风冬雪,雨后彩虹,朝阳夕霞——这些美好也能全部被抹除掉吗?"

妖星一愣,是啊,问题的定义并不清晰。

"不过,如果原生家庭有严重问题,已经算是大不幸;再加上不良的学校环境,同学欺负与孤立、老师打压,那就基本上可以说是现实角度的绝对黑暗了。在现实社会里,家庭、同伴、老师三者累加,占据一个人的生态已经超过95%。人的成长过程中,如果这三个因素集体覆灭,那就很难有出头之日了。"

妖星点点头。

"其次,又要看你如何定义'闯出一条路来'。如果是指克服巨大的困难,活下去,成为一个能够正常生存的普通人,没有被黑暗吞噬,平平淡淡地过一生,那就有一丝可能，但概率似乎也不大。如果是指成为一个特别优秀的人，人中龙凤，那可就很难了……"

"很难……也就是并非绝对？"妖星抠了一个字眼。

"凡事不好说绝对。但是这种情况的确很难……大约算是接近绝对吧。"安谷依然没有把话说死，但她的态度已经很明显了。

"如果是你呢？让你从小就生长于那种绝对黑暗的环境中，你能成为那种例外吗？"妖星执着地问道。

"不能。"安谷的回答简洁明了。

"不能？你的话……会不会因为恶劣的环境，反而激发出一种要为了自己的命运拼搏奋斗的强大动力呢？我知道这种情况也不太可能，但是又想，如果是你这样强大的人，或许有一线可能？"

"那种为了自己的幸福人生而努力的动力，也需要外部条件辅助和引导。如果是你所强调的绝对黑暗，恐怕会连那看似强大的为自我奋斗的内在动力都被打散。"

因为人生太过艰难，所以放弃希望，无奈地堕落，这样的案例，妖星在父亲的咨询室里看过很多，在现实生活周边的同学中也见了不少。说到底，这是人类意志的局限。

"所以，即便你说的一线可能是指成为健康的普通人，恐怕我也没那个本事。若指成为人中龙凤……那就不必说了。"

"哦，连你也不能……"妖星喃喃道。

安谷被妖星的样子逗笑，又道："也许还有比我更厉害的人呢。"

"嘿嘿，那就是真的绝对不可能了。"妖星笑道。

安谷没说话，以微笑作为回应，然后转身走进实验班教室，随即教室里一阵惊呼与鼓掌。妖星低头，思索着刚才的对话。此时正好卢标也从自习室里出来，两人对视一眼，都没言语，各自满是心事地低头下楼返回九班教室。

卢标以为会有答案，却没有答案。

妖星没有得到答案，但他早已有答案。

"好难啊！我的天！"

兰水二中比临湖实验更早开学。三天前，他们刚刚进行了高三开学典礼暨高考誓师大会。校长马泰登台，一番慷慨激昂、掷地有声的演讲，话语里尽是"认清形势""做好准备""拼搏三百天""更进一步"之类的短语。

而随后的摸底考试和总复习则让学生们进一步认识到，原来校长的意思是考试难度"更进一步"，作业更多需要"拼搏"，"三百天"意思是基本没有休息、放假更少，而我们需要"认清"这是不可避免的。鉴于有点儿难度，所以通知一声，让我们"做好准备"。

"总分比平时降了至少 50 分，太惨了吧……"

"唉，还没开始一轮复习，直接上高考模拟试卷，所有章节都要考，这是想要我们死吗？"

"是啊，前面学的早忘了……我连三角函数和差化积的公式都忘了。"

"我也不记得天体运动的公式了……"

"高一的文言文全都没复习……"

高三实验二班的教室里，学生们一通抱怨——当然，其他班的抱怨也并不少。考试结束后，几乎所有人的总分比平时都低了至少 50 分，甚至低 100 分的都有。随后，各班班主任训话，开动员会，要求学生端正态度，应对高考。

从教学逻辑上看，兰水二中的开学考试有两重含义：首先是摸底，看看学生当前的总体水平，既可以与高考对比，也可以与往年学生对比；其次是敲打，告诉学生他们学习的漏洞还有很多，要端正态度，认真学习。所以在试卷设计上，老师丝毫没有顾及刚上高三还没有开始复习的可怜学生，基本是按照高考难度出的题。

摸底固然必要，不过敲打的效果究竟有多少？会不会有副作用？老师们并不考虑。

"这错题本可怎么做呢？"夏子萱喃喃道。

陈思敏无奈地说："还能怎么做？一题一题地做喽……"

"可是，很多错题只是单纯地忘记了公式而已，比如第四题、第十题、第十三题……"夏子萱皱着眉头，"全都要改，好浪费时间啊……都成了抄题机器了。"

陈思敏也跟着叹口气："唉……六科的错题，今晚估计不用睡觉了。"

晚自习期间，全班学生都在做错题本，一个个奋笔疾书，不敢稍有懈怠，因为这是明天一早李双关就要收上去检查的。晚自习结束后，大部分人都没能完成做错题本的任务，只等稍作休息，到走廊上缓口气，然后再返回教室奋战。

"走吧，出去透透气吧。"陈思敏与夏子萱一起走出教室。走廊上，诸葛百象、罗刻、柳云飘等人也三三两两地聚着。众人愁容满面，士气低落。

"怎么办？怎么办？各位，刚升入高三，有什么感想吗？"陈思敏问道。

罗刻声音低沉，道："能怎么办？考这么差，老老实实改错吧。"

"咦？你不还是前五名吗？也没有太差吧？"夏子萱疑惑道。

"分数降了一大截。"

"大家都降低啦，毕竟没复习过。"夏子萱又安慰道。

陈思敏又说："你们有什么办法吗？有计划吗？准备怎么应对高三啊？"

"怎么应对？该怎么学还怎么学喽。你有什么想法吗？"诸葛百象伸了个懒腰道。

陈思敏略显着急地问："怎么提高效率啊？比如这次考试的错题本，李双关要检查的，可是这么改下去，明显效率很低啊！"

"忍一忍就过去了。"诸葛百象不以为然。

"但问题是并不是只有这一次啊！你看看学校的安排，更多的作业、更大的压力，以及这种胡乱做错题本的方式，明显都不是高效学习的方式啊！"

"是啊……"听了陈思敏的话，夏子萱也有些无奈，"李老师也太严厉了，学校总体安排也太紧张，作业那么多，我感觉自己这两天状态挺差的，学习效率不高……"

"对啊！我说的就是这个问题啊！"陈思敏略显激动，"学校和李双关，是在逼着我们低效学习啊！又是重复劳动，又是疲劳战，而且必须跟着他的节奏走，否则就重罚，没有一点儿自由……怎么办？怎么办？高三这么重要的节点，难道就坐以待毙、默认这么低效地学下去？"

"可是怎么才能高效学习呢？"夏子萱喃喃道。

罗刻忽然道："高效学习……像卢标一样吗……"

"也不一定就像卢标。"诸葛百象看向教室里一个空荡荡的座位。众人顺着他的目光看去，那个空座自然是占武的座位了。

他总分692分，依然是年级第一。尽管对于平时稳定得700分以上的占武来说，这样的分数显然也是受到影响了，毕竟长期没复习，谁都会有所遗忘。不过相对于其他人动辄几十、上百分的退步来说，对他的影响几乎可以忽略不计了。毕竟他是学神啊！由于没错几道题，占武的错题本任务自然也是接近于零，他早就轻松完成了任务回寝室去了。

"占武？他的方法不是更没有借鉴性吗？"罗刻不解，"卢标至少还讲究方法策略，占武就是纯粹的天赋了。"

"是啊，看占武有什么用？人家是大神，是天才，一辈子都没受过什么委屈，没经历过我们这种凡人的无力和悲凉。我们从他身上根本什么都学不到嘛！"

"啊，也不能这么说吧，上次聚餐他不是给我们讲了一些东西吗？"夏子萱道。上一次请修远分享占武传授给他的方法，运气极好地偶遇占武，占武于是顺便指点了他们两三句。

"可那是一次性的吧？顶多算是开开眼界，并没有什么实际的提升效果啊！又不像修远那种长期被他指导教学的。"陈思敏泄气道。

"对了，说到修远，他这次怎么考那么差？居然掉到倒数第几名了？"诸葛百象问。

夏子萱解释："啊，据说是因为考试的时候发呆，有一科忘记写名字了……"

"这样啊……"

"不过就算加上那一科的分数，好像也不是很高，没有到他原来的水平……"

"他好像开学这几天状态很差？"

"可能跟他上学期期末考试那次有关系？"夏子萱回忆道。上学期期末考试，修远虽然考得不错，但放假之前忽然没来由地精神崩溃、号啕大哭，而且也不和别人交流。至今无人知道到底发生了什么事情。

"各人有各人的烦恼吧，成人的世界没有'容易'二字啊！"诸葛百象耸耸肩，叹口气。

"哈，你倒是装深沉。"夏子萱被逗笑。

"说了半天，就是没有办法喽？"陈思敏又插话进来。她提出的问题无人解答，大家只是闲谈而已。"就这么浑浑噩噩下去了？随波逐流了？"

"可是确实没办法啊……那你准备怎么办？"

众人面面相觑，一齐沉默。

许久之后，罗刻终于开口："准备好受苦吧，这是凡人的命运。占武是天才，我们不是；占武可以不受苦，我们不行；占武能向老师索要权限，我们不能。于是占武可以轻松地高效学习，我们却无法做到。

"陈思敏很焦虑，我们都很焦虑，可是有什么办法？你以为成绩优秀是结果，而高效学习是原因；却不想高效学习已经是结果，命运才是原因。要抱怨就抱怨命运吧。谁让我们生来平庸？谁让你生来不是占武？"

> 第八章 ◀

人物传：占武——肉相篇

他，要为了自己而活。

9 岁，身高 128 厘米，体重 24 公斤。

他终于想到，人应该为了自己而活。那么多年来，父母要求他听话、服从，他以为那是天命，是真理，以至于压抑与欺骗自己。他说服自己，小孩子就是应该听话，该照着父母说的做，全然无视了父母的理念有明显的错误，父母的言行有显著的矛盾，以及父母的精神已经明显扭曲。

他终于从地面躺倒之处爬了起来，心想：我要为了自己的人生而活下去。

他在公交车上听别的父母教训孩子，说这社会最卑微的人，唯一的出路就是死命读书，读到最好，考最好的大学，找好的工作。他又听老师说过几次，又在路上偶然听一个邻居说过一次。他便信以为真。

我要努力学习，那是为了自己的未来而努力学习；我要认真听讲，那是为了自己的美好人生而认真听讲；我要刻苦做题，那是为了实现自己的目标而刻苦做题——而我全部的力量都来源于为了自己而努力。

他住在那阴凉潮湿的破屋里，被父亲打骂训斥，被母亲嫌弃，却燃烧起自我的希望。

"喝点儿稀饭就行了，快滚。"父亲不愿做早饭，把剩饭掺点儿开水给他吃，然后急着出去打牌。母亲则彻夜未归。

他看了父亲一眼，既不敢抱怨，也不屑于暗自埋怨，默默地咀嚼。他不再对父母失望，因为他的意志有了新的依附。他感到自己如此积极地生活与学习，命运全在他自己手里。

他更加认真地听课，坐得端端正正，所有学科都开始认真地记录和抄写老师的板书或 PPT，完成所有练习，然后省钱自己买辅导书加练。

数学老师说上课要积极回答问题，他疯狂地举手，一节课十几次，全不在意别人厌恶的眼光，直到老师叫他不要再回答问题了。于是他看着别人回答问题，自己在心里默默地回答。

语文老师说要学会提问，于是他也想积极地提问，可是脑子反应太慢了，半天想不出一个像样的问题出来。科学课又是如此，他问不出问题来，其他同学提出重要的或是有意思的问题，然后引发讨论，他看着其他同学发呆。

他想：为什么我提不出问题来？因为笨吗？这个和老师说的综合能力素质有关吗？

他上课提不出问题，独自着急，于是想，这是为什么；他下课了也在想，为什么提不出问题；吃饭的时候也在想，为什么提不出问题；甚至在厕所里也会想，为什么提不出问题。

他想：如果连一件提问题的事情都解决不了，还怎么为了自己而努力？怎么为了自己的未来奋斗？他因为这一件旁人毫不在意的事情，陷入无尽的沉思，甚至看起来有些呆滞。早晨7点，他在上学的路上想；晚上11点，他躺在床上想。他不知道自己到底是不是比别人更笨，他甚至不知道为什么老师认为在课堂上提问这件事情如此重要，但他终于想到如何解决了——提前预习课程，然后提前思考问题，记录下来，做成一张表格。这样，上课的时候就能提出有意义的问题了。

他高兴得发狂，皮肤变亮，背后出汗，连手脚上的水疱都消失了，大腿内侧的疹子也不再发痒。

然而在这个小城市的末流小学里，他太过突出的课堂表现是惹人生厌的。课间有同学故意调戏他，孤立他，然后围起来骂他，给他取外号。有人叫他"虫子""蛆"，因为他是老师的跟屁虫；也有人叫他"小矮人"，因为他瘦弱且矮小。高壮的同学从他身边走过，故意撞他一下，他飞出去，背砸到地面，生疼。

哭。

他不可能找父母，他去找老师。

数学老师是班主任，老师说这是同学不小心撞的，开玩笑的，要团结同学，要宽容。大个子一边说对不起一边暗笑，底下的同学也笑。课后他继续被围观、孤立、侮辱，乃至被人动手推搡，又摔倒在地上。

他又去找班主任，一次，一次，又一次，老师终于厌烦了，吼道："废话！为什么别人全都欺负你一个人？难道不是你有问题？就你一个人老来告状！"

他傻傻地愣在那里，不知所措。他走出办公室。

同学笑得更厉害，他被欺负得更惨。

他在被窝里哭，然后咬着牙齿，直到渗出血来。

他终于止住了哭。

然而他再上数学课时，却发现脑袋一片空白，耳朵嗡嗡作响。

他害怕数学老师。他怕那些欺负他的高大同学，但他更怕这个数学老师了。他看着数学老师,感到眩晕、崩溃,以及虚弱。

他听不进去数学课了。

他逼自己一定要认真听课,因为学习不是为了老师,是为了自己。周一的数学课,他耳鸣,几乎一个字也没听进去。他于是下课了自己看书,花了更多的时间弥补,晚上11点才睡。周二的数学课他又在耳鸣,于是他做了5倍以上的作业量,才能勉强弄懂习题的含义。周三、周四、周五……他急得手心、脚心全是汗,甚至不再厌恶数学老师,只求自己能恢复正常,不要一见到数学老师就耳鸣和大脑一片空白。

他感到更深的恐惧,比被人打骂更深的恐惧。

他有些恨自己,狠狠地扇了自己一耳光,又一耳光,再一耳光……希望能把这头脑发蒙的毛病打走。他的脸上一片巴掌印,通红,嘴角又渗出血来。

听不到老师讲课了,该怎么办?

他的感冒开始复发,并且鼻塞更严重了,医生说,这是鼻炎。他的皮肤暗淡无光,脚底的水疱长了回来,大腿内侧疹子瘙痒。

听不到老师讲课了,该怎么办?自己看书总比不上老师讲,总有模糊的地方。他想,如果找其他老师会怎么样?午休的时间里,他畏畏缩缩地去数学办公室找其他老师问问题,他能听到!他能听懂!他惊喜地发现,他只有碰到自己班上的数学老师时才会出现耳鸣脑蒙的奇怪现象。一次,两次,他疯狂地从其他老师那里汲取养料,几天时间把几个星期积累的问题解决。直到又一次,他在数学办公室里提问时,他的数学老师刚好也来到办公室,目睹了一切。

数学老师疯狂地嘶吼:"我讲课你不听,跑这儿来问!嫌弃我讲得不好是吧!你有资格嫌弃我?你看看你自己像什么样子?……"其他老师也跟着附和:"唉,你找你们班老师问嘛,给你讲题也不是我的义务,一次两次就算了,怎么还来上瘾了?"

从此以后,他再也不能向其他老师提问了。他又回到了原点——谁来给我讲数学课?

黑暗在侵袭他的肉体,他鼻炎反复发作,尤其在被同学围攻、嘲讽和被老师批评的时候。他的手变冷,秋天开始穿厚衣服。他的胃有点儿不舒服,中午吃完饭后睡觉,会积食,不消化。他的手指上长了一个小水疱。

他对一切感到失望,对自己也失望。他不明白为什么别人不想学习,却有一堆人逼着他们学习;自己拼命想学,却无法学下去。他蒙着被子痛哭,几乎要放弃。

他又在睡梦中忽然惊醒,心想:不能放弃,我要为自己的未来而努力。

不能就此放弃啊!

他在笔记本上反复写鼓励自己的话——"加油!你一定行的!""今天也要继续努力!""不是为了别人,是为了自己!"当他疲惫、虚弱时,他就写这样的话,然后振作起来。

他想：能不能找一个辅导班的老师给我上课呢？他知道班上有同学周末去辅导班补课。这得向父母提出来，可他不敢。他犹豫，他恐慌，他能猜得到父母的反应——一顿骂，或者打。他走到父母的房门前，伸手，又缩回去。第二天又想去向父母请求，犹豫了一个小时，心神不宁。第三天犹豫了半个小时，想到自己在笔记本上写的鼓励自己的话，终于鼓起勇气，敲响了父母的房门。

"没钱！"然后被呵斥了一顿。

他失眠，然后失神地来到学校教室。没有老师了，那么同学呢？不会的地方能不能向同学请教呢？他环顾四周，多是平时欺负和嘲讽自己的人。班上成绩好的同学有十几个——一大半是女生，而女生总是用鄙夷的眼光看他，嫌弃他矮小、木讷和衣着破旧丑陋，并且躲得远远的。成绩好的男生一半在跟着嘲弄他，另一半是冷漠与无视——这里尚有些机会。

第一次，他走向一个男生，请他教自己一道数学题，男生一愣，尚未做出任何反应，旁人看着他们二人一阵哄笑，说嘲弄之语，男生忽然脸红而愤怒起来，叫他滚。

他回去哭了一晚，然后又鼓起勇气。第二次，又是一阵哄笑，另一个男生叫他滚。

他再笨也明白了，不能这样。于是第三次，他等到中午教室里没人的时候，单独找第三个成绩好的男生请教问题。他惴惴不安，神情惶恐，几乎不敢再尝试。但是这名男生文文静静，平时也很善良，或许应该再试一次？他于是腿打着战走过去。

文静的男生看了他一眼，又环视教室，给他把题讲了。

他激动得连说了好几遍谢谢。然而讲完题的瞬间，几个打完球的男生走进教室，又对着文静的男生一阵挪揄嬉笑，文静的男生脸通红，小声道："你以后别来找我了。"

他愣愣地站在那里，头脑一片空白。

他回家，坐在他的书桌——母亲淘汰的梳妆台前，手脚冷得发抖，眼泪横流，心里却只有一个念头：谁来教我？

他扭头看窗外，孤零零的夜晚，凄凉的世界。没有父母，没有老师，没有同学。

他回过头，看着镜子里的自己。

没人了。

只有我自己。

想要我幸福的只有我自己。

希望我成功的只有我自己。

为了我努力的只有我自己。

现在，能够教我的人，只有我自己。

他脑袋蒙蒙的，忽然构想出一幅场景来，他自己变成了一个老师，正在给自己讲课，讲他看书没能完全看懂的数学题。

他讲到一半，卡住了，不会讲——他原本就没有完全掌握那些知识。为什么不会讲了，为什么我不会？他一边流泪一边翻书，心想：为什么我总不会，我到底哪里不会？晚上10点，他把课本的每一个小字都翻了一遍，终于找到一个自己没有注意到的例题，能够解答自己卡住的地方。他又在脑海里给自己讲了一遍，越过了刚才的知识障碍。他又给自己讲第二个知识点，又卡住了，再去翻书，翻遍了也没找到问题的答案在哪里。他很累，他不仅困倦想睡，更感到精神上的虚弱与乏力。但他又连续默念了十次"我要为我自己努力"，然后开始翻练习册，终于翻出了一道标星号的题，然后对着答案反推出过程。

他开始每天给自己讲课。在数学课上讲，在课间讲，在深夜里讲。

几周之后，他发现这种方法居然效果很好，许多细小的知识漏洞都被找了出来，他的数学成绩快速提升，甚至超过了之前。

数学老师当着全班同学的面表扬了他，大声说："要听老师的话，跟着老师好好学习，你看占武同学，按照老师的方法学习，进步很大吧？"

他突然很想哭，又心一狠，用力咬了自己的嘴唇，憋了回去。

嘴唇流血了。

10岁，130厘米，体重26公斤。

他手上的小水疱长硬了，成了一个瘤子，痒，且有点儿痛。他的胃消化能力弱了，有时会有刺激性的胃痛，不能喝冷水，一喝就痛，夏天也是如此。在喝了几个月的热水后，有早熟的男同学恶意地嘲笑他"每天来大姨妈"，他不知道这是什么意思，何以忽然扯出一个亲戚来？但是一众同学围着他笑，他知道这是辱骂。

他也不知道为什么自己夏天还是怕冷，一边流汗一边手冷。他不喜欢吹空调，但其他同学叫嚷着一定要开空调，他于是频繁感冒，流鼻涕、鼻塞。

他总是给自己讲课，一次又一次，一天又一天，以至于自学的进度比老师讲课更快了。他尝试不听老师讲课，偷偷看书提前自学，但被老师发现后，狠狠地批评了一顿。他于是只能做出认真听讲的样子。

但他并没有在听。他想：为什么我上课要听那些早就懂了的东西？他开始发呆。他看着自己笔记本上的自我激励的句子，又想：为什么我要发呆，为什么没有抓紧时间学习？可是老师不允许他学其他内容。他好矛盾。他感知着平白流逝的时间，仿佛生命即将流逝，恐惧与焦虑迸发出来。他只能凭空回顾已经学过的内容。

数学课老师讲授的内容已经完全学会了，他开始回忆上一个单元的数学课讲了什么，有哪些习题。英语课的单词和句式他已经背完了，于是他看着黑板凭空回忆那些标记星号、不需要掌握的单词。他听很多人说品德与社会课程到初中不需要学，于是他在课程上回忆上午的语文课讲了什么。他如此复习。

（背景音乐：*Pilgrimage*）

11岁，133厘米，28公斤。

科学老师是他最喜欢的老师，因为讲课有水平。语文老师也不错，会在他作文写得好的时候表扬他，说他的文章很有真实情感。其余老师对他冷冷的，数学老师则赤裸裸地鄙夷他。

有一天升国旗，学校通知换了校长。过了一星期，学校通知他们班要换老师，科学老师要退休，语文老师调去教一年级。新来的科学老师，每节课念课本，一半时间让学生自习，自己在讲台上玩手机。语文老师很严厉，而且批评他，说他的作文太平淡，缺乏优美的词语，肯定是积累得太少。

他拿出之前的作文本，说之前的老师给他的分数很高。新老师突然发火，掏出红笔，将前任老师打的"优+"狠狠画掉，吼道："抬什么杠？还优+，你这么单调的语句，连得个'良'都不配！"

一本作文本的优和优+全都被画掉，他回去哭了一夜，眼泪哭干。

他深夜惊醒，站在阳台上，孤零零的空间，漆黑的夜。他双脚无力，恍惚着好像要掉下去，要跳下去。他又回去睡觉。

他五年级了。他开始了解小升初的信息。他在学校发的免费校报上看到，兰水市最好的初中是临湖实验的初中部和长隆实验初中，他想去临湖实验初中部。

听说，那里的老师水平很高，有很多特级教师，讲课一听就懂。

听说，那里的老师很温柔，从不骂学生，经常表扬鼓励。

听说，那里的同学很聪明，不愁找不到人来教我题。

听说，那里的同学风气很正，不会集体欺负人。

他把那张免费报纸藏起来，天天看。一开始藏在抽屉里，觉得不安全，生怕被人偷了去，于是又改藏在书包里，每天随身带着。

他在笔记本里写上："我一定要上临湖实验！"几乎每天都写，有时候一写就是上百次。

后来他就在废纸上写"临湖实验"四个字，疯狂地写，几千遍，直到整张纸全部写满，如同魔怔。

他的父母终于知道了他想上临湖实验初中部，倒也高兴。父亲开始逢人便说，他是龙生龙，凤生凤，他的儿子要上最好的初中了。路上碰到人会说，出去打麻将会说，喝酒了也会说。喝醉了回家，痛骂一个与他有矛盾的牌友，脏话连篇，从生殖器到祖坟。又说，那个废物怎么能跟自己比，老子的儿子能上最好的初中，他的儿子是个什么垃圾？忽而又大声呵斥占武，如果考不上临湖实验初中部，老子打死你。

他需要很高的分数，既不能有不会做的题，也不能有不小心算错的题。他最怕不小心算错题，他听说很多学习好的同学都会因为犯低级错误而上不了最好的学校——而他刚好有时候会犯低级错误。

当他立下了上临湖实验的目标后，他开始特别注意自己的计算错误与看题错误。每当出现计算错误，他就异常地埋怨自己，甚至对自己感到愤怒。他要求自己，必须全对。

这里看错题了，他罚自己把题抄十遍。

再看错，他罚自己抄二十遍。

继续看错，他抄了五十遍。

又看错了，他感觉抄写已经没有作用了，他盯着试卷，一遍遍地看题，再看，再看，再看。他从左到右地"扫描"试卷，从第一个字到最后一个字。不能看错，但也不能太慢。他练习看十遍试卷，很慢很慢，不能有漏掉的字；他练习加速看十遍试卷，不能有漏掉的字；他继续加速，精神高度紧张，发现自己漏字了，他就狠狠地打了自己一巴掌。再试一次，还有漏字，他又扇了自己一耳光。

算错数字比看错题更不容易改。如果算错就打自己，他打得自己耳根子火辣，没有用。如果算错就掐自己，他掐得自己手臂瘀青，没有用。他听说大量练习口算有助于防止低级错误，可他没有口算练习册，学校发的早就做完了，他也没钱买，不知道该怎么办。

他偷东西了。他偷了前排一个女同学的口算练习册。那是女同学家长买给她的，要求她做，她很烦，不想做，塞在抽屉里当废纸。他趁着课间操没人的时候，把练习册偷了过来，塞在书包底下，平放着，又压了十几本书上去——这样应该就不会被发现。

他又打了自己一巴掌，他厌恶和鄙夷偷窃的行为，他还记得自己曾目睹母亲偷过别人麻将桌上的钱，被人捉住，拉着头发打，他记得那种深刻的耻辱感。他剧烈地抽泣，眼泪滴在偷来的练习册上，他又心疼地用衣服把练习册上的眼泪擦干，怕损坏了口算练习册。

他把练习册上的几千道口算题练完，甚至练了好几次，直到写不下答案为止。

他的错误率变得极低。他熟悉了一切基础计算，看题的时候看得入神，做题飞快而又不出错。现在，他进入临湖实验初中的唯一屏障就是奥数内容。校本练习册上的星号题已经有些难度，据说临湖实验考查的题有部分奥数题，比星号题更难。他想着，我要怎么才能学会奥数题？我需要买几本书。

这是我上临湖实验初中部的最后障碍了。

他在纸上写了一千遍"临湖实验初中部"。

那一天，父亲醉酒回到家，忽然把占武叫出来，命令道："你不要去临湖实验了，去长隆实验初中。我听说了，那边可以免学费——但是要考到前二十名才行！你给我注意了，一定要考前二十名！"然后呼呼大睡。

　　他听到自己不能去临湖实验初中部，忽然觉得信念崩塌，心碎成小块，腿也发软。他回房哭了一夜，哭得小腿抽筋，哭得胃痉挛，喝热水也不顶用。捂住被子哭，不敢让父母听见。

　　最后，他勉强安慰自己，长隆实验初中也是重点学校，和临湖实验是一样的。那所学校，应该也很好吧。老师应该也好，同学应该也好。

　　两三天后，他终于勉强稳住自己，心想：长隆实验初中也要考奥数啊，那个障碍没有变。他在校门口的书店翻了好久的书，反复比对目录和例题，确定了自己需要两本奥数书才行，最好是三本。两本书是七十六元，三本书是一百零三元，他和老板讲价，如果买三本，能不能一百元就卖？磨了很久，老板终于答应了。他又说现在没有钱，过几天再来买。老板哼了一声。

　　他虚弱地走出书店，在街上挪着步。

　　他回到家，父母在吃肉丝面，他自己去锅里盛了一碗没有肉的面。吃到一半，他说，要钱买奥数书，要一百元。母亲当场大骂起来，说他骗钱去玩。他赶紧解释，是要买三本书，所以贵。母亲又骂，他忽然对着父亲说，要买了书才能会做奥数题，才能考上长隆实验初中，这样父亲才会有面子啊！一直埋头吃面的父亲忽然来了兴致，让母亲给钱。两人对着吵了一阵，都说要出去打牌，没钱给他，后来父亲吵赢了，母亲终于不情愿地给了他一百元。然后两人各自出门打牌。

　　他捧着那一百元钱，激动得在房里跳，跳到出汗。他恨不得马上冲到学校门口的书店去把这钱花掉，不过现在已经晚了，书店关门了吧。他只能等到明天。

　　晚上10点半，他还手握着钱，在房里踱步，忽然家里大门开了，然后他的卧室门也开了，母亲一脸怒气地出现在他面前。他一愣，想到她应该是输钱了。母亲一眼看到他手上握着的一百元钱，伸手就去抢："拿回来！"

　　他没提防，一百元钱被母亲抢了去，等他反应过来了，撕心裂肺地大吼："把钱给我！钱给我！还给我！"

　　他冲上去拉母亲的手，用力扯，母亲甩了两次居然没甩开，输钱的心更愤怒了，反手一个巴掌扇到他脸上，他倒地了，母亲带着钱又匆忙离开。

　　他又想爬起来抢，却发现手脚都在打战，疲软无力。他就这样坐在地上。

　　夏天的地面如此冰凉。

　　他的鼻子又塞住了，手脚发冷，胃在绞痛，手上的瘤子刺痛，大腿内侧的疹子在腐烂，皮肉化脓。

　　他的肌肉如此虚弱，几乎没有爬起来之力。他感觉肌肉松散，与皮肤黏滞成一块，又像要与骨头分离，收缩，凹陷，化成细丝。皮上无血色，肌肉拧巴而欲萎缩。

他呆呆地想，为自己努力，积极地拼搏，又有什么意义呢？终究会因疲惫而倒下。

他爬起来，趴在书桌——他母亲的破旧梳妆台——上发呆。他看着镜子，他的眼神开始涣散。

他欲哭，却没有哭泣之力。

一瞬间，他的脑海里闪烁过"死亡"。

忽然他的内心深处开始震动，他的整个身体开始反抗与挣扎。他的眼睛瞪大，眼神再次锐利起来。汗毛竖起，皮肤打战，皮下的肉仿佛开始鼓起、膨胀，骨头咔咔作响，仿佛在愤怒地嘶吼咆哮。恍惚间，似有黑色的气从骨头里透出来，注入肌肉，渗入皮肤，乃至外溢，包裹住他的身体。一层层的力量跟着涌出来，虚弱的感觉退下，皮肤不再瘙痒，溃烂的伤口已止痛，皮肉松散虚弱的感觉被覆盖，后背挺直，拳头紧握，手骨带动着肌肉与皮肤狠狠地握在一起。

与此同时，他的心里升起了强烈的憎恨。

无穷无尽的憎恨。

他怒目瞪着镜子里的自己，面目狰狞，咬牙切齿，双拳紧握，直到牙龈渗出血来，指甲掐进肉里。

我有，无穷无尽的憎恨。

第九章

信仰

他变得沉默。

上学期期末，修远满怀着去临湖实验借读的希望，并为之做了最大的努力，却依然失败了。他如同汪洋大海中的一个小木筏，被一排巨浪随意打过来，无可抗拒地翻倒、沉没。他觉得胸腔中憋满了气，烦躁又迷茫，身体黏滞乏力而虚弱。

而这一身的烦躁无处发泄，迷茫无处求解。一时脑海中杂念翻腾，一时又陷入空白，愣愣地出神。

他听老师讲课，发现水准一般，心想临湖实验的老师会讲得更清晰；他被迫跟着老师的节奏复习，没有丝毫自主学习的空间，心想临湖实验的氛围会更宽松自由；他做学校发的习题，发现习题种类不全，重复较多，而难题又偏离高考主线，心想临湖实验的习题质量一定更高……

他想着想着就开始失神，发呆，脑子一片空白，不知道老师在讲什么，也不知道眼前的试卷上有什么。摸底考试的时候，他便是这样发呆了十几分钟，并且忘记了写名字。

当神思散了以后，他又会想很多虚无而遥远的事，困惑人生的意义，自己为什么而存在，人类又为什么而存在？他还疑惑，什么是命运，人如何能改变命运？或者命运究竟能不能改变？当思考到命运一层以后，他就会顺着思考，努力拼搏的目的是什么？努力还有意义吗？如果努力有用，那就说明命运并不那么残酷，你的突破本质上也只是靠运气而已；如果命运太残酷，随你再怎么努力也不会有效果了，那么努力本身又有什么意义呢？

进而又会思考，如何界定命运的"太过残酷"？怎样的困难是有可能克服的？怎样的难关是注定无法突破的？在何种情况下，满足了哪些要素，努力才是有意义的？如果坠入那些努力没有意义的情况，又该怎么办？该带着怎样的精神活在世间？

思维一阵一阵地散乱着扩散下去。

这些思绪又在不经意间进一步消耗了他的精神，让他更加疲敝。

啊，这让人无力的世事。

啊，这迷茫与虚无的人间。

或许会有人注意到，在精神变得虚无的同时，他的外观也邋遢了起来，少年的脸上竟然显出沧桑的感觉。他整日闷坐在桌子前，起身活动的次数明显减少。脸上挂着迷茫与忧郁，微驼着背，眼神涣散，没了少年的精气神。

一年多以前，他神采飞扬、积极向上，每日都过得无比充实，因为那时燃烧着希望；如今失魂落魄、郁郁寡欢，每日如行尸走肉一般，只因希望如梦幻泡影破灭。

他的希望啊，来来去去、走走停停，如同飞舞的花蝴蝶，引诱着好奇的孩童一步步走向密林，在花丛中穿梭，时隐时现。不知不觉间越走越深，一抬头，已是密林深处，不见天日，呼喊无门。初时寄希望于秘籍般的思维导图，他内心知道那是假的希望；后来遇见林老师，他一度以为那是真的希望；林老师消失，他又搭上了占武，这希望也有一番姿色；最后占武甩开了他，他寄托于到临湖实验借读，这希望是他一手拼搏出来的，费尽全身力气，又曾经无限靠近，几乎成真，那亲手打造出的希望更显得无限美好。

全破灭了。

回过头来看，就仿佛命运给了他一段戏弄与嘲讽，拎着他起起伏伏，让他误以为自己能驾驭风雨。

晚饭后，他从食堂返回教学楼，路过操场，看着操场上奔跑着踢球、打闹的高一和高二学生，心中一番感慨，又一阵悲凉。年轻的学生啊，还有大把的时间，还有尝试与改变命运的机会啊，而自己已经高三了，没有机会了。转念又一想，高一、高二又如何呢？命运要你倒下，你一样要倒下，给你再多时间也会倒下。自己当初不就是从高一、高二走过来的吗？一步步走到今天。

他坐在操场边的长椅上，呆呆地看着夕阳下操场上奔跑的年轻学生，浑然不觉身边不远处立着一个女生。

"修远……"

修远转头看向身边，一个着夏季校服的女生正痴痴地看着他。一阵迟疑后，他才应道："舒田？你怎么……"

又有几个月没见了，舒田的气质又有所改变了，似乎是朝着阳光和积极的方向有所推进。一个本身就五官端正而秀气的姑娘，又有着积极和阳光的气息，如果修远不是这副丧气模样，或许会有兴致好好欣赏下舒田的样子。可他没有那份闲情，头脑反应缓慢，竟不知要如何面对舒田。

"修远，你怎么了？好像不开心啊。"舒田关切道。

"没什么……"修远回避着。

舒田迟疑了一会儿，小声道："是因为没能去成临湖实验高中吗？"

修远的失意，当然与借读失败有直接关系。然而他今时许多的困惑，对命运的迷茫，对人生的意义感到虚无，早就超脱了借读的范畴，已经是一次人生的大萧条、大迷茫、大挫败了。

修远没有接话，舒田自以为猜了七八分准。她看着修远落魄的样子，一阵心疼，回忆起当初修远引导和鼓励她时，多么意气风发，多么英雄盖世的模样。"修远……"舒田想要安慰，却不知说些什么，"不去临湖实验高中也没什么的，你……你在二中的实验班里也挺好的……你也，你也很优秀的呀……"

她无逻辑地宽慰着他，也不知有没有效果。

修远低着头，一言不发。

舒田又说："可能你觉得二中的环境还是不如临湖实验吧，老师、同学什么的……不过，你在二中也一定能取得很好的成绩的啊！我相信你，一定可以的！"

修远依然没有搭话。她有些紧张，不知道该说什么，可又强烈地觉得必须要说些什么："可能你暂时遇到了什么困难吧，也许不是我能理解的困难，毕竟你比我优秀太多了。可我还是觉得……觉得……修远……"

她不知道怎么表述了，她想要给修远安慰，给他信心，乃至给他力量，可修远明明是比她高一个层次的人，她完全不知道如何着手。

修远终于抬头看她一眼，轻声叹口气。

"总会过去的……"她急得差点儿掉眼泪。

他看着她焦急的样子，有些于心不忍，但依然没说什么。

"修远……你能和我说说吗？心里有不愉快的事情，发泄出来也好啊！你就跟我发泄出来好吗？"舒田已经控制不住流下一行眼泪来。那泪珠顺着洁白的脸颊滑下来，折射着夕阳的余晖，映入修远眼帘。

修远又是一阵沉默，终于问道："舒田，你有……你有什么信仰吗？"

"信仰？"舒田一愣，见修远终于跟她说话了，赶紧擦干了眼泪，喃喃道，"我不怎么信宗教……"

"不一定是宗教啊……"修远看着天边巨大的落日，"就是遇到巨大的挫折和痛苦时，能够支持着你走下去的那种东西。"

舒田愣在那里。

"舒田，你经历过什么巨大的困难吗？简直要摧垮信心、毁灭意志的那种，在这样的困难下，又要怎么走出去呢？一来要考虑具体的技术手段，二来要保有坚定的信心，两者缺一，就不可能跨得过去。可是坚定的信心从哪里来？如果明明已经没有希望了，又能从哪里找到坚定的信心呢？信仰啊……"

舒田赶紧道："也许暂时看不到希望，但并不代表就没有希望了啊！也许它就躲在某个你看不见的角落呢？即便现在没有了，未来也许就有了呢？"

"你又如何知道未来就有了呢？"

"这……总有希望的吧……"

这一层修远已经想过了，他以为并不是问题真正的答案："看不到希望也要相信未来有希望，那就是要盲目地相信任何问题都一定有解决的希望了？这是在假设，任何问题都是有解的——可这个假设错得如此明显。比如，一道错题有解吗？一道尖端数学家也不会做的难题，对于我们来说有解吗？有些问题，分明就没有解啊。既然如此，又如何坚持下去？"

"可是，大部分问题总是有解的啊……错题和超难题毕竟是少见的，我们也未必就那么倒霉吧，也许我们遇到的问题就是有解的呢？只是这解决方案在未来，需要我们继续找下去……"

"那就是只能骗自己了？骗自己，我就是运气好，遇到的问题总是简单问题，未来总会更好……可是怎么骗？怎么骗？问问自己吧，当老师在班会上说'努力一定有回报'，当家长安慰你'总会有办法'的时候，你真的相信了吗？难道你不是在鄙夷他们把自己当幼稚小孩哄骗？如果外人都骗不了你，你自己又怎样骗自己？

"我们学了那么多年的数学，做了那么多推理题、证明题，早就学会了要摆事实、讲道理，从逻辑出发严格推理。可是到了信仰的领域，却又突然要我舍去一切逻辑，变得盲信？这如何做得到？如何一夜之间把整个大脑自动运行的逻辑体系给扭转过来，然后强行去骗自己？

"你观察事实，尽全力尝试，已经无比确认了，这就是条死路，这问题就是注定解决不了，那又怎么去产生信心？得意地宣扬'凡事总有办法''永远不要放弃希望''办法总比困难多'之类说法的人，只不过是些幸运儿而已，他们没有遇到真正绝对的困难。世上的人命运各不相同，有些人生来好命，有些人注定走上绝路，还有些人遇到了一些小困难，努努力就能解决，于是便以为但凡困难全都能解决……

"唉，信仰……传说能支撑人战胜巨大困难的是信仰，可信仰又是什么呢？"

修远这一番话是多日苦思的结果，舒田本不是反应迅捷的人，又如何在匆忙之间找到应对的逻辑？她愣愣的，不知如何回复，酝酿了许久，突然道："信仰……我的信仰……我的信仰就是你啊！修远！"

"我？"修远怔住。

"我遇到困难的时候，便是想着你的样子才支撑下去；而我之前积累下来的迈不过去的坎儿，也是因你才解脱的啊！"舒田脱口而出，"我……我不知道说这些有什么用，可我就是想要你知道，你真的是我心目中的英雄啊！你说一要有解决问题的方法手段，二要有解决问题的信心，可这两样东西，不都是你给我的吗？你教我冥想和慢跑调整心理状态，你教我用结构化来提高学习效率，我都是照着你说的做的啊！后面我又遇到难关，每每想着你的样子，就总觉得会有办法渡过去……"

舒田红了脸，思绪也乱了，后面越说越没逻辑，只想着要夸赞修远。后面的内容修远没有记住太多，却深深地记住了那一句"我的信仰就是你啊"。

他忽而觉得暂时又稍稍有了一点点站立的力气。

"舒田，谢谢你。"他艰难地露出一丝微笑。

是夜，修远辗转反侧，又开始思来想去。"我的信仰就是你啊！修远！"她的信仰何以变成我？信仰变成了我，何以就有用了？

她那自卑与懦弱的性格需要什么？需要一个信仰给她信心，给她积极向上的力量。可是我是那样的人吗？我自己具有积极向上的力量吗？没有啊！我这颓丧的样子，已然是放弃治疗的废人，可她却以我为信仰，这信仰岂不是假的？虚的？虚假的信仰，如何能支持她一路向上？或许是运气？巧合？空中楼阁？

我又该如何？能如何？难道也像她那样弄一个虚假的信仰出来？那不又回到了自己骗自己的路子上来了？根本做不到啊……人若是看见了绝望而凄惨的现实，又该从哪里汲取继续拼搏的力量呢？甚至于都已经是绝望的死局了，继续拼搏还有什么必要呢？这又绕回到人生的意义、努力的意义上去了……

想法一遍一遍地萦绕，他终于困倦了。

希望……绝望……信仰……

第十章

反叛者联盟

　　一轮复习已经轰轰烈烈地开始了。大部分学科的一轮复习，是复习课本内容，一个个章节快速重新熟悉，类似于学新课的内容，只不过速度加快了 5 倍，同时难度也有提升。比如，新课时期是单章节的学习，而一轮复习时，则有可能出现多章节的融合题型了。这种多章节的融合题型往往会打得学生措手不及。比如，物理的力学与电磁学综合；生物的多种实验操作综合；政治的一段材料中，更是能把经济、政治、文化、哲学板块全部融合；地理更厉害，不仅能出现所有章节板块，还能出现一些课本中根本没见过的琐碎知识点。

　　这些难题、综合题在小测试中频繁出现，学生频繁考崩，然后改错题、做错题本，接着继续考查，如此循环。这本已经够辛苦了，而对于兰水二中这类二流高中来说，还有另一个问题，那就是由于他们从高一开始知识学习难度就略低于高考水平，而高三复习时为求能覆盖高考范围，则会将难度提高到略微高于高考的水平，即他们面临的一轮复习，不仅节奏快，难度还有提升，自然压力更大。

　　而临湖实验高中这样的重点中学，平时学习的难度就显著高于高考水平，高三复习不仅不会增加难度，甚至还会略微降低难度，以贴合高考。如此一来，他们便有一种越学越轻松的感觉。因此进入高三以来，重点学校相较于二流学校，优势会放大。

　　兰水二中的实验班在高一、高二学习期间，倒是也刻意增加了难度，要求向临湖实验靠齐。具体的方法就是，在讲课和练习中会给出较难的题。可是学生的心态并不一样，在临湖实验，学生们认为有更高难度的题是理所当然，大家都应该掌握它，也都能掌握它，于是自然地去学习和掌握。在兰水二中的实验班，学生们在自我认知上天然没有重点高中的那般自信，面对难题时，总会不自觉地想，这很难，学不会很正常，太难的东西也不需要完全掌握。这是文化的力量，自我认知与心理定位的力量。

　　总之，速度更快，难度更高，压力更大。再加上兰水二中向来以严厉著称，实验二班更是在李双关的掌管下从不放松。忙碌是标配，压抑是常态，而在长久的忙碌与压抑之下，孤独就会滋生繁衍，然后伺机与成绩低的打击合兵一处，谋求更大的伤害。

越是在复习压力大的时候，就越需要更高效的学习方法。比如，要特别做好结构化，以保证知识输入很清晰；要特别注重自主学习规划，能自由调配时间，那些暂时不会的内容能够多分配时间；要能够在适当的时候减压，避免焦虑情绪，否则对于有难度的内容学得更慢。而这些全都与兰水二中的教育模式无缘。

"不到高三不知道自己学得这么差啊……"又一次小测试分数下来，夏子萱看着不足 110 分的数学试卷，心烦道。指数和对数图像题错了两道，周期函数和奇偶性又错了两道，二次函数极值题错了一道。还有一道混合函数极值题——居然要用求导法？不是说好了是初等函数章节的小测验吗！其余更难的题自不必说。

陈思敏盯着自己的试卷，喃喃道："不仅是分数的问题，更重要的是平时的学习状态啊……你不觉得状态已经差得不行了吗？比高一、高二更差……"

夏子萱点头称是。

"中午吃饭时大家聚一聚吧。"陈思敏提议道，"算是'第四届学霸大会'了。碰个头，交流下想法……"

"上次临时交流了，好像大家也没什么想法……"夏子萱想起之前在走廊上闲聊时的场景。

"再试一次吧……"陈思敏无奈道。哪怕很有可能没有用也要再试一次，哪怕是抱着侥幸的心理也要再试一次。因为她知道，这样下去肯定不行，她实在受不了温水煮青蛙了。

"也好。哪怕就是大家聚一聚，聊聊天，心情也会好一些吧。"夏子萱说。

中午时分，一行人来到食堂的包间里，所谓"第四届学霸大会"便如此召开了。陈思敏、夏子萱、柳云飘、诸葛百象、罗刻、修远、百里思几人再次聚到一起。少了占武，所以没有人居高临下地指导他们，全靠集思广益、众人拾柴火焰高了。

"各位，最近状态如何？有何感想？"陈思敏发起话题，如同主持人一般，又如同代理的武林盟主。

柳云飘一摊手，连话也不想说了。她的成绩退步显著。罗刻闷着，他的状态没有明显变化，但也只是因为他善于忍耐而已。诸葛百象状态似乎还行，但也没有进步，原地不动而已。百里思由于数学和物理学科的优势，理应没有那么累，但在语文、英语、化学、生物上，则一片"红灯"，也找不到崛起的方法。修远更不必说，人人都知道他状态消沉。

夏子萱道："我们班相对排名又退了……语、数、英三门与隔壁历史实验班是同样的卷子，前几名他们班占比越来越高了。现在前十名我们班只有占武、李天许和百象三人了，百象还是第十……"

陈思敏接道："平时的状态就不对劲，结果当然也就不好了。我一直在思考这个问题，今天把大家聚在一起，就是想讨论下，怎么解决问题？我想大概有两点要理清楚：第一个是找原因，状态不对劲，但是到底哪里不对劲，要找出来具体原因；第二个是针对具体的问题，商量看看有没有解决的方法。"

"效率不够高吧……"

"没掌握学习方法？"

"感觉有些地方老师讲得就不够清晰？比如语文课，一轮复习不知道在干吗……"

"语文？我感觉还是数学最难吧？"

"数学老师讲得虽然还行，但是总感觉作业太多了，占用的时间太多，搞得我其他科目完全没时间学。"

"但数学这种科目原本就应该花最多时间吧？"

"我倒是觉得数学花的时间太多，导致我地理、生物都没时间学，而且这两门课已经成了我最主要的拖分科目。"

……

众人一阵叽叽喳喳，说了诸多自己的不满，只有修远还在沉默着。终于，夏子萱注意到了皱着眉头的修远："修远，你有什么想法吗？"

修远缓缓抬起头来，无力地靠在座椅上，呆滞地盯着墙壁上的斑斑点点，自顾自地说道："想法，想了太多……状态当然不对啊，老师讲课快而乱，作业多而杂，既不结构化，也没深度解析。数学、物理死堆题，语文、英语毫无逻辑，化学、生物散乱无章……"

大家一惊，虽然对老师不太满意，但也没想到修远会把各位老师说得那么不堪。

"……作息精确到分钟，管理严苛，无限量的作业挤占一切空闲时间。学习彻底的学校中心化，不给我们留半点儿自由，时间紧迫，方法死板，导致所有的主观能动性被彻底封杀，硬生生将主动学习者变成被动接受者。不懂策略，缺乏战略，妄图用重复劳动压榨潜力、提高成绩，乃至各科老师相互抢时间、争成绩，全然不管学生的总体规划。更不知劳逸结合，不顾身心一体的规律，不懂情绪影响思维的常识，使人疲惫、烦躁、压抑、孤独，班级氛围恶劣。墨守成规，不知变通，坐井观天……"

修远对学校和老师的一通批判让众人惊呆了。这一段话不仅戳到了学生们的痛处，还语言凝练、言辞犀利、气势磅礴，于是连带着将积压的不满情绪也一齐勾引且发泄了出来。其他人的模糊所感，居然被如此清晰地点破，简直如同思想家一般！众人都以为修远只是单纯的消沉而已，以为精神上这样消沉的时刻，思想也应该疲敝迟滞了，夏子萱叫他说说看法也只是调节氛围，不忍他太被孤立而已。却不想修远开口惊人，简直振聋发聩、醍醐灌顶了。

陈思敏惊讶道："这……修远真是思想家呀！问题都被你点出来了，那，后面怎么解决呢？你比我们想得深，解决方法应该也有吧？"陈思敏格外急切，也正因如此她才几次提出状态不对的问题，才召开这"第四届学霸大会"。

"解决方法……"修远并没有成熟的解决方法，他还想着占武，想着林老师，眼神呆滞地随口道，"我不知道具体该怎么办……我只知道曾经有顶级的高手给过大方向上的指导。学习中心论，学习必须以学生为中心，否则不可能成为真正的高手……自己规划、自己执行、自己反思，主观能动性发挥到最大……"

陈思敏听着、想着、犹豫着，忽而又急切地问道："是卢标给你讲的吗？你说这是顶级高手告诉你的，是卢标吗？"

修远摇摇头："不是……是比卢标更高的高手，比占武更高的高手……"

比卢标和占武更高的高手，那又是谁？众人正在疑惑，陈思敏忽而激动道："那就行了！不瞒各位说，这件事情我也想了很久，真的很久很久了！我们这样的状态真的不行，不可能过一个有意义的高三学年！学校目前给我们安排的复习方式，真的不适合我们啊！"

众人又是一阵惊异，陈思敏何以说出这样肯定的言语？

她又激动道："修远说得没错啊！学习中心论，学习该以谁为中心？必须是学生啊！参加高考的是学生，平时学习的也是学生，那么学习怎么能围绕着学校和老师进行呢？老师了解学生吗？了解我们的优势吗？了解我们的困难吗？了解我们当下最需要做什么吗？他们不知道啊！真正了解的只有我们！

"比如数学严老师，她总要我们花更多的时间在数学上；李双关，他总要我们花更多的时间在英语上。可是这对我真的好吗？我的数学已经接近130分了，虽然还有进步空间，可是已经不大了；我的英语大概120分，李双关总说太低了，还要再提高，可是他们有没有想过，我的地理只有70分左右，物理也不到80分，这两科的进步空间是不是更大？对于我来说性价比是不是更高？那我为什么不能腾出更多的时间去追这两科的分数？

"还有，面对更高难度的科目和章节，就需要短期内投入更多的时间去冲刺才能突破。比如我高一物理的学习就有这样的经历——高一的力学分析一开始是完全不会做难题的，然后连续一星期课余时间几乎只学物理，终于突破了。这样的突破完全得益于高一刚开始，老师还没有管得那么严，而我其他科目也还行，所以能腾出来时间。可是现在，已经腾不出时间来了，那我就没法再完成这样的突破——那我的数学高分段如何提高？化学的瓶颈如何突破？

"总之，学习的节奏必须要控制在自己手里才行啊！

"不仅是修远这么说,卢标也提过一样的理念啊!我曾经亲耳听到他说学习要以自己为中心,越是高手越要把学习的节奏控制在自己手上。他是这样说的,也是这样做的,当李双关不同意而且妨碍他的时候,他就转学走了。多么决绝!我们反过来想一下,为什么他要做到这种决绝的程度?就是因为这个理念真的非常重要啊!这就是胜负的关键啊!

"再看占武,他虽然没有这样说过,可是他明摆着是这么做的。卢标认同这道理,占武认同这道理,而修远所说的比卢标和占武更厉害的高手,也认同这道理。够了吧!三个顶级高手了!根据概率论,三个互不相关的高手认同同一个道理,这个道理正确的概率已经足够高了吧?既然这样,那我们为什么不这么做?我们为什么非要听李双关的安排,结果耽误了自己的学习,耽误了自己的未来发展?!"

众人从未见过如此激动的陈思敏,可是又觉得她说的句句在理,甚至乃是自己想说而没能说出口的话。

"可是……可是具体该怎么办呢?李老师应该是不会同意我们脱离他的管辖的……"夏子萱犹豫道。

"是啊。"诸葛百象接道,"比如挤压时间的主要是各科作业,而如果不做作业,可要遭到处罚的。"

陈思敏依然气愤难平,只觉得必须换个学法了,但暂时还没想到如何解决夏子萱提出的问题。修远还瘫靠在椅子上,盯着墙面发呆,眼神空洞,却悠悠地来了句:"这么多作业,老师真的会批改吗……"

陈思敏忽然受到启发,大叫道:"没错!太对了!这么多作业,我们做不完,老师难道就改得完吗?你想想,我们之前的作业,老师哪次不是写了个'阅'字了事?甚至有时候收都不收,直接讲答案了。更何况,老师会清点人数吗?做没做,老师真的知道吗?还不是靠课代表和班干部记的名字?难不成他还自己亲自数?而课代表和班干部,我们这里不就有好几位了吗?"她说着瞟了一眼夏子萱。

"啊?你……"夏子萱自然明白陈思敏在暗示什么。

"难道不行吗?"陈思敏瞪了夏子萱一眼,"为了自己的前途考虑一下,难道有问题吗?"

夏子萱还想说什么,诸葛百象突然道:"其实我很多时候已经没有完全按老师布置的作业学了,只不过动作规模不大而已……比如有时候一看就是质量不太好的试卷,我就是找人抄的;还有物理试卷,有几次没写,老师也没发现,都是直接讲的……"

"更重要的是,你自己就是物理课代表。你不记自己的名字,难道有谁去举报你吗?"陈思敏道。

诸葛百象微微一笑,尽在不言中。

"哦——原来你……"众人一副懂了的神态。

"罗刻是英语课代表，你的英语作业难道就都做了吗？"陈思敏又问。

"英语作业我还真是全做了。"罗刻慢悠悠道，又环视众人一眼，话里有话，"不过我向来没兴趣记录其他不交作业的人的名字，全靠别人自觉。我也发现，李双关也只是偶尔抽查而已，并不会频繁清点，最近更是接近一半的时间都没有收作业，直接讲解的，所以……"

众人又是一阵"哦"，同时看向百里思，因为她是数学课代表。

"不要看我了，你们想怎么样就怎么样吧，我是不会阻拦你们的，大不了被批评一顿……"百里思赶紧道。

"语文我是课代表，生物是夏子萱，其他几个课代表我看问题也不大。"陈思敏道，"反正我们又不是不学习，恰恰相反，我们正是最热爱学习、最主动学习的一群人。是占理的一方！就这么定了，从今天开始，我要更换学习方式了，不能再被拖着走了！"

众人一阵目光交接，默默点头。

的确，他们全都是班上的前几名学霸，又是重要的班干部和课代表，彼此掩护的话，老师确实是难以发现的。

从今天起，他们便如同开始了一场抗争，都穿上了反叛者的制服。

第十一章

小意外

陈思敏等人开始了各自的计划，不再听从学校进度安排，不再老老实实地完成学校的所有作业。不跟着学校走了，那又该干吗呢？他们各有各的做法。

诸葛百象信奉的是劳逸结合，认为少点儿机械重复、早点儿睡觉，大脑状态更好些，效率自然上升，于是单纯地减少了作业量。陈思敏则大幅减少了英语和语文的学习时间，全部投入到地理和化学中，额外做了教辅书的题和模拟试卷。百里思则更多地加强了语文和英语的学习，看了不少作文范文，也匀出时间来做英语模拟题。罗刻没有明显减量，但也适当提前入睡，之前有一阵子天天熬夜到凌晨1点，他也受不了。柳云飘少做了学校的练习，换成了自己认为更高质量的资料，也一阵忙活。

至于修远，一方面明显地减少了量；另一方面也恢复了从前题型结构化、改错本结构化的习惯——这当然是由于减少了作业量腾出了时间，才有空闲去做结构化整理了。他的数学和物理保持着还凑合的成绩，没有高一下学期和高二上学期那么强势了，但瘦死的骆驼比马大，总体也不算差，大部分时间数学有130分以上，物理也不会低于80分。倒是语文和英语并没有按照很早之前就规划的那样提分，化学和生物的进度追赶得也很缓慢——他依然在自己的精神世界里晃荡，迷茫着、怨恨着。

从林老师那里学来的各种策略，修远还记得——结构化思维、脉冲策略、分层处理、学习中心论等，他还在用着。这些技术如同钢架，支撑着他的学习没有如同报废的房屋一样彻底垮塌。还有占武教他的条件核检法也有威力，也是一根结实的梁柱。

至于情绪管理、状态分析、冥想等，他无法坚持应用了，这属于心境的部分，他已经崩塌。而自我觉知也没有了意义，他充分地觉知到了自己的迷茫和颓废，但只能卡在那里，无法前进一步。

由于几根技术支柱的存在，哪怕在心态崩溃的情况下，他的成绩也还没有完全下滑，大约还能上末流211学校的水平。末流211学校，说出去那也是个211学校了，并不难听。以他对父母的了解来看，父母也是可以接受的。他偶尔会想，自己是否也就该接受了这个成绩？只要不再继续大幅退步就行了，压着211学校的分数线上大学……自己真的该接受现状了吗？没必要再拼下去了。或者说，再拼下去又有什么意义呢？徒增烦恼而已。

　　这叫作成熟吗？他曾在网上看到别人说，认清自己的局限，接受现实，就是成熟。他也看到有人说，绝大部分注定平凡的人，从自己是英雄的幻想中走出来，就是成熟。他还看到有人说，平凡的人，也可以过幸福的一生，学会因平凡而幸福，就是成熟。

　　我该成熟了吗？

　　或者，叫作佛家的无欲无求？叫作道家的顺其自然？

　　他少做了低效的作业，腾出更多的时间来，看着窗外，看着朝霞和夕阳，看着夜空与星辰，看着操场上来来去去的人群，轻轻地叹气，隐隐地苦笑。

　　他曾经抗争过。

　　他败了，"希望"作为战利品被劫走。

　　命运不允许他反叛。

　　除了修远之外，其余的反叛者，他们初时感到激动，感到从牢笼的缝隙里探出头来，一呼吸，尽是自由的气味。他们窃喜，又充满希望，尝试着新鲜的方法，自我规划与决策。一个月来相安无事，老师们并没有发现异常。这几个全是班里排名靠前的学生，老师根本不会去想，他们会有大规模地不做作业的问题。每天上报的未交作业名单，从来没有出现过他们的名字，四十个人的作业本叠在一起，偶尔少一两本，根本看不出来。毕竟这几人的强弱学科分散，如陈思敏少做了数学，而诸葛百象则是少做了物理，柳云飘则各科都不少，只不过好几科的作业是飞速抄写的。于是每科的作业并不会一次性少了六七本，而是只少一本，甚至并不少。

　　同时，李双关一般也只会抽查那些成绩靠后的同学，并不会主动找到他们几个。而且，很多时候李双关的抽查是提前告诉班长夏子萱的，由夏子萱把作业收上去给他检查。夏子萱自然提前把消息透露给众人，至少能够腾出来半天时间补作业。几番配合下来，几人竟然从未失手过，每个人都给自己的计划腾出了充足的时间。

　　总之，计划进行得十分顺利。不过收效如何，还需要一次大考来检测。

　　高三了，每月一次月考，统一批卷与排名，形式上模仿高考，正是检测学习效果的好机会。反叛者们心想：多久会出现明显的进步呢？或许下一次月考就有了，或许再下一次……

　　国庆节过后，10月的月考如期进行了。这次月考略有点儿特殊，算是全市统考，临湖实验的老师出的试卷，甚至还有外市的学校也参加，借用了试卷。学校之间借用试卷、一起考试是常有的事，毕竟老师们出试卷也是很累的，各校资源共用也好。临湖实验的老师出试卷，难度自然要偏高一些，倒不是老师们故意刁难其他学校的学生，而是这些老师习惯了平时教学的难度，认为自己出的就是正常难度的试卷，并未觉得有什么不合适。

而这对临湖实验很正常的难度，常常让其他学校的学生感到伤害颇深。

试卷批改完毕，老师们除了像平日一样讲评试卷以外，还多了一项任务——全市分数对比。这是统考试卷的额外任务。同班学生们之间会攀比分数，同市不同校的老师们之间也会，人之常情。

李双关和高三年级几个主要的学科骨干聚在会议室里，每人手上都拿着一份全市各校成绩单，各科目平均分、最高分、中位数、优秀率、及格率，以及各自实验班的相应数据一应俱全。几位老师紧锁着眉头，一阵窃窃私语。

"不管怎么看，还是有些异常的。"一位老师说。

"没错，我记得七中的这个'宏志班'，一直都没有什么特殊的啊！怎么这次突然就厉害了？"

"是啊！以前的考试，他们'宏志班'的成绩比我们的实验班差了不少的，这次居然快要赶上了，甚至部分学科已经反超了。"

李双关轻轻敲了敲桌子，道："我来说下想法吧。首先，七中的实力肯定是比不上我们的，他们的实验班也好，'宏志班'也罢，跟我们的实验班比也还是有差距的。虽然这次'宏志班'的分数与我们很接近，甚至有部分学科反超，但是细看一下，反超的两科是语文和历史。这两科有什么特点？那就是给分有明显的可操作性。语文的作文分数可操作性极大，正常得 45 分的作文，松一点儿可以到 50 分，严一点儿可以到 40 分，这就是 10 分的差距了。语文阅读、赏析题，答没答到点子上，也可以有三四分的操作空间。你看，十几分的调控空间，语文这一科就是七中'宏志班'最有优势的一科。历史虽然没有语文那么好操作，但大题按点给分也是可松可紧的，五六分的空间肯定找得出来，多个七八分也不是不可能——于是这一科他们也比我们略高了 0.2 分。

"这么凑巧吗？我推测，他们给自己批改卷子，肯定是放了水的。除非等到期中考试这种全市统考统改的，他们还能有一样的成绩，这才算是真的威胁。仅这一次来看，我倒是觉得不必紧张。"

其他老师也点点头。

李双关又接着说："不过各科老师还是要趁机思考一下，我们的教学和管理上有没有明显的漏洞？有没有什么隐藏的危机？和往年的数据对比一下，和各个学科组的老师多交流，也更加留意学生们的状态，抽几个学生出来问询一下。小心驶得万年船。"

几位老师散场。

李双关还在对着各校平均分思考。他所教的英语这科，虽然分数依然高于七中的

"宏志班"，但根据他的记忆，似乎优势缩小了不少。英语也有控分的可能性，毕竟英语作文分数高低是有主观性的，不过毕竟空间不大，也就 2 分左右。可是七中与二中实验班分差的缩减，绝对不止 2 分。难道七中"宏志班"真的有了不小的进步？

别人的进步倒也没什么，但有没有可能是自己退步了呢？那可就麻烦了。从绝对分数上来看，此次分数原本就比平时低了些。虽然第一感觉应该是临湖实验出题难度较高所致，但总让人有些不放心。

李双关回到自己的办公室，又开始翻阅之前学生考试的分数，没查出什么异样，但还不放心，找出一些学生平日的练习册，一本本细看，也没发现什么问题。不知不觉间，一个下午就过去了。晚饭期间，李双关边吃边思考，还觉得不够保险，因为一本练习册承载的信息量太少了，另一本练习册没收上来，还有很多作业是试卷形式，也早已经返还给学生了，自己办公室里的作业本只占了极少数。还有改错本、语文和英语的背诵默写等，也能反映问题的，自己并没有查看。

"今天周五了……"李双关嚼着土豆和肉丝，心想，"明天周六，晚上放假，周日我得辛苦点儿了，把所有学生的各种试卷、错题本之类的看一遍。"

吃完晚饭，他就叫来了夏子萱，吩咐周六下午放学前，把所有学生的各科改错本、近一周的作业全部收上来。

"所有学科都要收？这么多？"

"是。"

"有些练习册就是本周的作业啊，怎么收啊？"夏子萱疑惑。

"啊，对哦……"李双关一拍脑袋，"练习册先不收了，只收试卷吧，还有改错本。"

夏子萱得令，返回教室。

"各位！今晚要补作业了！明天李老师要检查近一周的作业，各科都要！"夏子萱偷偷通知了陈思敏等人。众人并不惊慌，要补的内容没有太多，一周前的作业，很多都已经讲评过了，当场已经补上答案了；还有些抄的答案，更是看不出痕迹。能够看出没做的，需要补上去的，数量就不多了——其实根本就不是补，而是抄上其他同学的答案就行了。

实验二班的晚上，先是语文老师的两节课，然后是两节自习课，李双关并没有什么事情，于是在办公室里休息。他跷着二郎腿，泡了杯茶，慢悠悠地喝着。

又一届高三啊，李双关想。这可能是他带的最后一届高三了吧？这一届带完，还要带下一届的高一，但下一届估计到不了高三，他就要升为校长了吧。马泰已经跟他提过很多次了。不知道当了校长之后，他是会变得更忙了，还是更轻松了？

应该是更轻松了吧？教学任务才是最消耗时间和精力的，管理虽然难度高、更具重要性，但总没有教学那么累。马泰校长年龄比他大，却常常显得比他更精神，更悠闲从容，便是明显的证据。你看，就因为个联考被七中追上来的事情，就搞得自己周末还要加班查学生的学习状况，多累啊！

李双关忽然想到，为什么一定要周末那么累？现在分摊一点儿不行吗？更何况还有练习册周末查不了。现在反正没事，去班上看看不好吗？现在刚好是自习课开始。

几分钟后，高三实验二班的门开了，李双关走了进来，所有学生抬头看他。

"所有人把最近一周的语、数、英三科作业，包括练习册、试卷还有改错本都放在桌面上，我来抽查。没查到的人继续写作业就行了。"李双关平静道。

这一场抽查来得太突然，陈思敏、夏子萱、柳云飘等人惊得瞳孔放大，后背全是汗，夏子萱的手甚至已经开始发抖了。他们几人暗自对视了一眼，暗自惊叫——完了！

第十二章

班主任的震怒

当李双关顺着第一组第一排开始一个个检查作业时,已经有人开始从无神论者转为宗教信仰者了,因为此时此刻,他们除了求神保佑以外,什么都做不了。大家常说,"黑猫白猫,抓到老鼠就是好猫",如今也是一样,不管是佛祖、"三清",还是上帝,能保佑他们不被李双关发现异样,那就是好神灵。

李双关一个个检查过去,前几排的人没什么异样,于是李双关的检查也就没那么细致了,越来越快,甚至中间跳过了几个平日里看起来比较老实的学生。

陈思敏心里一激动——跳人了!如果运气好,说不定会跳过自己。

李双关继续往后检查。可能是人数太多,而一样样细致检查太慢,李双关跳人跳得越来越厉害,唰——第一组的修远被跳过了。

修远心里稍一放松,看来自己命不该绝。再往后检查时,李双关基本上只会认真检查英语,其他学科都是一眼晃过,确保做了就行,而英语有所不同,他还想再看看学生的掌握情况。

"起立,站到后面去。"李双关严肃喝道。一个平日里成绩不太好的学生被查出了问题,也不知是有的作业没做,还是做得不认真,或者是改错没改好。李双关指着他的课桌一阵比画,道:"英语是这么学的吗?作文就这么两句话?叫你背的十篇范文呢?固定句式呢?给我各自抄十遍,明天交上来。"

说着,李双关又打乱了计划,没有再按顺序依次检查,而是跳跃着选了几个人。

夏子萱偷偷一瞟,发现被检查的几人都是班级里成绩靠后的,她和陈思敏对视一眼,不由得松了一口气。修远、罗刻、百里思、诸葛百象几人也发现了规律,各自稍稍轻松下来。

"你看看这个笔记做的什么鬼样子?学习差是有原因的,你有没有意识到?persuade sb doing sth——有这种用法吗?我是这么讲的吗?题不会做我都懒得批评你了,笔记照着抄也能抄错?这里少了个 into 知不知道?"李双关一个个训斥着。

又走到一人面前，检查了半天，没什么异样，李双关又点评道："不错，继续努力。态度够端正，成绩总会进步的。"

李双关又走到夏子萱前面。夏子萱不由得心头一紧，快速向观世音菩萨、阿弥陀佛、元始天尊求了一遍保佑，还有上帝，虽然跟这外国神不熟，但也临时抱一抱上帝的脚。"不要选我，不要选我……"

果然没有选她！夏子萱前排的是个成绩靠后的男生，李双关在他那里停下来。

"做倒是都做了，字太难看了……你这英语作文每次都扣将近 10 分，你知道为什么吗？就这个单词都要多扣你 3 分……低级错误太多了啊，基本功不扎实，你看这个 book，什么意思？书？预定啊！多义词不知道？这我好像讲了至少三次吧？book a table，and order 3 dishes，同一个例句我都记得讲了三次了，还没记住？

"这里，throw away 和 put away 分不清楚？你一看 throw 这个词，就知道感情色彩更负面一些嘛！完形填空要看通篇的情感基调的。hand over 和 take over，你是记反了吧？哪个是'接手'的意思？你看见个 hand 就以为是接手了？hand over 是移交！

"唉，你怎么这么多动词短语记不住？默写过关了没？"

李双关对着前一个人训斥了好久，陈思敏和夏子萱两人心里越发放松了。既然在前面能耗费这长时间，李双关能检查的人数量就更少了，跳跃性就会越强，抽到她们的概率就更低了。更何况，还有几个成绩差的同学没有查过，基本不可能轮到她们两人。

"……不要给自己找借口，什么记性不好，你这是态度问题！你上课的时候状态好吗？有认真听吗？我抓你走神就抓了好几次！你看看你前面、后面，都坐的班上最优秀的同学，你怎么不跟着学学？斜前面是占武，能不能学？后面是夏子萱和陈思敏，能不能学？那边是李天许，你……"李双关刚想把班级里常年第二的李天许拉出来做个榜样，忽然想起，那家伙也不是省油的灯，学习主要是靠着聪明，态度也并不端正，不由得中断了原来的话，转而道："李天许的作业给我检查下。"

翻看了几分钟，李双关皱着眉头道："不认真。成绩好就吊儿郎当的？你跟占武差了多远自己知道吗？笔记做得这么简略，错题也没改几道……"李双关将错题本扔回给李天许，又对夏子萱前排的男生道："不好意思，找了个错误的榜样，不要学他那种吊儿郎当的，学学你后面的夏子萱吧！你要是有夏子萱的态度，光英语这一科至少涨 20 分——你知道高考当中 20 分能压死多少人吗？来，夏子萱，把你的英语练习册拿来！"

夏子萱被点到了，听到名字的一瞬间，只觉得身上一激灵，后背发凉。她战战兢兢地将英语练习册递过去，又强装镇定，心想：如果只抽查英语还没问题，因为自己英语练习册上至少是没有空着的。

李双关抓过练习册，对前排同学道："你看看夏子萱做的，字迹是不是清晰？作文不说用了多少高级句型，就这个字迹是不是至少比你高三四分了？还有，看她的错题改正，是不是很清晰？三种颜色的笔标记重点，而且内容详细，有汉语意思，有例句。你呢？例句都不抄，懒成这种样子，怎么学得好？你看夏子萱……"

李双关说着顿了一下，翻了翻夏子萱的练习册，道："不过夏子萱最近错题有点儿多啊，你看看这个虚拟语气，上周刚讲了专题，你作业又做错了，看看……哟，虚拟语气还错了两道题？不应该啊……"说着将夏子萱的练习册放下，又伸手去拿陈思敏的练习册："看看陈思敏的怎么样……"

夏子萱放下心来，虽然题错得多被批评，不过没有检查其他科目，那就算是过去了。她的化学和地理可是有几处空着没做的。

"陈思敏的笔记记得也很认真啊！嗯，作文写得好，这明显是背过范文的，开头和结尾的高级句式不错。咦？不过选择题错得有点儿多啊，你这语法也要加强啊，上周发的资料你要——"

李双关说到这里突然停住，仿佛意识到什么，又抓起夏子萱的练习册翻开来，两本练习册左看看、右看看，对比起来。

陈思敏痛苦地闭上眼，心里一凉——完了！

李双关眉头越皱越紧，不断飞快地将两本练习册往前翻着。几分钟后，终于愤怒地将两本练习册摔在两人桌上，啪的一声炸响，全班同学眼神都汇聚过来。

"最近一个多星期的练习册错题，全都错得一模一样，夏子萱，陈思敏！你们准备怎么解释？！"李双关怒吼起来。

完了！

两人的英语练习册虽然没有空白，却是互抄的！李双关检查得如此细致，居然给抓出来了。

失败啊！这是陈思敏第一个念头。早知道就去抄诸葛百象或者罗刻的了，隔得远，就不会被这么轻易地对比出来了。

"有什么话说？！"李双关再次吼道。

夏子萱和陈思敏哪里还敢接话，默默低着头。

"谁抄谁的？"李双关又质问道。

夏子萱心念一动，准备说是自己抄的陈思敏的，帮她扛下来，这样至少少一个人受罚。不料陈思敏却颤声道："都……都有……"

"滚到后面去站着！"李双关气得脸都红了，"有意思了，看来我只检查成绩低的同学的作业，放过了那些成绩高的同学，反而是找错了方向。我说怎么高三以来班级的平均分越来越低，优秀率也被隔壁班比下去了，想不到啊！李天许的作业简略得一塌糊涂，夏子萱和陈思敏居然在互抄作业！还有呢？"

李双关又往一组看去，看到了刚才自己跳过的修远，于是快步走过去。

修远看着李双关走过来，直接笔一扔放弃抢救了。他的作业有太多空白——数学、物理和化学是分层处理、多看少做造成的，而语文、英语则是根本懒得写。不用祈求佛祖保佑了，因为根本没救了。

"一个比一个厉害啊，各科作业空了一半吧？你直接一半的作业都不做了，不想学了吧！站后面去！"李双关一声吼，修远自觉站到了教室后排。

"太有意思了。"李双关冷笑道，"下一个是谁？罗刻！诸葛百象！准备好了吧？"李双关虽然发怒，不过还是跳过了占武，因为占武不写作业是他们的内部约定，最好不要捅破。

罗刻与诸葛百象将各科练习册、错题本等摆放好。李双关检查得越来越细致，简直是逐行比对了。不过幸好，罗刻原本每科作业就已经认真完成了，既没有空缺，也没有抄袭，李双关检查许久实在查不出问题，终于将信将疑地跳过去了。

又翻开诸葛百象的各科练习册，一番细致查阅，也没发现问题，该做的都做了，也没有明显的偷懒。虽然英语作文写得并不太让他满意，但也不像是故意偷懒瞎写的。他东翻翻，西翻翻，已经准备离开了，忽然眼神一定，伸出手指在练习册上一抹，数条墨迹在纸上滑过。

李双关瞪着诸葛百象道："哟，好厉害的笔，都一个星期前的作业了，墨水还没干呢！"

诸葛百象泄了气，低下头——他趁着李双关检查别人的作业时偷偷补的，没想到因为墨水没干漏了破绽。

"站后面去！"

又检查了几个人，没什么问题，但此时诸葛百象、陈思敏、修远、夏子萱四人已经被抓出来了。班级里一共被抓出来六个不合格的同学，居然有四人都是班级前几名的学霸？李双关盯着四人一阵粗声喘气，寻思着要如何批评教育，忽然又眼睛一闭，喃喃道："修远、诸葛百象……"然后猛然睁开眼睛，只见他眼里的愤怒更胜一筹："英语课代表，罗刻，站起来！这两个人至少一个星期没做英语作业了，为什么我从没看见他们的名字？！罗刻，解释一下！"

拔出萝卜带出泥，罗刻各科作业都完成了，没想到却因为包庇他人又被揪了出来。

李双关又喊道："数学课代表！百里思，出来！生物课代表夏子萱已经站那儿了——你还是班长呢！语文课代表陈思敏也在！化学……"李双关又将参与包庇的几个课代表全部抓了出来。

"厉害啊，你们真是厉害啊！所有课代表，连带班长，全都站出来了！"李双关大吼，"真是让我长见识了！我教了几十年的书，教训了多少不愿意学习的学生，这还是头一次居然把一个班的班干部一网打尽了！"

晚上，李双关花了两个小时，如同审犯人一般，将参与者一个个拉到办公室隔离审问。最终，年轻的学生们没能斗过经验丰富的班主任，将事情的前因后果、参与人员全部供出来，所有要犯悉数落马，无一漏网之鱼。这大约也充分证明了祈求神灵保佑是没用的，科学的光辉再次闪耀。

李双关累得瘫软在办公室的皮椅子里。

事情太出乎他的意料了，一时间他竟然愣住，不知道该怎么处理这些学生。

陈思敏是主犯，不仅带头组织了这次重大的反叛行动，在被抓住以后还试图辩解，居然说这是为了更好地学习。夏子萱身为班长不仅没能阻止陈思敏，还亲自参与，多科作业抄袭与不做，甚至借班长职务之便，在自己前几次准备检查作业时泄露信息，致使作业抄袭的行为持续了一个月之久才被发现。其余诸葛百象、百里思等人，一边自己少做作业，一边又作为课代表互相包庇，算是一级从犯。至于柳云飘、修远，没有担任职务，单纯地少做作业和抄作业，算是二级从犯。

而这些人，除柳云飘的成绩在班级中游以外，全都是班级前几名的学霸，优等生代表。

"写检查，叫家长，这是肯定的……要不要通知马泰校长？要不要通报批评？要不要记大过？要不要停课反省？……"事情太恶劣，处罚轻了会扰乱班级风气，没有震慑效果；如果处罚太重了，这些都是班级的优秀学生，又怕打击了他们的士气，让他们集体消沉了，这个班的优秀率可就危险了……

李双关头疼得厉害，甚至感觉不是自己训斥了学生，而是自己被这些学生教训了。

第十三章

惊人的惩罚

当天晚上,李双关让这些学生抄了十遍校规。鉴于时间太晚了,所以没有安排其他惩罚措施。不过也明确告诉他们了,此事不会如此简单地翻篇儿。

一整夜,李双关没有睡好,反复斟酌各种惩罚措施和后果。写检查和叫家长是必不可免的。那么要不要通报批评、记大过和停课反省?如果要,那肯定就会通知校长,因为所有记过都得校长签字。如果通报批评,爆出实验班的前几名,也就是整个年级的前几名,居然集体不做作业、抄作业的消息,那么对其他学生,也包括普通班的学生,会有什么影响?会不会觉得实验班不过如此而已?觉得既然实验班也就这样了,那么自己也就不需要认真学习了?

如果停课,停多久?一天两天那就没意义了,如果停课一个星期……可现在又是一轮复习期间,此时停课一个星期,会对学生的学习进度造成多大影响?一轮复习可是高三复习与提分的核心阶段。这样这几个学生会不会一蹶不振,成绩下滑?惩罚的目的是教育和培养学生,而不是为了惩罚而惩罚。

至于记大过,似乎倒是可行,有震慑力,也不会造成实质性的负面后果,因为这几个学生都是案底干净的,先前并没有记过,两次记过会被开除的条款,暂时还不会真正毁掉他们……

不过最让李双关心烦的是,他不知道事情为何会变成这样。他最不能理解陈思敏这个长期班级排名前五的优等生,还是个一直很听话的女生,何以突然就这么叛逆了?带头不写作业、抄作业不说,直到被抓住了,还振振有词,自以为做得没错。抄作业还有理了?这样恶劣的态度,别说实验班了,就是在普通班里,那也得是成绩极差、品行也有问题的学生才会具有的。什么"学习必须要以自己为中心""要掌握学习的节奏",哪来的歪理邪说?

他回忆了几人的月考成绩,还属于正常区间——不过鉴于这样的叛逆行为才进行了一个月,而这些学生的基本功都还不错,毕竟认真学习两年多了,所以那无知的叛逆行为暂时还没有显出恶果来。如果不给他们一点儿警戒，再拖几个月，恐怕后果不堪设想，一个个不得成绩大幅下降才怪。

没错，李双关心想。现在最关键的问题是，以陈思敏为首的几个主犯，恐怕还并没有真正悔过。所以此时最要考虑的不是会不会短期内影响他们的一轮复习，而是要考虑，如果不把这错误的观念纠正过来，会对他们产生长期的负面影响，那可就真是害了这些无知的学生了……

第二日，李双关走进了马泰校长的办公室。

"哦？还有这种事？"李双关简要描述事件以后，马泰略有些惊讶。

"是啊，这么多年了，还是头一次遇到。"李双关叹口气。

马泰倒是没太当回事，口气轻松，甚至略有些开玩笑嘲讽的意味："经验越丰富，好像就越不会管学生了啊，哈哈哈！李双关，现在的年轻学生，一个比一个有个性，不好管了嘛！"

李双关垂头丧气："唉，真是架不住这些学生。其实犯错的学生年年有，犯大错也不稀奇，可是最优秀的学生犯错，犯错了还死不悔改，那也算是少见了——你说这算不算垮掉的一代？"

马泰笑着一摆手："哪有什么垮掉的一代？只要国家在发展，时代在前进，一代人就一定比一代人更强！要出现垮掉的一代，那得时代倒退、社会整体衰败才可能。不过嘛，年轻人误入歧途，听了些似是而非的理念，有一阵子叛逆和迷茫，那是很正常的事情，把他扭转过来就行了——这不就是我们搞教育的人的使命和人生意义吗？"

马泰语气轻松，李双关倒也放下心来，说："其实学生的想法我也很好理解，一段时间里成绩没有进步，就觉得老师的方法不行，就想自己瞎搞了。其实哪有这么容易？学科构架都拎不清，知识点研究不透彻，对于教学和练习的结合更是没有概念，盲目地以为自己在下面自学、刷题就能提高成绩，太幼稚了！大约是看到某些顶级高手，像占武之流的，智力超群，确实有能力自我安排、自我规划，剩下的人就都跟着以为自己也行了。年轻人有想法很正常，但是不成熟的想法，往往容易害了自己啊！

"我目前的想法是，写检查，记大过，叫家长——这样有足够的震慑力。但不要通报批评，只在班内批评；不要停课，还是继续跟着一轮复习，但有些罚抄罚写的惩罚。另外，所有参与的班干部、课代表，全部换下来以正风气。另外，这些学生我会一个一个地谈话教导。"

马泰点点头道："基本可以。有惩罚力度，也不影响学生高考复习，大方向不错。你这样有经验的骨干教师，想到这一层并不难。不过班干部全部换下来，还需要考量一下。"

"哦？"李双关有些意外。

"一是人数多，全部换下来，找谁顶上去？顶上去的会不会有什么其他问题？"

"应该不会吧？课代表的职务，主要还是教师助手的性质，并不需要代表学科的最高水平……"

马泰知道第一个理由并不是很靠得住，但还是摆手让李双关停下来，道："二是可能还有些事情是你不知道的，这事情对应的是学生心理。"

"学生心理？什么事情？"李双关更疑惑了。

"我问你，这次参与抄作业、不写作业的学生中，有没有一个叫修远的？"

"修远？"李双关一愣，马校长怎么知道修远的？他在班里并不突出啊，"啊，确实有。不过他不是主犯，属于跟随参与，所以我没特意提他。他怎么了？"

"这学生本学期学习状态如何？成绩进步还是退步了？"

"都参与这种不写作业的违纪事件了，学习状态肯定是不行的，比上学期略有退步吧。上学期他可是不断进步，学习势头良好的，谁知道这学期突然就……"

马泰又道："那你知不知道，他上学期期末的时候，曾经想要去临湖实验高中借读？后来刚好牟局长发话，暂停一切违规转学和借读行为，把他的申请打了回来？"

"有这事？！"李双关一愣。一听说修远想要转走，李双关立刻想到了已经离开的卢标，又想到几次差点儿要离开的占武，心里不由得紧张起来。他问道："您怎么知道的？"

马泰悠悠道："上周去教育局开会了，恰好碰到牟局长在审批转学和借读名单，他就跟我说了修远的事情。当时我没太在意，只知道是你们班上的一个学生。不过今天听你说起抄作业违纪的事情来，突然想到他了。"

李双关一阵沉思。修远为什么也会想要借读呢？自然，从兰水二中转到临湖实验，所谓人往高处走，这是人之常情。不过就这么简单吗？有没有什么额外的原因呢？比如一些特殊事件触发了他的想法？或者他对某些事情有强烈的不满？

"这个叫修远的学生要转学，要借读——是有什么想法？什么不满？其他几个学生，按你说的，跟这个修远关系不错，平日里经常一起交流。那么其他几个学生，会不会也有什么不满？某些抱怨的情绪？这里面要考究一下。如果单纯地重罚，会不会反而加重了这些情绪，起反效果？具体惩罚到什么程度，恐怕要先把这个问题弄清楚，再做决定不迟。"

李双关点头称是，又返回教室，把修远叫出来询问一番。自然是问不出太多的结果，修远心中诸多纠结、迷茫与困惑，连父母与同学都无法诉说，又怎会告诉李双关？只是应付说就是想好好学习，换个好环境而已。又说哪怕此次作业没做，也是因为想用更高效的方法学习。甚至还拿出一本自行购买的练习册作为证据——虽然没做学校的作业，但是自己做了其他练习册。

李双关依然不认可这个观点，批评了一番，但也没有太为难他。又把夏子萱、诸葛百象等人叫出来做了一番询问，确认了学生们倒也没什么太大的抱怨，只不过是对学习压力大的不适应，对学习方式有疑惑而已。那么，就更加宜疏不宜堵了。

中午时分，李双关再次来到校长办公室，汇报了情况。

"嗯，高三压力大，学生有一定的厌学情绪，自作聪明地想要自己搞一套方法出来，这个很常见。"马泰悠闲地喝着茶，"再说下你的想法吧，准备怎么处理？"

"这几个学生呢，态度上总体是端正的，主要是观念上有偏差，所以我觉得基本可以维持上午提出的方案，略作修改即可。写检查、约谈父母、记过，追加写保证书。至于班干部换不换，按照您的提议，不换也行。刚刚被批评过，正常情况下也不会再犯了。平时都是好学生，不是不长记性的人。"

校长马泰神态轻松，抿一口茶，道："不记过怎么样？"

"哦？那也行。记过是起震慑的作用，如果批评教育到位了，不记过也可以……"李双关略显惊讶地说。马校长这次倒是挺宽容，貌似从一开始就没准备严厉惩罚这些学生——是因为这些都是好学生吗？

"你说我们再适当地、委婉地表扬一下他们怎么样？"马泰又轻松道。

"啊？"李双关彻底蒙了，还有违纪以后受表扬的？马校长说的表扬到底是什么意思呢？打引号的表扬吗？具体又该怎么做呢？"怎么个表扬法？"

"比如……"马泰略作思考道，"你看啊，咱们不是有个国旗下讲话吗？每周一早操期间进行一次的。叫这几个违纪的学生轮流上去讲话怎么样？哈哈哈，是不是很有意思？"

国旗下讲话，向来是让学生会会长，或者优秀学生代表上去讲的。这几个学生倒也算是优秀，平日里也算是有资格上台的，可是这才违了纪，怎么就立刻让他们去国旗下讲话呢？

李双关心里似有一万只羊驼奔腾而过，盯着马泰说不出话来。马校长原本以严格管理著称，惩罚学生从不手软，怎么忽然间风格变得如此跳脱，令人摸不着头脑？李双关恍惚回忆起自己曾经看过的恐怖玄幻小说，忍不住怀疑这马泰是不是让人夺舍了？

"马校长……好像最近心情不错啊？"李双关疑惑道，"做事风格也变化颇大……"

"哈哈哈！"马泰一阵大笑，"吓到你了吧？哈哈哈！来，喝口茶。"

马泰饶有兴致地给李双关泡了杯茶，李双关弯腰接过。

"李双关啊，有几件事情我要跟你说下。"马泰微微收敛了笑容，"第一个啊，我的调遣方案大致出来了，看来我要比原计划更早退下来了啊！"

"哦？"李双关惊讶道，"您要怎么调动？"

"嗯……上面计划把我调到区教育局去，应该是任局长了。"

"哦？恭喜您了！"李双关真挚祝福道，"什么时候动身？"

"现在还不急，这只是内部通告了一下，并没有正式公开。我估计还有一年多接近两年的时间——按两年算吧！"

"哦，那还早啊！"

"早是早，但好歹让我知道了未来的去处，心里踏实些了嘛。这还涉及你的规划问题啊，李双关。原本是决定，你带完这一届以后，继续带下一届的高一新生，至少带两年。但那时候的规划，是我还有三年才调走。现在时间提前了不少，也就是说，如果这一届毕业后你就教高一新生，那可能等不到他们上高二我就离开了，你就要接任校长。所以我这几天也在考虑怎么安排你的问题。是继续教下去呢，还是给你安排点儿其他事？"

"这……"事情来得突然，李双关还真没考虑过，"不知道呢！不过毕竟还有一年时间，先把高三这一届带完了再说吧！"

"嗯，也好。平时有空了可以想想。"马泰继续说，"还有第二件事。前段时间三中校长胡艳芳给了我一个很有意思的东西，你看看。"说着，马泰将桌上一沓文件递给李双关。

李双关接过文件一看，只见标题写着《新高考背景下的自主学习意识激发——在师生端双管齐下的教学成果汇报》。

"这是？"文件太厚，李双关一时肯定看不完，随手翻了几页，还不太清楚背景信息。

"这是胡艳芳给我的。她一听说我以后要调任区教育局，刚好分管她那个区，就主动凑过来说要给我一个好东西。大概是一年前，他们区教育局出面做了个学生心理健康项目，其实就是从外面请了个心理咨询师，做了些学生集体课程、教师培训之类的工作。没想到这个心理咨询师做得还不错，解决了几个比较麻烦的学生问题。三中就又单独请这个心理咨询师来学校做培训和指导，一起开发了一套心理课程，既教学生怎么调整心态、观念，又教老师怎么做师生冲突沟通之类的。没想到一年过去了，不仅学生心理健康的水平有提高，而且带动了部分学生的学习热情，连成绩都有进步了。"

"哦？吹得这么厉害？"李双关疑惑道，"可我看这一年三中的成绩也没怎么变化啊，还是比七中差了一截，距离我们就更远了。"

"进步没那么明显，跟七中比肯定是比不过的，但是他们现在已经比外国语实验高中的成绩更胜一筹了。目前他们这套体系主要是应用在落后学生身上，三中与我们学校的水平差了很远，所以你不觉得有变化。但是他们专门提出了个'问题学生挽救'的概念，也是很有吸引力的。"

"哦，这样啊。"

"嗯，还有些很有意思的心理案例啊！你看看这个。"马泰拿过文件，翻到其中一页，伸手一指，"这几个案例就很有意思。看，这个学生犯错了，按照一般的想法，肯定就是批评惩罚了，但是这个心理咨询师别出心裁，主张给他特殊的奖励！结果反而效果更好了，哈哈哈，有意思吧。"

李双关回忆起早年看教育学书籍时，确实有过以奖励来对待犯错学生的理论和案例。不过那太理想化、太反常规，当时也就是猎奇般地看看，根本没想过能在实践中使用。"哦，还有这种案例啊——对了，您让那几个违纪的学生去国旗下讲话，就是从这里来的灵感？"

"哈哈哈，试试嘛！"马泰大笑道，"咱们也看看，这方法到底有没有用嘛！"

"这……"李双关心里并不赞同，这种成功案例，鬼知道有多少巧合的成分？甚至是半真半假的？不过他见马泰兴致勃勃、心情大好，自然也不准备违背他的意思，"那就试试吧。"

"这个心理咨询师啊，我已经预约了他，大概过两周会到我们学校里来一次，到时候我和他聊一聊，看看有没有什么能够帮到我们的地方。既然他能在三中搞出花样来，那在我们这里也可以试试嘛！嗯，李双关，到时候你也过来吧。"显然，既然提到了李双关将提前接替他任校长，这就是在刻意培养他了。等到李双关接任校长，就该是他出面为学校寻找各种资源了。

"哦，好。"

李双关带着古怪的心情离开办公室。奖励当作惩罚，自己真是"活久见"了。

第十四章

将行

"嗬,居然把我这个案例放出来了。这是要拿去评选什么?"

夏季过去,秋高气爽,微湖上吹来的风摇动杨柳叶,岸边长椅上坐着的人享受着清凉而爽朗的秋意。

一个男人对着手机一阵指指点点:"你说这算不算侵犯我的版权?"

"算。"另一个男人道。

"那我该怎么办?"

"认命。"

"这么直接?"

"除非你不想在兰水做业务了。学校没那么强的版权意识,发出来你也不会吃亏,计较它干吗。"

诸葛道一努努嘴,将手机递给旁边的林雨:"看看我这个案例,有意思吧?用奖励当惩罚。"

林雨瞟了他一眼,微微一笑:"你想要我说什么?"

诸葛道一又滑开手机上另一个文档:"这个,也是三中发过来的,教师课程感悟,《感受语言的魔力》《语言背后的逻辑》——怎么样?"

"……"林雨看着诸葛道一不吭声。

"说话啊!怎么样?"

"你到底想要我说什么……"林雨两手一摊,"这些初级技巧,都是我大学刚毕业的时候玩烂的东西,是想要我表扬你一番,还是怎的?"

"呸,谁要你表扬了?我是说你评估一下,以你对那些学校的了解,这些内容是否足够对他们构成冲击力,足够产生广泛的传播效应?老师的反馈写得很热切,这到底是课程对他们真的很有用呢,还是仅仅为了应付培训交差的场面话?"

林雨又瞟了几眼:"还行吧。场面话肯定是多数,但也有能打动人的部分。一是要有实际效果,二是要搞定关键人物。你关注普通一线教师有没有被打动,没太大意义。如果想要在教育系统内把名声打出来,需要搞定的是校长,需要确保一线的信息能够以精彩的形式汇报到校长那里,而不是几句格式性汇报。"

"嗯……麻烦啊。"诸葛道一喃喃道,"对教育系统的运作方式不熟,也不知道他们的社会服务购买标准和评价方式……"

"好好的C端业务不做,跑去凑什么B端的热闹?"林雨笑道,"自讨苦吃。"

"所以要找你问问嘛,你不是对教育系统比较熟吗?"

"现在也不熟了,至少七八年没跟他们深入打交道了。"

"嗯……暂时就这样吧。不熟,多接触几次也就熟了。"

"那你到底是为了什么非要去做学校业务呢?"林雨追问。

"这个嘛……其实个人心理咨询的业务也一直在接啊,并没有停……"

"没有回答问题。如果是想要事业再进一步,为什么不选择个人业务的进一步扩大,而是转向去做学校业务呢?"想要模糊焦点,糊弄林雨,十分不容易。

诸葛道一眼看逃不过林雨的追问了,轻轻叹口气,看向远方的湖面,道:"林雨啊,你知道我羡慕你什么吗?"

"哦?这还真不知道。"

"像我们这种人,饿,是饿不死的;大富大贵很难,也没什么兴趣。那追求什么呢?早年我做心理咨询,目的是提高自己的认知水平和心理技术水平,摸透人心的规律,那是以求真带动求善的路数。中间有一段时间对人性太失望,厌烦了人类思维的局限,停了业务。"

"这一段你之前跟我讲过。"

"嗯,中间复杂的经历和感悟就不说了。最近这几年啊,我突然觉得,人还是要有点儿追求的,求真求不透的时候,求善不仅有单独的意义,有时也会对求真有促进的作用。当然,这个道理我从一开始就理论性地了解,却从来没有真切地体验过。

"你做教育的,我做心理的,两个都算是对社会有明显积极意义的行业。但我一直都是做一对一的咨询,对社会的意义就像是楼下的小卖铺。可你不一样啊,你在学校里,教一个班,那是深度影响了五六十个人;你把经验推广到一个年级,那就是造福一两千人了;你做一套体系给整个学校用,那就是几千甚至近万人了;再通过教育集团、教师培训的业务延伸出去,十万人的规模就出来了。你对社会的意义,那就像大型连锁超市了。

"我就是羡慕你造成影响的规模。不是规模带来的钱,而是我想,会不会由于规模的膨胀、社会意义的急剧扩大,对你自己的内心也有巨大影响呢?会不会影响你的认知,改变你的气质?我时常好奇,你怎么总是一副好像修为比我更高深的样子,一副气场比我更强的样子。如果论理论水平，我不会比你差多少吧？我想来想去，大约就是这一点的区别了。

"这是社会意义，是自我认定，是人生体验的宽度与深度，它们会以某种不可言喻的方式融入灵魂里。我真的太好奇了，所以我想，我一定也要尝试一下。大英雄要福泽四海、桃李天下，我撑不开四海，起码要围着这微湖转一圈吧？我一定要试一下啊。除此以外，人生还有什么事情可以做呢？还有什么意义呢？"

林雨点点头。诸葛道一的想法，他很能理解。

两人沉默了一会儿，一起看着微湖上的光影。湖水，柳枝，远山，落日，一层层远去。诸葛道一忽而问道："你呢？"

如果有人旁听他们的对话，会觉得这问题没头没脑——你呢？什么叫你呢？

可林雨知道他在问什么。他在想如何回答。

"诸葛啊，你知道我当年为什么突然隐退了吗？"

"不知道啊！之前问过你几次，你也没说。"

林雨低头叹口气，似轻声苦笑："说起来也是一件好笑的事——跟股票有关。"

"股票？"诸葛道一微微一愣。他不炒股，不懂这些，听到"股票"两个字，第一反应就是"股灾""天台"等联想。他问道："怎么？炒股票赔钱了？"

林雨摇摇头："我早年研究的不只是学习策略而已，还是思维方法，是事物的逻辑。在教育领域，这些逻辑和思维表现为学习策略，各种高效学习的技术手段；在其他领域，则可以表现为职场进阶、创业、投资等。

"金融投资是一种处理复杂信息、做复杂推理的游戏，我既然研究思维方法，也自然顺带着看看金融投资。最早时只是随意参与，并没有严肃对待，主业还是放在教育上。后来有几年，积累得稍微多了点儿，思维方法也较为完善了，尤其是一些大格局类的思维完善了，投资成功率不知怎的，猛然提高了不少。你不做投资，我不知道你有没有关注前几年有一轮大牛市——我是在这牛市之前就以比较重的仓位参与了。几次大波段震荡，板块分化，以及世界格局变化的大事件驱动，我顺着逻辑推断与操作，居然侥幸都做对了，再叠加上一轮大牛市……

"我本不是个物欲很重的人，也没想过要赚太多钱，可是忽然就有了这些钱，虽然不是巨富，但以我的生活习惯，也已经算是一辈子用不完的钱了。我一时愣住了，我不知道怎么处理这些钱。我当时开始疑惑，我为什么要工作？要上班？

"同时，我做的那套关联性学习法体系，也让我有种厌倦的感觉。学校推广得太厉害，整个教育集团到处推，急着商业化，急着建立概念，又没有落到实处。而且，同一套东西的重复也让我觉得无聊，妨碍我继续产出新内容了。这种职业阶段，也让我萌生了退意。两边一结合，我就辞职了。

"出来以后，我发现投资的游戏玩玩也就腻了，我没有兴趣成为专业的投资人，我还是应当回归教育啊。后来我也做过一些类似于个案咨询和辅导的事情，但没过几年也不想做了，具体原因嘛，你刚才所说的与我所感也有几分相似……"

"啥？钱多了还成祸害了？"诸葛道一不满道，"银行卡给我，密码多少？"

两人为这玩笑话笑了两声。

"那么你后面有什么准备呢？"

"我要闭关一段时间，干点儿大事了。"

"哦？怎么说？"

"通过教师培训来间接影响学生，覆盖几十万人的范围，这事情我不想继续做了。我准备换一个角度切入，直接接触学生，在更大范围上以更深刻的形式去影响学生。"

"哦？原来已经有准备了啊！怪不得最近这么气定神闲的。切入点，你除了做学习策略的咨询和课程，还能怎么切入？"

林雨微微一笑："你说的自然是最稳妥、最没有风险的切入方式。长久做下去，大约也有一定的发展空间。按常规的商业模式推算，几年时间招收十万收费学员，大概也有十亿的利润规模了，算是个小企业家了。可是这种模式，我不会主动选择，它只解决钱的问题，不解决社会意义、事业格局与人生归属的问题。"

"那么……"

"我会选一条风险很高，但社会意义更高，格局更大的模式，这是我给自己立的命。"

诸葛道一没有说话。他不用细问这些，因为他和林雨并非商业伙伴，不需要询问详细的业务模式。他只需要知道，这位知己选了怎样的人生方向即可。

林雨从湖边长椅上站起来，看着波光粼粼的湖面："博一把啊。人生如戏，不演得精彩点儿，又有什么乐趣呢？如我这般出生平庸的人，且装一回英雄，画一幅天下吧。墓碑上面，总要有些可写的东西。"

诸葛道一又问："口气很大嘛，命格够用吗？"

"破天命，立己命。"

诸葛道一暗自揣摩着：他有那个境界吗？破一层来一层，无穷无尽，多少人自以为破得了天命。还是他又额外领悟了什么？……两人一阵沉默。

诸葛道一又说："对了，过两周我要去一个学校，这回是脱离了教育局，单独和学校谈业务了。用什么方式能够最大化实现目标？你要有空，一起去帮我参谋一下吧。"

兰水二中高三实验二班，班干部集体违纪案的最终处罚方式确定了。写检查，联系家长，补齐作业，抄的部分重做——如此而已。没有记大过，没有停课反思，也没有通报批评，因为此次事件定性为学生观念偏差、思想误区，而非恶意违纪。学生一片哗然，在管理严苛的兰水二中实验班，如此重大的违纪居然只是这么轻的处罚，实在是奇迹。学生们窃窃私语，以为这是对高分学生的特殊优待，至于校长和教师们之间发生的奇奇怪怪的偶然事件，他们自然无从知晓。

陈思敏、夏子萱、修远等七人在李双关的办公室里，比班上的其他同学更加震惊，因为他们还得知一个额外的消息——后面几周的国旗下讲话，如无意外，将由他们轮流进行。从陈思敏开始，接着是修远，然后是夏子萱、诸葛百象、罗刻。柳云飘和百里思倒是没有被安排上去。

陈思敏惊得合不上嘴，其他几人也摸不清李双关葫芦里卖的是什么药。

"那、那我要讲些什么内容啊？"

第十五章

未来会更好吗？

几人从李双关办公室里走出来，大大地松了一口气。

"好险啊，没想到处罚这么轻啊！"夏子萱吐吐舌头。

"古怪，不是李双关的风格啊。"诸葛百象说，"我还以为要记大过、停课之类的。"

"是啊，连李双关的常规手段罚抄十遍、二十遍都没拿出来……"罗刻道。

"可能是怕影响我们一轮复习，所以没停课？"柳云飘猜测。

修远没有接着感叹，而是转向陈思敏："那个……国旗下讲话你准备怎么写啊？从来没写过这个东西，感觉怪怪的……"

陈思敏倒不似其他人那么轻松，依然低着头："不知道……我也没写过啊……"

"这个很简单，高三这种时候，一般是鼓舞下士气，表个决心，一定艰苦奋斗，一定紧跟着学校的安排走，说几句空话表个态就行了。"夏子萱道。她常年当班长，这种演讲稿写过不少。看得出来夏子萱的心态是真放松了，已经开始帮别人出主意了。

不过陈思敏没有接话。

大约是还没有缓过神来？夏子萱想，毕竟是陈思敏带的头，可能是在我们没看见的地方，李老师对她的批评更重一些？

几人各自与家长沟通，然后老师与家长们通话。家长们也都没有太为难孩子。修远的父亲问了问他近期的成绩，还是班上前十名，保底能考上一个211学校的水平，于是略微絮叨了几句，也没有严厉批评。

第二天午饭时间，修远没精打采，不过尚且有精力打饭，端了两个纸碗在食堂里找位子。忽而在角落里看见陈思敏一个人默默地吃饭，没有跟其他女生一起。他忽然向陈思敏所在的方向走过去。

"嗨。"修远打了个招呼，"没人吧？"

陈思敏绵软无力地抬头看看，道："坐吧。"

"惩罚措施这么轻，没感到意外？"修远试着打开话匣子。

"啊……意外吧。"陈思敏的声音有气无力。

"他们都觉得罚得很轻，叫我们去国旗下讲话简直就像是奖励一样，因为这原本是优秀学生代表干的事。"修远看着陈思敏道，"不过，其实这事情很恶心，完全不是好事。"

陈思敏忽而抬起头来，盯着修远："你也觉得？！"

"Trust me，我能懂的。"修远叹口气，"你跟李双关的争执，本质上是观念的争执，原本是谁也不能说服谁的。如果按照常规的惩罚措施，记大过，罚抄十遍、二十遍，那么最后的结果就是，两方各自保持自己的观念，然后你面子上做些退让而已。可是他要求你去做什么国旗下讲话，讲话的内容，全是对自己观念的否定，对自己认知的侮辱。佯装认错就已经很让人难受了，而在几千人面前大声公开否定自己最真切的观念，还要露出笑脸，做出光辉的样子……是可忍，孰不可忍！没有把脸皮磨到城墙的厚度，受不了这样的折磨。"

陈思敏激动得直点头："就是啊！就是啊！我终于找到一个能懂我想法的人了！反倒是我不明白，他们怎么会毫无知觉？他们就不觉得这样的惩罚很恶心吗？居然一个个很轻松、很庆幸的样子。"

"他们的观念没有你那么执着与强烈。"修远道。

"也是……咦，你呢？你说这是我和李双关观念的争执，那你怎么看？我记得你还提了一堆理论，跟个思想家似的。"

话题转移到修远身上来了，他也感到几分无奈："我……我大概属于已经阵亡了吧……"修远笑着叹口气，"你后面准备怎么办呢？"

"怎么办？能怎么办呢？继续跟李双关正面对抗，明摆着没有好果子吃。可……"陈思敏说到这里，心中又充满了无奈与迷茫，"我不知道，真的不知道……"

修远故意来找陈思敏，就是想看看她有没有什么更进一步的解决方案——果然没有。现在，他们都是被命运击溃的人，天要他们亡，他们不得不亡；天要他们不得像更优秀的学生那样高效地学习，他们就不得不困在目前的死局里，没有半点儿反抗的余地。李双关也好，兰水二中也罢，从修远的视角来看，都不过是老天的棋子而已。这想法虽然看着消极且可怕，但若细细思量起来，又何尝不是事实？大部分人不会掉进这悲凉的想法里，只因为大部分人并不曾有要反抗命运的强烈意志。

这如同撞墙，你冲得越猛，就撞得越痛。那些温暾不曾奋力搏击的人，反倒暂时不会受伤。修远来时，很难说没有抱着一丝希望，想要看看那显现了些许抗争意志的陈思敏，有无手段能突破过去。不过就目前的状态来看，在命运的重击面前，她比自己更不禁打，意志更薄弱。

转念一想，意志更强一些又有什么意义呢？无非被打得更惨一点儿而已。

"一方面，李双关肯定不允许我们继续这样下去了；但另一方面我也想问问你，这段时间脱离学校的体系，按照自己的规划学习，到底有没有长进呢？你自己感觉，效率提高了吗？"

陈思敏夹菜的筷子停住，叹气道："说老实话，效率好像也没有明显的提高，只不过是学起来心情好一些，觉得是自己在做主罢了。卢标说高手都需要自我规划、以自我为学习中心，也许我还不算高手？也许以自我为学习中心的时间还不够长？我不知道……回顾起来，我们大概是既缺自主学习的机会，也缺自主学习的能力吧。现在想一想，我们这么折腾，真的有意义吗？明知道学校的模式很低效，却又不知道该如何改变，我们自己的模式效率也未必高，甚至有可能更低……"

"是啊……"

修远暗自苦笑两声，埋头吃饭了。陈思敏大约还处于自己最初遇到挫折、尝试改变自己的阶段吧。自己当年得到林老师的帮助，在大幅解决了技术问题的情况下，依然还被波折的命运折磨得心如死灰，失去希望。更何况陈思敏如今既没有技术辅助，又没有强大的心理意志，如何能轻易突破难关？她被困在命运的局里，或许比自己陷得更深吧。未来的她还会经历多少心理波折和纠缠？命运会选择一点点地踩躏而磨灭她吗？

正如命运摆弄自己一样，全凭兴致。

一周后，陈思敏做了她的国旗下讲话。平平无奇，满纸空话，什么"收起自己的懒惰和傲慢，做好最后的拼搏"，什么"拿出自己最大的潜力，开始最强力的冲刺"。学生们稀稀拉拉地鼓着掌，校领导们还算满意地点着头，终究没有人太在意这些内容——除了陈思敏自己吧。她从台上走下来，在没人看得到的地方，偷偷流下眼泪。

她哭，迷茫地哭，失望地哭。在主席台下哭，午休又哭了一次，两天后又被人看到在走廊上抹眼泪。夏子萱安慰了她几次，她却不想说话。柳云飘、诸葛百象、罗刻等人，也不太明白她为什么还没有从违纪事件中走出来。只有修远能懂其中情绪，却又不知如何安慰。他看着困顿的陈思敏，仿佛在某种程度上看见了自己。

他于是也跟着心情压抑了几天。

周六了，他又想到两天后的下周一，他也要上台去做国旗下讲话了，心情更烦。"原本作业就多，还要去准备什么国旗下讲话，相当于要额外写一篇作文了……"

"主题是正确的努力……这个怎么写啊？写服从学校安排？完成老师的作业？扯淡……"越是心烦就越是不知道怎么写，乃至白白耗费了下午的一节自习课，居然只写了两行字。"考场作文也没那么难啊！"

  修远实在找不到灵感了，心烦意乱。下午放学后，他没有直接回家，而是一个人带着纸和笔到操场上去散步了。高一、高二的学生们兴致盎然地奔跑着、踢足球、打篮球，以及体育生在练复杂的技术动作，操场上一片热闹与轻松的景象。

  "还真有点儿用……"沿着操场走了几圈，沉浸在这热闹的氛围里，修远感觉心情缓和些了，居然就有了灵感，能想出几句演讲稿了，"'我们要放弃幻想，放下恐惧，直面自己的不足，因为高三复习就是我们最后提高的机会……'这么写应该可以吧，再来点儿。'在高一、高二我们曾迷茫、曾无知，曾犯下了种种错误，而高三，就是我们改正错误的机会。因此不必恐慌、不必抱怨，不要觉得疲惫，还应该庆幸有改错的机会……'接下来怎么写？怎么又想不出来了……"

  修远坐在操场边的长椅上使劲想着下周一的演讲稿，一开始是想一会儿能写三四行，后来就只能想出一两句了，再后来只能几个词、几个词地往外蹦了，活像是一场越来越严重的便秘……不知多久，两个打完球休息的学生坐到了修远边上。

  "蒋慧！来坐坐。"

  "休息下，等下再去打。唉，简政，你月考怎么样？"

  "唉，月考好差啊！想不到高中这么难啊！分数可真低。"

  "喊，说得好像你初中分数很高一样。"

  听对话，这是两个刚上高一的学生。

  "你数学课听得懂吗？我老感觉神游天外，不知道老师在讲什么。"

  "天啊，你居然在听课？乖宝宝啊！"

  "多少还是听点儿吧……"

  "怎么着？还想考一本呢？进了这破学校，还是普通班，你还想考一本呢？能考一本的都在临湖实验，要么就在我们学校实验班，你就别想了！"

  "哈哈哈，也对啊！"

  "上课发发呆，恢复恢复体力，下课了打球嘛！"

  "有道理！对了，等下回寝室作业给我抄下。"

  "哈？我还准备照你的抄呢……"

  那两人休息好了，又返回球场。修远瞟了他们一眼，接着想自己的演讲稿。没过2分钟，又来了两个学生坐到他身边——操场边上的长椅不多，一有空地就有人来抢座位了。

  "……我高一那次就比对了好几本辅导书，都和老师讲得不一样，所以我估计老师讲的是错的。我说老邢，邢火！你不觉得老师讲课很水吗？"

  "啊，挺水的。对了，你还有好几本辅导书？这么认真？项川，没看出来啊。"

  "真水啊。高二的课本来就难，还碰到个讲课这么水的老师，这还学什么？"

"本来就是瞎学嘛。还想怎么样？"

"唉，真是没办法。不是我跟你吹，高一刚来我还认真学了几个月，没见我那时都是班里前十名？后来发现这老师太差了，想认真学都没办法了，每天只能混了。作业还多，混都混得不爽……"

"混混时间就过去啦！大学就轻松了。再说了，这种应试教育有什么用处？能培养我们的素质吗？能体现我们的综合能力吗？就一群书呆子的游戏而已，成绩好就一好百好了？等到了社会上，评价标准就不一样了，我们的优势自然能发挥出来！"

"你还挺有想法，不错嘛！"

"那是！你以为我是学不好吗？我这可是战略性放弃……"

……

修远几次被两人的聊天打断思路，没法专心写演讲稿了，只好起身离开长椅，边绕着操场走边思考。"'我们要沉住气，不被浮躁误了前程；我们要忍住累，不被惰性拖了后腿；我们要……'唉，这排比怎么排不下去了……"

"修远？"

"谁？"当他绕到操场的另一边时，听到有人叫他名字。左右看一阵，原来是陈思敏坐在操场边的长椅上："咦？这边也有位子坐啊……嗨，陈思敏。"

"边走路边写东西，写什么呢？下周一的演讲稿？"陈思敏低声道。

"是啊，麻烦。"

"能给我看看吗？"陈思敏忽然说。

"啊？这有什么好看的，一堆废话而已，我都不知道自己写的什么……"不过修远还是把写了演讲稿的纸递了过去。

陈思敏大致瞟了几眼，果然是一堆废话，又递还过去。

陈思敏依然情绪低落，脚跷在椅子上，双手环膝，眼神空洞地看着操场："你说高中怎么会这么难……"

修远没有接话。

"……你说未来会不会更难？"

"未来？"

"是啊。我总记得小升初的时候，要学奥数，我们一群学生说太难了，老师和家长就安慰我们，说就难这么一阵子，到了初中就好了。结果初中又更忙、更难了，尤其中考前那一阵子。老师又安慰我们说，等到高中就好了。到了高中才发现，比初中更难、更累，简直让人绝望了。老师和家长又说，等上大学就好了，等工作了就好了……"

是啊，同样的话，修远也听过很多次了。

"……可是未来真的会好吗？会不会比高中更难呢？高考完了还有考研，考研完了还有工作职场的压力——那可是彻底脱离了家庭的帮助，自己一个人扛住所有压力啊！接着又是买房问题、结婚问题，然后又是 35 岁失业危机、中年危机……这么多的难关，真的能过去吗？未来真的会好吗？"

"是啊……我也听说过这些事情，据说把我们折腾得要死要活的高考问题，并不是人生中最难的问题。"修远忽然想起一句广告词——"总有一款适合你"。对应过来，这么多的人生难题，总有一个你不擅长的，总有一个能把你击垮。

陈思敏低下头，脸埋在膝盖间："这么多的难题，这么多的障碍，谁能全部解决呢？"

"大约只有天才吧。"修远跟着感叹道。

"天才……像卢标那样？像占武那样？我们在每一个难关历尽坎坷，他们只需轻轻一迈步就过去了；我们在每一个丛林里迷茫寻路，他们在山巅一眼看穿未来；我们内心的挣扎、痛苦、彷徨，他们不用体会。甚至从他们的视角来看，我们这些平凡俗人的痛苦和挣扎，可能还有点儿好笑吧……"

修远静静听着，迷茫而又无奈的情绪共振。忽然一个身影从眼前滑过，只听得有人冷哼一声道："确实有点儿好笑。"

修远一惊，愤怒地抬起头来。

第十六章

烈焰——薪火相传

在人最低落和伤心的时候顺势捅一刀，这行为简直不能更可恨了。陈思敏静静地诉说迷茫与苦楚，修远伤感地听着，却被人说了一句"确实有点儿好笑"，修远顿时怒从心头起，猛地一抬头，向那声音看去。

占武？

他为什么会说这气人的话？不过这家伙向来高傲孤僻，说这伤人的话倒也不算太意外。但更可气的是，占武并不是故意到两人面前羞辱他们，看他的样子，似乎也是在操场上散步，碰巧路过他们这里，偶然听到了陈思敏的话，然后就顺便嘲讽一句，嘲讽完了就走，连悠闲散步的节奏都不曾变化。修远抬头时，他已经走出两三米了，只留下一个背影。他的话明明伤害了陈思敏和修远，他那悠闲的身影却显得云淡风轻，毫不在意一般。

被学神鄙视了，如果是平时，修远也就忍了。可是今天他正陷在情绪里，太上头了。虽然看起来占武直接鄙视的是陈思敏，可在修远的心里，陈思敏的痛苦和无奈，不正是自己的痛苦和无奈吗？甚至自己的挣扎又比陈思敏更胜 10 倍。于是那侮辱仿佛也是针对自己的，并且严重 10 倍。他感觉忍不下去了，一个箭步冲上去，一只手拉住占武的肩膀，大喝一声："你刚才说什么？！"

占武回头看着修远愤怒的脸，一点儿不慌，淡定地拍掉修远的手，道："没什么，就是觉得有点儿好笑而已。"说这话时，居然还有一丝不易察觉的笑意。

"你！你吃多了撑的吧！没事干嘲讽别人干吗！"修远又吼道。

占武盯着修远的眼睛看了一会儿，道："不算嘲讽吧，只是说有一点儿好笑而已。"

"这还不算嘲讽？你成绩好很了不起是吧？你自以为是大神，看我们这些凡人觉得好笑是吧？"修远越说越气。

"成绩好并没有什么了不起的……"占武耸耸肩。

"……"修远倒是不知怎么接话了，愣了几秒，"那你笑什么？"

"不过你们这些人确实有点儿好笑，所以顺便笑笑。怎么了？"占武居然开始反问修远了。

"你这浑球！"修远更加愤怒了，一只手抓住占武的衣领，大叫道，"你还真以为自己很了不起吗！你以为你做得出压轴题、懂几个没人知道的学习方法，真有什么了不起的吗！你懂什么！你不过是天生运气好，天生聪明而已！说穿了就是走运，跟中了彩票没什么区别，'卵巢彩票'而已！你嚣张什么啊！"

占武被修远抓着衣领，居然没有怒，甚至还露出一丝蔑视的微笑。

（背景音乐：*Pilgrimage*）

这蔑视的笑更让人愤怒无比。

"我们受的苦你体会过吗？我们付出的努力你体会过吗？运气好你可以自己庆幸，但谁给你的资格去嘲笑别人！拿你的运气好来嘲笑别人的努力，只显得你素质低而已！你以为我们看得起你嘛！我告诉你，在我们眼里，你跟那种低素质的暴发户没什么区别，都是单纯的运气好，嘚瑟！"

占武继续蔑视地看着修远，丝毫不为所动。

"以为自己多了不起？你就嘚瑟吧！运气好也总有用完的一天！你以为你就一辈子都顺风顺水吗？你以为你就不会遇到任何挫折了吗？你以为自己综合能力素质有多高吗？你以为你天生运气好，有一个聪明脑袋，就能够解决人生中的一切问题了吗？总有一天你也会尝到失败的滋味，总有一天你也会体会到平凡的人心酸的感觉！"

"万一我不是人呢？"占武故意怼道。

"你不是人？哼，你说对了，你还真不是个人！你就是冷血机器！自以为是的冷血机器，以为自己运气好就了不起的冷血机器！你给我等着吧，总有一天老天会收拾你的！你是成绩好，人生充满希望，但总有一天让你知道什么叫绝望！你是天赋异禀，享受各种荣耀，但总有一天让你知道什么叫屈辱！到时候你就挣扎吧，痛苦吧！遇到努力到极限也过不了的难关，拼了命也解决不了的问题，你就绝望吧！天要你亡，你不得不亡！命要你死，你不得不死！"

"非死不可吗？"占武笑得更明显了，仰着头，眼睛向下瞥着修远，尽显藐视和戏谑之意。

"总有天要亡你的时候！"修远愤怒得手都颤抖起来，疯狂地嘶吼，"我看你能怎么办！非死不可！"

占武忽然伸手，将修远抓着自己衣领的手狠狠拍掉，脸上蔑视的笑容微微收起。

"那就摆出战斗的姿态，然后去死。"

占武从容地走远。

修远忽然愣在那里，仿佛被闪电劈中了一般。

"那就摆出战斗的姿态，然后去死。"

意思是，他就是死，也要以战斗的姿态死去？

这又是什么意思？他觉得全身都僵住了，也不再去追赶占武，怔怔地立在那里。他的身体开始发抖，越来越强烈地颤动，仿佛遭受了巨大的冲击，如狂风席卷，如巨浪汹涌，如五雷轰顶。脑海内疯狂地翻腾，只觉得万千思绪混合着情绪一齐涌了上来。那些曾经困惑的问题，那些迷茫与感伤，那些痛苦与绝望，那些积压在内心最深处的嘶吼与疯狂，如同海啸一般席卷而来。他眼前忽然闪过一幅幅图像，他仿佛在一瞬间看到了一切——个人、家庭、世界，乃至古往今来。无数图像连接成画卷，而封面上赫然是占武的样子，周身闪烁着光芒的样子。

然后占武消失，修远看到自己。

人活着，是怎样活着的呢？应该是以希望为食的啊。哀莫大于心死，只有看得见希望的时候，才有活下去的动力啊，才有继续拼搏努力的本钱啊！难道不是这样吗？这样根深蒂固的逻辑，根本不可超越啊！

所以安慰一个人，一定是反复地告诉他，不要放弃，要努力，还有希望的！

所以要鼓励自己，一定是对自己说，我很优秀，我有光明的前途，所以要继续拼搏！

如果前景太黯淡，伤痕与痛苦太惨烈，几乎看不见希望，那就说，再坚持一下，未来一定有希望的！你以为没有希望，可是山重水复疑无路，柳暗花明又一村，万一以后还会有希望呢？所以还要坚持下去啊！

这样的底层逻辑，成为所有人的行为根基，几乎已经牢不可破。

可是这样的底层逻辑，真的足够完美吗？任何人，任何时候，一定真的是充满希望的吗？

这世界的黑暗，原本就无穷无尽；

这世界的痛苦，根本就无边无界。

那些命运不幸的人啊，去哪里寻找希望？

只要够努力、方法够多，就一定能达成目标，幸福完满吗？

能力虽然可以提高，但总有上限；

困难、障碍却可以不断累加，直至无穷大。

认知与智力分明告诉自己，困难与伤害真的太多了，以事实判断，真的已经没有希望了。却还要分离出一部分的心智，掩盖住这一层真实，然后骗自己，未来还有希望吧。

如此矛盾的内心构建，怎能带来真实的希望？

如此虚伪的希望，怎能点燃旺盛的生命之火？

如此微弱的生命之火，怎能提供充足的拼搏动力？

如此渺小的拼搏动力，怎能迎击黑暗重重、天命难违？

这脆弱的底层逻辑啊，轻易被命运所碾碎、肢解。

对于很多不幸的人来说，那些黑暗时刻的降临，原本就是没有希望的啊。

可是对于那些最伟大的灵魂来说，也根本就不需要那可悲的希望啊！

占武说，要摆出战斗的姿态，然后去死。

就是死，也是以战斗的姿态死去，那是怎样的决绝，又是怎样的洒脱？！

那是超越了希望与绝望，升华了光明与黑暗的新的境界啊！

那样的人生和命运，已经不是能否完成目标的任务分析与方法准备，那是超越了凡俗肉体与物质束缚，赤裸地直面灵魂的终极拷问——我是谁？

这样的问题，甚至不是关乎快乐与幸福，而是关乎一个灵魂在这世间要选择怎样的身份存在着。然后透过身份，直指存在的意义。

这世间原本有很多不同的命运，观察者、享乐者、主导者、觉知者……每个命运都有自己的基础物资，有生命的养料。可是如果运气不好，你被分配到一种困苦悲哀的命运，没有基础装备，也没有充沛的养料与物资，又当如何？

如此，一切野心与平庸、成功与失败、幸福与悲哀、欲望与平淡都可以放置一旁，因为你将面临的是终极的身份选择——战士，或者奴隶。

无法逃避，也再没有其他选择，要么成为战士，抓起兵器甚至赤手空拳，迎击黑暗、争斗绝望；要么俯首为奴，任由命运摆布，看它随意安排悲喜、掌控起落，不知人生兴衰。

如果成为战士，挥洒鲜血，用尽全力，一定能够击退那命运的黑暗吗？

也许能呢？

也许不能。

可是这能与不能的结果已然不重要了，我是战士，这是我的身份。

不论结果好坏，这是伟大的身份，是可以无怨无悔、内心安宁地带进坟墓的光辉身份。

幸福与不幸是战斗胜负的结果，而让灵魂安宁并赋予我生命意义的，却是那战斗的过程！

用战斗的姿态，验明我战士的身份；

用战斗的姿态，映射我不灭的意志！

所以退散吧，那些期待与迷失；

所以粉碎吧，那些犹豫和恐惧；
所以燃烧吧，我的肉体与灵魂！

自此以后，我即是火焰，
那狂野的火焰，
愤怒地燃烧吧！
将我所拥有的一切，全部点燃吧！
化作我不灭的意志，永恒战斗的无尽能源！
烈焰须燃，就燃得干净；
命运要战，就战得决绝。
烧光我的生命之源，燃尽我的灵魂之本！
燃尽一切生命养料，直至命运的终结，不留分毫！
如此，我将燃起最纯粹的战斗之火，
无论怎样黑暗的命运，都将被这纯然的战斗火焰照亮！
我的命运，再不带有一丝黑暗。
因为这高贵的火焰，天然不与黑暗相容。
这是我生命的力量，灵魂的力量啊！
直至死亡，这火焰永不停歇。

我是战士，为抗争命运而生的战士。
我是战士，超越了希望与绝望的战士。
我是战士，意志不灭，从起点到终结。
我是战士，哪怕是死，也要以战斗的姿态死去。

第十七章

演讲事件

周一往往是学校里最忙碌的时段之一，老师们要查收作业，沟通学生，骨干教师还要开会。除了周一，大约也就周六下午的周总结会更忙一点儿。

这周一，李双关特别忙。今天该是修远登台去国旗下讲话的日子了，他需要先检查修远的演讲发言稿——所有要演讲的学生的发言稿都需检查，以免有不合适的内容。李双关细细看过，并无异样；又见修远面色平静，眼中有神，一副积极向上的样子，倒也不像是会捣乱的感觉。

上周陈思敏的表现中规中矩，这次修远不出问题就行。让刚刚犯了错的学生上台讲话，李双关原本就不太认同马泰的举措，因而要求不高，并不奢望他们演讲得多精彩。

他一大早检查完了修远的稿件，上了一节课，然后又匆匆赶往校长办公室。上次马校长提到的那个心理咨询师来了，他要去跟着看看，了解些信息，甚至问几个问题，提点儿意见——这是马校长对他的培养。

进办公室，只有马泰一个人在里面。"肖副校长没来吗？"李双关坐下来问道。

"没有，她去主持教研会议了，今天就我们两个。"

正说着，门又开了，一位穿着工装的后勤老师身后跟着两个中年男人："马校长，诸葛老师到了！"

"你好！来来来，请坐请坐。"马泰热情地招呼两个中年男人，又向李双关介绍道："这位就是我上次跟你提过的心理咨询师，诸葛道一先生。"

诸葛道一？李双关心想，这名字可真是够跩的……修仙小说看多了？不过李双关当然不会明说出来，也很礼貌地上前问好、握手。

"诸葛老师，这是我们高三年级组长李老师。这位是？"马泰指着诸葛道一身后的男人问道。

"哦，我是诸葛老师的助理，林老师。"

另一个男人是林雨，他今天来假装诸葛道一的助理，实则是帮助对教育系统和教育业务不熟悉的诸葛道一把关，协助沟通。

"哦，助理林老师。请坐。"马泰招呼着，忽然一愣——林老师？怎么有点儿眼熟？好像在哪里见过？不过眼下最重要的是和诸葛道一交流，倒也没心思再细想何时何地见过这姓林的老师。

几人一番细致交流，讲了诸葛道一在三中做的课程体系，以及他往年接的各种心理咨询案例，又在林雨的引导下重点强调了其中对高中学校最有借鉴意义的部分，以及可能的服务形式等。

李双关对这些所谓心理辅导的内容并无太大兴趣，他觉得这只是核心学科教学之外的次要辅助内容。但他又想：可能在校长的层面上这东西很重要呢？学校评比虽然以成绩优先，但毕竟不是唯一，各种辅助指标也要考虑，那么心理课程的建设也不能忽视——可能校长要考虑的还是比他这种学科教师要多些吧？他如果准备接任校长，那就需要了解这些东西。估计这也是马泰叫他参与进来的原因。

他听诸葛道一侃侃而谈，忽而留意到那姓林的助理正盯着自己看，不过转瞬即逝。他有点儿不愉快，那一瞬间，他有种被俯视的感觉。

大约一小时以后，双方谈得差不多了。马泰表示了初步合作的意向，希望诸葛道一能给出一份类似于三中，但又有新特色的方案。马泰又接了个电话，随后道："不好意思，教育局有人过来检查，我得去陪一陪领导们。李老师，你上午没课了吧？带两位在学校里转转吧。等下两位老师要走的话，你就给后勤的老刘打电话，让他开车送一下。"

李双关受命，带两位老师在学校里散散步，简单介绍了一下功能性教学场地，又闲聊了学校的发展史。不知不觉间，几人来到操场边上。此时正是第二节课课间，刚升完旗，正准备开始国旗下讲话。

李双关猛然想起，该修远上台了。"两位老师，不好意思，等下我学生要上台讲话，我要去看一下，你们随处走动看看吧，之后我们电话联系。"说完，李双关急匆匆走向主席台。

"……高三的生活是否太累？在努力拼搏的时候，我们又该保持着怎样的心态？本周国旗下讲话，有请学生代表，高三实验二班的修远同学！"

台下象征性地响起掌声，修远走上主席台。

四千多名学生站在操场上，从主席台上看过去，黑压压的一大片。高一新生站在远离主席台的后端，队形散乱而无所事事；高二学生夹在中间，事不关己，心不在焉；高三学生站在前排，脸色灰暗，身形倦怠。修远在台上向下看去，依稀能看到占武，看到陈思敏，看到罗刻，看到夏子萱、诸葛百象和柳云飘。

他仿佛又能看到无数个自己。

他看着这些人，停顿了十几秒钟。台上没有声音，反而让台下的人好奇，更安静下来，注意力转向修远。终于，他从口袋里掏出那张演讲稿，在话筒面前慢慢展开，纸张发出的窸窣声透过话筒传递出去。

他展开了演讲稿，盯着纸张看，却依旧没有开口。

"那人在干吗？"

"不知道，忘词了吗？"

"不是有演讲稿吗？他是大脑'死机'了吧。"

台下开始窃窃私语。

直到修远举起演讲稿，当着众人的面，将稿纸撕成两半。

"哇，这是要干吗？演讲稿都撕了，要搞个大新闻啊！"学生们兴奋起来，以为有好戏看了。

校领导们在边上愣住了，李双关更是紧张得背上直冒冷汗。"这浑小子，想干吗呢！"李双关心里暗骂道。他忽然想到，当年自己在领取"兰水市人民心中的最佳教师奖"时，也曾临场撕掉准备好的发言稿，然后即兴演讲了一番——可今天情况并不相同啊！这可是个心智不成熟、情绪不稳定的学生。

李双关在主席台下紧张得头上冒汗，几乎已经准备往上冲了。他下定决心，如果修远想要作妖，立刻冲上去将他拖下来。他心里又埋怨起校长马泰来，何必搞这一出呢？都是严重违纪的学生，心态本来就不好，还让他们上台演讲？果然不靠谱啊！陈思敏是个还算听话的女生，没出意外，可修远这不老实的小子就要搞出问题了。

在宽大的主席台上，话筒立在正中，几位校领导坐在主席台靠右的位子上，李双关则在左侧台下神经紧绷，紧紧盯着修远，不敢稍有放松。接着修远又做了一个出乎他意料的动作——修远伸出左手，五指张开伸直，食指与中指对着台下的李双关，掌心朝下，手掌微微下压。

"这是什么意思？"李双关一时愣住了，"让我不要上台？"这一般是领导对手下表示禁止的肢体动作，含有权威压制的意思。李双关只觉得大脑都要短路了——这小子疯了啊！你到底想要干吗？！

修远终于开口了。

"说真的，国旗下讲话，不知道有多少同学曾认真听过？我记得我以前站在台下，从没认真听过台上的人在讲什么，只是看到有人上台了就鼓下掌，等他讲完了再鼓一次掌，就完事了。"

台下一阵笑声。

李双关皱着眉头，心想：这个玩笑先放过，再有不合适的话，立刻把你拖下来。

"从来没认真听过别人发言的我,今天居然也要上台发言了,不知道会有多少人听呢?

"不过没关系。我最近经历了很多事情,产生了很多想法,其中一些想法改变了我的整个人生,颠覆了我的世界。今天我要说的话,哪怕只有少数几个人愿意听也没关系,哪怕没有任何人听也没关系,权当是我送给自己的话了。"

这一段开场白很简单,又很自然,却暗藏着些许魔力,让人不由得重视起他将要讲的话来。

"大家对高中生涯有什么感触吗?我的感触是,第一,难。数学难、英语难、语文难——简直没有哪一科不难。比如数学,我还记得高一时听不懂嵌套函数时的迷茫,高二时算不出圆锥曲线的痛苦——明明初中的数学我们轻轻松松就能学好的,何以高中变成这样了?又如英语,总有无穷无尽的生词,以及几十组看起来差不多的动词短语,还有听不清的听力题——明明初中英语的词汇都很简单,听力题播放速度也很慢,何以高中就变成了这样?再如语文,阅读赏析总是要莫名其妙错几道,作文常常思路枯竭、不知从何着手——明明初中的阅读随便写几个生动形象的词就能压到采分点、作文随便写点儿感想就能得高分,何以高中就变成了这样?甚至物理,初中大部分人都能拿到接近满分的,上了高一,居然有一大半人不及格了⋯⋯

"第二,累。作业多,放假时间短,睡眠少,尤其到了高三,几乎没有哪一天休息过。做题做到半夜一两点,我试过;连续几个星期没休息,我也试过;早上不到6点起,一整天除了吃饭、上厕所就是在做题,做到手发软、头脑发晕,我试过,很多人都试过,而且几乎天天都在体验。

"然而高中最痛苦的是什么?就是即便你这么累地去学了,依然有可能学不好。无数的辛勤努力看不到成果,汗水白流,只有失望的心情与日俱增。从希望到失望,再由失望到绝望,压抑、崩溃,或者深夜痛哭,在高中生群体里都不是新鲜事。

"那些付出过巨大努力又看不到成果的人,逐渐开始停滞与消沉,不再那么努力了。他们开始悲叹自己的天赋与命运,原本就不是天资卓越的天才,面对难度极高的学习,面对压力极大的竞争,又能怎么办呢?注定只能得到一个不如意的结果。

"进而又上升到命运的层次。我们生在不出众的家庭,父母不是高级知识分子,也不是富商。如果运气不太好,也许原生家庭还有问题——缺爱,父母控制欲强或者是受到人格侮辱。我们也读不起昂贵的民办小学,买不起昂贵的社会教育服务,只能就近入学。

"一路走来,我的平庸,我的无力,我的失败,仿佛都是命运。

"一切都让我们怀疑,这么累,这么痛苦,又有什么意义?"

（背景音乐：*Victory*）

修远的语言借着话筒飘荡在操场上，穿入几千名学生的心里。学生们越发沉默了，看热闹的兴致消散，因为每一句话都在述说他们最真实的痛苦和迷茫。罗刻皱着眉头盯着修远，陈思敏听着忽而又流下来两行眼泪，夏子萱听得入神，仿佛无数个日夜的无奈与迷茫又涌了上来。

"还有些人，甚至连真正拼尽全力的努力都没有尝试过，从一开始就放弃了。放弃了还不够，还要安慰自己，成绩不重要，应试教育的死分数说明不了问题，只要离开了这个扭曲的应试环境，就能发挥自己的才能，就能升职加薪甚至创业成功，走上人生巅峰。可是这话是说给谁听的呢？你自己真的相信？高考并不是人生最难的关口，如果你没通过高考这一关，为什么就有信心能够突破后面更难的关？

"归根结底，还是因为无奈、无力。放弃的人，自我欺骗的人，本质上都是遇到强大的障碍而无法突破的人，只不过我们的无奈通过不同的形式表达出来了啊。

"总之，我们这样的人，在这个关口卡住了，不知道该怎么办了。我们内心深处真的在困惑：除了放弃，还能怎么办？任何的努力都没有用了，还能怎么办？

"我们经常听到很多心灵鸡汤，很多励志故事。某个同学坚持不懈地努力，成功逆袭考上理想的大学；某个同学刻苦学习，名次从倒数变成正数。这些故事都在告诉我们，继续努力吧，只要你努力了就能解决问题。这样的励志故事，最开始听听还有些激励效果，可是越到后面就越没用。我们是高中生，不是3岁小孩，也不是傻子，努力就能解决一切问题吗？我们也会用自己的眼睛观察啊！

"当你看到一名天才学生，一周就能学完你一个月都掌握不了的知识，你还觉得这是不够努力的问题吗？

"当你看到自己的成绩永远卡在某个不上不下的点上，甚至慢慢往后退，怎么努力学习都没用，你还能说服自己只要继续努力就可以解决的吗？

"什么'山重水复疑无路，柳暗花明又一村'——谁能保证前方一定有路？柳暗过后一定会看到花明？我们肉眼所及的世界里，充满了山穷水尽、柳断花残的绝望。我明明看到这世界充满了无奈和绝望，又如何说服自己未来一定有希望，只要闭上眼睛继续努力就行了？！

"我想不通，我想不通啊！

"我也知道，台下有无数的同学跟我一样，他们想不通这一点啊！

"我们只知道，自己原本就不是天才学生，也不是来自什么根基深厚的家庭，我们所就读的学校兰水二中，也不是什么优秀的学校，讲课的老师也不是最好的老师，乃至所用的资料也比省重点、国家级重点高中的学生差了很多。一切都不如他们，怎么和他们竞争？我们的拼搏如此渺小而无力，平庸，俨然是天定的命运，我们还如何去努力？"

台下越发安静。不少学生以为国旗下讲话，原本就是一个充满空话、套话的环节，却不想这一次国旗下讲话被修远变成了无比严肃的心灵沟通。那些最绝望、最悲伤、最不可道明的黑暗，被赤裸裸地抛了出来。几千双眼睛盯着修远，安静得连周围人的呼吸都成了噪声。甚至李双关和其他老师、校领导也都被修远带入了沉重的思考，以至于修远说兰水二中不是优秀的学校时，李双关居然没有把他拉下台。

"我说的这些，全都是我的迷茫、我的痛苦。有些同学不理解我，因为我是高三实验二班的前十名，我的成绩大概能上一个211大学。在兰水二中，这个成绩已经算是不错了，已经让很多同学感到羡慕了。他们觉得我成绩已经不错了，还有什么迷茫和痛苦的？

"可是这并不是关键啊。有些同学只有上专科的水平，他觉得自己又不擅长学习，环境也不好，所以注定上不了本科，只能被那条线卡住；有些同学是上二本的水平，悬梁刺股地苦学也上不了一本，他就在那里痛苦；还有些同学分数在一本线之上，努力到了极限，呕心沥血，也上不了211学校，于是就在那里无奈。至于我，费尽心机、历尽千辛万苦也只是能上末流211学校，不能再进一步到上985学校的水平——我们之间，又有什么本质区别呢？

"我们都痛苦，都迷茫，都被一次次的失败磨灭了意志，被一次次的打击摧毁了希望。归根结底，我们都被束缚在自己的命运里，无力反抗。

"可是，

"可是，

"可是——

"有一天我终于想明白，我终于领悟到，不论困难如何巨大，不论命运如何绝望，我永远要反抗！

"没错，命运强大，无论我如何反抗，都依然可能会输掉；无论我如何努力地学习，都依然有可能被卡在末流211学校的分数线上无法突破。但我的反抗，已经不是为了那最终的结果了！我的反抗，只为了给我自己一个交代，只为了告诉我自己，我是一个怎样的人！

"我不要做一个软弱可怜的人；

"我不要做一个毫无尊严与荣耀的人；

"我不要做一个生命缺乏意义的人；

"我不要做一个任命运蹂躏而不敢抗争的人！

"我不仅是一名学生，我更是一名战士，是不甘于被命运的绳索束缚，而要奋力追寻自由的战士！

"因为我知道，我所看到的学习不只是学习，我将经历的高考不只是高考！

"高中三年即是我的人生，高考的难题即是我人生的一切难题！

"如果这一次我因为天赋不足、环境不佳而放弃，那我就会在未来每一次遇到障碍时放弃！

"这一次，即是永恒。

"每一次，都是永恒！

"我不光看到天命难违、障碍重重；

"我还看到我为自己选择的身份和意义！

"我的身份是战士。

"我的姿态是战斗。

"我的荣耀是永不屈服地抗争。

"我生命的意义，是以战士的身份过完决不认输的一生。

"高考，决不会让我倒下。

"任何困境，决不会让我倒下。

"且不说高考这样的考验，只不过是比拼大脑的理解与记忆，并不会让我流血牺牲。

"就算有朝一日真的面临绝境，性命攸关，那又如何？

"哪怕是死，我也要以一副战斗的姿态死去！"

鸦雀无声。

所有学生愣在那里，老师和领导们也愣在那里。只是有越来越多的学生眼角湿润，泪水滑落。

修远一口气说了许多，终于停了下来，长吁一口气。想想也是好笑啊，在本应该讲几句场面话的主席台上说了这么多感想，目的何在呢？有什么意义呢？他不知道，可他就是忍不住这么说了出来。他还有最后几句话。

"我不知道未来还会有什么障碍，我不知道自己能不能过得了高考这一关，我甚至不知道今天将要做的试卷上几道小习题如何解答。但我知道，这一生，我决不认输。"

修远抬起头来，看向辽阔的天空，那视线穿越人群，穿越高楼，穿越云层，直至无限。

"决不认输。"

他不自觉握紧了拳头，将话筒举过头顶，然后松开手，任由话筒重重地砸在地面上，嘭的几声，在几千人的心中炸出声响。

他扭头，走下主席台。

死一般的沉寂。

忽而台下有人喃喃道："决不认输。"

他们想起了自己曾经的堕落与放弃，喃喃道："决不认输。"

他们想起了自己曾经的自我欺骗与安慰，喃喃道："决不认输。"

他们想起了自己曾经长夜痛哭、撕心裂肺，喃喃道："决不认输。"

他们想起了自己曾经的心如死灰、灵魂枯萎，喃喃道："决不认输。"

有人大叫出声来："决不认输！"

有人伴着泪水怒吼出声来："决不认输！"

声音汹涌如浪涛，汇聚成海洋。

决不认输……

决不认输。

决不认输！

数千人怒吼着，声浪一阵高过一阵。

那声音如虎啸，震慑百兽，妖邪退散；

那声音如龙吟，穿透云雾，山海回响。

"决不认输！决不认输！"数千人一遍遍地高喊着。就连修远也惊讶得停住脚步，回过头来看台下的几千人，心灵震撼，忍不住流下泪水。

这样震撼的场面，任谁都会有所感触吧。

李双关看着台上的修远，又看看台下群情激昂的数千学生，瞪大了眼睛。这是他从教数十年来从未见过的场景。

操场边上，林雨和诸葛道一也颇感震动。林雨看着台上的修远，缓缓露出一丝微笑。

"涅槃了啊，修远……你若有封号，当为'战士'。"

烈焰纷飞，黑暗消亡，天地四方大光明！

虎啸龙吟，妖邪退散，古往今来大无畏！

► 第十八章 ◄

灵魂人物出现——二班的新篇章！

这是兰水二中几十年的校史里不曾见过的场面。

肖英被这激荡的场面惊得有些不知所措，低头看表，修远演讲超时，已经过了打预备铃的时间，还有3分钟就要上课了。哪怕现在立刻解散人群，让他们返回教室上课，也已经迟了。肖英起身，准备拿起话筒，打断沸腾的学生。

她站起来，却又立刻被一只手按下去。

"马校长？您不是去陪教育局的领导了吗？这……要上课了，已经超时了，要不要赶紧散会？"

马泰盯着台上的修远，脸上浮现笑容，又想：肖英果然不适合接班校长主持大局。世上有千千万万的教师，可是眼前这气壮山河的场面，又有几人曾见过？高考如同打仗，气势极为重要。如今一个学生的几句国旗下讲话，居然把全校学生的气势激发到如此澎湃的程度，怎能就此打断？且让它再扩散会儿吧。

"这个学生，就是修远吧？"马泰点头称赞，暗自道，"李双关的学生，不错。李双关教学有两把刷子啊。看来我让学生上台演讲的决定也是非常正确的。教育领域，还是要偶尔尝试点儿新技术、新手段才行啊……"

马泰自然不知修远几年来的心路历程，也不知这几天之内修远受了多少启发，有多少领悟。从校长的视角来看，这是他积极尝试新方法的功劳，也是他钦定的接班人李双关教导有方的功劳。"李双关，还是很有教学潜力的啊。"

可是这功劳往谁头上记，已经不重要了，重要的是，几千人斗志昂扬，精神振奋，灵魂仿佛重生一般。若干年后回顾兰水二中的校史，这将是波澜壮阔的一笔。

又过去了几分钟，几千人的情绪终于稳定下来，呼喊声停止。修远从台上下来，回到班级队列里。一路上，所有高三学生都目不转睛地注视着他，许多人的眼里还含有泪水。所有人都想知道，忽然冒出来的一个领袖般的人物，到底是什么模样？想要近距离地观瞻。每一个人眼神里都透露出尊敬，都透露出灵魂的真诚。修远第一次被这样的眼神看着，仿佛自己的灵魂与他们触碰、联结。

他路过十四班，所有人都在看他，樊龙、杨乾智、叶歌海、梅羽纱、鲁阿明，还有舒田和班主任袁野。

他路过陌生的班级，所有人都在看他，成绩优秀的学霸、吊车尾的学渣，以及一切平凡的人。

他回到实验二班的队列，所有人都在看他。诸葛百象一脸震惊，又似乎有所感、有所悟，眼神复杂；罗刻眼中湿润，紧握双拳，手腕在发抖；夏子萱泪光晶莹，紧咬双唇，声音哽咽，轻声叫着"修远"；陈思敏泪如雨下，泣不成声，她太感谢修远，在她的迷茫与绝望刚出现不久就给了她答案。所有人都在动情地注视着修远，只有占武面无表情地瞟了修远两眼。

国旗下讲话结束了，散会。第三、第四节数学课，第五节语文课，李双关硬是在教室窗户边看着学生们上了三节课。

全变了，一切全变了。他仔细地观察着学生们的状态。连续三节课，学生们不仅纪律极好，而且全程极为专注，几乎没有漏掉老师们讲授的任何知识点。教室里弥漫着一种和谐安宁的氛围，仿佛连大家的呼吸都同步了。

这绝不是装出来的，也绝不是因为发现李双关在教室外看着而拘谨地克制自己。以前李双关在教室外检查时，学生意识到他存在后，在教室里动作会显得僵硬和拘谨，而这次，他们确实全然地专注于课程，仿佛不知道他存在一般。

甚至连两位老师的状态也跟着改变了。几节课上完，老师们觉得身心舒畅，丝毫不累，竟然没有辛苦工作的感觉，仿佛上课就是在与学生合奏乐曲，一曲终结尚陶醉其中，意犹未尽。数学老师严如心上完课，微笑着看向全班同学，看向修远；语文老师董涛露上完课，居然忍不住鼓起掌来——老师给学生鼓掌！

李双关听完一上午的课，没有进教室，默默离去了。他只觉得思绪好乱。他在校园里漫步，恍惚间，从教十几年的人生如电影画面在他脑海里闪过。他居然忘了去吃饭，直到下午3点，才去校园超市买了个面包，回到办公室里慢慢啃起来。不知不觉，已经快4点半了，这是下午最后一节课了，班会。他想：班会干点什么好呢？让学生自习？还是讲些什么？可是讲什么好呢？他不知道。就这么又犹豫了几分钟，班课课已经开始了，教室里还没有老师，处于无人管理的状态，他终于起身走向教室。

他推开教室门，教室里一片安静祥和，所有学生都在认真学习，竟然没人走神，就连他推门而入的声音都没有让几个人分神抬头看他。李双关走到讲台上，安静地看着他的学生们，仿佛第一天认识他们。

太安静了。这是怎样专注的学习状态？他从教十几年，从来没有见过这般状态。或许曾有少数极为优秀的学生可以如此专注，但一整个班集体如此，绝对未曾发生过。

学生们做题的做题，看书的看书，不时有散落各处的学生抬起头来往修远的方向看去。

"同学们，这节班会……"李双关终于开口了。

几十双眼睛看着他。

李双关忽然不知道要说什么了。他本想重复几句"要努力学习""希望一直能保持今天的状态"之类的废话，看着学生们清澈的目光，忽然觉得这些废话已经说不出口了。他改口道："这节班会没什么特别的内容，不过……不过我想问下修远同学，除了今天上午在主席台上的话，还有没有什么话想要单独对班上的同学说的？"

所有人又扭头看向修远。

修远略微一愣，不知道李双关怎么突然又提到他。该说的话，在主席台上他已经说完了啊，现在还有什么好说的呢？他低头沉思了一会儿，又看看四周无数期待的眼神，忽然站起来，道："刚好，我确实还有些想要对班上的同学说的话。"

他起身走向讲台。

李双关默默让开，讲台中央的位置留给了修远。

"上午我在国旗下说了很多，这都是我最近一年多的挣扎与感想。不论遇到怎样的困难，我都不会再屈服，这是我的人格，我的身份，我生命的意义。这是，不灭的意志。"

所有人开始跟着点头，握拳，紧咬双唇。

"现在，我又想到了另外一件事。意志不灭，让我可以无限地战斗下去，永不屈服，但要提高胜利的概率，依然需要其他的辅助，比如更高效的学习方法、更高质量的复习材料和试卷、更积极上进的学习氛围。

"这个班，是合并过的班级，不过班上大半的人，依然是原来实验二班的学生。我想大家一定都还记得一个人吧——卢标！"

"卢标！"

"卢标？"

诸葛百象、罗刻、陈思敏等人当然记得卢标，李双关也记得，原实验二班的所有人都记得，甚至连原实验一班的人都听说过卢标，那是唯一一个能够与占武相提并论的人。

"在高一刚入学的时候，卢标曾经提过一个概念——合作型同学关系，希望大家能够在学习上相互合作而不是竞争，能够共享优秀的学习方法、优秀的资料，形成团结而高效的学习氛围，每个人都在其中受益。只可惜，几乎没有人响应卢标，他一个人无法实施，提了几次以后也就搁浅了。随后卢标离开了，去了临湖实验高中，合作型同学关系也就没人提起了。

"今天，我想再一次提出这个概念。上一次提我们才上高一，还没有经历过许多挫折，还没有体验过高中真正的恐怖，我们没有珍惜卢标这个人，也没有意识到这样的模式对我们有多么大的帮助。现在我们已经上高三了，压力巨大，困难重重，许多同学都很迷茫、痛苦，乃至压抑绝望，因为他们不知道该怎么渡过高三的难关。在这样的时刻，重提合作型同学关系，一定是有意义的，我相信，也一定有很多同学能够意识到这种模式的重要性了，意识到它将给我们带来多少帮助！"

所有人更加振奋了，纷纷点头，身体前倾，目不转睛地盯着修远。

"开始吧，让我们形成一个紧密的互助团体，而不是相互竞争的对手。虽然高考是一场竞争，但那是全省几十万考生的竞争，而不是我们这一个班级里几十人的竞争！我们相互帮助，对彼此的益处会远大于相互竞争！

"每个人都有自己的优势科目，有自己独特的学习经验，只要能无私地分享出来，总会对另外的某个人产生帮助。而合作型同学关系最大的障碍就是私心，舍不得把自己的经验分享出来。我没有资格要求所有人都如此无私，但我愿意从我自己开始，把我对学习的所有领悟全都告诉大家！

"班里有占武这样的大神，也有诸葛百象、陈思敏、罗刻这些成绩比我更优秀的同学，我的分享，全当抛砖引玉了。"

修远看看同学们，又看看李双关。李双关静静地点了点头，同学们轻声说"好"，然后飞快地拿出笔记本。

结构化思维、情绪管理、冥想法、费曼技巧……修远避开学习中心论和与之相关的脉冲策略、分层处理——因为他这样学习前两周才被李双关批评并惩罚过——将其余方法尽数分享出来。由于没有提前准备，或许讲解得有些凌乱，或许某些案例解释得不到位，但这没有影响学生们认真倾听。下午5点10分，该下课了，修远还没有讲完，铃声响起，其他班放学，教室外走廊上一阵喧闹。可修远没有停下来，也没有人催促下课，甚至外面的喧闹都不曾影响教室内的专注。

下午5点30分，修远讲完了。教室里响起热烈的掌声，许多人激动地站了起来。立马有几个同学表示，自己也有些私藏多年的经验，希望下次班会有机会分享。又一阵掌声为这些人响起。

在所有人目光的注视下，修远走回座位。从这一刻起，他已经正式成为实验二班的灵魂人物了，实验二班的诸多同学，紧密团结在他的周围。当年的卢标，不论是成绩、学习能力还是综合素养都比修远更加优秀，可当年他没做到的事情，今天的修远做到了，着实让人感慨。

最有天才的人未必是灵魂人物，最优秀的人未必是灵魂人物，而那些凝聚着人心、牵动情感、具有崇高人格魅力的人，却往往担负着引领众人前行的任务。

兰水二中高三实验二班，新的篇章，开启了。

▶ 第十九章 ◀

合作学习初现框架

"大概的框架已经整理出来了!"第二天中午,在食堂的包间里,陈思敏兴奋地喊道。一张写满字的白纸铺在餐桌上。

这是实验二班"第五届学霸大会"了。与往届的迷茫和低沉相比,这一次的聚会充满积极进取的味道,生机勃发,每个人都带着坚定的信念,脸上挂着笑容。

"合作模式上初步构想是这样的。首先,最具合作价值的点自然是结构化思维,其中解题思路的结构化,按照修远所说,是对学习帮助最大的,而又是最费时间的,那么我们几个就可以在各学科、各章节的解题思路结构化上进行分工合作,每个人负责其中一部分,速度会大大加快。

"同时解题思路结构化也是比较难的一部分,所以这个领域的合作,主要靠我们进行,包括我、修远、诸葛百象、罗刻和夏子萱,其他学习基础比较弱的同学就不参与了。我们做好一个,先相互交流,然后再复印、分发出去,给其他同学参考。"

修远点点头,又问:"占武和李天许呢?"

"我问过占武了,他还是不参与。李天许我没问,不喜欢这人。"陈思敏道。

"这种时候有李天许参与进来对我们其实是好事,毕竟他的实力很强……"修远道,"或许可以先放一下个人喜好问题。"

夏子萱插话:"但我问过李天许了,他也说不参加。"

"哦,那算了吧。可惜了。陈思敏接着说吧。"

"我们把材料做好以后,复印完发给其他同学,他们直接抄效果不会太好,所以一般建议使用费曼技巧过一遍,加深自己的理解。同时,解答问题的时候分梯队,如果有看不懂、听不懂的,比如夏子萱找我问了一道题,我给她讲了以后,其他同学——柳云飘还对这题有疑问,就找夏子萱问,而不找我了;再来一个同学有问题,就找柳云飘而不找夏子萱了。以此类推。这样的设计,第一,不给解答疑惑的人造成太大负担;第二,每个人给后面的人讲,相当于练习了一次费曼技巧,本来就有助于自己的提高。"

"高明！这个设计很好啊。"夏子萱称赞道。

"基于解题思路结构化的问题，又衍生出资料共享的问题。我们所有人都用一样的资料，不仅来源单一，质量也不是很高。我们每个人应该都有一些自己的教辅资料或者试卷，碰到好用的就把它分享出来，用动态的测试淘汰低质量的教辅书。"

修远说："想法很不错。需要有个人来做这件事情的统计。各种教辅书，有的好，有的不好，更多的是不完美但又有自己的特色，这种特色的比较，需要有人来做记录。"

"我来做吧！"柳云飘主动说。

"好。陈思敏提的主要是结构化的应用，情绪管理上有什么想法吗？这东西涉及学习状态的调整，也很重要。"修远又问。

陈思敏没想那么多，看向其他人，诸葛百象忽然道："你不是说锻炼对调整学习状态帮助很大吗？我们一起夜跑怎么样？能够给我们锻炼的时间不多，大概只有第一节和第二节晚自习之间的20分钟。我们就用这20分钟一起夜跑吧！跑步这件事情，最难的就是坚持下来。可是如果有很多人一起坚持，相互督促，不就更容易坚持了吗？这也算是互助了吧！"

"好主意！"修远高兴道。他曾经尝试慢跑锻炼，就败在了坚持上。有一群人相互鼓励，会轻松不少。

诸葛百象又问："修远，我想问一个问题哦。你那天讲的内容，不仅激情四射，很有感染力，而且……而且很深刻啊，给了很多人启发。你是怎么就突然领悟了那些事情呢？"

修远一愣，然后微微笑道："经历了太多事情吧。中考失意到兰水二中上学，从实验班沦落到普通班，重返实验班，又经历了许多挫折……各种人生体验累加起来，再加上受到了占武的一点儿启发……"

"启发？"

修远没有再与诸葛百象深入探讨下去，而是与众人又针对各种策略的执行商议了一番，设计了不少细节，初步的框架就算敲定了。

人多了，相互督促，执行力就跟着变强了。比如慢跑这件事情，当天晚上就执行了起来。五六个人在操场上跑了四五圈，体力好些的男生还比较轻松，锻炼少的女生如夏子萱、柳云飘就吃力些，几乎用完了整个课间。

众人在操场上喘着气，相互对视一眼，又开怀大笑起来，心情格外舒畅。

"啊——有没有觉得，晚上的空气都比白天更清新一些呢！"柳云飘感叹。

"跑完步虽然累，但是觉得精神更好些了呢。下节晚自习不会犯困了。"

第二天，一起跑步的又多了两人。第三天又加了几个。第四天、第五天……才一周过去，已经有近二十人了，慢跑的队伍蔚为壮观。后来加入的人更多了，根据时间安排，队伍又分为两拨。第一拨在下午下课后吃晚饭前锻炼，第二拨则在两节晚自习的大课间锻炼。

这一天晚上，修远等人来到操场，只见一个暗影在操场跑道上立着。越走越近，暗影变得清晰。

"舒田？"修远惊喜道。

"修远……"舒田微微低下头，藏下眼里的柔情，"你那天的演讲，真好……"

"啊……有感而发吧。"修远不好意思地挠挠头。

"我知道你们班的同学喜欢在这个时间点集体锻炼，我能跟你们一起锻炼吗？"

"哦？应该可以吧，又没什么影响。"修远说着看向班里的诸多同学。

"哎呀，来了个美女啊！修远，现在你的女粉丝越来越多，越来越漂亮了啊！"

"别瞎扯，这是我原来在十四班的同学。"

"来吧来吧，没问题！"一堆人起哄。

修远说了他们几句，舒田红了脸，不过夜幕下没人看到。一行人跑动起来，充满青春的朝气，在宽广的操场上驰骋。

另外，费曼技巧也在班上以肉眼可见的速度普及。几周前，课间还是死气沉沉的，一堆人趴在桌上发呆或睡觉，尽是疲惫之色。现在一到下课，教室里便立马热闹起来，许多学生开始相互问数学题、讲物理题，或者拿出一张白纸一边自言自语，一边写下英语的诸多语法规则。

"喂！快给我讲这个导数题啊！修老大可说了，这对你也是有好处的！"

"怎么又卡住了？重来重来！不多讲几次我还真不知道有这么多知识漏洞呢！"

"我讲的时候你不要插嘴啊，好烦！""什么插嘴？这是提问！修神说了，用真人版费曼技巧的时候，听众是可以提问的！"

……

结构化思维的普及稍慢，因为技术上略复杂一点儿。不过简单的知识点结构化倒是不成问题，比如英语语法的结构图，老早就由罗刻做完以后，交由夏子萱复印，然后全班分发。生物学科的知识点结构图，竟然有三个同学各自独立做完，还争论谁是正版。最后相互比对，各自修改补充，形成最终的完整版。

其间又有几次班会课和课余空闲时间，有人主动分享经验。诸葛百象对低分段的同学建议，可以主动放弃性价比最高的难题，比如数学的压轴题、物理的压轴题等，集中精力攻克基础题。陈思敏介绍了康奈尔笔记法，又推荐了几本她做过的还不错的教辅书。罗刻忽然爆出，他看过几十甚至上百本学习方法类的书，绝大部分都是水货，唯独学了一点儿图像记忆法还有用，记忆无逻辑的生物知识点、语文必背文章等效果不错……

原以为，只有占武、卢标等少数学神才懂高深的学习策略，而平凡的众人脑中空无一物。现在才发现，众人拾柴火焰高，许多人都有自己的学习感悟，只不过先前各自藏私、心有隔阂而已。而修远，终于打破了这一层隔阂。

"教语文的刘老师已经跟我说过了，其他科目如何？也类似吗？"李双关与几个学科老师坐在办公室里闲聊着。

"我这边差不多。所有作业都按时完成，没有缺的。上课专注度很高，问问题的人多，回答问题的人也多，状态很好。"物理老师道。

"我这边也是啊！下课了都回不了办公室，被一群学生追着问问题！作业也特别认真啊，我看他们做笔记，比原来详细多了！"生物老师说。

"唉，我真羡慕你们班啊，怎么突然就跟换了魂似的？这几周突然就变了，上课听讲特别认真，跟着我一起思考，还经常有人提出不同的解法。"数学老师严如心也是隔壁一班的班主任，她感慨着，"要是我们班学生也有这么端正的学习态度就好了啊！"

李双关默默地听完了各科老师的汇报，也感慨道："是啊，跟换了魂似的。英语范文背诵，原来抽查的时候至少一半人背不完整，上次抽查，居然只有一个人没背下来。单词复习，原本的进度是要求这周复习完第四单元，结果英语早读的时候我在班上巡视，一大半的人都在提前复习第六、第七单元了。课间好多学生戴着耳机，我以为是听歌，问了才知道，全都是在练听力……"

老师们激动道："有这样的精气神，何愁学不好啊！"

李双关点点头，向窗外看过去。天空深远，白云飘动，目光穷尽处，有太多的视不可及之物。

区区一个学生，讲了有感而发的话，就能对整个班级造成如此大的影响吗？他想起了自己在班上无数次的训话和演讲，从未有过如此效果，甚至十分之一的效果都不曾有过。他想起这么多年来他在台上给家长、老师演讲，也未曾有过如此深远的影响力。他又想到自己曾经在"兰水市人民心中的最佳教师"颁奖典礼上的激情演讲，掌声雷动——哪怕那样的精彩演说，虽然轰动一时，但长远的影响力也依然不能和修远的讲话相提并论。

他忽然疑惑起来，什么是影响力？什么是教育？

他算了算日子，周五就是本学期的第二次月考了——全市所有学校联考。分数最说明问题，是骡子是马，拉出来遛遛吧。

第二十章

拼一张英语试卷

这次月考是兰水二中的老师出题，与临湖实验出的题比起来，难度略微降低一点儿，总体来说，对二中、三中、七中等非省重点学校更加友好了一些，临湖实验的优势被缩小。不过也无所谓，临湖实验的碾压性优势不可动摇，所谓优势缩小，就好比说长江下了一场雨，那么东海和长江相比水量优势就减小了。

"感觉怎么样？"

周六下午，月考的所有科目考试结束。当别的班的学生还在抱怨考试疲惫的时候，实验二班的许多学生已经迫不及待地聚在一起，一边对答案一边估分数，同时发表感想。

"感觉这次考试挺简单的嘛！"

"关键是状态爆棚，从来没这么自信过啊！"

"主要是数学题做得挺顺畅的，我感觉这次数学能上120分。"

"是啊，感觉做数学题思路好清晰啊，结构化做完以后，这些题型都没有生疏感了。"

"物理也是差不多的感觉啊！一个结构化做完，感觉题型就那么几类，好像难度都降低了。"

"不过语文好像没什么变化，不知道作文能得多少分……"

"我主要还是生物不行吧，琐碎知识点太多，背不下来。"

"咦？你没用罗刻教的图像记忆法吗？"

"呃，来不及用啊，结构化还没练熟呢！"

……

学生们兴高采烈地讨论着，放学后教室里居然还留着不少人。柳云飘、夏子萱、陈思敏、罗刻和诸葛百象等人也各自感觉此次考试比之前发挥得更好了，这功劳自然归于合作型同学关系的建立与各个学习策略的分工合作。

"不知道分数会如何呢？应该略有些长进了吧？"放学路上，夏子萱与陈思敏一起返回宿舍楼收拾东西。

"应该是吧。我数学和物理都发挥得不错，地理也还行。反正分数不会比上次低。"陈思敏步伐轻快。

夏子萱又说："不知道修远考得怎么样？"

这不仅是夏子萱的疑问，也是陈思敏、柳云飘、诸葛百象、罗刻关心的问题。毕竟，现在的修远已经是班里的灵魂人物了。他们希望修远考得更好一些，以一个更加光辉伟岸的形象带着大家一起走下去。

"希望他考得好些吧……最好能比我更好些。"陈思敏说。

"哈？你希望他比你考得好？"夏子萱笑着问道。

"唉，是啊！不只是我，诸葛百象和罗刻也是一样的想法吧。"陈思敏长吁一口气道。他们三人的成绩原本在修远之上，却不约而同地希望修远的分数和名次超过他们——在竞争激烈、压力极大的高中，这是多么反常的想法！陈思敏甚至还会幻想，如果修远能剧烈地爆发，成绩直接超过李天许该有多好。

"哈哈，一点儿相互竞争的感觉都没有了，这样的氛围多好！"夏子萱高兴道。

"是啊……修远给我们带来的，已经超越了高考竞争的层次，是文化，是心灵，是更大格局的成长……不过也不算是没有竞争吧，比如，把李天许这种家伙踩下去，我可是一点儿心理负担都没有的。"

高三的休息只有一天，周日下午，所有高三学生返程了，继续忙碌的高三生活。老师们也并不轻松，周日大量老师都没有休息，忙着批改试卷并统计分数和排名，还要向教育局汇总数据。周日下午学生已经返校了，统计分数和排名才完成。

夏子萱从李双关办公室里出来，陈思敏、柳云飘、诸葛百象等人立刻围上去。

"怎么样？"陈思敏急切地围上去。

"大家考得都不错呢！单科分数有不少上升。陈思敏数学超过135分了，物理也接近90分；罗刻数学129分，英语超过130分，另外几科也不弱；百象语文居然122分了，全班第二，仅次于占武了，地理和物理好像也是前几名……"

"行了行了，修远呢？"陈思敏等人焦急地问道。

"修远……我记得数学也有135分以上，物理90分左右吧……"

"哇！厉害！"陈思敏高兴得几乎跳起来，"总分呢？排名呢？"

"排名……好像还是第六吧。前面是占武、李天许，你第三，诸葛百象第四，罗刻第五，然后就是修远了。"

"啊？怎么没变化啊？"陈思敏语气中充满失望之情，"他数学和物理不是很高吗？"

"语文、英语、生物都很一般……"夏子萱解释道。

陈思敏向诸葛百象、柳云飘等人看去，众人耸耸肩，也很无奈。

"怎么大家都很希望修远考得好一点儿啊。"夏子萱笑道。众人也跟着笑起来。

"好像这次分数普遍比较高？"诸葛百象问道。

"是啊。李老师也说了，这次分数都很高。我估计是不是试卷比较简单？毕竟上次是临湖实验的老师出题，难度太高了。这次调整了一下，难度偏低了吧。"

众人点点头表示理解，但同时也略显失望。第一是修远的成绩并没有大幅起色，没有实现众人的幻想——作为灵魂人物，大幅进步，进而给大家更多的精神引领和鼓舞。第二是其他几人也看不出来明显的进步，内部排名没什么变化，距离占武依然遥远，李天许也还是第二名。自修远演讲事件之后，大家鼓足了干劲儿学了几个星期，期待着出现鼓舞人心的奇迹，然而却风平浪静没有大事发生，分数拔高也只是难度降低而导致的"通胀"而已。

晚课开始之前，李双关照例来一番演讲："……大部分同学还是考出了平时应有的水平……高三复习刚开始，还要继续努力……良好的状态要继续保持……"讲着讲着，晚课时间差不多也到了，数学老师也站到了教室门口——周日晚课是数学课。李双关看了严如心一眼，示意自己已经讲完了，课程可以开始了。严如心走上讲台，李双关离开教室。

李双关离开之时，手里还拿着一张成绩统计表。考试刚刚结束，全市的排名还要再等两天，但本校的排名已经清晰了。以语、数、英三门课程来看，实验二班的成绩已有显著提高，年级前十名中，实验二班已经占据五名了。其中占武第一、李天许第三、陈思敏第六、诸葛百象第九、罗刻第十。与上一次相比，已经有显著进步了。

这原本是个大喜事，不过严如心正是隔壁一班的班主任，李双关见严如心站到教室门口，也就卖了个面子，没有刻意强调本班相对一班的大幅进步。

晚课后，众人又围到修远座位旁。

"修老大，你太红了，每天一堆人围过来，我已经没法正常坐在这里了。"同桌刘语明一边叹气一边自觉离开座位，给围过来的众人腾出空间。修远不好意思地笑了笑。

"修远，好可惜啊，我们都期待着你往前进步几名呢！"夏子萱道。

陈思敏甚至安慰道："你可千万别泄气啊！我们继续加油吧，总有一天你会超过其他人的！"诸葛百象、罗刻点头表示赞同。

修远有点儿哭笑不得，这氛围似乎有点儿诡异啊。他说："大家放心，我还真没有泄气。我也说过了，决不认输，决不放弃，哪怕是死，也要以一副战斗的姿态死去。一次期中考试而已，这点儿小事哪会打击到我？而且我也不算考得很差吧，正常水平，只不过没有大幅进步而已……"

众人放心地点了点头。

"其实你数学、物理都很好啊，怎么总分那么低呢？我看看……"陈思敏边说边翻动修远的试卷,"哇,英语听力怎么错这么多?耳朵聋了吗?"

"……"修远被戗得说不出话来。

"完形填空也不行啊,动词短语乱搭配。"罗刻补充道。

"……"

"阅读理解这两道题也没必要错,其实并不难想的。"诸葛百象也说。

"……"

修远不知道说什么好了。这也不该错,那也不该错,算起来自己英语应该考140分以上的……大家浓烈的关爱让修远几乎感动得流出眼泪来。

"说真的,你这些问题,有一部分是有办法解决的。"诸葛百象道,"比如听力,是有方法练的。"

"怎么练?"修远来了兴趣。另外夏子萱、百里思等人的英语听力也不太好,同样兴致勃勃地凑了上来。

"我是用倍速法练出来的。"诸葛百象说,"我记得有一次给你们讲过吧?不过当时修远不在。我再讲一次吧。

"我的经验是,听力的练法分这么几个阶段。第一个阶段是,单词还没有搞定,拼写和朗读都不会,这时候做听力题就会感觉一脸蒙,什么都听不懂。这个阶段就要反复熟悉基础单词,多读多背。这种适合英语初学者,基本功比较弱的情况。

"第二个阶段是,基本功已经不错了,大部分单词都认识了,能听懂了,但听力灵敏度还不够,只能听懂比较慢的内容,适应不了较快的语速。这个时候,再去练基本功就没什么意义了,而是需要对听力速度进行专门性训练——这就可以用到倍速法了。

"先要确定,你是不是处于第二个阶段?"

修远想了想,说:"应该是吧。我的感觉就是,慢了就能听懂,快了就乱了。"

"好,那就是第二个阶段了。现在跟你说说倍速法的具体操作。找一段语音——可以是课本的,也可以是高考听力材料,然后找一个可以调节速度的播放器播放。一开始先原速听几遍,确认没有生单词,如果有就去看答案、查字典。然后对同一段材料,开始加速,1.2倍速听一段时间,如果感觉毫无压力了,就升到1.5倍速听。一般到了这个阶段就会有点儿吃力了,坚持一段时间——短的话一周,长的话一两个月,慢慢也就习惯了。再往上,还可以调成1.8倍速,甚至2倍速、2.5倍速听,一样的原理,听久了大脑自动就习惯了。

"等你听惯了高倍速的听力,再回头去听高考听力题,就会觉得像慢动作一样,很清晰,一点儿也不觉得快了。这就是英语听力的倍速法练习。

"我从小学开始是按照3倍速练的。不过由于小学的材料阅读速度原本比较慢,所以小学课本的3倍速,大致相当于高中的2倍速吧。结果就是我从小英语一直不错,尤其英语听力题几乎不会错——尽管我其实没有太费力地学英语。"

修远认真地记着，围观的同学也快速摘录下来。夏子萱等人曾经听过一次，但没有认真记录，后续也没有实践操作。但这一次，他们已经决心要落地实操这方法了。

"多谢多谢！"修远高兴道，"解决了我英语的一大难题啊！听力一直是我的弱项，我记得有一次光听力题就扣了10分……"

"我也有点儿经验可以给你讲一讲。"陈思敏忽然说，"你看你完形填空的错题，有三道是词语搭配错误，明显的基本功问题，我就不说了。但这两道错题就有点儿技巧了。"她指着完形填空的两处空白说道。众人一起跟着看向修远英语试卷的完形填空。

A Race Against Death

It was a cold January in 1925 in Nome Alaska. The town was cut off from the rest of the world due to heavy snow.

On the 20th of that month, Dr. Welch __36__ a Sick boy, Billy, and knew he had diphtheria, a deadly infectious（传染的）disease mainly affecting children. The children of Nome would be __37__ if it struck the town. Dr. Welch needed medicine as soon as possible to stop other kids from getting sick. __38__, the closest supply was over 1,000 miles away, in Anchorage.

How could the medicine get to Nome? The town's __39__ was already full of ice, so it couldn't come by ship. Cars and horses couldn't travel on the __40__ roads. Jet airplanes and big trucks didn't exist yet.

__41__ January 26, Billy and three other children had died. Twenty more were __42__. Nome's town officials came up with a(n) __43__. They would have the medicine sent by __44__ from Anchorage to Nenana. From there, dogsled（狗拉雪橇）drivers-known as "mushers" —would __45__ it to Nome in a relay（接力）.

The race began on January 27. The first musher, Shannon, picked up the medicine from the train at Nenana and rode all night. __46__ he handed the medicine to the next musher, Shannon's face was black from the extreme cold.

On January 31, a musher named Seppala had to __47__ a frozen body of water called Norton Sound. It was the most __48__ part of the journey. Norton Sound was covered with ice, which could sometimes break up without warning. If that happened, Seppala might fall into the icy water below. He would __49__, and so would the sick children of Nome. But Seppala made it across.

A huge snowstorm hit on February 1. A musher named Kaasen had to brave this storm. At one point, huge piles of sonw blocked his_50_. He had to leave the trail（雪橇痕迹）to get around them.Conditions were so bad that it was impossible for him to_51_the trail again.The only hope was Balto, Kaasen's lead dog. Balto put his nose to the ground, _52_to find the smell of other dogs that had traveled on the trail. If Balto failed, it would mean disaster for Nome.The minutes passed by. Suddenly, Balto began to_53_. He had found the trail.

At 5:30 am on February 2, Kaasen and his dog_54_in Nome. Within minutes, Dr. Welch had the medicine. He quickly gave it to the sick children. All of them recovered.

Nome had been_55_.

36. A. examined   B. warned   C. interviewed   D. cured
37. A. harmless   B. helpless   C. fearless   D. careless
38. A. Moreover   B. Therefore   C. Otherwise   D. However
39. A. airport   B. station   C. harbor   D. border
40. A. narrow   B. snowy   C. busy   D. dirty
41. A. From   B. On   C. By   D. After
42. A. tired   B. upset   C. pale   D. sick
43. A. plan   B. excuse   C. message   D. topic
44. A. air   B. rail   C. sea   D. road
45. A. carry   B. return   C. mail   D. give
46. A. Though   B. Since   C. When   D.If
47. A. enter   B. move   C. visit   D. cross
48. A. shameful   B. boring   C. dangerous   D. foolish
49. A. escape   B. bleed   C. swim   D. die
50. A. memory   B. exit   C. way   D. destination
51. A. find   B. fix   C. pass   D. change
52. A. pretending   B. trying   C. asking   D. learning
53. A. run   B. leave   C. bite   D. play
54. A. gathered   B. stayed   C. camped   D. arrived
55. A. controlled   B. saved   C. founded   D. developed

其中，第44题、47题既是修远的错题，也是其他人的易错题。这是本次完形填

- 110 -

空的难点所在——尤其第 44 题，全班一大半的人错了。

"完形填空的难度，我认为分这么几个级别啊。"陈思敏说，"第一级难度是，考查单词意思和语法的正确性，这是最基础的英语基本功。在这个难度上，四个选项里只有一个选项的意思在句中是通顺的，语法是正确的，比如第 37 题、38 题就是这种。第二级难度是，四个选项里有好几个语法正确的答案，意思上也貌似说得通，需要在前后一两句话里找答案。比如第 39 题，你要看了后一句的'by ship'，才能知道此处该填'harbor'；第 47 题，看了后两句关于 Norton Sound 的介绍，才知道这是个湖，不是个人，于是才知道此处要选'cross'。

"最难的是第三级难度，好几个选项语法都是正确的，意思粗看也都说得通，要在隔了好远的地方找到一个不起眼的句子，才知道原空要填什么——这种完形填空已经有点儿接近阅读理解了，要全篇找答案，而不是看那一个空前后就能得到答案。比如第 44 题就是典型，这题很多人填了'by road'，因为这个词组填上去语法正确，而且意思上也很合理——从公路上运过来药品，很正常。可是你得意识到，'by rail'也是语法正确的，也是意思合理的。所以此时并不能决定到底哪个是答案。

"那怎么办呢？继续往前后找——本文是往后。一直隔了一大段话，到下一段的第二句话才发现，这里提到了一个'train'，然后联系前后文意思才知道，原来第 44 题那里应该是坐火车来的，要选'by rail'才行。这就是本次阅读理解最难的题了。

"所以做阅读理解的时候，碰到这种有多个语法正确的答案的难题，我一般会做个标记，然后在上下文里面去慢慢找。最夸张的时候，可能第一段的一个空，要到最后一段才有答案。但只要知道这个技巧，这个出题方式，最终还是能做出来的。所以我阅读理解一般分数还比较高。"

"哇！太厉害了！原来完形填空有这么个技巧！"修远惊呼起来，"这下又能多得几分了。"

"啧啧，厉害——咦？陈思敏，你怎么之前都没跟我说过这个技巧？"夏子萱问。

"呃……这个嘛……"陈思敏有些不好意思道，"没想起来吧……"

"哼，偏心！"夏子萱假装责怪道。

不过大家都可以理解，谁会主动去揭开自己的秘密呢？除了修远，没谁有这样大的号召力，让所有人都放下自己的私心。

"不过其实我也有点儿小技巧可以说的……"夏子萱又笑道，"我讲讲我对英语阅读理解的感想吧。英语阅读理解的基础题，还是考查词汇意思和对文章的理解。但有些难题，会有几个选项看起来都很正确，所属的内容在文章中都有提到，这就容易选错了。这种时候我有个经验，你不要把它当英语阅读理解，而是把它当语文阅读理解，把做语文阅读理解时的题感带入进来，正确率反而会变高。"

"哈？啥意思？"众人不解。

"英语的题目，一般的选项是有正确与错误之分。而语文的阅读理解，很多时候不是正确与错误，而是正确与更正确之分。几个选项说的都有一定的道理，但是哪个更有道理呢？你不能从单句去看，而是要看文章的主旨，文章的中心思想和情感，然后选和文章中心思想更接近的那句话——这是语文阅读的常用技巧。

"把这个技巧套用到英语阅读的难题上也是一样的。其实，英语毕竟是第二语言，英语的阅读难题，也就相当于语文阅读的简单题了。"

"你不也是藏私了吗，还说我……"陈思敏也埋怨道。

两人又相视一笑。

好了，现在听力、完形填空、阅读理解都有人分享了技巧，就差作文了。

"谁来讲下作文？"

"我看罗刻作文分数挺高？"

"好吧，我来说下作文。"罗刻道，"其实很简单，背句型、背范文就好了。尤其开头和结尾的时候，要刻意用高级句型，故意把句式复杂化。比如，意识到环保的重要性，一般人会写'more people has realized it's important to protect the environment'，这个句型就简单了，可以故意改成'now there is a growing awareness of the necessity to protect the environment'，一样的意思，句式复杂了，就显得很高端的样子。

"其中核心部分是'now there is a growing awareness of the necessity to...'，后面可以随便套什么观念。我记得光这一个句式我就用过七八遍了，性价比很高。结尾的时候再套几个类似的复杂句式，作文基本上不会低于 22 分。"

"其实很多句式李双关给的那些范文里就有，不过没有专门提取出来而已。

"作文大概就这么点儿技巧吧，其实背几个开头和结尾的句式花的时间很少，全部背完顶多几个小时，却可以让你的作文提高 3 至 5 分，性价比非常高了。"

"原来如此啊！"各位同学又是一阵惊呼。

"呼，一张英语试卷的技巧，基本上就被我们这样拼凑出来了？"柳云飘有些不敢置信，"合作效率也太高了吧！"

"为了让修远提高英语成绩，大家可真是煞费苦心了！"夏子萱笑道。

"啊，哈哈，是啊！太感谢大家了！"修远也跟着笑了起来。

其实不只是修远，其他人也跟着受益不少，毕竟这些技巧每个人只掌握了一点儿而已，现在汇聚起来，每个人都掌握了一套方法——这便是知识传播的力量。

拾到一张秘籍碎片

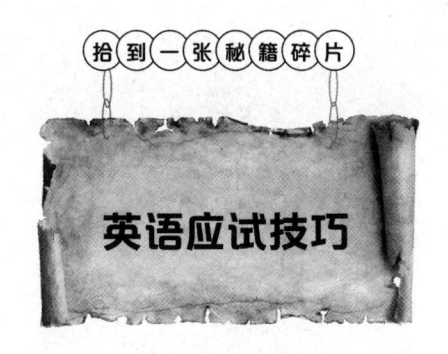

英语应试技巧

修远心里既温暖,又安宁。他想:既然大家如此热心,提供了这么多英语的学习方法,不如接下来的一段时间,就集中训练英语吧。

第二十一章

突飞猛进

在月考中,临湖实验高中自然又是全市第一,不过隐约有一个细节惹人注意。全市排名中,禅师第一名,叶玄一第二名,占武第三名。这是占武又一次进入临湖实验高中的视野。成绩公布的当天中午,妖星又陷入沉思,暗自道:"占武是够厉害的,如果不是有禅师和人形电脑镇住他,临湖实验又要栽了。杀神,杀神,禅师是不动如山,人形电脑是没有思想、没有情感,其他普通人都被他斩落了。一次又一次,真不是偶然啊……"

想着想着,妖星又走到实验班门口。"同学你好,帮忙找下禅师。"妖星叫住门口的一个男生。

"找禅师干吗?"男生警惕地看了他一眼。

"呃……有事……哦,我是她朋友。"妖星一时不知道怎么回答。

"朋友?自称她朋友的多了去了,你是哪路朋友?"男生更警惕了。

"……"

"没事不要影响禅师。"

"……"

幸亏叶玄一碰巧出门,妖星赶紧凑过去:"电脑兄!帮个忙!"

"干吗?"

"帮忙找下禅师——你们班男生怎么这么警惕啊?我一说找禅师,一个个都像看贼似的看着我。"

"哦,最近来围观的人有点儿多,怕会对禅师产生负面影响,所以我们自发保护一下。"

"……"

"不过你可以例外一次。"

叶玄一于是回教室找来禅师,一个班的男生——甚至包括不少女生——冷眼盯着妖星看，妖星只觉得头皮发麻。

"啊，禅师，你好，又见面了！"

"啊，你是小妖精。有什么事？"

"我是……算了。你们知道这次考试的全市排名吗？"妖星无奈地问道。

禅师摇摇头，叶玄一没有表态。"禅师，你是全市第一，电脑兄……啊，我是说，封号'人形电脑'的叶玄一，全市第二。而第三名，则不是我们学校的了。"妖星看向禅师，想要卖一个关子。

然而禅师带着一丝若有若无的微笑看着他的眼睛，也并不催促，两人就这么四目相对。几秒钟过去，妖星只觉得自己像个傻子："好吧……不卖关子了。第三名是兰水二中的一个学生，叫占武。"

禅师继续面带微笑看着他。

妖星只觉得背上要出汗："呃，这个占武……上学期你没来的时候，他还得过一次全市第一名，比叶玄一分数还高！"

"然后呢？"

禅师终于说话了！妖星激动得简直要流泪，当禅师不说话而盯着他时，他感到巨大的威压，手心里都要出汗了。

"你之前一直在文兴，可能不清楚啊，二中是一个很水的学校，基本上都是当初考不上临湖实验的人才去的二中。相应地，这学校的师资、教学体系、环境等，都很差。正常来说，这学校的第一名，放到我们学校来，应该是前五十名都进不了的。我问过老师，前几年他们的第一名在我们这里只有八十至一百名的样子。可是今年突然冒出来一个占武，居然有能力威胁我们的第一名了！你不觉得奇怪吗？"

"还行吧。哪里都有意外出现的天才。"禅师平淡地答道。

"可是……"禅师对占武毫无兴趣，妖星有些急了，"可是我总觉得这人有些不对劲……不过我跟他没有特别熟，对他的信息了解得不全，虽然也尝试找关系调查过他，不过貌似找不到特别知根知底的人。再加上你看人的能力似乎特别强，所以我想看看你对他有没有兴趣，我可以尝试着联系一下……"

"应该不用了吧，没什么兴趣。应试体系不是那么复杂的东西，出一两个应试高手，哪里都有可能。"

叶玄一补充道："占武是那个中考排第七名的吧。"

"那就更正常了。原本很有天赋的学生，出于某些未知的原因去了不太好的学校，但依然保有自己的能量与光辉——没什么特殊的。"禅师平静如水。

"那……好吧，没什么事了。原本以为你会感兴趣。"妖星无奈地耸耸肩。

回到班级里，怅然若失的妖星看了看旁边趴在桌子上的卢标，发现卢标似乎比自己更加没精打采，随口问道："没精打采的，怎么了？这次不是没退步吗？年级第九。"

卢标轻轻叹口气："现在已经不只是成绩问题了……还有其他的人生疑惑啊。"

"哟，怎么着，现在是命途多舛？时运不济？你不是封号'命运'吗，也有这问题？"妖星调侃道。

"封号'命运'……命运也有起伏啊……"卢标喃喃自语，"驱动命运的力量又在哪里呢？"

"驱动命运的力量？"

"是啊……驱动命运的力量。驱动命运的，可以有哪些力量呢？"

"外部力量就不说了吧，我估计你也不是问这个。内部力量呢，常规的就是为了自己未来的发展、成就、幸福人生之类的，估计也不是你想要的答案。"

卢标抬头望了一眼妖星，说："是啊。跟安谷聊过，结论是这些常规的力量对我不起作用了，或者说，力度不够了。我这几天一直在想啊，如果我的常规内在力量不够用了，那其他人呢？有什么特殊的吗？我们身边有什么特殊的案例可供借鉴吗？"

"特殊的？李红生那种算不算？"妖星随口说道。

"李红生？"卢标一愣，想起班级里有个男生叫李红生，成绩还算不错，不过跟他接触得少，不算熟悉，也不知道他有什么特殊之处，不觉问道，"李红生怎么特殊了？"

"动机，以及成绩波动状态。"

"具体说说？"卢标又问。

"不知道你有没有留意过他的成绩？"

"成绩？没太关注，不过好像还行吧？模糊记得可能五至十名的样子？"

"这是他现在的成绩。然而高一的时候，哪怕是你刚来的那个学期，他的成绩还是班上倒数的。"

"哦？"卢标一愣，从班上倒数进步到五至十名，他的进步很显著啊，"挺厉害的。然后呢？什么原因造成的？"

妖星一耸肩，道："他爹死了。"

"啥？"卢标又一愣，"他爸爸去世了？这……也不是个好事啊！跟他学习进步有什么关系？难道是，他原本成绩很好，后来因为父亲去世所以心态波动大，成绩变成了倒数，经过两年现在心态恢复了，所以成绩又上来了？"卢标提出了自己的猜想，然而很快又否定了，如果是这个原因，妖星提李红生的案例就没有任何意义了。

"你要是想知道，可以具体地找他聊一聊。语言委婉点儿，不要直接提他爹的事情，看你的说话水平，能不能套出点儿东西来。"

卢标瞟了妖星一眼："把我当白痴吗？这种事情肯定不能直接跟人说。而且你肯定是知道些什么内幕的，故意不透露……算了，我直接问他也不是不行。"

当天吃完中午饭后，午自习还没开始，教室里没几个人时，李红生已经到教室开始看书了。卢标走到李红生面前，用轻松的语气打了招呼："嗨，有空吗？想跟你闲聊几句，请教些问题。"妖星则跟在卢标后面，一副"饭后吃个瓜"的样子。

"哈？标神啊！还有老妖，哎呀，都是稀客呢！"李红生看着卢标和妖星笑道，"你这水平还说什么请教我呢？怕是来指导我的吧！有什么事直接说啦！"

李红生姿态大方，阳光开朗，既让卢标有好感，也有一丝疑惑——看不出来这是家庭出过变故的样子啊！卢标只觉得李红生积极健康，眼神坚定。

"啊，过奖了。其实……那个……我想问一点儿关于学习动机的问题……"李红生太落落大方了，以至于卢标竟然有点儿不好意思起来。

"动机？"李红生有些疑惑。

妖星面带戏谑的微笑，冷不丁插话："其实是我们的标神最近迷茫、困惑、抑郁、惆怅，不想学习了，所以到处找人问人为什么而学习的问题。"

"哈？"李红生疑惑，标神还有这问题？

妖星又道："而且标神思想深刻、问题立意深远，一般的俗气回答他根本不入眼，什么为了找工作赚钱、考个好大学之类的回答肯定是不能让标神满意的，得往最深刻、最真诚、最深情的地方挖掘才行。"

"啊？哦哦，这样啊……"李红生愣愣地点了点头。

妖星半严肃半扯淡的语言风格一下子让之前略有点儿尴尬的场面缓和了下来，大家轻松了许多。

李红生先是感叹："啊，标神都不知道为什么要学习，还学得那么好，真是天才啊！"卢标盯着李红生的眼睛和表情，没有在李红生的脸上发觉一丝嫉妒、自卑与无奈，以及对上述情绪的隐藏，不禁暗自感叹道：这人内心真是又阳光又纯净啊！又想到，他的学习动机会不会与此也有什么关系呢？

李红生又问妖星："那老妖你呢？你是为什么学习？"

"我？"妖星大声叹了口气，道，"我是为了以后追求小姑娘的时候更有底气一点儿而奋发读书、认真学习的，结果卢标说我不正经！我没办法了，就叫卢标来找你了，毕竟你看着还算个正经人。来吧，让标神见识见识你的正经的学习动机吧！"

论活跃气氛，妖星确实比卢标强了"亿"点点。

李红生"嘿嘿"笑了两声，道："老妖真会开玩笑，搞得我都不好意思说了。我说了你们可别笑啊！"

"嗯嗯，不会笑不会笑！"妖星贱兮兮地笑道，卢标严肃地说道。

"其实，我学习的动力……呃，怎么说呢，就是想让这个世界、这个社会，更加美好一点儿吧，希望能做出一点儿贡献……"李红生红着脸说。

啊，这……没法笑啊！

卢标思维飞快运转。

一般说到学习动机，大部分人只会讲到考大学、未来发展、工作赚钱的角度，而不会往更高层次上说，一方面因为较少有人有更高层次的想法；另一方面也是因为，这个社会社交环境下也不太允许太高层次的想法。你若是敢来一句"我要为中华之崛起而读书"，多半是要被别人围攻嘲讽的："装什么伟人？""装模作样，就你高尚啊！"

由于这可以预判的结局，以及这结局的强大心理暗示力，一般人哪怕在自己心里，也根本不会往这个方向去想了。然而李红生刚才的说法，与"为中华之崛起而读书"已经是差不多的意思了。虽然他还有点儿不好意思，但是他真的敢这么想，敢这么说啊！

卢标快速提起兴趣，赞道："了不起！"

"嘿，见笑了，见笑了。"李红生挠挠头。

卢标摇头："没什么好笑的，以这样的目的读书，是真的很了不起。但我更好奇的是，为什么你能产生这样的动机？要知道，伟大而光荣的动机，其实很难在繁杂而疲惫的世界里长久地存在的。一般人，无法产生这样的动机。"

卢标一下子就往最深处追寻下去。

李红生也严肃了起来，迟疑了一会儿，想了想，终于说道："应该是跟我爸有关吧。"

"你爸？"卢标暗自瞟了妖星一眼，心想：到关键点了。也幸亏这李红生是真不避讳这个话题。

"嗯，我爸。其实……其实我爸，前年，牺牲了。"

"牺牲？"

"嗯。"李红生皱着眉头道，"我爸是缉毒警察……前年，被一个贩毒团伙……"

"啊……"卢标看着李红生，心里一紧，不知说什么好。

"其实我从小学开始，一直活得很随便，也没什么想法，亏得我妈管得严，压线上了临湖实验高中，进来也是班里倒数的几名。我也无所谓，没觉得学习是个很重要的事。

"后来高一期间，我爸出了事，我就突然愣住了，哭了好久。那天我在家里盯着我爸那块二等功的牌子，心想：人为什么会死，又为什么要活着，有什么意义呢？我在那块二等功的牌子面前发了几个小时的呆，我忽然觉得，我爸虽然牺牲了，但是他的人生就是有意义的，不论生死都有意义。原因很简单啊，他为国家和社会做出了贡献，我看到了啊，这块小小的牌子就是见证和证明啊！那时候我就想，我之前不知道活着有什么意义，但我现在知道了，我要是像我爸一样，我不就有意义了？未必一定是干警察这种职业，但只要我也对社会有贡献了，不就一样了？

"所以后来延伸到学习上,我就想,想要有能力对社会有所贡献的话,得多学点儿东西吧?所以我每天学习的时候会想,我要是把这道题做了,我多学点儿东西,说不定我未来就为社会多做一点儿贡献呢?就这么简单。"

这么简单啊。

可这简单吗?

卢标听着李红生的话,愣在那里。

首先,这是一个因为偶然因素而激发的特殊学习动机。它原本是一个悲伤的事件,但李红生却在这事件里找到了无比光辉的力量!卢标看着李红生的眼睛,心想:所以他才那么积极阳光而又坚定吗?所以他才那么纯净吗?

并且,这动机先是由他父亲带来的,但随后又好像被他所内化了,最终变成他自己的了。他不需要担忧工作、金钱、发展之类的俗物吗?他一样没有解决这些潜在的问题。但是他的心智却获得了一股宏大的、超越俗物境界的深远力量!

他已然直接跳跃了几个大境界,仿佛跃然于课本书页之上,什么"先天下之忧而忧,后天下之乐而乐",什么"苟利国家生死以,岂因祸福避趋之",甚至"为中华之崛起而读书",已然不是他所需要昂首崇拜的境界,而直接就成了他自己的了!

卢标忽然就意识到,李红生的故事对他有颇大的启发。虽然李红生的动机决然不可能直接移植到他的身上,因为这身份和事件无法复制。但他已然体会到了,所谓更深一层的、额外的力量,究竟指的是什么。

因为有了比较。

如果没有阳,你就不知道阴;如果看不见他,你就不知道自己。今日卢标看见了李红生,他忽然意识到,在自己与那些愁着考大学的普通学生之外,还有其他的境界。

虽然没有立刻找到答案,但今日卢标开了一扇窗。

兰水二中的高三实验二班里,修远已经连续几天把课余时间都放在英语题的训练上了,以完形填空为主。一些基础的词汇和短语的学习仍有漏洞,需要慢慢积累,不过那个联系前后文推断意思的方法倒是立刻熟练起来,大约每篇完形填空能少错一至两道题了。

不过还有其他事情需要修远处理。班级里越来越多的人开始使用结构化思维等策略,这些策略虽然是为了节约时间,但是对于刚开始练习的人来说,因为很不熟练,反而需要多花时间去练习。这个矛盾在那些写作业速度慢、执行力弱、比较拖沓的学生身上尤其明显。

而即便陈思敏、诸葛百象等执行力很强的学生也依然面临一些问题。最典型的依然是那个老问题——时间不够用,学习节奏被学校卡死。由于作业多,时间少,什么时间做什么事情几乎被规定死，想要腾出自由时间来学习实在是太不容易了。虽然近几周班里分享和使用各种学习策略热火朝天，不过依然局限在原本的时间框架里。比如，原来分配给数学的学习时间，现在还是那些时间没有变，只是换成了结构化思维和费曼技巧来学。有了学习策略，效率自然是提高了一些，但更多的改变依然没法实现。修远现在最急需的脉冲策略，需要适当舍弃部分其他学科的无效和低效作业，然后专攻一门，但无法执行；罗刻的英语早已到了天花板，每天花两小时复习和花30分钟没什么本质区别，但由于李双关的限制，他依然不能腾出那一个半小时来；陈思敏、夏子萱等人的问题也是类似的。

由于缺乏自我调节学习节奏、控制学习时间的自由，他们对学习策略的使用，如同带着镣铐跳舞，处处受到限制，艰难地舞动出艺术的曲线。

这周周末，修远在家里又对前一阵的学习状态做了详尽的复盘——依然是林老师教的方法，从学习策略、身体状态、心理状态一直到学科知识点的掌握程度。他盘算了很久，想找到一个真正的突破点。

"目前所有的问题都卡在没有学习自主权上……李双关总不同意怎么办？怎么办……"修远趴在书桌上，皱着眉头苦思。

他又不禁开始羡慕起临湖实验高中的学生们来，升起一股埋怨的情绪。

然而他又立刻警觉起来，因为他分明感到一丝气息在他的身体里开始生长和弥漫，与那天受占武启发后爆发出的力量相反，这是一股让他虚弱的气息。他立刻止住了抱怨的念头。

"怪事，怎么脑子里想想事情还会感觉不舒服了？看来不能乱想事情……"

他又回忆起那天在主席台上演讲时的状态，感觉力量又恢复了不少，甚至头脑也清醒了。"学习中心论的原则，能不能打破？什么情况下可以？什么情况下不能？如果可以该怎么办？如果不能又该怎么办？……"他逼着自己一点点思考这些问题。哪怕原本没有答案，他逼着自己猜也要猜一个答案出来，然后再去分析这个答案合不合理，而不是任由自己处于没有答案的空白状态。

他苦思几个小时，直到周日下午出发前，他才打定主意。

周一上午，李双关上了一节英语课，然后被马泰叫到校长办公室，畅谈了接近两个小时。

"……接班的事情可以放心了，教育局几位领导是没有意见的，校内也没有人会不服你。这不仅仅是资历的问题，更是教学水平的问题。李双关啊，都十几年将近二十年了吧，没想到在教学上你还是能持续给我惊喜啊！引导学生、激发学生的能力，你还要多给年轻教师们做培训。另外，行政事务上你后面要花点儿时间熟悉，还有些人际关系协调、对外合作、学校交流的东西需要熟练下……"

马泰对李双关的褒奖和关爱溢于言表，李双关礼貌地应承下来。离开校长办公室，李双关的笑容突然收敛，在没人的角落里点燃一支烟，偷偷抽完，又绕着操场转了几圈。

"唉！"李双关在操场上，仰头望着天空，叹了一口气。这天中午，他又没有吃饭。

下午1点多钟，他返回教学楼，没有去实验班办公室，而是叫上了几个普通班的班主任，来到会议室。作为年级组长，李双关当然可以随时召开班主任会议，不过这次又不是正规会议，只是临时看看哪些班主任在就叫了过来。时间也不适合开长会，周一中午——下午还有老师有课呢。

"什么事啊？也没提前通知，临时叫过来开会。"班主任们好奇地问道。

李双关不急不缓地坐到一排座椅上，跷起二郎腿。他的脸色有些阴沉，让老师们以为发生了什么意外，心情不佳。

"出了什么问题吗？"老师们又问。

"没什么问题，大家不用紧张，找大家过来闲聊两句。"李双关终于开口了，"上次月考是全市统考，上周一的时候公布了分数和全校排名。全市排名比较慢，尤其那边实验外国语学校不知道搞什么名堂，到周五才把数据交上去，所以全市排名是前天周六才出来的——你们现在知道全市总体分数和排名情况了吗？"

"不知道呢。怎么，排名不太好？"七班数学老师兼班主任廖伟敬问，"我还以为我们班学生考得不错呢，难道是题目太简单了，分数变水了？"

"分数肯定是有点儿水的。"四班班主任吴光军说，"我们班学生分数也比较高。你要跟上次比会觉得进步蛮大，但要知道上次是临湖实验出题，那个难度……啧啧。"

"就是，我们班学生分数也比之前高些，结果一看，校内排名都没变，立刻就能推断大家分数都高了。"十班班主任谢王乐也说，"说实话，数学试卷就是我和严老师一起出的，我就没准备把题出得多难！一轮复习都还没完呢，高难度的综合题我就没想过要放进去。"

几位班主任讨论着，李双关一人在旁边沉默。

"哎，行了，别聊了——李老师，到底什么事情啊？排名应该也不会特别差吧？"

李双关深吸一口气，道："如果说校际排名的话，当然没什么异常，永远是临湖实验第一，我们第二，后面是七中和三中。但如果细看平均分、优秀率、头部学生排名，还是能看得出变化的。"

"那怎么变化了？变差了多少？该不会快被七中追上了吧？我听说上一次月考，那个七中的'宏志班'考得不错……"吴光军有点儿不安地问道。

其他几位班主任也有些紧张。

"恰恰相反。这一次，我们和七中的距离拉开了，和临湖实验的距离减小了。不论是平均分还是优秀率，都在大幅度进步。"李双关顿了顿，又说，"而且，是全学科进步。"

"啊？真的？发挥得这么好？"其他老师惊讶。

李双关点点头："没错。短短一个月之内，我们学校的各项指标都发生了显著变化。数学学科平均分涨了10分以上，英语涨了7.1分，物理涨了6.5分，生物涨了3.4分……我原本以为是试卷的难度问题，但全市数据出来以后，我才发现，全市的数学平均分涨了5.6分，英语涨了2.8分，物理涨了1.9分……其他学校各科涨分都比我们涨分要少很多。也就是说，这一个月之内，我们是真的进步了不少。"

"嘻！早说嘛！绷着个脸，我还以为考差了呢！"吴光军抱怨道，"李老师你还真沉得住气啊！这么大个好事不给点儿表情。"

李双关接着说："头部学生排名我们学校也有显著进步。全市前一百名，我们按惯常来说只有两至三个的，少的时候只有一个；前二百名我们一般是有十至十五个，少的话八至十个。这一次，全市前一百名，我们有五个，而前二百名，居然有二十八个！"

"哇，又是个大好事。不过进全市前二百名的肯定是实验班的学生吧。"

李双关点点头："我们班学生占了不少。"

谢王乐等老师赶紧鼓起掌来。

"这次全校都有进步，尤其我们实验二班进步特别大。普通班里，十四班进步很显著，另外五班、九班也不错……总之，这个月变化很大啊。"李双关总结道，"教育是个过程，过程对了，结果也就对了。这次叫你们过来，不仅是要分享刚才的好消息，也是想向各位了解些情况。根据你们观察，这一个多月来，班上的学生平时有什么变化吗？"

"变化？还真有不少啊！感觉学习更认真了，上课更专注了。"吴光军道。

"嗯，我们班也是。原来经常有学生作业完成得不认真，现在明显感觉作业做得更用心了。还有，下课围着老师问问题的学生也多了。原来是老师追着学生跑，现在有点儿像是学生追着老师跑了。"谢王乐说。

"对，我们班也差不多。"廖伟敬补充道，"另外，我还注意到一点，班里有几个原来垫底的学生突然开始有长进了，愿意学习了。这几个学生原来拖分拖得很厉害，基本上是全科不及格，比如有个姓王的小孩，原来数学30至40分，全靠选择题蒙对，再加上做对大题最简单的一两道题。这次考试这孩子突然考了70多分！你看，一科就涨了三四十分，你说这平均分得拉上去多少？我看这次平均分各科都涨得那么厉害，跟这些拖分最严重的垫底学生就有关系，他们一旦开始认真学习了，那平均分，嘈嘈地涨！"

"不光是后头的学生啊，我们班前十名的学生都有变化啊！"三班班主任朱乐清道，"虽然他们以前就比较认真，不过现在还是感觉更认真了啊！比如，我们班英语课代表，原来学英语认真，但学数学、历史就不太认真了。但是现在历史老师就跟我反映，这学生最近学历史也很认真了！"

十一班班主任夏羊羽道："总之啊，就是感觉他们精神头更足了，精气神不一样了！这人啊，还是要不断成长的啊！都高三了还不努力，什么时候努力？高考可是一辈子的大事啊！学生们也要长大啦，更懂事啦！"

老师们兴高采烈地聊着，李双关在旁边默默听着，暗自道："长大了……是吗……"真的是这样吗？

下午的课程开始了，各位老师离开会议室，各自忙碌去了。李双关一个人静静地在会议室里坐着，瞅着窗外发呆。他脑海里又出现了修远在主席台上忘情演讲的场景，台下几千名学生群情激昂、高声呼喊，他的心仿佛又跟着怦怦地跳了起来。

许久，他感到有些困，趴在会议室的桌上睡了起来。

又不知过了多久，他突然被一阵上课铃声惊醒，一看手机，居然下午 4 点 30 分了！班会课！李双关匆忙向教室跑去。

匆匆推门进去，学生们还在安静地坐着，并没有骚乱。李双关清清嗓子，正准备主持班会，修远忽然站了起来。

"李老师，我有话想说。"

▶ 第二十二章 ◀

又来了！师生对峙！

　　说实话，李双关并没有想好如何主持这节班会课。他趴在会议室的桌上睡觉，正睡得头昏脑涨、意识模糊的，临时赶过来，脑子里还一片乱呢，原本想说几句场面话应付应付就让学生自习的，不想修远有事，那正好，让他说吧。

　　修远站起来，七八双眼睛看向他。李双关一脸轻松，修远却紧张得手心冒汗，只得深吸一口气，强行将情绪稍稍平复。

　　"李老师，我有些话想说。这些话不是我一冲动就乱说一气的，是我思考了很长时间——不是一两天，一两个星期，而是接近两年时间后得到的感想。同时，也有很多其他同学跟我有类似的想法。另外，我针对这个问题，还查阅了很多资料，所以，我也希望您能够耐着性子听一下。"

　　哦？这学生想说什么？挺严肃的样子。李双关的脑子还没有从睡眠中清醒。

　　"班上很多同学知道我的经历。我高一上学期在实验班里，成绩不太好，最后被淘汰了，掉到普通班去了。理论上，普通班的环境更差，师资更弱，我掉到普通班去以后，应该是成绩越来越差的。可是恰恰相反，我在普通班里成绩突飞猛进，一学期之后，居然又回到实验班了。

　　"这其中的影响因素很多，但有一条很重要——掌握自己的学习节奏！"

　　哦，要说学习节奏的问题。李双关在一旁睡眼蒙眬地听着。

　　"虽然我们学校整体的管理是很严的，但是普通班与实验班相比，管理还是要松散一些，各科老师和班主任并没有对我们做太多的要求，很多时候，怎么学、学什么、学到什么程度，是由我们自己决定的。"

　　嗐，说到底就是普通班老师没那么负责嘛。李双关稍微清醒了一点儿。

　　"机缘巧合地到了普通班的环境里，我突然发现，这样的风格特别适合我！那时候每天都会有不少空闲时间，我会自己给自己做规划，每天该干吗——这几天多看看物理书，下两周主要冲刺数学……由于时间都归自己控制，所以感觉学起来特别顺手，张弛有度，就像呼吸一样自然，节奏感特别好。

"也由于有自己的时间，那段时间我就开始研究和学习各类学习方法，然后把它们应用在实践中。比如结构化思维，我花了一个月时间来熟悉它，将它应用在数学上，结果那一个月，我的数学突飞猛进，我记得快速从110分左右涨到了接近140分！

"那段时间，学习的效率就自然地提高了。我回顾那时的快速进步，认为最重要的原因之一，就是我进入了自主学习的节奏。学习从被动地跟着外界走，变成了自己主动掌控、主动进行。"

嗯，进步挺快……再接着进步呗，说不定能上个985学校。李双关脑中念头自动闪出。

"后来又返回实验班，自然脱离了普通班的松散管理的环境。实验班管理更严格，任何事情都有明确的时间限制，作业也多，我的自由时间就少了，自主学习的节奏打乱了，于是有一段时间，我在实验班更好的师资环境里，反而感到不适应了，学习节奏很散乱，成绩也退步了些。"

嗯？你到底想说什么？

"成绩退步以后，我一直在思考怎么解决问题。想了很久很久，最终发现，那个最根本的矛盾点就是自由时间的多少。自由时间越多，学习的自主性就越强；而自由时间越少，学习就越偏向被动跟随，进而效率低下。我也从其他地方查了资料，有些专门讲学习策略的专家也是这么说的。另外，这种感觉班上其他的同学也会有。

"由于我们太急着想要学好，急着想要掌握学习节奏，提高学习效率，这才有了上一次我们几个人集体抄作业和不做作业的事件。

"上一次，我们是私下进行的；但是这一次，我们希望能和李老师您公开商量！作业实在是太多了，让我们完全没有自己的空闲时间了！对于各科的作业，我希望老师能允许我们选做一部分，而放弃一部分，给我们自由裁量的空间，选择对我们最有效用的作业。腾出来的空间，交由我们自主学习！"

这下，李双关彻底醒了。

学生公开向老师要求不做作业？从教这么多年，李双关是第一次遇到。

"你说什么？"李双关睁圆了眼睛，一字一顿道，"又不想做作业了？"语气中已经隐隐冒出了火气。

修远看出来李双关不高兴了，赶紧又解释道："李老师！我想要更多的自由时间，并不是偷懒想要逃避做作业，一样是为了学得更好啊！只不过方式有所不同。空出来的时间我也并没有休息，更没有偷懒，而是用来做其他题目，学其他内容了。比如，我的英语明显弱于数学、物理，那我可能就想要选择在一段时间内少做一些数学、物理作业，而多做英语题。又如，我这一段时间英语主攻完形填空的练习，那么我就想要放弃英语的阅读理解、作文的作业,而单做完形填空。您发的一张试卷只有一篇完形填空,而我可能会每天做五六篇,甚至七八篇完形填空。这样,虽然我英语试卷没有完成,但是我的英语练习量反而更多了啊!"

李双关瞪着修远,强压着火气,道:"上次不是跟你们说过了吗?虽然表面上看也是想要学好,但是你们脱离了学校的教学体系,自己去瞎搞,难道就真的能学好了吗!学校搞了几十年教研,你觉得课程不够好?你自己瞎搞一通就好了?!"

李双关的火气,任谁都已经看得出来了,能忍到现在没有爆发已经是奇迹,大约是看在修远这段时间人气暴涨的面子上。修远也着急了,又强行解释道:"可是这并不是好不好的问题,而是究竟适不适合的问题啊!同样一套教学安排、一种作业体系,可能对一个人很适合,对另一个人就不适合了啊!"

"嗯?你还跟我谈适不适合的问题?你倒是说啊,谁适合,谁不适合?"李双关话里藏刀。

而修远居然也就这么接了下去:"我觉得对我不是很适合,但也不排除对其他同学很适合,所以我并不是鼓励所有人都不做作业了,而是说,让一部分觉得自己不适合目前学习节奏的同学选择一下……"

"我来告诉你适不适合吧!"李双关已经愤怒了,粗暴地打断修远的话,"很简单!有些自命不凡,以为自己比老师更厉害的学生,就声称老师教的不适合他!剩下的老老实实学习的,对老师尚且有几分尊敬的学生,就觉得适合了!"

教室里陷入死一般的沉寂,空气静止,许多人背上开始流汗。李双关吼起来,仿佛连窗户都在震动了,胆小的女生缩着脖子,连呼吸都放慢了,怕发出声响。

修远低下头,深吸几口气,突然又抬起头说:"李老师,这不是自命不凡和尊不尊敬的问题,这是单纯的学习效率问题!不同的学生,需要按照不同的节奏学习,这是很自然的事情啊!一个老师怎么能同时知道所有学生目前处于什么状态、需要怎么学才更好呢?只有每个人自己才能知道啊!"

还敢顶嘴?李双关已经愣住了。按照正常情况,他已经明显脸色不佳了,再不懂事的学生也该知道闭嘴了。到了这个地步还不悔改,非要撕破脸皮吗?

李双关更加愤怒了,几乎是在吼了——只剩下最后一丝隐忍地吼。他问道:"意思是你比我更懂?该由你来指导我教学了?"

谈到这里,已经算是基本崩盘了。沟通失败了。

又失败了,看来我不是谈判高手啊。修远暗想。他应该感到挫败,应该垂头丧气,应该被李双关震慑住——然而他居然没有!他依然看着李双关,眼神平静。他进入了一种奇特的状态,就那么平静地直视着李双关,眼里既没有失望,又没有愤怒,就这么简简单单地直视着李双关。

还要……李双关发现修远还在直视着他，似乎更加恼火了，几乎都要拍桌子了。那是什么眼神？想要挑衅？不像。认错？也不是啊！这是在干吗？！李双关看着修远的眼睛，他发现修远的眼神没有半点儿躲闪，没有分毫退却。他本该屈服于权威，屈服于班主任的威势——他却没有？！

李双关愣了一小会儿，他又移开眼神，看向班级里其他同学。他恍惚看到，教室里的许多学生似乎连成一片。修远站在那里，犹如山峰；而其他学生坐在下面，如同整个山脉。他们连成一片，高耸入云。

李双关居然感到自己受到威压了！

简直是——李双关的胸口剧烈起伏。他犹豫不定，脑海中在激烈地权衡着利弊。要不要大发雷霆？要！不然简直是无法无天了！可是修远最近又带来了这么大的积极影响，突然把他打压下去会有什么后果？他会怎么样？其他同学会怎么样？因他而来的如此广泛的全校级别的正面效应又会怎么样？可是难道任由他这么嚣张，完全不把老师放在眼里？……

李双关情绪激动，已经在爆发的边缘了。

完了。陈思敏想，夏子萱想，罗刻想，诸葛百象想。

在两人激烈对峙的场景里，忽然传出一个懒散而平静的声音。

"自由选择作业这种事情，又不是所有同学都需要，有需求的就那么几个，何必占用所有人的时间公开讨论？谁有需求，课后到李老师办公室去慢慢商量不就完了。班会课该做班会课的事情，之前不是经常有人上台分享什么学习方法吗？这周轮到谁了？"

众人顺着声音望去，居然是占武！

这可是稀奇了！从不屑于搭理别人的占武，居然主动开口说话了。他的话很冷漠，仿佛这激烈的争论与他毫不相关，他也毫不关心，根本不愿意公共时间被这话题占据——因为这话题与他没有利益关系。

激烈的争论，即将爆发的战争，就此被打断了。

"啊！这周是诸葛百象，他说有个可以缓解疲劳的小窍门教给大家……"班长夏子萱站起来。

气氛一下子轻松了，许多同学开始大喘气，深呼吸。李双关看着场上形势有变，憋着的一股怒气也泄了部分下来，又把剩下的火强压下去："说得对，这种奇怪的需求只有少部分同学有，课后再去商量，不要占用公共时间。诸葛百象，上台开始你的分享吧。"

诸葛百象于是上台了。

李双关忽然觉得好累。

因为刚才发了一顿脾气？并不是啊。因为学生不听话气的？也不像。他感到，那疲惫并不仅仅由于外部的诸多矛盾与攻击导致，几个学生不听话哪里伤得了他这样的老教师？他感到自己内在的某些地方开始涌动，思绪起伏，内心深处的某些信念分裂，不再调和。

"修远，还有那些跟他有一样想法的同学，放学后到我办公室来。"李双关有气无力地说道。

▶ 第二十三章 ◀

人物传——李双关

一个年轻男人走进兰水市第二高级中学，走进行政楼。

"登记，领教师出入证，领饭卡，新老师等下去4号教学楼三楼大会议室开会。"中年妇女一边在电脑上噼里啪啦一通打字，一边快速说道，"李双关，英语专业硕士……备注，教育学双学位……好了，登记完了。抬头，拍个照。"

咔嚓，一张自信的笑脸留在了教师材料登记的页面里。

这所高中质量很一般，不是省重点学校，甚至在市重点学校中也排位靠后。李双关感到有点儿可惜，他研究生毕业后，原本想去文兴市的初高中里找任职机会。可惜，他的大学并不是重点985院校，而文兴市的教职竞争激烈，许多名牌大学研究生甚至博士生趋之若鹜，他没有入选。于是第二次，他又报考了兰水市的高中教职。兰水最好的临湖实验高中也没有录用他——那是自然，临湖实验的水平，不论是教学水平、学生生源水平还是老师待遇水平，即便放到文兴市也能算是接近一流的水平了，因而竞争一样激烈。

他于是来到兰水二中，站在校园中央，看着四周高大的建筑。

"喊，985院校就一定了不起吗？教育不是靠学历堆起来的，是靠教育理想和对教育的理解！"李双关心里不屑道，"是金子自然会发光，就算在这个二流学校里，我也一样能做出教学成绩来！到时候我成为一代名师……"

他走进4号教学楼，在会议室里随便找了个位子坐下。

校长还没有来，新老师们零零散散地坐着。李双关看了看周围的同事。边上一个男老师正戴着耳机，埋头玩手机游戏——没气质，一看就不是有教育理想的人；前边两个女老师软绵绵地趴在桌子上——没精打采的，能干得好教育事业？右侧是一位看起来老实巴交的女士，桌上摆着笔记本和笔，已经准备待会儿记笔记了——一看就是个没想法的人，活得如同机器一般，能教得好学生的灵魂？斜前边一个穿着呆板西服的男士——看上去严肃古板、了无生气，能和学生打成一片？学生能喜欢你？不能和学生成为朋友，怎么做师生沟通？

李双关已然鹤立鸡群。

中年妇女走上主席台，说了一通李双关瞧不上眼的空话、官话，诸如"认真贯彻教师培训精神""切实做好新教师成长工作""端正态度""积极向老教师学习"等。

这学校真是老气横秋的。李双关又想：负责人年纪大，理念老旧，教学方式迂腐……真土啊。

而我李双关决不能被他们同化。

他开始上课了。第一年，他只担任英语教师。他和同学们热情地打招呼，课程中做了很多互动，一个个地点学生起来回答问题。他讲课的语调激昂，声音洪亮，让想睡觉的学生都睡不着。他下课了还与学生们打成一片，一起聊天，甚至在食堂遇见了，还会一时兴起请学生们吃顿饭——反正食堂的饭便宜，一次性请五六个学生吃饭也不过百元钱而已，热热闹闹一大桌。以至于有段时间，大队的学生在食堂找他，掀起了规模浩荡的"追捕李双关"行动，口号是"逮住关二哥，午饭有着落"。双有"二"的意思，所以学生们都叫他"关二哥"。

他还与学生一起打球，被学生一个接球的动作晃开，学生上篮得手，他好没面子，然后第二个球暴跳起来给学生一个大盖帽，打得学生人仰马翻，同队的学生高喊："关二哥威武！"被盖的学生大叫："关二哥饶命！"学生们聊隐私也不避开他，几个男生讨论班上哪个女生更漂亮，谁给她送了生日礼物，他就在一旁笑嘻嘻地听着，还嘲讽礼物不够精致，建议换一个。女生们笑嘻嘻地叫他"二哥"，商量给他过生日，条件是生日当天不要布置英语作业。

他扬扬得意，因为学生只与他关系密切，而碰到其他老师都是躲得远远的。

第二年，学校某位担任班主任的女英语老师突然怀了二胎，休假了。学校里抽不出人手担任英语老师兼班主任，又发现他在上学期的学生匿名投票中排名很高，于是破例让他这个只有一年教学经验的半新教师顶了上去。他成了班主任。

班主任的权力更大了，他与学生接触得更多了，关系也更加融洽了。有的学生与同桌吵架了，会找他诉说；有的学生和室友闹矛盾了，会找他调停；有的学生与父母关系不和了，也会找他；还有些心事重重的内向学生，烦心事不和同学说，也不跟父母讲，也会找他。

他是知心大哥。

同办公室的快退休的老教师梅老师劝他不要与学生太贴近，容易丧失威望，风气散了学生就不好管了。他不屑一顾，暗想：跟不上时代的老太太，还在玩二十年前的老师权威那一套东西？连基本的新时代教育学原理都不懂。教育要走进学生的心里去，你那么严肃古板，与学生隔着老远，怎么教？

他厌恶那些摆出教师权威架势的"老古板",对学生管理过于严格,只会疏远了与学生的关系、打压了学生的积极性,反而不利于学生的成长。谁不曾年轻过?谁不曾在年轻气盛时犯过错?需要那么严厉地惩罚吗?不能用更柔和的方式去引导吗?不能给学生自我反思和成长的空间吗?

他有时候会试图与梅老师这样的老教师们辩论一番,但往往一嘴难敌百舌。他便不屑于再与这些老教师辩论,心想:你们是将要被教育界淘汰掉的旧势力,新生代的我将要引领新的改革,还原教育应有的样子。

他极少惩罚学生,批评学生的时候也不会拿出高高在上的权威语气,倒像是老大哥埋怨小弟一般,有时候轻拍一下学生的头,有时候手搭在男生的肩膀上,有时候要批评女生不做作业,他说:"美女,给我个面子,把作业写了吧!"女生们也真的会给他面子,笑嘻嘻地就把作业写完了。

然而其他学科的老师却会对没写作业的学生严厉批评和惩罚,于是学生自然更喜欢李双关了。

李双关与学生们混在一起,自己也保持年轻的心态。当其他老师埋怨工作又苦又累的时候,他不觉得累。他觉得与学生们在一起的时间是有活力的,是充满了理想的。他要改变教育,让教育更贴近时代,他要在这兰水二中里掀起一场教育改革。他要让老教师们看看,新时代的教育是什么样子:师生关系融洽,充分激发学生的学习动力,让学生学会自主管理,还要培养学生应试之外的综合能力……

他相信,他的学生是最棒的。虽然目前班级成绩还是年级的中游水平,但他不认为成绩就能代表一切。比如,他所教的英语这门课,学生的成绩也是年级中游,但口语表达能力明显好于其他普通班!他在课上做了那么多演讲、讨论、英语歌曲大赛之类的活动,难道是白做的吗?口语表达这种宝贵的英语能力,难道不是教学成果?难道不是学生素养?却不会被考试成绩统计在内。分数,绝不能说明一切。

然而或许是太醉心于素质的培养,一段时间后,他们班的英语成绩略微倒退了一点儿,成了中下游。年级的英语学科负责人找他谈话,说他教学太松散,管理不严,需要改进。他不服气,将学生口语优秀的优点搬了出来。又一段时间后,年级组长告诉他,他们班的各科成绩都在往中下游掉落,需要他这个班主任注意,他还是不服气,只是表面上应承着。他心想:总挑学生的刺有什么意义?为什么不多看看学生的优点?别的班学生死气沉沉、闷闷不乐,而自己班上的学生却充满活力,精神状态更积极,这难道不是优点吗?

将要退休的老太太梅老师又开始劝李双关:"李老师,管严一点儿吧!你管得这样松,学生怎么会认真去学?"

李双关一句话撑过去:"你管得这样严,不知道学生在背后骂你吗?"

老太太说不出话来。

高二结束，二十几个教学班里，李双关的班级排名十九。

可是学生没有厌学，没有失去学习的信心——这就是他用心呵护的结果啊！后面一年里，学生们必然会后期发力、稳步崛起吧！

开学一周多，一个中年男人闯进了他的办公室。

有个学生周末没有回去，家长以为是在学校里，而老师以为学生在家里。一番询问后，才知道学生跑到同学家里去玩游戏了。学生没有走失，李双关松了一口气，却不想家长话锋一转，直指李双关：

"老师！你怎么不管一下这些学生啊？孩子都住校，我们做家长的管不到那么远，全靠老师把关啊！孩子自从住校以后，学习越来越差，越来越不自觉，我们在家里都知道他经常在寝室里玩手机、看小说！周末的时候他回来我们还能管住他，可一周一大半的时间他都在学校里啊！该学校管啊——可是你怎么就不管呢？孩子还说你允许他们带手机，因为用手机可以练听力、查学习资料，我还以为这是他自己瞎编的借口呢！没想到是真的啊！可是他们拿了手机就去玩了，这怎么办？

"我看他们作业也少，练习册经常大片的空白——到底是老师没布置作业还是布置了他不做啊？我同事的小孩也是高中生，忙死了，每天都要整理笔记，考完试要做错题本，老师还要检查，我问我儿子他有没有做这些东西，他说没有，老师没让做！这是真的还是假的？是他偷懒骗我的，还是老师你真的没让他们做啊？

"我孩子初中的时候成绩蛮好的啊！刚上高一的头几个月也很不错啊！可是怎么越到后面成绩越差了啊？小孩子虽然贪玩调皮，但是也知道要学习的，老师说了他也会听的，初中的时候老师稍微管严一点儿他就立刻跟着老师学，成绩也能排前几名。可是高中怎么老师就不管了呢？这么大的娃儿，看起来人高马大的，可是心理上他还是不成熟啊！长期没人管，越来越放纵，也要养成坏习惯了啊……"

家长一通抱怨，李双关愣在那里。

自己苦心实施自己的教育理念，真心把学生当朋友，难道不是为了学生好吗？怎么家长还不理解？同事不理解、领导不理解，现在，就连家长也不理解了。自己明明是怀着满腔热血来教书育人的啊！他感到一阵孤独，在偌大的世界里，与学生背靠着背，对抗一切。

家长待的时间太长，年级组长也来了。家长离开后，年级组长也免不了对他一阵批评："你看看你所谓的新理念，家长都不支持。你再看看你们班的成绩，已经到年级下游了。你怎么这么固执，不听劝呢？……"

年级组长终于离开，李双关闷闷地趴在办公桌上，心里一阵烦，脑子里一片乱，心里某些细微的东西生长出裂痕。

中午时分，老太太梅老师与其他老师嘟囔着："唉，今天教师节啊，不知道教师食堂有没有几道好菜？可怜我们这些老教师，也没人疼，自己去点两道好吃的菜心疼自己吧！"

梅老师正准备起身离开办公室，忽然办公室门开了，一个年轻男人捧着一束花走了进来。

"梅老师！我来看您啦！"

办公室的老师们一阵讶异，纷纷看向年轻男人和梅老师。

"梅老师，还记得我不？我是刘复兴啊！以前八班的学生！"

"啊呀，记得啦！"梅老师一拍脑袋，"年纪大了爱忘事，一时没想起来！你是那个特调皮的学生，我记得你当年老跟我吵架来着！"

年轻男人不好意思地嘿嘿一笑，走上前去，将手中一大捧康乃馨递给梅老师。

"梅老师，当年我年轻不懂事，不知道学习的重要性，还老是跟老师对着干，差点儿把自己荒废了！幸亏您管得严，逼着我学，我记得您一学期批评我就有几十次，天天盯着我罚抄作业，硬生生把我从邪路上逼回来了！原本我那烂成绩只能上个专科，结果被您管着管着，就上了个二本学校，后来还考研考了一本学校。现在我毕业了，回来了，刚刚跟兰水的方晶电子签了工作合同，刚刚毕业一个月有一万多的收入啊！我爸妈都高兴坏了！这放在高中时期哪敢想啊？当时他们都以为我这辈子废了！

"当时您管我那么严，我还怨恨您，背后偷偷骂您……可是现在我真正长大成人了，懂事了，梅老师，我太感谢您了！就是您严格教育我，改变了我一生的命运啊！"

年轻人流下激动的泪水，突然对着梅老师深深地一鞠躬，又一鞠躬，再一鞠躬……

李双关愣愣地看着这个年轻人，脑海一片空白。

梅老师激动地扶住学生，老泪纵横，动情地哽咽道："孩子啊，你终于懂了啊！教育不是用糖果哄小孩儿啊，这是改变命运的长征啊！我要是不严格地管着你们，一天到晚大家和和气气的，假装和学生打成一片，不肯严格管理班级逼着学生去学，自己落个轻松，还不用背负学生的骂名，多好啊！可这违背教师的良心啊！

"天天做题、学知识，哪有打游戏、看小说快乐？不严格管理，怎么能让学生深度学下去？！在我看来，学生成败，真的在老师的管理之下；国家兴亡，真的在老师的粉笔之下。教完这个学期我就退休了，这是老朽用生命的最后一点儿力量为国家做的微弱的贡献了！"

梅老师越说越激动，自己也泣不成声了。她终于含着眼泪大声说道："一定要严格教学啊，这是哪怕背负骂名也要默默承受的教师的命运；这是哪怕被学生厌恶乃至憎恨，也要坚决贯彻的教学之道啊！"

李双关看着师生二人相拥而泣，愣在那里，仿佛被狂风暴雨冲击得没有反抗之力。

他"粉碎"了。

他挣扎着站起来，慌乱地跑出办公室，跑到校园里无人的角落。他双腿一软，跪倒在地上，两手撑地，大口地呼吸。

新鲜的空气将他填满。

他终于觉得，之前的一切都是幻觉；他终于承认，一直被他看不起的梅老太太，才是一生拥有教育理想的老教师；他终于决定，自己的教育理想与热情决不会覆灭，他要走上一条背负重担的决绝道路。

转眼两年过去。

高三一年，原本的班级从下游升到中上游水平，一直保持到高考毕业。新带的高一，他的班级从一开始就名列前茅了。这一年换校长了，校长不动声色地开教师会议，说自己从外地调来，不懂本校的情况，希望各位老师提一提意见，发表看法，学校未来该如何发展。

有城府深者不发言而是观察校长，有老油条事不关己高高挂起，少数开口发表意见的也不过是讲几句空话。直到李双关作为普通班班主任中的教学第一名站了起来，一通激昂演讲。

"……教育不是用糖果哄小孩儿，而是改变命运的长征。不肯严格管理班级逼着学生去学，自己落个轻松，还不用背负学生的骂名，看似很聪明的选择，可这违背教师的良心！天天做题、学知识，哪有打游戏、看小说快乐？不严格管理，怎么能让学生深度学下去？

"一定要严格教学，这是哪怕背负骂名也要默默承受的教师的命运；这是哪怕被学生厌恶乃至憎恨，也要坚决贯彻的教学之道！"

掷地有声。

"你叫什么名字？"

"英语科，李双关。"

"嗯，好。李双关，你好，我是新任校长马泰。学校的发展，需要一批有理想、有冲劲、能够快速成长的年轻教师呢……"

一转眼，又十余年过去了。

修远、陈思敏、夏子萱、罗刻、诸葛百象等人战战兢兢地来到李双关办公室，却极其意外地发现，李双关居然丝毫没有为难他们，轻易地就答应了他们的要求，允许他们自由选择作业。

- 134 -

"其他老师那里我去沟通，你们自己这样做就好，不要在班上大张旗鼓地宣扬。就当作一场实验吧，让我看看你们实验的结果。"李双关声音低沉，没有了往日的威压。

几个学生面面相觑，然后离开办公室。

"真奇怪，就这么同意了？"陈思敏又激动又疑惑。

"是啊，太意外了——可能是修远的面子太大了吧？"夏子萱说。

"很有可能，自从那次演讲事件后，李老师对修远的态度明显变了。"罗刻道。

诸葛百象也是长吁一口气。方才在教室里双方剑拔弩张，不承想到了办公室里却突然偃旗息鼓。在占武突然打断双方争执、提出继续让人分享学习方法之前，他几乎以为场面要彻底失控了。而他突然又疑惑起来，占武这样的大神，也需要听凡人讲方法吗？这疑惑一闪而过。

修远走出办公室，带着意外的惊喜。他已经做好准备，以为李双关会将他大骂一顿，乃至叫家长、停课反思并记大过了。可是突然就来了转机，李双关莫名其妙地态度180度大转弯，谁也不知道是什么原因。

修远心想：如今，高效学习的最后一大障碍也被扫除了，宏观上的学习中心论、脉冲策略，微观上的结构化思维、费曼技巧、条件核检法，以及身心状态层面上的状态调整、冥想——几乎所有有利条件全部聚齐了！

他站在李双关办公室外的走廊上，微微眯起眼睛，看着走廊外的天空。他感慨，不知道自己为何突然又变得这么好运了。就在几分钟之前，他还在想如果李双关真要和他鱼死网破自己该怎么办——他不知道该怎么办。

可是他知道自己心里有一句话——决不认输。如果李双关还是不同意，势必会给他造成巨大的学习障碍，也许自己无论怎样努力也没法最终实现理想的高效学习了。可即便这样，即便将要进入这必输的局面，他也不会动摇，不会再被消磨了意志。他问自己，如果李双关给自己带来了巨大的困难，让自己经历巨大的痛苦，且高考这一局必输无疑，他会消沉下去吗？他会因为痛苦而放弃吗？如果未来又遇到更强大的障碍和痛苦，更绝望的情景，他也会消沉吗？

他的内心深处传来一个声音，不会。他永远记得自己曾经在主席台上说过的话——哪怕是死，也要以一副战斗的姿态死去。

他微微笑了起来。他刚刚赢了一场不曾发生过的战争。

李双关推门走出来，发现众人还在门口，又叮嘱了一句不要大肆宣扬，注意影响。然后头也不回地下楼。

校长马泰习惯等学生用餐高峰过了以后再去吃饭，反正他不用担心没饭吃，他可以去教师食堂。他正悠闲地看着杂志，然后李双关敲门走了进来。

"嗯？什么事？"

李双关依然略有些失神，静静地走到马泰面前的椅子旁坐下来，看着马泰的办公桌。

"马校长，关于我带完这一届之后的安排，我最近有些想法……"

"哦？什么想法？"

"我想，那一年多的时间里，能不能不再带班了，挂个年级组长、教研主任之类的虚职，给我腾出点儿时间来……"

"腾出时间来干吗？"马泰饶有兴致地问。

"出去学习吧。"

"学习什么？怎么学？"

李双关轻轻地向后靠住椅背，深吸一口气，缓缓道："学什么……我也不知道。还记得我刚来学校工作的那几年，每年都会参加各种会议，各种教育论坛，还经常报名寒暑假的各种教师培训课，学了一大堆技能。这几年我在学校里担任的工作越来越多，反倒是没时间学这些东西了……学什么，暂时还没想好，但是我始终有一种感觉，该出去上点儿课、学点儿东西了。也许是学科教学，也许是学生心理，也许是学校管理……可能不会做什么限定吧，各种东西都会学一些。所以需要空间和时间。"

马泰点点头："想法很好啊。人越是上了年纪，就越不想学东西了，这是很正常的惰性。我们学校里那些老员工，你想催着他们上点儿培训课都不容易，而你却主动提出来想要外出学习。哈哈哈，李双关，我还真没有看错你啊！学校交到你这样的人手上，我放心。好，这个事情学校全力支持你去做！"

李双关走出校长办公室，在操场上游荡着，然后坐在草地上，抬头望着天空。

他有些疲惫，嘴角却又隐约露出一丝笑意。

他吸进去新鲜的空气。旅程，又开始了。

▶ 第二十四章 ◀

师生再相逢——开始天地同力了吗？

学习自主权终于回归到修远手中，绝大部分条件都备齐了，各路学习策略的应用几乎再没有障碍。修远等人立刻开始重新制订并执行计划。仅仅几天过去，立刻就觉得状态大变，更自由了，精神头更足了，专注力自动提升，效率提高。

为什么专注力会突然自动提升了呢？修远心想：外界障碍消失，也会让自己心智的损耗减少吧。

他将结构化继续保持下去，数学、物理题型结构化，生物、化学的知识点结构化。对于生物那些琐碎的细节问题，又配合罗刻传授的图像记忆法。英语学科虽然未从林老师那里学到什么高深的方法，结构化的用处也少，但每位同伴提供一点儿小技巧，集合起来也成了一套能用的体系了。各个学科中，主题问题依然没有解决，只剩下语文的一点儿内容了。当然，其他学科也还多少有些细微的提高空间。

但不管怎么说，事情是越来越顺利了。不仅本周剩下的几天时间里效率已经大幅提高，清理了不少遗留问题，也能明显地感觉到，总体的规划明确、路径清晰，未来效率只会越来越高。

本周的后几天，他又向陈思敏等人传授了详细的学习中心论、脉冲策略和分层处理的方法，帮助大家一起提高效率。这几个方法他之前不讲，只因它们都严重依赖于对学习节奏的自主掌控。如今李双关放手，中心移位，他终于可以将这几个方法传授出去了，当然也没有忘记强调分层处理这种方法的危险。

周日下午，他在家里完成了作业，想早些去学校背背单词——英语书忘记带回来了。他乘上 23 路公交车，靠在窗边，思绪纷飞。依然是辛苦地学习，每天埋头看书、做题，然而大部分的节奏都掌握在自己手中，自由时间由自己安排，学习进度有条不紊。日子突然就好过了起来，修远心中感慨万千。

他想到自己高一上学期时混乱的学习、幼稚的心态，不由得心里发笑。曾经如此可笑的自己，没想到一步步走到了今天。这样的改变是如何发生的呢？他不由得又想起林老师。23路公交车开到了微湖的湖心路上，修远透过窗户看着波光粼粼的湖面，一时感慨，忽而来了兴致，想要下去看一看。

他走到湖边，触摸低垂的柳枝，嗅到菊花的芬芳，沉迷在湖边的寂静里。一年半以前，他在此处遇见了林老师。在许多个周末的下午，他都与林老师在湖边的长椅上促膝长谈，聆听各种学习策略，汲取人生营养。回想起来，那正是他命运转变的起点。

他在湖边漫步着，忽然看见前方湖边长椅上坐着一个男人，正入神地读着一本书。他眯起眼睛定睛一看，不由得愣住。

"林……林老师？"

又遇见他了！

林老师不是说有事外出，长期不在兰水市了吗？回来了？修远略微犹豫了一会儿，最终还是上前打了个招呼："林老师，好久不见了啊。"

林雨放下手中的书，抬起头看向修远，点点头，又指了指边上的空座位道："坐吧。"

修远一时不知说什么好。

"近况如何？"倒是林雨先开了口。

"成绩现在已经在实验班排名前几了，比去年大有进步。另外很多遗留的学习问题也正在快速解决。按照最近的效率来看，高三剩下的大半年时间，还能有不少进步空间。"修远顿了顿，又道，"林老师，您……您之前说有事情要出差的，现在是事情忙完了吗？"

"一阵一阵地忙，算不上忙完。过段时间还要忙一个大项目。"

"哦哦。那句话怎么说的？能力越大责任越大啊，林老师您忙点儿很正常啦。"

修远安静了下来。林雨又微微笑道："最近似乎状态不错，精气神都变好了。看来你的高三没怎么受苦嘛。"

"还不错，最近运气挺好的。"修远不好意思道。

"嗯。你一直运气不错。"林雨忽而说。

一直运气不错？修远有些异议。刚遇到林老师的时候算是运气不错，最近李双关突然放手也算有运气成分。可是中间大半年的时间，自己活得痛苦万分，那是绝对算不上运气不错的。不过个人感知不同，也许林老师是说，才受了不到一年的苦，本身就是一种运气吧。

于是修远也说："是啊，运气不错。"

"古人说，'时来天地皆同力，运去英雄不自由'。一个人运气好不好，对人生的发展还是很重要的。可是扯一句无关的闲话——那又是什么造就了运气呢？一般人会觉得，运气是完全随机的幸运，不过，也并非完全如此。"

时来天地皆同力？修远细细品着这句话。最近运气很好，真的会感觉仿佛连天地都在帮自己一样,这诗句形容得实在太贴切。"哦?运气还能不随机?"修远有点儿感兴趣。

"运气当然有随机的部分,但也有可控的部分。这可控的部分,分支复杂,几乎能算一门学问了。比如,选对了大趋势以后,跟着趋势走,就会感觉运气很好,做事很容易——这叫大势思维,属于方法层面的东西。除此以外,还有心法层次的内容,也会剧烈地影响运气。你运气好,随机的部分占比很高,但也并不算是全然的随机,有心法的因素在里面。"林雨暗含微笑。

心法的因素?那又是什么呢?修远弄不明白。不过林老师经常讲一些让人听不懂的话,他倒也习惯了。他说:"不是很明白……不过反正我运气挺好的吧,最早是遇见了您,后来又遇见了很多对我有帮助的同学,最近连老师都成为我的助力了。虽然中间受了一段时间的苦,非常迷茫,但好在时间不长,只有几个月……"

林雨随口接道:"只有几个月啊?不是正常状态呢。算是你福气大吧……"

"哈?"

"算了,没什么。"林雨收住话题,"我倒是好奇,你是怎么就立刻扭转了心态,成长到今天这地步的?速度有些过于快了,与我预计的不一致呢。一般来说,从你高二上学期的状态到今天,至少需要几年的磨砺,哪怕是十年都不奇怪。然而你却在一年之内就跨越了这漫长的距离。"

"这……"修远有些犹豫,"我也不知道,好像自然而然地就变化了。"修远心想:林老师的话也很奇怪啊,说得好像他非常清楚自己当前的状态一样,仿佛自己的精神境界在他眼里清晰可见,而且如同标尺一般能够测量——他是怎么知道这些事情的?他的境界真是深不见底啊……当然,修远并不知道出于偶然的原因,他在主席台上的演说恰好被林雨看见了。

林雨淡然一笑,道:"算了,不必在意。哪里没点儿不可捉摸的黑箱因素呢?这倒是现象学存在的意义。对了,高三复习难度比高一、高二会升一个台阶,我之前教你的那些策略,还够用吗?你掌握熟练了吗?"

"基本都熟练了吧。"修远道,"基础的结构化、分层处理、费曼技巧几乎天天都在用;情绪管理经常练习;锻炼也每天坚持了,以慢跑为主,如果下雨了就练深蹲、跳绳;冥想倒是因为住校而没有每天坚持,寝室里实在是不太方便。"

"哦?锻炼也能每天坚持下来了吗?"

"我们组织了一群人集体锻炼,相互监督,所以坚持下来了。"修远照实回答,突然脑子一转,又道,"林老师,您教我的学习策略真的很管用,太谢谢您啦!这次这么巧又见到您,不知道还有没有新的东西啊,有助于进一步提高复习效率的那种?"

"哈,早知道你会来这一套。"林雨笑道。

"嘿嘿,机会难得嘛!"修远活跃起来,语气也轻松了。

林雨点点头:"那就看你最近的复习有没有什么还需要提高的地方了。"

"啊,有啊!"修远兴奋道——林老师这是又准备教他新的东西了!这熟悉的感觉啊,仿佛又回到了一年多以前。"最近需要记忆的东西太多了,数学、物理的各种题型,生物、化学的各种琐碎知识点,还有英语的单词,语文的文言文……实在是太多了,很难完全记下来。虽然从同学那里学了一点儿图像记忆法,但还是感觉应付起来很吃力。"

"哦?你还学会了图像记忆法?不错嘛。刚好,那东西讲起来麻烦,省得我教你了。"

"那您有没有什么方法解决这个问题啊?光一个图像记忆法不够用啊!比如,数学、物理的题型就没法用,还有英语的动词短语搭配、化学的某些题型和规律等,都用得不顺手。"

"图像记忆法是偏门小技,原本应用面就不算宽,难道想要它去解决一切记忆问题吗?在整个记忆策略的体系中,图像记忆法只是一个小分支,用于解决一些无逻辑的琐碎知识点,比如你刚才说的生物中的细节知识。而对于数学题之类的内容就不适用了。

"要想系统提高记忆水平,需要掌握的不仅是图像记忆法这种奇技淫巧,更是要掌握根据大脑特性而形成的几条重要记忆原则,以及以巧妙的形式将它们落地应用在高中生活中。这不仅涉及理论高度,更涉及实操灵活度,不是那么容易掌握的。"

修远盯着林雨,隐隐感到有事将要发生。

林雨看向修远,微微一笑,道:"那么,我给你讲一讲系统的记忆策略如何?"

来了,那熟悉的感觉又来了!修远睁大了眼睛,赶紧从书包里掏出纸和笔。

第二十五章

记忆的最强策略

"在记忆的领域,各种花里胡哨的小窍门有很多,什么图像记忆法、歌诀记忆法、编故事记忆法、首字母记忆法,等等。每一样都略有点儿作用,但都不涉及根本。要学记忆的策略,首先要从最根本、最核心的地方着手。"

这一次,林雨决定教得更深刻一点儿。

修远聚精会神,记录得飞快。

"这些最根本、最核心的策略有几个特点。第一个特点是通用性,不管是记忆数学解题思路、记忆英语单词,还是记忆地理、生物知识点,全都无差别'通杀'。"

这么猛?修远心想,倒是给我省事了。

"第二个特点是效果强大,并不比各种花哨的记忆术弱。在某次学习策略的讲座现场,一名学生在会后找到我,向我抱怨自己的记忆力很一般——不算差,但也不太好——而高中的知识点太多,从语文的文言文到英语单词,从政治的各种原理到历史的历史事件的原因与意义,内容繁杂,根本没法完全记下来。而他又感觉,虽然同样是记忆,但不同科目要用的记忆方法应该也要有差别才对,可是他不懂得什么记忆策略,所有科目都用的是同一种方法——死记硬背。

"结果就是,今天记了明天忘,明天记了后天忘。如果给他足够长的时间去记忆同一个内容,那么他还是能够记下来的——就像学习任务较少的小学时一样。但问题是,高中的内容太多了,在有限的时间里,他就是记不下来。

"我只用很简短的时间向他介绍了一种根本性的记忆策略,他回去试验了三个月,然后很兴奋地在微信上告诉我,他的记忆效率有了很大的改善,基本能够跟上高中的知识密度了。

"要知道,我只是三言两语地简介了一下,根本比不上对你这样的细致辅导,就会有这样的效果了。而我教过的其他学生,系统地给他们讲解了如何使用这个记忆策略,效果就更好了。"

真有这么强的记忆策略？林雨夸张的描述让修远都有些怀疑了。自己之前在记忆上吃了那么多的亏，难道都是白吃了吗？不过修远不敢轻视，依然聚精会神地听着。

"这个根本性的记忆策略，叫作提取策略。

"当我们使用大脑的'记忆'功能时，实际上包含三个部分：第一，把信息输入大脑；第二，信息在大脑中稳固储存；第三，把信息从大脑中提取出来。

"比如，在周一的早自习，你对一篇语文课文进行了长达20分钟的反复朗读，这就是尝试把信息输入大脑。接着，大脑自动运作，产生细胞层面上的变化，将这篇课文存储在大脑中，这一步不需要人主观意识的参与。那么储存的效果如何呢？这篇课文究竟有没有牢牢地刻入大脑中呢？你并不知道。你决定试着背一下这篇课文，看能不能背出来，这就是在进行信息提取。

"我们一般会觉得，将信息稳固地存储在大脑里是我们的目的，而实现这一目的的主要手段就是反复进行信息输入，就好像饥饿的人反复往嘴里塞食物，最终一定能够吃饱。而最后一个阶段提取信息，只是一种检测，让我们确认一下信息的存储是否稳固，它并不是记忆的主要环节——想一想，你是否就抱有这种认知？"

修远愣了愣，道："是啊，这不是熟能生巧吗？如背一首古诗词，记性好的反复读四五遍就能记住了；像我这种记性一般的，得读个十几二十遍。如果是比较长的文章，读五十遍都不稀奇。"

"没错，大部分人都是这么想的。但心理学家们经过反复试验得到了一个不同的结论。他们发现，**如果我们只是反复地做信息输入的话，那么记忆的效果并不好；如果你花费更多的时间去尝试提取信息，把大脑中储存的信息输出来，你的记忆效率反而会提高。这样的记忆方法就叫作提取策略。**

"因此，在记忆某篇语文课文时，你不应该仅仅是反复朗读它，而是在朗读了几遍、大约读得半熟不熟的时候，就开始尝试着把它背诵出来，这样会记得更快。"

这样？修远疑惑道："为什么这样就记得快了？"

"其实你只需要知道这个结果就行了，这是大量试验测试出来的。如果一定要深究理论的话，那就要从'高强度用脑'的原则上去理解了。一切学习活动都依赖于高强度用脑，一般来说，大脑中的有效思维量越大、思考越用力，对应的学习效率就会越高。

"而提取策略就是一种典型的高强度用脑。你做个对比吧。比如，背诵一篇文言文，如果只是单纯地重复朗读一篇文章，你的大脑不会累，顶多是嘴唇和腮帮子累，在此期间你的用脑强度是非常低的，反倒是脸部肌肉在高强度运动。但在提取信息的时候，你的大脑就会特别用力。比如，你读一篇文言文，刚刚朗读了三遍，还远没有背下来，只不过对文章的内容有一定印象而已。这时候如果强行让你去尝试背诵这篇文章，你会是什么感觉呢？你就会感觉很累。你可能背出来了第一段的前两行，但是背到第三行的时候就卡住了。这时候你能不能把第三行想出来呢？不知道，或许就想不出来了，或许你再努力一下，很用力地强行回忆一下又能想出来了。于是你逼迫自己强行去回忆那个卡住的地方，持续地逼迫自己，用不了多久——对于一般人来说，大概是十几二十秒——你就会明显感觉到大脑很累。

"两种方法一对比，明显会感到，提取策略能够逼迫你进行高强度用脑，从而提高记忆效率。"

修远回忆起自己背书时的场景，忍不住点点头："确实如此啊。我背书背得半熟不熟的时候，中途也会尝试去背出来，可是一旦发现哪个地方卡住了，再想背下去就会觉得特别累，然后就自动放弃回忆，直接去重新读了。"

"没错，这是大多数学生的思维滑落路径，也是人类大脑往最小阻力方向自发运行的原始本能。提取策略会带来大脑疲惫的感觉，同时，由于人类对于大脑的锻炼是非常忽视的，很少让大脑经历疲惫的感觉，因此我们会很不适应大脑的累，那比肌肉的累更加难受十倍、百倍，所以我们会有强烈的本能去回避这种事情。

"可是提取策略告诉你，不要顺从自己的本能，不要回避这种难受，你要迎难而上，要去克服这种累和难受的感觉，因为这样的累和难受能够提高你的记忆效率！"

"原来如此，这样就能提高记忆效率了……"修远点头，然后飞快地记录在笔记本上。

"除了大脑累的感觉需要克服以外，最初练习提取策略时还需要注意克服沮丧感。

"一般人的本能理解是，反复朗读、输入信息的过程才是背诵，而尝试着背出来就是对上述背诵过程的检验和测试了，是对自己的考核。如果没有成功背出来，那就是考核失败了。如果经常考核失败，那就会产生沮丧感。

"而提取策略要求你，还没背熟的时候就要去练习提取，于是你极大概率会经常背不出来。于是一般人就会频繁地产生沮丧感。"

修远对负面情绪的作用已经深有体会，在过去大半年的时间里，每当失去希望，充满焦虑、沮丧、迷茫等情绪的时候，他的学习成绩都会大幅波动，或者显著退步。当然，现在的他已经进入新的境界，他相信自己已经是一个决不认输的人了，是哪怕死也能够以战斗的姿态死去的人。不过有没有什么方法能够降低沮丧感呢？如果有那就更好了。

"林老师，我感觉这种沮丧感就会让很多人受不了吧？意志不坚定的人会被情绪压垮的。这样负面情绪会把它本身的效果抵消掉不少吧？"他已经本能地想到了班上的同学们，他怀疑有很多同学会因为沮丧感的问题而无法用提取策略取得良好的效果。

"要想解决沮丧感也很简单。第一，扭转观念，不要把提取的过程当成一种自我检测，它就是记忆的一个普通环节。不是背诵完了再去提取检测，而是提取本身就是记忆的一部分。观念扭转过来以后，负面情绪自动就会缓解大半了。你还记得吗？之前跟你讲过情绪调节的原理，信念可以改变情绪。"

"记得！"修远立刻就理解了林老师的话。他决定，要和同学们好好强调观念的转变。

"第二，其实对于提取策略，不论是累还是沮丧感，都是习惯了就好了。这就像练习长跑的人，无论你怎么处理，前几天总会有点儿累，练了几天之后累的感觉就会降低，到后面越来越轻松，因为身体慢慢习惯了。此处也是一样，只不过是大脑去习惯。只要你扛过去前面几天或者一两个星期，后面那种累和沮丧的感觉，都会迅速减弱。"

"明白了！"修远答道，"我想提取策略大概有这样的使用流程。

"第一步，先读几遍需要背诵的材料，形成一定的熟悉感。

"第二步，遮盖住材料，进行提取。挡住材料后，尝试将半生不熟的内容背出来，遇到背不出来的地方，不要立刻就去翻看资料，而是强行回忆一段时间。

"第三步，在卡住的地方翻看资料，然后继续提取，直到材料背诵完。

是这样吗？"

"大致是这样。不过可以补充一些操作细节。

"第一步，读几遍材料形成熟悉感。但不需要读太熟了，因为读太熟意味着重复很多遍，意味着花费了很多时间，进而意味着效率并不高。

"第二步，进行提取，尝试回忆。回忆的时间没有硬性规定，大致以切实地产生了费力、疲惫的感觉为标准。如果硬要说时间的话，平均来讲十几二十秒的样子，但不同个体间的差异比较大，可以自己实践后自行决定。

"第三步，如果材料很长，可以切成几个小块分别提取；如果材料较短，比如一首短诗、几个单词等，则一次性提取完。"修远立刻意识到这些细节对实操的指导作用，赶紧记录下来。

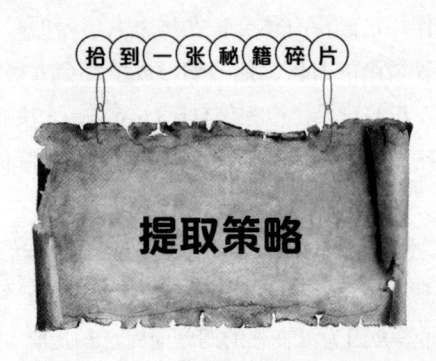

拾到一张秘籍碎片

提取策略

"不过这么多步骤加起来，也只是提取策略的第一种用法而已。还有第二种使用场景——复习时使用。

"我们记忆完材料，过一段时间后还需要复习，而复习的时候也可以通过提取来提高效率。传统的复习方式依然是查阅和朗读，比如期末考试之前，你朗读英语课文、翻看单词表等，这样的复习方式是很低效的。而使用提取策略则能显著提高复习的效率。

"在复习时，不要直接翻开课本和笔记进行阅读，而是先逼迫自己回忆一下，课本上有哪些内容，讲了哪些要点？如果能够完全回忆起来，那么这一部分就是你熟练掌握的内容，不需要再花大力气复习了。如果回忆到某个地方卡住了，同样地，不要立刻结束回忆的过程，忍一会儿，迎接那种费力的感觉，然后再去翻阅课本。

"对于你们高三的学生来说，一年时间都在进行复习，这个策略正合适你们。"

修远点头称是，内心激动——高三才开始不到两个月，就又运气爆棚地被林老师指导了复习的策略，真是福星高照、气运冲天！

林雨又道："上面两种是提取策略的基础使用方法。而当你通过巧妙的方法，把策略本身和高中学习的节奏紧密结合起来的时候，又会进一步提高策略的效用。"

▶ 第二十六章 ◀

遗忘曲线的妙用

都已经这么强调策略了,还能怎么提升呢?修远压抑住兴奋的心情,继续听林雨讲道:"提取策略还有更巧妙的使用方式。

"如果你的复习方式是反复朗读和观看课本,那么你只能在教室里进行记忆,受到工具的限制。如果你采用提取策略进行复习记忆,那就得到了解放,不受任何工具、场地的限制了。由于你只需要用到大脑就可以进行复习,你的复习时间就具有极大的灵活性,可以随时进行。比如,你从寝室走到教学楼要花 5 分钟,那么你可以边走路边回忆昨天晚上背的英语单词;食堂打饭时需要排队 3 分钟,那你又可以使用这 3 分钟在脑海中提取前天背的一篇古诗;周五放假回家坐在公交车上可能有 30 分钟之久,你很难在颠簸的公交车上看书,但你依然可以使用提取策略把本周生物课讲的知识点回忆一遍。

"通过提取策略的应用,无数原本无法使用的碎片化时间被调动起来,成了新的高效学习时间。"

"好灵活啊!"修远惊叹道,"这样有许多没法利用的空闲时间都可以用上了啊!比如,我每周回家路上,坐公交车就要至少 40 分钟,一来一回就是 80 分钟,坐在车上也很无聊,干耗着。如果用提取策略,岂不就相当于多了将近一个半小时的学习时间?还是高效学习的时间。还有每天走路的时间、排队的时间……天啊,我以为高三任务已经满负荷了,没想到居然还能够通过提取策略的灵活应用强行找出更多时间来!果然时间是挤一挤就会有的啊!"

"不过也不要高兴得太早,提取策略还有些注意事项。如果操作不当,可能效果也没你想象得那么好。"林雨微笑道。

"哦?"修远又集中注意力,仔细聆听起来。

"提取策略的效率很高,本质是源于高强度用脑,可以理解为提取策略是强制你进入高强度用脑的状态。而高强度用脑即意味着高能量消耗。如果你的精力已经很差了，还要强制消耗能量，就变成了没油的机器在空转，不仅没有功效，而且会损伤机器。

"提取策略的威力是很大的，如果你决定频繁使用该策略，那么你就必须保证自己的睡眠、饮食和日常锻炼，以保证精神饱满、脑力充沛。其实所有高效的学习策略都会有这些要求，因为所有的高效学习策略都需要你高强度用脑。只不过提取策略的用脑强度比一般策略更高，所以在精力保障上需要尤其注意。有些学生就是在身体和大脑能量不足的情况下强行长时间超负荷使用提取策略，结果出现头痛的症状。"

"啊？这么危险？那还真要注意下。"

"其实也不算危险，如果出现这样的症状，无非就是提醒你身体和大脑的能量跟不上了，需要额外休息了。这时候把用脑强度降下来，减少使用提取策略就行了。但这只是缓兵之计，最根本的还是做好精力管理，让自己保持良好的身心状态。对了，其实冥想可以快速大幅缓解这种情况下出现的头痛，对调整大脑状态益处很大，有条件的话还是建议你练习。"

有条件……修远暗想，自己住寝室，环境比较嘈杂，似乎不算有条件啊。他有些羡慕那些在学校外租房走读的同学。他忽然察觉到，又有一丝细小的泄气和沮丧感在大脑中涌现。他快速掐断了那个念头。

嗯，没有条件也要尽可能尝试，找解决方案，决不轻易放弃。

修远定了定神，又问："林老师，高三的复习，只用这一个策略就够了吗？还有没有其他很深刻的策略？奥妙无穷的那种？"

"怎么，怀疑我的策略的有效性？"林雨微微一笑。

"啊，不是，我可不敢啊！"修远赶紧赔笑，"林老师您的策略从来都很好用的啦！不过高三压力太大了，要背诵的东西太多，所以忍不住多问一句。"

"策略要出效果，不一定需要策略本身多么奥妙无穷，还要看你怎么用。用得灵活了，哪怕是很普通的策略也有效果。

"比如，记忆策略中，有一条非常初级的策略，叫作艾宾浩斯遗忘曲线，很多人都知道，但都觉得没什么大用。其实，就这么一条简单的策略，如果能和高中的节奏完美契合、灵活应用的话，一样有不错的效果。"

"哦，是吗？这名字我倒是听过，不过没怎么细致研究过……"

"我再给你讲讲吧。原始的艾宾浩斯遗忘曲线是指这么一条曲线，大致反映人类对陌生知识的遗忘速度。"林雨接过修远手上的笔和纸，边说边画。

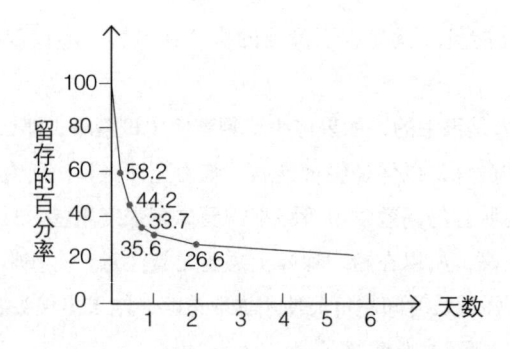

"啊？忘得这么快啊？到第二天只剩大约 30% 的内容了？那岂不是每天学的内容大半都是白学了？"修远看着图上陡峭的曲线发出失望的惊呼。

"没错，人类的记忆力实在非常差劲，遗忘速度极快——这正是遗忘曲线的第一特性，它是一条先快速下坠，后逐渐平缓的曲线。根据第一特性，我们学完知识以后应当尽早复习。如果我们等到几天甚至几个星期以后才进行复习，此时我们已经将相应的知识点忘得差不多了，再复习时几乎就不叫复习而是重新学一遍了，这样效率自然会更低。比如，很多同学的学习习惯是这样的：上了一周英语课，课上讲完的单词都没有复习过，而是留到周末回去集中背；生物、地理、政治、历史这些学科由于没有语文、数学、英语分值那么高，平时单元测试也少，所以学的知识点平时从不复习，基本上要堆到期中、期末之前才会复习——已经隔了几星期甚至几个月远了。

"实际上，间隔了两天以后，你所遗忘的内容就已经相当多了，几乎需要重新学一次了。你以为周二学的课程留到周末复习并没有问题，其实效率已经降低了很多，更不要提那些间隔几个月的复习了。

"而尽早复习的话，大部分内容留存率都还比较高，复习起来也更轻松，耗时更短，效率自然会提高。"

"嗯嗯，明白了，要尽早复习。对于我来说，尤其像生物、英语这种学科，还真是复习得越晚效率越低。"

"再来看遗忘曲线的第二特性：**每复习过一次以后，再次遗忘的速度会比前一次变得更慢。**

"尽管那条下降的曲线让我们内心很绝望，但好消息是，它不会永远都那么陡峭下去——否则岂不是永远都记不住任何东西了？每当我们复习过一次以后，再次遗忘的速度就会变慢，遗忘曲线变得更平缓。当我们多次复习以后，储存的记忆就逐渐稳固下来。

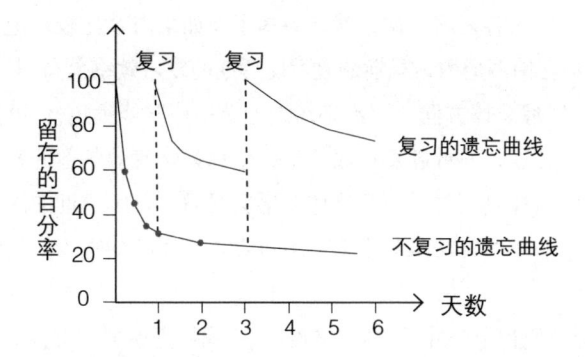

"这一特性同样告诉我们，要尽早复习你所学过的内容，同时还要多次复习，因为每次复习都会降低你的遗忘速度。"

　　"多次复习？具体的次数有规定吗？还有，什么时间复习第几次，怎么安排呢？"

　　"问得这么细？"林雨笑道，"在网络上倒是能够找到一张所谓的艾宾浩斯记忆法复习节奏表格，给出了'最完美'的复习时间安排，一般是这样的。"

复习次数	第一次	第二次	第三次	第四次	第五次	第六次	第七次	第八次
复习时间	5分钟	30分钟	12小时	1天	2天	4天	7天	15天

　　"哦，规划得真细致啊。"

　　"没错，很细致。有不少学生都曾经在网上查阅过艾宾浩斯遗忘曲线的简介，也看到了这张复习时间安排表，甚至开始尝试这么做了。

　　"可惜，绝大部分效果平庸。于是绝大部分人，都会在尝试了一段时间后自动放弃使用这条策略。"

　　"啊？网上的东西果然不靠谱吗？那艾宾浩斯遗忘曲线还有用吗？"

　　"其实不是这条小策略完全没用，而是用的人太僵化，不懂得灵活使用。比如，复习时间和次数，需要完全按照这个所谓的完美时间安排来进行吗？根本没必要。这种固定的安排太死板了，既没什么理论依据，也不方便操作。英语课上讲的单词，30分钟后是数学课，难道你数学课上到一半突然去复习一下英语单词？你40分钟后再去进行复习就比30分钟后效果差了很多吗？显然不会。有些简单的内容复习两次就彻底记住了，还有必要复习八次吗？又有些特别复杂的内容可能要复习十几次的，八次显然不够。

　　"遗忘曲线给我们的只是一个大方向上的指导，执行的时候不需要纠结这些数字上的细节，把握它的精神就行了。学完东西以后，有空的话就尽早复习。根据学生的学习节奏，对于中等难度的内容，一般当天复习一次，第二天复习一次，一周内再复习一次，然后期中、期末各复习一次，就差不多了。如果内容比较难记，那就适当地加两次复习，最好加在前两周内，早期的复习比后期的复习效率更高。"

"原来如此！把握总体方向，而不必纠结细节……"修远道，"可能使用者本身对学习策略理解得比较浅，不敢随意更改细节，生怕策略有效的部分就藏在某个细节中呢。估计只有像您这样真正对学习策略体系融会贯通、理解透彻的高手才能灵活变化吧。在网上搜出来的学习方法虽然很多，不过真正有用的却很少，大约这就是原因之一吧。"

"呵呵，还会顺便拍个马屁。"林雨又笑道，"我接着说吧。艾宾浩斯遗忘曲线的第三特性是，不同性质的内容，遗忘速度不一样。

"一开始你就说，遗忘的速度太快了，让人看着害怕。其实也不用太紧张，因为它的数据并非真实的情况。如果你细看艾宾浩斯的研究就会发现，他是用无意义的随机音节来做的实验，如 tkppl、mqcrp 这种字母组合。而我们平时学习和记忆的内容都是有意义的，比如正常的单词、诗词、政治原理、物理运动定律、数学公式等。艾宾浩斯本人和后续研究者又发现，不同类别的信息遗忘速度是不一样的，如下图。

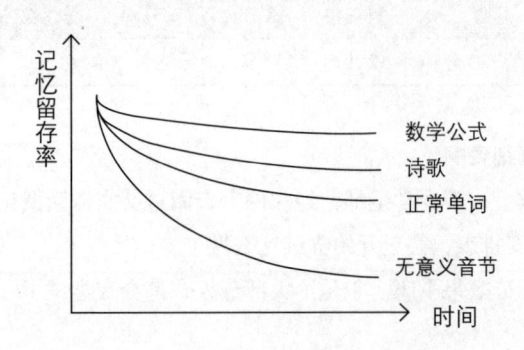

"记忆正常单词，你的遗忘速度就比记忆无意义音节更慢；记忆诗歌等内容，忘记得就比英语单词更慢；而记忆数学公式，忘得又更慢了。

"这个研究结果与我们的日常生活经验是否相符合呢？应该是的。比如，我们可能没记过无意义音节，但肯定记过一种类似的东西——无意义数字，如手机号码。是不是觉得手机号码特别难记，特别容易忘？你找别人要手机号码，别人报完十一位数的手机号码以后你得赶紧存下来，否则十几秒以后就记不住了。而记忆正常的单词就比记忆手机号码容易点儿。比如，你可能 10 分钟就能记二十个生词，但记二十个陌生手机号码估计就不行。

"背诵语文的古诗词又更加容易一点儿。根据经验，我们会经常忘记某个单词什么意思、怎么写，但较少忘记某篇诗词怎么背。而数学公式遗忘的概率就更低了，大部分人学数学的困难是不会做难题，而不是记不住公式。

"发现其中的规律了吗？"

"嗯，似乎是越有意义、越有逻辑性的内容，忘得就越慢。"修远略作思考，快速得出答案。

"没错。这条规律是艾宾浩斯遗忘曲线的一个结论。那么，你知道如何把这条规律应用于实践吗？"

"怎么应用？"修远思考了一会儿道，"既然有意义的内容忘得慢，无逻辑的内容忘得快，那无逻辑的内容就要多复习几次，并且需要更早复习吧。"

"没错。能想到这一点已经不错了，大部分使用艾宾浩斯遗忘曲线进行记忆的人都没有注意到这一点。但这依然只是其中一种用法，还有更灵活的使用方式。我给你举几个例子吧。

"一名中学生在思考如何安排他背单词的时间，是应该在英语课文学完之后再去背单词呢，还是在学英语课文之前就提前背诵？有些特别积极勤奋的学生就会选择提前背诵单词，因为这样既容易得到老师表扬，又容易形成自我满足感、成就感。

"满足感与成就感未必是坏事，不过根据遗忘曲线的原理，意义性越强的内容越容易记、忘得越慢。如果在学课文之前就背诵单词，脱离了单词的语境，你也不知道单词具体该怎么用，那么单词就更接近一个无意义音节，逻辑性降低了，你的记忆效率就会跟着降低。反之，如果课后再去背，单词的意义属性上升，你的效率就会提高。

"第二个例子。老师讲完了一道数学题，你看了几分钟后意识到这题难度很高，哪怕对着答案都很难理解。如果要强行理解透彻，可能要多花费 30 分钟十分费力地思考才行。而如果不去理解，仅仅是把解题步骤硬背下来，只需要 5 分钟就行了。你该如何选择呢？

"部分同学会选择直接背答案。一方面这又与高强度用脑的原理有关，不适应高强度用脑的人会本能地回避费力思考的痛苦；另一方面也是因为，有些同学认为直接背下来答案更快，学习效率更高。

"但根据遗忘曲线的第三特性，如果你理解了以后再去记忆，它的遗忘规律就会走图中最上面那条平缓的曲线，因为已经理解的数学题目显然是有强烈意义、强烈逻辑性的；如果你直接硬背下来，那这道题目就成了几乎无意义、逻辑性弱的知识了，它的遗忘规律会走最下面那条幅度如同跳楼一般的令人感到绝望的曲线。所以，表面上背下解题步骤只花了 5 分钟，效率很高，但由于忘得很快，所以其实效率是非常低的。

"总的来说，能理解的内容一定要先理解再记忆，这样效率更高。

"第三个例子。今天上完了一节数学课和一节英语课，晚自习时，你完成了各学科的作业，确认课上讲解的内容你已经彻底听懂了，不过还没来得及彻底背下来，都还需要复习。由于时间紧张，如果你复习了英语单词，就没时间复习数学题；如果复习了数学题，就没时间背英语单词。所以你只能在今晚的剩余时间里复习其中一项，而在明天早上复习另一项。那么，你该先复习英语还是先复习数学呢？

"大部分人的选择是先复习数学。因为数学这门科目太难了，太可怕，很多学生都被它吓出心理阴影了，生怕少学了一点儿就会落下。数学确实很重要，如果有没有理解的内容确实应该优先理解，以免影响第二天所学课程的逻辑连贯性。但本案例中的条件是，你已经理解了课程内容，只是还没有记忆下来而已。在这种时候，根据遗忘曲线第三特性，你应该先复习英语，第二天再复习数学。因为数学属于强逻辑性的内容，遗忘速度是很慢的，即便放到第二天再复习也忘不了多少；而英语是逻辑性很弱的内容，遗忘速度非常快，等到第二天再复习的话，已经忘了大半了。所以为了提高整体的效率，应该优先复习英语。

"上面三个例子，代表的是由艾宾浩斯遗忘曲线第三特性引发出的三种不同用法。其中第三种是你想到了而其他人没想到的，前两种，你也没有想到。

"而你们没想到的这些灵活用法，恰恰能够在很大程度上决定策略的效用。"

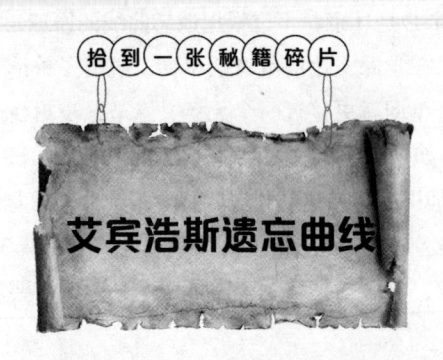

拾到一张秘籍碎片

艾宾浩斯遗忘曲线

"同样一条学习策略，更改了一下使用方式就会产生不同的效果……学习策略不仅是理论啊，还有这么多灵活的使用方式。越来越觉得，学习真不是一件简单的事了……"修远若有所思地说。

"这还只是单一策略的使用。还有多策略的综合呢。比如，你有没有想过，提取策略和艾宾浩斯遗忘曲线综合起来用？有没有想过，你的图像记忆法和提取策略、艾宾浩斯遗忘曲线三者综合起来用？多策略的灵活使用更考验学习者的功力，难度更高，但一旦掌握之后，效果也会更上一层楼。"

修远收获颇丰，心中感叹，如果没有高手指点，他哪里想得到这么多东西啊！

"林老师，太谢谢您了！我真是运气太好了……"修远激动道，"那，我以后还有机会吗？还能像以前一样，每周日来这里见您吗？"

林雨淡淡一笑："其实你需要学的东西已经不太多了。我想，再给你讲两次课，大概也就结束了吧。"

"是吗？两次课……"

"学习策略体系非常庞大，你是学不完的。但目前教你的东西，已经够你用了。还有两次课，我差不多也该离开了。今天的内容很多，也需要实践，不用急着下周就来学新东西。下个月的第一周周日下午，继续在这里见面吧。"

▶ 第二十七章 ◀

临湖震动

周日下午 4 点,临湖实验高中的学生们三三两两地进入校园。即便是高三年级,也并没有太过紧张的气氛。学生们学习习惯良好、自信心充足,学校师资优异,于是他们按部就班地进行着自己的高三复习,没有多少焦虑与痛苦,部分学生甚至还能花些心思关注其他事情。

自习室里,封号"人形电脑"的叶玄一、封号"禅师"的安谷、封号"妖星"的诸葛千相,以及封号"命运"的卢标聚在一起。

"这次你肯定有兴趣。"妖星说。他左手拿着一部手机,右手捏着几张 A4 纸,纸上密密麻麻地印着各种数据。

禅师微笑不语。

上一次妖星想约禅师,惨遭拒绝,卢标是知道的。然而这一次妖星仍不死心,居然还叫上自己去找禅师,这就更奇怪了。他想干吗?卢标心中疑惑。他又看禅师微笑的样子,总莫名有种高深莫测的感觉,忽然想,她要是再拈朵花呢,就更有意思了。

妖星将纸铺在桌面上,兴奋道:"来看看我准备的资料吧,有点儿复杂,但我相信在座的各位肯定是看得懂的。这几张纸上是过去一年多以来的所有全市统考的排名,兰水市各个高中的总分与各学科平均分和优秀率,包括期中、期末考试,以及各种联考,一共有九次,你们看看吧。重点看看我们学校的、兰水二中的,以及兰水七中的。"

叶玄一疑惑道:"你从哪儿搞来的这种数据?"卢标也挺好奇。禅师倒是没管那么多,安静地看了一阵子。

妖星道:"你们看前面八次考试,发现什么规律了吗?"

数据很多,杂乱无比,一时半会儿,即便是卢标、禅师、叶玄一也很难发现明显规律。

"排序一直没有变化吧?"卢标说,"我们学校各个学科一直是第一,不论是平均分还是优秀率。二中一直是第二，七中一直是第三。不光是前面八次啊，第九次也就是最近的一次，还是一样的啊！你把第九次单独提出来有什么意义吗？"

"优秀率和平均分在不同的考试场次里有波动，但排序不变，各个学校要么同时涨，要么同时跌。"叶玄一说。

禅师大致翻了翻前面的数据，又仔细看看第九次考试的各校数据，又往回翻了翻，终于道："没发现太大的特点，只是最后一次考试似乎二中有所进步。"

叶玄一和卢标也凑过去看了看，道："有吗？看不出来啊。"

妖星兴奋道："不愧是禅师！被你看出来了！其实前面八次考试，最大的特点就是稳定！各学校的水平非常稳定，第一永远是第一，第二永远是第二，总分如此，各科也是如此。

"不光是排序稳定，而且分差也十分稳定！你们细看所有学生的平均分，尽管历次考试难度不一，但二中距离我们的分数差距永远是 80 至 90 分，并领先七中 20 至 25 分。你看前几次考试，没有一次超出这个范围的。

"然而第九次，二中的平均分距离我们的分差，只有 61 分了！差距急剧缩小！同时，他们对七中的领先优势，则快速扩大到 45 分以上。"

妖星兴奋地看向其他三人，等着他们回应。

叶玄一耸耸肩："然后呢？""人形电脑"是站在山峰上的人，他对山下的蚂蚁长大了几毫米实在没什么兴趣。

不过他冷淡的态度没有影响到妖星。妖星继续说："不光是平均分快速提高，而且头部学生的数量也快速增加。前面八次，全市前一百名中，他们要么就是有一个人，要么就是有两个人，从来没有更多。然而这一次，他们居然有五个人！"

叶玄一依然没有兴趣，对于他来说，一百名和一千名、一万名毫无区别。不过禅师耐性很好，依然看着妖星眉飞色舞的样子，安静地聆听。

"可以肯定，最后一次考试，兰水二中是显著地进步了，发生了质的变化！"

叶玄一"哼"了一声，道："你这逻辑有漏洞。谁知道背后有什么事情？也许他们漏题了呢？也许他们老师批改试卷放水了呢？谁知道他们的成绩可不可信。"

妖星立刻抗议："你说得更不可信！为什么前八次都不漏题，不放水，偏偏这次放水？要知道这次考试既不是期中也不是期末，没什么特别的意义，只不过是一次普通的联考而已。他们哪来的放水和漏题动机？"

叶玄一耸肩，懒得争辩。

"真正合理的解释是，就在这短短一个月之间，二中的学生发生了某种奇妙而深刻的变化，剧烈地影响了他们的成绩！"妖星脸上露出一抹妖异的笑容。

卢标也发话了："不能这么说吧，我也觉得你的逻辑有问题。能够让他们短期内提高 20 分的，也许不过是一些意外因素呢？比如说，作文题曾经做过、讲评过，背了范文，就能导致平均分上升七八分；又如，数学压轴题碰到原题，也可能导致平均分上升七八分，再加一个填空小压轴题做过原题，又多 5 分……这么随便凑一凑，20 分的空间就出来了——很可能就是凑巧呢？"

妖星决绝地反驳："你的猜想很合理，可惜是错的。如果只看总分，确实可以提出这种怀疑。但你再去看看学科的平均分，立刻就会发现，他们并不是某一科运气爆棚押中了难题，然后就进步了。"妖星边说边翻阅资料，"你看他们的平均分，以排在他们后面的七中为标杆，二中的数学相对进步分数是 5 至 6 分，物理相对进步了 3 至 4 分，英语相对进步了 4 至 5 分，生物相对进步了 2 至 3 分……你看，是每一科都进步了一点儿，非常平均，而不是偶然的。"

叶玄一努努嘴："那也有其他可能，只不过我们不了解内部信息而已。"

妖星鄙视道："你们两个怎么连正视现实的心态都没有？"

禅师淡然道："你接着说吧。"

妖星得意道："你们两个那么难以相信兰水二中的整个高三年级在短时间内发生了根本性的改变，这很正常，因为时间太短了，变化太大了，根本就不是正常的情况，怀疑他们作假了，或是运气好，是对于大脑来说最简单省力的解释。然而，真相不一定就是简单的。来看看这个。"妖星掏出手机，打开一个页面，将手机递给禅师。

叶玄一与卢标也跟着凑过去一起看。

妖星打开的页面是一个兰水当地的新闻类公众号，平时就发一发兰水的各种小新闻而已，貌似是兰水市哪个濒临破产的老报社做的。公众号并不火热，每篇文章大概也就几百阅读量而已。

禅师的手指飞快地在手机屏幕上滑动着，嘴角露出一丝微笑。只见公众号文章写道：

"……震惊！这样震撼人心的演讲，居然出自一名高中生之手！

近日，兰水二中一名高三学生发表国旗下讲话，内容深刻，感人至深……几千学生群情激昂，场面壮观……据悉，这是兰水二中教育改革的一部分。兰水二中校长马泰表示，学校一贯注重对学生的心理培养，通过各种灵活的方式激发学生心理成长……全文如下：

……然而高中最痛苦的是什么？就是即便你这么累地去学了，依然有可能学不好……

进而又上升到命运的层次。我们生在不出众的家庭，父母不是高级知识分子，也不是富商……

一路走来，我的平庸，我的无力，我的失败，仿佛都是命运……

……我们肉眼所及的世界里，充满了山穷水尽、柳断花残的绝望。我明明看到这世界充满了无奈和绝望，又如何说服自己未来一定有希望，只要闭上眼睛继续努力就行了？！……

我们都痛苦，都迷茫，都被一次次的失败磨灭了意志，被一次次的打击摧毁了希望。归根结底，我们都被束缚在自己的命运里，无力反抗……

可是，有一天我终于想明白，我终于领悟到，不论困难如何巨大，不论命运如何绝望，我永远要反抗！！

……但我的反抗，已经不是为了那最终的结果了！我的反抗，只为了给我自己一个交代，只为了告诉我自己，我是一个怎样的人！……

……我不要做一个毫无尊严与荣耀的人……我不要做一个任命运蹂躏而不敢抗争的人！

……

我的身份是战士。

我的姿态是战斗。

我的荣耀是永不屈服地抗争。

我生命的意义，是以战士的身份过完决不认输的一生。

……

哪怕是死，我也要以一副战斗的姿态死去！

……

决不认输。

兰水家长生活圈为您报道。"

叶玄一飞速看完，依然不觉得有什么异样："一篇国旗下讲话的文章，有什么好看的？跟刚才说的大事情有什么关系？"

卢标看向妖星，显然也有同样的疑问。

禅师没有说话，而是继续盯着屏幕上的文字。

妖星深吸一口气，道："最难以置信的地方到了。我知道你们两个很难相信，但是，禅师，我希望你会严肃对待我接下来将要说的话。你们好好看看事件发生的时间吧！刚好就在上一次联考结束后，也就是这一次考试前一个月。

"答案就是，兰水二中高三年级学生发生了巨大的、根本性的变化，成绩突飞猛进，就是这一个学生、一场演讲造成的结果。"

这个结论太让人震惊了！以至于叶玄一立刻做出了一个鄙视的表情，卢标也有点儿无奈——你这逻辑推理也太不靠谱了吧？哪能这么牵强附会。然而他向妖星看去，却发现妖星一脸严肃认真，目光如炬直盯着禅师。

这可真是……卢标心想，妖星平时没这么不靠谱啊。一个数学常年高于140分的学神，妖星的逻辑推断能力有这么弱吗？

叶玄一和卢标两人忙着鄙视妖星不靠谱的推论，禅师安谷却在反复阅读推敲公众号发布的演讲全文，微笑渐渐收起，凝神静思，偶尔还闭上眼睛静静体会。

终于，禅师开口了："有可能。"

"什么有可能？"卢标好奇道。

"一个人，一场演讲，以某种微妙的方式影响数千人的命运，这是有可能的。"

叶玄一说："你说的是什么演讲？如果是指那些历史上的著名演讲，比如'我有一个梦想'之类的，那当然是可能的。你要把遵义会议、嘉兴南湖小船上的讨论也理解成演讲的话，还可以说有些演讲能够影响几千万乃至几亿人的命运。"

"可那些都是特殊背景、特殊场合下的特殊事件，没什么参考性的……"

禅师突然打断叶玄一的话："不是特殊事件，就这一个学生，这一场演讲，足以产生千人级的影响。"

"哈？"叶玄一和卢标颇感意外，难道禅师居然会同意妖星不靠谱的推论？

禅师缓缓道："兰水二中高三年级的上千学生，成绩确实在短时间内取得了巨大的进步，这进步具体由什么导致，我们不能完全确定。但是，不能排除这一场演讲就带来巨大变化的可能性。并且，这个可能性不小。"

妖星更加兴奋了，并且得意。叶玄一和卢标则更加困惑了。

禅师正色道："文字是带有能量的，通过文字将能量传播出去，造成广泛的影响，是完全可行的。这篇演讲稿很深刻，感染力很强，对高中生的冲击力是巨大的。以这样一场演讲，群体性地激发出学生的巨大能量，然后转化为成绩的提升，是完全有可能的。

"我倒是有点儿好奇，这是什么人写的。真的是由某个学生自己写的，偶然性地产生了意外效果？还是某种特殊的教学设计，由某个教育者背后代笔，然后由一名学生表演出来，但对不知情的观众一样有巨大的冲击力？如果是教学设计，那么应该在演讲之外还有更多的教学活动配合。"

教学设计？卢标一愣，心想，禅师安谷提出这个猜想，倒也不奇怪。不过兰水二中真的有那样的水平吗？

"不过根据这一篇新闻报道的有限信息，无法做出更多推测了。"禅师又说。

妖星诡谲地微笑道："新闻报道的信息到此为止了，但我还有内幕信息，想知道吗？"

"哦？"卢标忽然想起，妖星还有个弟弟在兰水二中，他要是知道些内幕信息也不奇怪。

"我可以明确地告诉各位，这不是一次高端的教学设计，而是自然出现的。我甚至知道这个演讲的学生是谁，叫什么名字。"妖星转头看向卢标："他叫修远！"

"修远！"卢标惊讶得叫了出来。

"你认识他？"叶玄一问。

"卢标，不如由你来告诉禅师，这个叫修远的学生，是个什么人。"妖星脸上挂着得意的微笑。

禅师看向卢标，卢标回忆道："我对他还有些印象。这个人好像很平凡吧，各方面都是。学习不突出，没有哪一科是擅长的。综合素质也不怎么样，心智不成熟，很浮躁，学习态度吊儿郎当的……啊，这么说起来，他跟刚才那篇演讲的风格还真是不搭啊！"

"你对他的印象是什么时候形成的？"禅师问道。

"啊！你倒是问到要点上了。我高一上学期的时候和他接触过，那时候我们是同班同学。高一下学期我就转过来了，算起来，也有接近两年没有见过他了。可能中间有一点儿转变吧。"

禅师又看了看演讲的文字稿，道："不是一点儿转变，是巨大的变化呢。"

妖星又补充道："更重要的是，这个转变是非常突然的，是瞬时的！你以为他是在接近两年的时间里匀速地成长，不断进步，其实不是！根据我的内幕信息得知，直到一个多月以前，他还并没有什么特殊的地方，依然是个普通学生而已，心智上没有多么成熟。可是突然之间，他自己就发生了巨大的变化，然后做出了那样的演讲。那篇演讲稿所反映出的心智水平，我可以肯定地说，即便放到我们临湖实验的学生中间，也是绝对一流的！

"这样巨大的跳跃性的变化，又是怎么发生的呢？"

妖星卖了一个关子。

叶玄一依然不肯相信，道："你老强调什么内幕信息，鬼知道你的信息是真是假？说不定就是一点点小感悟，然后用夸张的方式表达出来了呢？"

妖星瞥了他一眼，简直不想理他："我亲弟弟就是修远的同班同学，还是关系要好的朋友，还能有假？叶玄一有没有相关经历我不了解，但是卢标和禅师都应该很清楚，人的心智成长是极为困难的，比成绩提升要难得多！

"如卢标所说，修远一直是一个心态浮躁、幼稚的人，可他在忽然之间，就仿佛顿悟了一般，做出了那样深刻的演讲，爆发出巨大的能量，以至于以一己之力带动了整个学校的巨大变化！这样剧烈的心智成长，又是怎样产生的呢？"

"自己突然领悟了什么道理？类似于自行开悟那种？"卢标猜道。

"很难。"禅师安谷道，"开悟，听来很美好，实则难如登天。'开悟'一词提得最多的是禅宗，可是即便禅门之内也并不会让你完全独自领悟，而是有德山棒、临济喝、云门饼、赵州茶等辅助教学手段。彻底地自行领悟，是极其困难的。释迦牟尼给迦叶传法，还得找朵花当教学工具呢。"

"没错！"妖星又兴奋起来，"不愧是禅师，又说对了！根据我的内幕信息得知，这个叫修远的平凡学生能够突然开悟、心智爆发性地成长到一个极高的水平，就是因为有一个更高水平的人点醒了他！

"而这，才是整件事情背后最重要的。"

绕了半天的圈子，原来关键点在这里。

禅师于是配合地问道："那么，这个背后隐藏的高人，又是谁呢？"

卢标凝神屏息等待着妖星揭晓答案，他也对这个背后的高人深感兴趣。作为一个从普通人成长起来的小学神，他深知个人心智成长不易。而修远居然会因为一个高手的点拨而快速突破心智瓶颈，实在太不可思议了！虽然妖星说修远的突破完全是因为高手点拨而没有自己努力的因素，显然是故意夸大以激发禅师的兴趣，但无论如何，这个背后高人都一定是值得关注的。

妖星终于揭开谜底："这个点醒了修远、促动其成长的高手，正是我上一次就向你提过而你却表示没有兴趣的人——杀神，占武。"

占武！卢标又是一惊。占武那家伙不是冷漠孤傲、怪里怪气的吗？怎么忽然成了激发修远开悟的高人了？不是一个风格啊！

"占武？"叶玄一也惊讶道，"就是曾经抢了我一次全市第一名的那个占武？"

"没错！"妖星答完，又转头看向禅师："上一次我就说过，占武本人是个超级学神，在二中那样的地方依然能把成绩提升到与你和叶玄一相近的水平，他本人也有许多非常人可以理解之处。可惜上次你没有重视。那么这一次呢？占武随意点拨的一个小徒弟，都能取得如此爆发式的成长，你觉得他本人又会是什么样子呢？这样神秘的天才，难道不值得一见吗？"

"占武身上，确实有很多未解之谜……"卢标喃喃道，"以我的能力，是看不透了。不过我一直以为占武不过是个高智商天才而已，性格还很怪异，从来没想到他在心智上有什么过人之处。如今占武居然能够启发修远，让他产生如此巨大的变化，进而影响了整个学校的几千人……占武的层次与境界，恐怕已经不是我能理解的了。看来，即便我以前一直极为尊敬和看好他，也还是太低估他了啊。"

禅师看看卢标，又看看妖星："那么，你来安排吗？"

妖星嘴角一翘，点点头。

第二日，妖星又找到禅师："安排妥当了，通过我弟沟通的。周日上午 10 点，去兰水二中学校旁边的一个小公园里聚一聚。不过到时候人会比较多，不止占武一个。我弟说他也要去，否则他就不帮我联系……"

"多一个你弟弟也没关系。"禅师微笑。

"呃，我弟弟还拖了几个朋友来，比如那个修远……"

"嗯。"

"还有几个他们班上的同学，大概也是班上的前几名吧，也跟过来参观学习……"

"嗯。我们这边呢？"

"你，我，卢标，叶玄一。"

"好。"

行程就此安排下来。

诸神将会。

▶ 第二十八章 ◀

残缺的思维流

已知函数 $f(x) = x^3 - x^2 - x$，$g(x) = \sqrt{x} - 1 - \dfrac{1}{\sqrt{x}}$，求函数 $h(x) = f(x) - g(x)$ 的零点个数。

这一道数学题是数学老师严如心留下的一个小练习，看似简单，实则却暗藏玄机。

夏子萱卡住了，一点儿解题的头绪也没有，只好交给陈思敏；陈思敏也卡住了，交给诸葛百象；诸葛百象居然又卡住了，转给罗刻；罗刻依然做不出来，叹口气，交给修远；修远是精神领袖、班级灵魂，不过这也不妨碍他不会做这道题。

可他们又不想等到第二天老师讲解答案，最终，他们只能找到百里思。

而百里思果然没有让人失望："这题有什么问题？一看就是两个点。"

"啊，不是要你凭题感猜啊，是要你严谨地证明出来啊！"修远解释道。

"没错啊，我就是说一看就能证明出来是两个点啊。"

"……"众人一脸生无可恋的表情。

"还是……解释下吧。"修远追问，"要求零点，显然要求导，极大值、极小值如果是一正一负，那么中间就有零点。可是求导出来以后是一个很长的乱七八糟的式子，让它等于零，根本求不出解啊！于是我就不知道怎么做了……"

修远写出了那个乱七八糟的求导式子。

百里思瞟了一眼修远的草稿纸道："这么乱的式子当然解不出来啦，你先把它提个公因式再做，自然就做出来了。"

"啥？提公因式？"

"你看它次方数这么整齐，长得就是一副要提公因式的样子啦。一共六项显然是个2乘3的式子，三个正号的放一组，三个负号的放一组，另外把两个带根号的优先匹配一下，立马发现是个降1次的排列，所以提一个 x-1 出来剩下的很容易算了。所以1是一个零点，剩下的式子求导发现单调递增，分别取到正负无穷，中间有且只有一个零点，一共就两个零点啦。"

"太强了吧……"众人惊叹。

百里思耸耸肩："其他科都这么烂了，就指着数学涨涨分，再不强点儿我就玩完了。"

百里思语速太快，思维也太快，众人听得似是而非，又回座位上细细思考起来，罗刻、夏子萱更是直接开始用费曼技巧进行巩固。修远思考了一阵子，终于明白题目的要点所在，也知道为何自己的方法不行了。

从结构化上来说，导函数的零点问题解题思路原本就有好几种，不仅仅是"一正一负两个极值点中间有零点"这一单一思路，还有"提公因式"的思路，而自己对这种思路不熟悉，所以一开始没有想到。另外，看到那个长长的式子，百里思立刻就能想到提取 $x-1$ 的式子来，而自己则未必能想出来，进而导致怀疑无法提取公因式，放弃这一思路，这也是一个重大问题。

于是修远先在自己的数学笔记本上补充了题型的结构化，然后又询问百里思："百里思，刚才那道题，你一瞬间就想到要提公因式，并且立刻看出要提取 $x-1$ 出来，这是为什么呢？有什么特殊的方法吗？"

"没什么特殊的方法啊，看到题自动就想到了。公因式的话，$x+1$、$x-1$ 各自试一下也就两三秒的时间。其实你要是用代值法带个 1 进去发现式子等于 0，也可以立刻意识到要提取 $x-1$ 出来。不过我心算快用哪种方法都无所谓。"

这要是一般人，听到百里思这么一通开机关枪一样的解释恐怕又要崩溃了，不过修远强忍着问道："这些东西在你大脑中是自动进行的吗？没有用什么特殊的方法？"

"是啊，没有方法，就自动这样了，有人说这种状态叫思维流，一旦开始想大脑就全自动运作，停不下来了。"

思维流？这还真是厉害啊！好像林老师也没对我讲过这个思维流啊。

"这是天生的能力吗？"修远有些羡慕。

"不算是天生的吧，小学的时候突然就有了。一开始还需要我刻意调动思维，后来它就自动运行了。"

修远突然意识到一个问题："这好像是大脑的某种强化功能吧？那你为什么只有数学、物理强，其他学科不行呢？其他学科不能自动运行吗？"

"不行。"百里思摇摇头。

"这还真是奇怪了……不过还是谢谢你给我解答了这么多！"

"不客气，修老大！"随着修远在班级地位的急剧飙升，百里思也开始跟着其他同学把修远叫作"修老大"了。

修远又巩固了下对本题的理解，随后脑海里回忆起上周林老师说的一句话——高效学习的本质是高强度用脑。如果用这个理论来解释百里思的状态，能否解释得通呢？如果解释得通，那么是否意味着百里思偶然具有的能力，其实在更高的维度上——比如在林老师的指导下，也是可以后天练成的呢？

百里思的状态算不算高强度用脑呢？她一瞬间就想到了那么多东西，比我们想到的多太多了，应该算是典型的高强度用脑了。可是从感觉上来说，似乎我们思考的时候很累，而她不累，那么她就不算高强度用脑了——好矛盾啊！修远沉思良久，忽然想到，或许是一个连贯的状态变化呢？类比自己这段时间锻炼身体，每天跑 2000 米，比起不锻炼的人，肯定属于高强度使用身体了。一开始自己不习惯慢跑，感觉非常累，而跑了几周后，就感觉没那么累了——依然是那 2000 米，距离没有变。那么哪一个阶段才算是高强度使用身体呢？

恐怕都算。只不过在整个高强度使用身体的过程中，先感到累，后来习惯了就不累了。

那么对应到使用大脑，自己高强度使用大脑感到很累，而百里思高强度用脑并不累，两者都属于高强度用脑，只不过百里思的境界更高一层，于是效率也更高。

可是为什么百里思不能把这个能力应用到其他学科上呢？

中午吃饭时，修远、夏子萱、诸葛百象和百里思刚好坐到一桌，修远趁机又向百里思发问。他需要验证自己的想法。

"啊，百里思，我想了一下关于你的思维流的事情，有个疑问啊——为什么你的能力不能应用到语文、英语之类的学科上呢？"

"不是说了吗，就是不能啊。"百里思努努嘴。

修远自然不会就此放弃。自从遇到林老师之后，他对于思维、学习策略之类的东西就越来越感兴趣了。他又问："可是为什么呢？比如说，当你想要把这个能力使用到其他学科时，会发生什么事情呢？"

"什么都不会发生，它就是不会自动运转。"

修远又问："如果你强行去驱动它呢？"

"强行驱动？"百里思愣了一下。

"对，强行驱动它，命令大脑必须运转起来——你应该有试过吧？"

"强行驱动思维流的能力……很少，几乎没有吧。"

"几乎没有，也就是曾经有过了？"

夏子萱和诸葛百象倒是诧异，修远为何如此纠缠百里思的思维流问题。在他们看来，这就是先天智商高而已。诸葛百象记得自己曾经看过一个多元智能理论，说人的智商有很多种，有些人先天精通数学和物理，有些人先天擅长艺术，还有些人天生就是语言高手。百里思这种偏科的天才，应该是典型的数学和物理逻辑智商很高，而其他领域较弱吧。

"曾经……"百里思陷入回忆,"很早之前试过几次强行驱动,结果很累,而且驱动不了。就这么多了。"

"没了?"

"没了。"

修远又思考起来。他有一种直觉,思维流是大脑的基础能力,而这基础能力应该是可以跨学科的。可是百里思卡在哪里了呢?

"让我想想……你尝试在其他学科上驱动,然后失败了,并且累,所以就放弃了。也就是说,首先,你根本没有做什么大脑的练习,你只是试了一两次就放弃了。

"那么一两次不成功能够说明你缺乏这方面的天赋吗?不能!比如,假设这是种可以锻炼的能力,但极为困难,普通人要尝试一万次才行,而你天赋异禀,只用尝试一百次就好了,然而你只尝试了一两次,根本无法激活你的天赋。"

"咦?理论上有这种可能,但是……"百里思突然停住了,不知道该说什么。

"但是什么?关键问题是,为什么你只尝试一两次就放弃了呢?因为累,因为不适应大脑难受的感觉。"修远想起了林老师讲解提取法时说过,大部分人都不适应那种大脑难受的感觉,看来百里思也不例外,"这种难受的感觉,是你继续开发思维流能力的巨大阻力,它让你本能地想逃避、放弃,于是你就放弃了。"

百里思沉默不语,夏子萱道:"咦,修远,你对百里思的特殊能力还有研究吗?那她遇到的阻力,能克服吗?如果能的话,那她可就厉害了!"

"克服阻力……"修远又道,"克服阻力,套用物理学的解释,要么就是把阻力减小,要么就是增加动力。阻力是高强度用脑的疲劳感——这个似乎不好减小。那么增加动力呢?如果你很想很想开发这个能力呢?特别地想,企图心极端地强,那就有可能克服阻力——可是你有那么强烈的意愿吗?恐怕这才是你问题的关键。"

百里思忽然怔住。她的思维奔流不息,比常人快 10 倍,多 10 倍,却从没认真想过修远刚刚问她的问题。她有想要继续强化思维流能力的意愿吗?似乎是有的,毕竟其他科目成绩太差,明显拖了后腿——谁不想要自己的分数高一些呢?

可是这个所谓的"想要",究竟有多强烈呢?百里思知道自己并不是一个野心很强的人,没有建功立业的宏愿,没有出人头地的野心,只是很偶然地获得了思维流的能力,享受着它的好处。就像偶然中奖得了五百万的穷人,大多并不会想着如何用这些钱去投资、去学习、去提高自己,而会立刻买车买房,然后风光地四处旅游。你要问这些人有没有利用这五百万继续发展、做大事业的意愿,他们都会说"有"——说完"有"之后继续去享受生活了。

百里思沉思良久,喃喃道:"真被你问到点子上了。似乎也没有那么强烈的意愿让我去忍着大脑的痛苦继续提高思维流的能力啊。"

"所以你不是不能，而是不想。"

夏子萱反驳道："说不想也不好吧，毕竟也有一定意愿，只是没有那么强烈而已。"

修远感叹道："我突然明白人活在世上，难免会处在'想要'与'能够'之间的一种微妙的关系之中。如果一个人对美好的生活，既特别'想要'，又特别'能够'，那自然是完美的。但两者很难同时发展到最好，动力强的人，'想要'特别多的，往往'能够'的就少；而天生命好，有充足的'能够'的，往往就没有那么'想要'，吃不了苦，生不出猛烈的意志。

"另外，如果天生能力特别强，或者在能力上有外界的强烈辅助，那么对'想要'的要求就低一些，意志弱一些也没关系，依然能活出人生赢家的样子；如果天生资质弱、资源差，'能够'不足，那么就需要特别'想要'才能弥补——并且只是略作弥补。"

诸葛百象轻轻一笑："这算是世界的某种神秘平衡吗？"

"就怕这平衡也不彻底。资源欠缺、能力不足的情况，单纯地靠拼，靠极其努力，能解决多少问题呢？尤其是在长期付出极大心力又收不到回报的情况下，还能坚持拼下去吗？绝大多数人根本做不到，于是拼着拼着也就放弃了。

"这就又回到我那次演讲所表述的意思了。既然没有资源，天赋不足，也找不到方法去弥补，在我看来，那就只剩下拼搏这一条路了。搏到放弃希望、放弃幻想，搏到不惧怕毁灭也要与命运抗争的程度。我不敢说这是唯一正确的方式，也不知道它能够对多少人适用，但它对我管用，也就够了。"

"我就是缺了这个吧……"百里思长吁一口气，"一直以来都没想通，甚至不敢去想，今天却被你说破了。"

"说破了以后就成了另一个问题了——每个人都必须极端优秀、极端努力吗？比较优秀能被接受吗？甚至平凡能被接受吗？"夏子萱喃喃道。

"理论上当然不需要，全看个人选择了。"诸葛百象忽然有所领悟，插话，"然而修远的理念能够给那些已经选择了想要拼搏的人带来启发。最近很多人都在传他的那句经典名言'哪怕是死，也要以一副战斗的姿态死去'，他让我们知道，原来对命运的抗争是可以决绝到那种程度的，原来决绝到那种程度以后，反而能够爆发出惊人的能量啊。"

百里思和夏子萱抬起头，以敬佩的目光看向修远。

那么我呢？如果我有修远那样的意志与勇气，又会如何呢？诸葛百象想。他模糊地感到，仿佛自己心头多年的阴霾，就与那非凡的意志有某种关系，仿佛一层面纱将要揭开。自己仅仅是旁听了修远的谈话就如此受益，诸葛百象不知怎的突然又联想到曾经听过临湖实验高中的一名学生评价占武——占武这种人，仅仅是活在这个世界上，让人看到他，就算是对世界的贡献了吧。今天的修远，仿佛就是一个小号的占武了。

"对了，各位，今天已经周五了，还有两天就到大聚会时间了，你们要做些准备吗？"诸葛百象道。

"啊，要准备什么？"夏子萱问，"说得我还有点儿紧张了啊！"

"是啊，说起来我也有点儿紧张。周日来的都是大神啊，临湖实验的全校第一和第二，还有卢标，还有百象的哥哥。好大的排场啊！"修远感叹，"而这些人，全都因占武而来。"

"没错。我们这边只有占武拿得出手了吧。"诸葛百象耸耸肩，"所以我多叫了几个人，好歹气势不能输。"

"嘿嘿，我们还要感谢你呢，给了我们一个围观的机会。"修远笑道，"一群大神，也不知道他们会聊些什么。"

"最重要的是，占武会说些什么。他平时少言寡语的，想要听他说话不容易。这次临湖实验的几位大神就是奔着他来的，既然他答应会面，那么极大概率就肯说些什么了。我们好歹跟着学点儿东西吧，这样高级别的会面，机不可失，时不再来。"

"是啊，这可不是一般的聚会，这是，诸神之会。"

第二十九章

找不到人生的突破口

周日上午,叶玄一、妖星、卢标和禅师在学校门口集合,然后叫了一辆网约车,一起去往兰水二中。

他们将要奔赴兰水二中,会见传说中的学神占武,封号"杀神"。不过与普通人的心惊胆战或紧张得手足无措不同,这几位也是带着封号的人,看占武的眼神并非由下而上的崇拜,更多的是好奇。几人中妖星实力最弱,但此行由他发起,他也是四人中最期待的,占武身上,有他不得不揭开的秘密。叶玄一表示有兴趣,但未必有多么浓烈,属于陪看的角色。禅师隐隐感到这个占武或许不一样,但也只是隔着修远、隔着妖星的简介了解,难说深入,因此不动声色。

卢标最为沉默,一会儿想着之前与禅师的谈话,禅师问自己"你的力量当从何处来",而自己无法解答。一会儿又想,连从前那么浮躁的修远都在心智上有巨大的突破,自己却卡死在瓶颈上不得动弹,内心万分无奈。更想到占武,一个命运远比自己波折、资源更差的人,却取得了远超自己的成就,甚至按妖星所说,连修远的觉悟都是受占武启发,不由得暗自神伤。上次与李红生的交流给了他一些启发,但也仅仅是开了一个小口子而已。他需要更多的启发。

卢标忽然向禅师问道:"安谷,我想问你一个问题。你有没有什么特殊的突破障碍的经历?"

在外人看来,这问题问得颇为突兀。

卢标顿了顿又说:"上次你问我的问题,我一直没有答案……我卡在这里也有许久了吧,想找一找参考经验。妖星和叶玄一,你们要是有什么突破关卡的经验和感悟,也可以分享一下。"

妖星和叶玄一看向禅师,禅师却笑着看两人:"你们若有好的经验,可以试着帮帮卢标。不必纠结卢标的具体问题是什么,只就大的问题而论——突破关卡和障碍,进入新境界的经验和体会。"

妖星看了看卢标，又看了看禅师，一时不知说什么好。以常人的眼光看，他也算是个学神了，但要他指导卢标水平还差了不少。更关键的是，他似乎没有什么取得重大突破的特殊经验，没有什么没齿难忘的人生经历。归根结底，他自己活得并不通透，他还有自己的迷茫和局限。他只得道："要说能够对卢标有所启发的突破障碍的经验，我好像还想不起来什么……电脑兄呢？"

叶玄一的实力在妖星和卢标之上，他或许能有些想法。

"突破重大关卡的经验……这得先定义什么叫作'重大关卡'。我们都是学生，每天学习，每天都会掌握新的知识，这是最基础的成长。新知识累积到一定程度会发酵，产生第二级的想法，比如深刻领悟各种解题思路、对多个知识点融会贯通等。再继续累积经验和思想，会产生第三层的领悟，比如某些思维能力的发展，某些对大知识体系的深刻见解。哪一层算是重大突破呢？"

卢标皱了皱眉头，说："暂且按第三层算。"

"暂且？好。如果把第三层算作重大突破，在其中寻找经验的话，我的感受是，这些所谓重大突破的发生其实并不特殊，不过是由日常积累自发形成的。当你每天都在这个方向上专注思考的时候，大脑就会自动得出更深一层的结论——这就是我目前的状态。

"如果要深究的话，这种突破应该是越来越轻松的。前一两次的突破比较困难一些，不仅花费的时间长，往往还需要一点儿外界的启发。比如，我记得最早的两次这方面的突破是在初中，搞数学竞赛的时候，那个竞赛教练水平很高，不仅教了具体的数学题，还讲了数学思想。很多种不同的题型和解法，在思想层面上其实是可以找到共同规律的。在他的启发下我取得了前两次的突破。有了前两次的突破，后续的突破就有经验可循了，产生的速度会更快，而且可以自发主动地进行，不需要依靠外界启发。"

说得似乎有点儿道理，然而卢标依然微微皱着眉头，这似乎不是他想要的答案。

"你描述的内容，可借鉴的经验很少。第一，你的路数是高举高打，本身先天资质很高，学习环境也好，师资力量强，在具体的知识点和学科思想上能够给你很多启发。于是你从一开始就基础扎实、习惯良好、思维迅捷灵活，学得顺风顺水。结果是，你学到了很高的水平，但本身并没有过大幅度向上突破的经历。你所说的在学科知识、解题方法和学科思想上的突破，也没有那么困难，以你的能力，可以算是比较轻松地就完成了吧。"

叶玄一耸耸肩，仿佛在说——那没办法，智商太高也不是我的错嘛。

禅师插话："没经历过太大的困难，未必就没有借鉴价值了。所谓'上医治未病'，'善战者，无智名，无勇功'。"

"是啊，解决问题于未起之时，多好的思路。可是如今问题已经起了呢，疑惑和迷茫已经形成，又该如何呢？"卢标叹道，"更何况，我的迷茫，还不仅是对思维和知识体系的迷茫，更是在整个人生的境界、方向上……"

妖星和卢标又看向叶玄一。

"整个人生的境界和方向？"叶玄一沉吟道，"这个描述比较模糊，人生的境界怎么划分？这可不像数学的分段函数那样容易弄清楚区间和分界的。"

妖星补充道："这么说吧，在人生这个函数中，有没有经历过不连续、不可导的跳跃点？脉冲式增长点？这应该对应的就是卢标所说的人生突破。"

"人生怎么可能不连续？"叶玄一不屑道，"这一秒与上一秒连续，与下一秒也连续，你昨日的积累、思维与能力影响今日的思考与行为，今日的思考与行为的积累再影响明日的思考与行为……如此循环往复而已。你所谓的'不连续、不可导的跳跃点'，根本就不可能出现——除非你能穿越，或者像科幻电影一样，被变异的蜘蛛咬一口，被量子转换机给辐射后肉体湮灭重组……"

"……"妖星不知怎么接话。

"你要问我有什么人生经验的话，恰恰倒是我刚才所说的这一点——每一天都是连续的。要变强，那么每一天都要变强，日日连续积累。最强的成长是指数增长、复利增长，所有的意识与技术都围绕着指数模型组件，最终构成我的人生轨迹。"

叶玄一的说法其实还真挺有道理，至少能够解释他的人生轨迹。最好的幼儿园，最好的课外资源，在最好的小学名列第一，到在最强的中学实验班名列第一，再到在最强的高中实验班名列第一——至少是在禅师回归之前一直稳居第一，封号"人形电脑"的他一生如同计算机屏幕上显现出的一条指数增长曲线，各种思维能力、技巧和学习经验，都是他的指数函数代码，在智力为 150 的 CPU 驱动下疯狂运行着。

这样的经历足以让一般人无比羡慕和敬佩，然而妖星还是嘲讽道："换句话说，即便以你的天资，这辈子也从来没有过什么惊天动地的经历……"

"嗯？初中竞赛得省级第二名不算？高中竞赛得国家第一名不算？保送清华不算？连续这么多年得第一名不算？"

"不算。"

"……"这下叶玄一无语了，"你个小弱鸡还蛮挑的。"

"……"这下妖星也无语了。

卢标更无语——不是在讨论我的疑惑吗？这两人怎么吵起来了？

禅师安谷在一旁微微笑着，目光如深湖般平静，看着三人。妖星几人不自觉平息了吵闹。

"玄一的理念对一般人的确有帮助，每日进步、指数增长，本是一般人最缺的心法。而卢标与妖星的疑惑也有特殊之处，并不是玄一的理念能够针对性解决的。归根结底，你二人的经历与困惑玄一不曾遇到过，他也无须对此寻求解法。人生的路径大相径庭，没有标准的人生模式，也就没有完美的人生攻略了。"

"可是不管怎样的模式，也总会有困难、有困惑吧。"卢标不甘心道："不过话说回来，叶玄一，你的人生目标是什么？生命的意义是什么呢？"

人生目标与生命的意义之类的问题，往往容易引发关于困惑与迷茫的讨论。

"你若是说生涯规划、职业发展之类的东西，目前并不明确。但可以抽象地描述下大方向——我要站在最高处，成为最强者。不论是顶级科学家，还是顶级企业家，还是其他什么。此时的路径都还没有分岔，只需要保持这个最强的状态就行了。具体的细分的方向选择，到大学以后再说。"

卢标微微点头。叶玄一一来有了一个大的方向，二来则是将细节上可能出现的困惑留到了未来，三来又没有遇到重大的障碍。他确实不会有什么人生层面上的迷茫，进而也就不会有重大的人生突破和感悟了。

"妖星呢？"卢标又问，"我记得你跟我提过有一些重大的人生困惑，现在怎么样了？有什么突破和经验吗？"

妖星一摊手："别提了，继续迷茫中，没有任何突破。"

既然没有突破，那么似乎也就没什么好说的了，但卢标又敏锐地意识到问题："可是我看你平日的状态还不错，为什么你的迷茫与困惑不会影响到你的心智呢？"

"因为藏得深。"

"……"

卢标又一声叹息。

或许这问题真的太难了。一群年纪不过十七八岁的少年，要讨论出突破人生障碍、提高人生境界的方法，哪有那么容易？这是绝大部分成年人都做不好的事情。即便他们天资卓越，可是毕竟年少，不仅整日在校园里缺乏在真实世界中的历练，甚至由于应试的压力，连广泛阅读和长时间思索都做不到。每日看的多是课本与教辅书，能抽出时间来看上一两本心理与哲学书已是不易，无法博览群书——更何况博览群书之后，也有可能只是书呆子的纸上谈兵而已。

所以，少年者的迷茫，或许是无法打开的死结。在当下社会的人生节奏上，少年人至少要等到大学期间才有可能开始对人生答案的探索，只有那时候才有一点儿空间和时间。可是由于社会各方面的发展，年轻人大多早熟早慧，对人生的迷茫在高中甚至初中阶段就已经开始了。于是就注定了中学的那几年，一定是迷茫的几年。

在那段迷茫的时间里，周围的成年人能否给些建议和帮助呢？这又是另一重大问题。老师和家长对于人生又有多少思考、多少答案呢？世上大部分人都是平凡的人，平凡的人同样也活在迷茫与困顿中。故而学生身边的家长与老师，能够给出"需要自己探索""每个人都有自己的答案"等模糊的说法已是不易，更多的则是试图把自己有限的旧时代的经验和观念，塞入学生的大脑。

卢标终于又看向安谷："安谷，你能分享下经验吗？"

妖星也兴致高涨起来："就是就是！好不容易找到机会跟大神凑到一起，也得有幸欣赏下'高维生物'的人生才行啊！"

安谷微微一笑。

"我的经历对你们恐怕没什么帮助呢。"

第三十章

人物传：禅师——传心篇

我是安谷，一个迷茫的女生。

在初一升初二的那个暑假，我突然产生强烈的厌学情绪，乃至厌恶人生，厌恶一切。

这是一次短期的情绪剧烈波动，我知道如何处理这些负面情绪。运动，冥想，参加一些社会活动，加上一直以来强大的自律能力，都能有效缓解，然后继续回到学习中去。

这一次，他却没有让我这么做。

他让我去远行。

第一站，都江堰。

好吧，外出旅游散心，也是消除负面情绪的一个不错的方法，比待在家里更有趣。不过适逢暑期，这景点的人不少，有些拥挤。我坐在一座凉亭里，看着一条江从大坝下穿过。两边的山翠绿，水声在空气里回荡。

即便常出门旅游，也觉得这里景色不错——至少比坐在家里有趣。虽然天气有些燥热，但水边的湿润和树林里的清凉总让人略感舒适。我涂了驱蚊液，坐着看了半小时的水。

就这么看着吗？没有需要研究的资料？我还记得之前旅游总要研究很多东西——景点的历史背景、地理特色、文化意义、经济效应……这次呢？为什么没有资料？

或许是难度升高了一点儿，让我自己查阅资料，然后进行各种研究？

时间渐晚，云雾遮挡，阳光逐渐弱下去。我看向他，问道："要我自己查资料吗？"

他不回答，带着我离开凉亭，走到更靠近江边的地方。水声渐大，变成轰鸣。

"没什么复杂的资料好查。一条江，一座堤坝，润泽了一方百姓两千年。"他顿了顿，说，"看水。"

我坐在江边，呆呆地看着水。既然没有目标，那就放松了下来。小浪花奔腾翻滚，我看见波纹，看见流动。太靠近江边了，这水声将我包围，我仿佛要与那水融为一体。

情绪压力仿佛流入那水中，几十分钟过去，舒缓了不少。

水真是奇妙的东西啊，只是呆呆地看着它，就仿佛有了疗愈心灵的效果。这就是他带我来此处的目的吗？

我问他，他不回答，却又盯着我的眼睛道："看水。"

我有点儿愣住，不知何意，再问："要看什么？要思考什么问题呢？"

"看水。"

我收敛了心神，盘腿坐在水边，静静地呼吸。

看水。

到晚上，只觉得心神安定，长久以来积累的丝丝厌烦的情绪仿佛从身体里抽离。但并未有更高的领悟。

连续看了三天的水，看得晚上睡觉做梦脑海里都是水流的声音。

第二站，苍山。

西南地区常有秀丽风景。离开四川，我进入云南大理境内。苍山在小城大理境内，山间植被茂密，山顶云雾缭绕，十九峰间十八条溪流落下，远看即是美景。入山谷后只见溪水清澈见底，青石温润，山色如画。

我在山谷间奔来跑去，大口呼吸。空气清新，精神振奋。

论景色秀丽，苍山可比都江堰好玩多了——为什么不早点儿来？我又问他，需要做什么功课、研究或者写文章吗？

他微笑着摇摇头："自己玩。"

我兴致高昂，把十九峰和十八溪能跑的地方跑了个遍。几天后，他终于叫住我，将我引到山峰处一座茶园旁。这里视角开阔，半个大理的景色尽在眼前。

"坐。"

我在山顶盘腿坐下，静静看山水，看朝霞和夕阳。许久，我缓缓闭上眼，意识安定。

又一日，我来到洱海边，骑行环绕了一圈，累了，就在湖边坐下。

在山水边打坐冥想，与在室内的感觉又不相同，头脑更加清明，更加开阔。许多迷雾逐渐散去，烦躁、愤怒、抱怨等负面情绪迅速消退。

我想我被这自然风景疗愈了。

接近开学了，该回去了吧。

他却告诉我，已经为我向学校请了长假。

下一站，长白山。

9月初，天池的水依然清澈，天空湛蓝，朵朵白云舒展。这高山湖泊让人更加深层地安宁下来。抬头看去，湛蓝的天空如此近，伸手可及。

我在山坡上坐下，安定下来，想试试在深沉的寂静中，天空与湖水会给我怎样的感觉。在那清澈的寂静、空灵的寂静中，意识的浮尘落定，心灵开始变得广阔，然而忽然间，某些东西向外暗流涌动。我惊醒，烦躁不安，愤怒，委屈，想要大叫，想要大哭。

我不解，不知道自己何以忽然产生如此多的负面情绪。

我看向他，他微笑。

下一站，福建。

先是在一个避暑山庄里待了几个星期，自己用临时购买的课本和资料自学初二的课程。此处风景依然秀丽，但我无心赏玩。看书、做题时尚能静下心来，可是每当静坐冥想时，反而念头丛生，那些不安、烦躁和委屈的情绪总会莫名地涌上心头。

我几次找到他，他却不回答。我不想再做冥想练习，他却不同意，让我继续。

我说再练很心烦，他说，忍。

我说找不到原因，他说，观。

我说先忘掉这些东西吧，他说，执。

我说自己无所事事，他说，探。

几周后，他终于叫我收拾东西。

这是要回家了吗？

一转眼，他却带我来到一个更寂静的地方。

[背景音乐：*Oneness Blessing (Instrumental)*]

这是特殊禅修者使用的闭关房。全封闭，每日有人送饭菜进来。一片黑暗。

"问。"他说。

问什么？我不明白。

"问对于你来说最重要的问题。"

"哪些方面的问题？未来规划？人生意义？"我霎时间陷入沉寂。

他闭上眼，不理我，进入寂静。

我跟着进入寂静。

黑暗中不知时间，进而不知有世界。

封闭处没有外人，进而不知有外人。

我极少进行如此长时间的冥想，更没有试过在如此封闭的环境里冥想。我进入更深的寂静，与此前的种种练习不可同日而语。在深度的寂静里，外界消失了。而时间又加强这寂静的力量，力量逐渐沉淀累积，我仿佛灵魂更加浑厚。

终于，我开口问道："我是否傲慢？"

在深沉的黑暗中，他缓缓睁开眼。我仿佛能看到他若有若无的一丝微笑。

"什么是傲慢？"

我又闭上眼。

又过了许久，我再问："心动即是傲慢。可如何令心不动？"

"人我如何？"他反问。

我不明，他不语。

寂静。

一餐饭，两餐饭。一日夜，两日夜。在黑暗中，时间无比漫长。寂静之中，有时一日夜只觉得过了三五秒；有时一日夜恍惚沧海桑田。

长久的寂静里，我忽然于黑暗中瞥见一抹光，惊觉。

人非人，我非我，傲慢不是傲慢。

于是我不再傲慢，也不再执着于谦逊。

顺着傲慢这个问题的念头，我又追索到另一处空间——我为什么需要如此追求优秀？

我问。

他说，自己答。

我又进入长久的寂静里，不知多少日夜。

各种答案在脑海里纵横。为什么要追求优秀，有很多显而易见的答案——见更大的世界，过更好的生活，遇见更好的人……

每一样都有道理，而我内心深处却对这些答案并不满意。

一日，又一日，再一日。

他忽而开口："为什么会问这个问题？"

我一愣，意识到自己一直在追问问题的答案，却没考虑过为什么自己的大脑会生出这个问题。

长久的寂静。

在寂静之中，我忽而又觉察到最深处的丝丝焦虑，以及细微的恐惧。

我被这焦虑与恐惧震惊，又感到疑惑。

我为什么会焦虑，会恐惧？

我的生活如此一帆风顺，我如此优秀，生活环境如此优渥，我是所有人眼中的好学生与幸运儿，我怎么会焦虑、会恐惧？

可是我分明感觉到那细微的焦虑与恐惧，如此真切地存在。如果是在日常的生活里，在纷扰的意识干扰下，如此细微的情绪是绝对无法察觉的，它如同川流不息的大街上，脚下的水泥路里细微的裂缝。可是在长久的寂静里，这裂缝逐渐放大，成为沟壑与高墙。

我睁开眼，在黑暗中看向他。

他仿佛又露出微笑，说，追。

我又闭上眼，不知道过了多少日夜。

我试图驱逐那些恐惧和焦虑。我在寂静中见到山谷密林，晨曦光影；见到高山峡谷，层层林海；见到天高云阔，万马奔腾；见到人山人海，兴亡成败；乃至见到天地四方，古往今来。却又每一次，总被干扰着，从遥远的风景里被扯回来，回到原点。

我无法远行，我总会带着细微的不满与牵挂回到原点。

闭关处的规矩，每7日开一次门，可以出去休息，然后过几日再封闭。我反反复复地出入，初时我觉得在黑暗而封闭的房间里待着无趣而累，想要出来休息和娱乐。后来这休息和娱乐的需要逐渐变弱，因为我被一个又一个的问题牵扯着，简直不愿离开。在城市的鼎沸声中沉寂，街上川流不息的车辆没有一辆能带我去想去的地方。为什么我总会被细微的引力拉扯着回到原点？

我迫不及待地再回到黑暗中。

不知几次之后，我忽然听见黑暗中他发出声音。

"无私者成私，无问者得问。"

我终于放下这问题，进入更深的寂静，长久的寂静。

这奇妙的寂静啊，一层又一层，每当你以为这便是最深处时，忽然时空异动，光彩流转，又出现更深的境界。

又一日，我忽然感受到强大的委屈和焦虑喷涌而出，抑制不住地想哭，想如同孩子般大哭。

我不知如何是好，他忽然说，无碍。

我便哭喊起来。

许久之后，我再次回归寂静。终于，我看到画面。

幼小的孩童在房间里跑来跑去，欢笑，忽而一个背影从大门离去，然后几日不归。每一次孩童都大哭，挣扎着要去追那背影。几日后那身影回家，将孩童抱起，玩耍。不久，又离去，又大哭。

如此循环。

我又哭起来。

我看向他。

他看向我。

对不起，他说。满眼爱意，浩瀚如天地。

我起身，扑到他怀里。他的手臂紧紧环绕在我的周围。

我在他的怀里进入寂静与安宁。

我又抬起头，看着他的眼睛，四目相对，两人各自安定。这是第一次如此长久地与他目光交流。

这是第一次与他目光相对着进入深刻的寂静之中。

那些焦虑与恐惧在他的目光中逐渐消散，仿佛在阴暗角落的冰块，终于被挪到了门外的阳光之下，缓缓融化。那为什么要追求优秀的问题，以及这问题为何会产生的问题，也就此消散。

我仿佛与他的灵魂连为一体。

然后这灵魂又扩张，身体也跟着放大，手足伸张，连天通地。

山河大地，星辰日月。

人来事夫，万物纵横。

无限的光明。

我问出最后一个问题：

"那么，我一生的意义当如何？"

第三十一章

诸神之会（上）

车辆停在兰水二中门口，卢标、妖星、叶玄一和安谷四人下车。门口一个男生迎了上来，正是诸葛百象。

"我弟，二中这边的组织者。"妖星向众人介绍。

各自问好之后，诸葛百象忍不住多看了安谷几眼："你……你就是传说中的禅师……"

安谷微微点头。

诸葛百象心里忍不住赞叹而震惊——世上居然有这样的人！

"几位大神，这边请吧。学校里不太方便，保安查得严，外校的不让进。我们去边上的一个小公园，人少，安静，说话方便。"

另一头公园里的一座仿古亭子下，兰水二中一干人等依次坐着，有高三实验二班的夏子萱、陈思敏、罗刻、百里思、修远，以及两个外班的女生——历史实验班的舒静文，以及十四班的舒田。舒田坐在修远边上，显然是修远叫来凑热闹围观大神的。

陈思敏、夏子萱等人显得有些紧张，毕竟今天要见的可不是一般人，而是临湖实验高中的顶级学神。卢标这种水平的人，在他们看来已经是高不可攀的学神了，而诸葛百象又告诉他们，这次要来的是比卢标更厉害的学神，是临湖实验的第一名和第二名——卢标尚且只能排十名左右。这是何等厉害的人物？原本与他们根本就不是一个世界的人，这次却因占武的关系，得以让他们见上一面，甚至还可能会聊上几句！陈思敏只觉得紧张得手心出汗，夏子萱也是呼吸变快、心跳加速。修远暗自揣摩，据说有人比占武更优秀，不知道能否向他请教些学习上的问题？

"占武怎么还没来？"罗刻问。这次聚会可是因他而起的。

"他已经动身了，十几分钟后到这边。"舒静文看了看手机说。

"哦。"

众人陷入沉默。

时间流逝，分秒仿佛经年。这日风轻云淡，天朗气清，小公园闹中取静，虽无花香，却有鸟鸣。众人各自沉思着，忽见陈思敏直起身来，向着公园入口处招了招手——他们来了！

　　众人齐刷刷起身看过去，其间诸葛百象带着四个人走过来。

　　大神们来了！

　　细看去，最左边一人是熟悉的卢标，后边跟着一个男生，另一边也是一个男生，中间是一位清秀的女生，被三个男生簇拥着。女生气质超然，着实吸引目光。

　　修远和罗刻等人看得愣神，心里无比诧异——这是何等人物？舒静文、舒田两位女生原本也是不俗的美女，此时也显得暗淡无光了。

　　"各位同学，好久不见。"卢标打招呼。这些都是他的熟人。

　　"你们好。"叶玄一随口道。今天他是来看热闹的。

　　"幸会。"安谷面带微笑稍稍点头。

　　待禅师几人落座，诸葛百象见众人都盯着禅师看，心里也觉得好笑，于是开口道："我来介绍下吧。卢标大家都认得我就不多说了。这位看起来很猥琐的是我哥，诸葛千相，封号'妖星'。"

　　猥琐？妖星不满地瞟了诸葛百象一眼。

　　陈思敏、夏子萱不由得笑了笑。这位妖星哪里猥琐了，倒是有点儿风流倜傥、潇洒不凡的样子。

　　"这位是叶玄一同学，临湖实验的年级第一名，超级大神，封号'人形电脑'。"

　　"现在不是第一名了。"叶玄一插话。

　　"哦？"

　　"第一名变成她了。"叶玄一指了指禅师。

　　众人再次惊讶地看向禅师——这清秀美女居然是新的第一名？

　　众人之前并没有太详细地了解今日参加聚会的人选，只知道是临湖实验高中的大神要过来，诸葛百象也没有详细介绍。刚看到这女生时，还以为是哪位大神的朋友之类的，却不想这就是大神本尊！

　　陈思敏只觉得生无可恋，如此美女居然还是超级才女，可让自己这等凡人如何活下去？

　　诸葛百象继续介绍道："这位是安谷同学，临湖实验高中现任年级第一名，天字一号学神，又被誉为'众神之神'。封号'禅师'。"

　　封号"禅师"？这封号与美女的形象可不搭啊！众人又是一阵惊异。

　　打过招呼以后，两边陷入短暂的安静，马上就要冷场了，忽听禅师问道："封号'杀神'的占武同学，还没到吧？"

"啊，对，不好意思，他有点儿事耽误了，过几分钟到。"夏子萱道。

诸葛百象忽然意识到，禅师应该从没见过占武吧，她如何知道占武没到？她如何知道修远和罗刻这两人都不是占武？

正疑惑着，禅师又向众人依次看去，目光如炬。目光掠过陈思敏，没有停留；掠过夏子萱，没有停留；又依次掠过舒田、修远、舒静文、百里思。目光在百里思身上略有停留，两人四目相对，百里思只觉得脑海中一片轰鸣震动，然后又随着禅师目光的离开而消失。接着，禅师忽而又往回看向修远，微微定了定神。

"你是修远同学吗？"禅师问道。

"啊？"修远大吃一惊，这"众神之神"的禅师，居然认得我？！"是，是的！你怎么认识我？"旁边陈思敏、夏子萱、罗刻乃至诸葛百象，也跟着惊异起来，似乎能被禅师认识是一种巨大的荣耀，是极为值得关注的事情。妖星略诧异，回忆他是否给禅师介绍过修远的面貌特征，或许那篇报道里有修远的照片？

禅师微微一笑："看过关于你演讲的报道。"

"演讲的报道？"修远一愣，忽然反应过来，大约是指自己那次演讲事件被报道了，"哦哦，那个……还，还好……"

修远紧张得结巴起来，禅师又微笑道："很不错的演讲，思想有深度。"

修远正不知如何回复，禅师又问道："据说这演讲中所蕴含的思想，是受人启发突然之间领悟到的，是否如此呢？"

"啊？这你都知道？"修远一愣，说，"可以这么说吧……积累了很久的一些困惑，受了占武的启发。"

"那是怎样的启发呢？"

"就是他说了一些话，然后我有所触动……"

"具体是什么话呢？"禅师继续追问。

问得这么细致？修远有些疑惑，但还是解释道："就是有一次我跟他吵……啊，是讨论些问题，我问他，如果天要你亡，你必死无疑了，你该怎么办？他回答说，那就摆出战斗的姿态去死。就这个了……"

"哦？还有其他的话吗？"

"没了。"

禅师微微闭目，略一思索，点头道："好的，明白了，谢谢你的说明。"

禅师左侧坐着妖星、叶玄一、卢标三人。妖星偏头看了看卢标，又看了看叶玄一，几人相互对视着，妖星低声道："明白了？明白什么？"

卢标一耸肩，指了指安谷："你该问她。"

叶玄一也喃喃道："这说法有一定思想深度，可是也不算太了不得的想法嘛。"

妖星于是扭头问禅师:"'那就摆出战斗的姿态去死'——这话有什么特殊的内涵吗?听起来并不算太深刻啊。"

禅师微微点头:"话很空,可深可浅。"

妖星愣住:"那说明什么?占武可能也没那么厉害?整个演讲事件有泡沫成分?或者很偶然?"

"恰恰相反,话很空,正说明这占武很强,非同一般地强。"

妖星又愣住,再扭头看叶玄一和卢标,两人也露出疑惑的神色。卢标用力回忆老师曾经是否教过相关内容,可惜与人相关的事情一直不是他的强项,回忆中一片空白。但他至少联想到,在语文写作中,老师曾强调过,空的话是没有力量的——那就是不太好的。可为何安谷却说反而印证了占武的强呢?

算了,反正等下占武就要来了,见过他再说吧。妖星等人安定下来。

场面冷下来,夏子萱发挥了班长的作用,主动说:"今天真的很荣幸见到各位同学,你们都是临湖实验高中的大神,不知道能不能给我们一些学习上的建议和指点?我们平时学习上经常有困难,希望能借这个机会向你们请教,使成绩有所提高……"

禅师微微一笑,边上叶玄一忽然道:"那个叫占武的,实力不在我之下,你们如果想要得到学习的指点,怎么不去找他呢?"

这问题很合理,却让兰水二中的众人不好回答。夏子萱只得道:"占武……占武同学不是很擅长沟通,所以我们跟他学能学到的比较少……"

"所以还是希望能向各位请教一下。"诸葛百象接话,"尤其是禅师同学,我哥可是重点推荐的你呢,说你的学习能力超强,方法高深。如果你能指点一下我们的学习,那我们就太幸运了。当然,其他方面也好,思想上、精神境界上,等等。"

禅师客气道:"你哥哥也不错呢,你向他请教不是很方便吗?"

"他?档次太低,没兴趣。"诸葛百象又损了妖星一句。

妖星也不生气,耸耸肩。禅师看着妖星的肢体动作与表情,微微一笑,轻声道:"铁汉柔情。"

妖星一愣,边上卢标也诧异着,这一句又是什么意思?

那边舒静文忽然开口问:"那个,禅师同学,你和占武认识吗?你为什么这么大张旗鼓地跑来见占武?有什么目的?"

这问题问得有些奇怪,众人看向舒静文。

"不认识,听妖星说他很厉害,好奇,所以来看看。"禅师解释道。

舒静文盯着禅师的眼睛,似乎对这回答不满意。禅师目光柔和,看着舒静文略带攻击性的眼神和不悦的表情,忽然低声道:"情深不寿,爱久无明。"

舒静文愣住,边上的众人也诧异,不知这没头没尾的一句话什么意思。

卢标对舒静文和占武的关系比较清楚，自然知道禅师此话指的什么。可是他又疑惑，禅师如何知道舒静文与占武的关系呢？妖星跟她说的吗？卢标看向妖星。

妖星又一摊手，轻轻摇头。

以卢标的能力，极少会遇到解析不了的习题，一通模式识别拆解定位之后，再难的题也被他解决，解法收归于脑中。可是今日禅师诸多话语让他不明，实在是憋得难受，忍不住低声向禅师问道："安谷，你怎么知道她和占武的关系？妖星跟你说过吗？"

"座位，肢体。"禅师简洁地给出两个词。

卢标向舒静文看去。

这凉亭之下，一圈座位已经被众人坐满，只剩下舒静文左边空了一个座位，这必然就是占武来了以后要坐的位子了——这是二中众人潜意识里如此安排的，显然反映出了他们认为占武和舒静文是有些关系的。再看舒静文的肢体动作，有什么特别的呢？卢标忽然注意到，舒静文与禅师对话时，左手从自己的腿上微微挪开，放在左边的空位上，仿佛在按住、护住那个空座位一样。

原来如此！卢标恍然大悟。安谷就是靠这个推断的。

不过仅仅如此吗？卢标又疑惑起来。以此信息，确实可以推断出舒静文对占武有爱慕之意，可"情深不寿，爱久无明"八个字所蕴含的意思又远不止如此，还多了爱而不得、不明真心等意思——这又是从何处得知的呢？

妖星旁听着，也生出这一层疑惑，盯着舒静文脸上的表情看了许久，暗自想着，莫不是从这里能看出什么来？

舒静文咬着嘴唇，颤颤地问道："你……你说的无明，是……是什么意思？"

禅师平静道："要想进入一个世界，先要懂一个世界；要想懂一个世界，先要达到与之接近的水平。我没有见过占武，只看到你温柔清秀、痴心重情，却进不了门，以此大致反推他是什么水平。"

"我……"舒静文想说什么，却卡在喉咙里出不了声。

"而你为何要进那个世界？或许这是更重要的答案。这动机源于你，先要有你自己，然后才能有世界。"禅师又补充道，"不仅仅是占武而已。"

众人面面相觑，不知这禅师在说什么东西。只见舒静文缓缓低下头，也不说话——她能听懂刚才的话是什么意思吗？

修远在一旁看看舒静文，又看看禅师，心中忽然产生很多感慨。他不太懂禅师说了什么，但并非完全不懂，仿佛能模模糊糊地听出些什么东西来。他只觉得眼前这女人无比强大广博，见她如见天地、如见山海一般，自己仿佛变得渺小若蝼蚁，了无希望，忍不住就要变得卑微，意志开始动摇。

他闭上眼睛，脑中几个念头闪过，又深吸一口气，让自己安定下来，再睁开眼，便安坐于天地之间。

　　禅师忽然又看向修远，接着又看了看修远身边的舒田，微微一笑，轻声道："东方有新木，阴阳相伴生。"

　　妖星跟着看向修远和舒田，又看了看舒静文，又看向禅师。

　　忽然一人快步走进凉亭里，然后洒脱地一转身坐在舒静文身旁的空位上，淡然道："谁要见我？"

　　众人循声望去——占武来了！

　　禅师定睛看了看占武，目光扫过他的面颊，落在他眼眸之中，立刻产生异样的感觉。再看看修远，心道：薪火相传，原来是你的光辉。

　　"我。"

第三十二章

诸神之会（中）

黑暗之中啊，星辰闪烁，虽在亿万光年之外，明灭呼应。

此一山，彼一山，一朵花开五叶，一颗珠照山河。

占武循声看去，只见安谷坐于对面，不免一怔，初觉遗世独立，又仿佛光照虚空。他又快速扫视了卢标、叶玄一和妖星几人，目光终究停在安谷身上。

"你是？"

卢标接话："这是临湖实验高中的现任第一名，安谷同学，封号'禅师'。"

叶玄一又接话："上学期她没来的时候，我是临湖实验第一名。你有一次月考超过了我，引起了我的注意。顺便说一句，我叫叶玄一，封号'人形电脑'。"

占武瞟了叶玄一一眼，不以为意，继续盯着安谷看。两人四目相对，各自隐隐惊异起来。而叶玄一作为曾经的天字一号学神，就这样被无视了，不由得心中一阵不爽，只是这不爽也没人在意而已。

"你倒是有点儿特殊。"占武道。

修远、陈思敏、夏子萱、诸葛百象以及对面妖星、卢标等人都在诧异，不知占武为何这么说——他之前应该不认识禅师吧？这才见面，又没有做什么交流，为什么就说禅师特殊呢？因为禅师是现任第一名吗？

"找我有什么事？"占武又道。说话时，他眼神全程没有离开过安谷的眼睛，两人目光深邃，仿佛天地气冲，阴阳流转。

"交流些问题看看。"安谷微微笑道，"听说你作为学神，全科顶尖，没有弱项呢。不知有什么窍门和经验？"

"尽心学而已。成绩尚且不如你。"

"客气了。数学和物理强的人英语、语文容易弱，但你的英语也很强，怎么学的？"禅师率先发问。

"当幼儿园的语文学。"占武冷冷地回答。

禅师微微点头，卢标和妖星对视一眼，心里各自活跃。卢标回忆起英语学习的几大策略和原则，配音法、输入输出比等，倒是和低龄段的母语学习规律一致。说起来天下的语言学习大多法则类似。在无人细致指导的情况下，以这种类似性为纲领指引学习，确实是适合占武的方向。

"数学又如何呢？"禅师问。

"一门门问下去不觉得麻烦吗？所有学科的学习，都不过是大脑的细致加工而已。"占武简洁明了地说。

"如何细致，如何加工？"

"对比、拆分、归纳、连续推导、发散联想、自问自答，诸如此类。"

"思维流？"禅师试探。

"不知道你在说什么。"

禅师看向卢标，卢标轻轻摇摇头。

占武忽然下意识看向百里思，又看向卢标。卢标看着占武，点点头。

"哼哼，有意思。那么你呢？所谓的思维流该是怎样的？"占武反问禅师。

"思维如流，生生不停；念念相续，随心所欲。这是我的理解。"

"基础内容。"占武平淡地说道。

卢标、妖星、百里思、陈思敏、夏子萱等人都各自汗颜，超强的能力被占武说成基础内容，自己居然无力反驳。

"事后看虽然是基础内容，但也不容易掌握。你又是如何达到的呢？"

"千锤百炼。"占武道，"你又是如何达到的？"

"与你一样。"禅师微笑。

"似乎略有不同。"

"大同小异。"

"千锤百炼，动机是什么？"占武问。

"具体的规划尚不详细，大约就是要成为一个优秀的人吧。"

占武冷笑，问道："有如此平庸的动机也能封神吗？"

禅师答："因为障碍少。你的学习动机呢？"

"为改变命运，战斗至死。"

"有如此平庸的动机也能封神吗？"禅师反问。

"因为改变的方式是放弃凡人的命运。"

"何谓凡人？"

"希望与绝望。"

"哦？那么，何谓希望？"

"懦弱与幻想。"

禅师略作沉思，又微笑道："你若不是凡人，必会远离凡人。身边无人，不孤独吗？"

"你身边这么多人，不孤独吗？"

禅师笑道："换种问法吧——他人是不是地狱？"

"我眼中没有他人。"

"哦？那有什么？"

"有天地，有我。"

禅师微微摇头："你杀气太重，不是天人合一的路数。"

"即战即合。"

"命若坎坷，何以战？"

"以命战。"

禅师突然大喝一声："呸！你贱命一条，不够用！"

众人大惊！这美少女怎么突然无缘无故大骂起来？！跟她柔和高雅的气质完全不相称啊！呵斥的对象还是脾气向来不好的占武！不仅修远、舒田、陈思敏等人吓了一跳，那边卢标、妖星、叶玄一也是震惊不已。

可偏偏占武好像不以为意，平静却又底气十足道："无中生有。"

"解！"

"以空战。"

"空怎么战？"

"空中有力量无穷。"

空中有力量无穷？这又是什么鬼话？说老实话，边上所有人都跟不上这两人的思路了。夏子萱、陈思敏、修远等人，早在前面"眼中没有他人""有天地，有我"的时候就已经不明所以，现在完全是听天书一般。叶玄一皱着眉头不知道在想什么，妖星却是微微低头暗自思索。卢标忽觉心里有一丝明亮，朝阳将出，却又被浮云遮蔽，放不出光来。

"再解！"

"心力无穷，能力即无穷。我是即我能，不依外物存。"

"理论一大堆，哪里看来的？！"禅师又是一声大喝，众人皆惊。

"自己领悟。"

"如何领悟？"

"长久的寂静。"

卢标、妖星等人微微一怔——长久的寂静？这是什么？

"嘀！好一个长久的寂静！这么昂贵的东西，你哪来的？"

"捡来的，每天捡一点儿。"

"捡来的是破烂！碎片的东西哪来的长久？"禅师咄咄逼人，威风凛凛。

"即刻永恒。"

"说得容易！过去的余波如何处理？"

"凝结意志于此息，没有过去，没有余波。"

禅师微微点头，露出不易察觉的笑意，又道："再说那战斗至死的玩意儿，听起来像个叛逆的青少年。"

"你这话听起来像个没有底蕴的三流教师说的。"

占武开始骂禅师了。众人又看向禅师，却见禅师丝毫不受影响，继续问："与命战，若输了呢？"

"不会输。"

"狂妄！"

"生死由天不由我，输赢在我不在天。"

"若赢了呢？"

"一早就赢了，先赢而后战。"

"我说的是俗意的赢。"

"尚未赢，没想过。"

"那就有漏洞。"

"难题会做了，不担心简单题。"

"阴沟里可以翻船。"

"那就麻烦指教。"

"这题没有标准答案。"

"你的答案，值得参考。"

禅师又一笑，道："天心。"

占武沉吟半晌，道："还需时日。"

禅师深呼吸，神色平静，目光柔和，仿佛全身散发着光辉："我问完了，你有什么问题吗？"

众人目瞪口呆，看着两人你来我往地打着哑语，完全不知如何插嘴，当了许久的看客，甚至连看客都不如，因为看都看不懂，连叫好鼓掌的资格都没有。禅师问完了？她问了什么东西啊？她不是来了解占武的事情的吗？这奇奇怪怪的一堆话语，都了解了什么啊？！

占武忽而微微眯眼，道："除了运气，你是否一无是处？"

众人又惊,居然敢这么鄙视禅师?难道是在报复禅师刚才呵斥他?

禅师不仅不怒,反而笑道:"这是谁问的问题?"

"你自己。"

"那我会反问自己一个问题,什么叫运气?"

"答。"

"难易之相,成也。成败之相,用也。无人无我即无用。"

占武皱着眉头略作思索,又微微点头。

禅师接着道:"更何况,我不起这个念头。"

"那你岂不是完美女人,没有弱点了?"

"缺些历练,不如你有开天辟地之能。"

"各有千秋。"占武淡淡一笑。

禅师也微笑。

结束了?众人不明所以,木讷地看着两人。学神就是学神啊,根本不说人话……大家都是来旁观看热闹的,结果却落得什么都看不懂。这聚会就要莫名其妙地结束了吗?

"等一下!"妖星忽然高声喊道,"占武,我还有问题问你!为了找到你,我可花了不少功夫!"

第三十三章

人物传——妖星

在最严重的时候,他会从梦魇中惊醒,满身虚汗,关节处仿佛还有刺痛感残留。
"千相,你该睡了。"父亲说。
"我不睡!"他倔强地喊道。
"该睡了。"
"我不睡!"
"睡眠是进入另一个世界玩耍呢。"母亲说。
是的,另一个世界。
鲜艳的光明,生硬的笑脸,僵直的肢体。另一个世界的美好背后隐藏着巨大的不安。
我不能睡!
漆黑的房间里他躺在床上,睁大眼睛,瞳孔里射出光芒,以一己之力对抗着世界。
可他终究抵不过那逐渐浓烈的困意,缓缓闭上了眼,又一次进入那世界。

(背景音乐:*Extinction*)

啊,洁净规整的世界。
高楼林立,街道纵横,人群来往,车辆穿行,一切井然有序。十字路口处车辆的行进像齿轮一样严丝合缝,人行道上路人的弯转如机器般快速精准。
不幸者脸上表现出悲伤,一努嘴,嘴角下压,眉头微皱,眼皮下垂,细节到位。
幸运儿脸上拉扯出笑容,嘴角上扬,眼睑收缩,眼角尾部鱼尾纹起,动作精准。
"欢迎你来到这个世界。"声音响起。
他惊恐,四处张望,却不见有人。
"我无处不在。"
那声音仿佛从天上传来,可是深远的天空里更看不见身影。
他紧张地狂奔起来。

"这里要慢行。"

他忽然慢下来。他想狂奔，却慢了下来，腿脚不受控制。

忽然，他可以奔跑了！他一阵欣喜，在街道上狂奔起来。

"此处右转。"

他向右转，继续狂奔。

"减速，停止5秒。"

那声音阴魂不散，仿佛追在他身后，要将他捕捉。

我不听，我不听，我不听！

他反而加速，向前方冲过去。

侧面路上冲出一辆车，将他撞得飞起。他重重摔倒在地面上，疼痛难忍。

"你当停止。"那声音仿佛露出鄙夷的目光。

他又站起来，死命奔逃。

"左转。"

他心一横，向右转去。然而他留了个心眼，放慢速度看街上的车——没有车！他奋力右转。

啪！他撞上一堵墙。仿佛是一堵气墙，看不见，却摸得着，撞得他生疼。忽然，那墙开始推动，将他逼回之前转弯的十字路口。他被气墙推得难受，一转身，向另一头奔跑。

"此处有公园，休息。"

他跑得太累了，不自觉在公园门口的长凳上坐下来。

"休息结束，去公园南门。"

这声音太讨厌了！他用力躺下，却被无形的力量拉起来，不得不开始奔跑。

他愤怒了，对着公园里的路人高喊："北门在哪里？！快带我去北门！"

路人脸上露出友善的微笑，与他一同奔跑起来："随我去北门。"

他们在公园里狂奔起来，穿过林荫小道，绕过花丛与水池，气喘吁吁地来到一个门口。

"北门到了。"路人微笑道。

"谢谢你！"他大口喘着气说。

"不用谢。"路人微笑，然后猛地一转身，姿势标准地走开。

"现在，进入对面商场。"

！！！

声音再次响起，他只觉得万分恐惧，又可恨。

他一回头，门牌上写着"公园南门"四个字。他愤怒地转向那路人，只看到他的背影。

忽然，他眼前一阵恍惚，再定睛看去，只见那人的后背吊满了绳索——挂着肩胛骨、腰、手肘、大腿、后膝、脚后跟……

目瞪口呆之时，他被推进商场。

"够了，下次再来。"

他猛然从床上惊坐起来，一夜无眠，思绪万千。

早上6点，父亲起床，他冲进父母房间里，喊道："给我报一个奥数班！"

他参加了奥数班，和班上的同学很快混熟，且成绩优异。

"我还要参加作文班！"

他参加了作文班，和班上的同学很快混熟，且名列前茅。

"我还要参加演讲培训夏令营！"

他参加了演讲培训夏令营，和夏令营的同学很快混熟，成为分队队长。

"我要参加英语口语比赛！"

他参加了英语口语比赛，和参赛的同学们很快混熟，拿了奖，赛后还和同学们有联系。

"我要参加少儿编程创意大赛！"

他参加了创意大赛，和参赛的同学们很快混熟，拿了奖，赛后还和同学们一起在线上做些小项目。

"我要去欧洲游学！"

他去了欧洲游学，和同行的同学们很快混熟，还相约日后一起去日本旅游。

"我要……我要……"

他不断地行走，满头大汗。

他关上房门，战战兢兢地拿出一张纸。

  张明意，四年级奥数市一等奖
  父：兰水市民湖路小学校长
  母：兰水市东山区税务局副局长
  秦菲菲，四年级奥数市一等奖
  父：方晶电子兰水分公司副总经理

  谢松云，四年级作文班班长
  母：兰水市长风传媒公司董事长

何方路，演讲培训夏令营有突出表现
父：文兴市索思佳科技有限公司创始人
蒋欣欣，演讲培训夏令营有突出表现
父：文兴市文华区交通局局长
刘泰禾，演讲培训夏令营最强对手
父：文兴市快图科技有限公司创始人
母：文兴大学信息学院副院长
叶千树，演讲培训夏令营最强队友
母：文兴市百辩律师事务所合伙人

刘竹韵，英语口语比赛市一等奖
父：兰水外事局局长
母：兰水经济开发区管委会主任
方圆，英语口语比赛市一等奖
父：兰水市上水区区长
母：兰水师范大学教育学院院长
李墨一，英语口语比赛市一等奖
父：封佳半导体兰水分公司高管、股东
母：兰水市人民银行副行长
李唐风，英语口语比赛市一等奖
父：兰水市流心房地产开发有限公司董事长
外公：兰水市兰水岸区区长

张勇毅，少儿编程创意大赛最强队友
父：文兴市云脑科技有限公司高管、股东
母：文兴市国师一附中数学教研组主任
余音，少儿编程创意大赛最强队友
父：文兴市天光科技有限公司首席工程师、国内知名光模块专家
母：地弘基金文兴研究所高级研究员
李长生，少儿编程创意大赛一等奖第一名
父：北京微纵生物科技有限公司创始人
母：文兴市人工智能研究所所长
张东海，少儿编程创意大赛一等奖第二名

父：文兴市国师一附中物理老师
母：长河证券副总裁、投行部总经理

唐汉长音，欧洲游学营中的优秀同学
父：文兴市四通外贸有限公司董事长
母：文兴市国学研究院院长
许云川，欧洲游学营中的美女同学
父：文兴市中南风影传媒有限公司高管、副董事长
母：演员、歌手
陆原野，欧洲游学营中的优秀同学
父：兰水市八达物流有限公司创始人
母：工商银行兰水市水岸路支行行长
刘雅郡，欧洲游学营中的优秀同学
父：兰水市宏安照明科技有限公司高管、股东
母：兰水市雅阁设计有限公司创始人
……

他好累，躺倒在床上，合上眼。

他在商场中，看见来来往往的人。他恍惚看见他们的后背上都吊满绳索，如同人形木偶一般。

满目的绳索让他心惊，他挣扎着要跑出去。

"左转。"声音再次响起。

他却愣住不动，因为他看到大街上的人，也个个身上吊满了绳索。

他被扭动着向左转。

女人推着婴儿车，腰上系着一根粗绳；

婴儿车里，稚嫩的手脚上连着细线；

男人挎着公文包，肩膀上两根透骨钉拴着绳索；

少女打扮时尚，头顶吊着花绳；

男孩挺拔健硕，手肘与膝盖绑着锁链。

……

"直行，到中间停下。"

他站在城市中心，看着千千万万的人，每一个人身上都吊满绳索，合着绳索的节奏一起一伏、一顿一停。

"回头，看你自己的肩膀上。"

声音再次响起。

他惊恐万分，大叫："不要！不要！我不要看！"

他极力挣扎着不要回头。

"看吧，看吧，看你的后背。"

"我不要！"他嘶吼着，奋力扭转脖子。

"看吧，看吧，看你的手肘和后膝。"

那扭动他去看的力量越来越强大，他在一点点地转头。

啊啊啊！！！

他从梦魇中惊醒，满身虚汗，关节处仿佛还有刺痛感残留。

他翻出纸张，猛然瞥见其中一排字：

　　常亭，四年级奥数一等奖。父：普通小学老师；母：家庭主妇。

他慌慌张张地打了许多电话、发了许多信息。几个小时后，他终于狠狠地闭上眼，接着神情颓丧地在纸上又补充了几行字。

　　常亭，智力测试149。父：北大数学系毕业生，创业失败后任兰水市东临小学数学老师。母，浙江大学本硕毕业，兰水市本地富商之女，房产25处。

他将一大张纸揉成团，塞到嘴里，狠命地撕咬、咀嚼。

"你疯了啊，怎么在吃纸啊。"弟弟诸葛百象揉着眼睛问。

他一扭头，仿佛能看见诸葛百象的后背上也吊着绳索。

他瘫靠在座椅上，眼神迷离，只剩一丝光亮。

他用最后一丝光亮盯着占武的眼睛。

"在你一生的成长之中，有过哪些外力帮助？"

第三十四章

诸神之会（下）

一棵青苗种下，阳光雨露，除草施肥，精心照料之后，终于长成大树。

妖星的问题问得有些突兀，不过道理也容易理解。占武有如此优秀的成绩，如此高强的思维能力，按理说必然是有巨大的力量帮扶的——某个名师指导，或者某些优秀长辈引领。

修远、陈思敏、罗刻等人平时只顾着惊叹占武的极端优异，却没有思考过此人是如何变得这般优秀的？或许是因为他们总是本能地默认，占武就是天赋异禀，天生智力高超吧。

"嗯？"占武瞟了妖星一眼。

妖星道："人的成长，是有强烈的逻辑可循的。要想成为优秀的人，必须有重要的助力才行，至于成为你这样的顶级学神，更需要诸多重要的支撑。我的问题就是，对于你来说，这些重要的支撑在哪里？"

"自己。"占武淡然道。

"……"妖星有些无语，但还是解释道，"我是说外部支撑。一般来说，最核心的支撑和助力应该是家庭和父母，这也是绝大多数有成就者的共性，他们都会从家庭中汲取重要的能量。"

众人听着妖星的话，逐渐高兴起来——因为能听懂了！刚才占武与禅师一番你来我往，众人都像傻子一般呆看着，并不好受。虽然预想大神交锋会和一般人有点儿不一样，但也没料到会一个字都听不懂啊！

而妖星的话显然就好懂多了。比如卢标，很多人都知道他出身很好，从小接触各种优渥的教育资源，还曾请一位特殊老师指导，于是有了他今天的成就。而卢标也知道，禅师今日的水平更甚于他，很大一部分原因就是禅师接受老师教导的时间更长、程度更深。叶玄一回顾班里排名靠前的同学，少有家境差的。其他人也回忆起自己从小到大身边最优秀的同学来，他们也多是家庭条件良好的。

那么，占武如何呢？

"所以，我想问问你，你的父母有没有构成你的支撑和助力？在哪些方面构成？"妖星道。

诸葛百象有些疑惑，妖星不是已经知道占武的父母是普通小市民了吗？上次那个叫张星望的家伙介绍过了。怎么，是不相信他说的话吗？

"没有。"占武淡然回答。

妖星又道："我需要再解释一下。一般人理解的，所谓家庭作为助力，是指父母是成功人士，能够给孩子带来巨大的社会资源和教育帮助。比如，能进行巨大的教育投入，让孩子一路上最好的培训班，请最好的师资，购买各种教育服务与扩展视野的人生体验等。

"这种情况虽然很好，但并不是唯一助力。有时候，父母一些表面上不起眼的特质，也能对子女构成巨大的帮助。"

"比如？"占武反问。

"我来举几个例子吧。比如，我曾经见过一个同学，他家庭很普通，母亲是个银行职员，父亲是个机械技术工程师，做机械检修的。他的家庭经济条件一般，从来没有给过他什么高端教育资源，但他父亲本身对机械特别热爱，从小带着他一起鼓捣各种机械——检修、组装、自制小玩意儿等。直接效果是，他对小学的科学，中学的物理、化学等学科特别感兴趣，成绩优异；衍生效果是，他培养了静心思考、研究事物、解决问题的习惯。

"在旁人看来，这种家长的小特质毫不起眼，甚至根本看不到——又不是什么惹人注目的豪宅名车，外人怎么能看到呢？但只有他自己知道，这个小特质对他的成长其实有巨大的帮助。

"再举一个例子。我的一个初中同学，女生，班级里中下游水平的成绩，初中在临湖实验的一个普通班里接近垫底，就连相貌也很普通，可以说是非常平庸了。但她有一种奇特的人格魅力，让几乎所有人都喜欢她。她温和而平静，待人友善而不卑不亢，有很强的感染力。她对人的感知力很强，能看到他人的幸福和悲伤，在别人幸福的时候为别人高兴；在别人悲伤的时候会真诚地关怀安慰。

"就这样，在以成绩为中心的教育环境里，她一个成绩在中下游水平的人，被我们选为了班长。在现在的高中班级里，她的成绩已经接近垫底了，却有无数朋友，男生女生都围着她转。

"有这样特质的人，即便成绩一般，上不了什么好大学，也可以预见，她未来的人生发展会很顺利，不管是职场还是婚恋生活都不会差。这也算是某种意义上的优秀了吧。

"而这优秀是从哪里来的呢？"

"从她母亲身上。

"我见过她妈，一个非常积极阳光而又成熟稳重的女人，从她妈看她的眼神都能够明显感受到，那种浓烈的母爱，如太阳一样温暖。她曾经向我提过她妈对她的教育——几乎全是正面的鼓励和安慰，而少有批评；如果她犯了错，她妈妈也会心平气和地与她讲道理，而不会粗暴地惩罚；她成绩一般，而她妈妈也不会批评她，会极为耐心地引导和帮助她学习，如果遇到了自己也解决不了的问题，就会去帮她和老师沟通——而老师往往也会被她妈妈的人格魅力感染。

"于是，这个平凡的家庭里，母亲那种并不会带来物质帮助的温和特质，就是她人生的重要支撑和助力。而这样的助力，又是一般人看不到的。"

二中的众人听着妖星的话，不禁陷入思考。陈思敏回忆起自己家庭虽然并不富裕，普通家庭而已，但父母对自己也是关爱有加，尽可能地给自己提供教育资源，请家教等——自己当年还很不愿意去补课呢！亏得老爸好说歹说，磨她的性子，勉强把她劝了过去。这还过得去的成绩，很难说没有父母的功劳。

罗刻想起自己贫困的家庭，作为农民工的父母，对自己有任何帮助吗？但他想起自己唯一拿得出手的优点就是那种坚毅、勤奋的性格，这与父母的言传身教也有关吧？他也记得每次父亲出门打工临走时握着他的小手，眼中那强烈的关爱和不舍，多少次都是含着眼泪转身离开。他能有强烈的动机去为改变命运而奋斗，而不是自暴自弃，父母的爱是否就是其中关键的精神支撑呢？

众人思绪纷飞，心中各自感慨，却听见占武冷冷地说了一声："没有。"

"这也没有？"妖星不信，还有些着急了，"你好好想一想，难道父母和家庭就没有给你任何支撑吗？我相信你肯定知道我在说什么，物质的，精神的，总会有些帮助吧？总有些重要的、美好的品格在的吧？"

"物质方面，我还活着，没有被他们卖掉，这算不算一个支撑？"占武冷笑道，"不过需要说明一下，这主要是我考上好学校能帮他们赚钱的缘故，比卖了更划算。他们喜欢打牌、搓麻将，这点儿账是算得明白的。精神方面，两个品行不端的渣滓，赌博的时候玩得刺激了大约会有些精神。"

"你……"妖星很不愉快，觉得占武这是在故意隐瞒，毕竟自己也没有真正的读心术，就算占武隐瞒了他也不会知道。

陈思敏、修远几人听了占武的描述倒是吃了一惊——被父母卖掉？品行不端的渣滓？这是什么情况？占武的父母有那么不堪吗？

妖星深吸一口气，勉强继续道："好吧，暂时不计较这个了，接着往下说。

"成长为一个极为优秀的人，必然需要极为重大的外界帮助，按理来说应该是要从父母这里汲取主要养分的。但也有些情况，机缘巧合，这重大的助力会来自其他地方，比如学校、老师和同学。那么,这些因素中有没有什么重大的助力呢?"

"初中我上的是长隆实验,这学校各方面还行。"这次占武倒是直接承认了。

然而妖星反而不满意了:"我说的不是这个!这个帮助太宽泛了,没有个人特色,而且……"

占武突然道:"如果你要问个人特色的帮助,初二升初三补课的时候,有个校领导把他在学校里的房子借给我住了,我每天省了一个小时在路上的时间,持续到初中毕业;还有,从初三正式开学起,学校给了年级前十名一张饭卡,可以到教师食堂去随便吃东西,我用这卡免费吃了一年。这该算是有个人特色的帮助了吧?"

占武忽而淡淡一笑,道:"你想找的就是这个吧?"

占武居然会笑?二中众人有些诧异。

谁知这难得的笑反而让妖星更加生气了。

"我说的不是这个!你初一的时候已经是顶级学神了,初三时候学校给你的种种福利根本不是你成长过程中的重要原因!

"要找根本原因,必须返回你的小学阶段,在那个阶段,在你还没有成为顶级学神之前,有没有什么老师和同学对你提供了重大帮助的?"

"没有。"

"你别回答得那么干脆!"占武的回答越简洁,妖星越生气,"好好想想!"

"小学上的是一个垃圾学校,老师差,同学坏,没什么好想的。"

妖星听得心浮气躁,严重怀疑占武根本没认真想,在应付他。

"你小学读哪个学校?"

"纺织路二小。"

纺织路二小?这是哪个学校?妖星看向卢标和叶玄一,两人一耸肩,表示根本没听说过。

"纺织路二小,是不是前几年刚刚拆除的那个学校?"夏子萱忽然道,"我二叔家在那附近,小时候去他那里玩会路过那个学校,破破烂烂的,好像前几年拆掉了。"

"哦?破破烂烂……听名字应该是个很老的学校。但学校新旧和师资力量强弱没有必然关系,这学校教学质量怎么样呢,你知道吗?"妖星问夏子萱。

"不太清楚……不过应该不怎么样吧?因为我记得我二叔有时候拿那个学校吓唬我堂弟,说再不好好读书他就会变得跟那个学校的学生一样差了……"夏子萱回忆道。

看来学校是真的很差了。"可是,再差的学校也有好的老师吧,如果运气好,在差学校里面遇到特别好的老师,也算是重要的助力嘛!如果老师优秀而又特别负责,是会对学生造成重大影响的。尤其是一些老派的传统老师,有时候简直把学生当成自己孩子一样关爱的!"妖星还不满足。

"没有。"占武还是那两个字。

修远忽然插了句话:"那会不会是在其他地方遇到一些特别的老师?就是……就是校外之类的……"

"你是说培训班吗?"妖星问。他又转向占武:"对,你有没有上过什么培训班?遇到些很特别的老师,对你有重大影响的?"

"没有。"

"有时候培训班之外也有些特殊的老师……"修远又补充。

这倒是让其他人奇怪,学生能在哪里碰到老师?要么在学校,要么在培训班啊,还能在哪里?

占武瞟了修远一眼:"你指望从天上掉下来一个吗?"

修远耸耸肩,心想:有时候去湖边走走也能捡到一个嘛……不过他没有说出口。

"那其他人呢?比如有没有什么亲戚、朋友、长辈等,在某些特定条件下起到了一个优秀老师的作用?"

"没有。"

妖星深吸一口气,盯着占武的眼睛,微皱着眉头。他极度怀疑占武在隐瞒或者应付,却拿占武毫无办法。

"同学和同伴中,有没有对你影响特别大的?"妖星只得继续问道,"虽然这个概率已经很低了,但鉴于你执意声称父母、老师都不构成你的助力,那就不得不考虑这种渺小的可能了。"

同学、同伴能够支撑起一个人成长为学神?似乎不太可能啊。如果周围的环境里全是顶级学神,你长年累月浸染其中呢?那样又有可能吗?其实妖星心想:即便这样也不太可能,同龄人的力量再强大,也不至于能够起到替代父母的作用,展现引导人生这种级别的力量——除非你的朋友全是禅师这样的神人,而且愿意尽心尽力地帮你。但那显然是不现实的。

可是,即便有微小的可能也必须问一问,没有父母、师长的引导和呵护,没有同伴的强力帮助,绝不可能成长得如此出类拔萃。

妖星用力瞪着眼睛——占武,给我点儿什么吧!

"记得小学时期经常有人霸凌我,影响特别大。"占武又盯着妖星的眼睛,露出一丝轻蔑的笑。

妖星简直要疯了,猛地站起来怒吼道:"那你还有什么可能?难道看了什么奇书让你顿悟了?!还是吃了天上掉下来的仙丹?!"

"奇书的话,教辅书行不行?记得小时候喜欢把剩饭搓成团子吃,算不算仙丹呢?"占武越发戏谑起来。

毫无尊重！妖星几乎无法忍受，只剩下最后一点儿冷静。

"难道就靠你天生聪明、天资卓越？你是智商 200 吗？就算是真的天才，也不可能脱离环境的辅助而单独成长起来！"妖星大吼。

"没测过智力，不过小学一二年级的时候数学就能考到 80 分以上，应该还是挺聪明的。"

80 分？以小学的课程难度，80 分已经是倒数了吧！几乎所有人都开始强烈地疑惑起来，天赋异禀的占武，被视为超级天才的占武，怎么可能有这样的先天智商呢？

于是几乎所有人都同时开始怀疑起来，占武一定是出于某种原因，在故意与妖星斗嘴呢。

妖星这时反倒冷静下来，道："人的成长绝对无法脱离环境的限制。想要成人，就得有正常的环境保护与支持；想要成为优秀的人，就得有超常的环境保护与支持。越是优秀对外界的需求就越高！而在一个完全黑暗的绝望的环境里，连成为一个正常人都难，要成为顶级学神，根本不可能——这就是人成长的基础逻辑。任何人，都不可能逃离这个逻辑而存在。

"占武，我早就各方打听过你了，各种传言，说你家庭如何黑暗，父母如何道德败坏，学校环境如何脏乱，老师、同学如何险恶，仿佛一生都在黑暗里，毫无希望，然后你就莫名其妙地成了一个学神？这根本不可能。命由天定，相由心生，关于你的传言根本不可信，因为命运的逻辑不是这么安排的。

"所以我推断，你一定在某些地方有过巨大的辅助力量，绝不可能是传言中的一片黑暗。所以我来找你求证，没想到你刻意回避、百般隐瞒。但不论你怎么隐瞒都改变不了我的推论——在不为人知的地方，你一定得到过巨大的帮助，有强大的有利环境支撑你成长到今天的水平！这就是，人的逻辑！"

占武面色平静。

"没有。"

▶ 第三十五章 ◀

人物传：占武——骨相篇

我为什么还活着？

因为我，有无穷无尽的憎恨。

12岁，身高133厘米，体重31公斤。

他的眼神里充满憎恶，眉头紧蹙，时常紧咬着牙，嘴角肌肉抖动。拳头紧握，指甲掐进肉里。他的身体里全是黑暗的气息，浓郁而凝重。

他带着强烈的憎恨，恨父母，恨欺辱他的同学，恨整个世界。他翻开书，带着憎恨；他拿起笔，带着憎恨；他坐在教室里，带着憎恨；他走进卧室关上房门，带着憎恨。

这憎恨给他巨大的力量，黑色的气息如同石油不断燃烧。他要上长隆实验初中，他需要学会高难度的奥数题，而他没有奥数老师，甚至没有一本奥数教辅书。

他静静地吃饭，冷眼瞟见卧室里的母亲将几百元钱塞在床单底下，然后拿枕头一压便出门去了。他已经下定了决心要去偷一张出来。他知道几天后一定会被发现，一定会挨打，他忍不住颤抖起来，心里充满犹疑和恐惧。然后他用憎恨驱散了那些恐惧，恶狠狠地咬着饭粒。他等到父亲去上厕所的工夫，紧握着拳头悄声冲进父母的卧室，揭开床单，抽出一张一百元，又照原样恢复好床单和枕头的位置，掩好房门，回到餐桌旁吃饭。

起初，他心跳加速，手心微微出汗。随后，他以憎恨为源泉，恢复了冰冷的镇定。

（背景音乐：*Pilgrimage*）

他将奥数辅导书放在桌面上，皱眉盯着一行行的字。那些最简单的例题他看了个半懂，稍难的公式就不知所谓了，而高难度的衍生题则学得一塌糊涂。他的数学老师不仅态度恶劣，而且教学水平低下，连普通的课本和试卷都讲解得模糊。他知道外面的奥数班至少二百元一节课，他听人说奥数内容和数学课本上的不一样，必须要有老师教，自学根本学不会。起初他不信，他以为那是别人故意夸大难度。直到他翻开书，看见一行行狰狞的公式。

在高难度的知识面前，他全身被无力的绝望笼罩。他憎恨奥数，憎恨他无能而恶劣的老师，憎恨苦难无穷的命运，最终，他憎恨自己。

即便他看不懂，他也必须看懂。

即便他的大脑根本不聪明，他也必须让大脑强行加工完书上复杂的信息。

他紧紧盯着那些公式和原理，反复思考，一遍、两遍、三遍。

他感觉心烦，忍。

他感觉困倦，忍。

他感觉大脑难受，忍。

他将全部的注意力都投入到奥数书本中，仿佛规模宏大的军队扑向强大的敌人。他一行行地细想那些题目，乃至一个字一个字地深究，誓要挖掘出其中的玄机，仿佛铁血军队不惜生命地厮杀。士兵一个个倒下，嘶吼或者哀号，血光四溅，而他咬牙切齿、怒目圆睁，眼白里泛着血丝，牙龈渗出血。

不准输，不准后退，他将大脑逼迫到极限，要以生命的一切残存力量转化为大脑理解这可恨题目的力量。士兵一批批地阵亡，却又源源不断地涌出，让人疑惑这是从哪里集结出的兵员。正疑惑着，却又感到那士兵有些异样，过于凶猛善战而异于常人。定睛看去，却见那并不是人间的面孔，分明是从地狱深处召唤出的黑暗亡灵，挥舞着黑色的刀剑，释放出仇恨的嘶吼。

他长久地沉浸在奥数书本的世界里，终于，生命燃烧出的黑色火焰，一点点地吞噬掉佶屈聱牙的文字。

他已经能磕磕绊绊地做出大部分奥数题了，但他决不满足，决不就此停住。他不知道究竟要考多少分才能进入长隆实验初中，他不知道那些家庭和睦、智力高超、在师资强大的重点学校上课的学生是什么水平，他迷茫，迷茫生出焦虑，最后焦虑又被憎恨湮灭。他下定决心，不管他人如何，自己一定要奔着满分学。他必须更加熟练，他必须能够稳妥地拿下所有的难题。

他发狠，要将3本奥数辅导书的所有题目全部做完。

太难了，太多了，他定下了上述目标，看着3本厚厚的辅导书又生出犹豫。根本没法完成，根本不可能做得完吧，他心里充满无奈和悲伤。那无奈和悲伤如此熟悉，是他生命的底色，是他命运的日常，是十几年来不断消磨与吞噬他的吸血鬼。他再次握紧拳头，咬牙切齿，露出要吃人的可怕眼神，发出歇斯底里的怒吼，狠命地捶打着墙壁。憎恨啊，这可恨的命运，他从骨头里再次爆发出憎恨的力量，穿透了无奈与悲伤的薄膜。

昏暗的灯光下，时间停滞，他与窗外的黑夜融为一体，一样的黑暗，一样的寂静。他冲向一道道难题，带着仿佛无穷无尽的力量。他必须拿下每一道题，可他又没有时间完全做出每一道题。在寂静的黑夜里，他的大脑爆发出巨大的力量，文字透过眼睛直接印入大脑。他忽然意识到，他不需要完整写完所有题目的过程，他只需要确定这道题是他会做的就够了，即他只需要快速看题就够了，如果是确认已经会的就可以略过，没有掌握的才需要进一步下功夫。而他的大脑已经在无数次惨绝人寰的磨难中练出了精细思维、精准识别题目的能力，他只需要一眼扫过就能判断题目的关键点在哪里、是否掌握了。

他飞快地翻阅着纸张，瞪大眼睛，眼神中有锋锐的力量，眸子的颜色一如往常。

他感到兴奋，他意识到这些奥数题已经不会构成他学习的障碍了。他的手脚略微发热，几个月没感冒和发烧了，手脚上的水疱缩小，腿上溃烂的皮肤结痂，红疹消退，皮肉里透出力量的气息，意志坚定。

他又从其他老师那里打听到消息，说重点初中的招生，需要额外考查数学、语文和英语，其中数学的考查为奥数，英语的考查为面试时的口语对话。

他听到消息不禁恐慌起来，刚刚拿下了奥数，转眼又遇到英语的麻烦。如果是平日的英语试卷，他大概没什么问题，可他偏偏遇到了英语的口语面试！因为这刚好涉及了英语学科里他最弱的两个环节——听力和口语。

这所三流的小学里，英语老师的口语带着奇怪的口音，学生也从不做听力练习，只是每日背单词、做试卷而已。他从公交车上大人的对话里听说重点小学里有专业外教陪练口语，甚至还有专门的英语戏剧、话剧选修课来提高口语水平；他从走廊上碰到的教育局巡查的人那里听说重点小学里的英语正课也特别注重口语训练，经常做分组讨论、对话练习，还有模拟电影课；他又从校门口卖早点的老板那里听说，有钱的人家会给孩子报课外英语辅导班，也有很好的老师陪练。

而现在，他要以一己之力与上述所有竞争。

他感到后背一阵僵硬，手脚快速降温，呼吸不畅，似乎鼻根处又塞住了。

没有人跟他练口语，他于是自己练，无数次地重复朗读，苦练。他的数学就是这么硬生生磨炼出来的。可是自己读并不能保证口音标准，更不能促进听力，更找不到那种与人对话交流的感觉。

他没有老师，没有同伴，甚至没有智能手机和电脑这样的音视频播放器材。他想过找父母要一部手机，但能得到的无非是一顿臭骂，跟他说没有。他又想拿父母的手机来用，可是他们经常夜不归宿，手机也带在他们身上。

他愣愣地坐在书桌前，不知道怎么办才好。

入冬了，他的感冒开始复发，频繁地鼻塞，有一次居然恶化成了肺炎，剧烈地咳嗽，万箭穿心般地刺痛，咳出浓痰和血。咳嗽又带出他的头痛，那是一种神经抽痛的感觉。他开始驼背，身形不正，有一次路上碰到两个同学的家长，一个家长瞟了他一眼，对另一个家长说："那个小孩是不是有点儿脊柱侧弯？"

他想：怎么才能解决英语听力和口语的问题？

他想得出神，躺在床上想，一边吃饭一边想，一边走路一边想，然后撞到了一个同学。

"你眼睛瞎了啊！"那个高大的同学愤怒地一推他，他踉跄两步然后摔倒在地。不仅摔得生疼，甚至崴到了脚踝。

他被送到了校医务室，校医给他做了简单的处理，惊异道："这怎么会崴到脚？哎，这小孩骨头怎么这么细？你这要到医院去拍个片子，现在还看不出来有没有伤到骨头。应该是不会的，但你这骨密度也太低了……"

他躺在医务室阴暗的床上，浑身虚弱无力。我还能上重点中学吗？我还能去长隆实验吗？一个又一个的障碍连绵不断，无数次挣扎也挣脱不了命运的网，他逐渐感到疲惫，力气耗尽，皮肉虚弱，两行眼泪顺着粗糙暗淡的皮肤流下来。

他又开始恨，咬牙切齿地恨，恨他今日的伤痛，恨破败的学校与家庭，恨这一生里无穷无尽的苦难。恨到极处，仿佛又有黑色的气息从骨头里渗出来。他猛然从病床上坐起来，忍着痛走出医务室。

他一瘸一拐地在学校里闲逛，浑身发热，嘴里是血腥的味道。不知逛了多久，他走到学校食堂里，找了个座位休息。一抬头，是食堂里的破电视，正在放一部英语动画片，大约20分钟长短，下面配了中英字幕，循环播放。他忽然灵光一闪，想到了自己口语和听力的困境，眼睛里放出光来。

他找食堂阿姨问，得到消息，食堂每天晚上放学后一直到晚上8点，都在放这部动画片，已经好几个月了，没换过，因为只有这么一组视频可以放。

从此，他每天放学后不再及早回家，而是背着书包走到食堂，跟着那破电视的英语动画片反复听读。

他看那影片，紧紧地盯着看，用力地把每一个句子和词语都收入脑子里，再配合上人物的动作和表情。

他反复跟读，十遍、二十遍，想要和影片上的声音一模一样，就连语气、语速都要一样，因为只有这样才是标准的、没口音的，他只知道这样一种方法。

他用尽了全身的力气记住那影片的所有细节，仿佛要与它融为一体。晚上睡觉前躺在床上，他逼迫自己回忆影片，所有细节都要想到，故事情节、画面、声音、单词、语句……他不允许自己忘记任何细节。遇到那些模糊的地方，他用力地掐自己，仿佛疼痛能让他回忆起来一样。他的大脑不断地重复所有细节，强忍着累，一遍又一遍，每晚都是在极端的疲惫中昏睡过去。即使晚上睡觉时，梦里都是影片的画面和台词。

除了周末放假学校不开门外，每一天他都是如此度过。在无数次的重复之后，他闭上眼睛就能回忆起影片的细节，听到说台词的声音。他想：这应该是标准的英语听力和口语了。

在长隆实验初中的小升初考场上，他忍不住心怦怦直跳。

这里是，全市并列第一的优秀初中。

这里有，温柔而优秀的老师。

这里有，友善而积极的同学。

这里有，无边的光明与希望。

他忍不住流下泪来，回忆起所有的痛苦与委屈，所有的黑暗与绝望。

阳光从窗户斜射进来，打在他的脸上，一半光明，一半阴暗。他就夹在光与影的中间，在过去与未来的分野。

他颤抖着手，完成了所有的奥数题，写完了作文和英语语法题，就连后续的英语口语面试，他也轻松过关，老师讶异于他的口语流利。

他以高分进入了长隆实验初中，在那金黄色的9月。

"哇，哪来的小矮子？是侏儒吗？"一个高大的男生惊叫道。

全班哄笑。

他怔住——为什么与我想的不一样？美好的初中打开大门，一切却仿佛回到原点。

他后来才知道这男生是某校领导的亲戚，后来才知道由于某些不成功的学校改革，这是长隆实验初中管理最松散、纪律最涣散的一届。

然而他当下就知道，一切都没有结束。他继续着自己的憎恨，推动着自己前行。

他成了班里被固定嘲笑和欺辱的对象，而且又与小学时不同。在那所腐烂的小学里，欺辱他的学生是直白的物理和语言攻击，而在这里却是经过精细包装的伪善。他透过那些看似和善的眼神看到他们内心深处的鄙视与厌弃。他们孤立他并冷眼旁观，他们捂嘴低笑又假装温文尔雅。他们比小学时的恶同学聪明得多，决不在老师面前表现出半点儿异样，一切看上去风平浪静的样子。

那些恶意让他悲哀、绝望，让他快速虚弱，他只有憎恨，只有不断从骨髓深处渗出的黑色力量。

他终于了解到，这是长隆实验初中的普通班，初一下学期会根据成绩再分实验班。他想：如果能进实验班，或许环境又会有所改变吧？然而他已经不敢奢望。他又了解到，长隆实验初中的优秀学生会进入临湖实验高中，最优秀的人甚至能进入实验班。那是省级的重点高中啊，那必然是人才济济的地方，无论老师还是同学都是。

他还想到自己当年进入临湖实验初中部的梦想破灭，如果能进入临湖实验高中，也算是梦想的复活了。

而那里，才会是生命的起点。

他掂量着，那黑色的力量，足够他走到那里。

父母依然在赌博、吵架、打架以及对他的怒吼与攻击中生活，同学依然在对他的戏谑、讥笑与漠视中度日，情绪的波动叠加难度更高的知识点让他疲惫不堪。他在最恶劣的环境里用最高标准要求自己，因为他要进实验班，要进临湖实验高中。而这一切又让他无比痛苦与折磨。

终于有一日，他突然崩溃。没有什么特殊的原因与刺激，仿佛长久过度负荷的桥梁终于垮塌。他产生了自杀的念头。

他感到自己产生了自杀的念头。

他在脑海中静静地感受这死亡的气息。他第一次清醒地意识到自己距离死亡并不遥远。

他想到了临湖实验高中，想到了新的起点，真正的起点。他闭上眼，开始憎恨，然后站起来。

从此以后死亡的气息与他缠绕得越来越紧密与频繁。

又一次，在巨大的困境前他开始怀疑生命的意义，然后用力逼退这个想法。

再一次，他搜刮出滔天的愤怒与仇恨让自己强大起来，在力量退去后一股无比宏大的绝望与痛苦涌出，他仿佛离死亡如此之近。

他开始长期活在生死的边缘。每一日，死亡的念头不断地涌出来，然后他用尽力量将它们驱散。

他的手脚冰凉，肠胃坚硬凝滞，横膈膜处僵硬堵塞，仿佛从骨头到五脏六腑都散发着寒气。手脚上的水疱一时生起一时消退，大腿内侧的皮肤一时溃烂一时结痂，但拉长了周期看，总还是在逐渐恶化。驼背越来越严重，肩颈僵硬，大脑的神经抽痛也越发明显。他甚至会因为手指关节的寒凉与刺痛而突然握不住笔。

他进了实验班，还不够；他又成了实验班的第一名，还不够；他要继续扩大优势，保证自己即便到了临湖实验高中也能去实验班。

他感到自己的生命力越发衰弱。

他又感到生的希望越发浓烈，生机勃勃。

初二下学期，学校开始为体育中考做准备，组织集体锻炼。

骨骼纤细、瘦弱的他，第一次锻炼就出了问题。膝盖咔的一声响，骨骼出现裂痕，略微错位。

他感到生硬的寒气从骨头里透出来，几乎已没有力量的感觉。

因骨折、骨裂等问题导致无法参加体育中考，经有效文件证明后，按照全市体育中考平均分给分，这是兰水市的中考规则。

所以这伤病对他考临湖实验高中并没有影响，这是他的第一想法。

然而骨头的伤病确实又给他带来了巨大的额外的痛苦，他用微弱的憎恨支撑着自己。

6月中旬，全市中考，他们给初三学生腾场地中考。中考完的那一天，他从学校门口路过，还看见各个高中的老师提前跑来长隆宣传自己的高中，招揽优秀学生。他看着那些中考完毕业的学生，心想：明年今日，便是我生命的开始。

兰水市的气候，夏日多暴雨狂风。一时阳光普照，一时又乌云压顶。这一天早上还看得见些许太阳，到中午时分就阴云密布、狂风大作，眼看着就有一场雷阵雨要来了。他坐在食堂的窗户边，看着窗外在风中剧烈摇摆的小树苗，缓缓咽下廉价的饭菜。

在教室里午休时，他忽然看到一个身影推门而入。

居然是他的父亲。

父亲激动地招呼他出来，把他拉到门外走廊的角落里。

父亲的脸上绽放出笑容，兴奋得手舞足蹈："我刚刚听一个初三的家长说了，兰水二中，给全市中考前十名的学生二十万奖学金！就算没进前十名，只要过了临湖实验高中分数线的，去他们那里，都有钱，钱多钱少的问题——你！给我好好读书，明年就去兰水二中，一定要拿奖学金！"

轰！

他的大脑突然陷入一片空白，手脚冰凉而无力，鼻腔似乎塞住，咽喉哽咽，胃部开始痉挛。

他的父亲已经决定了，他知道，这种涉及钱的问题，任何反抗都没有用了。

他或许该哭，但他哭不出来。

他想要憎恨，但憎恨也消失了。

他回忆起所有的痛苦与折磨，像狂风撕裂单薄的纸张，身体的每一个细胞、大脑的每一根神经都在刺痛。

他看着父亲离去的背影，心想：一切都结束了。

他挪着步子，绕过教学楼的消防门，穿过楼顶的维修通道，来到教学楼的六楼楼顶。

他一瘸一拐地走到楼顶天台的边缘，面无表情，又似乎在麻木的面孔下伏着无尽的绝望。他站在天台的边缘，摇摇欲坠，狂风不知何时就会将他吹落。

他感到生命的元气已经消磨干净，骨骼已经掏空，连最后一丝憎恨都用完了。他枯萎得如同纸张燃烧后的灰烬，将在风中湮灭。

他抬起头来看阴云密布的天空。

一切，将要结束了。

第三十六章

天地狂歌

"没有。"

无论妖星怎样追问，占武只是这一句淡然的"没有"。只这两个字，却决不能让妖星相信，在他的生命里没有任何强大的外力支撑。这不符合人的逻辑。

妖星感到愠怒，却又不知如何发作。他笃定了占武是在故意隐瞒，而他却毫无办法。他可以猜测，或许那至关重要的辅助力量，涉及了占武的某些隐私，因而他需要藏匿起来；大约是让占武感到难堪或脆弱的东西，不可对外公布。他能够理解这样的情况，但无论如何，他煞费苦心地筹划了这一场会面，乃至长时间对他的追踪，所有精力与时间的投入都付之东流了。

他失望了，扭头看看卢标。卢标也在思考相同的内容，只不过不如妖星那般笃定。他想不通占武何以如此强大，想不通在一片黑暗中他何以能爆发出如此剧烈的光明。可他心里又对那超越自己理解的奇迹可能发生抱有一丝希冀，他想：或许占武真的就没有任何外界辅助，完全靠自己走到这一步呢？

他忽然想到当年在老师那里上文化通识课时一个不经意的小细节，细微的印象不经意间从记忆的沟壑里浮现出来。

"什么是'独觉'？"他随口问。

"无人可问，无书可查，外观内思而自悟。"

那时他想，这样的人真的存在吗？

现在他想，这样的人真的存在吗？

他看向妖星，目光相触，然后一摊手，轻轻摇了摇头。妖星又扭头看向禅师。

禅师微笑着看向妖星，又看了看卢标，然后微笑道："找到了吗？"

找到了吗？

这没头没脑的一句话，不知是对谁问的，也不知是问的什么。可是妖星与卢标的心头却各自掀起一点儿波澜——只是那么一点点而已。

那波澜是春风骤起时水面上的涟漪，撩动心弦，却又细微而不明所以。妖星看着禅师的眼睛，愣了愣，问道："你觉得他说的是真的吗？有这种可能吗？"

旁边叶玄一能听懂两人对话的意思，但从未在命运上经历磨难也没有对此深思过的他，似乎无法理解妖星在此事上的纠结。他看了看占武，又看了看妖星，不明白妖星那眼眸中剧烈的情感波动从何而起。

那一头夏子萱、陈思敏、百里思几人，更不明白对面妖星为何格外地执着于占武是否有外力帮助这一点。他们心里想的是，偶尔出现一个天才不也很正常吗？那人怎么这么不相信呢？占武也完全没必要骗我们嘛。只有在命运里挣扎过的修远恍惚间有一丝的感同身受，模糊意识到，妖星所纠缠的确实是一个值得纠缠的问题。然而他的感悟与占武并不相同，他是明显得到过强烈的外力帮助的；他的执着与妖星也不一样，他不是人类命运的长久观察家，他刚刚开启了一段探索的旅程。

舒田安静地坐在修远旁边，从禅师与占武的对话开始就不知他们在说什么了，这会儿只是感到场上气氛凝重，该是在谈论些非常重要的事情。

舒静文安静地坐在占武身旁，忽而能够部分理解妖星的执着，仿佛妖星的疑惑与她的爱慕同宗而来。可是爱慕背后的东西，从前只是一股模糊的感觉，如今被妖星点明，逻辑逐渐清晰的时候，人物又仿佛陌生了起来。

她忽然明白，她其实看不懂占武。

她忽然也明白，她其实看不懂自己。

场面诡异的安静，无人说话。诸神之会，将要结束了吗？众人不知这聚会有何意义，不知顶端的学神们交流了什么、有何成效。

妖星还在呆呆地看着禅师，想从她的眼里寻找答案。

（背景音乐：*Beyond the Stars*）

起初，世界一片黑暗。

生活在地穴中的人类探出头来，只看见低压的黑云。

云层与地面之间，狂风扫荡，暴雨倾盆。

蜷缩回土壤之下吧，那是禁锢也是归属。

让腐烂的气息渗入鼻孔；

让黑暗的形象进入眼眸。

啊，电闪雷鸣之下，却有人闪出洞穴，

向着那最高的山峰奔跑。

渺小的身体，佝偻的身形，

在山峦与巨石之下，手足如同脆弱的细线。
用狂风切割他，
用暴雨冲刷他，
用雷电劈裂他，
卑微的人类啊，退散吧！
让他皮肉开裂，
让他骨骼折损，
让他的灵魂被电闪雷鸣所惊吓！
山脚下的身影，渺小如蝼蚁；
山腰间的血迹，狰狞如地狱；
黑云缠绕在山峰的边缘，那是天空的分界线。
巨石坠落从他身上碾轧，
狂风席卷让他肢体飘零，
断臂残肢散落，他咬牙切齿，匍匐着穿透云层；
恶鬼的爪牙在身后拖曳，
神威的权杖在头顶敲击，
他已不是人形。
灰败的皮肤覆盖着肌肉，
溃烂的肌肉包裹着骨骼，
断裂的骨骼里渗出意志的髓，
骨髓燃烧，释放超越凡人的光辉。
他终于站在山巅，人类指向天空的最高点。

禅师的目光变得温柔若水，道："如果他没有撒谎呢？"
妖星怔住，手脚开始微微颤抖："你……你说什么？"
"为何不敢接受？"
"难道……你是说……"
"放它们离开吧，今日便是终结，你的悲伤与委屈。"
妖星的身体开始剧烈地颤动起来，大脑内嗡嗡作响。
"难道……真的可以……"他缓缓转向占武，牙齿打战，眼眸里是乾坤逆位、阴阳倒转的震惊。
"真的可以吗……"他的眼眶里泪水打转，"渺小的人类，真的可以挣脱自己的命运吗……"

占武一脸平静地看着妖星，岿然不动。

他盯着占武的眼睛，仿佛穿越了占武一生的时光，又仿佛穿越了人类一切的卑微与苦难，在无穷无尽的绝望之后，终于瞥见一缕光芒，耀眼而伟大的光芒。

他泪水止不住地奔涌。

"啊！"

妖星仰天长啸，又号啕大哭起来，十几年的悲伤、湮灭与不甘宣泄而出。

修远、夏子萱、陈思敏、罗刻等人震惊地看向妖星，完全摸不着头脑，为何这人突然就大哭起来？诸葛百象更为惊异，他一生中从未见过哥哥如此放肆地大哭。在他的印象里，妖星诸葛千相的行事风格应该是奇特诡异，时时透露出高人一等的感觉才对啊！这样惨烈的大哭，闻所未闻！

卢标和叶玄一也大为惊讶，对面占武则不为所动。只有禅师缓缓伸出手，轻抚妖星的后背。

"你为了什么而悲伤，为了自己的疑惑与不甘，为了凡人命运的卑微。"禅师轻声道，"而今你将解脱，以你的仁心与悲悯，在天地间寻得安宁……"

声调轻柔，语言和缓，妖星在禅师的喃喃细语中持续地放声大哭。

卢标看着妖星，感到无比震撼。他终于明白了妖星的执着与宣泄，也终于明白了自己和占武的差距。"凭什么而战……力量的来源……"他回忆起安谷问他的问题，不禁感叹，即便封号为"命运"的他，也并未得到逆转命运的力量。他忽然又想起曾经听过占武的同学张星望说的那句话——

"占武这种人啊，他活在这个世界上，让我看到他，就算是对我的帮助了吧。"

他今天才知道，这话居然不是夸张的恭维，而是事实。

他忍不住转向占武，看着他的整个身躯，只觉得身形高大，若通天地。

修远始终没有彻底明白占武、禅师、妖星几人的交流，但他却模糊地感到，这几人的水平都远在他之上，仿佛妖星的号哭之中也有高深的境界。他看着他们，仿佛仰望天空，心中无尽感叹。

总有一天，我也当成为这样优秀的人啊！

许久过去，妖星的哭声才逐渐平息。他抬起头，通红的眼睛紧紧盯着占武，要把那伟岸的身形永远定格在自己的大脑中。他模糊回忆起曾经听父亲说过的小众知识，据说有人能够在先天生命力不足的情况下，强行而精妙地调用负面情绪的力量，燃烧生命本源，以愤怒为火种，以憎恨来凝神，极限逼迫出生命的所有潜能，强行杀出命运的血路。他也记得父亲说，这只是理论，他从未见过现实的案例。以毒转智，以杀养生，剑走偏锋，万里无一。

而今天，妖星却亲见了。

他一边流泪，一边又笑了起来。开始是微笑，然后笑出声来，放声大笑，宛若癫狂。众人又惊，不知他何以在一哭一笑之间转换得如此剧烈而迅速。

他大悲大喜，即生即灭，忽然心中念出几句话，那是他为"杀神"占武书写的颂歌——

我立于苍穹之下，

双手撕裂天空，两足肢解大地。

光明照不到我，黑夜吞不掉我。

偏白日如炼狱，孤星似灯塔；

山直水绕，竹韧风狂。

我命若惊涛，

气如烈焰，

百兽嘶吼，

天地为我狂歌！

第三十七章

不够高效的方法

诸神之会终于结束，占武与禅师互留了联系方式，随后占武率先离去，舒静文也跟着离开。妖星情绪大起大伏之后，依然留在原地休息，卢标、叶玄一和禅师陪在他身旁。兰水二中那边的修远、舒田、陈思敏、夏子萱等人仿佛还有所眷恋，也暂时没有离开。

妖星一脸疲惫，却又满眼的空灵，抬头仰望天空。弟弟诸葛百象站在一旁呆呆地看着他，不知在想些什么。

"占武……占武……"妖星低声喃喃道，"我终于找到你……"

"满足了吗？"禅师微笑道。

"原来命运的牢笼可以挣脱，原来凡人的逻辑不能束缚强大的神灵，原来神灵就在凡人之中……我该满足了啊，我该满足了啊……"

卢标忽而问道："然后呢？这一个心智的结终于解开，又会带来怎样的改变？下一站该去哪儿？"

是啊，一个心结解开，会对人造成怎样的影响呢？

"是欲望被满足后慵懒与停滞，还是去寻找新的方向甚至力量？这样的寻找又会有多长时间的迷茫……"

卢标的话又忽然被妖星打断："可是这世上又有几个占武呢？"妖星一声叹息，两行泪水又顺着脸颊流下，"我在人类命运的桎梏里看到了一丝解脱的缝隙，可也只是一丝缝隙而已……"

又流泪了？诸葛百象心中震动。

禅师道："虽只是一丝缝隙，却能看见光彩万千，生机勃勃。"

"是啊，生机勃勃……"妖星带着眼泪笑道，"我当了如此久的人类命运观察者，寻找一个是或否的答案。今日虽然在占武这里得到了肯定的回答，但观察并不能停止，我还需要更多的答案，更大的窗口与光明，更大的生机。我要为凡人的命运，找到更多的出口……"

为凡人的命运找到更多的出口？卢标一愣，随即明白过来，妖星是在为众生而哭泣！这个人，一辈子都在思考可恨的命运是否能够被击败——这不是他为自己担忧，因为他的命运并非不好。就是说，他从一开始就在为天地众生而思考。他不断地疑惑，迷茫地寻找，简直变得痴狂，一切只为了一个答案：人啊，真的能够改变自己的命运吗？

历经无数艰辛和搜寻以后，他终于找到了，那是怎样的狂喜？可他立刻又想到，即便真的有人能够改变自己的命运，那也是无比艰辛，万里无一——那么剩下那么多人，又该怎么办？一转眼，却又立刻开启下一段旅程，所思所想，更是站在了为凡人的命运探寻出路的高度上。妖星啊妖星，我相信你总有一天，会再次找到更多的答案。

妖星啊妖星，我这一生，大起大落，起也是命，落也是命……我是封号"命运"，你却是要逆转无数人悲苦命运的人。纵然有再多的策略和方法，论人生境界，我终究不如你啊。

禅师也在心里暗自赞叹。这个小妖呀，没想到是无缘大慈，同体大悲，为天下不如意的命运而哭泣……

诸葛百象在一旁沉默不语，脑海中却思绪万千。他仿佛不认得妖星，不认得这个叫作诸葛千相的哥哥了。在他的印象中，妖星只是一个行事风格诡异的奇怪哥哥，一个总是开着不正经玩笑且时常捉弄他的哥哥，一个脑回路和兴趣异于常人的哥哥……他从来不明白妖星那诡异的风格从何而来，一度以为是他脑子有病。今日却惊觉，原来他是一个人类命运的观察家，那是他在以自己独特的方式观察着人类的命运。而观察的背后又是什么？是为人类凡俗的命运而悲鸣，是对人世间所有桎梏与痛苦的不甘，是自由，是博爱，是一个浩瀚的灵魂……

诸葛百象忽然跟着流下眼泪。

夏子萱看着诸葛百象的泪水不免诧异，不知他们兄弟二人何以纷纷落泪，但也能推测是各自有了一些外人无法理解的感悟吧。夏子萱看了看卢标，看了看妖星，又带着无比敬佩的神色看了看禅师，心中无限感慨。

天很高，风很大，云雾飘散，乾坤朗朗。

又过了许久，妖星一行人离开了，二中众人也陆续散去。修远留在最后，坐在亭子里，久久未动。舒田陪在他身边。

修远对诸神之会只看懂了少数部分，内心却有不小的震撼。在数年的淬炼中，他的精神世界本已经有相当的深度，今天却又见到更博大的世界，如黄河之见北海。这样震撼的心灵洗礼，一旦经历过以后，就再也不会忘却。

"他到底怎么了？我没明白啊，修远。"舒田轻声问道，"那个人干吗哭啊？还有他们刚才说的很多话，我也没听懂……"

修远叹口气："我不敢说自己全听懂了，只是有很多感慨。人的命运，十有八九是不顺利的，而不论顺与不顺，凡人终究会被束缚在命运的轨迹里。可那些最伟大的人，却偏偏要找一个方法去击碎这命运的困境啊！

"注定要覆灭的占武，生生在可憎的命运里杀出一条血路，解决了自己的问题；而妖星、卢标、禅师这些优秀的人，则在自己命运并不悲惨的情况下，执着地寻找如何突破命运局限的方法，为他人开路。

"我真的敬佩这样伟大的人啊！"

舒田没多想，随口道："你以后也可以超越他们的，我相信你！"

修远摇摇头："能否超越卢标，已经不重要了。重要的是，向自己交代清楚，我是谁，我是一个怎样的人。"

"啊？"

"这世上想要改变命运的人太多，可真正能够改变的，又有多少呢？比如高考，大家都想考985重点高校，可是名额就这么多，这就注定了绝大部分人是一定考不上的，你多努力也没用，意愿多么强烈也没用。那么这些人又该怎么办？厌恶命运而又无法改变它的人该怎么办？"

"你一定可以的……"

"也许我行，也许我不行，这可恨的命运太强大，没有谁能够保证一定能成功。可是，我不能放弃，不能认输，不能向它妥协。在命运面前，我当是一个战士，永不屈服的战士。不断地抗争啊，永不停歇地抗争啊，哪怕是死，也要以一副战斗的姿态死去。

"我不敢保证最终的胜利，但我可以保证，这战斗的意志永不消散。这就是我对命运的回应。成也好，败也罢，战斗到最后一秒，此心可安了。"

舒田不再插话，静静听着修远诉说。她总以为，所谓战士，应当有打了胜仗的高傲姿态才对。可修远却让她明白，哪怕弱小的人，极有可能要失败的人，也可以是战士。在命运这个强敌面前，那不动摇的战斗姿态，足可安抚己心，一生无悔。她在脑海里反复回味着修远的话。

修远看着天空，叹道："卢标、占武、妖星、禅师，这些伟大的灵魂啊，总有一天，我要追上你们的脚步。"

舒田静静地仰视着修远的侧脸，心想：修远啊修远，总有一天，我要追上你的脚步……

诸神之会结束，神威退去，众人又回到每日的学习中来。该背的单词还得背，该解的数学题还得解。在实验二班里，以修远为中轴的学习策略体系在高效运转着，越来越多的人感觉到每一天的学习都有所收获，每一天都在成长。

11月的月考结束，陈思敏、夏子萱、诸葛百象、修远等人稍微松了口气，决定再聚餐一次。不算什么"学霸大会"，仅仅是一群朋友聚一聚稍作放松而已。

众人在学校食堂一个小包厢里坐定，夏子萱感叹道："好累啊，复习节奏太快了！"

陈思敏道："没办法，内容太多。第一轮复习本来就是最累的，也是最重要的嘛。"

柳云飘道："这次月考你们考得怎么样啊？我这次没戏了，最近复习不顺手。"

"你怎么了？"夏子萱问道，"我虽然累，不过感觉复习得还行吧。现在大家劲头很足，班里的环境也比较好，再加上李老师现在也给了我们不少自由空间了……"

"可是总感觉不得法啊！"柳云飘又说。

夏子萱说："咦？这几个月班里不是流传了很多方法吗？修远就讲了好几种，大家又一起分享了很多……对了，班里各科的解题思路结构化你有没有参与啊？我觉得那个很好用啊。"

"唉，一开始参与了，后来没坚持了……"

"为什么呢？"

"总感觉光用这些方法也不够，差了点儿什么东西……"柳云飘犹犹豫豫地说。

"啊？差了什么？"

"总觉得应该还有更好的方法吧……"

"现在的方法还不够好吗？为什么会这么想啊？"

柳云飘叹口气，道："现在的方法偏向宏观层面，在具体的题目上还是有很多需要自己解决的漏洞啊！我记得原来卢标在的时候，很多题目他都能想出很精妙的方法来，一道我要想十几分钟的题，他可能几十秒钟就搞定了。修远现在的方法虽然也有用，不过还是达不到卢标的高度吧……当然，修远，我不是针对你啊，只是说一说我心里的想法。"

修远一摊手："比不过卢标也不丢人。"

柳云飘又说："而且上次那么期待占武和临湖实验的高手见面，以为能学一些更高级的方法来，结果什么也没学到，根本没听懂他们在讲什么……占武和那个女生全程在打哑谜，莫名其妙；还有后面那个男生，是百象的哥哥吧？突然哭起来了，也不知道是什么意思。反正根本没有我想要的收获啊。"

"好像也是……"夏子萱接道，"没有想象中那么有意义呢。"

诸葛百象在边上坐着，微微一笑，却不言语。

"你想要什么收获呢？"陈思敏接着问。

"就是更高等级的学习方法啊。"柳云飘道，"当然，也还有其他的问题需要解决。感觉我们学校的资料太弱了，题型总结也不全，经常在月考的时候发现新的不会做的题型。自己找新的辅导资料，也没有找到太好的。"

"我们常用的那几本呢？"

"也不全啊，反正感觉并不能达到最好的效果。"

"可是几本拼一下也差不多了吧？每本教辅资料的题目不一样。"夏子萱又说。

"理论上是这样，可是几本书翻来覆去地找，效率也并不高啊。要是有一本系统、全面的资料，效率不是更高吗？就像临湖实验高中那样，学校发的资料就已经够全面了，可是我们又拿不到……"

这下夏子萱也不知道如何回答了，总感觉柳云飘的逻辑有点儿奇怪。

陈思敏问："你这段时间一直没有进步吗？感觉你进入一个怪圈了啊。"

"是啊，状态不对劲。一想到自己学习的效率不够高就很心烦，结果越心烦越低效，恶性循环了！而且其他人都在逐渐进步，我原地踏步就相当于倒退了，一想到这里就更焦虑，更低效。又找不到真正提高效率的办法……"

陈思敏和夏子萱面面相觑，不知道如何回答。目前班级里流行的这套学习方法对她们适用，却莫名其妙地不适用于柳云飘，她们也不知道为何。算起来，柳云飘的学习状态不好也不是一天两天，算是旧疾了。

"可能每个人需要的方法不一样吧，没有哪种方法是万能的……"夏子萱只好含糊地安慰，"或许还是需要找到最适合自己的高效学习策略……"

在这食堂的小包厢里，修远一直安静地听着几人的对话，起初并没有说什么。这段时间，修远变得更加安静了。或许是因为学业太繁重与忙碌？但只有修远自己知道，这是一次次心灵的洗涤与升华。经历了很多迷茫与懊悔、数次挣扎与觉醒之后，他逐渐发现，自己对事情看得更深入细致了。此刻他盯着柳云飘，心里忽然生出许多想法与感悟来，缓缓开口道：

"或许，柳云飘的问题从一开始就不是方法与效率的问题。"

第三十八章

不敢努力的恐惧

修远在班级里的地位不断巩固，已然成为班级运转的核心，当他开口说话时，大家都会更专注地听。今日的聚会修远一直旁听不语，此刻突然发话，众人齐刷刷扭头看去。柳云飘更是惊异地瞪大眼睛。

"不是效率的问题？可我现在最主要的就是学习效率提不上来啊！"

修远看了看柳云飘，又环视众人，道："你们不觉得柳云飘刚才的话有些逻辑问题吗？"

夏子萱刚才与柳云飘交谈时就觉得有点儿不对劲，但又说不出来，此刻只能含糊答道："好像是……"

"柳云飘，你目前的学习状态不好，效率不够高，为什么？是因为缺乏方法吗？"

"难道不是吗？"柳云飘反问。

"班里其他同学在用的结构化、费曼技巧、听力倍速练习等方法，你用过吗？"

"当然用过啊，可是用了以后效果还不够好啊，所以我才说需要更多的方法啊……"

"认真用了吗？坚持了吗？是因为没效果而放弃了，还是因为没坚持使用才没效果？"修远平静地追问。

"这……应该算是……唉，我也不知道。"柳云飘开始变得吞吞吐吐。

"其他同学都在用，都有效果，唯独你偏偏没效果，大概率就不是方法本身的问题吧。"

"是呀是呀，你再坚持尝试一段时间吧，说不定也会有用呢！"夏子萱又劝道。

诸葛百象也补充说："确实有这种可能。每种方法的起效都是需要一定的适应期的，要越过某个临界点才能产生质变。而你却在达到临界点之前就放弃了、不用了，所以才会觉得方法没用吧。修远，是这个意思吧？"

修远微微摇头："百象说的当然有道理，方法确实有适应期，有临界点。但这并不是我要说的。"

"哦？"众人略感惊异。

"我真正思考的是，为什么柳云飘会主动放弃坚持？背后有没有其他值得深究的原因？"

众人更诧异了："还有什么值得深究的？"说着看向柳云飘，却见柳云飘一耸肩，表示自己也不知道修远指的是什么。

"另一件值得注意的事情是，柳云飘刚才还提到我们学校的学习资料质量不够好，比不上临湖实验高中的那么系统和齐全，这对她的高效学习影响也很大，你们都还记得吧？"

柳云飘有些激动地争辩道："这有什么问题吗？这个是事实啊！你看过临湖实验的学习资料吗？比如数学科目，比我们学校的齐全多了，讲解也更清晰！"

"没错，我当然知道临湖实验高中的学习资料比我们的好。不光如此，他们的师资更是比我们学校的强得多，学习环境也好得多，方方面面都强得多。可是那又怎样呢？这些是我们自己学不好的借口吗？"

柳云飘微微愣住。

"我刚才一直在想，老觉得柳云飘的行为背后有一种思维模式。她强调学习方法重要性的时候，好像背后有一个潜在的信念：必须要掌握了全世界最高效、最深刻的思维方法才能学好，甚至才愿意开始学，否则就是浪费时间。

"可是这样的信念合理吗？除了卢标和占武，其他人就注定学不好了吗？就不能取得进步了吗？比如我，又如陈思敏，再如诸葛百象，哪一个不是成绩比你柳云飘更好一些？我们可以接受用稍微弱一些，但同样很有效的方法去学习，为什么你不行呢？你的信念简直就是在说，只有最强的学习方法才有意义，第二强的就没有意义了；只有世界冠军才能算优秀，第二名就不算优秀了；只有清华、北大才算好大学，浙大、复旦、交大都太差，你都不屑于去上了！

"可你目前实际上是什么水平呢？如果类比体育界，你连资格赛都没参加，就已经看不上第二名。而在学习上，你连次一点儿的学习策略都没有真正掌握，你连普通的211学校都还上不了，就已经看不起985学校了。"

"我并没有这么说啊！"柳云飘慌忙解释道。

"这是比喻和类推。你虽然没有直接这么说，却表明了类似的逻辑。你从高一的一开始就近距离接触了卢标，确实学到了很多精妙的方法，尤其是对于某些题目的细微思考。卢标的水平应该是远胜于我们这些人的。

"可这样的经历对你来说真的好吗？你今天持有的那些错误的信念，会不会就是那时候形成的呢？"

柳云飘一时愣住，不知如何回答。

"其实也不能怪卢标，也许这是你更早以前就已经有的一些信念误区呢？只不过在特定的环境里表达出来了。

"比如，你刚才又强调我们学校的教辅资料比临湖实验差，这也是你学习效率不够高的原因——这个信念背后的模式，是不是与刚才对思维方法、学习策略的要求是一样的？都是要求有最好的方法和辅助工具，这样你就能最轻松、最高效地学好，不用费太多力气了。

"两者背后的模式是一样的，都是在追求某种捷径。但教辅资料的问题就和卢标没关系了吧？可见并不是卢标的原因。归根结底，是你的心智模式的问题。"

"心智模式……"柳云飘喃喃自语。

其他人也略感吃惊。之前只知道修远是一个懂不少学习方法而又积极向上的励志榜样，此刻却又发现，他简直有点儿心灵大师的感觉了。

"因为总要去追求最快、最好的方式，不肯走一点儿弯路，结果就待在原地不动了，反而走了一条最弯的路。这叫什么？好像叫完美主义吧？总想追求完美。可我还是觉得，'完美主义'这个词，太有欺骗性，尤其是它并不能骗到别人，只会骗到自己。完美主义，多么好听的几个字！叫上这个名字，都感觉它是一个积极正面的东西了，可我觉得那只是一个表象，一个肤浅的名称，一个借口而已。

"什么是完美主义？在这里它其实就是几个错误的信念，几个能把人牵扯住、让人无法自拔的陷阱！因为追求极限和完美，反而变得离完美越来越远，甚至连普通和优秀都达不到了。甚至，越是效果差就会越焦虑，越焦虑就越需要维持这种自我欺骗来缓解焦虑，于是进一步造成了心理的矛盾和高压，形成一个死循环。

"所以表面上看，柳云飘是在追求更高效的学习策略，实际上，却是早已在错误信念和焦虑情绪的驱动下，像无头苍蝇一样四处乱窜，不能静下心来思考并找到问题的解法。"

陈思敏忽而道："这就是所谓的'向外求不如向内求'吗？我记得传统文化里有这样的说法。"

诸葛百象道："大约可以这么说，不过这样的说法好像太抽象了，很模糊，并不能让大多数人理解其中的含义。反倒是修远的解释更加清晰一点儿，至少让我们能够听懂。"

夏子萱正准备对修远表示佩服，修远却又接着说了起来："还没完。如果再往更深处追，又会是怎样的呢？柳云飘的信念是，必须要有完美的方法和辅助工具才愿意去学，可她为什么会有这样奇怪的信念？因为只有在这种情况下，她才能只付出一点儿努力，就能有大量的收获。再继续追，为什么她只付出一点儿努力就期待能有大量收获呢？为什么就不能多付出一点儿努力呢？多努力一下就那么困难、那么可怕吗？

"其实并没有啊！她现在活得也并不轻松啊，每天为成绩干着急、焦虑、迷茫，一堆负面情绪缠绕着她。同样是在受苦，为什么就不去多努力一点儿，化解目前这没有意义的苦呢？到底是什么在阻碍她？

"到这里，我就没法确定了，但我想了很久，也只想到两种情况。第一种情况是从来就没有尽全力付出过，从小就没有拼过，一辈子没有过这样的经验，于是根本就想不到可以再多努力一些。这样的人我见过，我初中有一个女同学就是这样，家境太好了，家长对她的学习毫无要求，她自己也没有追求和野心，就这么每天混着过。很多细节处她都表现出来完全不能努力，甚至意识不到世上还有努力这回事。

"第二种情况是恐惧。对于尽全力去拼搏有一种深刻的恐惧，因为不拼搏的时候还能给自己留一个幻想，自己并不笨，并不是彻底无能的，好像自己只要努力了就还有机会。带着这样的幻想，就只能拼命地自我阻碍，不允许自己尽力去拼一次，生怕发现自己拼完了以后还是没有效果，一下子就不知所措了，掉进彻底的绝望中了。

"于是一方面明明知道学习很重要，高考很重要，影响着自己一生的命运；另一方面却又因为恐惧尽力之后变得无能与绝望而不能全力以赴，只能在内心深处不断地冲突，制造无穷无尽的迷茫和焦虑，停滞不前。

"我不知道柳云飘是哪一种情况，但我目前能想到的就是这两种了。"

柳云飘一脸震惊地看着修远。她从未考虑得这么深入过，从未想过自己的情绪和行为背后有着这么一套深刻的逻辑。原来我执着于高效的方法和教辅资料，竟然是一种虚伪的完美主义，竟然是无法付出巨大努力的自我欺骗与逃避？而这背后又隐藏着恐惧？

真的是这样的吗？也许修远只是随口一说，并不准确呢？可是柳云飘又分明感受到自己内心极深的地方被击中了一般，无数纷扰的念头奔涌而出，它们曾经潜藏在阴暗的角落里，如今终于被人发觉，再也无须躲藏了。她只觉得手脚都开始颤抖，有一种从纷乱的世界里抽身而出、置身于无尽虚空之中的异样感受。

陈思敏和夏子萱对柳云飘更为熟悉，几年来早就感受到了她身上的某些特性，只是但见其表、捉摸不透而已。如今被修远点破了她的行为与情绪逻辑，两人立刻就恍然大悟，意识到柳云飘正是修远所说的第二种情况了。同时又暗暗吃惊，修远已经这么厉害了吗？

诸葛百象听着修远的话也是万分惊讶，分析深刻、直指人心，将柳云飘隐藏的心智问题一语道破。可他记得修远最初并不具备这样看透人心的能力啊！

"修远……你怎么忽然对人的内心有这么深刻的理解了？原来没看出来，你还是这方面的天才啊！"诸葛百象试探着问道。

修远摇摇头："并不是什么天才，而是经历了很多，想了很多，也就慢慢能看懂了一些。原来我心性浮躁、思维肤浅的时候，哪里能懂这些？只是这一年多以来经历太波折，起起落落，难免对人生、对心灵有了诸多困惑。对于我来说，苦难越多，我就越困惑，进而逼得我越去深入地思考和体会。想得多了，对很多东西就慢慢有所领悟了吧。"

诸葛百象忽然想起了他的哥哥，诸葛千相，封号"妖星"。妖星洞察人心的能力极强，而且是从小学时期就展现出了这方面的强大能力。诸葛百象一直以为这是哥哥的超强天赋，是遗传自父亲的能力，自己不幸没有得到这优良的遗传，一度怀疑那是不是由隐性基因决定的，自己运气太差没有把这厉害的基因性状表现出来。可今天面对修远，他忽而开始怀疑，也许哥哥对内心的洞察也如修远一般，是源于许多刻骨铭心的挣扎、彻夜难眠的思索呢？他又想起许多往事，想起不久前诸神之会上哥哥的多次失态……

包厢内一片安静，各人暗自想着心事，忽然门开了，罗刻走了进来。

"不好意思来晚了，我刚去李老师办公室了。月考成绩出来了，修远，你知道你的成绩吗？"

▶ 第三十九章 ◀

学习是零和博弈吗？

自从修远带动班级里开始使用高效学习策略进行合作型学习后，众人对考试的态度就有了转变，不再是厌倦和抵触了，经常期待着考试成绩揭晓的那一刻。高效学习的效果到底如何？成绩进步了多少？这便如同等待糖果的孩子般充满了期盼。

他们不仅期盼看到自己的成绩进步，而且更希望修远能够大幅进步。对于他们来说，修远仿佛在某种程度上就代表了希望。如果作为带头人的修远能够突飞猛进，那么与修远一同学习、使用同样方法的他们不也未来可期吗？此时罗刻提到修远的月考成绩，所有人都提起精神来，直直地看向罗刻。

"这次你可厉害了，总分 644 分，已经超过了诸葛百象和陈思敏，直接成第三名了！"罗刻道。

"644 分！"夏子萱惊叫起来，"好厉害啊！"

"第三名！恭喜修远啊！"陈思敏也跟着叫起来，看向修远，"我们可等到这一天啦！"说着陈思敏、夏子萱等人对视一眼，不约而同地笑了起来。

"第一占武、第二李天许不变，修远你这次第三了。陈思敏第四，诸葛百象第五，我第七了。夏子萱好像是第九。排名大概是这样，分数我没记。"

"不过这样看不出有没有进步啊。我们这些人，一起合作学习，用的是同样的方法，这次除了修远进步了几名外，其他人相对排名都是在微幅波动。到底是大家都进步了所以排名看不出来呢，还是大家都没有进步？"陈思敏有点儿焦虑道。

"放心，没问题的！"夏子萱安慰道，"你也说了，我们和修远一起学，用同样的方法，既然修远还在进步，那我们还怕什么呢？只不过没有修远那么明显，没看出来罢了。而且就平时的学习状态来说，我也感觉挺好的呀！每天都过得很充实，复习了很多知识，做了很多题，而且又有条理、有章法，是一种付出努力了而有收获的感觉。"

诸葛百象点点头，虽然他从第四退到了第五，但他也同样感觉，这只是大家都进步所带来的排名停滞，平日的学习状态依然是很不错的。

柳云飘轻声叹口气："看来只有我是真的没进步，我真得好好反省，认真思考下修远说的话了……"

罗刻静静坐下，没有参与众人的讨论。他并不敢确定自己是否真的进步了。两年前他已经是班级的第三名，直追李天许的水平。可这两年来他没有取得任何进步，反而退到了六七名的样子。虽然平时也是在跟着修远他们一起学习，可是自己真的有进步吗？他很怀疑。他在这个瓶颈卡壳了太久，已经不敢轻易积极乐观了。

修远听到自己的成绩，略微瞪大了眼睛，兴奋之情一瞬间冲了上来，却又很快平复。如果是换成高一时的他，恐怕要激动得当场跳起来，并且几天之内都无法淡定，保不齐要满世界到处炫耀了。今天的他经历了太多心路历程，这第三名的成绩带来的喜悦，反而平淡了。这是坏事还是好事呢？他没有多想，而是注意到罗刻的沉默，安慰道："其实罗刻也不用担心，只要绝对分数在进步就好了。高考并不是一场学校范围内的零和博弈，校内和班内的排名些许变化算不得什么。"

"零和博弈？"罗刻抬头问道，其他人也看向修远。

"零和博弈的意思是，有赢家必有输家的游戏。零和博弈类似于一个你死我活的斗兽场，一方靠另一方的损失来获利。由于高考的压力太大，很多班级里的竞争氛围很强，同学之间相互视为竞争对手，生怕被别人超越了。这就是把高考当成了一个小范围的零和博弈，觉得同学赢了，自己就会输。"

"我想，也就是出于这个原因，大部分班级里可能没法用合作型学习的模式，甚至同学之间还可能会相互敌视、嫉妒，让学习氛围变得更压抑，进而影响每个人的心情，降低学习效率。这就是把高考当成了零和博弈，觉得和同学之间非得你死我活才行。"

"虽然不是你死我活的，可是竞争还是存在的吧？我们班级里能形成现在的氛围也是很不容易的啊，有很多特殊的因素在里面……"陈思敏犹豫道。

"没错，竞争是存在的，毕竟高考就是一个按百分比选拔的筛选机制，好学校的名额只有那么多，这个人占了，那个人就没有了。"修远解释，"可是，这场竞争并不是一场校内的竞争，不是这几十个同班同学的竞争，也不是几百上千的同校同学的竞争，而是全省几十万人的竞争。全班这几十个人的排名变化，从全省的人数来看，影响是微乎其微的，相互之间并不会真的构成高考排名的威胁。反而是带着高压竞争的心态来学习，增加了自己的心智损耗，对高考的影响更大些。"

众人点头表示同意。罗刻无奈地笑道："我倒是也没觉得一定要在班级里竞争过谁，毕竟我们也都是挺好的朋友了。只是一直卡在瓶颈上没法突破，心里失落罢了。算起来，也有将近两年了吧？两年的努力没有任何成效……"

柳云飘忽然接道："也是哦，我记得罗刻高一上学期就是第三名了。李天许事件以后，罗刻就一直没进步了……"

说起李天许其人，大家都没太多好感。这人从高一开始人缘就不好，性格傲慢又喜欢嘲讽别人，好与人起冲突，据说当年就是因为在临湖实验高中的夏令营里和人打架而被开除了才来的二中。他还和罗刻、木炎等人都起过严重的冲突，木炎从班级中下游水平一直倒退到现在垫底的水平，学习状态大幅变差，就和李天许对他的心理打击有一定关系。这学期开始的班级合作型学习李天许也没有参与。众人暗自想，如果说班级里非要竞争的话，把李天许这家伙给比下去大家倒是没什么意见——只是能力暂时不够而已。

众人边吃边聊，约一小时才用完餐——这对于高中生来说已经是相当奢侈的时间了。然后或是回寝室午睡，或是直接去教室自习。

罗刻在教室的桌子上趴着睡了一会儿，就坐起来继续刷题了。修远也直接来到教室，桌子上已经放了一张他的成绩条。显然前几名的同学成绩已经在班上传开了，修远还来不及看成绩条就已经不时有人过来与他道贺了。

"修老大厉害啊，节节高升，这次已经第三了！"

"不愧是老大啊！一次比一次进步大！下次就该考第二了吧？"

"是啊，看这样子超过李天许难度不大啊！不过跟占武还是有距离。"

修远一愣——超过李天许？李天许是班级里常年第二名的存在，之前是仅次于卢标，后来是仅次于占武。这人虽然有些吊儿郎当，但天赋较高，家庭条件好，从小接受的教育也颇为优越，在此之前，修远很难想象自己有一天能够超越李天许，而今天这样的可能性却被旁人提了出来。不知道李天许这次考多少分？

午休时间接近结束，学生们陆陆续续来到教室。不知过了多久，一个身形佝偻、脸色灰暗、穿着朴素乃至破旧的学生走到罗刻座位旁向他请教问题。这人正是木炎。

说起木炎，高一新入兰水二中实验二班时，也是精神饱满、积极向上的少年郎。他家境贫寒，在一个乡镇小学就读，然后划分进入十七中这样一个三流初中里，却一路奋发努力，逆袭考入了兰水二中这样全市第二名的重点高中，甚至还进了实验班！他带着极大的干劲步入高中的学习生活，却发现自己与从小条件相对优良的同学们差距颇大——不论是考试成绩、经济条件还是见识眼界都相去甚远。于是没多久就被打击得不自信，如同野鸡立在凤凰群里，自卑地环视着左右，不知所措。再加上不幸碰到了李天许这样傲慢的恶人，被他的恶语伤害、言辞打击，自卑的心理越发不可收拾，逐渐从班级的中下游水平慢慢掉到垫底水平，连社交也随着成绩一起退到了阴暗无人的小角落里，仿佛他在班级里消失了一样。

如果说班里还有人是木炎能够说得上话、敢于不带自卑的情绪去主动交流的，那就只有罗刻了。因为他知道罗刻同样是贫寒的家庭出身，所以他自卑的心理没那么严重；而他又对罗刻有着一万分的佩服，因为罗刻能够克服诸多学习困难乃至人生困难，始终成绩优异、名列前茅。所以当遇到很大的困难需要找人帮忙时，他多半会去找罗刻。

这一次，他带着刚刚结束的月考的试卷来找罗刻请教问题了。

罗刻给他解答了几道题，知道他的成绩还在垫底水平，安慰道："……也不用因为暂时的排名而太焦虑自卑，高考毕竟不是零和博弈，只要你每次都能在绝对分数上有所进步就好了……"这是中午修远传递给他的理念，他不自觉就搬了出来。

突然从边上传出一个声音："哈哈哈！太搞笑了！高考不是零和博弈？你以为好大学的名额是树上长出来的吗？多晒两天太阳就能多长个985大学出来给你读？成绩烂也不用这样骗自己嘛！哈哈哈……"

罗刻和木炎同时愣住。这笑声无比刺耳，仿佛猫爪子抠弄玻璃般尖锐，又仿佛魔鬼手持契约摇动招魂铃造成恐慌。这刺耳而又让人厌恨的笑声，罗刻还记得，而木炎更是化成灰也不会忘记！

李天许，又来了！

▶ 第四十章 ◀

信念之战——新的赌约开始了

　　罗刻和木炎闲聊着被李天许插了两句刺耳的话，仿佛回到了高一被李天许挑衅的瞬间。那些不甘、屈辱和愤怒一下子又涌上心头。

　　"你想干吗？"罗刻强忍着愤怒问道。

　　"我想干吗？不干吗！只不过是看到你们两个搞笑的家伙，实在忍不住要插一句话而已。竞争力差就假装高考不是一种竞争，你们也太搞笑了吧？十二生肖你属鸵鸟的吗？"

　　木炎恨恨地骂道："关你屁事！"可惜他的状态实在太差，连骂都骂得没有气势。只见他咬着嘴唇，手脚微微颤抖，脸色晦暗，低着头甚至不敢直接看向李天许，连声音都像憋在喉咙里透不出来一样。

　　罗刻也跟着说："我们讨论问题与你何干？而且我说的是高考并不构成班级内部的零和博弈，不需要强化班级内的竞争，哪里不对了？需要你多嘴吗？"

　　"哈哈哈！"李天许又是一阵令人心里发毛的狂笑，"搞笑！班级内部就不存在竞争了吗？班级内的人不需要参加同一场高考吗？按你的理解，学校进行排名是干吗用的？老师吃多了闲得没事干吗？你弱就弱嘛，不敢竞争就不敢竞争嘛，找那么多借口干吗？找了借口就能掩饰你们的无能了吗？哈哈哈……"

　　夏子萱眼看李天许口无遮拦，矛盾越来越激烈，生怕后面会不可收拾，赶紧打断谈话："好了！别闹了！大家都在自习呢，李天许你吵什么啊！都安静下来学习吧。"

　　李天许反而笑得更嚣张了："哎哟哟，你看看，无能到需要一个女生来给你出头了，这还不搞笑？差距就是差距，不是你假装看不见就会消失的。像你们这种人，老老实实看清楚自己的命吧！该退的时候就退，不要做无谓的挣扎了。你们注定是要被我这样的人踩在脚底下的！不好意思，天命难违，怪我也没用的，哈哈哈……"

　　班级里二十多人看着嚣张的李天许，他刺耳的笑声和语句仿佛在空气中无穷无尽地回荡。这是李天许对罗刻与木炎的嘲讽与不屑，但又不仅仅如此。很多人都知道李天许家境富裕，平日吃穿用度都很奢侈，又喜欢炫耀自己从小见多识广、教育资源极佳，是所谓命中注定一生顺风顺水的人；很多人也知道罗刻和木炎家境贫寒，不仅生活简朴，穿着寒酸，而且限于家境，人生视野也狭窄，障碍重重，只能寄希望于高考来改变命运，可是高考本身又是命运的一部分。

一时间，班级里人心涣散，有些人开始叹气，暗自思量自己这么努力和辛苦有什么意义，反正也比不过李天许这等人；有些人感慨为什么李天许这让人厌恶的家伙偏偏就命这么好；还有人暗自希望比李天许更强的占武能出头压一下李天许，虽然他跟占武也不熟，占武和李天许也是井水不犯河水的关系，但此刻他们就只能这么期望一下了。

然而占武瞟了罗刻和李天许一眼，没做任何反应。

罗刻既愤怒，又觉得胸口憋气，仿佛无法呼吸一般，于是跟着就产生了无力与虚弱的感觉。他怔在那里，盯着李天许，不知该作何反应。

"哈哈哈！瞪我干吗？想把我瞪死啊，干瞪眼有用吗？不服气？又想来和我赌一局吗？还记不记得当初你跟我打赌比成绩输了的惨样？随你怎么努力根本赢不了。怎么，这次又想来表演一次'送死流攻击'吗？"

约两年前，罗刻就受不了李天许的嚣张，答应了他的赌约，结果在无数人的围观中惨败，遭受了剧烈的心理打击。后来他状态变差很难说与此无关。今天赌约的事情又被提起了，他心头一紧，不禁皱起眉头。

"怎么样？敢不敢？不敢跟我赌就对了嘛，明知道要输还赌什么呢？"李天许表情夸张，手舞足蹈，仿佛他的张狂与邪恶之力也因为紧张高压的高三复习憋了许久，今天终于一次性爆发出来了。

所有人静静地看着罗刻与木炎。罗刻还在愣着，而木炎已经低下头挪开步子返回座位，趴在桌子上悄悄流泪。

"哈哈哈……"李天许笑得更张狂了，"哟，跑了一个，另一个会不会也要跑了？干脆我给你点儿彩头吧！跟我赌一局，就比成绩，你要是赢了，我给你一万元怎么样？你要是输了，只要你在背后的衣服上贴一张字条，上面写一句由我决定的话，贴上一天不准撕下来。怎么样，这个赌约够意思吧？你赢了就有一万元，输了只用贴一张字条就行了。哈哈哈！来不来？这么划算，完全可以赌一局嘛！"

一万元的赌局！对于高中生来说，一万元肯定是笔巨大的数目了，不过没人怀疑李天许是否能拿得出来这笔钱，因为他平时一双球鞋就是几千元，每年收父母和亲戚给的压岁钱也是几万元的级别。然而李天许说这样的话，真实的意思恐怕并不是出钱设赌局，而是一种变相的嘲弄！

有些围观的群众不免兴奋起来，很想看看罗刻敢不敢入这个局。

在一片诡异的静谧中，忽然传出一个声音："如果你赢了，你准备在他背后的纸上写些什么呢？"

众人循声看去，居然是修远！

就连李天许也略感意外，看向修远道："你问这个干吗？反正不会是骂人的话，至少不带脏字。我这人可是很有家教、很有素质的。"听到李天许自称有素质，部分刚吃完饭的同学立刻产生了想要呕吐的感觉，却又不敢表现出来。

"那具体又是什么话呢？你不把条件明确了，叫别人怎么跟你赌？"修远面色平静，眼睛直盯着李天许，目光炯炯有神。

李天许看着修远的眼睛，一时捉摸不透修远的意思，只得答道："这个不重要，我随便想几句都行。比如'我是命运的奴隶'，怎么样，不带脏话吧？或者来一句'我匍匐于命运的脚下，无力挣扎'，哈哈哈，怎么样，还有点儿诗意吧！或者'我是一条咸鱼，老实躺好'如何？"说着李天许又转向罗刻道："怎么样，敢不敢跟我赌一局？三句话你随便挑一句，喜欢哪一个？"

修远忽然说道："不如我跟你赌一局，如何？"

李天许又吃了一惊，回头看修远。众人也跟着惊讶，齐刷刷向修远看去。

"你要来凑热闹？"李天许意外道。他与罗刻有宿怨，与修远却没什么交集，不太明白修远为何要来凑热闹。另外，修远在班级里风头正盛，自带威慑光环，李天许想要羞辱罗刻容易，但要和修远较量就没那么轻松了。

不过李天许毕竟是李天许，目中无人才是他的本色。他快速思考了一下，修远虽然风头十足，但成绩与罗刻差不多，与他依然有距离，如果修远要给罗刻出头，他也定然不怕。

"呵呵，又来一个送死的。怎么，你想代替罗刻在背后贴字条？"李天许看着修远不屑道，"还是以为自己能赢？"

"钱不重要。"

"那你凑上来干吗？"李天许问。

他不太明白，与他无宿怨的修远为何来凑热闹。他甚至考虑到，修远与罗刻也不是一类人，他对于罗刻的嘲讽并不会让修远共情才对。当然，李天许的考量只在于经济条件上，以为修远并非如罗刻一般贫困，两者就不是一种人。他没有意识到，在修远的眼中，这并不是金钱的较量，而是信念之争。修远一路走来，经历了太多的希望与绝望，经历了无数辗转反侧的夜晚。带着对命运与个人力量局限的苦思而彻夜难眠的纠结与痛苦，其感触之深，又岂是李天许能明白的？故而在修远的眼中，自己与罗刻分明就是一种人，都是被命运限制，为打破命运桎梏而战的人。

今天修远站出来，不仅是力挺好友罗刻，更是对自己信念的坚守。

"原因不重要，只问你一句，敢不敢？"修远反问道。

这一反问立刻让李天许心里炸开了锅。他以班级第二的身份，从来只屈居于卢标或者占武之下，还从来没正眼看过其他人，如今居然被修远挑衅了！以他的性格，这简直是不可忍的侮辱。

"你有资格问我敢不敢？"李天许大叫道，"你这白痴来搞笑的吗？我知道你这次月考发挥得不错，班上第三名了——那又怎么样？以为能跟我相提并论了吗？你平时什么成绩自己心里没点儿数吗？偶尔走运考好了一次，真把自己当凤凰了啊！一只草鸡，还问我敢不敢？来啊，想送死就来啊！"李天许瞪大眼睛，伸出手指着修远，做了一个"过来"的动作。

"好。"修远点头道，"不过赌约的条件修改一下。我不需要你的钱，就改成对等的条件，背后贴一张字条吧。如果你输了，'命运的奴隶'五个字，原模原样送给你。"

"好！今天这么多人看着，想抵赖也抵赖不了的！你就等着贴字条吧！"

"好。那就以高考成绩为最终约定吧，到时候见分晓。"修远说。

"不行！"李天许坚决地打断他的话，"肯定不行！高考太远了，还有好几个月，等不了那么久。而且高考完了，高中毕业大家都散了，到时候想找人都找不到，怎么进行贴字条的惩罚？你这是知道自己要输，故意给自己留退路吧！真敢跟我赌，就把时间定在高考之前的一个月！"

李天许心里生出一个狠毒的念头：把时间提前到高考前一个月，修远输了以后被当众羞辱，很有可能会心态失衡，状态大幅变差，然后高考发挥失误。他想：这就是对你今日多管闲事的惩罚。

修远一愣，皱皱眉头，道："好，就如你所愿，以高考前的最后一次月考作为最终检测！"

李天许轻蔑一笑，赌局就此定了下来。

这一场赌局，不涉及金钱，不涉及生命安全，筹码不过是背后贴一张字条而已，如同小学生无伤大雅的玩闹一般。可是谁都知道，这场赌局事关重大，甚至比尊严与面子更重要，那是精神的较量，是内心底层信念的斗争。这一场赌局看似轻松，但或许谁也输不起。

修远临时约战李天许，一方面是为信念而战；但另一方面，很难说没有为朋友挺身而出的冲动。等他彻底冷静下来，才想到要去衡量一下自己当下与李天许之间的差距。一番打探之后，终于把李天许本次月考的成绩拿到手了——

总分 667 分，排名第二。

修远皱了皱眉头。本次月考他 644 分，已经有点儿超常发挥的感觉了，而李天许正常发挥已有667分的水平。看似区区23分的差距，但在高于640分的高分段，每增加1分都障碍重重，增加23分更是难如登天。

这一战，压力很大，胜算很小。

第四十一章

成绩增长的极限

  一年有三百六十五天，每一天，只要你能比前一天变强一点点，只要 1% 就好。一年之后，你就变成了原来的 37 倍那么强，因为 1.01 的 365 次方约等于 37。

  这是一个很多学生都听老师或者家长提到过的经典鸡汤案例，鼓励大家认真努力学习，不要浪费哪怕一点点的时间和机会。是啊，1.01 的 365 次方，每天一点点渺小的进步，累加起来都能变成惊人的奇迹，部分学生也确实从这个案例当中受到鼓舞，奋发努力。然而其中的绝大多数都会在一段时间以后发现一个问题——想象中的指数级增长并没有出现。

  自从和李天许立下赌约以后，修远开始更加频繁地思考如何提升成绩。的确，他的成绩已经足够优秀，并且已经掌握了相当高效的方法，短期内的进步速度也很快，可是他也明显地感觉到，越到后面进步的难度越大。指数增长的模型并不会那么轻松地构建起来，在修远的这个分数段，他已经明显感到每天变强 1% 其实是一个无比困难的任务。

  离期末考试还有不到一个月了，修远根据自己平时的小测试来计算，成绩基本稳定在 630 至 640 分，偶尔碰到容易的试卷会冲到接近 650 分，如果遇到比较难的试卷，还有可能跌回 620 多分的水平。他的结构化思维早就熟练，费曼技巧使用频繁，记忆的策略也信手拈来，体育锻炼也很规律，身体健康而情绪平和，就连与李天许的赌约也没有让他太焦虑，只是增加了一些思考而已。再加上其他的各种学习方法，如英语的听力倍速法、阅读理解技巧等，修远的学习技术已经相当丰富了，但他依然会有自己的瓶颈。650 分，似乎就是他过不去的一道坎儿了。

  一年以前，他的分数还不到 600 分，今天能有 640 分左右的分数已经是他当时想都不敢想的层次了。然而他不敢有所放松，他还要继续追求更高的境界，既因为与李天许的赌约，更为了信念的坚守。可坚守信念不代表就一定有正面的结果，无论如何，修远隐约感觉到了自己学习成绩增长的极限。

他不得不思考一个问题——如何才能突破成绩的瓶颈，跨越增长的极限？

近一年来，他本已在不断突破瓶颈的路上，但如今他的经验已用尽了，他需要寻找新的借鉴对象。

这天中午吃饭，他主动约上了陈思敏、诸葛百象和罗刻三人。在学习方面，如果说班里谁有能力给他提供一些建议或灵感的话，大概就是这三个人了。当然，实力最强的是占武，但人家大神并不屑于指点他什么。之前占武教导他，纯属运气所致，而这运气已经用完了。

几人各自打好饭，在一张四人桌旁坐定。陈思敏问道："什么事啊，修远？上次你帮罗刻出头和李天许立约，真够霸气的！"

罗刻对修远投去感激的目光，诸葛百象也伸出大拇指表示佩服。

修远有点儿不好意思地笑道："唉，难说没有点儿一时冲动的感觉。现在细想来，胜算其实不大。"

"怎么会！"陈思敏激动道，"我们可是对你很有信心的！你近几个月不是一直在进步嘛！按这个速度，明年高考前肯定要超过李天许的啊！甚至能追上占武都说不定！"

修远虽不忍心打击如此支持自己的陈思敏，但面对事实也不得不轻轻摇头："占武就不用想了，有生之年能不能赶上他的境界都难说。就连李天许也没那么容易拿下啊！说到底，李天许的水平本来就是临湖实验高中级别的。百象不是说过吗，李天许是在临湖实验高中的夏令营里打架斗殴才被开除的。那是什么夏令营？那可是临湖实验高中实验班的选拔夏令营。也就是说，在高一开始的时候，李天许的水平原本是接近于临湖实验高中实验班水平的！要超过这样一个人，谈何容易！"

"那也要有信心啊！"陈思敏又道。

"信心当然也有，不过还是要面对现实的问题。我最近感到自己到了瓶颈，也就是目前的这套体系，已经把我从不到600分的水平送到了640分左右，再往上可能就需要新的东西了。今天找你们来也是想向你们请教下，看看你们有没有什么经验和方法能够突破瓶颈的。"

罗刻惊讶道："你的成绩已经在我们之上了，我们还能怎么教你？"

"相互取长补短嘛！说到底我们的成绩都是一个层次上的，差的也并不多，也许有些东西是你们掌握而我并不懂的呢？"

修远的说法有些客气了，陈思敏、诸葛百象和罗刻三人的水平倒是接近，但比修远要差了20分以上。班里的分数阶梯是，占武稳定在700分以上独自一档，李天许稳定在650至670分独自一档，修远630至650分独自一档，然后才是陈思敏、诸葛百象和罗刻，差不多在600至630分波动。600分以下的人数就逐渐多起来了。

陈思敏道："可是各种学习方法，我们平时就交流了很多吧？现在好像也没什么新鲜东西了。"

修远摇摇头说："并不一定是方法，也可以是一些经历、心得。我想向你们了解一下，你们是否有过突破自己的瓶颈、取得跨越式进步的经历？劳烦大家好好想想，这对我很有意义，可能会给我重要的启发。"

三人各自陷入沉思。

几分钟后，依然无人开口，修远不得不一个个追问："罗刻，你有什么能说的吗？"

罗刻低声道："我高中期间并没有什么突破，从高一到现在还稍微倒退了点，这你是知道的……"

修远着急地打断他的话："并不一定是高中阶段，初中和小学的经历也可以的。说不定也能给我些启发呢？"

罗刻点头，道："好吧，我想想。要说我的跨越式成长的话，大概就是小学六年级后期到初中二年级了。我小学在一个很普通的学校，到长隆实验这种重点初中以后，发现身边的同学都很强，哪怕是普通班的学生，也都是从重点小学重点班考上去的，不仅各学科成绩优秀，在奥数、英语、社会视野等方面也比我强了很多，我在班里几乎是垫底水平，因此我的心理落差巨大。但我一路发奋刻苦，努力到极限，到初二后期，成绩差不多是班上的中上游了。这一段过程，算不算得上是突破了一个瓶颈？但我的成绩始终没有到临湖实验高中的录取分数线。这一个瓶颈，我始终没有跨越……"

见罗刻的情绪有点儿低落，诸葛百象安慰道："可是你现在的成绩，即便放到临湖实验高中，也是平均水准之上了啊！也就是说，其实你无形之中已经突破了当初的瓶颈了！"

"没错！"修远道，"其实你在初中和高中，各自跨越、突破了一个极限，只是你自己没有意识到而已！那再进一步看看，你是怎么突破极限的呢？用了什么方法？"

罗刻一摊手："没有什么特殊的方法，就是拼了命地努力而已。不断地做题、背知识点，把自己逼到极限，就自然到了今天的地步了。我估计这样说对你也没什么借鉴性吧。"

修远道："刻苦努力这个因素，确实被你发挥到极限了。也不算毫无意义，总还是有些启发吧。其实罗刻的案例对其他同学的意义可能更大一点儿，我们经常听到一种说法——很多人努力的程度之低，根本轮不到拼天赋——以此来强调努力的重要性。而罗刻就是一个典型代表了吧！没有特殊的方法和天赋，仅仅凭借努力就从一个较差的小学考上全市重点初中的普通班，又在兰水二中这样普通的学校里努力爬到了超过临湖实验高中平均水平的高度。"

"然而单纯的努力毕竟还是有极限的。"罗刻接着说道，"极限就是到我现在的水平了。说实话，可能还到不了。我现在的水平都已经是受益于修远教给我们的这些学习方法了，不然可能还要少十几二十分。"

修远又转向陈思敏："你呢？有什么突破极限的经验吗？"

"唉，我这个成绩，在二中内算好的，但是和临湖实验的高手们一比，也就很普通了。我这点事情，很难算什么成功的经验呢。倒是有一段小插曲我现在还记得。

"我在初二后期的时候，已经感到中考的压力比较大了，那时候心情总是很烦躁、很焦虑，经常没法静下心来学习。到初三上学期，这个问题越来越严重，虽然我也是特别努力地学习，但效果却越来越差，成绩在班里落到垫底了！

"当时我外部压力特别大，因为我初中在十六中的实验班就读，班里都是高手，我看着他们一个个这么厉害，感觉压力更大了。后来初三下学期刚开始的时候，有一天，我不知怎的忽然很有兴致地在那里练书法，抄写《庄子》。因为我小学练过书法，有抄写名篇文章的习惯，只是初中因为太忙所以练得少，但那一天忽然就想到要练一练字。刚好学校发的语文选学读本里就有一段庄子的《逍遥游》，我就顺手开始抄写。

"抄写完以后，我忽然就觉得心情很平静，不怎么焦虑了，不心慌了。当天晚上，我感到学习的时候好像更清晰和从容了，那些做过的题在大脑里留下的印象更深了，效率也更高了。这种现象重复出现了几次以后我就发现了规律，只要我做了什么事情，让自己的心态更放松了以后，我的学习效率就会变高，抄写文章只是其中一种方法而已。所以那段时间我就经常刻意地让自己放松一点儿，除了有机会就继续抄写《庄子》等文章以外，还经常去散步，去欣赏一些花花草草，还在家里种了几盆花……那段时间，我感觉自己的状态真的不一样了，学习成绩也慢慢涨上来了……"

"涨了多少？"修远有些激动地问道。

"其实也不算多……"陈思敏有些不好意思道，"从班级垫底变成了中下游吧。"

"那也算是有所突破了，在十六中的实验班里，中下游也不容易了。"诸葛百象道。他很清楚十六中的情况，因为他也是十六中的学生。当初陈思敏在实验一班，他在实验二班。而他在班级里的状态也和陈思敏差不了太多，也是中下游或中游的水平。

修远心想，这是否和林老师所讲的心智损耗有关呢？按照陈思敏所说，她通过抄写名篇和养花草等方式来放松自己、缓解焦虑，应该也可以起到降低心智损耗的效果。不过这个案例所讲到的仅仅是情绪上的放松吗？能否升格为一种更大的心境上的变化？心智的重大成长给人带来的改变是巨大的，而又体现在方方面面，对于学生来说，不仅能提高精神的境界，也能起到促进学习成绩进步的作用。修远自己就是很好的例证啊！自从受到占武的启迪，信念产生了巨大的变化并发生了演讲事件之后，修远的心智水平直升一个台阶，成绩也在短短两个月内提高了 40 分之多。

"仅仅是情绪上更放松了一些吗？"修远追问。他想要知道，在情绪背后是否有更深层的信念变化。

- 236 -

"啊？"陈思敏疑惑，"就是没那么焦虑了，然后成绩就进步了一些。想来这些负面情绪肯定也对学习有害处吧？"

"当然是的。不过我想，你在当时有没有一些更根本性的信念变化呢？类似于对世界的观念，对自我的认知之类的东西……"

陈思敏愣住，不知如何回答，陷入沉思之中。

罗刻不太明白修远在说什么，诸葛百象也略显疑惑地看着修远。

过了一会儿，陈思敏缓缓抬起头看着修远："好像，真的有一些观念变化……"

"哦？"罗刻与诸葛百象齐齐看向她。

"之前我在十六中实验班一直是下游到垫底的水平，对自我的评价是很低的，永远忍不住要去看那些优秀的人，和他们对比，然后越发感到自己的无能。那段时间突然仿佛小小地开悟了一下，意识到自己根本不需要与他们比较，专注做好自己的事情就行了。"陈思敏眯着眼睛陷入回忆，"正是因为那时候我忽然意识到要做一个独立的个体，不要与他们比来比去的，所以才会想到要去抄写文章，因为我从小喜欢练书法，我这个不受外人影响的独立个体喜欢练书法啊！而练书法这件事情又加深了'我是一个独立的个体'的感觉，由此进一步缓解了我的焦虑吧……"

众人静静听着陈思敏述说，颇有感慨。修远心想：果然跨越式的进步总会与信念的改变、心智的成长相关啊！

终于，修远转向诸葛百象问道："百象，你呢？"

诸葛百象挠挠头："不好说，我好像没什么可分享的。我感觉自己就没有突破过什么瓶颈吧。小学的时候语文、数学、英语都是接近满分，因为小学的内容太简单了，大家都容易考高分；等到了初中就稍微退下来了点儿，在班级的中上游到中下游波动，因为初中难度增加了嘛，所以也没有过什么突破。高中因为二中管得很严，被迫很辛苦地刷题，从高一一开始就学得很认真，但成绩一直就这样，几年了分数和排名也没怎么变化过。原来是永远比不过卢标和李天许，后来是永远比不过占武和李天许，现在修远也在我前面了……唉，怎么说也不算是有过突破的样子。"

"啊？一点儿也没有吗？"修远并不满意这个答案，"再仔细想想？"

诸葛百象一摊手："好像真没有。"

"咦？不对，我记得你初中不是有一次考过年级二十多名吗？在班上应该就是十名左右了吧？这已经不是中游水平了，而该算是上游了吧？"

诸葛百象道："那是偶尔一次嘛，后来就没考过那么好了。"

"那也还是有可以挖掘的地方嘛！"修远不甘心道，"为什么那一次就突然考好了？或者，为什么小学的时候就能轻松考到各科都接近满分？总有原因的啊！"

诸葛百象哑然失笑："偶尔考好一次有什么原因啊？不就是运气好嘛！小学那点儿

简单的内容，稍微认真点儿学就行了呀，没什么特殊原因好挖掘的……"

诸葛百象说到此处忽然愣住，眼睛凝视着虚空，眼神中闪过一丝疑惑，接着陷入震惊之中。他异常的表情被修远敏锐地捕捉到。

"怎么了？"陈思敏和罗刻也问。

"没……没什么。"诸葛百象咽下一口唾沫，努力平静道，"没什么，就是真的没什么好挖掘的。"

"哦。要是实在没什么特殊的突破经历，也勉强不来了。"陈思敏说。

修远看了看诸葛百象，没说什么。或许他的确有什么秘密，但未必是自己该问的。

诸葛百象反过来问道："话说，你从高一下学期到今天，已经突破过好几次瓶颈了吧？为什么不从自己过去的经历中找经验呢？"

第四十二章

寻师问道

从实验班前几名跌落到末流,直至跌出实验班;接着又在普通班里逆袭,重新返回实验班;甚至一路乘风破浪,冲刺到实验班的第三名,直逼第二名李天许的风头。修远的经历在这小小的兰水二中里堪称传奇。众人一直都好奇这些故事的背后修远经历了些什么,只是从来没有机会问而已。

今天诸葛百象反问修远突破瓶颈的经验,众人的胃口再次被吊了起来。

"啊?我?"

"没错没错!"陈思敏兴奋起来,"你是怎么变得这么厉害的?背后肯定有一些我们不知道的东西啊!说起突破瓶颈这件事,你才是专家啊!"

修远一时有些手足无措,没想到寻求经验的自己会被要求分享经验:"我……这……好像也没什么好说的啊……"

陈思敏大为不满,用力拉扯起修远的衣袖:"唉,怎么能这样啊!你看多少人平日里都管你叫'老大'?你怎么能对自己的小弟小妹藏私呢?"

诸葛百象和罗刻忍不住笑了起来。

"好好好!我说!我说!"修远无奈道,"其实不是我想藏私,是……"

"是什么?"

"唉,反正很复杂,也不知道说不说得清楚。"

已经复杂得快要说不清楚了?那岂不是故事非常精彩?众人的兴致更高涨了。

"高一的时候傻乎乎的,以为轻轻松松、玩玩闹闹就能学好,结果一路退步,掉出实验班,这你们都知道了。

"到了普通班一学期后,重回实验班,并一路进步到十名左右的样子,这算是我的第一次突破。然后我从十名左右进步到现在的第三名,算是第二次突破吧。这两次突破原因各不相同,都很复杂……"

"快说快说!"众人催促。

"如今回顾起来，第一次突破，属于技术性突破。"

"技术性突破？"

"对。高一上学期时，我对于如何高效学习一窍不通，不懂结构化思维，不懂费曼技巧，不懂情绪管理，不懂心智损耗，不懂记忆策略……总之，什么都不懂。这些学习策略上的欠缺，是我当时的最大阻碍。后来机缘巧合，我学会了很多深度的学习策略，补上了这些工具上的短板，由此构成了我的第一次突破……"

"等等！机缘巧合是什么意思？"诸葛百象敏锐地打断他的话。

"啊，就是些比较凑巧的因素……"

"那又是什么？"众人继续追问。

"那个……就是从一个老师那里学到的。"

"哦，找了一个名师补课？"罗刻问道。

"什么老师懂这么多学习的方法？是临湖实验高中的老师吗？"陈思敏问。

"临湖实验的老师也没这么厉害吧？是在外面请的什么特殊名师？"诸葛百象道。

"呃，这个怎么说呢……"修远不知怎么解释，吞吞吐吐道，"我不知道他是哪里的老师，反正就是懂很多的学习方法……"

"不知道是哪里的？"众人疑惑起来。难道是家里的亲戚、长辈？或者家里人恰好认识转介绍过来的？

"总之，第一次突破就是因为学习了这些技术而产生的。第二次突破就有很大的区别了。那时候技术上基本成熟，但心态还是有问题。毕竟高考是一件太复杂的事情，不是单纯地掌握了高效学习的策略就能完全搞定的，知识本身的难度、周围的环境、学校的师资力量、个人的资质等，太多因素都能产生影响。尽管策略体系比较完善了，但其他因素的问题还是会给我带来很大的困难，而我的心智成熟度还没有达到能够克服这些困难的地步，于是经常会忍不住产生很多负面情绪，焦虑、迷茫甚至绝望……

"我有很长一段时间一直都在思考，个人的努力有什么用？命中注定要遇到的那些困难，那些超越你能力范围的困难，又该如何去面对？明知道个人的能力是多么局限，个体的努力是多么无力，自然就会很难凝聚起精气神来去努力拼搏。哪怕身体还在撑着学习，大脑的状态也早就不一样了。

"那段时期是我的一大瓶颈，我几乎已经对命运感到绝望了，已经准备放弃了，认输了。可是偶然之间受到了占武的启发，意识到输赢不在于能否达到某个具体的结果，而在于我是否放弃，是否能够超越那由外界环境所决定的希望与绝望。对命运的不甘表现为战斗，以永不恐惧、永不放弃的决绝姿态来面对它，已然达到目的，完成自我评价与身份认知。想通了这一点以后，我心门大开，境界飞跃，从内到外都爆发出一股锐不可当的能量，尤其是带来了第二次突破。"

众人听得如痴如醉。

"可是没想到这样巨大的认知升级,带来的效果依然是有限的。现在我又到新的瓶颈了,不知道该怎么破局了。"

众人也跟着疑惑起来。技术提升带来一次突破,心智提升带来一次突破,那该从哪里找第三次突破的力量呢?技术和心智之外,已经没有其他东西了啊!至少没有可控的东西了。比如,师资力量、同学环境也会有额外的帮助,但这些都没法随你的意志调整。

"说不定还有其他更深刻、更高效的学习策略呢?"陈思敏问道。

"或者心智上还可以再升一级?"诸葛百象猜测着。

到这里,已经超过了这几个人的能力了,没法给修远更具体的建议。倒是修远想到,再过一周就又到了与林老师见面的日子了,这个巨大的困扰,或许可以再向林老师请教请教。

"你这是什么鬼成绩?排名怎么又下降了?快给我个解释!"

这话听起来像极了严厉的老师对学习退步的学生问责,又像是家长对孩子成绩不满的抱怨。然而实际上,说话的人是卢标,被问责的居然是妖星。

"唉,你怎么训起我来了?我这成绩也不算很差嘛!"妖星笑嘻嘻地应付着卢标。

"还不差?之前是年级十几名,这次已经退步到二十多名了!"

"有什么区别吗?总归能上一个985学校。清北上不了,复旦、交大、浙大、人大、中科大选一个。考十几名还是二十几名,不都一样嘛。倒是你,什么毛病,怎么比我妈还着急?"

"唉,为什么,为什么……"卢标叹口气,"你不是之前才解开了一个巨大的心结,人生都进入新境界、新阶段了吗?为什么人生境界的提高没有带来成绩的提高呢?跟我预期的不一样啊!"

这是说妖星之前在诸神之会中见到占武,找到了人生多年困惑的答案,整个人由内而外焕然一新,仿佛开悟一般,精神境界更上一个层次。卢标以为,这样强烈的精神突破应该带来方方面面的提高,自然也包括成绩的提高,然而妖星排名年级二十几名的成绩并没有印证他的想法,难免让他有些失望。

"首先,一不小心算错了两道数学题,多扣了10分,这是意外。你要把这10分加上去,我还是年级十名左右吧,也没有退步啦!"妖星解释道,"不过更关键的是,为什么你会格外关心这个问题呢?啊,为什么呢?"

卢标看向妖星,一种不祥的预感徐徐产生。

"哎,你看你,自己的疑惑没有完全解开,始终找不到力量的来源,成绩距离稳定上清北总是差了一点儿，一看我这边境界有所突破，就开始幻想境界提高必然带来成绩提高，把你的期待投射到我这边来了，这样真的好吗？难道不会显得你更弱吗？连他人与自我的边界都模糊了，观察世界真相和投射自我幻想也分不清了。所以我说你们这些小朋友啊，真的是需要好好反省一下……"

卢标一只手捂脸，不忍直视妖星："妖大哥，我服了你了，没必要说得这么透彻吧，给我留点儿面子……"

妖星又道："胡乱投射幻想，你有这么急迫吗？你的成绩也没有那么差嘛，不还是年级十一名吗？差不多也够上清北了。其实又何必执着清北的名头呢？有没有想过你的执着从哪里来？念头从何处起？是什么因素让你觉得非得考上清华或北大不可呢？"

"难道我取法乎上还有错了？"卢标不服。

"唉，这怎么叫取法乎上呢？太表象了。你拿这种表象是糊弄我还是糊弄你自己？明明是背后有心结、有疑惑，你直面这个结不就完了吗，绕来绕去的干吗呢？如果仅仅是取法乎上，哪来的焦虑？哪来这么强烈的不甘？你这不是取法乎上，倒像是被钩子钩住，挂在墙上了。"

卢标一愣，自言自语着："被挂住？我为什么一定要上清华或北大……为什么……如果不上会怎么样？如果是上交大、复旦、浙大又会如何？为什么如此不甘心……这不甘心合理吗？背后又隐藏着什么吗……"

妖星耸耸肩，留空间给卢标让他自己去思考。

卢标只觉得教室里好闷，忍不住要去走廊上透透风。

如果从前途上来讲，自己考上北大或清华，与考上浙大或复旦，有什么本质的区别吗？清华和北大固然更胜一筹，但在一生的发展上，浙大、复旦这样的学校的级别已经足够做出良好的支撑了，而自己考上浙大、复旦是没有什么压力的，那么为什么还要如此焦虑和执着呢？

也就是说，自己最深层的执着并不是对未来发展前景的担忧啊。

自从家里发生经济意外、背上高额负债以后，他就一直给自己灌输念头，一定要考上清华或北大，然后飞速地开创事业，扛起家庭的负担。这个想法似乎非常合理啊，于是自己要考上清华、北大的目标也就非常合理了。可是今天细细想来，并非如此。这样的理由只是很表面的理由，背后应当还有更深的动机啊。

卢标回忆起自己一路走来顺风顺水，几年来他接触着最好的教育资源，成绩突飞猛进，综合素质能力也飞速提高，在初中时期他已经深刻地觉得，自己上清华或北大是天经地义的，没什么难度。那时候他就已经将自己和上清华或北大画上等号了。可是随着各种意外的发生，如今他发现自己上清华或北大这事并不稳妥，居然是缺乏必然保障的，心里自然会有不甘，仿佛已经到手的珍贵物件突然又被别人夺走了。

那么，这是我执着于上清华或北大的原因吗？

卢标隐隐感到，依然不是，还不够深。

这巨大的不甘啊，是对什么不甘呢？他忽而又想到了自己在兰水二中的那些曾经的同学，想起了罗刻，想起了修远，想起了占武。

是命运啊，是命运。他模糊地感觉到，自己的不甘，本质上还是对命运的不甘。由于命运，他原本可以轻松地考上清华或北大；又由于命运，他突然就到了考上清华或北大的边缘线上，摇摇欲坠。他内心深处意识到，封号为"命运"的自己，只不过是任命运摆布的一只蚂蚁而已。

这才是我真正的不甘！

他终于想通了这一点。可他依然没有真正想通的是禅师当初对自己提的问题：你的力量从何处来？对抗命运的力量从何处来？他在李红生那里受到了一点儿触动，但远远不够。他又想起占武，妖星亲见了占武证明凡人可以扭转命运，而他还需要进一步探究，这扭转命运的力量，到底从何处来。

他回忆起诸神之会上占武与禅师的对话。占武说无中生有，说空中有力量无穷，这又是什么意思？他模糊地感到，这正是禅师在询问占武的力量来源。禅师与他对答如流，必然是听得懂的。

该再找禅师问问了。

▶ 第四十三章 ◀

理由！不可接受的 985 学校

距离期末考试不足一个月了，就连高一、高二的学生都紧张且忙碌起来，更别提还有半年就要高考的高三学生。越来越多的学生主动延长学习时间，每周一天的假期也不回家了，就留在学校里继续学习。树叶泛黄，寒风萧瑟，居然也影响不了校园内因繁忙而火热的氛围。

不过修远依然需要回家一次，因为本周日就是他和林老师再次约见的时候了。他还有重要的疑惑需要请教。

微湖沿岸已经没有了夏秋季节的美景，冬季的萧条覆盖了大树与小草，寒风从湖面吹向岸边，裹挟着阵阵寒意。岸边散步的人也大幅减少，不见平日带孩子来玩耍的年轻父母与热衷锻炼的白发老人，只剩一两个孤独游荡的身影。

"啊，林老师，您还真是喜欢湖边的风景啊，大冬天的也不觉得冷吗？"修远边走向林老师所坐的长椅，边将外衣领子竖起来。

林雨坐在有裂缝的老旧木头椅子上，穿着黑色的长风衣，衣领也立着，手插在口袋里，凝神看着湖面。天气虽然寒冷，却不影响他浑身散发出一种悠然自得与闲情逸致。

"嗯，习惯了。"林雨微笑着看了修远一眼，道，"好久不见。现在高三复习感觉如何？"

"高三复习嘛，当然很紧张，很忙碌。不过总算是在不断进步。上次考试又进步了，已经全班第三了。林老师上次教我的记忆策略，高三刚好用得上，可是帮了我大忙了！"

"具体的分数呢？"

"640 多分。那一次试卷中等难度吧，大概和高考差不多。"

"嗯，这个分数够上一个 985 学校了。"林雨道。

"是啊，不过总还是想再进一步。"修远终于话锋一转，提出了他憋了许久的疑惑，"林老师，这次我想要问一个比较宏观又比较抽象的问题。"

"哦？"

"上次虽然进步很大，但是后来那段时间，我已经明显感到又一次进入瓶颈期了。算起来，我这是第三次进入瓶颈期了。第一次突破瓶颈是因为学习技术的突飞猛进，主要就是因为偶然遇见了您，从您这里学到了很多学习策略，诸如结构化思维、费曼技巧、情绪管理等。第二次突破瓶颈则是因为心智升级，主要是因为自己长期的挣扎和思考，以及被一些偶然的经历所启发。

"这两次经历对我的帮助确实很大，但现在我第三次进入瓶颈期，却发现前两次的突破方法似乎不太好用了。学习策略系统上我已经相对完善，信念系统上应该也相对成熟了，这一次如果想要突破，还可以从哪里提升呢？前两次的成功，好像也没什么可以借鉴的经验。

"因此现在的学习，又有一些困惑和无力感了。这次来找您，就是想要看看怎么解决这个问题。"

林雨静静听着修远的话，淡淡一笑："心很大。你可曾想过，提升也并不是无穷无尽。你已经到能上985学校的水平了，在640多分这个分数段上，原本就没有太多提高的空间。"

"难道真的就没有办法了吗？"修远不甘心。

"要是每一个瓶颈都能被轻易突破，岂不是人人都可以上清华、上北大了？"林雨笑道，"有时候该学会接受自己的局限了。更何况，这个分数已经不低，对于你来说也并不是一个不可接受的结果吧。回想一下，一年多以前你刚遇到我的时候是什么水平？那时候好像连一本线都没过吧。为什么现在到了能上985学校的水平了还觉得不能接受呢？"

"这……"修远没想到，林老师居然会劝他接受现实，放弃再进一步的想法。可是他该如何回答林老师的问题呢？是啊，增长一定有极限，成绩原本就是不可能无限提高的。这个分数，已经可以上一个中等水平的985学校了，为什么他还要不断地追求更高的境界呢？

"这叫作贪心吗？难道我不该有更高的追求？"修远一时间又疑惑起来。

林雨看了他一眼，意味深长地笑笑，不说话。

修远看着湖面，看着远山，看向天空。这就是自己的极限了吗？再进步还能进步到哪里去？难道还指望着上清华、上北大？他知道自己距离那两所顶级的学府还有遥远的距离，要上那些顶级的学校，不仅要有最大限度的努力，还要有最高的智商，最好的小学和初中的基础，最优秀的学校和师资环境——而自己哪一项都不具备。

在自己凑合着过得去的智商、勉强不算拖后腿的初中基础，以及明显不够优秀的师资力量的条件下，还要再进一步，是否已经是妄想了？该就此停住了吧。

回想自己高一时跌出实验班，那时的成绩还够不上一本线。如果回到那时，自己的成绩能上一本线就已经相当满足了吧？到高二上学期重回实验班时，自己心心念念的不就是重回班级前十名吗？也就是能考上 211 学校的水平，自己明明觉得能考上 211 大学就很高兴了。而在高二一整年的纠结与痛苦中，自己痛苦的来源不就是卡在能上 211 学校但无法进入 985 学校的水平，如果能上 985 学校就无比幸福，简直是人生圆满了！等到今天终于到了能上 985 学校的水平，却依然不满足！这到底是叫作积极进取还是叫作贪心？

再进步还能进步到哪里去？上清华或北大？按照这样欲望不断膨胀的速度，会不会上了清华或北大还不满足，还想当高考状元？这就是人类无穷无尽的贪心和欲望吗？

这样一推理，自己分明很荒谬啊！根本就没有一个可以满足的结果，也远远超出了自己的能力极限。所以，果然应该就此打住，放弃更高的追求了吗？

可这样的念头刚一产生，他就立刻感到巨大的不满，内心深处有强烈的冲突与不快。修远又为这内心深处的不满感到疑惑——我为什么会有如此强烈的不满？他感到矛盾与困惑。

想再强行进步到考上清北的水平，不符合世界运转的规律，是贪心妄念；可一想到要停下来，却又有发自内心深处的强烈不满。这矛盾与冲突让他困惑，仿佛被夹在两堵墙之间，左冲右突，进退不能。

他对着湖面叹一口气。

是因为李天许吗？他又想。为什么不甘心就此停住？是因为和李天许立下了赌约吗？如果不能再进一步，自己与李天许的赌约必然要输，总不能等着实力强于自己的李天许自动成绩退步吧？如果不能战胜李天许，那就要遭受李天许的人格羞辱，在身上贴侮辱性的字条。这结局当然是令人不悦的，所以自己才拼命想再进一步吗？

或许有这个因素吧，可是又觉得并不完全如此。修远清晰地感到，那不满并非如此直接与肤浅，那是来自灵魂深处的激荡与呐喊！那不是虚荣与争强好胜，也不该是贪婪与盲目低估难度啊！

可那又是什么呢？

修远缓缓闭上眼，静静地坐在长椅上，仿佛忘记了林老师的存在，忘记了山水与天地，忘记了整个世界。

我为什么不满足于现状？我到底为什么不满？

是结果吗？不是。修远确定了这一点。考一个中等的 985 大学，这个结果已经是自己可以接受的了。无论从怎样的角度去考虑和衡量，985 大学都不差了。既然结果可以接受，那么……

许久之后，修远忽然睁开了眼睛。

"林老师，我终于想明白了！"修远掷地有声道，"不是对结果不能接受，是对过程与当下的状态不能接受！

"我在高中接近两年的时间里，真正的最大的迷茫和痛苦，是对于命运的思考。我总觉得自己的失败是由于命运的局限，是超越我个人努力极限的苍天的束缚，是如同囚徒与奴隶一般的无能为力。这种痛苦不仅是结局的痛苦，更是关于丧失自由、任人摆布的无能意志与灵魂的痛苦！

"而我第二次突破瓶颈，也正是对这一信念的局限的突破！当时我终于意识到，要消灭这一痛苦，重要的是消灭对结果的执着，放下一切希望与绝望，更要重塑自己的身份，要带着不灭的意志，做一个永不退缩、永不被精神击败的战士！

"这样的精神境界才是我真正追求的。

"而这样了不起的精神境界，我真的通过一次机缘巧合的顿悟就彻底掌握了吗？并不能确定。那一刻，我或许理论上懂了这个道理，但是还未经历反复的考察与磨炼。今天我遇到了又一个成绩的瓶颈，或许才是考察的开始吧！

"我也终于明白我不能接受的是什么了。面对这一个成绩的瓶颈，如果我放松心态，允许自己不再做额外的思考、努力和尝试了，对当下的瓶颈无条件接受了，说穿了也就是认命了——这种认命的状态才是我真正不能接受的！

"我不要在这里停下来，不要就此松懈，我必须要以战士的姿态继续战斗下去！这是我需要的身份，这身份才是我对自己最大的嘉奖，这精神境界才能让我真正地满足！

"我要不断努力，不断寻找新的突破口，不断挑战和逼迫自己的极限，这才是我该做的事！也许我还能再进一步，也许我就停在目前的水平了，这都已经不重要了。我是谁？我是永不停歇的战士，我要永无止境地奋发与抗争。今天我来找林老师您请教，不是来找一个保证我必然再进一步的秘籍或法门，而只是在做一件我身为战士本就该做的事情——寻求一切可能性，不放过任何一个提高的机会。

"如果您还有新的能够帮助我前进的方法，那自是更好；如果没有，我依然可以接受，并感谢您这一年多来对我的帮助。就算没有，我也决不会消极，决不会放弃。我将依然坚守我的身份，做我该做的事情。"

修远说完了，深深地呼吸，仿佛浑身皮肉通透，骨骼坚硬挺拔。

林雨露出一丝不易察觉的微笑，问道："哦？寻找一切可能性，不放过任何一个提高的机会，难道不正是为了追求更高的结果吗？"

"不！"修远坚定地回答，"结果可有可无，而追寻这个动作才是核心。"

林雨又问："如果执着于做出这个动作，那是否又会变成一种自我感动、欺骗或者对外的表演呢？"

"不会。我不在乎别人怎么看、怎么想,这就不是对外的表演;我能感受到自己的平静与清醒,这也不是自我感动与欺骗。这种自我身份的确认与坚守的感觉,深入骨髓,浸透灵魂,无法欺骗。"修远看向林老师,眼神中有光芒闪烁而又安如天空,宁若深湖。

"或者,执着于做出这个战斗的动作,是否会变成一种偏执的自寻麻烦呢?"林雨试探着再问了一句。这一问非同寻常,是判断修远当下心性水平的试金石了。

"也不会。"修远略作思索后,坚定地答道,"这不是故意自找麻烦,而是在已经存在的麻烦中寻找机会,证明自己是不会被击倒的战士的身份。这战士在战时是激昂猛烈的,但并非不受控制,他不是个着魔的战斗狂,而是可以全然自我控制的。他是大开大合的,是张弛有度的。最伟大的战士,必定也是最善于休息的,最能够保持安定和平静的,就好比顶级的武道高手都会训练自己有宁静的心态。战士的意志,也会随困境而显,随问题的解决而藏。只不过,我目前确实面临很多学习误区和障碍,所以他显现出不断战斗的意志。"

林雨看着修远的眼睛,终于点点头:"哟,能张弛有度吗?若果真如此那就还算不错啊。若有如此信念,倒是真有可能再进一步。不过你的分数已经很高,提高的难度已然很大了。再想进步,需要新的学习技术与心法了。"

"还有新的技术与心法?那是什么?"修远疑惑道。

林雨从座椅上站起来,缓缓开口。

"全流程优化。"

▶ 第四十四章 ◀

秘籍型思维的谬误

下午2点多,卢标给安谷发了信息过去。他早在去老师家里上课时就有了安谷的联系方式,只是之前并不太熟,没有联系过而已。这次,他需要找安谷帮忙。

"安谷,上次与占武会面,你与他聊了很多内容,节奏很快,也有些隐语使人不解。我想其中有些部分可能会对我有帮助,希望有机会能向你请教下。"

卢标还在怀疑安谷会不会看到和回复信息,不想没过多久就收到安谷的信息。

"哪些部分?"

"更早之前你提过,我的原有的精神力量不足以支撑我更进一步了,需要找新的力量。而我又想,占武在如此恶劣的环境里是如何找到强大的力量的呢?你与占武的对话中似乎包含了这一部分,但当时节奏太快,隐语太多,我实在没有反应过来。"

他不知道自己的表述是否清晰,因为安谷问他哪些部分,而他根本不知道是哪些部分,只觉得全程都与此有点儿关系,但也说不出是什么关系。不过转念一想,就算自己没有表述得太清楚,以安谷的能力,也一定知道自己在说什么。

"我在微湖边上散步,你要过来吗?"

卢标略感意外。这季节微湖边上不会很冷吗?安谷倒是有闲情逸致啊。不过安谷这是表明了可以指点自己一二了,卢标立刻回复:"具体在哪里?我马上过来。"

微湖岸边,修远满眼期待地看着林老师。

"想了解全流程优化,需要先从秘籍型思维开始讲起。"林雨缓缓开口,"如何取得成功,如何变得特别优秀,很多人本能地有一种想法——你需要,并且主要是依靠某种秘籍。"

"依靠秘籍?"

"举个例子。你们这一代的年轻人,喜欢看各种仙侠、修仙、玄幻小说吧?这些小说一般是什么套路呢?很多都是某个普通人,因为偶然的机缘捡到了一本秘籍,或者遇到某个绝世高人传授了他一套隐秘的功法，或者偶然得到了某个宗门的信物——总之都是秘籍的不同版本。接着这个人就因为有秘籍而轻松变成王者，大杀四方了。这种主要依靠秘籍而变强的想法，我们称为秘籍型思维。"

"嗯。"修远回忆起自己看过的部分修仙小说，确实是这样。

"其实这种想法，古今中外都是如此。比如国外流行超级英雄电影，蜘蛛侠、绿巨人之类的，一样是有秘籍型思维，只不过你们的秘籍是一本书，他们的秘籍是被变种蜘蛛咬、是被辐射后变异。又如古代帝王想要长寿，叫他们饮食规律、早睡早起、放平心态、每天锻炼身体延长寿命，他们是不愿意的，非得去求个仙丹回来心里才舒服，这也是一种秘籍型思维的表现。"

修远点点头。他忽然想起自己高一上学期抱着一张残缺版的思维导图，希望用这一种方法来提高成绩、绝地反击，不就是一种典型的秘籍型思维吗？

"再如有些学生或家长初次听到某些奇特的超级学习法，全脑开发之类的概念，就轻易决定要把全部的希望寄托在这些神奇的方法上，这是教育界常见的秘籍型思维。"

"林老师，等等。"修远忽然意识到一个问题，"您说'秘籍型思维'这个概念，我其实很认同，我自己也曾经犯过秘籍型思维的错误，就在遇见您之前，我还拿着一张没有蕴含结构化的思维导图当宝贝呢。不过我有个疑惑，如果一个人将希望寄托在某些正确的、确实有效的方法上，又会如何呢？您刚才用一些所谓'超级学习法''全脑开发'之类的方法举例，这些东西一听就是不靠谱的。但世界上毕竟有一些方法确实是靠谱的、有效的，如果将希望寄托在这些方法上，又会怎样呢？还算是秘籍型思维吗？"

"当然算。"林雨道，"哪怕是一些原本有效的东西，如果你抱着一种求秘籍的心态来对待它，它也一样会失效。就好比优质的公司交给一个无能的管理者，并不能创造太多利润。不是公司原本有问题，而是管理者的问题。同样的公司交给另外一个优秀的人，就能够蒸蒸日上。"

修远暗自点点头。他又联想到自己在第二个瓶颈时的状态。那时候他已经手握很多种高效学习策略了，但显然没能发挥出所有策略的全部威力，成绩卡在了一个不高不低的水平。而在受占武启发、心智第一次觉醒之后，自己几乎是用同样的策略就进步到了今天的水平。

修远忍不住感叹道："或许真正的强者需要两方面的强，方法要强，心智也要强。秘籍型思维是一种典型的弱者心态吧，因为自己越弱，对外界强力辅助的期待就越高，越需要某些神奇的秘籍。而强者却能够守住自己的内心，不会因为外界工具而迷失，能做到用强力的内心和大脑去控制强力的方法，最终才能创造出最强的结果。"

"领悟得不错，修远，看来你是真的有进步了啊。"林雨点点头，"另外，秘籍型思维最可怕的地方就是，它有一部分是正确的。这就像诈骗一样，一看就离谱的东西很容易识破，半真半假的东西才最具有欺骗性。正如你说的，也许某个方法是有用的，但秘籍型思维必定伴随着弱者的心态，而弱者的心态又会把有效的方法扭曲，让它失去威力。所以很多时候，还不一定是方法欺骗了你，经常是你自己欺骗了自己。

"我们也可以这样理解。狭义的秘籍型思维是指，一个原本只是有一定作用的东西，被放大成了万能的、唯一的，于是你把全部的希望都押在了一个东西上，继而放弃了对其他事物的观察和学习，最终不可避免地走向失败，这就是秘籍型思维的危险。从这个意义上说，拥有秘籍型思维的人就像那些把一生的希望放在彩票中奖上的人一样，尽管每周都有几个幸运儿捧回千万大奖，更多人还是荒废了时光，走向悲惨的结局。

"而广义的秘籍型思维则可以理解为，一个东西，原本只有3分作用，而你却误以为它有8分作用，便会对它投入8分的时间和精力，进而减少了对事物其他方面的观察和学习，同样浪费了时间和精力。有时候，一些特定的方法确实是管用的，短时间可以起到'一招鲜，吃遍天'的效果，让人因为迅速的正面反馈感到无比的兴奋。但如果就此停住，完全依赖于它，只会让人丧失长期的成长而已。"

"若按照广义的理解，秘籍型思维就太普遍了。"修远说。

"在广义秘籍型思维的理解下，最可怕的并不是受外界影响的认知误区，而是一种心理投射。由于自己的无力、弱小以及期盼着秘籍的心态，会不经思考地去相信外界的诱导，甚至主动给自己创造出能够被外界拯救的幻象。自欺者，更易被人欺。"

主动给自己创造幻象……修远听到这里不由得心中一紧。自己当初不就是这样吗？还有无数的焦虑、痛苦而又无力的人，不都是这样吗？这似乎是人性的共通弱点吧。

"这就是秘籍型思维的特性了。而与秘籍型思维对应的，就是全流程优化的理念了。"

终于要讲到正题了！

"全流程优化的理念很简单——一件复杂的事情往往由多个流程和步骤组成，把每一个流程和步骤都进行优化、做到最好或接近最好，就叫作全流程优化。这个理念看似很简单、很平常，所以也常常被人忽视。如果说秘籍型思维是被高估了作用的方法，那么全流程优化就是一个典型的被人低估了作用的方法，看似简单，但深挖起来奥妙无穷。"

被低估？修远暗自想，把所有地方都尽力做好，不是老师和家长从小就说教和指导的内容吗？听起来确实没什么了不起的啊！不过他没有打断林老师的话，带着疑惑听了下去。

"它最大的特点就是，能在平凡中创造奇迹。我借助一个常见案例给你看看全流程优化的威力吧。你在网上买过东西吗？现在很多卖家通过一些自媒体发商品广告，而用户在看到自媒体的文章或者视频时，如果恰好对文中潜在的广告内容和商品有一定兴趣，就会点击链接跳转过去购买产品。这个过程你经历过吧？"

"嗯，经历过。比如，微信公众号的文章，或者头条的文章中，都见过这种插商品广告的。"修远点点头。

"在这个移动互联网时代，我相信你对这样的商品销售模式早就见怪不怪了。不过绝大多数人只作为顾客光顾过这样的电商，却未必以卖家的身份经营过商铺。现在我请你转换成卖家的身份去思考，如何才能卖出更多的商品？"

"啊？要我回答这个问题？"做生意修远可没什么经验，他思考了好一会儿，才勉强答道，"要物美价廉？大量投放广告？我能想到的就这么多了。"

"你一个学生，又没工作过，当然想不到太多深刻的建议，但这些细节不是最关键的问题，关键的是思维模式。很多成人想出来的细节内容可能比你更多，比如有人说只有优质的服务才能带来优质的商业，你把客户服务好了，客户才愿意给你介绍其他客户；有人认为，软文写作才是互联网商业的关键，从硬广告过渡到软文是互联网营销的核心技术；也有人感叹，网络店铺装修很重要，甚至不亚于实体店铺装修，你看那些销售得好的电商，其页面设计、修图等都非常精美。

"上面所有的建议都很有道理，这些因素都很重要。但是如果只给出这些回答，你就不是最优秀的商业经营者，而是对商业有某种秘籍型的误解。因为**最优秀的商业经营者，一定是从全流程优化的角度出发的。**

"以全流程优化的理念去经营上述项目，将会有如下操作。首先将客户的注意力经过的流程划分清楚。

第一步，客户看到公众号的文章标题，决定是否点击标题查看正文；

第二步，客户看到正文内容，决定是否继续看下去，直到正文后半部分的广告（在软文中，有关商品的信息往往在文章的后半部分）；

第三步，客户看到商品广告，决定是否点击店铺或者商品链接；

第四步，客户看到店铺或者产品介绍页面，决定是否点击进入支付界面；

第五步，客户进入支付界面，决定是否完成付款；

第六步，客户收到货物，决定是否给出好评或者转介绍。

"也可以用一张流程图表示。"

林老师说着找修远要来纸和笔，画出一张流程图。

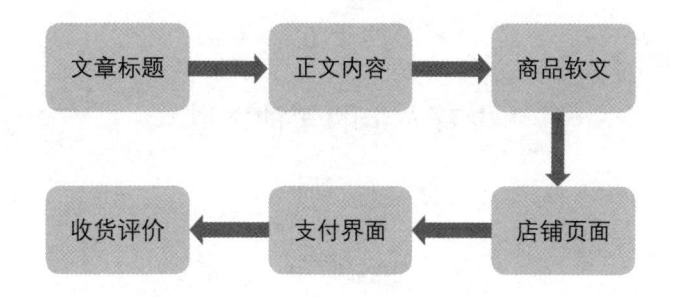

```
文章标题  →  正文内容  →  商品软文
                              ↓
收货评价  ←  支付界面  ←  店铺页面
```

"在上述流程中，如果你的第一个流程做好了，标题取得很有吸引力，就会带来更多的流量，有更多读者进入第二个流程——正文内容的阅读。如果正文内容前半部分做好了，就会给后半部分的软文带来更多阅读量。软文如果写得有吸引力，客户就会点击进入你的店铺页面，店铺的整体设计风格、图片装饰、文案写作等因素会影响客户对店铺和商品的观感，影响其购买的决定。甚至当客户决定购买以后，支付界面都还可以做些文章：有些店铺只支持支付宝购买，不支持微信购买，那么惯用微信的人就可能会停止付款。再往后，客户会进行商品评价或转介绍，这时候你的客服与商品质量就发挥作用了。

"你可以看到，在这个全流程优化模型中，之前提到的那些零散的商业建议全都可以融合进全流程优化的模型之中，而该模型还包括了更多之前没有想到的东西。"

修远若有所思，缓缓道："如果说，单一环节的优化也可以提高销售效果，比如某个特别擅长写软文的人介绍的商品可能会迎来一阵热卖，某个擅长店铺装修的人也会有自己的优势，但都不能做到最好。这些在单一环节有优势的人，就是之前所提到的陷入了某种秘籍的误区。而您最后所说的那种情况就是全流程优化，它可以包括所有的秘籍，却又比单一的秘籍更广泛，所以会有更大的威力！"

"没错。"林雨赞许地点点头，"然而，这只是全流程优化其中的一个优点而已。真正的奇迹和现实意义，还在后面。"

▶ 第四十五章 ◀

少有人走的学神之道

　　微湖边上寒气袭人，修远却只觉得身体发热。林老师的讲授，逐渐到了最关键的地方。

　　"我们来思考一个问题，在上面的六个流程当中，假设你每个流程都比别人更努力一些，都得到了额外 30% 的效果，会怎么样呢？注意这个假设的背景，我们默认你是一个普通人而非一个天才。如果你是一个天才，那么你稍微多努力一点儿，恐怕能够取得超越一般人至少 2 倍的效果吧？但我假设你只是一个普通人，你付出额外的努力只获得了额外 30% 的效果。

　　"在六个流程中，每个流程你都取得了比别人多 30% 的效果，你的最终成果将是我写下的这个公式：

$$(1+30\%)^6 \approx 4.83$$

　　"没错，你取得了相当于一般人约 4.83 倍的效果。即便你是一个普通人，通过全流程优化，你也能够取得和天才做得一样的效果。现在我们了解到，全流程优化是一个复利模型，它具有复利的威力。"

　　那又如何呢？接近 5 倍的效果，看起来厉害，但这只是一个理论假设值啊！实际上的增加值谁知道是多少呢？修远还在疑惑着，他继续听林老师说下去。

　　"下面最有意思的地方来了——

　　"刚才我们假设，你是一个普通人，你比别人付出了更多的努力，取得了额外 30% 的效果。那么你究竟多付出了多少的努力呢？

　　"假设你的努力比别人只多了 10%，效果就多了 30%，那你的效率就太高了，恐怕本身能力就很强了，很难被定义为资质平凡的普通人。我们可以假设你比别人多努力了 50%，结果只取得了 30% 的效果——这个效率很一般吧，这才叫作普通人嘛。

"现在总体来看看。每个流程上，你付出额外 50% 的努力，收获了额外 30% 的效果，那么累计的效果就变成了刚才算过的约 4.83 倍。可是成本如何呢？总体来看，你比别人多付出了多少努力成本呢？"林雨对修远问道。

"额外的努力成本？我想想，1.5 的 6 次方？不对，成本不会指数累加。那就是 50% 乘以 6.3 倍的成本……也不对啊，成本不是这么算的吧。等等，成本增加应该是……"修远逐渐瞪大眼睛，仿佛意识到了一个极为重要而又让他震惊的结论，"成本……成本只增加了 50%！因为成本的增加是按照线性算的！"

怎么会这样？修远被自己的计算惊得目瞪口呆。如此算下来，岂不是只需要增加 50% 的努力，就能获得接近 5 倍的效果？1.5 倍的投产，获得接近 5 倍的收益，这简直是天才级的产出比啊！可是不对啊，刚才不还在假设我是个普通人吗？不是 1.5 倍的付出只能获得 1.3 倍的回报吗？怎么算着算着就变成天才级的效果了？

林老师看着修远目瞪口呆的样子，忍不住笑道："不用怀疑自己了，你没算错。确实是只需要 1.5 倍的努力，就获得了接近 5 倍的效果。因为全流程优化在计算成本时适用的是加法，在计算成果时适用的是乘法。线性增加的成本碰到了指数增加的结果，全流程优化以完美的方式向我们展示了复利的威力——这就是奇迹的来源。"

修远越发意识到这个理念的强大之处。没错，刚才约 4.83 倍的效率只是一个假设出来的理论数据，可是 1.5 倍努力带来的约 4.83 倍效率的跃升却是实实在在的。这种较低额外投入带来的较高产出的超高性价比可不是假设出来的。你可以假设另外的数据，比如 1.3 倍的努力达成 1.1 倍效率，然后计算一下发现，六个流程的复利下最终会获得约 1.77 倍的效果，依然高于 1.3 倍的产出。

对有过无论怎样努力都没有任何效果那样的悲惨经历的修远来说，就连大量努力只获得少量回报都是可以接受的——只要有回报就行，全流程优化这样低投入、高产出的模式简直是天上掉馅儿饼了！

林雨接着说道："由于全流程优化是个复利模型，即指数模型，流程链条越长、流程越复杂的时候，这个模型的威力就越大。所以我们常听人说时间是复利的朋友，因为随着时间的延长，流程会自动变多，复利也随之扩大。

"但是事情往往是双面的，在复杂的流程中既有利润，也有风险。对于复杂的流程，如果你做得好了就是全流程优化，对应了复利；如果没做好那就成了全流程损耗了，对应了'复亏'。复利是很诱人，但'复亏'就很难受了。

"所谓全流程损耗，就是每个流程都做得比别人差一点儿——不用差太多，只用差一点儿就好了。在六个流程的事项中，假设你每个流程都只做到别人的 70%——也不算太差吧，如果 60 分算及格，那你还多了 10 分呢——那么六个流程走下来，你的最终结果居然只有别人的 12% 都不到。

"即便你是一个比较聪明的人，你每个流程中 70% 的效果是只用了 50% 的努力就做出来了，看起来效率还蛮高的，可是总体算下来，你用 50% 的努力，做出了 12% 的低级效果——依然是一个不能接受的结果。

"如果说全流程优化是见证平凡的人如何变得伟大的，那么全流程损耗就是见证聪明人如何走向平庸乃至覆灭的。在复杂的流程中，一点点疏忽与懒惰都会随着流程不断地累积，最终造成巨大的损伤。"

的确，底数大于 1 的指数会有强烈的递增效果，底数小于 1 的指数会有强烈的递减效果，这是指数的特性。可是修远突然意识到一个问题，赶紧向林老师问出："可是林老师，我想到一个很重要的问题。我之前在网上看到过一种说法，只要我们每天进步一点儿，哪怕是很少的一点儿，比如 1%，那么一年坚持下来就能够进步几十倍，以此来说明复利的作用。可是这个故事被评价为典型的鸡汤文，是没有可操作性、没有价值的。您所说的全流程优化看起来也是一种复利模型，那与网上每天进步 1% 的鸡汤文有什么区别呢？"

林雨忍不住笑了笑："有自己的对比性思考了，不错。每天进步 1% 的那个小故事，属于只给结论不给路径，所以没有用。另外，每天进步 1% 的数据设置，其实是非常夸张的，是一个不可能达到的数据，所以最后复利下来的结果也就很夸张了。

"但这不代表全流程优化的理念和 1% 的小故事一样是没用的。

"全流程优化是一种心法和技法的结合，你既要有对复利理念的理解，又要有配套的操作手段。单纯地看一个每天进步 1% 的小故事，却不懂结构化，不懂错题复盘和思维追踪，不懂信息循环和费曼技巧，不懂情绪调节和心智损耗，不懂精力管理和高强度用脑的核心理念，甚至连基础的记忆策略都没有，哪能有什么用呢？要知道，复利不是天上掉下来的，是用各种方法操作出来的。"

修远点点头，原来如此。

"但也不要以为，只要有了这些技术就一定能够成功了，全流程优化还有心法的部分。全流程优化的理念看似平平无奇，但它包含着把一切细节抠到极致、优化到极点的理念，而这是一个十分难得的心态。你刚才说学习要有强者的心态，没错，全流程优化中就已经蕴含强者的心态了。"

"啊？"修远大为疑惑。全流程优化哪里体现出强者的心态了？把每个细节都做到最好，这不是从小学开始老师和父母就经常挂在嘴边的一句话吗？很普通啊！怎么就蕴含强者的心态了？

林雨看出了修远的不解，继续解释道："全流程优化要求把每个细节都做到最好，这首先要有强烈的动机。你细品一下，有多少人会有这样的动机？如果不是有极强的上进心和极高的自我要求，谁会把自己逼到这样的境界？要注意，大部分学生并不是经过万般尝试之后发现自己实在做不到这一点，而是从一开始根本就没打算做到这一点。"

修远点点头。是啊，大部分人所谓的要尽全力学习、做到最好，只不过是说说而已，内心深处其实并没有这么强的动机。

"其次，在实际进行全流程优化的过程中，又有更进一步的心态要求。把每个细节都抠到极致，实际尝试过的人就知道，这是非常烦琐乃至令人疲惫的，常常是顾了这头就忘了那头，两头都顾就漏了中间，人会感觉心浮气躁、心烦意乱，尤其是在前期和中期还不习惯全流程优化操作的时候，很容易选择放弃。

"其实很多需要长期坚持的事情都容易放弃，比如每天锻炼身体、每日背单词、每天冥想等。但每日做全流程优化却比这些更难坚持。心理学界研究了这么多年的意志力问题、习惯构建和改变问题，得到了一个很明确的结论——如果你计划建立好的习惯，最好每次只建立一样。如果你多个计划同时进行，就很容易全盘崩溃、全部放弃。

"可是全流程优化的特性，注定了执行者很可能要在一日之内进行多个项目、完成多个任务，否则怎么能全流程优化呢？所以它坚持执行下来的难度，天然就很高。"

修远忽然问道："执行难度很高，不知道算不算它的一个缺点或者技术漏洞呢？"

林老师笑道："哈哈，思考的角度很新奇。可是威力强大的东西，又有哪一个不难呢？全流程优化是一种让人成长到顶级水平的方法，堪称王道。王道，从来都是极少数人之道。"

"更何况，也还有方法能够降低它的难度。比如，如果一个人能够从小就按照全流程优化的路径去学习和成长，每个阶段定向培养一个习惯、一种能力，难度就不会太高了。而多年累加起来，依然能够达到全流程优化的效果。"林老师瞟了修远一眼，又说，"只不过你没这个运气而已。"

修远点点头。是啊，如果能够从小培养不就解决了难度上的问题了吗？自己没这个运气啊。可是自己一路上的运气还不好吗？能碰到林老师就是极好的运气了，能遇到占武一样是。运气这东西就和金钱权势是一样的，总有比你更富贵的，也总有比你更穷酸的，真要攀比、抱怨起来那就没完没了了。他定了定神，说道："即便只剩下最难的路，也一样要走。"

"好，有点儿志气。其实你也算有一点儿全流程优化的基础了。一方面，你毕竟还是懂了部分学习策略；另一方面，在一些细节的心态上，也有了一定觉知的能力和冲破阻碍的意志。"

"细节的心态上？这个指什么？"

"其实全流程优化在实操中，最容易出的问题有两大类。一类是从内心深处的信念上没有意识到细节累积的重要性。比如，一整天的任务安排里，会包括晚自习后或睡前的提取练习。这个细节你会每天坚持吗？有没有可能是有些时候做了，有些时候却没做？哪一天感觉有点儿累、注意力有点儿分散，就想漏掉一天也没什么影响，于是就偷个懒放弃了？这个细节上不重视，那个细节上没严格执行，复利的指数累积效应就降下来了。这是对全流程优化的威力缺乏理解和意识的问题。"

修远心想：提取练习自己还真是没有严格执行，就像林老师所说的，有一天没一天的。不过之前根本就没从全流程优化的角度去考虑过。

"而第二大类问题是，有时候尽管知道细节累积的重要性，但很容易被心智中的各种损耗中断执行。比如，某一天很累，觉得何必这么辛苦呢，毕竟全流程优化的执行是要消耗不少精力的，为什么要折腾自己呢？这种念头可能只是大脑里的一闪念，都不需要长久的纠结，要放弃坚持的决策就已经做了。

"或者，哪一天情绪低落，忽然就觉得努力又有什么意义呢？反正总是成功不了，反正总会有各种各样的困难。一灰心丧气，又是简简单单地念头一闪，自己的意识都还没有反应过来呢，潜意识就做了要放弃的决策。

"或者，要追求卓越的目标并不坚定。哪天学校开了场动员会，一时热血想要奋发努力，要做全流程优化；过几天热情退了，自己就开始迷茫，我为什么要这么拼？我真的需要做到那么极限、学到那么好吗？出现潜意识的犹豫，执行立刻就中断了。

"凡此种种，都需要一定的觉知能力。你要觉知一个念头升起了，当下觉察到那些自我怀疑、自我放弃的念头正在你的大脑后台捣乱，甚至要清明地照射着它们，不允许它们藏在潜意识的阴影中制造障碍；你又要意志强大，清晰而坚定地想要做到最优秀，勇毅和决绝地不惧一切困难。这两点，是高强度执行全流程优化的重要基础。

"而你，刚好分别具备一点。"

坚定决绝而不畏困难，修远自认为已经不成问题了，这是受占武启发后心智成长的结果。而自我念头的觉知，虽然并不算强，但也确实有了一点儿。尤其是这两点似乎还会互相影响，自从自己心智觉醒、勇气增长之后，对念头的觉知也跟着加强了。大约是打破了对负面思想和困难进行自我屏蔽的心理保护机制。

林雨终于对修远道："有了这两点基础，就可以给你做一套简单易行的优化流程了。"

▶ 第四十六章 ◀

高三总复习的流程优化

"先来看看最基础的学习流程。"林老师用从修远那里要过来的纸和笔，边画边说，"学习流程一般是从预习开始，接着是听课、练习、复习、测试，测试之后还需要进行听课、练习、复习、测试的循环。"

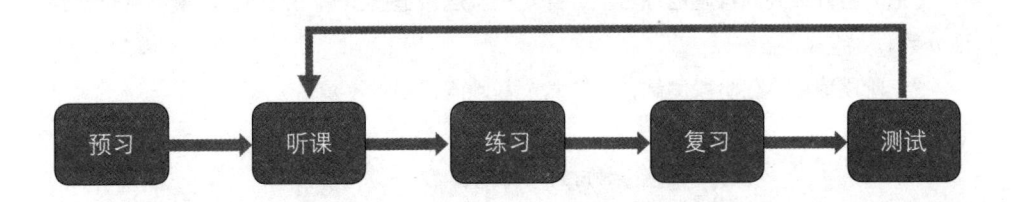

预习 → 听课 → 练习 → 复习 → 测试

林老师又接着说道："不过这个流程对你不太适用了。这是高一、高二学新课学生的标准流程，而你已经高三总复习了。高三学生的学习流程与标准流程区别较大。

"首先，预习环节没有了，课都学完了，不存在常规预习了。然后听课也发生了很大变化，上图的听课主要指新课学习的听课，而高三学生的听课主要是听老师讲评各种习题，所以大部分的听课会和练习环节合并在一起。

"复习环节更是发生了重大改变。高一、高二的复习在学习中占比很低，所花时间和精力都较少，但高三一整年全都是在复习，这是最明显的差别。而且复习也有很多种形式，绝大部分老师和学生，对大部分科目会选择以习题为载体来进行复习，最典型的就是数学这种学科，基础知识点很少，题型很多，所以很多时候，复习和练习又合并了。

"最后是测试环节。高三的测试频率大大提高，比高一、高二多了 3 至 5 倍。原来一个学科一个月可能才考试一次，现在一周就要考一两次甚至三四次了。所以测试环节也会有很大的变化。"

修远插话："这么说来，高三的流程不就简化得只剩下练习和测试了？甚至很多练习本身就是一张试卷。"不过回想起来，高三不就是拼命做题、做试卷吗？

"没错，粗略一看确实就只剩下练习和测试了。"

"只有两个环节了！"修远叫起来，"可是全流程优化，应该是流程越多才会威力越大吧？"

"当然。所以，我们还需要把这两个大环节继续拆分，变成更细致的流程。本来练习这个环节就由于高三的特性承载了太多内容，需要细分也是理所当然的。"

"那具体怎么分呢？"

"大部分学校、大部分科目的高三总复习是这样的。对每一个单元，先从基础概念、基础定理和与概念、定理对应的简单题开始复习。复习完之后，有时候会有一个快速检测，来确认这些基础定理、概念和题目不会有什么问题。

"基础部分完成后，就会开始中等题的练习，这一个环节占据了大头，也是对于绝大部分人来说最重要的。中等题的数量最多，题型变化也复杂，需要消耗最多的时间和精力。练习完之后，需要有细致的检测和循环，确保中等题能完全掌握。

"最后会升级到高难题的练习上，并对压轴题做适度检测和循环，以最高性价比保证分数。

"三阶段练习，三阶段测试，一共六个基础流程。"

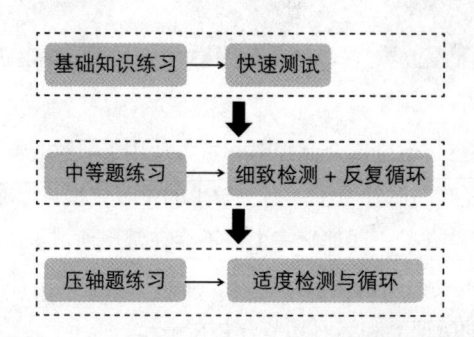

```
基础知识练习 → 快速测试
       ↓
中等题练习 → 细致检测 + 反复循环
       ↓
压轴题练习 → 适度检测与循环
```

修远点点头，继续听。

"三个阶段的练习，对应三个阶段的测试，但三个测试的性质又各有区别。

"测试的基础作用是查缺补漏，给复习和提高提供方向指引。在基础定理和概念阶段，难度较低，内容也比较少，所以这一阶段测试的要求是快速进行。在实际的学校课程中，很可能一个章节的所有定理和概念，一两天就复习完了，甚至一些小章节累计一节课就结束了。不过又要根据不同学科有所微调。比如数学，基础定理和知识点较少，重点是题型变化，所以第一阶段的练习很快，测试也比较简单。

"但也有些学科基础知识点较多，比如英语，要背的单词很多；生物，琐碎知识点不少。像这种学科，第一阶段所花的时间就要长一点儿，测试也相对复杂些。但总的来说，针对基础知识点、定理和简单题的检测比较快。

"中等题的练习和复习是大头，以数学为例，中等题分数占比有50%～60%，其他学科占比也是接近的，略有差别而已。这部分题目不仅占比高，而且特别关键。简单题虽然也有30%～40%的占比，但这一部分是拉不开差距的，是几乎所有人都能拿下的。大部分的分差，就是差在中等题上面。

"另外，中等题的题型变化很多，组合方式也多，这也必然导致学生们需要在这一部分花费很多时间和精力。中等题对应的测试环节也会有相应特点，首先是检测要细致，因为内容多很容易有遗漏；其次是不仅要检测，还要有循环，也就是第一次检测后再改错、练习、再检测，反复循环——因为内容很多，第一次复习、检测和改错后大概率无法完全掌握，需要多次循环才行。

"再往后就是压轴题了。压轴题分数占比较少，只有10%～20%，但难度高，且题型变化也复杂，经常有创新性的内容。这些分数是普通高手和顶级高手拉开差距的地方，对于其他学生则性价比很低了，经常是投入很多精力和时间也看不到什么效果。所以压轴题和对应的检测，要在考虑性价比的情况下适度进行、适度循环。"

修远插话："我目前好像处于能做中等题和高难题的交界处。没学好的学科和板块，有部分中等题还会错；而学得好的板块，部分压轴题已经能做出来了。"

"嗯。"林老师略微点头，"总体上就是这个特性了。我们的全流程优化，就是要针对这六个流程进行优化，将各种细致的学习策略穿插进去。

"简单题、基础概念和知识点的学习，对应的策略是知识点结构化和记忆策略。结构化让知识点变清晰，提供宏观视角和理解，记忆策略则提高单个知识点的记忆效率。我给你讲过提取策略、遗忘曲线，我记得你还会图像记忆法？这些都可以用。

"简单知识点和基础概念及定理对应的快速检测，也可以使用提取策略，具体的表现形式有回想、默写、抽认卡等。提取策略还可以和知识点的结构化结合起来进行，也能进一步提高效率。

"中等题的优化比较复杂。首先是很多学科要做解题思路结构化了，比如数学、物理、部分化学、政治、历史、地理等。基础较弱的学生可能会觉得中等题已经有相当高的难度了，这时候可以使用单一重复策略。而中等题中较难的部分，则可以考虑分层处理的方法。"

"分层处理之前已经学过了，不过单一重复策略是什么呢？"修远忍不住问道。

"这个策略你不太用得上，不过也可以讲一下。"林老师耐心解释，"在从简单题向高难题进阶的过程中，我们大致有两种练习模式。

"第一种练习模式，先做三道简单题，如果感觉基本没问题了，就提升难度去做三道中等题。如果感觉中等题也基本拿下了，就再次提升难度，做三道高难题。

"第二种模式是先做十道简单题,彻底练熟悉了以后再升级到中等题。中等题也练习十道,练得无比熟练了,再升级到高难题。

"你选哪一种练习方式?"

"一般人可能会选第一种模式。"修远道,"我……不好说,可能有变动,一会儿第一种,一会儿第二种吧。有些章节中等题比较难,需要较长的熟练时间,这时候就会练习得更多一些,偏向第二种了。但大部分时候还是以第一种为主。"

"没错。正常情况下,大部分人确实会选择第一种练习方式,因为第一种方式只用了九道题就直接从简单题冲刺到了高难题,而且每一次都是在感觉能够理解、能弄懂的情况下才提升的难度,并不觉得有什么问题。

"作为对比,第二种练习方式的进阶速度则慢了很多,足足做了三十道题才缓慢爬上去。我们感觉,第一种方式更快、更高效,因而更能给我们成就感并缓解学习的焦虑,因此我们会选择它。

"不过第一种练习方式真的好吗?

"按照第一种方式练习后,大部分人会在不久之后遇到新的问题:遇到类似的题目不会做,甚至原题不会做;听老师讲、看答案时能看懂,自己做却不会;明明感觉应该不难的题目,自己却做不出来,心情变得焦虑、烦躁……

"为什么会这样?

"在题目难度进阶的过程中,往往有这么一个特性:更高难度的题往往是以中低难度的题为基础的。我们会有一种隐藏的观念,觉得对知识的掌握不需要'过于熟练',能理解就行了,基本掌握了中等题后,不就该冲一冲高难的题目了吗?其实正是这样的观点降低了练习的效率,让人在中等题的分数没有完整拿到手的情况下,贸然冲击压轴题,白费力气而已。

"这种情况,在基础较弱、理解能力没有那么强的学生身上比较明显。他们的学习,往往会出现欲速则不达的结果,所以需要应用单一重复策略来实现中等题的巩固,尽可能多拿分。

"不过我看你基础还行,反应也算比较快,所以推测你不是特别需要这个策略。当然,听听也有好处,也许未来用得上呢?"

"啊?难道未来我的理解力会下降?"修远惊叫道。

林老师笑道:"也不能这么理解。其实每个人都有自己擅长的学科和板块,也有不擅长的学科和板块。在擅长的学科和板块里,你可以不用单一重复,以较快的速度推进难度阶梯。但在不擅长的学科和板块里,就可以使用单一重复策略,稳扎稳打了。方法总要灵活应用的。"

修远点点头,道:"明白了,林老师,您接着讲吧。"

"中等题中较难的部分，可以分层处理，这个之前跟你讲过，就不多说了。对中等题的检测与循环，可以用这么几种方法。最基础的是正规的测试，单元检测、月考之类的。其次是无答案复做，主要是针对错题，不能停留在看懂的阶段，要蒙上答案能够自己完全独立再做出来。还有费曼技巧在这里有较大作用，因为中等题已经具有一定难度，有可能出现'你以为你懂了，但实际上并未完全掌握'的情况，所以需要用费曼技巧来测试。这也是之前给你讲过的，还记得吧？"

"当然！这方法已经用了很长时间了，现在也还在用呢！"

"解题思路与思路和题目的对应关系，这些既是理解性的内容，也同样需要一定的记忆，所以也需要用到记忆策略中的提取和遗忘曲线，自行添加进去就好了。

"最后是高难题了。高难题性价比低，攻克起来很复杂。我大概给你讲讲吧，不敢保证齐全。

"首先要分学科。数学高难题一般是指选择题最后一题、填空题最后一题，以及大题最后一题的第二问。其中，大题最后一题是稳定的难，而选择、填空的难题则有变化，有时难，有时简单，如果简单的话，可能会变成中等题。如果难的话，又有可能在选择、填空中出现额外一至两道高难题。

"数学的高难题就是典型的要考虑性价比的问题。这些题目攻克起来很复杂，注定要花很多时间。尤其是压轴题的第二问，导函数结合的题目，经常会涉及极为复杂的思路变化，甚至需要部分大学数学知识或竞赛内容做铺垫。这些题目的学习，同样需要用解题思路结构化、费曼技巧等方法，但又要加上很多细致的学科思维、奇异的解题思路甚至部分超纲知识点，有些已经不是常规学习策略能够解决的范畴了，所以在这个阶段，应该审慎地考量性价比，也就是分数产出和时间投入比，然后适度学习，适度检测和循环。

"部分同学甚至是可以直接战略性放弃这部分分数的。

"当然，你的分数已经冲得比较高了，再想要提高的话，这些已经不能完全放弃了，还是要想办法提分。不过依然要提醒你，要衡量性价比。尤其压轴题的第二问，性价比是非常低的。如果碰到比较难的题，那6分可能全省就几个人能拿下来，你这种没有竞赛背景、非国家级重点高中的学生，显然不会是其中之一的。所以不要执着于拿这几分。"

修远一边听着，一边却想起了另一件事。林老师说部分高难题已经超出常规策略能起作用的范围了，那如果是非常规的高端策略呢？之前占武曾经教过他条件核检法，算不算其中一个呢？他于是将条件核检法的内容描述给林老师听，并问道："那像条件核检法这样的方法，足以攻克高难度题甚至压轴题的第二问吗？"

"条件核检法？"林雨略感惊讶，问道，"这方法，谁教给你的？"

第四十七章

凡人与学神的分野

远山倒映在微湖的水面上，岸边飘摇的柳条下立着一个着驼色大衣的女生，那便是安谷了。

卢标照约定坐车到微湖边上，下车后一眼就瞧见安谷的背影。不知为何，他感觉那背影有着极强的辨识度，仿佛从一个背影就能看出这女生与常人不一样。那既不是妖娆美女的艳丽，又不是普通淑女的窈窕，而是一种罕见的浑然天成，仿佛与自然之境融为一体，却又超乎普通的山水，是一方天地灵韵的中心。

"安谷！"卢标小跑过去。

安谷转过身，冲着卢标微微一笑。

"大冷天的在微湖边上散步，你可真有兴致啊！"

"习惯了。小时候有几年时间经常来这里散步或者慢跑，后来去文兴市读书了，没机会了。现在时不时来逛逛，算是念旧。"安谷直接发问，"你有什么疑问？"

安谷开门见山，卢标也就不扭捏了，直言道："还是那个问题。你曾经问过，我的力量应当从何而来？我始终给不出答案。进而我就想到，其他人的力量又从何而来呢？把那些比较强的人一一扫视过之后，发现大多要么直接来自原生家庭，要么来自以原生家庭为基础力量所衍生出的间接信念。

"只有一个例外，那就是占武。他的家庭彻底崩坏，一片黑暗，甚至从小开始连周边环境都非常恶劣。那么他的力量从哪里来？这是我想不通的点，也是我凭直觉认为对我有最大帮助的点，因为我也逐渐意识到，如你所说，家庭的力量支撑我走到今天就已经衰竭了。我需要新的力量源泉。

"那次会面，你与占武的一番对话，玄机太多，而又进展太快，我没能明白多少，可又觉得，你们的对话已经涉及了占武最核心的力量，对我有重大的借鉴意义。这就是我要找你请教的地方。"

"嗯。不过具体是对话的哪一部分呢？当时说了不少内容，我也不全记得了。"

"很多，我记得从'希望与绝望''懦弱与幻想'那里就不太确定我所理解的是否和你们一样了。后面说什么'无中生有''空中有力量无穷''我是即我能'就一头雾水无法理解了，但又感觉，或许这些正是关键。后面还有'过去的余波''天心'等，也不明就里。至于占武反问你的一些话我也未能完全明白，不过大约与我关心的问题无关，也就不深究了。"

禅师笑道："你问的恰好是最难解释的部分呢。"

卢标不好意思道："是吗？大概最有价值的内容，往往总是最难的部分吧。"

"可以给你解释一二，但先得说清楚，解释是让你入耳，入耳不保证入心，入心不保证入行。"

卢标点点头："这个我明白。做不做得到两说，至少先让我在理论上了解一下吧。"

两人就地盘腿坐在冬季干枯泛黄的湖边草地上。

"你是凡人吗？"安谷先问道。

卢标一愣，心想：虽然这些年来时常被人叫作"学神"，但自己迷茫的状态定然不是真的"大神"，所以当是凡人。

"是。"

"那么何谓凡人？"

"凡人？意思就是指普通的人吧，各方面的能力都有限，受到很多局限的那种。"

"这就是你的定义？"安谷反问。

"是啊。怎么，难道这定义有问题？"卢标暗自思量，这样定义凡人应该没有逻辑问题吧？或者未触及核心和本质？那凡人的本质是什么呢？

安谷直视卢标："你的定义与占武的有何区别？"

卢标略作思考，道："我把凡人定义为'能力有限'，这应该是绝大部分人都会采用的定义吧。而占武将凡人定义为'希望与绝望'，感觉更玄乎一些，不是一般人会想到的角度。"

"然后呢？"安谷追问。

卢标微微一愣，又道："凡人当然是有希望也有绝望的了，但也有其他很多特性。他着重强调了希望与绝望这一组属性，而我的定义，更注重对凡人总体的概括性描述。"

安谷瞟了卢标一眼，一丝若有若无的微笑浮在脸上："已经沦落到这个地步了吗？"

卢标心里一惊，赶紧思考：我的定义哪里出错了吗？为何被安谷鄙视了？

安谷倒也不刁难卢标，直接解答道："你的定义看起来四平八稳，感觉最不容易出错，其实恰恰构成了正确的废话，毫无实践意义。按照你的定义，你与占武都是凡人，没有区别，乃至任何人都会在此定义下变成凡人。既然如此，你今天来找我是想干吗？问一堆这样的问题有什么用？

"这个定义毫无区分度，也就毫无意义。就好比高考把本科线定为 740 分，到不了这个分数的全部进专科学校，对真实的一、二、三流人才不做任何区分。

"所以，你那四平八稳、看上去很中立、很客观的定义，在稍微深一点儿的层面上，立刻就暴露了自己说的是废话的本质。反而是占武的定义，看似偏门，其实是抓住了'凡人'一词中一个重要的属性，在此维度上有深刻的论述，难能可贵。"

卢标被训斥得羞愧难当，恍惚回忆起当年刚跟随老师学习时的场景。那时他思考问题时也常常错漏百出，常常被老师和同学们纠正。

卢标顶着红脸继续问道："如果按照占武的定义，凡人的本质是希望与绝望，又该如何深刻理解呢？"

"你说呢？"安谷又反问。

卢标只好自己答道："其实这个地方我并没有真正想透。任何人都有希望，都有绝望，这一点有什么特殊的呢？为什么要在此处设立一个分界线，做出凡人与'神'的分野？"

"凡人的一个重要特征，就是信念与情绪随着希望与绝望波动，而所谓希望与绝望，又随着外界的顺境与逆境波动。人生中的诸多沉浮都由这波动的信念而展开，进而构成凡人完整的命运。

"而有一部分超越凡人的人，他们可以控制自己的思想，在顺境时不骄傲大意，在逆境时不悲观绝望。命运的起伏波动就会被他们熨平一部分，并随着自我力量的不断累加，在关键时刻产生逆天改命的效果。

"这样的人是存在的，而又数量稀少；这样的人与凡人的区分就在于希望与绝望的不同。因此，在此处画一条线分出两者的区别，如是定义便是有意义的。"

"我明白，可是进一步，他又凭借什么做到顺境不傲、逆境不悲呢？尤其是当外界困境极为巨大、自身处境极为艰难的时候，如何能不产生绝望？哪怕是一丝一毫都没有？这种态度本身就已经包含着巨大的力量了，而这力量又是从哪里来的呢？"

"这就是'懦弱与幻想'的问题了。"

卢标聚精会神，听安谷讲下一个难点。

安谷接着道："凡人为何会在希望与绝望中摇摆？甚至为何需要希望？占武将其定义为懦弱。因为弱，因为力量不足，所以需要希望来支撑他，而希望一旦丧失，他也就跟着倒下了。凡人的希望又常常是一种存在于真实之外的幻想，希望的力量，常常就是幻想的力量，即一种立于虚假之上的力量。"

"可为什么说希望的力量就是幻想的力量？"卢标又问。

"此处幻想指的是对真实的扭曲与回避。比如，你遇到一个困难，现实世界真实的状态就是，你有可能解决它，也有可能暂时无法解决它，还有可能永远不能战胜它，这是常识，也是真实。如果你通过坑蒙拐骗的手法，让自己只注意胜利的可能，故意掩饰失败的概率，以此来构筑希望，这就叫作幻想。"

"可这不是会起到心理安慰的作用吗？"卢标又问，"如果你碰到一个特别紧张、恐惧的人，要安慰他，就要把他的注意力引导到成功的可能性上，而不是失败的可能性上，转移他的注意力才能让他情绪平和下来啊！"

"所以这种安慰的方法很肤浅，是初级的以幻制幻，并不能造就真正的强者。"

"那如何才能造就真正的强者？"

"直面真实，思考真实，立足于真实来构筑信念、制定行动。简单来说，就是求是求实。"

卢标思考良久，点点头，又道："接着讲吧。这希望与幻想，与我刚才所问力量的来源又是什么关系呢？"

"在更深的层面上，幻想即是懦弱，真实即是力量。破灭幻想，力量会逐渐涌现。"

"不对吧！"卢标打断她的话，"破灭幻想之后，也有可能就是彻底的绝望呢？"

"没错。"禅师微微一笑，"能找到漏洞，说明你终于跟上我的思路了。此处确实有可能会走向幻想破灭的阴面，即彻底的黑暗与绝望，放弃一切。为了解决这个漏洞，占武的方法是引入了自我身份的力量。"

"自我身份？"

"对。这个身份的引入要很精妙，既要符合占武一生的命运特性，这样才能让他完美带入；又要有巨大的力量，能够超出命运的限制。甚至还要与更高的层面对应，具有即刻永恒的特性，以便剥离巨大的外部逆境沉淀的负荷。"

"那么他的身份是……"卢标的声音有些发抖了。

"人如其名，封号'杀神'。"

"杀神？算是什么身份？"卢标不解，"这是初中同学觉得他戾气太重随便给他起的外号啊！"

"美丽的巧合。"安谷平静道，"神挡杀神，魔挡杀魔，杀神的本质是战神。若不是历遍人间苦难，不足以成为战神；若不是成为战神，就不足以超出命运的限制。而战斗这个行为本身，又具有强烈地活在当下的属性，所谓'即刻永恒'，只有'即刻永恒'了，才能爆发出最大的威力。"

说到这里，卢标又有些不懂了。他接着问道："'即刻永恒'又是什么？与他战神的身份又是什么关系？"

"苦难起始于过去却不局限于过去，昨日的伤口在今日与明日依然会带来剧烈的伤痛，并随着你的意识投放于伤处而不断增加。剧烈的困境意味着剧烈地累积负担，足以压垮所有人，这便是过去的余波。想要封神，就一定要超越过去的余波。'即刻永恒'

意味着断裂过去的锁链，在当下剥离一切负担，在每一个当下都爆发出毫无拖累的全部的力量，是为'即刻永恒'。"

卢标模糊地听懂了几分道理，若有所悟，道："可是，又如何超越过去的余波呢？"

安谷微微叹口气，道："你缺的课太多，恐怕一时无法说清。简单来说只有一句话，就是占武当时所说的，'凝结意志于此息'，可是这一句话后面有多少内容，需要你反复思考和领悟了。"

卢标沉默了一会儿，再问："还有一个，长久的寂静，又指的什么？"

"如其字面。"

"长久的寂静"……字面意思当然容易理解，可是要进入这境界，却又颇为不易。

"最难理解的应当是那个'无中生有''空中有力量无穷'了。"

"人要有强大的力量，标准的模式是给予其丰厚的资源，原生家庭美满，外部辅助精细，哪怕是心理上的力量，也往往从上述内容中产生。然而是否只有此一种途径？占武于绝境之中，仅仅靠一个抽象的'战'的信念，一个'我是战神'的自我认知，即能逆天改命。这抽象的信念与具体的外部辅助和现实世界里完美的原生家庭比起来，是不是'空'？空中是不是生起了无穷的力量？为简便地理解，也可以说是从'心'中生出无穷的力量。"

卢标又沉默，脑海里思绪翻腾，仿佛还有疑惑，又仿佛马上要领悟什么，却总隔着一层纱。这一层纱，薄如蝉翼，厚若城墙。

他抬起头，仰天长叹，道："即便理论如此，可是真正能做到的人又有几个呢？难度太大了啊。也就是占武这样的大神能做到了——或许你这样的学神也行吧，可是其他人该怎么办呢？我该怎么办呢？我虽被人称为学神，但我的境界终究比你们两个真正的大神差了许多。"

安谷笑着摇摇头："你错了。并非因为成学神了所以能做到这些，而是能做到这些所以才能封神。

"没错，你可以把占武称为大神，但你也当知道，占武本是凡人，而凡人即是神。凡人在阴面，神在阳面，阴阳本是一体。当你展现阴面的时候，不要忘记神性的阳面；当你看到神性的阳面时，也不要忘记阴面的存在，两者都是人与世界的光明与荣耀所在。

"我的猜想是，在人生中的某一刻，占武忽然领悟到了这两面同时存在于自己身上，于是掉转乾坤，选择释放自己神性的光辉。"

"选择释放？这……"卢标愣了愣，"我原本以为，他该是从某处得到了强大的力量……"

"力量在内不在外。"安谷接过话头，"在本质上，占武既是神，也是凡人，只是他选择在某些时刻将自己神的本性体现出来。"

卢标还不甘心,又道:"我可以理解占武是这样的,可是……可是其他人呢,我自己呢?谁能保证我也能达到这个境界呢?"

安谷笑着摇摇头:"理论上,任何人都可以爆发出无限的力量,但这个保证该由谁来做出呢?只有你自己。或许这样理解更好些吧——你认为,我算得上学神吗?"

卢标点头:"当然算。"

"占武算吗?"

"自然也算啊。"

"既然占武和我能成神,那么,站在我与占武之间的,皆可封神。"

卢标又愣住,无数念头在脑海里闪现。

安谷与占武都是神,他们之间的人就都有能力封神?他们之间的又是些什么人呢?卢标回忆起关于安谷的点点滴滴,回忆起自己了解的占武的所有信息。他想到了安谷的封号"禅师",想到了安谷从小到大几乎活在完全光明的世界里,她的父亲是顶级的教育家,她又有着顶级的天资,一路顺风顺水,几乎从无逆境。他又想到占武的封号"杀神",想到占武从小到大几乎活在完全黑暗的世界里,他的原生家庭一片污浊,天生资质平庸,一路老师和同学都是负担乃至敌人,几乎全是逆境。

那么,站在两者之间的,岂不是……所有人?

这……

"你若要问我关于占武的事,我能跟你解释的就这么多了。不敢保证占武本人也完全是这么想的,毕竟我与他也不过是一面之缘。不过,或许我说的与真相不会差太多。

"剩下的看你自己领悟了,在山水之间思考一下人生,挺好的。"

安谷笑了笑,离开了。

卢标怔在那里,许久,也沿着湖边踱起步子。他低头沉思着,想要把人生的一切疑惑都在这寒风之中解开。

▶ 第四十八章 ◀

心中的力量

"能够自行领悟出这种方法，不容易。"

修远说明了占武教授他条件核检法的过程，林老师如此点评占武。

"如果这种级别的方法能多掌握几个，倒是有可能稳定拿下高难度的题甚至压轴题。但是，一方面，你只掌握了这一种方法，并不具备其他更高级别的方法；另一方面，初级和中级方法的威力还没有发挥透彻，依然可以在全流程优化中进一步释放能量，所以也并没有太大的必要去追求更高级的方法。"

修远一边点头，心里一边也还是隐隐觉得有些可惜。看来林老师还是有更多高级的方法啊，只是来不及教授给自己了。不过能把全流程优化弄清楚也很不错了，不能贪多。

"按照刚才讲的体系，练习中不同难度知识点和题目的复习可以渐次提效。但也要注意，这是适用于大部分科目的流程，并非所有。比如英语，并没有太严格的简单题、中等题、高难题的分界线，几乎全程都是在考查单词、词组、语法等，听力板块也没有压不压轴一说，所以英语的复习策略会有所区别，主要依靠循环和记忆来进行。而政治、历史、地理、生物等科目虽然主体上符合刚才所说的流程，但在压轴题上也有区别，因为这些科目的压轴题并不如数学一样难得让你找不到思路、拿不到任何分数，而重在让你拿不到全部分数，所以也并不存在战略性放弃这一说法，总体复习上也是略有区别。或许可以这么理解，相当于把数学版本的全流程优化去掉了高难题的环节。"

修远点点头。没想到单纯的一个练习环节，就可以有这么多种细节优化啊！学习策略若真深挖起来，也如一座地下宫殿一般交错纵横，内有奥妙无穷的空间。

"你之前所学过的诸多技术性方法都可以融合到这个流程中，帮助你抠好每一个细节。而在每一天的行动中，又可以再加上诸多辅助性的策略，比如精力管理、情绪管理等。常规的慢跑、跳绳等体育活动可以正常进行，而对心智损耗的捕捉、抚平与呼吸法的情绪短期调控也穿插在日常的学习活动中。你若有长期冥想的习惯就更好了，能有许多学习上的促进，比如专注力、情绪、大脑清醒度乃至思维速度等。"

"除了冥想，其他的我一直都在坚持。慢跑已经接近三个月了，最近感觉身体明显变好了，精力旺盛，哪怕学习强度很高也不怎么困了。而且这几个月心理感悟也挺多，许多原先想不明白的事情，逐渐也能懂了，情绪上积极而平和了不少。"修远说。

林老师点点头："虽然依然有些高级策略并没有教给你，但你手头掌握的方法已经够高考所用了。去拼吧，去创造奇迹吧，带着强大的信念去挑战自己的极限吧。看看经历过顿悟的你，最终能够走多远。今天给你讲的东西就到这里了，最后再强调一句话。记住，全流程优化既是技术，也是心法，在每一个细节的执行中，都要求有强者的心态。"

林老师打了个招呼，自行离开了。修远谢过林老师之后，将纸和笔塞入书包里，也在这微湖边上踱着步子，边走边思考和回顾林老师说过的话。"全流程优化……操作要点……心法与技法……"

操作流程上已经清晰了，心法的领悟也应该不成问题。他感觉自己，又变强了。

有意思的是，他居然没有产生强烈的狂喜，仿佛正在适应那种变强的感觉。他平静地感受着自己的大脑思维和情绪的变化，仿佛一个旁观者。他看到了一个不断成长的自己。他甚至有一丝丝的疑惑，回忆起当初自己一无所知、浮夸躁动的日子，感慨近两年来人的成长真是沧海桑田。

今日新学的内容已经消化得差不多了，修远依然在微湖边走着。他心境澄明，看着远山与湖水交相辉映。他缓缓迈步，走在柳条与湖水之间，直到对面一个低头沉思的影子向他走来，险些撞了个满怀。

"啊，不好意思……"那人抬起头道歉，忽然又惊呼道，"修远？"

那人居然是卢标！

修远也颇为诧异，怎么在这里遇到卢标了？"好巧啊，卢标，没想到在这里遇到你了。"

"啊，这里环境好，散散步。"卢标随口道。

偶然碰到修远，倒是让卢标生起更大的感慨。卢标犹记得高一刚入学时，修远还是个吊儿郎当、心浮气躁的幼稚少年，学习态度不端正，成绩节节退步，甚至听人说他在高一上学期的期末考试后由于成绩太差而被踢出了实验班。可阴差阳错之下，修远忽然心智觉悟爆发，成绩就突飞猛进，还做出了极为精彩而又影响广泛的演讲。当年高举高打、成绩优异的自己，却卡在一个不上不下的位置，长时间无法突破。

即便当下卢标的成绩依然明显高于修远，他也很难觉得自己有多么优秀了。

"修远……听说你，组织起了班上的合作型学习？"卢标低声问道。

"是啊。这是你当年提出过的模式。"修远并不知道卢标心中所想，在他看来，卢标依然是过去那个明显强过自己一大截的顶级高手。因此卢标问什么，他只是照实回答而已，并无太多想法。

卢标沉默片刻，又问："当年我没有做到的事情，你做到了。其实我很好奇，也疑惑，为什么会这样？"

修远略微一愣，道："这……我还真不清楚。其实你的能力比我更强，懂的各种学习策略比我更多，你来带头组织合作型学习，理论上应该比我更合适啊！也许就是时间的问题吧，高一的时候，大家压力没那么大，对合作的需求并不强烈；高三更紧张了，进行合作的动机更强了，恰好我起了个头，大家就跟上了。"

把差别归结为时机问题，客观上看有些道理，但卢标并不认为真就是如此。他知道修远那场动人心弦的演讲，也通过妖星和诸葛百象知道了修远在班级里的威望。他又疑惑起来，修远又是从何处得来如此强大的力量？强大到对整个班级的人构成强烈的吸引力，愿意自发地团结在他的身边。

一瞬间，他觉得自己从小参加的那些"领导力夏令营""未来领袖培训班"都如同儿戏。不论是从哪方面看，今天的修远都比他更像一个领导者。

"人一路走来，要克服如此多的困难……修远，你说，人要从哪里找那么多的力量呢？"卢标喃喃道。他眼神迷离地看向湖面，对面远山模糊，雾气腾腾。

修远从未想过这个问题，一时怔住。这问题很精辟啊，明明让人心有所感，却又不知从何作答。"你是在这湖边散步，思考人生吗？"修远岔开话题问。

"我在这里……寻找答案，寻找力量。"

看样子卢标正在思考人生的迷茫呢。修远心中感叹，自己曾经也无比迷茫而虚弱，带着希望与绝望寻找秘籍，寻找力量。今天他已经得到力量了，可是这是从哪里得到的力量呢？占武是其中重大的助力，但似乎也不能将力量的来源完全归结于占武。

我的力量，从哪里来呢？

修远也跟着迷茫起来。他又想，卢标也会缺乏力量吗？也许他在临湖实验高中遇见了更强大的人，也有了感触吧。毕竟强大是没有极限的，也许卢标看着另一位顶级高手，就像自己当年仰望他一样吧。那个禅师不就挺厉害的吗？如果卢标想要突破自己，更进一步，会不会也就觉得当前的力量不够了呢？

两人都看向湖面，沉默着。

"我还在疑惑呢，卢标，你的水平不是肯定能上清华或北大了吗？你还需要额外的力量帮助自己提高吗？考大学的目标已经到顶级了，你是在为其他的目标做准备吗？"

卢标苦笑道："运气好或许能上，可是并不稳妥。而且，如何不断变得更强大是人生永恒的主题吧，哪怕脱离了考大学这个情景，依然需要寻找力量的源头啊！否则，未来人生中将会面临的种种难题，又该如何面对呢？"

修远从卢标的话中听到了几分沉重，几分焦虑与无力。封号"命运"的学神，天之骄子，也会有诸多难处吗？

"你对未来很焦虑？"修远问。

"哪怕算不上焦虑，一些迷茫、担忧总会有的吧。"卢标说，"你呢？难道没有吗？"

"我？还好吧。目前心思都放在高考上，太远的问题没有多想。而且……对遥远的未来好像也没有特别担忧吧。"

"好啊，能安安心心地做好眼前的事情，是福气啊。我好像就受困于未来了。我甚至好奇，你是怎么才能做到这一点的？其实归根结底，还是与力量的问题有关啊，因为强大而心静，因为弱小而心乱。"

修远从未与人讨论过如此深奥而哲学的问题。他知道卢标想问什么，他甚至感觉得到自己在此处有感触和领悟，却不知道如何表达出来。

最终，修远只能将万千感悟化作一句最模糊的话。

"力量，从心中来吧。"

第四十九章

合适的学习节奏

期末考试即将进行,众人皆忙碌地进行着最后的复习。

高三上学期的期末,很多学科的一轮复习已经差不多结束了,因此期末考试的试卷基本就是按照高考的规格来出的。再加上试卷是由以临湖实验高中骨干教师为核心的市教研组来命题的,所以试卷质量优异,对高考的还原度也很高,进而也就导致学生们极为看重此次考试的结果。

再加上修远和李天许的赌局,兰水二中实验二班的学生们也会无形之中对结果更多了一重关注。

午自习期间,教室里,平日里飞扬跋扈的李天许也在安安静静地复习。倒是有好事者偷偷跑来问修远:"修大神,期末考试准备得怎么样了?有信心赢吗?我们还等着看好戏呢!"

修远无奈道:"正在复习呢,是输是赢不好说,李天许本来就是个强大的对手。而且,最终的赌约是在高考前一次的月考,又不是这次期末,我还有充足的时间继续追赶。"

旁边的刘语明驱赶来人,道:"走开走开,别影响修老大复习!"好事者悻悻走开,因为修远的回答显然不够霸气,仿佛默认了此次期末考试输多赢少。刘语明又鼓励道:"修老大,加油,我看好你哟!"

"嗯,谢谢关心!"

"一定要赢啊!"

"嗯,谢谢关心!"

"我可是重金下注买你赢的!"

"⋯⋯"修远无语,"这还能开赌局?"

"那当然!赌注可是食堂的牛肉汤锅,要八十多块钱呢!"

"我尽量赢吧⋯⋯"

旁边的诸葛百象也凑过来道："其实修远可以有点儿信心，我也觉得你有较大的概率可以赢李天许的。不用等到高考前，甚至就这次期末都有可能。"

"哦？为什么？我现在跟李天许还是有差距的啊。"

"因为期末考试的难度还原高考，不会有太难的题目，这样你和李天许的差距就会自动缩小一点儿。再加上李天许吊儿郎当的性格，很容易阴沟里翻船，你赢的概率会进一步增加。"

修远一愣，勉强点点头道："也有道理。"

众人不再多说话，继续埋头复习。

下午数学课、英语课、物理课，分别复习、讲评练习，学生们试卷、错题本、笔记本在手里竞相飞舞，不敢有半点儿松懈。甚至课间大部分人都还在教室里做题，倒是修远依据"课间活动恢复精力，促进大脑思考效率"的理念出去活动了几分钟，也有部分同学跟着修远一起到室外呼吸了一下新鲜空气。

大部分人直到晚上吃饭时才能真正休息片刻。修远、诸葛百象、陈思敏、夏子萱、柳云飘、百里思一起在食堂里拼了张大桌子，各自打了饭菜。

"吃这么点儿啊？"陈思敏看了看柳云飘打的饭菜，随口问道。柳云飘的碗里只有小半碗米饭，一素一荤两个菜。

"唉，胃口不好，吃不下去。"柳云飘道，"最近胃口越来越差了。"

"身体不舒服？"陈思敏又问。

"也没有明显不舒服吧，就是感觉莫名其妙不想吃饭。"柳云飘回答。

夏子萱说："其实我注意到，这段时间很多人的饭量都变小了，尤其很多女生。喏，你看百里思，也没吃多少。"大家一起向百里思碗里看去，果然也是小半碗饭。

"男生也没有例外啊。"诸葛百象说，"之前有时候跟寝室里的木炎、齐晓峰几个人吃饭，也经常听他们抱怨吃不下去，搞得我也没胃口。所以我比较喜欢跟你们几个凑一块儿吃，像修远啊、陈思敏啊、夏子萱啊，都挺能吃的，我看你们吃饭也跟着有胃口了。"

夏子萱脸红道："啊？我吃得很多吗？"

倒是陈思敏大大方方地说："吃得多是好事！每天这么高强度的学习，得消耗多少能量？不多吃点儿怎么补充大脑能量？是吧，修远？"

修远也笑道："没错。按照我的理解，高效学习的基础是高强度用脑，而高强度用脑就意味着高强度消耗能量。胃口不好的人，很难保证充足的能量供应。虽然不觉得饿，但无形之中大脑的运转效率就降下去了。"

柳云飘惊讶道："啊，这么说来我是饭吃得少，亏吃得多了？可是怎么办呢？我是真的没胃口，吃不下去，难道强行逼着自己吃？"

修远又说："而且我还留意到一个现象，那就是，胃口比较好的，像我，还有陈思敏、夏子萱，都是在坚持每天慢跑锻炼的人！"

"哦，是吗？怪不得啊！"夏子萱恍然大悟。

"缺乏锻炼的人，整体处于亚健康状态，消化功能较差，吃了东西也没法完全转化为能量，所以身体会感觉不饿，不想吃。而坚持锻炼的人，吃的食物经消化吸收很顺畅地转化为身体的能量，再供应到大脑，让大脑的思考和学习效率提高。这也是为什么我一开始跟你们说，锻炼不仅仅是为了身体健康而已，它对学习促进作用也很大。"

"原来如此，没想到坚持锻炼效果这么明显。"诸葛百象道，"看来我也要继续坚持了。我之前跟着你们一起跑了一段时间，但没有像你们一样坚持，中间断断续续的，于是就造成了我现在身体和大脑精力还可以，但又没你们那么好。真是一分耕耘，一分收获吧。"

柳云飘突然又问道："对了，你们现在整个学习节奏是怎么样的？还在以自己的计划为主吗？"

"以自己的计划为主，兼顾学校的进度，同时尽可能地让自己的计划和学校的规划能够结合起来。比如，我在做数学导函数的解题思路结构化，而按学校的进度也在复习函导数，发了很多相关试卷，那就可以用这些试卷作为结构化的材料。我们一直都是这么做的吧，怎么了，有什么疑问？"修远说。

柳云飘一摊手："我已经放弃自己的计划，改为完全跟着学校的进度走了。"

"哦？为什么？"陈思敏问。

"感觉还是力不从心啊！"柳云飘感叹，"这样操作对自我规划、自我调控能力的要求有点儿高了啊，像你们几个大神可能还觉得没问题，而我这种普通人就应付不过来。自己规划得不好，执行起来也没有监控、没有外部辅导，很容易越做越乱，都不知道自己每天在学什么了。

"反而是跟着学校的进度走，更轻松些。虽然我们这学校也不是什么省重点名校，但是好歹整个学习体系是健全的，学习规划总体上还是合理的吧，再加上执行起来也有外部老师和各类资料辅助，不容易走偏。"

陈思敏道："其实自我规划、调控也是一种能力，也是需要锻炼的。比如我，初期自己规划自己执行，还要考虑和学校进度的融合性问题，总感觉很难做到位。但经过一段时间的试错和摸索以后，现在不也过来了吗？我觉得现在的学习方式效率挺高的。"

夏子萱总结道："也许这就是所谓没有最好的方法，只有最合适的方法吧。据我所知除柳云飘外，还有不少同学也是一样，最初想要建立自己的学习体系和节奏，结果反而越来越忙乱，迫不得已回归学校进度、完全跟着老师走以后，反而效果更好了，成绩也提高了一些。但反过来，像修远、陈思敏这样的学霸，让他们跟着老师的节奏走反而成了负担,就是要脱离出来以后,找到自己的节奏,才能更上一层楼。"

修远也点头表示:"没错,不同的人就是该有不同的学法啊。"

"只可惜适合自己的学法,必须要经过很长时间的实践摸索才能找到,甚至运气不好的话,白白荒废了高中三年也没法找到。"诸葛百象补充说,"如果能从高中一开始就知道这些方法,该多好啊。"

"可不是嘛。但是谁又有这样的能力和运气呢?"柳云飘说。

陈思敏摇头道:"不仅仅是运气和能力的问题。很多时候,我们需要的是试错的空间。多给我们一点儿探索的空间和自由,对于有心的学生来说,哪怕就是通过不断试错,也能找到一条适合自己的道路吧。无非是,如果有高人指导,试错的时间就短一点,成本低一点;如果没有高人指导,那就要在黑暗里摸索更久一点儿,成本更高一点儿。可是无论如何,试错总是免不了的。

"如果我们有一个要'探寻适合自己的学习道路'的念头,从高一就开始试错,那到了高二、高三,就不会迷茫了。甚至学习策略、方法这些事情,为什么不能从初中、小学就开始训练和培养?就算没有人指导,如果你从初一就开始试错,甚至小学高年级就开始主动探索,那么初中三年、高中三年,会不会就过得更加充实、合理而高效了呢?"

"可惜在小学和初中时,我们自己并不会有那种要独立探索学习方法的意识;而老师和家长也并没有想过要培养我们的这种能力,只想要我们听话、跟着老师走。"诸葛百象说。

"也许他们自己也不懂吧。"

几人叹息了一阵,夏子萱感慨:"如果能从小学和初一就开始培养我们的自主学习能力和思考能力,学习自我规划和调整,也许就叫作真正的素质教育了吧,比浮在表面的唱歌、跳舞、弹琴、画画更加深刻的素质教育。"

是啊,一谈到素质教育,总有很多人立刻想到琴棋书画、吹拉弹唱,最近几年又衍生出很多花哨的种类,诸如马术、高尔夫球、西餐礼仪等,以为学了这些如同孔雀尾巴的东西就有素质、有能力、有贵气了。可这些东西对高考并没有什么用处,对人长远一生的发展难道又有什么重大意义吗?反倒是思维能力、自我规划能力、自我认知和调节能力,这些看似抽象的东西,更具有重大的意义。它们既能够提高考试成绩,有助于考大学,又对人的心智成长、综合能力发展有重大帮助。不知人们什么时候才能认知到这一点呢?

吃完饭后,几人一起向教室走去。诸葛百象正好走在修远边上。修远低着头似乎沉思着什么,忽然抬头对诸葛百象说:"百象,我忽然想到你之前跟我说的话。"

"哦?什么话?"

"你说这次考试难度应该不高，我赢李天许的概率也会增加。"

"嗯，对啊。"

"我并不这么想。"

诸葛百象微微一愣，暗自思考。李天许实力原本比修远更强，如果试卷难度低，那么留给强者的发挥空间就越小，而较弱者翻盘的概率就增大。举个极端的例子，假设高考数学只考九九乘法表，英语只考二十六个字母，那么人人都是满分，高手和学渣相比也不会有任何优势了。这种推论没有错误吧？

修远接着道："要赢李天许，就应该正面超越他，不管题目难易都要超越他，这才应该是我要追求的。"

"哦，那样当然最好。"诸葛百象愣了愣，道，"只不过……"

修远忽而又转身盯着诸葛百象的眼睛，打断他的话："我觉得，你的想法，有虚弱的气息。"

第五十章

学霸的虚弱气息

"虚弱的气息?什么意思?"诸葛百象问。

"嗯……怎么说呢?其实这好像是你的一个个人特色吧?长期以来都是如此。总感觉你带有一点儿弱势的气息。"修远小声说着。

似乎是意识到了话题的严肃和略显沉重,修远和诸葛百象两人慢慢远离人群,私下继续聊着。

"百象,我一直感觉你和罗刻、陈思敏等人并不一样。"

"哪里不一样了?"诸葛百象疑惑道。他们几人的成绩都在一个档次上,输赢不过几分而已,前后排位也经常变化。修远说的不一样,又是指什么呢?

"以天赋论,你似乎比他们两人更强一些;但从气势上来讲,你又比他们更弱一些。"

"嗯?"这话更让人疑惑了。

"以罗刻为例吧。他的天赋是有限的,靠着超越常人的努力爬到今天的水平。他遇到了巨大的困难,又以非同一般的意志克服了困难。其中许多挣扎、痛苦、迷茫,都硬生生扛了下来,不为外人道。

"但你不一样。你的天赋明显高出一筹,到今天的水平虽然也付出了很多的努力,但可以感到,努力的程度与罗刻相比是明显不及的。你所遭遇的痛苦、困难也远小于他,你在克服困难的时候所展现的意志也远不及他。

"我感觉得到,你在学习中并没有发过全力,甚至你的整个人生中有没有过这种拼尽全力的经历呢?你始终有一点儿'收着打'的感觉,好像凡事只用80%的实力,没有那种决绝的力量感。甚至,如果不是兰水二中这样的高压监管,你可能连80%的力气都不会用出来吧?"

诸葛百象低下头,眼睛盯着路面,终于低声道:"会不会是你感觉错了,高估了我呢?也许我全部的实力也只有如此呢?"

修远一摊手:"谁知道呢?我只是说出我的感觉和猜测而已。可是我还记得,你曾经说过你的一种学习模式，直接放弃高难度题目，把所有时间都放在中低难度题目上。这种策略是不是也反映出一种弱势的心态呢？"

"这应该叫作有所取舍吧。中低难度题目的分数，拿起来性价比更高些嘛。"诸葛百象辩解道。

"听起来很有道理，但这是真实原因还是一个借口呢？也许只有你自己知道。一个基础较弱的学生当然可以用这种策略来提分，但我总觉得，以你的能力，应该可以超越这个阶段。包括你中午说我可以趁着题目简单、高手无法发挥优势来赢下与李天许的比赛，是否也是你弱势心态的一种投射呢？从心底就没要求自己当一个真正的强者，总想着要靠一些比较取巧的方法来解决问题。"

诸葛百象不作声了。其实他何尝没有这样怀疑过自己？只是这问题有些沉重，不太愿意频繁提起罢了。面对自身沉重的问题，最简单、最方便的态度便是欺骗自己，将这些问题掩埋下去，假装它们不存在。

"我想，你为什么会有这样的心态呢？当然根本不可能想得出来答案，因为我对你的了解并没有那么深。我又想，那该怎么解决呢？或许只有知道原因的你自己才能找到解决办法。但我又想，这是一个需要解决的问题吗？就算是你选择了不去成为一个真正的强者，那又怎么样呢？这选择一定是错的吗？人有义务一定要变得极端优秀、极端强大吗？"

诸葛百象沉默着。修远的问题，正是在某些宁静的黑夜里，他辗转反侧时曾偶尔问过自己的问题。

"我还思考，我这一路是怎么走过来的？从高一到现在，我变强了很多。我变强的动机又是什么？是痛苦，是不甘，是对现状的不可接受。如果一个人并不觉得痛苦，并没有不甘，对现状又是满意的，他又有何义务去改变、去付出巨大的代价来成长呢？就算不成长，又有何错呢？

"或许真正可叹的，是那些面对痛苦却无法成长，只能持续地沉浸在痛苦中无法自拔的人吧。也许是心智被卡住了，成长的意愿被一些负面信念给压抑和掩藏了，只能持续地受苦；或许虽然想要成长，却不知道该如何执行，既缺乏足够的自悟能力，又没有外界引导。

"说起来，也许这是你的幸运呢？也许你一生就没有那么多痛苦和不幸，也就没有那么强烈的动机吧。"

说到最后，修远微微一笑，追赶前面的陈思敏、夏子萱等人去了。

诸葛百象却越走越慢，乃至慢慢停了下来，望着空荡荡的操场发呆。

几日后，期末考试如期进行。考试结束当天，高一、高二的学生满脸轻松地在校园里奔跑、欢呼，为即将到来的寒假和新年庆祝。高三学生却难得喘口气，因为他们的寒假也并不能得到多少休息，很多人已经规划着要趁寒假多刷几套题，多背几个单词，多弥补自己的知识漏洞了。

更何况，考试后到过年前的这两个星期里，还要补一个星期的课。考试后他们只会有一天的休息时间，就要开始补课了。考完试，修远收拾好书包，准备回家略作休息。正准备走，没想到又有几个同学围上来，神秘兮兮地问："啊，修老大！考得怎么样啊？"

"还行吧……"修远对他们的热情有些无语。

"能不能赢李天许啊？"

"这……不知道。"

"唉，怎么对自己都没信心呢？"

"……"修远心里没好气，"你们也拿我和李天许的事打赌了吗？"

"啊，怎么这样想我们呢？我们可是敬爱而关心你的啊！"

"赌食堂的牛肉汤锅吗？"

"不对，是烤串！差一分一串五花肉，你要是赢李天许二三十分，我能吃到饱！"

"……"

插科打诨的几人与修远一番调笑后散开了，修远走出教室准备下楼，却看见诸葛百象在走廊上，抬头看着天空。他走出教室门的瞬间，诸葛百象仿佛后脑勺长了眼睛一样突然叫住他。

"修远，有空吗？"

"哦？怎么了？"

诸葛百象转过身来，盯着他的眼睛，道："如果想要成长却不得其法，又该怎么办呢？"

修远一愣，这话说得太突兀了吧？前不着村后不着店啊！又一回忆，记起期末考试前几天自己与诸葛百象的对话，才恍然大悟，原来诸葛百象说的是这个啊。

"换个地方说话吧。"

两人一前一后默默地走下楼，到学校的一处小花园里停住。此时校园里人声鼎沸，操场上、篮球场上和学校的主干道上都是熙熙攘攘的人群，只有这里安静些。

修远将沉重的书包扔在石凳上，背靠着一处栏杆，问道："详细说说，怎么了？"

诸葛百象叹口气，道："唉，最近几天一直在思考人生啊……"

"嚯，该不会影响到期末考试了吧？"

"难说，可能有点儿。"

修远笑道："这难道是让我害的？"

"倒也不算'害'，只是被你把隐藏的问题挖掘了出来，总得找你解解惑才行。"

终于要进入正题了。修远深吸一口气，道："我那天随口说了几句不成熟的想法，也没想到会对你有那么大影响。找我解惑，不敢保证能给你答案。"

"总得试试吧，死马当活马医了。"诸葛百象耸耸肩。

"这……我跟你谦虚一下，你还真当我是'死马'啊……"修远有点儿无语，开起玩笑来。

"言归正传吧。那天你说，我可能一生过得太顺利了，没什么痛苦和压力，于是就没有成为真正强者的动力。"

"嗯，然后呢？"

"其实并不是这样。你说我做事没有用全力，是的，现在我承认了。这些年来，我也确实能够感受到自己的这种行为模式。但并不是因为我很懒，或者对现状很满意所以没必要用全力，而是我用不出来，就好像力量被封印了一样。"

修远没有说话，静静听诸葛百象诉说。

"你说我有虚弱的气息，是的，现在我也承认了。我不是真正的强者，我的内在有虚弱的地方，甚至还很严重，而我不愿意去面对高难度的题目也正是这种虚弱的表现之一。

"但我的生活并非顺风顺水，并不是毫无压力然后毫无动力。我有时也疑惑，我心里明明有不甘、不快的感觉，是由于自己不够强大而引起的不甘，但我却迟迟不能面对这些……"

"为什么不能面对？"修远问。

"为什么……或许是恐惧，或许是虚弱本身。总感觉要去面对这样一个复杂的问题，需要消耗巨大的力量，而我却没有这样的力量。"

如此一来岂不是进入死循环了？他的问题就是缺乏力量，而解决这个问题却又需要巨大的力量。修远不认同这个悖论，追问道："那么你的虚弱从何而来，有什么特定的源头呢？"

"源头……"诸葛百象想起了他的哥哥。一直以来，他都觉得是哥哥的一系列过分的玩笑打压了他，导致了他有今天的状态。可是在内心深处的某些地方，他又有所怀疑，真的完全是这个原因吗？"我也不清楚真正的源头。也许是某些过往的打击造成的，也许是其他的原因……"

"什么打击？"

"一些失败的经历吧，跟别人竞争没争过之类的。"诸葛百象做了个含糊的解释。

"一时的失败并不能就认定自己无法成为强者了吧？可以奋起直追啊，可以努力赶超啊……"

"道理当然是这样，可是实际操作起来就变了。总有一种很矛盾的心理啊，一方面有一种想要变强大的心理，可是又没有十足的信心，被打击得缺乏自信乃至缺乏自我认同了；而另一方面，又似乎本来就有一种很随意、很平淡的心态，觉得不用成为顶级高手也无所谓。两种心理相互矛盾，交织在一起，内心的底层逻辑就很混乱，相互消耗力量……"

修远沉思，道："如果彻底地放弃好胜心，能够回归内心的平静，也不失为一件好事。如果意志坚定一定要成为强者，一路拼搏努力，自然就是优秀的人才。可是夹在两者之间，对内没有心的宁静，对外没有强大的竞争力……麻烦啊。"

"是啊，仿佛一个死结。想要回归安宁，那一点儿想要证明自己的心却放不下；想要更努力地拼搏，却又觉得自己天性就不是个争强好胜的人。进退两难，寸步难行……"诸葛百象叹口气，"想了这么多年，一直觉得简直无解啊。或许真的就是无解吧。"

修远也轻轻叹息，这些复杂的心理问题，怎么总要让我来解答呢？似乎自从他实力有了一点儿进步，就会承担越来越大的责任，经常有人需要他来答疑解惑。他想：我真的能解这些麻烦的问题吗？

他终于说道："也许最简单的方法最好用吧。"

"哦？怎么说？"诸葛百象问道。

"既然两头都放不下，那就两头都完成了。其实未曾得到的东西又如何放下？既然有一丝成为强者的念头，那就奋力达成目标吧！具备了强大的实力之后，再选择平淡的生活，选择退隐南山，内心不就更平静吗？再说，没有达成进取的目标就直接安然世外，谁知道这是淡泊名利还是逃避困难？会不会连自己也分不清楚了？先重重举起，再轻轻放下，进退都在其中了。"

诸葛百象哑然失笑："是啊，最简单粗暴的方法也有可能是最有效的方法。可是真的能这样吗？又该如何做到呢？刚才已经说过了，克服这样的虚弱感需要强大的力量，可这本身又是个悖论。在实操层面上，你的思路真的可行吗？"

这一次，修远终于坚定起来："换一种思考方式吧。不要畏畏缩缩地因为怀疑实操的可能性而放弃这种思路，而是先定下一个强硬的目标，经历'我必须实现先进后退，先成为强者再安然世外、淡泊名利'的人生路径。在此不可更改的目标之下，再去慢慢思考和寻找可执行的方法吧！也就是说，从目标倒推回去确认路径，就像我们做数学证明题那样！"

诸葛百象呆呆地看着修远，感到他身上忽然出现强烈的气势。"不可更改的目标……倒推回去……"他喃喃着，呆呆地看着地面。

修远微微一笑："我能说的只有这么多了，也不知道对你有没有用，不过至少都是我的真心话。我还要赶公交车呢，就先走了。"

诸葛百象只感觉心中的阴影上出现一丝光明的缝隙，但此时也不过是一条缝隙而已。或许暂时只能如此了吧，他想。

或许未来还要有机缘，再为今日未曾解决的力量来源问题续写更进一步的答案。

▶ 第五十一章 ◀

为什么假期学习效率低？

休息一日过后，第二天下午，学生们返回学校领取成绩单并直接开始补课。晚自习还没开始，学生们在教室和教师办公室之间来回跑动，想提前看看自己的成绩——这影响着自己能不能过个好年。也有好事者急着看其他人的成绩，尤其是修远和李天许的分数。两人公开约战引起了不小的关注，大家都很好奇赌约的胜负。虽然并没有到最终决战的时间，但期末考试的分数依然很能说明问题，就好比一场篮球赛，不光最终的比分重要，中间的精彩回合也很重要。

修远倒是没有急着去办公室看分数，安静地坐在座位上看书自习，表现得并不急躁。不过要说是完全心如止水那倒也不太可能，毕竟还是有所牵挂。修远一抬头，看见诸葛百象、陈思敏等人正在回头看着他。修远微微一笑，耸耸肩，又埋头做题去了。

一伙人簇拥着夏子萱走进来，显然，分数出来了。夏子萱将分数条依次发给众人。

修远拿到自己的分数条，只见分数如下：

语文 118 分

数学 139 分

英语 129 分

物理 91 分

化学 86 分

生物 82 分

总分 645 分

修远这几次考试成绩都在 630 至 650 分浮动，645 分算是比较高的分数了。不过修远自己也知道，这个分数肯定是不如李天许的。果然，没多久他就收到小道消息，李天许总分 662 分，依然是仅次于占武的年级第二名。

修远有些感叹，一不留神就生出一个念头：怎么用了林老师教的全流程优化却没有超过李天许呢？不过随即用力否定了这个想法——才用了两个星期呢，哪有这么快有效果的？这个想法本身才是有问题的。即将放寒假了，自己应该利用难得的空闲时间充分使用全流程优化更上一层楼才是。

更何况，修远隐隐注意到，其实李天许的分数比上次也稍微低了一点儿。本次试卷难度虽然与之前差不多，但语文和英语的改卷似乎变得严格了，因此很多人这两门的分数都比平时低了几分。如果算分差的话，其实自己和李天许的分差已经缩小了一些，这难道不是好兆头吗？再加上数学的选择题有一个小失误，一个函数值域有两种情况只考虑了一种，扣了5分；化学大题看错了一个物质的量的数据，导致计算错了一部分，扣了4分，也是完全不应该的。如果把这些差距缩小一下，自己距离李天许已经并不远了。

陈思敏、夏子萱、罗刻等人都围上来，试探着问修远："感觉怎么样？你好像还是第三名呢。"

修远笑道："没什么，正常成绩。虽然我与李天许依然有一定差距，但已经有所减小了。而且我也感到自己最近一直在缓慢进步，还有四个多月时间，足够我进行反超了。总的来说，虽然这次依然输了，但我却对未来更有信心了。"

陈思敏几人见修远状态良好，相视一笑，放下心来。

"我也觉得，修远最终一定会赢的！我看李天许一直没什么进步，但修远却是一天一个样，不断进步！这才是一轮复习刚结束呢，还有寒假，还有下学期的二轮复习、三轮复习呢！中间这么多变数，我看修远胜算很大！"

"就是啊，好好抓紧寒假的时间，说不定下学期一开学就超过李天许了！"

有这么一群朋友支持着自己，感觉真不错呢。修远心里感到一丝温暖。

等到几人散去后，同桌刘语明忽然低声问出一个问题："你们这些学霸，假期里学习的效率都很高吗？我怎么感觉放假的时候学习效率特别低呢？学了基本相当于没学。"

修远微微一愣，道："好像还真是这样？"他回忆起从小到大的历次假期，好像没有哪一次假期的学习效率很高、开学后实力大为长进的，哪怕高中以来他的学习态度端正了很多，假期内特别努力，假期的学习，也顶多是和平日差不多而已——其实还是差了一点儿。通过假期奋发努力、增强实力，真的可行吗？要怎样才可行呢？

不过这一次或许情况会有所不同吧？他的心态比以前更成熟了，又额外掌握了很多种学习策略，就在最近还刚刚吸收了林老师全流程优化的理念。嗯，一定会不一样的吧。修远增长了几分信心。

在兰水市的众多高中里，临湖实验高中是一朵奇葩。哪怕已经高三下学期了，临湖实验高中依然不补课，考完期末考试就直接放假了。也就是说，即便在这样紧张的时刻，临湖实验的学生们依然有长达二十多天的寒假。在其他高中的老师看来，临湖实验的老师真是心大，甚至有点儿不负责的感觉——怎么能不抓紧时间给学生补课呢？而其他高中的学生则有一种复杂的心理，一方面当然是羡慕临湖实验学生的长假期；另一方面又不敢让自己也休息那么久——都马上要高考了，还有心思休息呢？临湖实验的学生可都是学霸呢，才有资格休息。自己那点儿分数，够资格吗？

"啊，又要放假了！高中的最后一个假期啊，太有纪念意义了啊！"妖星伸着懒腰道，脸上写满了轻松惬意。

卢标叹口气："我好羡慕你这种神经大条的，一点儿成绩压力都没有啊。估计你寒假可以放松下了吧。"

妖星瞟了卢标一眼："世上本无事，庸人自扰之。你分数都比我高了，还么紧张干吗？哎，你说你对我到底有种什么感觉呢？什么情愫呢？"

"呸！恶心，情愫个头啊，我对你毫无感觉，顶多是有点儿恶心且无语而已。"

"来来来，我们一起分析下。首先你肯定是羡慕、嫉妒、恨的，我分数比你低，反而心态轻松、生活惬意。你这次的分数已经够上清华或北大了，但还觉得不稳妥，总有强烈的焦虑和担忧，生怕下一次一失误，刚好滑到分数线之下。长期的焦虑当然不好受，你怎么能不嫉妒我这样心宽体胖的人才？"

卢标果然被恶心到了。虽然妖星说话向来就是这样的风格，不过回忆起来，似乎自从他心结解开之后，风格就变得更加突出了。这死妖精，还不如让你继续迷茫下去呢！卢标愤愤地想。

"但是另一方面呢，你又会有点儿不理解，甚至有点儿不屑，觉得人就该更进一步，不断追求更高、更强的，并且认为在高中阶段，这更高、更强就应该在分数上表现出来。我距离清北线仅一步之遥，却对冲击清北毫无兴趣，你很不理解这种心态和行为。虽然你觉得个人的选择无可非议，但内心深处对这种行为是很不认可的。"

卢标无语地看着妖星的表演。

"可是你同时又觉察到，我这看似散漫的状态下，又有一种自由自在的气息，一种能量充沛的状态，这与你所认知的无鸿鹄之志的燕雀状态又不相符，所以你在内心深处会产生疑惑。"

"再往下一层，本应该是更深入地思考这矛盾产生的缘由，并由此引出更本质、更关键的思考，可惜由于你时常处于焦虑的状态，所以深入到这一层的时候，你的脑力就不够了，尤其是心就不够沉静了，极有可能被迫转移注意力，回到现实的学习上来。因为你告诉自己，再深入地思考会消耗大量时间，从而降低你的学习效率和分数，让自己距离稳妥上清北的目标更远一点儿。"

这个鬼妖星，分析得还真到位……然而这还只是让卢标觉得心里不爽而已："然后呢？你想说什么？我专注于自己的目标难道不对吗？"

妖星努努嘴，悠然道："倒也不算错。"

卢标深吸一口气，道："好好努力一个寒假，水平再上半个台阶，说不定稳妥上清北的目标就能达成了。到时候焦虑自然就减少了，心态也更好了。"

"正常来说，假期里的学习效率是比在学校里更低的，毕竟缺乏了环境的带动，强行靠自律来学习肯定是有损耗的。你想要通过寒假冲刺，恐怕有点儿难吧？"

这下换成卢标鄙视妖星了："那是对于你这种不懂行的人来说的。我的假期，决不会比平日学习效率低。"

"哦？为什么？"妖星来了点儿兴致。

"你这咸鱼，又不在乎分数，问这个干吗？"

"唉，就当是好奇嘛！"

两人不再斗嘴了，卢标严肃地介绍起来。

"假期学习效率低，跟自律有关系，但这只是初级阶段。其实对于学习意愿强、习惯良好的人来说，自律并不是大的问题。"

"但即便是愿意学习的人，也会觉得假期的学习效率比平时低。"

"没错，这涉及另外一个因素——完整的学习框架。"

"哦？"

"对于原本愿意学习的学生来说，在家学习低效，核心原因是容易失去系统性，遗落重要的学习环节。很多学生缺乏一种宏观视野，没有意识到学习的整体框架是这样的：制订学习计划——执行学习计划——检测与反馈——修补执行漏洞。

"我们之所以缺失这样的宏观视野，是因为在学校里，其中的大部分内容学校和老师们都已经帮我们做好了，根本就不需要我们管。

"制订学习计划是件比较复杂的事情，学校帮你搞定了。

"执行学习计划，虽然是你来进行的，但学校派了老师来带着你做，算是帮你搞定了一部分。

"检测与反馈，就是作业和考试，学校也搞定了。

"修补漏洞，就是改错题、评讲错题、布置额外练习的环节，学校也帮你搞定了其中的大部分。

"你看，当你在学校学习时，学习的整个框架里，需要学生动手做的只有执行计划，而做计划、检测反馈、修补漏洞等多数环节全都是学校在做。平时是不是没有意识到，其实学校的作用还是蛮大的。

"一旦你回到家里，情况就不一样了。从第一步，制订计划这个步骤就没有人帮你做了，而大部分人甚至没有意识到这一步需要存在。于是学习行为就变得很随机。今天起床坐在书桌前想，作业都做完了，空余时间该干吗呢？啊，这次期末数学考得不好，不如多练几道数学题吧。明天坐在书桌前又想，咦，英语单词会不会忘记了，要不要复习一下？这种随机学习的方式，效率能高吗？

"第二步，执行学习计划靠的是自律，这个不必多说。第三步检测环节又是一个常见的大漏洞——很多人根本就没有去进行检测的意识。

"学习这件事，说到底就是一个信息循环的过程，没有检测，就不知道自己的漏洞在哪里，不知道自己的计划到底合不合理、执行到不到位，也就没有下一步努力的方向。平时在学校里的各种测试、月考就起到了检测的效果，驱动了整个信息循环；而在家里，很少有学生会有给自己做测试的习惯，因而降低了整个信息循环的频率，也降低了学习效率。

"总的来说，假期里的提效、执行计划和修补漏洞是靠自律了，而核心则在于计划制订和检测反馈环节，这是一般学生的盲点。把这两个盲点补上，效率就不会低了。"

"唔，有道理啊。"妖星点点头，"不过假期里的低效，也跟环境有关系吧。生活化的环境本来就不利于学习。"

"那当然。根据我的观察和经验，学习动机不强烈的人，环境对他的影响更大；而动机强、态度端正的人，学习框架的完整性对他影响更大。"

"嗯，不错。那你就好好进行信息循环、快快长进吧！祝你更上一层楼，稳上清北线！"

"嗯。你有什么规划吗？"卢标问道。

妖星淡然道："大的规划没有，或许有些小事要解决吧。"

第五十二章

百象变——心智的出口

与临湖实验的轻松不同，二中学生开始了苦兮兮的补课。补课期间，各个科目开始进入二轮复习。二轮复习主要是各个学科的重难点专题和综合性大题的复习，可以看作冲刺性的复习，自然比一轮复习更加辛苦，也更考验学生们的心态与意志。能够做好这些重难点专题复习的学生，成绩往往又会再进一步，所以二轮复习往往是冲刺高分的重要机会窗口。但另一方面，由于难度的增加，另一部分学生会感觉不太适应，学习压力进一步增大，以至于焦虑、烦躁、恐惧和迷茫的情绪跟随着放大。

"吁……"修远呼了一口气。天寒地冻，在这没有暖气的省份，还要集中精力攻克难题、复习知识点，实在不是件容易的事情。修远已经对期末考试的试卷做了分析。其中，数学目前压轴题经常做不出来，选择和填空的小压轴题经常也会错一道，如果是难度较高的试卷，甚至会错两道，这也是他分数长期在 135 至 140 分徘徊的原因。物理部分是压轴题和多选题容易出问题，其中压轴题则是典型的多章节综合题，正是二轮复习的重点。另外，化学的有机推断和实验题、生物的实验设计等，也常常是多章节的综合。修远能感到，二轮复习对于他来说万分重要。

同时，二轮复习中，解题思路结构化、费曼技巧、分层处理和全流程优化的理念都可以派上大用场。因此这一阶段复习虽然刚开始，但修远有十足的信心能把它做好。

二轮复习的强度更高，人也更容易疲劳，因此中午、下午吃饭的休息时间就显得更为宝贵。一下午的奋笔疾书，修远完成了化学实验题的结构化整理，也顺便复习了多种复杂有机物的性质，又背诵了英语作文的一些常见高级句式，感觉万分充实。走到食堂点好饭菜，修远准备寻一张空桌子，恰见角落里有一个熟悉的身影，正是诸葛百象。

"没人吧？我坐在这儿了。"

诸葛百象一抬头见是修远，自然招呼他坐下。

两人俱显得有些疲惫，但细细观察下来，修远的疲惫是纯粹的高强度脑力消耗所致，因此吃饭时倒显得神情自在放松；而诸葛百象则略微皱着眉头，仿佛吃饭都是一件苦差事。

"你怎么了？没胃口？"修远随口问道。

诸葛百象微微苦笑："胃口一般。二轮复习开始将近一周了，你感觉怎么样？"

"还行吧！"修远伸了个懒腰，"有条不紊地进行。做好二轮复习，能让我更进一步啊！说不定真的能打败李天许呢。"

"看来你很适应二轮复习啊。"

"啊，怎么，你不适应？"

"唉，多少有点儿吧……你不觉得难度突然变高了吗？"

"啊，那当然了，二轮复习都是重难点专题复习和跨章节综合题复习，难度肯定高啊……"说到这里修远忽然愣住，仿佛意识到了什么。怪不得诸葛百象看起来状态不对，原来是碰到了二轮复习啊。细想起来，二轮复习的状态，正好是诸葛百象的克星。

"我想起来了，百象，你之前是不是经常搞战略性放弃？就是直接放弃高难度的题，只专注于基础题和中等题，确保拿下这部分分数就够了？"

"是啊。"

"难怪啊。二轮复习多是中高难度题甚至压轴题，够你喝一壶的了。"

诸葛百象点点头："你说对了。我这种方法，之前还很占便宜，高一、高二就是靠着它才能相对轻松一点儿，一轮复习问题也不大。结果到了二轮复习，完全吃不消了，不仅几次单元测试分数都偏低，而且平时做练习速度也慢，情绪也不好，状态大幅变差……唉，三十年河东，三十年河西啊。"

"这还真是成也萧何，败也萧何。"修远感叹。

"不知道这样的日子什么时候是个头啊。"诸葛百象愁眉苦脸道。

修远安慰说："其实高考的难度并没有我们平时的练习这么大，二轮复习只是把很多难题集中起来了而已，并不是真实的高考难度，倒也没必要为此纠结……"

"唉，是啊，我真傻！"诸葛百象一拍脑袋，"这几天被二轮复习吓傻了，怎么就没想到这一点？我真没必要这么纠结……"说着，他立刻就感觉轻松了不少。

"不过，我倒觉得这样安慰你不一定是好事……"修远忽然又看向诸葛百象道。

"啊？"诸葛百象一愣，心想：难道刚才的说法不对？难道高考不是比二轮复习的单元测试难度更低吗？

"虽然高考的难度确实是更低，但这真的是你应该关注的重点吗？或许……"修远欲言又止。

"或许什么？"诸葛百象摸不透修远的想法。他因为不适应二轮复习的难度，一时为情绪所困，忘记了学校二轮复习的难度高于高考难度，幸亏修远点醒了他，他才从焦虑、高压的负面情绪中走了出来，却又见修远话锋一转，说这并不是重点。那重点又是什么呢？

"我记得上次我们说过，你有想更进一步、成为卓越者的欲望，又有恬淡不争的心，那么最简单的方法就是先进后退，两头都拿下，你当时也认可了这个思路。那你准备如何执行、从什么时候开始呢？如果真有此心，为什么不是从现在开始？"

"从现在开始？如何开始？"诸葛百象还没反应过来。

"你由于从来没有想过要去攻克那些高难度的题目，习惯性地见了就退让，不论从大脑思考能力还是心理气势上都弱了，这不正是你想要变得卓越的阻碍吗？二轮复习的那些高难度题不正是你的命门所在吗？如果你想要更进一步，不正好可以从这里开始吗？"

诸葛百象听得愣住，可是多年的惯性又让他不经思考地辩解道："理论上当然如此，可是原本就感觉虚弱的我，就算真的着手从这里开始改变，又有多少胜算呢？大概几天或者一两周之后就被迫放弃了吧，有些事情，并不是匆忙间就能解决的……"

"没错，今天就开始改变，由于过往的强大惯性，失败的概率远高于成功的概率。"修远打断他的话，"可是那又如何呢？屡败屡战而已。"

"屡败屡战……"诸葛百象一时愣住。

"凡事都等准备好了、条件万全了再做，那就极有可能永远都不会开始做。机会不是等出来的，是做出来的；出路不是等出来的，是拼搏出来的！正是占武给我的启发之一啊，不要在乎胜负，先摆出战斗的姿态吧！"修远激昂道。诸葛百象抬头看着他，心中若有所动。

"你说你今天很虚弱，可我当初一路挣扎成长的时候，也很弱啊。又有谁在成长的途中不弱呢？若一开始就是强者，不会为命运所困，又何谈成长？

"因为弱小而无力就不战斗了吗？那是命运的奴隶。

"因为条件不齐全就不开始行动了吗？那是环境的奴隶。

"因为过往的负担与恐惧就畏缩不前吗？那是心智的奴隶。

"挣脱牢笼，超越极限，这是自我评价的尊严，也是存于人世的意义吧。"

修远一席话说完，自己也是感慨万千。这些内容他并没有彩排过，一直潜藏在他的大脑里。有时候，给别人讲述反而能让自己的思路更清晰。如果不是今天与诸葛百象的一番谈话，修远或许并不知道，自己内心深处已经有了这么多的感触吧。

而诸葛百象更是目瞪口呆，仿佛被巨石堵在山洞之中，不见天日，突然被人从外面敲裂石头，露出豁口，强光穿透，直照得山洞里明亮刺眼。

"弱小……条件……屡败屡战……"他心中一遍遍重复着这些词语，两眼出神。

为期十天的补课继续进行着,学生们各自忙于二轮复习,没有谁注意到别人的变化。修远运用各种策略,飞速进步着;陈思敏规划清晰,复习有条不紊;罗刻极限努力,又新增灵气;夏子萱稳扎稳打,稳步进取……

补课终于结束了,短暂的寒假开始。对于很多学生来说,寒假并不是过春节的欢庆和放松,只不过是换了个地方继续复习而已。

钥匙咔嚓一响,防盗门被推开。冬天的阳光并不明媚,客厅纵深又长,于是厅里一半阴暗一半光明。客厅里摆设简洁,除沙发、茶几外再无其他。倒是墙上挂着几幅字,一曰"相由心生",一曰"驱耕夫之牛,夺饥人之食",一曰"天地人和"。

诸葛百象将书包放在地上,只见哥哥诸葛千相窝在沙发上翻着书。临湖实验高中放假已经一周多了,诸葛千相休息得精神饱满,怡然自得,见诸葛百象回来,懒懒散散地打个招呼:"嗯,终于放假啦?"

"啊,放假了。"百象说着也并排坐在沙发上。

"表情木讷,身形蜷缩,看样子压力很大啊。怎么,二轮复习进行得不顺利啊?"诸葛千相瞟了百象一眼,顺口道。

"一般般吧。"

"成绩没变?"

"是啊,能上末流985学校的分数,可能还得拣个冷门专业才能进去。"

"这分数有点儿尴尬啊。再涨个二三十分就能上个中等985学校,挑个不错的专业了,个人发展会好很多呢。"妖星盯着书懒散道,"要不要大哥我给你补补课呢?我跟你大部分选科都是重合的……"

"好。"

诸葛百象简单地说了一个"好"字,诸葛千相却忽然愣住,连握着书的手都控制不住猛地用力一捏,在书上留下几个淡淡的手指印。他缓缓转过头,难以置信地看着诸葛百象,声音也颤抖起来:"你……你说真的?"

诸葛百象没好意思去看千相,只是微微点头。

"认真的。"

诸葛千相放下书,呆呆地看着百象,一时间竟然有些手足无措,平日里潇洒调笑的气息全然不见。

"好……好……我马上去准备,马上准备!我去拿资料、拿笔记……你要从哪一科开始?之前有没有做过知识点漏洞分析?你的试卷带回来了吗,我看看……"

听着哥哥千相有些失措的声音,百象忍不住抬头看向他。这么多年,他仿佛并没有真正认识过哥哥一样。

"不用着急吧,明天再开始也行……"

千相深吸几口气，情绪逐渐稳了下来，忽然反应过来，问道："你……你是发生了什么事吗？怎么忽然……"

要是往常，百象是绝对不愿意接受千相的帮助的，早就让他滚蛋了。今天忽然改口，让千相太过意外，以至于一时间忘记疑惑弟弟为何突然间有此巨大的变化。是成绩太差了，导致他自己也不能忍了，于是不得不低头吗？不对啊，他还是那个能上末流 985 学校的成绩，并没有什么变化啊！

"没什么大的事情……许多年了，总要有些改变吧。"

改变？指的什么？诸葛千相一时摸不清楚。是说想要主动改变下兄弟间的关系吗？虽然两人没什么大仇，但自从小学高年级以后，总觉得在心灵深处隔着一层。怎么在这时候忽然想着要有所改变了？临近高考的时候，心理上应该会自动把所有注意力都放在高考上，更不会转移到家庭关系中来了吧？

"怎么想着要在这时候改变下我们的关系呢？你是受了什么刺激了？啊，不是，我是说受了什么启发？"

诸葛百象淡淡一笑："不是改变我们的关系，是改变我自己。改变我的胆怯、懦弱和自我矛盾。与其困顿于此，不如战，与自己战，与过往战，与命运战。

"其实不是什么大事。明天有空就给我补课吧，我先去睡一会儿，这段时间学习强度很高，有些累了。"说罢自己走进卧房里休息了。

这又是什么情况？怎么忽然扯上胆怯、懦弱和自我矛盾了？千相向来对人心、人性有深刻的了解，又从小就很关注这个弟弟，对百象的心态和性格了如指掌，他自然知道百象确实在内心深处有胆怯和懦弱，有进取和淡泊之间的矛盾，可是他为什么在这个时刻忽然出现了一丝了悟呢？

诸葛千相还在疑惑着，父亲从主卧房里走了出来，大约是被百象回家的声响惊动了。

千相看了看墙上"驱耕夫之牛，夺饥人之食"的字，又疑惑地看向父亲："爸，你听见他刚才说的话了吗？是怎么……是你吗？还是？"

父亲摇摇头："听见了，但并不是我。他也没有与我私下联系，目前并不知道是什么触发了他的改变。不过，总归是件好事吧。我能稍微安心了，你也能放下一些负担了吧……"

"我……"千相欲言又止。

"你从小就去纠结那些原本就远超你能力范围的宏大问题，中途又拿你弟弟做实验，在明知他生性淡泊的情况下去强行挑动他的心智，让他内在产生矛盾。我原本想阻止，但你妈却说百象原本不好竞争、不肯长进，经过你的'教导'变得更有上进心了，是件好事。我一来懒得和她争，二来也想着应该不会出什么大问题，也就随你去了。没想到这么多年他被你带偏了路，一直困在其中，两边都没有走出来。这是你的责任，也有我的问题。

"中间也准备出手干预，可是我又疑惑，人生的成长路径怎样才是最优的呢？经过人为修正治疗的虽然形状规范，但会不会缺乏后劲？在大的困局下挣扎求生的，风险一定更大，但会不会培养出一股雄大的野性力量？我不知道，我不是伟大的教育家，不是洞察人类命运的天才，我真的不知道。就这么一直犹豫着，迟迟没有下手，拖到现在。

"我不知道他是受了什么启发，但好歹算是老天保佑吧，终于让他走出迷局了，你我都能安心了……"

千相也是一番感叹，数年来心中的牵挂与内疚，今日终于能稍稍放下了。他又想到百象说的话——与自己战，与过往战，与命运战——这是从哪里得来的领悟？从风格上来看，倒是很像……

难道是他？

千相长吁一口气，开始认真整理资料，准备明天给弟弟辅导。

"被一个象卡住了，你就只有一象。走出来了，就是白象，就是无法限制的世界！"父亲深深感叹道，"不论百象还是千相，我想送给你们的，都是整个世界的奥秘啊！"

第五十三章

情绪如潮——一模前的焦虑

寒假与过年期间，众人各自辛苦，或是细细看书查漏补缺，或是疯狂刷题锻炼手感。修远尝试在结构化思维、费曼技巧、提取策略、条件核检法等策略统筹与全流程优化的大理念之下，多番辛劳努力，却也能感到自己真的在一点点进步，几次私下测试的结果甚好，分数进步明显。

"数学大题差不多了，等二轮复习完以后导函数的一些常见难题也差不多能拿下，不等式和圆锥曲线也不是问题；英语的范文背完以后作文提高了几分，听力还可以继续加强一点儿；物理和化学总体拿下，剩下的是查漏补缺；生物还有些与实验相关的琐碎知识点没有背完，后面要加紧；语文……"

修远一边盘算着，一边看着几次自行模拟测试的分数："这样算下来，现在应该是高于 650 分的分数了，再往上还能提多少分呢？"

不过自行模拟测试的分数并不能作为无水分的真正实力，毕竟语文和英语的作文改分有较大浮动，而且自己找来的模拟题也不一定像高考题那么具有标准性。真正要说明实力，还需要看官方的考试——开学三周后的第一次模拟考试。

有一种说法是，高三之前考多少分都是虚的，真正要知道自己的高考成绩，就要看一模成绩了。根据大数据统计，大部分人的高考成绩和一模成绩都是差不多的，这更增加了一模的重要性。

寒假结束，高三下学期开始了。众人并未显出长假后的放松，反而露出一丝疲惫和紧张，大约就和即将到来的一模有关。

修远坐在教室里，感到班级的氛围又和之前有了点儿不同——更沉默了。细看众人脸上，时常有焦虑而压抑之色。修远微微叹口气，继续埋头整理他的各科结构化。

在食堂吃晚饭期间，修远甚至感觉到连食堂都有了变化。全校几千人往食堂里一坐，修远一眼扫去几乎立刻就能分辨出哪些是高三学生，哪些又是高一、高二的学生——高三学生更死气沉沉，往往眉头微蹙；而高一、高二学生更轻松活泼而富有朝气，欢声笑语一片。

"怎么会变成这样？"修远心中略有疑惑，但想想也能理解，毕竟高考压力太大了，一模压力也不小。

晚自习各自学习，下自习后，修远照常来到操场上进行夜跑。往常这个时候，跟着他一起夜跑锻炼的人还是不少的，夏子萱、罗刻、陈思敏、诸葛百象乃至同桌刘语明等人都会来，十四班的舒田也常常见到。不过今天却明显感到人数少了很多，只有陈思敏和夏子萱还在。

"人好少啊，大家都去哪儿了？"陈思敏问道。

"可能放假过后大家都变懒了吧……"夏子萱道，"休息了一段时间，习惯都中断了。"

修远点点头。

夏子萱又说："我刚刚还叫柳云飘跟我们一起下来，但她说晚上没怎么吃饭，不想跑步了。"

"干吗不吃饭？"

"说是没胃口。"

陈思敏也说："我还叫了百里思，她也说没心情锻炼。"

修远微微一苦笑："看来大家状态都很紧绷啊！"

"是啊，有的迷茫，有的焦虑，还有几个复习不好的都有点儿绝望了。二轮复习本来难度就大，再加上各种考试排名，还有倒计时的压力……"夏子萱感叹。

"还有来自老师的压力、父母的压力，尤其是自己给自己的压力……"

修远高声道："越是有压力就越应该坚持锻炼啊！锻炼身体本身就对舒缓情绪有重大帮助的。"

"可惜他们并没有这么深的理解。"

"因为情绪压力大，所以能量弱，进而产生了不愿意锻炼的念头；却不想锻炼反而能舒缓压力，加强健康和脑力，让人的状态更加高昂振奋。这也算是一种反本能的策略吧！可惜人多是顺着本能走的。"修远道，"不管了，我们自己锻炼吧。"

"嗯！"陈思敏笑道，"反正跟着修远走错不到哪儿去，只要你还在跑，我就跟着跑！"

其实，哪怕是被众人视为带头人的修远，也会在内心深处产生些许异样和动摇。修远暗想：或许最厉害的是整个环境的压力吧，来自老师、父母、同学的压力，考试、测评、排名的压力，各种高考标语、倒计时的压力，以及源于自己的压力，都如同涓涓细流汇入海洋那样，构成了学校这个大环境中的整体压力，压得人窒息。

后面的几天里，修远时不时会听到有人抱怨，学习的效率变低了，因为心神不定，莫名状态很差。有时某个同学忽然火气很大，静悄悄的自习时间里狠狠地一捶桌子，吓了其他同学一跳；有时某个同学又忽然趴在桌子上抽泣起来，或许有人去安慰两句，或许没有，由她自己哭着；有时听人说起，某某某在寝室里蒙在被子里偷偷地哭；更常见的是，某个平日里学习认真的同学，忽而晚自习发呆两个小时，神色黯然，不知所措。

唉，这压力巨大的高三啊！

周五上午的一个课间，夏子萱从外面走进教室，忽然道："刚刚接到通知，本周末放假两天，今天下午大家就可以回去了，周日晚上回来上课。"

学生们听到这消息猛然抬起头，不敢置信。周末两天假，这可是已经有两年没有享受过的大福利啊！一时间教室里沸腾起来，沉闷的空气一扫而空。

"真的假的啊？怎么突然多放一天假啊？"

"太好了！学校可怜我们复习得太辛苦吗？"

"终于可以好好休息一下了啊！太累了。"

许多人惊呼、叫好，许多人长长地舒了一口气，终于有人问道："为什么啊？这可不是学校的风格啊！"按照惯常，一周是只放一天假的，而且作业会非常多。

夏子萱抿了抿嘴，一犹豫，道："不知道，反正李老师就这么通知的。"

学生们欢呼过后也就不再追问，反正放假不是坏事。等到中午吃饭时，诸葛百象、修远和陈思敏等人和夏子萱聚到一起，又问到此事："怎么忽然就要多放一天假呢？"

夏子萱缩着脖子看了看四周，然后低声道："十一班有个女生，昨天晚上崩溃了，跟寝室同学吵架吵到凌晨3点……"

"什么？！"众人一惊。

夏子萱低声说道："然后搞得寝室其他同学也完全没法睡觉，跟着她一起崩溃……"

众人又追问："为什么这么崩溃啊？"

夏子萱努努嘴道："其实没什么特殊事件，就是高三压力太大了，不断累积的。再加上开学一次小测试退步了，没及格，老师又说什么这样下去高考也不行之类的，那个女生当场就哭了，直流眼泪没有声音的那种哭……哭了一阵子止住了，就以为她没事了，结果晚自习回寝室又突然崩溃了……"

"怪不得学校要多放一天假，是被这女生吓住了吧！生怕压力太大，其他学生也出问题啊！"陈思敏皱着眉头。

"嗯。在这种事情上，倒是又显出了我们学校和真正的重点学校之间的区别啊！"诸葛百象感叹。

"怎么？"众人疑惑。

"临湖实验高中前几天也开学了，结果开学第一天就是全校公开课，让学校的心理咨询师给学生上了节情绪管理课；同时学校心理咨询室对高三学生全天开放，两个心理老师从早上 8 点到晚上 11 点都在咨询室待着，所有同学可以随时去匿名咨询；校长更是强调让大家不用有太大压力，追求过程而不必在意结果，要相信自己的实力，积极迎接高考……"

"你怎么知道？"众人听得无比羡慕。

夏子萱忽然反应过来："我想起来了，他哥哥在临湖实验高中，他当然知道啊！"

"学校实力的差距，真是从各个方面都会体现出来啊！在高三这种极端高压的环境里，焦虑、狂躁、恐惧、迷茫，各种负面情绪铺天盖地，不仅会让部分脆弱的学生做出极端行为，就算是没有那么极端的普通人，不也是深受情绪的影响吗？"

众人一回顾自己的学校，没有情绪管理的公开课，没有全天候待命的免费心理咨询师，也没有开明的校长和教育理念，甚至还没有已经学得相当好所以面对高考也不必紧张的实力……

一番感叹过后，众人又开始疑惑起来，高压之下愈演愈烈的焦虑和恐慌情绪，如果蔓延到自己身上来又该怎么办？

仅靠每日的体育锻炼真的能够克服这巨大的压力吗？

▶ 第五十四章 ◀

成绩波动——快阻击考前焦虑吧！

情绪是个很有趣的东西。如果你没有深入研究过或深刻体验过，或许无法想象那些负面情绪有多少种产生或传播的方式。

比如高三下学期这段高压时间里，学生们极容易产生焦虑、恐慌等负面情绪。有些学生是因为父母给的压力而产生负面情绪的，比如部分父母喜欢强调自己多么不容易，为了孩子付出了太多，如果高考考不好就是对不起自己等，从而让学生背负上巨大的道德压力而情绪变差；有些学生是因为老师和学校氛围带来的压力而产生负面情绪，比如太过密集的考试、成绩排名、煽动情绪的标语、口号和倒计时等，让学生不由得紧张起来；有些是源于自己的压力，对高考太过看重，自己又没复习好，没信心，于是随着时间越来越近而压力越来越大；还有些是由于周围同学的负面情绪而产生的跟随性情绪，本来自己不太紧张，但由于周围的同学都表现出焦虑和恐惧，神色慌张而心神不宁，于是他也变得紧张起来。

而最近修远又观察到一种新的产生负面情绪的可能性——因为预期自己可能会紧张，于是为这种预期而紧张。

"哎呀，完了完了，好紧张啊！"修远的同桌刘语明感叹道。

"怎么，没复习好？"

"复习的话肯定是没复习好的，但这个不是主要原因。十一班有个女生崩溃了你知道不？你说我会不会也紧张得崩溃？"

修远一脸无语，道："看着不像……"

"瞬间崩溃了大概不至于，但是各种焦虑啊、恐慌啊、无法集中注意力啊，很可能会有吧！这才一模啊，就已经很紧张了，等到了二模、三模、高考前夕，肯定就更紧张了吧！"

修远只好道："也许吧……"

"是啊，到时候我肯定会更紧张的啊！可是你想，如果紧张了、焦虑了，那不就影响复习了吗？本来就没怎么学好，情绪又变差了，那不是更学不好了吗？所以我一想到这里就更紧张了啊！"

"啥？"修远一愣，"也就是说，你在为你以后可能产生的紧张而紧张？"

"是啊！万一我随着高考时间逼近而变得紧张了，那我就完了啊！我一想到这儿自然就紧张了啊！唉，你说我这种想法是不是有病啊？"

"……"修远还没来得及说话，刘语明又叫了起来："完了！我有心理疾病了啊！这下更紧张了！"

修远无语，心想：这叫什么？自我认知？还是无中生有？算了，就叫有病吧……

不过后面几天修远又发现，这种无中生有型的焦虑和恐慌似乎越来越多了，负面情绪如同瘟疫一般在教室里蔓延。等到一模考试时，似乎达到了一个高潮，考前的一个晚自习有人在教室里抽泣起来；考试当天早上有人紧张得胃痉挛，早饭都吐出来了；考试时不少人紧张得手发抖，心浮气躁，接连看错题、算错数，失误比平时多了不少；考后有好几人不吃不喝一整天，整个人有气无力地趴在桌子上。

这也直接导致，无比重要的一模考试，很多人的成绩和排名都发生了重大变化——大多是由于严重失误而导致的成绩倒退。进步的人也不要求自己能超常发挥，保持原来的水平不退步，等着那些紧张过度的人名次掉下去，就已经足够提高排名了。

修远受的影响不大，641分。虽然没有假期里自测的650多分那么高，但由于其他中高分段的学生多有退步，所以这个分数依然很高。可惜李天许这家伙似乎天然是比赛型选手，他人越是紧张的考试他越得意，从而发挥出色，居然考出了669分的高分，一下子将他与修远的差距又拉开了不少。其余人里，陈思敏和诸葛百象发挥不错，为班级第四名和第五名；罗刻略显失常，掉到第八名；柳云飘考场上心里紧张过度，脑袋发僵，数学和化学几道大题都没做出来，直接退到第二十三名；百里思的分数也比平时低了不少。

会不会是因为试卷偏难呢？其实也不是。等到考完讲评试卷时，同学们情绪稍微冷静点儿了，立刻就发现，其实题目并不难，就是正常难度，完全就是因为心态问题导致的分数下降。很多学生感叹，辛辛苦苦学了三年，如果高考也像这次一样因为情绪崩溃了，原本会做的题也做不出来了，那可就亏惨了啊！

晚自习所有人都在改一模考试的错题，有的同学一边改一边哭。班主任李双关向来管理严格，但这种时候也不便苛责什么，生怕让原本压力巨大的学生雪上加霜。修远心中难免感慨，也会疑惑，每年都有几百万学生面对高考前的巨大压力，持续几十年了，难道就没有什么办法应对这种考前的紧张吗？

晚自习刚结束，陈思敏就拉着修远、诸葛百象和夏子萱到操场上跑步。这季节春寒料峭，夜晚更是寒冷，但一点儿都挡不住陈思敏锻炼的热情。

"今天怎么这么积极？"夏子萱问。

几人来到操场上,都还未从一天的疲劳中恢复过来,只有陈思敏一个人显得特别积极,其他人不禁有点儿奇怪。陈思敏兴奋地叫道:"这段时间班里气氛很压抑,大家都很紧张、压力很大,这你们都感觉到了吧?"

"是啊。"

"一紧张焦虑状态就变差,平时学习也学得不太好,考试也发挥不好,所以这次很多人排名变化巨大,你们也知道吧?"

"是啊。"虽然这几个人的成绩并没有怎么发生变化,但他们当然能够观察到其他人的异常。

"可是我们几个的平时状态和考试发挥并没有怎么变化,都保持稳定呢!你们没注意到吗?"陈思敏又激动道。

夏子萱说:"我们几个不是一直成绩都比较靠前吗?"

"重点不是成绩靠前,是稳定!是没有受到负面情绪的影响!"

几人一愣,略微思考一下,还真是。

"所以说啊,体育锻炼真的有舒缓情绪的作用啊!我们几个天天锻炼就能够保持比较好的状态啊!"陈思敏兴奋道,"那么在未来的一段时间里,我们就更应该注重体育锻炼啊!高考时间越来越近,压力越来越大,但只要我们坚持锻炼下去,就不用怕了啊!"

几人也跟着微微点头表示同意,不过夏子萱又说道:"其实紧张还是有一点儿的,平时我自己也能感觉到,有时候莫名地焦虑,状态变差,还好情况不严重。不过确实在锻炼过后这些负面情绪会降低。前段时间有几天下雨了,没有锻炼,我就感觉那几天状态会差一些。但似乎也不能完全保证,锻炼了就一定能平复所有负面情绪吧?"

修远点点头道:"的确,可以缓解,但不能完全指望锻炼来平复情绪。"

陈思敏努努嘴:"有帮助、能缓解就不错啦!不要挑剔来挑剔去的,总比不锻炼要强!"

几人又笑道:"那当然!"

由于亲自体验到了锻炼的积极作用,这一天的锻炼大家似乎都更积极了,以至于慢跑差点儿变成了冲刺。陈思敏和夏子萱跑得太快,2000米下来气喘吁吁,休息了一会儿就回寝室了。诸葛百象休息了一小会儿,和修远闲聊起来。

"呼,今天真刺激,跑了2000米,好像兴奋过头了。"诸葛百象笑道。

"啊,是啊,被陈思敏激励的……"修远跑出一头汗,秋衣都快打湿了。

诸葛百象顿了顿,道:"我这次发挥还算稳定,虽然排名没有大的变化,但分数更高了,也能感觉出来,上两周的状态也更好了一些。"

"哦?看来每天的锻炼对状态调整确实很有用啊。我记得你上学期还是时练时停的,这学期基本上就每天都坚持了,状态很不错!"

"这种状态的变化,也不光是锻炼的结果吧。"诸葛百象微微笑道,"算起来,也有你一份功劳。"

"我？"修远颇感意外。

"嗯。"诸葛百象安静下来，缓缓道，"寒假前补课时，你跟我几次聊天说的话……对我很有启发。"

"啊？"修远一愣，居然不太想得起来自己跟百象讲了什么，好像说了些关于"进退两头都要拿下""不要做心智的奴隶、过去的奴隶""从现在开始"之类的话？毕竟一个寒假都过去了。有时候给他人带来重大影响的无意间说的几句话，本人倒未必记得。修远略感尴尬，客气道："是吗？有帮助就好……"

诸葛百象笑道："其实我自己也觉得奇怪啊，这么多年的心结，你连具体发生了什么事都不知道，可是你的寥寥几句话，为什么就能帮我解开这个结呢？那些话，那些道理，我在其他地方也曾经听过，可是为什么你说出来就管用了呢？"他忍不住看向修远。他始终记得两年前刚入学时，修远那反叛而幼稚的样子。谁会想到，他今天能成长到如此的高度？

"寥寥几句话……"修远也怔在那里。是啊，寥寥几句话，为什么就会给人带来如此巨大的心智启发呢？他又不由得想到了占武。当初他受到占武的启发，不也是占武漫不经心的一两句话吗？类似的道理难道修远就不曾在其他地方看过？可为什么偏要等到占武说出口了才有用？修远不知道。

他看向诸葛百象，两人相视一笑，各自安静。

昏暗的灯光中，又听到另一个声音叫道："修远……"这声音温柔且清脆，让修远心头一亮。

"舒田？有几天不见了啊！怎么你这段时间没来夜跑了？"

诸葛百象看了一眼舒田，道："啊，美女来了。"又看了一眼修远，微微一笑，说："那我先走了。"

修远不好意思地笑笑，和百象道别。

"其实我每天都有锻炼，不过我来的时间晚一些。从高三开始，袁老师把我们班的晚习时间延长了半个小时。好几次我刚来的时候，刚好看到你跑完步回寝室，我没有叫你……"舒田解释道。

灯光下，见舒田穿着一件单衣和一件白色薄外套，面色红润，头发乌黑，精神很好的样子。修远关切地问道："穿得这么少，不冷吗？"

"不冷，都没开始跑步，手还是热的呢。"

"感觉你精神状态挺好的啊。"

"还可以。高三虽然压力很大，但是我一直心态还比较好。"

"对了，"修远听到舒田提起心态不错，问道，"你一模考得怎么样？二轮复习感觉如何？"

"二轮复习挺难的，不过坚持跟下来，感觉收获也很多。我成绩也进步了不少，现在已经是班里前十名了……"

"这么厉害！"修远大为惊讶。犹记得自己刚进十四班时，舒田的成绩在班里还是下游的。

"哪里厉害了……"舒田不好意思道，"再怎么也比不过你们实验班的啦，尤其是你……"她顿了顿道，"不过我也没想过要跟别人比，一点点进步，比原来的自己更好就行了。"

修远点头道："不过真是难得啊，你心态这么好。大部分人越到高三后期心态越差，紧张、焦虑、恐慌、抑郁，甚至狂躁、崩溃……看起来你这方面的问题并不严重啊。"

"没有。"舒田淡然地说。

"没有？"

"没有。"

修远又惊讶起来："你是说，不是情绪问题不严重，而是一点儿都没有？"

"嗯。"

"紧张、焦虑、恐惧、烦躁，哪怕连一点点的负面情绪都没有？"修远又追问。

舒田看着修远惊讶的样子，忍不住笑了起来，又摇头道："嗯，没有。"

修远看着舒田的脸庞，既为她感到高兴，又诧异且疑惑。自己每天坚持锻炼虽然有舒缓情绪的效果，但也不敢说能够完全不紧张、不焦虑，只是控制在一个不会生乱的程度而已。可是舒田居然能够做到一点点负面情绪都没有？完全不焦虑、不紧张？

"你可真厉害。完全不产生一点儿焦虑和紧张，我做不到。"修远感叹道。

"可能我对自己的要求没有你那么高吧。毕竟你是年级的前几名，是要冲刺顶级985学校的，压力当然大了。而我对自己的要求只不过是能过一本线就好了，甚至我妈妈还说上二本也不要紧……"

自我要求？这当然是一个影响因素。不过就算舒田对自己要求低，可是相对她自己的能力也并不轻松啊！要知道，当初她的成绩可是连二本都上不了的。她的心态平和，自我要求低肯定不能够算主要原因。

"而且我每天都在锻炼。这是你教我的，锻炼身体对精力、情绪都有帮助。"

"可是我也有每天锻炼身体啊，但依然做不到心态像你那么好。"修远摇摇头。舒田到底比他多了些什么，能够在情绪平和稳定上更进一步呢？

"我能想到的最后一点应该是……"

"是什么？"

"冥想。"

第五十五章

应对高考前焦虑的多种尝试

冥想这件事，修远已经考虑过三四次并尝试过两次，并不算陌生了。但两次尝试过后并没有坚持下来，又颇为懊恼。第一次尝试了几天就放弃了，第二次也是一个多星期后就中断了。两次中断的原因都类似，在修远看来，主要是环境的干扰造成的。

冥想是一种锻炼思维控制力的练习，要求人长时间处于极静的状态，对环境要求很高。这很容易理解，如果环境里有声响或者其他干扰事项，那么人的注意力就容易跟着响动走，自然无法完成练习。虽然我们日常活动时周边都会有响动，但日常活动时我们对专注的要求并没有那么高，偶尔的分神是可以接受的。冥想则不同，要求显著提高，任何的干扰都会影响练习的效果。

修远在寝室里练习冥想时，明显感到干扰太多。在晚上相对宁静的黑暗里，正在聚精会神地练习思维控制，忽然就听到隔壁的同学咳嗽一下，或者翻个身，铁架子床咯吱咯吱一阵响动，然后那种聚精会神的状态就立刻被打断了。平时精神散乱时被打断或许没有太大反应，但若是从一种强烈的聚焦状态被打断，人就会感到无比失落和烦躁。

舒田也曾不止一次提到她练习冥想的效果很好，可那是建立在她自己在校外租房住的基础上。修远暗想：算起来舒田也是挺豪气，就因为听自己说冥想练习有好处，而寝室里不方便练习，于是立刻就去校外租房子住了。一方面是她对自己的信任；另一方面也是成本问题，她的家庭经济条件可比自己的强多了……

总之，出于这些原因，冥想练习的事情就耽搁下来了。

如今，修远再一次开始慎重地考虑冥想练习。他虽然理论上听林老师讲过冥想练习好处多多，但毕竟缺乏切身感受，所以一旦遇到阻碍就停止了。这一次他从舒田身上更加切实地感受到冥想的巨大作用，不由得再次思考起来。

障碍还是那个障碍，有办法解决吗？尤其现在距离高考不过三个月而已，现在练还来得及吗？

"我也不知道在寝室里练习会有多大障碍，我只能说，冥想练多了确实会有很大的好处。不仅情绪平和，而且专注力的提升很明显，连大脑的思维都更清晰了……"舒田说。

"唉……"修远轻轻一叹，又问，"那根据你的经验，要练多久才会见到效果呢？"

"这我不敢说死，但凭印象说应该是三个月左右吧？其实效果并不是哪一天突然出现的，是一个渐进的过程。一两个月就模模糊糊感觉有点儿效果了，三至四个月的时候效果更明显一点儿，半年以后就很突出了。直到现在还会感觉到，时间越久效果就越强烈。"

"这样啊。三个月左右……现在离高考不就差不多三个月吗？"修远犹疑着。

锻炼结束后，两人各自回寝或回家。修远在寝室里翻来覆去，反复思考着。要不要开始练习呢？如果要，又该怎么解决环境影响的问题呢？一夜思索，连睡前的提取练习都没有做，也并没有找到答案。

早自习教室里响着沉闷的读书声，读英语单词的声音有气无力地在教室里飘着。哪怕不看表情，只听声音都能听得出来，很多人精神不佳，尽显疲态。虽然是英语早读，但是修远正在用提取法回顾昨日的生物知识点，因为昨晚没时间完成这一项内容，需要尽快补回来。根据艾宾浩斯遗忘曲线，拖得越久忘得越多，进而效率越低。

"哇！好大一坨耳屎！"同桌刘语明忽然莫名其妙地叫了一声。

"啥？"修远循声望去。

刘语明对前桌的同学道："你耳朵里一大坨黄色的，不是耳屎吗？"

前桌没好气道："耳屎个头！那是耳塞！睡觉隔音用的！今天忘记取下来了！"说罢从耳朵里抠出来一个黄色的软泡沫物体。

"哦。看着像嘛！"

这本是段无心的小插曲，却让修远暗自一惊——耳塞！这不刚好可以解决自己的困扰吗？自己担心冥想时寝室干扰噪声太多，若戴上耳塞又会如何呢？

"这玩意儿效果好吗？借我试下？"修远道。

"喏，你试下。"前桌很给修远面子地将耳塞递了过来。修远将两团泡沫塞进耳朵里，立刻感觉教室里的读书声弱了不少。夜间寝室里的声音原本就没有早读的教室里那么大，经过减弱以后，更不成问题了吧。

修远暗自兴奋——没想到一个困扰他许久的重大问题，竟然被这个小小的耳塞解决了。

这小玩意儿在学校的商店就能买到，修远中午立刻就买了，等到晚上便用了起来。两个黄色的泡沫塞入耳朵，顿觉仿佛与外界隔绝了一般。高三寝室 11 点 30 分熄灯，修远便于此时开始坐在床上练习冥想了。

刚开始时修远并未太专注，大约还在感受耳塞的效果。几分钟后，他看见一个同学翻身。若在往常肯定是能听到铁架子床吱吱作响的，而现在却听不到了。修远一阵欣喜，果然有效。随即便专注起来，认真训练。他按照老师所讲的方法，将全部的注意力都放到呼吸上，希望不起杂念，一心专注。可惜许久没有练习了，只觉得杂念丛生，一会儿想到某道白天没做出来的题，一会儿想到明天的一项任务，一会儿又想到中午吃的一道菜……

我忍，继续练。

几分钟又过去了，忽然寝室门打开了，外面走廊的光照进来，不自觉吸引了修远的注意力，又分神了。这是一个同学出去上厕所了。修远心中一声叹息，这种干扰耳塞也挡不住啊！

再忍，继续练。

又过了2分钟，那名上厕所的同学回来了。咔嚓一响，门开了。修远发现原来这耳塞能隔绝的噪声也是有限的——床的咯吱声能隔绝，但开门的声响较大，就无法完全隔绝了。虽有削弱，但依然会吸引修远的注意力，让他的冥想练习分神中断。

修远心中难免失落——以为可以解决的环境干扰问题，其实还是没法真正解决。

几分钟又过去了，修远更失落了，因为他发现这小耳塞不仅没能完全隔绝噪声干扰，甚至还会形成新的干扰——塞的时间长了以后，会导致耳朵里面有点儿痒，这瘙痒本身就容易让人分神。

修远叹口气，失望地躺下了。

二轮复习继续推进，各种重难点专题一个个突破解决。修远不断做着自己的全流程优化，在每个细节使用各种策略提高微小的效率。其他环节都没什么问题了，只是冥想练习依然不顺利。各种干扰依然很多，耳塞隔绝一部分噪声的同时又形成新的触觉干扰，作用非常鸡肋。

不过让人不顺心的事还不止冥想这一件。在学习之外，李天许这家伙的态度也时而让修远不爽。一模考试李天许的成绩不仅继续稳压修远，优势还扩大了一些，偶尔两人遇到，他就会出言讽刺一番，或者故意给一个轻蔑且不屑的眼神。修远心中有气却又不好发作，也不屑与李天许斗嘴，只好转头通过体育锻炼和临场的深呼吸法来缓和情绪。

"李天许真嚣张，看着他就心烦！"同桌刘语明道，"修哥，干倒他！"

"怎么干？"修远无语道。

"拿成绩碾压他！比他高三五十分，让他颜面扫地！"

"……"李天许已经接近670分了，难道自己得上700分？这基本是不可能的。

其实修远空闲时间也常做反思——自己到底哪里还有提高的空间呢？在策略体系

上，修远自认为已经接近极限了，林老师传授给他的诸多策略效果都不错，再加上有先前从其他同学处学到的一些零散方法，比如占武教授的条件核检法，百象传授的英语听力倍速法，罗刻给的英语作文模板等，只要执行到位就不会有问题了。在知识体系上，生物和部分化学的琐碎知识点还需记忆，语文文言文和作文部分还有较大的问题，数学的高难题得分也有波动，这是下一阶段的冲刺方向——可惜已经到了攻关区域，想再提升难度不小。还有哪里可以提高效率呢？想来想去，就是学习状态上了。

在多个策略的规整下，修远的状态虽有波动，也不至于出现极端的情绪崩溃，但状态的略微起伏总是有的，随之而来的就是学习效率的起伏。有些日子状态神勇，效率极高，感觉自己大脑活跃、精神专注，一天复习到位诸多知识点；有些日子状态平平，心有杂念，复习一天下来，似乎也没掌握多少内容。

对于已经能稳定考到640多分，想要再进一步的修远来说，哪怕没有情绪崩溃，仅是平庸的状态也已经不可接受了。

所以现在，最大的潜力，就源于如何更进一步优化自己的学习状态了。

这个学习状态，更多的指精神专注、情绪稳定和精力充沛。精力由体育锻炼支撑，而精神专注和情绪稳定则依然有提高的空间。尤其随着高考时间越来越近，学生们的压力也越来越大，焦虑越甚。挂在教室前黑板上的倒计时牌子如同末日时钟一般紧压在众人心头。

而每当李天许过来挑衅他的时候，修远对状态提升的需求就愈加旺盛。对于修远来说，李天许的张狂挑衅有很大偶然性，指不定哪天就来了，完全是突然袭击。即便两人的赌约要到高考前最后一次月考——也就是三模的时候才分胜负，但李天许不管那么多，哪天兴致来了，就会对修远进行精神和言语攻击。这一天修远本来状态尚可，中午在学校食堂吃饭的时候，李天许突然从他身边走过，顺口就讥讽道："你还吃得下饭呢？三模考试你输了以后，背后准备贴什么字条？想好没？我这里可是准备了好几个套餐给你选呢。"

修远立刻心里一咯噔，不耐烦道："就你事多。还没到时间，胜负未可知！"

李天许于是冷哼两声，轻飘飘地走了。

这就是领先者的优势。由于李天许确实实力领先修远一筹，所以他挑衅修远会给修远造成很多情绪压力。但反过来，如果修远按同样的模式去挑衅他，却无法对他造成很多干扰。

修远看着李天许远去的背影，重重地叹了一口气。

"别理他，这就是个疯子！"

旁边传来一声安慰，原来是陈思敏。旁边诸葛百象和夏子萱端着饭盒，三人与修远拼了一桌。

夏子萱也安慰道："修远，别在意他，他就是故意想激怒你，让你状态变差的。这种行为真是无耻！"

修远苦笑道："虽然无耻，不过好像还真有点儿效果……"

"怎么，被他干扰到了？"诸葛百象笑着问道。

"多少有点儿吧。而且高考越来越近，人的压力也越来越大，本来就会越来越焦躁。他的精神攻击，更是火上浇油了。"

夏子萱也附和道："是啊，每天看着那个倒计时的牌子，心情自然焦虑起来。有时候真觉得那个牌子是个祸害呢！搅乱我们的情绪。"

"即便没有那个牌子，我们自己的心里也在数日子吧。"修远感叹，"虽然已经通过体育锻炼来舒缓情绪了，但在这样的高压环境里，浮躁总是难免的啊！"

陈思敏和夏子萱都是一阵附和，唯独诸葛百象微微一笑，伸手从上衣内侧的口袋里掏出一张纸。

"别着急，今天有个好东西给你们。"他将一张纸拿在手中，"可以进一步缓解你们心态浮躁、情绪焦虑的问题。"

"什么东西？"三人一齐看向诸葛百象手中的纸。显然，诸葛百象所谓能够进一步缓解焦躁状态的好东西，就在这纸上了，"有那么厉害？"

诸葛百象看向修远，略带江湖气息地笑着说道："你帮了我不小的忙，兄弟不会亏待你的。就这一张纸，说不定就能帮你们的状态再提升一个层次——尤其对于修远来说！"

▶ 第五十六章 ◀

谷神密语

"干吗？"

卢标正在专心复习，妖星在他面前打个响指，故意吸引他的注意力。

"给你看一个有意思的东西。"妖星神秘道。

卢标被打断了做题思路，没好气道："什么东西？无聊的玩意儿我可没兴趣啊。"

"喊，不看算了。"妖星不屑道，"这可是极品的好东西，你等着后悔吧。"

话都说到这个份儿上了，卢标只好无奈地配合，问道："好吧，我认输。什么好东西？"

妖星神秘地掏出一张纸，卢标伸手接过去。只见纸上写着几句话，长短不一，共计大约十二行，似乎是一首诗？但没有标题。

卢标默默看完，疑惑道："这是什么？"

妖星故作神秘："先别问。你先说你能不能看得懂？"

"大致能懂吧。字面意思对我而言不算复杂。"

妖星又道："是吗？那么字面以外的意思呢？"

"字面以外？"卢标又看了几遍这首小诗。诗句内容并不算太难理解，但文字中又似乎蕴含深意。字里行间别有洞天，遣词造句玄机重重。卢标也来了兴致。

"这好像不是普通的诗句……既不是俗人所写，但也不是普通的诗歌高手所写。文采并不算一流，但文字中却暗含了强烈的不一样的感觉……"

"哦？什么不一样的感觉？"妖星饶有兴致地追问。

"一时半会儿说不上来，但确实有些不一样……反正不是普通的诗歌。"

妖星嘿嘿一笑："能看出不普通，你的眼力倒也不算太差。"

这话就是暗指他的眼力比卢标更高了。

卢标不服道："行，你的眼力高，你说说，这段话的特殊之处在哪里？"

"别不服。所谓眼力，这里指的其实是对文字的敏感度。而文字敏感度其实指的是对文字背后所隐藏的信息、情绪和观念的读取。明面上文字原意容易看懂，但背后的情绪和信念就不容易读透了。要读透这些，需要的是对人性和人心的深刻理解。这方面，你当然不如我，不服不行的。"妖星得意道，"来看这首诗。你有什么感觉？如果能感觉到其中有一种很宁静、平和而又无比广袤的力量，也可以算是有更高一点儿的水平。"

"唔……文字中的力量……"卢标专注地看着这首诗，反复默读品味着。

妖星又问："感受到了吗？读的时候心境要平和，越读越有味道。读的时间久了，每日朗诵，颇有奇效呢！"

卢标点点头："稍微感觉到一些了。空灵大气，非同一般。初看觉得这几句话虚无缥缈，细品下来又感觉力量绵长悠远，如星辰皓月……真是怪了，这是谁写的？难道是你？不对，你肯定没有这个水平……"

妖星不满地瞥了卢标一眼："给你分享好东西，你还要损我，真没良心。我现在偏不告诉你了！"

卢标飞快地将纸上的几句话抄写下来，道："不说算了。我中午回寝室用手机上网查一下不就得了？"

"哈哈哈！"妖星一阵狂笑，"放心，查不到的。"

"嗯？怎么可能？互联网信息搜索这么发达，还有查不到的诗歌？"卢标一时疑惑，忽然恍然大悟，"网上找不到的，除非……"

"没错，就是我们身边的人写的。"妖星得意道。

卢标略一沉吟，道："原本我是不知道的，不过你既然这么说了，再加上你那个兴奋的表情，基本也就可以肯定了——就是那个人写的。"

妖星略一耸肩："其实原本就不难猜。我们身边有谁能写出这种级别的文字？只禅师一人而已。"

"说一下这诗怎么来的？她为什么要写这个呢？"

妖星解释道："这是叶玄一给我的。这学期开始，高考压力变大，很多学生心态浮躁而焦虑，心神不宁，注意力也不集中了，学习效率降低。禅师便顺手写了这首小诗，让那些焦躁的同学每天多朗读几遍，有很强的心理暗示作用，能够抚平焦躁的情绪。"

"还有这功能？"卢标惊讶道。

"文字原本就有这种力量，你不知道？"

卢标点点头，又说："细细品一下，有些句子确实有安抚情绪的作用。不过大家都能读懂吗？有几句话内涵很深，并不好懂的。"

妖星又笑道："这就是最有意思之处了！这诗字面意思并不复杂，总不会完全看不懂，即便是深意不解的地方，也是半懂半不懂的状态。可是那文字中蕴含的力量，却可以渗透出来，只要你反复读诵，就会产生抚平情绪、安定心神的作用。哪怕不完全懂都可以！"

"你怎么知道？"

"嘿，我自然是做过试验的。而且实验班也有不少人每天都在读这首小诗，效果明显。他们中大部分人也并不完全理解诗的含义。"

卢标又低头看了一阵子这首诗，喃喃道："好归好，不过怎么没个题目？"

妖星解释："安谷同学随手写的，没想过取什么题目。不过后来叶玄一等人给添加了一个标题。因为是学神安谷所写，作用奇特，所以题目就叫——"

"什么？"

"《谷神密语》。"

"谷神密语？什么东西？"修远拿着那张纸好奇地问道。陈思敏和夏子萱两人也围过来。

三人认真看了几遍，不知其意，但觉得很厉害。

"好像不太能看得懂呀。"

"字都认得，但这首诗在说什么啊？"

"高考阅读赏析千万别出这种题，要难死人的……"

三人一阵嘀咕，反复读了好多遍。最终修远说："读多了有一种奇怪的感觉，说不上来……"

夏子萱回头问百象："别卖关子啦！快说说吧，这是什么东西？"

诸葛百象笑道："先从名字说起吧。'谷神密语'，你们知道为什么叫这个名字吗？"

几人一摊手："我们哪知道？"

"上次诸神之会，见过临湖实验高中的几位大神，你们还记得吧？尤其是最突出的那一个。"

"嗯，记得。"

"那位美女学神，封号'禅师'的，本名其实叫作安谷，这首诗就是她写的。写的时候没有取题目，后来同学就按她的名字，把这诗叫作《谷神密语》了。"

"哦，谷神……学神安谷的意思啊。那为什么叫密语呢？"陈思敏又问。

"这就要说到它的作用了。其实临湖实验那边的学生跟我们一样，也会有考前焦虑……"

"那些学神也有？"夏子萱问。

"当然有啦。我觉得基本上所有人都有吧。无非是我们焦虑了以后影响学习状态，分数会从620分掉到600分，甚至580分，而他们分数会从700分掉到680分而已。"

"……好吧。"几人无语。

"总之，越来越多的人开始焦虑，心神不宁，浮躁，只有禅师安谷显得悠然自在、恬淡安宁，其他人就去问安谷自己该怎么办，安谷就顺手写了这一首诗，叫他们拿去每天朗读，这样就可以缓解焦虑浮躁的状态，变得更加专注而宁静了。"

"啊？这都可以？"陈思敏等人吃惊道，"一段文字读一读就能解决考前浮躁的大问题？怎么可能？吹牛吧！"

诸葛百象轻松地说："其实并没有什么难以理解的，只不过是一种心理暗示而已。"

"心理暗示？"

"我们每天都会接受各种各样的信息，这些外界的信息会对我们的信念、情绪产生影响。平时我们接受的信息比较中性，对情绪既没有正面影响，也没有负面影响，所以平淡地生活着。但高三以来，我们接受的信息越来越偏向于激发我们心中紧张、焦虑、浮躁甚至恐慌、绝望的情绪。比如，每天的高考倒计时，每次考试的排名，老师对高考重要性的反复强调，校长讲话，以及周边的所有暗示性环境，都让我们的负面情绪越来越重。久而久之，我们就变得焦虑且浮躁了。哪怕当天没有公布考试排名，没有负面事件发生，环境中潜在的信息也会影响着我们。这就是典型的负面心理暗示的效果。

"为了抵消负面心理暗示的效果，我们需要接受更多的正面的心理暗示，比如这段《谷神密语》。"

"一段话能有这么强烈的心理暗示效果？"修远不太相信，"要知道，焦虑浮躁的暗示，是由整个学校的大环境造成的，包含了老师和同学的语言及行为、环境中的视觉触发乃至自我评价、自尊等诸多因素，凝聚在一起才形成了一种强烈的负面暗示，让人紧张焦虑。这一段话就能把这些负面效果抵消吗？真有这么厉害？"

"不要小看这一段话。文字背后对应的是信念的输入，而信念对人的影响是巨大的，大到你无法想象。甚至有些心理治疗的流派，其本质上就是帮助人们修正信念，信念修正了，人的精神状态就会有巨大的改变。"

这么厉害？陈思敏心想。于是她嚷道："百象，接着说！"

诸葛百象于是接着说道："心理暗示虽然作用强大，但也是很有技术含量的。比如，我们的目的是让自己不紧张、不焦虑，但如果你反复默念'我不紧张我不紧张我不紧张……'，或者反复念'我不焦虑我不焦虑我不焦虑……'，你们觉得有用吗？"

"没用！"陈思敏坚定地说道，"因为我试过……完全没用。"

"没错！这种毫无技术含量的低级心理暗示，毫无作用。甚至还有反作用，让人越来越紧张。高级的心理暗示是很奇妙的，它不会直抒胸臆，直接告诉你'不紧张''不焦虑'，或者简单地命令你'要平静''要淡定'等，它会通过某些奇特的、具有穿透力的方式让你平静下来，它会通过文字给予你力量，让你在不知不觉中就变得平静了。"

修远表示赞同："没错。我记得我初中的时候，有一段时间很喜欢一些开阔大气的诗词，比如辛弃疾或者苏轼的词。那段时间我就感觉到，整个人的精神似乎更加振奋一些了。这也算是一种心理暗示吧？感觉文字中蕴藏的信息和能量传递给我了。而你看诗词中的文字，并不会直接有'振奋''振作''积极乐观'这样赤裸裸的命令，而是通过'老夫聊发少年狂''大江东去，浪淘尽'或者'千古江山，英雄无觅孙仲谋处'这样的语句传达出激昂勃发的情绪。"

诸葛百象点点头："而禅师的这一段话，就会传递出安宁平静而开阔空灵的力量。每天读十几二十次，或者背下来，没事的时候就默背，甚至默写，这种正面信息的摄入足以缓解我们日常接收到的焦虑信息。"

"真有这么厉害？"尽管理论上说得通，陈思敏还是有些怀疑。

"我试过了，反正对我是真的有用。"诸葛百象道，"我读了两周时间，确实感觉心态更平和了，焦虑减轻了不少。"

夏子萱又问："那如果我们自己也去写一些类似的话呢？每个人都构造一个属于自己的××密语？"

诸葛百象笑道："哪有这么容易？不是随便什么文字都有这么强力的效果的，里面的门道很多。这涉及作者的文字驾驭能力，更涉及作者本身的精神境界水平和价值信念体系。哪怕你想表达一个同样的信念，只不过换了一种表达方式，但你的表达方式起的效果就会更差一些，甚至基本没有效果。自身水平不到位，乱写文字是没有意义的。

"我哥已经试过了。他跟你想法一样，先是读了两周，觉得效果很好，就想着自己也写一段，可是没用。他写了七八个版本，试过自己读，也试过让我读，没有一个有效的。又把他写的七八个版本与《谷神密语》混在一起隐去作者，找了更高水平的人评判，也明确指出我哥写的七八个版本都很弱，只有《谷神密语》层次最高。我哥的能力已经算很强了，论考试，经常语文单科 130 分以上；论对人心、人性的理解，更是超越一般同龄人甚至成年人。他写出来的东西，尚且没什么作用，你要是自己想写出一段真正能起作用的强力心理暗示的文字，恐怕没那么简单。"

"而这位叫安谷的学神，却可以写出一段真正有用的文字？"修远喃喃道。他不清楚文字之中有多少玄机，他并不擅长此道。

"没错。当初诸神之会时我们都见过她的风采，气质超群，智慧过人！虽然她和占武的对话我是基本没有听懂……不过按照我哥的评价，禅师的各方面水平至少比他强十倍，甚至百倍！"

众人愣愣地看着诸葛百象。

百象又道："你们可能对我哥没有太多了解，那就换一个参照物吧——卢标！卢标的综合水平和境界大致和我哥是一个级别的，而在语言文字能力、精神境界上，我哥可能还略高一等。所以等价替换过来就是，禅师的各方面水平，至少比卢标强十倍、百倍！"

　　这下大家听懂了——比卢标要强十倍以上！卢标在二中时，已经是如同神灵般的存在，而禅师安谷居然比卢标强十倍、百倍！

　　"试下吧！"诸葛百象笑道，"或许有用呢？"

　　既然对诸葛百象有用，那为什么不可以对自己有用呢？尽管带着疑惑，众人也决定试一下了。尤其是修远，在反复默读这段话的过程中，居然真的感到了一丝丝的宁静的力量。体育锻炼已经能够平复很大一部分的负面情绪了，如果这段《谷神密语》真的有用，再添助力岂不妙哉？回到教室后，众人认认真真地将这段话抄写下来：

谷神密语

我于长久的寂静处探求力量
　安宁内外
　明觉物我

我于此刻平息过去的余波
　安住当下
　洞察人我

我以寂静照见光明，驱散黑暗
我以寂静神通天地，疏导身心
　以寂静故，心宽似海
　以寂静故，思捷如流

纷扰寂灭，心归一处
脑内明清，万物纵横

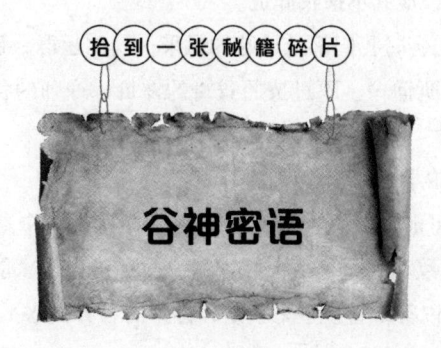

拾到一张秘籍碎片

谷神密语

▶ 第五十七章 ◀

二模来临，倒数第二战！

二轮复习中，各种多章节综合性大题出现得极为频繁，进而会带来各种意想不到的问题。

比如数学的大题难题，不再是单一章节的难题，而可能是函数＋导数＋数列＋概率的综合题。大部分人不仅不会做，在改错的时候还会迷糊，这个题目应该放在改错本的哪里。甚至连修远、陈思敏、诸葛百象等高手也一时之间拿不准。

以修远为首领，大家做的改错本都是按照结构化的模式来进行的。之前的很多错题都是只涉及单章节知识点的，那么在改错本里就把它放到对应的分类和层级下就好了。可是对于多章节的综合题，改错的时候又该放在哪个分类下呢？比如，一个不等式＋线性规划＋函数求值域的题你不会做，你把它放到不等式专题中？还是线性规划类别下？一个函数＋导数＋数列＋概率的综合题做错了，又如何在结构中分配其不同章节的属性？

这样一个小小的技术问题就能引起巨大的争执和迷惑，困扰众人几个月。

另外，每当倒计时减少十天、数字突破一个整数关口，比如从九十天变为八十天，或者八十天变为七十天的时候，就会引起广泛的焦虑，仿佛高悬在头顶上的宝剑又低垂了一步。原本大家很平静地早读，随着班长夏子萱将倒计时牌子翻一页，教室里就会忽然掀起恐慌的浪潮。一旦有几个人发出悲叹或者尖叫，那些原本平静的人也难免跟着焦虑起来。

如何在各学科间做选择是焦虑和恐慌的源头之一。在这个阶段，已经有不少同学意识到，所有学科、所有板块全部复习到位是不可能的了，可那又该怎么办呢？如果要放弃一部分，又该放弃哪一部分呢？表面上看这是个简单的衡量各个学科知识板块性价比的问题，但实际情况是，很多学生会陷入恐慌情绪，一旦提到要放弃某些学科或板块，就变得无比紧张，好像这就是放弃了高考、放弃了整个人生一样，不可接受。而在明明基础不够、时间不足的情况下还不舍得做任何取舍，想要胡子眉毛一把抓，难免又变得像猴子掰玉米棒一样，掰一个丢一个，甚至有空手而归的风险。

再加上，每一个学科老师都会尽力向学生施压，让学生偏向自己的学科，投入更多的时间和精力以争取单科的最好成绩，这对学科老师的绩效评价是最有力的。至于学生的整体规划，有些学科老师其实并不真正关心，诸如"在某一科上投入太多时间导致虽然单科成绩提升但总分下降"之类的情况，某些老师是并不在意的。这是学科老师之间的斗争，而学生遭受了间接伤害。

总之，各种各样的问题太多了，每一个都足以乱人心神，扰动情绪。

而修远又额外多了一件扰乱他心智的事情，便是与李天许的赌约。

为了调整状态，修远一直在坚持夜跑——但由于他的压力较一般人更大，所以只有夜跑还不够用。受舒田启发，他重新启动了冥想练习——可惜寝室环境始终是制约因素，冥想中总会受到各种声音和视觉干扰，在原本应让人定心凝神的冥想练习中，并未找到太深入的安宁的感觉。

现在，修远又尝试着加入了心理暗示——每天读上十几二十次《谷神密语》。

这段话的朗读、背诵或抄写，真的能够安抚情绪、平息焦虑吗？尽管诸葛百象重磅推荐，修远始终是半信半疑。可是状态调整的需求太强烈了，哪怕半信半疑，也得试一下吧？好在这个尝试也不需要太高的成本，每天抽出10分钟就够了。而且这10分钟还可以是零散的时间，比如走路的时候、排队等待的时候，或者休息放松的时候。尝试了一个多星期之后，似乎有些作用，但似乎也说不上多么神奇。

直到他在课间吃饭的时候又遇到了陈思敏和夏子萱。

"啥？你们觉得很神奇？"修远不解。

"是啊！我感觉这个心理暗示超级有用啊！"陈思敏一边吃饭一边兴奋地叫起来，一不小心就喷了两粒米饭出来，"我每天睡觉之前反复抄写，大概会抄写十遍再睡觉，感觉那种高考来临的焦虑感很快就消失了，连睡眠质量都更好了一些！"

"不是吧？这么厉害？"

"真的真的！之前睡觉前有时候会忍不住想，时间越来越近了，到底能不能复习完呢？高考考不好怎么办呢？但是这一周以来就不会产生这些杂念了。"陈思敏兴奋不减，"还有，早自习的时候也会读一读、背一背，然后再去背英语、背语文文言文，也感觉更专注了。"

夏子萱又补充道："我也觉得这段文字的心理暗示很有用呢！我经常默读、默背，这段时间感觉变得更宁静了，好像自然而然的就不怎么紧张了。尤其最后四句'纷扰寂灭，心归一处，脑内明清，万物纵横'，特别有感觉啊！好像读完就觉得很大气，自己的心胸也跟着变宽广了，觉得哪怕是高考也没有必要紧张了。"

夏子萱和陈思敏把《谷神密语》一顿猛夸，修远只觉得不可思议。为什么这东西对自己只是有那么一点儿用，对夏子萱和陈思敏却有很大用处呢？

修远又急着问道："那其他人呢？百象感觉有多大用？罗刻呢？还有没有其他人尝试过？"

"百象也觉得挺有用的，而且说是越到后期感觉越好；柳云飘说是还不错，至少感觉挺喜欢；罗刻说读完以后感觉很舒服，状态也明显好些了……"夏子萱一边回忆一边说。

"难道只对我不管用？不会吧！"修远更惊异了。

夏子萱和陈思敏也疑惑："怪事啊，为什么我们都觉得好用，就你例外呢？你读《谷神密语》难道什么感觉都没有吗？"

"这……"修远犹豫道，"说完全没用也不至于，好像也有点儿感觉……但肯定没有你们这么强烈吧！作用比较小……"

夏子萱和陈思敏只好耸耸肩："我们也不知道为什么。可能心理暗示对每个人的效果就是不一样的吧……"

修远不由得感到郁闷："天啊，我可是最需要安定情绪的那个人啊！为什么偏偏对我没用啊？！"

"最需要安定情绪？是指李天许的那件事吗？确实……"夏子萱喃喃道。

提到两人的赌约，夏子萱和陈思敏不由得对修远多了一层关心："修远，你二轮复习进行得怎么样了啊？有信心赢李天许吗？"从情感上来讲，她们当然是希望修远完胜的。不过刚才修远抱怨《谷神密语》的积极心理暗示作用不是很大，让她们略感担心。

"二轮复习……怎么说呢？感觉还行吧，每天都在不断优化知识体系，填补漏洞，确实有每天都进步了一点儿的感觉。可是毕竟李天许也不是等闲之辈……"

是啊。不论李天许的性格如何嚣张跋扈、惹人厌，他天资聪明而又从小资源优渥、功底扎实的事实是无法改变的。有时候，现实世界就是这么让人憋屈。

修远心里叹口气，暗想：为什么我念《谷神密语》就起不到积极的心理暗示作用呢？是因为不够认真、不够专注吗？也许是。既然是心理暗示，那就该让它进入到心里去才对吧。回想一下，自己在进行心理暗示的时候都是心不在焉的，一边走路排队一边念句子，似乎也算不上态度认真呢。

修远下决心试一试更全神贯注地念《谷神密语》，看看会不会有进一步的积极心理暗示效果。

又是两周过去，坎坷的二轮复习还没完全结束，已经到4月下旬了，将迎来二模考试了。所有师生都对这次模考万分重视，老师们更是直言：二模成绩基本代表了你的高考成绩——虽然他们前不久才说过，一模考试决定了你的高考成绩。不过学生们倒也习惯了老师们的善变，比如初三复习时老师会说，辛苦半年，到了高一就轻松了；

高一上学期难度大增很多人不适应时，老师们又会说，辛苦这几个月，到了高二就适应了；高二数学、物理等科目进入高难度区间，老师们继续说，冲刺几个月，高三复习就没那么难了。总之，从来没个准话。

二模考试又出了新状况——一个学生在考场上晕倒了，一个学生紧张到胃痉挛呕吐，另有三五个学生紧张得在考场上腹泻，蹲在厕所里几十分钟，结果试卷没做完。二模考试恰好又稍微偏难了一点儿，一众学生看着各科难题忍不住暗骂，估计又是临湖实验的那帮老师出的题，故意不给普通学校的学生留活路。

其实临湖实验的老师倒是并没有故意使坏，只是这些省重点高中的老师，不仅自身能力强，而且成天和一群成绩优异的学生打交道，实在是没法精准评估其他学校学生的能力水平。他们觉得明明很简单的题，怎么你们就不会做了呢？这个证明不是很显然吗？那个词组不是很常见吗？作文审题应该也没有难度啊？可惜对于省重点学校的学生来说很简单的东西，对于普通学生来说就很难了。

二模结束，学校里一片唉声叹气，尤其普通班的学生一筹莫展。实验班略好些，但氛围也总体显得有些沉闷。学生们相互关切地问着："哎，你这次考得怎么样啊？"

往往也会得到"友好"的回复："滚。"

不用说，大部分人的分数都会比平时低。但更重要的是，大部分人都没有发挥出自己应有的水平。不仅难题不会做，而且由于难度超出预期，考试心态崩坏、节奏打乱，以至于一些原本可以做出来的中等题也临场卡壳不会做了，以及简单题算错、写错，低级失误不断。

这次考试如同一场大乱战。

乱战之下只有两种人能胜出。第一种是绝对强者，如占武之流。对于这样的强者来说，难题也是简单题，难度虽然略有增加，但在他们看来，便如同猛虎面前的小狗换成了大狗，也毕竟只是条狗而已。第二种是心态沉稳的人，虽然多出来了不会做的难题，但由于心态稳定，平时会做的中等题和简单题分数依然能稳定拿下，守住自己的真实水平，不平添失误，于是相对那些紧张失误的人就多了一些优势，排名会更进一步。

夏子萱、陈思敏、诸葛百象，便在第二种之列。

几人从食堂返回教室，楼梯上路过众多班级的学生，听着他们唉声叹气以及抱怨失误众多，不由得相视一笑。倒也不是幸灾乐祸，而是几人通过锻炼身体、呼吸法和积极的心理暗示疏导焦虑情绪，使得内心安定，在此次考试中已经展现出了明显的效果，不由得高兴起来。尤其是夏子萱，其实解题能力并不算太强，新增加的难题也超出了她的能力范围，但考场上面对难题却一点儿不慌，心平气和，该放弃的放弃，该跳过的跳过，空出来的时间把中等题和简单题反复检查，分数尽数拿下。虽然分数要到明天才出来，但夏子萱心里清楚，自己的排名一定会有所上升。

几人回座位之前顺便又去关切了修远一番。

"二模考完啦，感觉如何？"陈思敏小心地问道。几人都很关心，如果此次考试修远与李天许依然差距较大，那么三模的最终决战就很难超越他了。因为剩余的时间大家都是反复刷题提升熟练度，不太容易缩小差距。

修远表情平淡，一摊手："不算太好，也不算太坏……平时状态比较稳定，考场上也没什么特殊的波动。应该没有大的失误，但也没有特别超常发挥。不知道结果如何……"

"那你后来有用《谷神密语》做过积极的心理暗示吗？"陈思敏又问。

"也用过，更认真一点儿似乎效果也确实会好一点儿，不过也还是没有达到你们说的那种程度，但也不能说没用……"修远说得含含糊糊，众人互看一眼，也不知如何回复。

只能等成绩了。

第二天一早，修远等人正在早读，李双关就走进教室，将一沓分数条交给夏子萱，又和语文老师打了个招呼，然后转身离开。

修远看着分数条发到自己手里，心里不由得微微紧张起来。定睛细看，只见上面第一行赫然写着：

总分 649 分，排名第三。

前两名自然是占武和李天许了。修远依然没有超过李天许，这也算正常，这个分数本来就是他的合理水平。但他心里不由得略微叹气，下一次模考就是与李天许的最终决战了，自己看来胜少输多了。这段时间自己明明状态不错啊，自我感觉复习效果也挺好，为什么却是这样的结果呢？

正在心绪翻飞，夏子萱已经将所有分数条都发完了。回座位之前，夏子萱特意绕了路从修远跟前走过，低声说道：

"考试难度偏高，大家分数普遍下降。李天许第二名，但分数只有 655 分，你和他的差距，大幅缩小了！"

修远心里一惊，才猛然意识到，在更高的难度下，自己看起来常规的分数，已然算是大幅进步了。

▶ 第五十八章 ◀

近在咫尺的分数差距

这一早上，修远只觉得精神更加振奋，学习效率也更高了起来。

几个月来，修远全神贯注投入地学习，各种学习策略齐头并进，全流程优化做得顺手，又有相对较好的同学环境，再加上通过锻炼、冥想和积极心理暗示进行状态调整，二模取得的进步回过头来看也算是理所当然了。

修远不由得暗自感慨，想起曾经看过的一个小故事。有一种竹子，土壤外的小苗几年都不会长高，但到了某个时刻却能突然旺盛生长，几个月之内就长到几层楼的高度，因为此前蛰伏的时间里，它深藏于土壤下的根系已经在茁壮生长，早已打下了深厚的基础。自己练习冥想和用《谷神密语》进行积极的心理暗示，虽然过程中并没什么明面上看得见的显著效果，连自己都没有感觉出有多大作用，但是一段时间以后回过头来看，却发现已经出现了惊人的效果，整个过程就像那鸡汤故事中疯狂生长的竹子一样。

真是苦心人天不负，一分努力一分成就啊！

随着分数的传播，越来越多的人开始看好修远能在三模决战中获胜。

随着时间流逝，这赌约并没有被大家淡忘，甚至引起了越来越多人的关注。大抵是因为高三总复习太紧张、太压抑，也太无聊了，大家需要一个情绪的宣泄口，而李天许与修远的赌约和八卦恰好就成了这个宣泄口。尤其是由于李天许当初觉得自己优势巨大、故意使坏、赌注下得很刺激——在成绩揭晓的第二天，输家要在背后贴上一张字条，上面写着侮辱性的话，诸如"命运的奴隶"之类的，一整天不允许撕下来。

这意味着，连上厕所、中午吃饭，以及走在校园的路上都会贴着这耻辱性的字条，而全校所有人都会看见。这种羞辱对人心理的冲击是巨大的，大到几乎不可承受了。

班里人分为三派，一派旗帜鲜明地支持修远：

"我看修老大要赢啊！李天许这下要倒霉了。"

"就是！这一次只差了6分，下一次必然会反超的。你没看见修老大每次考试进步的速度多快啊！"

"是啊是啊！修老大可是我们的精神支柱啊，必胜！"

另一派则意志坚定地看好李天许：

"侥幸赢了一次就这么自信了？不看看高中三年李天许之前从来没输过？拜托你们比较一下胜率好不好？修远赢的概率连5%都不到！"

"是啊，看起来修远进步快，但总有上限的啊！李天许可是一直都很强的！"

"对啊。这次考试明显是李天许发挥失常了嘛，以后恢复正常了，明显还是李天许赢嘛！"

"唉，虽然我也希望修远赢，但是客观来讲，李天许发挥失常和这次考试难度过高有关系，三模的时候你还能指望李天许再失误一次吗？"

还有一派谁也不支持，而是充分挖掘本次赌约的各种细节和八卦：

"你说这个惩罚执行起来会不会很难？万一修远和李天许赖账怎么办？"

"背后贴字条，要是老师看见了，强行要他们把字条撕下来怎么办？"

"赌约有漏洞啊，万一平局了怎么办？"

"万一考试当天有人生病了、请假了，赌约还算不算呢？"

……

在八卦精神的引领下，大家的细致严谨度几乎可以媲美准备商业合同的法律顾问了。

之前几个月李天许一直嚣张狂妄，但凡碰到这种八卦都直接用一句话宣布胜利：

"就他那种水货也有资格跟我比？"

"你哪只眼睛看见修远有哪怕1%的胜率的？"

"开玩笑，修远这菜鸡跟我是一个级别的吗？"

然而随着二模结束，修远与他的分数差距拉近到10分以内，李天许也不得不收敛了一些。甚至在他心里已经产生了一丝怀疑、一丝恐慌。

说真的，他当初立下那种耻辱性的惩罚，是完全没想过自己有输的可能。可是谁能料到这短短几个月，修远进步飞速，居然从落后自己30分以上，直追到10分以内。按照这个趋势发展下去，等到三模决战时，鹿死谁手真的犹未可知。又想到更早之前，修远还是班里七八名的水平，再追溯到高一时他甚至由于成绩太差、班级倒数前五而被开除出实验班，昨日和今时反差之大，让人不由得唏嘘感叹。

这倒是让李天许学习也更加认真起来。

修远大幅追近分数的另一个结果是，《谷神密语》进一步在班级里流行开来——当然，这也少不了夏子萱、陈思敏和诸葛百象等人的宣传。这几人在高压环境里状态稳定、心态良好，受益于《谷神密语》颇多。那些因为焦虑紧张而导致平时心神不宁、

- 321 -

考场情绪崩坏的同学，一听到居然有东西能舒缓紧张情绪，立马兴致勃勃上前打探。陈思敏和诸葛百象作为排名前几的学霸原本就受同学重视，他们现身说法颇具说服力；夏子萱作为班长，想着好东西让同学多了解一下，自然卖力宣传；而最具一锤定音作用的莫过于精神领袖修远的表态了——

"对，我也在用《谷神密语》做情绪疏导和积极心理暗示，应该有些作用。"

于是大家一窝蜂地哄抢起来，如同抢直播带货的热销产品一般。

班级里的闹腾终于引起了某个人的额外注意。这天，又一个同学跑到修远的桌子旁边去抄《谷神密语》，占武从旁路过，停住脚步，看向修远。

"这是什么？"

修远吃了一惊，没想到占武大神居然亲自来问。回想一下，他已经很久没和自己说过话了。修远解释道："啊，这个是一段心理暗示的话，平时没事读一读能让自己不那么紧张，心态平和，精神更加专注一些……"

"哪来的？"占武又问。

"是临湖实验高中的一个学生写的，就是上次聚会时来的那个女生。"

占武稍一回忆，道："谷神密语……安谷？学神安谷，封号'禅师'……"

"对对，就是她。"

"有点儿意思。"占武又低头看向那张纸，盯着《谷神密语》的全文，一时眼神犀利，一时微微闭目。大约十几秒之后，占武转身离开，然后回到自己座位上，提笔写字。

修远突然反应过来，大惊道："不是吧！盯着看了十几秒钟，就把这么长一段文字背下来了？太可怕了……"要知道，一篇《谷神密语》的长度，起码抵得上三至四首五言绝句了，而占武只用了十几秒就背下来了。修远忽然想起那句话——人和人之间的差距，比人和猪之间更大……

不过这只是一段小插曲而已，并没对修远产生太大的影响。在紧张的高考倒计时里，下一个重头戏，是二轮复习的结束，三轮复习的开始。

各种重点专题的复习终于结束，三轮复习开始了。大部分情况下，三轮复习是最简单粗暴的——疯狂刷题练手感。与前两轮复习不同，三轮复习是不定向的，不会刻意去攻克哪个知识板块和章节，纯粹是刷高考原题和模拟题，在测试中找零散的漏洞，发现一个漏洞就顺手补一个。

这样安排的逻辑是，经过第一轮和第二轮复习，整块的知识体系已经搭建完毕，不会再有大面积漏洞了，顶多只剩下零零散散的小问题没有解决，只需要在不断地刷题练手感的过程中检测出来并解决就可以了。这个逻辑并没有什么问题，只是那些前两轮复习不到位的同学可就惨了。他们的知识漏洞还比较多，永远陷在刷题——改错——再错——再改错的循环里，而且每次错的还不一样，每天都有全新的错误，感觉好像题目无穷无尽，错误无穷无尽，永远也改不完一样。在这种感觉中，不由得心态越来越焦虑，甚至变得悲观绝望，甚至直接放弃治疗了。所以学生中会出现一种奇怪的现象，部分同学原本一轮、二轮复习时期还在认真学习，到了三轮复习突然不想学了，自我放纵了。很多老师还觉得奇怪，越到临近高考应该越勤奋刻苦才对啊，怎么反而放纵了呢？其实就是由于在刷题中收到了太多的负面反馈导致的。

而那些前两轮复习到位、漏洞不多的学生就是另一副精神面貌了。随着做试卷频率急剧提高，他们的手感也越来越好，速度越来越快，每一次做试卷，会感到陌生知识点越来越少，需要改错的题也越来越少，分数一点点地往上涨。甚至在分数不断上涨的正面反馈下，还会有人产生一种刷试卷刷得兴奋而停不下来的感觉。

修远显然属于后一种情况。他的基础比较扎实，前两轮的复习中，在结构化思维、费曼技巧、提取策略等多种学习方法的引导下，他的知识框架早就搭建成形，没有成片的知识混乱，只有零散的小漏洞而已。刷一张试卷、改一次错题，他的漏洞就更少了一点儿。尤其像英语单词、词组，生物和化学的实验操作流程，语文文言文没背熟之类的小漏洞，更是补起来飞快。

几个月前，修远的生物还是明显的弱项，三轮复习中，已经能够稳定在 80 分以上，并且经常能考出 85 分以上的分数，最高分冲到过 88 分。英语在反复刷题中，各种单词、词组、语法都记得更加稳固，用法熟练，也略微涨了几分，基本稳定在 125 分以上了，状态好一点儿，130 分也不难拿。数学的压轴题依然够呛能做出来，但经过第二轮复习后，选择、填空的小压轴题算是基本拿下了，因此数学能有 140 至 144 分的分数。物理是他的传统强项，平均能有 95 分；化学随着熟练度上升，90 分以上也不困难。唯独剩下语文还没有冲到高分区，但也不低了，在 115 至 120 分波动。

总体算下来，已经隐隐向着 660 分以上的分数冲过去了。

其余各人，状态良好的陈思敏和诸葛百象稳稳提分，奔着 640 分去了；罗刻状态回升，也稳稳冲到 630 分左右；夏子萱原本与众人有一段差距，590 分左右的水平，现在也不断进步，到了 610 分左右的水平——这分数她已经心满意足了，是一年前不敢想象的水平。值得一提的是，百里思居然也在英语和语文这种弱势学科上有了进步，语文基本能到一百零几分了——之前可是经常不及格的；英语则能上 120 分了，之前大概 110 分。再加上物理和数学的传统强项维持不变，分数较之前已经高了快 30 分，总分也到了接近 630 分。不过尚不稳定，有时候又会跌落到 600 分以下。

修远一算分数，感觉与李天许的距离已经越来越近了，几乎可以持平。当然，尚不能算稳赢。要确保压倒李天许，似乎还差最后一点儿力度。

如果继续保持这样的三轮复习节奏，随着时间自然进步，当然也有可能最终能战胜李天许，不过修远忍不住想，还有没有什么方法能够再加一把外力呢？

"哇！这么厉害。"

此时正是吃完饭后的午休时间，一声惊叫划破教室里的宁静。修远扭头看去，是夏子萱在和柳云飘闲聊。

"怎么？"修远顺口问道。

"柳云飘这次进步好大啊！"夏子萱说，"一个月内提高了至少三四十分吧！"

柳云飘赶紧解释道："这个分数不能算数的啊！又不是正规考试，我自己私下检测的。"

"那也是按照高考模式测试的嘛！测试题又是很高质量的模拟题，总能说明一些进步嘛！至少能够说明你的新方法是很有效的啊！"

"也许吧！我这方法其实也不新了啊，很老套的方法，算是返璞归真了。我试了很多种方法，有些方法虽然看着精妙，但操作起来就是不习惯，或者容易放弃。可能真的就不适合我吧。就这种看着最古朴、最简单的方法用着最顺手，操作起来也方便……"

柳云飘的情况修远是大致了解的。她的心智损耗较大，心态相对浮躁，即便已经了解了很多种学习策略，但总是无法落地，执行不到位，因而几年来成绩一直无法提高，甚至还在慢慢倒退。修远知道，她的瓶颈很牢固，很难破除。

如今听到她居然用了一种方法，打破了之前无法突破的天花板，涨了三四十分——虽然也还是个不太高的分数，但至少说明这种方法是有参考价值的吧。

修远心里升起一种异样的感觉。刚刚还在想有没有一点儿额外的助力呢，结果立刻就听到了柳云飘的方法，简直是说曹操曹操就到啊！

"啊，柳云飘，什么方法？介绍一下吧！"

第五十九章

古朴的抽认卡学习法

修远走到柳云飘桌前，旁边夏子萱笑道："哇，柳云飘厉害啦，修远都要向你请教学习方法啦！"

柳云飘只感觉一阵难为情，赶紧道："别瞎扯！我进步了30多分也才不到600分呢，哪敢说指导修远大神啊！"

"三人行必有我师嘛！"修远倒是不在乎这些很虚的名头，只要能够提高效率和成绩，谁指导谁根本无所谓，"来，介绍一下，你用了什么新方法？"

柳云飘定了定神，说："其实不是新方法啦，反而是一种很原始的方法……"

"哦？"

"就是制作小卡片背诵啦！"

"哦？"修远有点儿吃惊，"你是说抽认卡吗？"

这倒确实是一种很原始的方法了，很多年前就已经流传开了，操作难度低，很多学生都曾经用过。然而大部分人都在尝试过一段时间后放弃了，原因很简单——很多人用完之后并没有效果。

修远没有想到，让柳云飘提高了几十分的方法，居然是这么一种古朴的方法——抽认卡学习法。修远自己就曾经用过这种方法，那还是初三复习期间。有一段时间，班里一位学生自己制作了抽认卡，将各种知识点和公式抄在上面，然后平时没事的时候就对着小卡片背诵。平时做操排队、吃饭排队的时候，其他同学都在说说笑笑，唯独这名同学拿出小卡片在背知识点，于是立马就突显出来，被老师发现了，并一顿表扬，要求大家跟随学习。

修远就是如此被迫用了一段时间的抽认卡学习法。

不过这段时间很短，因为大部分学生都懒得去坚持了，毕竟初中的压力还没有高中那么大，对时间的利用尚且没有达到极限的争分夺秒的地步。更关键的是，那些坚持使用抽认卡一段时间的同学，也并没有发现自己的成绩有所提高。修远一度认为，这种方法根本没什么用。

如今，他却发现柳云飘用这种古朴的方法提高了几十分，不由得大为诧异。

修远带着疑惑转向夏子萱："夏子萱，你用过这种方法吗？"

"用过，不过没有坚持下来……柳云飘能坚持下来，我真的挺佩服她呢！"

修远又转向柳云飘："那你们怎么确定，成绩的进步是因为这种方法带来的呢？"

柳云飘略微一愣，道："肯定是啊，我又没用其他的方法学。而且从直观感受上来说，我之前背知识点感觉很乱，背过就忘，还不知道自己忘了，要到考试扣了分才知道。后来用抽认卡以后，背下来的知识点就更稳固了嘛！"

"那你提高的分数，主要是哪些科目提高的？"

"英语、生物、政治……"

"哦？数学、物理有提高吗？"

"啊？这个没有。唉，数学和物理是我的痛啊……"

修远又问了一下柳云飘的操作流程，发现也并没有什么特殊之处，就是最原始的那一套流程。和柳云飘告别，修远走出教室在走廊上散步，同时也思考起来。抽认卡学习法，到底是怎么回事？为何有些人用了有用？有些人用了又没用呢？

修远想了许久，并没有什么结果。

直到夜跑的时候，修远还在想这件事情。二班的其他同学夜跑完后便直接回寝室了，修远又在操场上边散步边思考。不知不觉，半小时过去，另一拨人走到操场上。修远抬头一看，居然是舒田和一众十四班的同学。

"哇！这不是修远吗！"有人叫道。虽然两年不见，但修远还记得，这正是十四班班长樊龙。

"哈！樊龙，你也来夜跑吗？"修远打招呼。

"是啊是啊！哎，都是被舒田带动的！你的女朋友可厉害了，现在已经是班级前五名了！"

樊龙直接把舒田称作修远的女朋友，让舒田一阵脸红，道："别乱说……"

"误会误会，还没有到那层关系。这都要高考了，哪有那个心思……"修远也是一阵尴尬，赶紧解释道。不过听闻舒田居然已经是班级前五名了，修远也不由得一阵惊叹。

"好吧，随你们怎么说。"樊龙继续说，"不过舒田进步这么快，我们一直以为是你在帮忙指导她呢！结果她说了一堆什么学习方法，还说跑步能够让人不紧张、情绪平和，所以我们就跟着她来夜跑了。"

其余十四班众人也跟着说是。修远看去，只见杨乾智、鲁阿明、叶歌海、梅羽纱等熟悉的面孔也都在。叶歌海等人看到修远也是心中一阵感慨。遥想当年，他们三人还心机满满地想要把修远当作自己的假想敌、竞争对手，如今修远的水平已经远远超出他们几个的级别，不可同日而语了。

"好久不见……"叶歌海勉强打招呼道，"希望有机会能和你多多交流下学习问题……"

这是明显的客套话，不过修远忽然灵机一动道："啊！可以可以！我觉得现在就可以交流，讨论一些学习问题嘛！"

"啊？"几人一愣，修远怎么这么热情了？你跟我们也不熟啊。

修远却不管他们的惊讶，直接问道："你们有没有人用过抽认卡学习法？就是自己做随身携带的小卡片，上面抄了各种知识点，随时可以掏出来背的那种？"

几个人面面相觑，不知道修远为什么会突然问起这个问题。但毕竟是叶歌海自己先提出要交流学习问题的，也就只好老实答道："用过。"

"用了多久？感觉效果如何？"修远又追问。

叶歌海说："初三用过，但没用多久，也没什么效果；到高二又用了一段时间，也没什么效果。"

梅羽纱说："高二时用过，一周后就放弃了。"

"哦？为什么？"

"要背的知识点太多，制作卡片太复杂，浪费时间。"梅羽纱的回答简洁明了。

修远点点头，心想：这倒是个明显的缺点，制作卡片难免消耗大量时间、精力，如果耗时过长，这个方法原有的效果说不定就被浪费的时间抵消了，得不偿失。

鲁阿明直接说道："为什么要做卡片呢？直接拿书背不行吗？"

看来大部分人都觉得这方法没用啊，修远心想。

舒田忽然道："其实我也用过一段时间……高二上学期用过，当时觉得挺有用的，分数提高了一些。不过后来又感觉没效果了，所以就停了。"

"啊？一会儿有用，一会儿没用？"修远惊讶道。这可就更复杂了啊。

舒田等人不知道修远为何执着于调查他们使用抽认卡学习方法的经历和感受，与他告别之后就去夜跑了。修远继续在黑夜中思考着。

"一种流传很久又很广的方法，不可能完全没有任何作用，一定有一些隐藏的好处。更何况，确实有一部分人用完之后发现是有效果的……

"叶歌海和鲁阿明说得没错，做卡片很烦琐，那么多知识点抄写在卡片上，耗时太多，怎么想都觉得划不来啊……

"唔，卡片，意思是可以用碎片时间背诵吗？抽认卡倒是方便使用碎片时间背诵。可是我已经在碎片时间使用提取法了，还有必要用卡片吗？

"为什么这方法一时对舒田有效，一时又无效呢？执行力度的问题？其他偶然因素影响？还是……"

修远的大脑在飞速运转，那些烦琐的问题如同线团一样在他脑海里缠绕，然后一点点地解开。

"唔……好像有点儿头绪了啊。舒田高二上学期时成绩还非常差，能力也较弱，几乎没有任何有效学习路径，用抽认卡虽然涉及抄写问题，性价比低，但总是聊胜于无吧。所以那个时候，她使用抽认卡就有点儿作用。随着她成绩不断提高，其他学习能力和方法不断成长，抽认卡的性价比低的问题就突显出来了，于是她被迫弃用这个方法。唔，这样理解就很合理了……

"为什么柳云飘用这方法也有用呢？可能是因为她心态较浮躁，很多方法懂了，但是不愿意去操作，尤其是那些稍微复杂点儿的方法。抽认卡操作最简单，她浮躁的性格劣势在这种最简单粗暴的方法体系里反而得到遮掩……

"那么这方法对我有任何作用吗？我不属于舒田早期那种低效的状态，也不同于柳云飘比较浮躁的性格，我用这方法，卡片制作性价比低的问题怎么解决？我已经有的策略体系会不会和它有冲突？比如零散时间用了提取法，还需要抽认卡吗？唔……"

最终，修远想通了，抽认卡体系，自己是可以用的。

第一，抽认卡虽然涉及卡片制作，效率低，可是如果并不需要大量制作，只需要做较少的一点点呢？已经三轮复习了，他的知识漏洞原本就已经很少了，根本没有多少要制作成抽认卡的东西。更何况，那些错题原本就需要改错，现在直接改在抽认卡上不就完了吗？甚至可以把试卷剪裁好，粘贴到卡片上就行了，并不麻烦。

第二，抽认卡体系，由于其零散、小巧的特性，应该不太适合数学、物理等科目复杂的理解性题目，而适合琐碎知识点的记忆。所以很多人想要用抽认卡体系来提高数学、物理成绩，就显得性价比很低，效果一般，于是反馈这方法没什么作用。但如果把它用于记忆性的内容呢？比如自己目前的相对弱点，依然在于化学、生物、英语等科目的部分知识记忆有漏洞，这与抽认卡体系的优点是对应的。

第三，虽然自己已经在空闲时间使用了提取法，但单独的提取法并没有达到完美的效率最优化。比如，由于纯粹在大脑内部操作，没有实物依托，经常会忘记要做提取；或者提取的时候忽然卡壳，不知道要提取什么；或者提取了以后发现忘记了，如果能及时复习一下就会效率更高，但由于是单凭大脑在操作，所以也没法立刻复习，只能等到回教室拿起书籍和笔记以后再复习，中间毕竟有间断。而如果有抽认卡随身携带，不仅能避免上述小问题，而且可以加快知识复习的频率，信息循环更加迅速。

因此，抽认卡体系，其实是可以再进一步优化自己当前的学习效率的。

终于想通了，修远不由得激动起来。这种感觉真好啊。之前一直是从别人那里学习方法，跟着他人的指导走，一个方法有没有用、什么时候有用、该怎么用，自己并不清楚。可这一次，自己居然有能力分析一个方法的优缺点和适用场景了！他想起了林老师，又想，自己刚才的分析，是不是有点儿接近于林老师的水平了呢？他又觉得，这样的事情太有趣，又太有意义、太有成就感了。

修远快步返回寝室。在高三第三轮复习的关键时间，必须把执行力提到最高，有想法立刻行动，绝不能拖延。小小的抽认卡，将成为修远全流程优化中的又一个优化，为修远最后的提升做出贡献。

修远暗想：或许，这就是帮助自己的成绩压死李天许的最后一根稻草了。

第六十章

三模的运气，在我这里

修远开始立刻操作抽认卡了。在此之前，他有不少的英语、生物和化学的琐碎知识点没有完全巩固，靠早读背诵、提取的方式在记忆着。由于提取策略的加入，倒也不能说背诵的效率很低，但显然没有达到最高效率。

抽认卡的操作更加简洁有力，通过使用方式的调节，不仅可以将记忆的提取策略融合进去，在即时反馈、错误订正等方面还更加有效一些。而修远现在在 650 分左右的分数段，又没有太多的知识遗漏，所以要制作的卡片也不多。有些小知识点顺手就抄写下来；有些卡片可以通过剪裁试卷的形式来完成，也不花什么时间；还有的比较大的、相互关联的知识组，可以从笔记本或者书上复印下来，再剪切、粘贴，做成卡片，也不影响效率。

这些卡片做好后随身携带，随时可以从口袋里抽出来，用手遮住部分知识点，然后回忆剩下的知识点——这就是顺便用上了提取策略。能够回忆起来的就放在左边的口袋里；记不住的就放在右边的口袋里。于是卡片被分成了两部分。等到左边的卡片连续两次确认都能记得住以后，就放入备用盒子，然后专攻右侧口袋里的遗漏知识点，直到这些知识点能够连续两次记住，如此往复。这样操作下来，信息循环得到加速，原本几周才会循环一次的陌生知识点现在几天就会循环到了，陌生知识点的掌握速度也大幅提高。

抽认卡这个对其他人未必管用的小方法，融入到修远全流程优化的体系里，倒是让修远更显得如虎添翼了。三轮复习的疯狂刷题节奏下，修远不仅没有慌乱和疲惫，反而由于多种策略的综合使用，以肉眼可见的速度不断提高自己的总分，正面反馈十分明显，甚至感觉每天都处于一种亢奋的状态中。发下来的试卷，分数一次比一次高，错题一次比一次少，就算偶尔检测出新的知识漏洞也不会让修远气馁，第一反应不过是立刻把它反思清楚，然后做成抽认卡，整个过程毫无情绪波动。

这样的心态，大约已经可以保证复习的效率了。

另一方面，李天许倒是罕见地沉默了起来。虽然三轮复习的大量试卷并不会公开排名，但是班级里总有八卦而嘴碎的人。比如，修远一张试卷刚刚发下来，就有人伸长脖子过来看看，然后惊呼："哇！修老大太厉害了，物理94分啊！""天啊，数学143分，修老大要封神了！""化学居然有92分？这次化学很难的啊！"

这些惊呼当然会传到李天许的耳朵里。或许是由于修远的进步速度太快、太令人震惊，连李天许都有要被压制的感觉了，被迫低调了起来，不敢造次。不过李天许多少分，倒是没有太多人吆喝。只是诸葛百象、陈思敏等人会根据李天许的表现来倒推，现在压力应该在李天许那边了。

如修远这样的状态原本就是很少数、很反常的。正常的反应是，越接近高考就越紧张，效率也变低。有些高三的同学会出现一条奇怪的成绩曲线——前两轮复习成绩提高，到第三轮复习时反而会倒退一点儿，这就是高考前压力变大、情绪焦虑导致的。李天许确实是天资聪颖、从小资源优渥，可是他的心理素质如何呢？这样一个平日里嚣张跋扈的家伙，能应对得了高考前的心理压力吗？能应对得了修远成绩不断逼近他甚至可能反超他的压力吗？能应对得了赌约迫近、胜率不断下降、自己所立定的羞辱性惩罚一点点向自己靠近的压力吗？

当然，即便修远的状态如日中天，也没人敢说修远必定能胜得了李天许。许多人估计，现在两人的水平在伯仲之间，谁胜谁负，有很大的运气因素了。不过又有很多人猜测，以修远成长的速度，三模时可能还与李天许实力均衡，等到三周后的高考可能就会明显超越他了。

总的来说，这焦虑而压抑的三轮复习，修远倒是一点儿都不焦虑，反而精神饱满，进步如飞了。至于冥想和使用《谷神密语》进行积极的心理暗示，依然没什么深入的感受和进展，倒也显得不重要了，毕竟高中生的情绪总是和分数高度绑定的，分数涨了、排名前进了，心态自然好了。这叫心理明示，比暗示更强大。

高考前第三周，将迎来第三次模拟考试。

尽管修远状态良好，但大部分人还是处于越临近高考越紧张的规律中。三模与高考相距的时间太近，以绝对实力来说，从三模到高考基本上已经无法再取得什么进步了。所以可以理解为，三模中展现出的实力，基本就是高考的真实实力了。所有人，从校长到老师再到学生，都难免对三模无比重视。

紧张之后，不同的人就会做出不同的应对。有些人随着时间逼近，不自觉地开始延长学习时间。三模前夕，已经有不少同学开始学到半夜一两点以后了。走读或在校外租房的同学在家里挑灯夜战，寝室里的同学也要打开安电池的台灯奋斗不休。有些同学在极端焦虑的情况下，已经出现了凌晨3点以后才睡觉的行为。不过这种完全不讲方法，单纯为焦虑所驱动的行为真的能提高学习效率、提高分数吗？明眼人都知道不行，只有深陷情绪中的人不可自知、不能自已罢了。

还有些人陷入神游状态，每天都在重复刷题，刷得大脑已经麻木了，看似每天学了十几个小时，但其实只有手在动，大脑已经不动了，脑海里的思维空间越来越小，严重的时候大脑还会出现一片空白，手里写着单词或数学公式，却不知道自己究竟在想什么、干什么。又有些人觉得再复习也就那样了，干脆放弃学习，浑浑噩噩地过下去罢了。

三模前一天晚上，修远、陈思敏、诸葛百象、夏子萱、罗刻、百里思和柳云飘，难得又聚在了一起，在食堂找了个包间坐下。

"这大概是最后一届'学霸大会'了吧？"陈思敏笑道。她的复习状态也不错，心态也较放松。

"准确地说，应该是高考前的最后一届。"夏子萱纠正道。她的话已经有点儿在暗示高考后的幸福生活了。

众人相视一笑。谁没有憧憬过高压的高考过后的轻松假期乃至精彩的大学生活呢？只是不断迫近的高考让人轻松不起来，以至于连想一想未来的美好都成了一种奢侈。只有这一桌的几个人，以修远为首，个个都是状态良好的，才有这份闲情逸致吧。

"明天就是三模了……"柳云飘终于道。听到这话，大家都不约而同地看向修远。

陈思敏、夏子萱、诸葛百象心态良好，对自己的高考也有充分的信心——一方面是因为确实状态良好，另一方面也是因为他们对自己的要求并没有那么高。比如夏子萱，由于高一、高二长期都是介于能上双非一本和普通211学校之间的水平，所以对自己的预期也就是如此了。但最近几个月的进步让她直接达到了能上985学校的边缘了，稳保中上游211学校了，而她的预期还是能上普通211学校就好，心态自然放松。也正因如此，她才能有心思去关心修远与李天许的赌约。

当然，修远现在作为班级里的灵魂人物，深得大家尊敬和喜爱，也是他们如此关切修远的原因之一。

三模，李天许与修远的决战之日。这场决战不仅是成绩上的一较高下，在某种程度上，它更是一场信念的决战。算起来，这场赌约其实是因李天许和罗刻的矛盾而起。李天许所代表的，是天资优越、中了"卵巢彩票"的那一种人，他们对应的信念是"命由天定"，认为自己的优秀是与生俱来的，也应当永远凭天命在世界上优秀下去。而罗刻所代表的是出身贫寒、资源匮乏、先天命运不佳而想要通过自己的努力奋斗来改变命运的人，他们所对应的信念是"我命由我不由天"。

"我命由我不由天"是一句漂亮的口号，喊起来很带劲，可是真正被命运碾压和折磨过的人才知道，命运有多么沉重，这句口号又是多么虚无缥缈。可是总有一些人还不想放弃这个信念，愿意再为之努力一阵子。他们常常一边奋斗，一边心惊胆战，期望压死他们的最后一根稻草不要被命运的大手轻轻捏着放在自己的背上。在罗刻的世界里，李天许就是那一根即将压死他的稻草，而修远忽然杀出来，拦下了命运的手。

这一战，修远要证明自己在命运面前够不够分量。

"只能说近期状态不错。谁输谁赢，不敢妄论啊……"修远的言辞虽然保守而谦逊，却面带笑容，神色轻松。

众人看修远神情淡定，不由得跟着放松了一点儿。

"我看李天许这家伙最近状态好像不怎么样。"诸葛百象说。

"哦？怎么说？"陈思敏问。

"你们不觉得他最近太沉默了吗？没有之前那么嚣张了。"

"是啊。不过这跟他状态不好有什么关系呢？更沉静下来复习了，所以没那么嚣张了，难道不是状态好的表现吗？"夏子萱疑惑。

"不能这么理解。"诸葛百象解释道，"人的性格有很多种类型。像李天许这种的属于典型的竞争型兼表现型人格，越是处于激烈的竞争中而且又有优势，他的状态就越好。对于你来说，可能要沉下心来安安静静的才叫状态好，但李天许恰恰相反，他要处于一种亢奋的、咋咋呼呼、很嚣张的状态下，学习效率反而会更高。这种状态让我们觉得很反感，但对他自己却是最有利的。

"反过来，他现在这么沉默，表面上看是在静心学习，但他心里估计是杂念丛生，心不在焉了。"

众人点点头，都为修远高兴。柳云飘又说："不知道李天许输了以后会不会赖账，不认罚了？"

修远正色道："不打紧。这一战不光是输赢和惩罚的问题，更重要的是对信念的坚守。不是证明给李天许或者其他人看，而是给自己一份心安。"他看向罗刻，罗刻也看着他。

在座的每一位同学都知道信念是多么重要，罗刻更是有深刻的教训和难忘的经历。高一时，与罗刻一样出身贫寒、从小资源匮乏却不失健康向上、积极进取之心的木炎，正是在李天许打击之下，信念崩塌，整个人状态急转直下，消极颓废，直接掉到班级垫底水平。如果不是高二选科之后学校取消了班级末尾流动制度，木炎恐怕已经离开实验班了。

"修远，我们相信你能赢。"夏子萱说，"不过三模还是要认真对待，不能掉以轻心。李天许虽然让人讨厌，但是不能不承认，他的能力很强……"

"这是自然。不论有没有与李天许的赌约，我都会认真对待每一次考试。我跟李天许目前水平接近，谁赢谁输，或许要交给运气了。至于我这边，做好自己就够了吧。"

是啊，高下难判，胜负难料，结果不免落入运气的执掌。不过能够尽人事而不苟责天命的人，往往能够笑到最后。

这一日，三模开始了。高一、高二的学生还如往常一样过着日子，高三的教学楼片区却陷入死一样的沉寂。那一片的空气仿佛都很沉闷，如同汗蒸和桑拿一样让人喘不过气来。学生们奋笔疾书，或皱着眉头凝神苦思，或神色慌乱来回翻动试卷，或面色轻松挥洒自若——那必是平日里成绩良好的学生了。

三模考试题目的难度保持平稳。因为太临近高考了，所以教育局规定不允许出与高考难度差异较大的试卷，因为试卷太难了会打击学生信心，太简单则失去检测的意义。各个学科的试卷一板一眼，照着前三年高考试卷的平均难度出题，即便是创新题也不敢逾矩，在新颖的外表下包裹着陈旧的知识点，也不过是按照逻辑多推一两步就能解决。英语试卷没有太多生词，语文作文出了四平八稳所有人都有话可写的题目，其余科目也差不多。

而这样的难度，对于临湖实验的学生来说可能偏简单了，对于三中、九中等弱校的学生会偏难，但对于二中这样夹在中间的学校来说，却是刚刚好了。只是不知这刚刚好的难度，伴随着高考迫近的巨大压力，会给学生们带来怎样的感受。

两天时间一晃而过，三模结束了。

根据学校安排，三模结束后共休息两天。这是难得的宝贵休息时间，很多住校的学生也准备回家看看，和家人团聚一下。由于复习压力大，平日的单天假期里很多学生嫌往返路程浪费时间都已经不回家了，这种连续放两天假的休息，便是他们在高考之前最后一次回家的机会了。

高三实验二班的教室里，大部分学生已经收拾好东西回家了。修远有些特别，他还趴在桌子上对着刚刚考完的模拟试卷写着什么东西。答题卡虽然交上去了，但试卷还留在学生手上。

陈思敏好奇地凑过来问道："修远，在干吗呢？"

"啊，考完试改错题呢。"

"啊？"陈思敏惊讶道，"试卷还没批呢，就开始改错题了？"

"哦，因为有些题自己已经知道做错了。考场上没做出来，现在突然想到了，所以提前就把改错做了。"

"哦，原来是这样……"陈思敏点点头，忽然又意识到一个问题——分数还没出来就开始改错题，好像很不吉利啊，"难道错了很多？这次考试不太顺利吗？"

这样说着，陈思敏不由得紧张了起来。这次考试她自己正常发挥，没什么悬念，但如果修远输给了李天许，她一样会不开心。罗刻、夏子萱、诸葛百象也围了过来，他们显然也跟着陷入焦虑。

修远看着三人，平静道："啊，数学选择题第十二题，当时没做出来，随便蒙了一个，后来会做了，发现蒙错了；化学有机推断有一个元素写错了；英语完形填空有两个不认识的词……诸如此类的。"

不是吧！难道修远发挥失常了？陈思敏、夏子萱、诸葛百象、罗刻都紧张起来，或是瞪大了眼睛，或是皱起了眉头，皆一脸关切。

"难道运气这么眷顾李天许？"陈思敏失望道。

修远扫了众人一眼，忽然又道："不过数学压轴题我之前做过原题；物理压轴题虽然很难，但我状态很好，分析得很清楚，快速做完了以后还有很多时间检查前面的基础题；英语不认识的单词仅完形填空出现了两个，其他地方做得顺风顺水；化学的推断题错误并没有产生连带性影响，只会扣那一道题1分；生物中大量的区分性琐碎知识点，正是我这两周抽认卡反复补充的内容；至于语文作文，对应的素材刚好准备了很多……"

他平静的脸上忽然露出了一丝笑容："这一次，运气在我这边。"

第六十一章

消失的学霸

"考得怎么样?"

妖星背靠着学校小池塘边的栏杆,一脸轻松地问卢标。三模刚刚结束,高考只剩大概二十天了,所有学校的上空都悬浮着紧张的空气,连临湖实验高中这样的省重点学校也不例外。唯独妖星一脸轻松自在,算是芸芸众牛中的一股清流——抑或是"妖流"。这主要源于他对自己并没有太高的要求。他的成绩正是卡在清北线以下10分左右,大概能上复旦、交大、浙大等高校的水平。大部分这个分数的人,都会想着努力冲一冲,能上清华或北大最好;或者担心会不会发挥不稳,上不了浙大、交大。总之,多数人都是隐隐有点儿紧张的。

然而妖星可谓淡定如水了。他的说法是,能上浙大就上浙大,能上武大就上武大,不必强求。以他的水平,即便发挥失误,只要不是试卷没写名字这种超级失误,也不可能跌落到更弱的学校了——而这又是妖星可以接受的学校水平。由此可见,即便外界压力很大,只要你心态够好,要求够低,这压力也很难传递到你身上来。

卢标则是另一种风格了。他的分数比妖星略微高一点儿,大约正是压在清华或北大的边缘线上,稍有失误就会跌落下来。而偏偏他又对自己要求很高,心里觉得非要上清华或北大不可,于是难免压力很大,情绪也更容易波动。亏得卢标掌握了情绪管理和状态调整的方法,能够通过冥想、深呼吸和信念追溯与调节来缓解一部分的情绪,才让自己免于焦虑情绪爆发而崩溃。

但这种调整也只是一部分的,因为他还有一个最重要的问题没有解决——力量的来源。根源性的问题没有彻底解决,所以卢标虽然各种学习策略应用娴熟,依然没有达到能够确定上清北的水平。他只能祈祷,希望能正常发挥,不要有失误,甚至连一点儿小失误都不行。比如,比平时多错两道5分的选择题,他的清北梦就要破碎了。

"三模的题目偏简单一点儿,不容易拉开分差。"卢标表情平静,"可能一些原本实力比我弱的人,这次也能考到跟我差不多的分数。"

"唉，这想法，真消极。"妖星鄙夷道，"你怎么不说那些实力比你稍强一点儿的人，也没法和你拉开分差了呢？"

卢标听罢一笑："倒也是。"

"明天休息一下？还是准备继续学？"

"唉，继续吧。各种小漏洞，能补多少补多少吧。还有很多困惑时不时在思考……"

妖星耸耸肩："什么困惑？还是之前的问题吗？你可真够纠结的。不是我看不起你啊，像你这种纠结而执着的人，这种人生境界实在是跟我等洒脱之辈差距太大……"

卢标无奈地瞟了妖星一眼："你距离摆脱自己纠结执着的心结才过了几天，就嚣张成这样了？唉，懒得跟你扯淡了。不过说起我的困惑，本质上还是同一个问题，只是切入的维度和展现出来的具体问法变了。"

"哦？那现在是具体的什么问题和问法？"

"现在思考的是个古老的问题……"卢标顿了顿，道，"我是谁……"

"啊！这……"妖星惊讶道，"果然很古老！那你为什么要去思考这个问题呢？"

"一步一步被引导到这条路上的吧。先是遇到李红生，他的身份是一个承接家庭信念、欲为社会做出贡献的积极年轻人；然后你这个妖星，身份是一个命运的观察家和探索者；接着进入高峰——占武，他的身份是……是……"

"是什么？"妖星也产生了兴趣。对于占武这样复杂的人，该如何定义他的身份呢？战士？自强者？至强者？抑或是抗争者？还是人间希望？一时之间妖星拿不准，似乎每一种身份说的都是占武的一角，但又不足以描述他。

"他代表太多太多的东西，有太多的身份，但其中最重要的一个，或许是……在纯然的黑暗之中的觉醒之神。"

"这样的描述倒不错……"妖星喃喃自语。

"然而对我的启发在哪里？李红生、妖星、占武……每个人都以一个特定的身份而拥有强大的力量，而我又是谁呢……"卢标犹豫而迷茫着。我自然愿意为社会做出杰出的贡献，然而自问本心，这样的愿望似乎不足以定义我最根本的身份。占武体现出了最强的力量，他是战神，然而这样的自我定义的身份，却是从黑暗中磨炼出来的，与自己的人生经历并不相符。至于妖星，人类命运的观察家和探索者……唔，似乎自己也有一些这方面的困惑和感悟呢，难道可以效仿妖星？问题是他的成绩比自己还差啊！卢标瞟了一眼妖星，心想：算了吧，这小弱鸡……

"嗯？"妖星莫名其妙地从卢标那里感受到一阵对自己的鄙视。

卢标终究是犹豫未决。是啊，给自己定义一个身份，这样重大的事情岂能随意定夺？要让这身份发挥无限的作用，就必然要对这身份有极为坚定的信念和愿望，而这又必然要求对身份有长久的深思熟虑。这身份得适合自己的特性，最好能承前启后，将自己一生的经历化为新身份的养料，让之前的积累不损失太多……而这究竟是什么呢？

一时间，他找不到一个最适合自己的身份。

妖星最后看了卢标一眼，说道："我觉得最后这点时间你还是调整下自己的考前状态吧，知识点复习未必重要了。你的水平差不多固定在清北线上下了，这种时候，考场状态已经变成决定胜负的关键了。"

短暂的休息后，学生们纷纷返校了。

三模考试是全市统一批卷，哪怕教育局已经安排各校抽调老师过来加班加点，也很难在一日之内将所有学生的试卷批改完毕、登记分数、排好名次。分数和排名会在周一上午公布。周日晚上学生们在沉闷的教室里坐着，心里难免惴惴不安，猜测自己将会拿到何等分数。而在兰水二中实验二班的教室里，也有部分对自己考试的发挥比较满意的学生，开始继续八卦修远和李天许的赌约。

"哎，你说谁会赢啊？"

"不知道啊，我赌修远吧。"

"不可能！明显李天许会赢啊！赌一把，我给你一赔二的赔率！"

"扯淡吧，你没看见修老大最近状态多好吗？显然是修老大赢啊！我给你一赔十的赔率都行！"这人随口嚣张道——反正只是说说而已，又不会真的给钱。

"我感觉谁赢不重要，但是输了以后的惩罚措施该怎么执行才重要吧！比如输的人突然反悔，就是不愿意认罚贴字条怎么办？"

"那怎么能赖皮？太没信用了吧！"

"对啊，可是万一就是赖皮了能拿他怎么办啊？你又不能上法院告他！"

"也是哦！或者背上贴字条被老师看见了，老师强行终止赌约，不允许贴字条怎么办？"

"这个倒是简单，老师来了就撕下来，等老师走了再贴上去！"

"还是那个问题，谁监督啊？输了强行不贴字条你能拿他怎么办？"

"……"

一阵闹哄哄地讨论。

罗刻、陈思敏、诸葛百象、柳云飘等几个人，提前已经知道了修远超常发挥，心里一点儿都不慌，倒是有几分庆幸的感觉。毕竟修远与李天许的水平在伯仲之间，而修远又超常发挥了，那么这一战，大概率就是修远赢了。

如何惩罚李天许呢？按照当初的约定，将会把一张写有"命运的奴隶"的字条贴在李天许背上作为惩罚。这一个小小的惩罚对于他们来说却有重大的象征意义。罗刻被李天许羞辱已久，李天许每次面对他都是一种高高在上的感觉，仿佛天选之子微笑着用傲慢的目光去审视那些被踩踏于命运之神脚下的奴隶一般。这一次的胜利，虽然不是罗刻亲为，是修远代他而战，但从信念的传递上依然是成立的，因为修远秉持着和他同样的信念——不可屈从命运。

诸葛百象、陈思敏等人同样因为修远将胜而兴奋不已，甚至似乎超过了他们自己也发挥得不错的喜悦。毕竟修远已经成了他们的精神领袖和精神支柱，这种喜悦的传递也是合情合理的。

直到夏子萱走进班级里，神色古怪，压低声音对他们说道："刚刚收到一个消息。"

"怎么，分数出来了？"夏子萱古怪的神色让陈思敏、诸葛百象等人有些捉摸不透，难道发生了什么不好的事情？

"没有，分数明天上午公布。不过刚刚从李老师那里听到一个消息——李天许请假了，说是生病了，这几天都不来了。"

"哈？"众人一时愣住了，纷纷看向李天许空荡荡的座位，"还有这种操作？"

结果已经很明显了，看来李天许考得不怎么样——或许他这段时间的状态一直都不太好——又知道修远超常发挥了，所以他知道自己这一战必然会输。以他那种飞扬跋扈、死要面子的个性，恐怕是不能接受被人在背后贴字条的惩罚的，于是干脆要赖，直接请假不来了。

"这几天都不来？那什么时候来？"陈思敏问。

夏子萱耸耸肩："不知道。有可能过个三五天来，甚至有可能直到高考前都不来了。学校里的复习反正就是不断多刷题、讲评试卷，自己在家里也可以进行，有空来一次把准考证领一下就行了。我听说其他班有些学生因为考前压力大，申请回家休息调整的，学校都同意了，李天许如果从现在到高考前一直不来，也没什么问题……"

是啊，三轮复习到最后，已经没有必要一定待在学校里了，李天许要是打定主意就是不来了，谁也拿他没办法。

"或者一星期之后再来，到时候就说时间已经过了，不认账了，也可以。"夏子萱又补充道，"因为当时说的是，从出成绩的第二天开始，一整天的时间嘛。一周后时间过了，他也可以拒绝执行赌约的惩罚。"

"唉，真没想到他这么不要脸啊！"陈思敏感叹。

修远听到了她们的议论，凑过来，笑道："我还想着李天许会怎么样逃避惩罚，是贴到看不见的地方，还是时间不到就偷偷撕掉？居然搞得这么绝，直接不来了。"

"哈！可以说他被修远的光环威慑到了，吓跑了！"诸葛百象打趣。

柳云飘和罗刻都有点儿不甘心，因李天许的"神操作"而生气："太无耻了！一点儿信用都没有！水平不行，还这么自信要下赌约，输又输不起，躲起来不见人，不要脸！"

倒是修远并没有太看重李天许的逃跑行为，反而轻松一笑道："没关系，他要逃就让他逃吧，我们知道自己赢了就好。他的精神倒下去了，我们的精神站起来了。"说完，他看向众人的眼睛，尤其坚定地看向罗刻。两人相视一笑，许多人生感慨尽在不言中。

没多久，李天许逃跑的消息传遍班级，教室里不断传出各种声音。

"李天许不要脸！"

"呸，孬种，不是男人！"

"无耻之徒！"

"对，以后别叫李天许了，叫李无耻吧！"

"我看叫李跑跑比较好！"

"言而无信，输不起的货色！"

"他就是来了以后硬要违约，硬刚一番就是不贴字条，我都算他是个男人！结果直接躲起来不见人了，算什么玩意儿！"

"我倒是觉得，这种言而无信的做法很符合他的本性嘛！"

……

在一片对李天许言而无信的鄙夷声中，修远等人微笑着开始了自己最后二十天的复习。

▶ 第六十二章 ◀

速成的作文文采

周一早上,所有人都在专注地早读,读英语单词声、读文言诗词声,以及背诵各科知识点的声音交叠在一起。早自习将结束时,李双关拿着一沓分数条走进教室。所有人抬头看向李双关,声音逐渐平息,心中激动起来。显然,三模的分数出来了。

李双关清了清嗓子,开口了:"各位同学,上午上课之前先说几件事情。首先,三模的分数出来了。不过在考前,为了避免大家心态紧张,这次分数就没有做全校和全班排名,每个同学知道自己的分数就行了,哪些科目有漏洞的,抓紧最后的时间弥补吧。待会儿会把分数条发下去,另外,学校的家校系统也会把成绩发到你们的父母登记账号里面去。

"第二件事情,我想聊一聊高考前的心态问题。用什么心态面对考前的二十天?甚至用什么心态面对这次三模的成绩?

"高考是影响人生命运的重大事件,大家已经为之奋斗了三年。现在离高考时间越来越近,很多同学压力也越来越大,不仅对高考紧张,甚至对模拟考试也紧张。从一模开始,就有部分同学紧张得反胃、呕吐,到二模的时候好像又变严重了一点儿,还有全身发抖、发虚的。不仅模拟考试如此,连平时的复习也受到影响。现在三模的成绩马上要出来了,可能部分同学已经变得更紧张了吧?

"我很理解大家的紧张。我带了很多届学生,每一届的高三到最后时刻都很紧张,这是人之常情。为什么紧张?因为怕考不好,因为你们有一种感觉,好像模拟考试的成绩就等于高考的成绩;好像如果模拟考试考得不好,高考也一定考不好!

"真的是这样的吗?并不是!我教了这么多届高三,每一年都有很多人是模拟考试的时候成绩较差,而高考成功翻盘上岸的!怎么可能今年就不会有?为什么你就不能是那其中的一个?"

台下的学生静静地听着,心里却怨念着:当初一模、二模的时候你可不是这么说的!你还一个劲儿地强调一模、二模的重要性呢!

李双关当然听不见学生的心声，自顾自说道："我们都看到了，从一模到二模期间，很多同学已经取得了巨大的进步；我们即将看到，很多同学从二模到三模期间，也取得了巨大的进步！虽然学校为了照顾大家的情绪没有公开成绩和排名，不过有部分同学我还是可以公开提一下。

　　"比如我们的班长夏子萱同学，之前一直是不到600分的水平，大概能考上普通211学校。包括一模也是差不多这个成绩。可是到二模的时候，就到620分以上，这就能上中等211学校了。三模的成绩，又进步了十几分！这就已经能到部分985学校的分数线了！这是不是一个活生生的案例？她能不断进步，你也可以嘛！

　　"还有修远同学，我知道很多同学都很崇拜他，他是班里的灵魂人物，那么你们能不能从他身上汲取一些信心？他也曾经成绩很差过，可是现在却名列前茅了！哪怕就在二模到三模这么短短几十天时间里，他还在不断进步。我相信，甚至就是在还剩下的这不到二十天时间里，他还有可能会继续进步。既然他可以，你是不是也可以？"

　　陈思敏、夏子萱等人都看向修远，默默一笑。

　　"其实我想表达的意思只有一个，不要太看重这次三模的成绩。英语里面叫作'spilt milk'，翻译过来是泼出去的水，收不回来了。你再怎么纠结也没有意义了。我们在作文模板里面是不是就背过'don't cry over spilt milk'，不要为没有意义的事情纠结。有部分同学可能三模考得不太好，怎么办？答案是，不用在乎分数和成绩，不用看排名，只管认认真真地做好改错，做好复习！

　　"你要有这个信念，哪怕只有短短二十天了，只要你努力，抓紧时间，一样可以有所长进。你的目标是，通过二十天的复习，要在高考中拿下比三模更高的分数！

　　"好了，夏子萱，发一下分数条吧。等下准备上课。"

　　这一通演讲是想要安慰下紧张的学生们，不过总感觉是老生常谈，内容也浅薄，并没有什么深刻的效果。学生们听来听去只抓住了两个重点：夏子萱考得很好，修远考得很好。

　　分数条发下来，每个人反应不一，有些长吁短叹，有些沉默不语，还有些直接趴在桌子上不让人看见自己的表情。

　　夏子萱绕来绕去地发完了大部分分数条，然后走到修远边上，面带笑容轻声道："没看到李天许的分数条，应该是李老师单独拿出来了。修远，你的分数很不错哦。"

　　修远微微一笑，接过分数条。他知道自己这段时间在不断成长，他也知道自己三模考得很不错。但只要没看到分数，就不敢完全下定论——具体成长了多少？分数提高了多少？三模的难度与高考难度相似，在被李双关和夏子萱分别表扬和恭喜之后，修远自己都更加好奇起来，到底是多少分？

　　迫不及待地伸手接过分数条，修远甚至没来得及对夏子萱表示感谢，快速浏览起来：

语文 119 分，数学 144 分，英语 132 分，物理 94 分，化学 95 分，生物 87 分。总分，671 分。

修远看着分数，连他自己也愣住了——671 分！比一模、二模时 640 至 650 分的分数又进步了 20 分！要知道，在这种分数段，进步 1 分都是极为困难的，而修远却在短短一个多月又进步了 20 多分，完全是个奇迹啊！

修远一时有些激动。

忽而又听到后排传来一声痛苦的呼喊："啊！我的眼睛！我的眼睛！我好贱啊，后悔啊！我为什么要去看修远的分数？！自己考成这鬼样子就够惨了，我还要去看学神的分数刺激自己！我真是蠢啊！"

修远无语地扭头看着后排情绪激动的同学，心想：就这心理状态，学校不公布排名果然是正确的……

上课无非是一如既往地刷题和讲题，一上午充实而又枯燥的复习结束了。午间，修远、陈思敏、罗刻、诸葛百象、夏子萱、柳云飘、百里思几人又聚在一起。三模考试，这一批同学普遍考得不错。除了被李双关公开表扬的夏子萱和修远外，罗刻微微涨了几分，630 多分，至少没有发挥失误；陈思敏也提高了近 10 分，到了 640 分以上；诸葛百象更是逼近 650 分；柳云飘也进步到接近 600 分，私下揣测可能已经从二十几名进步到十几名了；百里思 610 分左右，也有一定进步，尤其是英语和生物这种弱科提了上来。

大家先是恭喜了修远，然后又忍不住猜想起来："以这个涨幅，有没有可能后面二十天继续进步，甚至能到上清华、北大的水平啊？"

"这有点儿夸张了啊！"修远自己都忍不住叫了起来，"清华、北大，想都不敢想啊！难度太高了。"

"哎，那也有可能嘛！你总是能不断创造奇迹的！"柳云飘兴奋道。

"没错，创造奇迹。"诸葛百象道，"平心而论，上清华、北大至少要 690 分左右的分数，还得再进步 20 分。这么点儿时间确实很难，真是需要奇迹才行。可是谁又能说完全不可能呢？修远不是已经创造了不少奇迹吗？从高一的倒数第几名到现在的正数前几名，甚至就二模到三模这么短短的一个多月，还能在如此高的分数段上再进步 20 分。还有什么不可能的？"

陈思敏又补充道："我觉得完全有可能。就修远目前的水平，已经极少有不会做的题目了，无非就是有些琐碎的知识点恰好没有背诵到位而已。数学、物理继续稳固一下，都能冲刺满分；生物才 87 分，这对于修远的总分来说已经很低了，而生物这学科又有什么难度吗？有修远理解不了的东西吗？只剩下刷题检测知识漏洞和背诵完整而已。如果冲刺得好，光生物这一科就可以提高 10 分了！总分提高 20 分，完全有可能！"

　　陈思敏这么一分析，大部分人都觉得再提高 20 分真的没有那么难了。是啊，光一科生物就可以提高接近 10 分；语文多刷刷阅读理解题，提高 3 至 6 分，作文再背几个模板，准备下时事材料，然后提高 4 至 5 分，不可能吗？完全有可能！东凑凑，西凑凑，20 分的进步空间不就出来了嘛！

　　修远面带笑容："别想得那么简单。若真要这么容易，你们怎么不再提高三五十分？我得沉住气，不能被你们带偏了，都快被你们吹得飞起来了！"

　　众人一阵欢笑。是啊，再提 20 分到上清北的水平，说起来容易，做起来难上加难。不过他们对修远期待太高，是信任乃至崇拜他才会产生这种想法吧。不过，即便修远大概率上不了清北，他依然是众人的精神领袖和英雄。

　　"不过话说回来，修远的语文分数偏低得太明显啦，才 119 分。我都有 124 分了。"陈思敏道。

　　修远略显无奈道："是啊，语文是传统弱势科目，论述和实用类文本阅读还行，但是小说鉴赏、文言文和作文分数一直上不来。尤其文言文和作文，太考验基本功了，我前两年包括初中就没有下过苦工，现在临时补也很难补起来了。"

　　语文确实是门需要基本功和长期积累的学科，在这一科上想要爆发性地提分，甚至比数学、物理更难。不过众人还是觉得，修远不应该只有这么点儿分数，应该还有方法能够至少再提高几分吧？对于一个要冲击清北的人来说，语文不到 120 分实在是太说不过去了。

　　"你作文多少分？"

　　修远一摊手："这次只有 47 分。平时也差不多是这样的分数，47 分、48 分吧，偶尔能上 49 分、50 分，但是少。"

　　"啊，还没到一类卷啊。"陈思敏感叹，"怎么让你作文再提高一点儿啊？至少提到 52 分、53 分的样子啊，应该不难吧！我作文都有 53 分啊。"

　　"这么高？"夏子萱惊讶道，"那你赶快给修远出主意啊！"

　　"啊……"陈思敏一愣，"我倒是想，可是我也不知道为什么修远的分数低啊……"

　　诸葛百象说："其实要上一类卷最核心的是要有深刻的立意，但立意这玩意儿太考验思维能力和综合见识，很难短时间内提高起来。我们可以从一些能够在短时间内见效的地方着手看看。比如提高文笔，优化开头、结尾等。"

　　"啊？文笔更需要长时间积累吧？"柳云飘疑惑道。

　　"要想有很好的文字功底当然需要长期积累，但是要写出文字优美的高考作文未必需要。文笔这个东西，恰恰是更容易套模板的。"诸葛百象解释道。

　　"哦？为什么？"

"由于作文命题千奇百怪，非常灵活，所以对应的写作立意就很多样化，没法提前准备，完全看你的思维能力和平时视野的积累。可是文笔却不一样，有很多固定的句式、结构可以应用。如果叫你写上万字的内容，那你的真实文笔水平就会暴露，但只有一千字的篇幅，开头多少字，结尾多少字，都是固定死的。

"同时，每篇作文开头总是点题引入，结尾都是总结升华，相似度也很高，那么至少在这两个地方进行准备的难度就比较低了。

"比如，我在作文结尾的时候经常这么写——

"'历数千古英雄事迹令人心潮澎湃，今朝更需我等青年人奋发不止，继往圣之绝学，开万世之太平。在这变迭起的时代我不要当坐看云起云落的看客，而要成为滚滚长江浪尖上的弄潮儿！'

"你们看看这个结尾，有没有发现，具有很强的通用性？'国家崛起、社会进步'类的话题，可以用；主题是'理想'的，也可以用；甚至写'卓越与平凡'等话题，还可以用。实际上，就这一个结尾，我高中三年起码用了七八次了，适用的话题非常广泛。

"而如果没有提前准备，比如面对国家崛起、社会进步的话题，你要写结尾会怎么写？匆忙之下还能注意到各种诗词化用、高级词语，以及隐藏的对仗吗？恐怕就变成了简陋版的'我们要向古代的伟人一样，为了社会的奋斗而不断努力，为时代的进步做出自己的贡献'了吧？"

众人纷纷点头，有没有提前准备过，确实是不一样。刚才诸葛百象给出的第一段文字，如果让他们慢慢雕琢，多半也能写出来，可是决不能在考场时间紧张的情况下写出来。而诸葛百象写出的第二段毫无文采的文字，他们倒是经常在匆忙间写在作文里了。

"这样的开头和结尾分别准备七八个，基本上大部分文章就覆盖到了。这样，至少在开头和结尾处你的文采就没问题了。"

"而开头和结尾又占据了很大的印象分……"陈思敏喃喃道，"哇，这方法我也可以用啊！说不定我也能再涨几分呢！"

修远听得不由得兴奋起来："好方法啊！我就是文笔太差了，文字很平淡。唉，我怎么没想到这样准备呢？感觉至少提高四五分没问题啊。更重要的是，性价比很高，这种准备只需要几天就能完成了，没什么难度啊！"

在这个分数段，一个学科的一个板块能提高四五分，无比珍贵。

其他人也表示受益颇多。

"我的版本可以给你们参考下，但最好不要直接抄，万一几个人高考写了同样的开头和结尾被怀疑抄袭就不好了。"诸葛百象道。

众人纷纷点头。其实也没有抄的必要，像陈思敏、夏子萱的文笔本来就不在诸葛百象之下，自己认真想想，说不定还能写出更好的版本。

说干就干，下午自习课修远就开始编写自己文笔优化版的语文作文开头和结尾了。带着巨大的兴奋，修远的晚饭只花了5分钟就吃完，又匆匆赶到教室开始写作。他状态极好，仿佛探索新大陆一样兴奋。他已经创造了三四个通用的开头和结尾了，看着这些细致雕琢过的开头和结尾，他感叹，自己原来在考场上写的文字真是烂得自己都看不下去了。原来不是自己真的文笔太差，而是缺乏提前准备通用模板的意识啊！

思路一变，世界都更宽阔明亮了。

正聚精会神地写着，忽然一只大手猛然啪的一声将一张纸拍到了他的桌子上。修远吓了一跳，抬头往上看的同时，便听见一个带着感冒鼻音的声音道："免费服务，帮你打印好了。"

然后他一抬头，看见李天许正站在身前，右手拿着手机将屏幕面对着修远伸了过来。只见屏幕上是家校通软件的考试成绩汇报界面，上面一行醒目的字：

李大许，总分683分。

第六十三章

无耻之徒

人生中总有几个关键时刻，注定要被铭记一辈子的。有些是正面的经历、意外的惊喜，比如超常发挥考上某个难以企及的大学，又如和心爱的人表白被接受，再如做成了某项自己倾尽心血的重要任务，这些回忆带着甜蜜与阳光，如同明媚午后的下午茶香气四溢。

也有些铭记来源于极为惨烈的负面经历，在脑海深处缓缓腐烂，不时向外泄露出绝望的恶臭，压都压不住，然后在你最脆弱、最难过的深夜里汹涌袭来，或许最终在某个绝望的寒夜里将你最终击倒。

（背景音乐：*Cello Romance*）

修远只觉得大脑开始嗡鸣起来。李天许683分的分数，仿佛命运对敢于搏击它的人展开了五雷轰顶的天罚，683道雷鸣和闪电在他全身每一寸皮肤上猛烈炸开。

李天许即便是感冒了也掩盖不住那嚣张而得意的气息："特意为你提前回来，连在家养病都取消了，还帮你把字条都打印好了。'命运的奴隶'——怎么样？选的行楷字体，很有力度吧？好不好看？有没有觉得我特别贴心？"

整个教室忽然安静起来，所有人目瞪口呆，包括夏子萱、诸葛百象、罗刻、陈思敏等人在内。没有人想到，李天许居然考了这么高的分数！陈思敏疯狂地回忆，李天许之前有过那么高的分数吗？没有啊！最多670多分啊！那还得是考试内容比较简单的时候。稍微难一点儿，他就会掉到660分了。谁能想到他这一次居然考了683分！

罗刻只觉得心里死一样的绝望。他不仅是为了修远紧张，更觉得那字条如同压在自己身上一般，无比沉重。

诸葛百象一言不发，只觉得头脑一片空白，却又纷乱如麻。他恍惚想起修远当初的演讲，想起修远和自己聊天带来的启发，想起了许多过往。而这些浓烈的过往却如同尘埃一般被狂风吹散。

其他人也都不敢置信地看着李天许和修远。他们以为李天许必败，甚至已经逃跑了，却没想到他又回来了，还是如此强硬而冷酷的回归！

所有人又看向修远——他会怎么办？他该怎么办？

修远呆呆地坐在位子上，大脑如同死机了一般。怎么会这样？怎么会这样？671分已经够高了啊，李天许平时是达不到这个成绩的啊，他平时是660分左右的啊！可是那手机上家校通的分数却又如此真实。

"怎么，难道还怀疑系统有假？"李天许又在手机上点了几下，调出更详细的界面，"语文129分，数学145分，英语137分，物理92分，化学89分，生物91分。还有问题吗？"

单语文一门就领先了10分之多，英语也多5分，在其他科目不分伯仲的情况下，这两门的差距就决定了败局。

李天许收起手机，又轻蔑笑道："按照约定，字条要贴二十四个小时，成绩出来第二天开始计时。字条我已经打印了，连透明胶都准备好了，服务周到吧？就从今天晚上12点开始计时，不过那时候已经睡觉了，贴不贴没什么区别，当作给你点儿优惠，就算了。从明天早上6点多起床开始，我亲手给你贴上字条，到明天晚上12点为止，中间不准拿下来。如果被老师发现了，要求撕下来，那就等下课老师走了以后继续贴上。尤其中午吃饭、晚上吃饭等时间，必须贴着，你就带着这张'命运的奴隶'在校园里走来走去，哈哈哈！想想都很有意思呢！

"也不用怕字条被老师收走了不够用，我特意打印了二十张放在书包里，是不是考虑得很周全？透明胶也绝对够用。怎么样？准备准备，执行吧！哈哈哈……"

李天许放肆地大笑着。

修远只看见李天许嘴巴一张一合，声音如细流在自己耳朵里穿过，满脑子都是轰鸣声。他又看向那张纸，一张A4大小的纸，上面印着"命运的奴隶"五个大字，墨迹清晰，苍劲有力。他忽然浑身发软，呼吸急促，手足无力，全身都开始发抖，几乎要瘫软在桌子上。

"不要贴啊，修远！"夏子萱忍不住喊起来。这不是贴一张纸，这分明是一道精神的枷锁，乃至一个猎杀灵魂的妖邪鬼怪。

诸葛百象、陈思敏、罗刻等人当然也是偏向修远的，他们不愿意看着修远被李天许羞辱，甚至班上多数人都是修远的支持者。可是他们也还记得，就在前一晚，当他们以为李天许要耍赖毁约时，是如何鄙视乃至谩骂李天许的。他们说李天许言而无信是孬种，是无耻之徒，不是男人，可如今李天许并没有耍赖，是修远输了，他们又哪有脸面帮着修远一起耍赖呢？许多人面露难堪之色，不知道如何处理，甚至开始后悔昨天晚上骂李天许骂得太起劲了。如果没有昨晚的痛快地鄙夷李天许，或许今天帮修远耍赖的时候会底气更足一点儿吧。

而修远又会作何反应呢？他们紧张地看向修远。

却见修远没有做出任何反应，只是愣愣地看着那张写着"命运的奴隶"五个字的纸。

诸葛百象看向修远的眼睛，忽然心里一紧，暗叫不好。这眼神，莫不会是精神要崩溃了啊。

怎么会这样啊？陈思敏等人难免思绪万千。昨天，甚至今天白天都还在喜悦而专注地准备着高考，怎么忽然就出现了这样巨大的变故？诸葛百象皱着眉头，拍了拍夏子萱和陈思敏，然后指了指修远，又指了指自己的眼睛。

夏子萱和陈思敏终于也反应过来，看向修远的眼睛。

那眼眸仿佛一个巨大的空洞，正在一点一点地坍塌下去，边缘的砖瓦碎片迅速跌落、细碎成粉末和灰尘。两人一阵心急，又看向罗刻，却见罗刻也是失魂落魄，没有半点儿反应。

"李天许，算了吧，不要做得那么绝吧。"诸葛百象也忍不住开口了。

"就是啊，同学间何必如此呢……"夏子萱帮腔道。

"废话！"李天许转头，怒目大喝，"输不起谁叫你随便乱定赌约的！当初这么嚣张，跳出来帮人出头的时候怎么没想过有今天！没实力还喜欢装模作样，活该！

"你们还有脸劝我算了？你以为我不知道昨天晚上发生了什么事？你们以为我肯定要输，所以不敢来了，要躲起来赖账，一帮人一唱一和地说我言而无信、不是东西、是无耻之徒，诸如此类。哟呵，今天怎么不骂了？今天自己怎么无耻起来了？嗯？"

看来，有人把昨天晚上教室里的情况告诉李天许了。飞扬跋扈的李天许，也在暗地里有自己的朋友和支持者啊。

李天许怒目扫视教室里的所有人。他目光扫过之处，所有人纷纷低头。虽然李天许惹人讨厌，但这一次，他却是占了理的一方。

是啊，这本是李天许和罗刻的争斗，修远偏偏要跳出来帮罗刻出头，然后又公开和李天许立下赌约，整个过程公平、公开，没有任何可以抵赖的点。如今他输了，清清楚楚地输了，想要赖过去，不接受惩罚吗？

他不愿意接受这样羞辱性的惩罚，但他更不愿意做出无耻耍赖的行为。

他的耳朵里回响着一天前教室里的同学们对李天许的谩骂，无耻之徒、孬种、言而无信的小人……甚至他自己心里也是这么看李天许的。一个公开立下赌约输了却又耍赖不执行的人，他发自内心地认为这样的人是无耻的，根本入不了自己的眼。那么他又岂能变成这样的人？想要耍赖躲过去的念头刚刚升起，他就感到昨日的那些谩骂仿佛都冲着自己奔袭而来，不堪忍受。

他终于回过神来，低着头，嘴唇打战着道："不用抵赖……"

所有人又猛地转头看向修远。

夏子萱的眼眶湿润了，几滴眼泪流了下来。而在角落里更是直接传出了某些女生的抽泣声——那显然是极度崇拜修远、以修远为精神领袖乃至信仰的人。

那低声的哭泣啊，是信仰崩塌的声音。

"不要啊！"夏子萱带着哭声又喊了起来。诸葛百象气得握起拳头，狠狠砸向桌子，却又不能做得更多，那种有气发不出去的感觉让他无比难受。陈思敏原本三模考得也不错，此刻却感觉像是自己考得稀烂、心态崩溃了一般。她看着夏子萱，也跟着流出眼泪。

柳云飘也忍不住了，试图再打个圆场："哎呀，李天许消消气嘛，何必那么认真斗气呢？我们请你吃顿饭好吧？在食堂开个包间，菜随便你点，我们给你庆祝下你三模考得那么好，好不好？"

这主意不错，请客吃饭，花点儿钱代替受到精神上的巨大羞辱。夏子萱、诸葛百象和陈思敏都感激地看向柳云飘，心想一定要帮修远扛过去，大不了他们几个人凑一凑钱，哪怕李天许照食堂最贵的菜点也问题不大。

可惜李天许完全不吃这一套："呵呵，不好意思，毫无兴趣。食堂的破烂包间还是留给你们自己去玩吧。"

所有人都沉默了，没人知道该怎么帮修远。夏子萱难过地趴在桌子上抽泣起来；罗刻面如死灰；诸葛百象一只手握拳，另一只手捂脸，不断叹气；柳云飘悻悻地退回自己的座位，还听到边上有人发出冷笑："还想跟李天许献殷勤，也不自己照照镜子。"那似乎是易姗的声音。

"哼。明天早上，寝室门口，我等你。如果你跑路了，这张纸就贴你床上的枕头上。不过我相信我们的修远，应该不会这么无耻吧？"李天许得意地笑着走回自己的座位。

李天许回到座位，教室里死一般的沉默。夏子萱、陈思敏、诸葛百象和柳云飘等人又围到修远身边，不住地安慰他，轻轻拍着他的后背，握着他的手。

"我去告诉李老师，让他出面调停，终止赌约吧！"夏子萱哽咽着说。

修远眼神空洞，轻轻摇了摇头，又往桌上趴了下去。

第六十四章

无尽的屈辱

　　黑夜吞没一切。

　　这一夜，星光暗淡，孤月高悬。而那月亮的光芒又如此微弱，任凭黑暗在大地上肆虐而无能为力。或许，世间的光明与黑暗本就不是它所在意的。

　　它高高在上，不经风雨，无关善恶，只在云端俯视天地而已。苍穹之下的人们如蝼蚁般渺小，悲欢、迷惘、痛苦与挣扎都是诸神脚下的闹剧。人们在地上抬头仰望，不知何时会透过云层，看到众神的坚韧的鞋底。

　　晚自习，修远一个字都没听进去，也没有做哪怕一道题，就这么呆呆地愣在座位上。这是数学晚自习，老师严如心看着修远呆滞的样子，又见他脸上发红，不由得伸手一摸修远的额头："哟，这是发烧了啊！这都快高考了，可要注意身体啊！一天不听课也没事，你趴着休息会儿吧。"

　　修远呆呆地趴着。

　　自习结束后，他没有携带任何东西，拖着两条灌了铅的腿，一步一挪地回到寝室，瘫在床上。他呆滞的眼神透过玻璃窗，正瞧见一轮孤月高悬，冷冷清清。

　　他只觉得手脚发冷，背后尽是汗，全身虚弱无力。

　　恍惚间，无数的画面在他脑海里闪烁而过。

　　他回想起小时候被父亲责骂，小学六年级时被老师当众批评，初中有一次考差了被点名作为反例。他又想起中考失利，想起高一不断退步到被开除出实验班，想起林老师忽然消失而他遇到瓶颈，想起他用尽全力后转学失败。

　　而在未来的无数个夜晚，或许他会想起明日的耻辱。

　　或者说，是今日，因为在他辗转反侧的时候，时间已过了12点。

　　六个多小时之后，他将被李天许贴上"命运的奴隶"五个字。

　　他仿佛看见天上垂下一根绳索，吊在他的身上，从皮肉与骨骼里穿透过去，直接牵扯住他的神魂。那是命运的绳索啊，从遥远的天空穿梭而来，不急不躁地缠绕着他。

有时松一点儿，有时紧一点儿，全凭它的喜好。当它宽松一点儿时，你便无法感受，仿佛它从来不曾存在过；而当它再次收紧时，你会知道，它从来不曾走远。

修远开始感到背部在隐隐作痛。或许是由于那太过强烈的负面心理暗示了吧。他的身体变得有些僵硬，他的大脑一片混沌。

他几乎一夜未眠，只在天已经微微亮的时候才勉强睡了过去，那时大约清晨4点。

早上6点15分，寝室门响了。早起的室友打开门，门外立着的赫然就是李天许了。他一只手拿着字条，另一只手拿着透明胶，兴奋地嚷嚷着："修远人呢？要脸的话就出来履行约定了！"

修远被吵醒，疲惫地睁开双眼。这夏日里，他手脚冰冷。

他轻轻叹一口气。

忍吧。

他缓缓从床上爬起来，穿上鞋，然后站立起来，如同僵尸一般地立着。李天许二话不说绕到他身后，一巴掌将带着"命运的奴隶"五个字的字条贴在他背上。

他如同行尸走肉，毫无反应。

"多贴几根胶带，免得掉了。你自己自觉点儿，不要想着撕掉。哈哈哈！太好看了。"李天许得意扬扬，"走吧，去食堂吃饭，到外面去溜达两圈！我就跟在你后面，看看是什么情景。哈哈哈！感觉你要红了啊，修远，有没有兴趣进军娱乐圈？哈哈哈，叫我爸投资个喜剧电影，你当男主角怎么样？罗刻过来当男二号，差点儿忘了，他的封号可是'喜剧演员'呢。"

寝室其余几个人或是沉默不语，或是低声感慨："唉，何必做得那么绝呢……"

"不要多管闲事！"李天许嚷道。

寝室门口又站了几个人，这是隔壁寝室的人，是一班的学生。他们在门外饶有兴致地看着热闹。

"咦？真贴上啦？不是吹牛的啊。"

"哎哟，那是谁啊，为什么这么乖地让人贴字条啊？"

"谁知道，看着挺搞笑的。"

……

修远大脑开始刺痛，猛烈地从困倦中醒来，缓缓转头看向寝室门口围着的几个人。待会儿他将必须走出寝室楼，背着耻辱的字条穿越校园了。他感到呼吸变得急促，仿佛肺部被黑暗填满，已经塞不进空气了。

"别磨叽了，走吧！"李天许催促道。

（背景音乐：*Cello Romance*）

修远拖着脚步往门外走去。

"修远，别去了吧……"室友劝道。

而修远仿佛没听到一样，面无表情，僵硬地往外挪着步子，大脑里一片空白。

他从房门里走出来，寝室楼里更多其他班级的学生用怪异的眼睛看着他。

"背上贴的啥？"

"这人有病啊？"

"不知道，据说是打赌赌输了。"

"压力太大把人逼疯了吗？"

"看着像行为艺术。"

……

而他仿佛没有听见这些议论一样，自顾自地走下楼。

"去吃饭吧，精神领袖。"李天许跟在后面戏谑道。

更多的人围过来看。哪怕路边的人原本没有看到修远背后的字条，只要有几个人跟在后面指指点点，就会有更多的人因好奇而围过来。

"哎，那个人好搞笑啊！"

"啊，命运的奴隶，这是啥？穿越了吗？"

咔嚓一声，是手机拍照的声音。李天许饶有兴致地掏出手机连拍了许多张照片，相册里留下修远落寞而耻辱的身影。

"往前面走，该进食堂了。"

早上的食堂，校园里人流最密集的地方。学生们来去匆匆，今天却因为修远背后的字条而停下脚步。

"这是干吗呢？"

"这人发什么疯呢？"

"看着像拍话剧吧？后面有人拿手机拍照呢。"

"什么话剧啊？是搞笑视频吧？"

"啊？哪儿搞笑了，没有情节啊！"

高一、高二的学生们还没有面临高考的压力，嬉笑着围过来看，还有人也跟着掏出手机拍几张照片。

咔嚓的声音刺入修远的耳朵，让他大脑嗡鸣。

"好了，买饭去吧。"

修远木讷地走向排队买饭的窗口，原本每个窗口处都排着长队，等到修远挪动过去，排队的人又被修远身后围观的人吸引，纷纷绕到后面看稀奇，如同马戏团里围观会算术的猴子一样。

"哇，这是怎么了？好热闹！"

"不知道，貌似在围观一个神经病患者。"

"这人怎么跟个僵尸似的？你看他走路好僵硬。"

"可能在表演什么东西？"

李天许全程跟拍，兴致勃勃。修远只觉得全身发冷，大脑似乎都无法思考了。他机械地把粥往嘴里塞，目光呆滞。

他的眼里似乎充满了悲伤与屈辱，又似乎已经看不见悲伤和屈辱了。

"那人得了什么病吗？"

"好像智力有点儿问题吧。"

"啊？先天弱智吗？那他怎么上学的？"

"谁知道，可能有人照顾吧。"

李天许拍够了食堂的场景，又大笑道："真不错，心理素质这么好，上百人围观你你还吃得下饭啊！厉害厉害，要换了是我，早撞墙寻死了。哈哈哈……"

"别拍了！"围观的人群中有人冲出来去挡李天许的手机。是诸葛百象，他原本就在食堂吃饭，被李天许和修远闹出的动静引了过来。

"关你什么事！"李天许对诸葛百象吼道。

"当初定的赌约只说贴字条，没说允许拍照和录像！"诸葛百象气愤地吼道。

"那也没说不准拍！"李天许辩解道。

"行啊！没约定的就按照法律办，你随便乱拍侵犯隐私权！"

"说什么胡话，我又没发到网上去，哪侵犯隐私权了？"

"你才说胡话！"诸葛百象愤怒地叫起来，"要不是为了发出去，你拍什么？"

"留着作纪念不行啊？关你什么事。"李天许万分不屑，"又来一个想出头的，怎么，要不你和我赌一场？"

"没兴趣跟你赌这些扯淡的事！不准拍！未经允许乱拍，没发出去也算侵犯隐私权！"诸葛百象继续大吼。

陈思敏也在边上站着，面色凝重，看着李天许的手机，忽然大声道："李天许乱拍，违反约定，那修远也不用遵守约定了，因为你违约在先！"说罢就走到修远背后要撕掉那耻辱的字条。

"别乱撕！"李天许距离修远很近，一把拍掉陈思敏的手。

"啊！"陈思敏痛得叫了一声，"你干吗？！"

"谁允许你撕了？"李天许厉声喝道。他看了看周围围观的人，又看了看修远，露出奸诈的笑容："行，我不拍了。继续执行约定。"

诸葛百象和陈思敏怒目瞪着李天许，又看向修远，却见修远面如死灰、呆若木鸡地吃着自己的饭。两人又暗自惊讶着，不知道修远为什么能忍得住这般围观的屈辱。

李天许也看向修远的眼睛，又说："哼，你们看看修远的样子，他都没提出要毁约，你们急什么？继续吧。"

修远面无表情地放下碗筷，向食堂门口走去。围观的人自动让开一条道，静静看着这奇怪的场景。

"哎呀，我来读二中之前怎么不知道这学校这么有趣啊？看来没考上临湖实验也不算很亏啊，哈哈哈！"有围观的高一新生说道。

"啥啊，这是高三的精神压力太大，崩溃了吧？像植物人一样。"

陈思敏看着修远的背影，看着他背上屈辱的字，想起他曾经在国旗下讲话时的无限风光，想起他在班级讲台上的激昂与澎湃，想起几十个同学将他视为精神偶像的日子，忍不住流出眼泪。这是英雄的末路，信仰的湮灭。

诸葛百象痛苦地闭上眼睛，想起修远与他的多次谈话，想起他对自己的许多激励与启发，无法忍受这耻辱的场景，扭过头去，再也不敢看。

李天许看着诸葛百象和陈思敏的反应，颇为满意地笑了笑，然后跟着修远出食堂。

在校园的道路上，又一拨学生过来围观。

"啊，这是在干吗啊？怎么那么多人围观？"

"是不是哪个领导来了？"

"不可能，领导来了才没人围观呢，应该是哪个明星来了吧！"

"管他呢，过去看看！"

"咦，背后贴的啥？这是个神经病患者啊？"

"我的天，'命运的奴隶'？这还是个哲学家啊！"

"什么啊，更像是学哲学学到发疯的神经病患者吧！"

"也有可能是行为艺术，或者炒作，想当网红……"

各种议论声不断传来，校园小道上人声鼎沸，充满了快活的气氛。一个怪异的人背后贴着字条，给平淡甚至枯燥的高中生活增添了不少新奇与趣味。这一日的清晨，许多高一、高二的学生过得比往常开心不少。

"有趣有趣，效果比想象的更好啊。"李天许看着几百个围观的人，满意地点点头。他向四周看了看，发现陈思敏和诸葛百象并不在一旁，又掏出手机来记录这快乐的一幕。旁边一个漂亮的女生走过来靠在李天许身边："哇，已经开始拍了啊！我好像错过了不少精彩画面呢！"

女生声音甜美，打扮精致，那是易姗，她露出甜美的笑容。

"嗯，刚才拍了一段，太搞笑了。等下给你看。"李天许随口回答。

"啊，好呀好呀，真有意思呢！"易姗的声音甜如蜜。

修远全然不知，也不顾，只是一步步地挪向教学楼。

他走进教学楼。一楼走廊上的学生原本还在闲聊着，看到修远和身后一群围观的人，先是一愣，等到修远走过，他们看到修远的后背，忽然就放声大笑起来。

"这人什么毛病啊？"

"怎么看着有些眼熟？哪个班的？"

"不知道。看起来像是疯了，有心理障碍？"

围观的人目光如火焰般将修远包裹起来，剧烈燃烧着，让他觉得皮肤被灼烂。

他走上二楼，又一拨学生围过来。

"怎么回事，这么多人？"

"听说是在围观一个神经病患者。"

"这样啊……咦？那个人不是修远吗？"

十四班就在二楼，当年的同学们还认得修远。

"哈？怎么变成这样？跟疯了一样。"

三楼、四楼，又是许多围观与议论，指指点点，或是鄙视，或是厌恶，或是嘲笑。

五楼，终于到了实验班门口。早自习值班的老师还没来，但二班里已经有了不少人。他们正在讨论着修远与李天许的赌约，直到听见走廊上的动静，看向修远。

"真的贴上了！没有耍赖啊……"

"我的天，他就这样从寝室走过来啊？这起码得被几百上千人围观了吧！"

"韩信当年受胯下之辱也没这么严重吧！这个要贴一天啊。"

班长夏子萱已经在座位上了，看着修远空洞的眼神，不觉又流下眼泪，柳云飘也哭了起来。罗刻怒得青筋显现，终于忍不住冲出去和李天许打了起来，两人对骂，互相踹了几脚，又立刻被人拉开。

"垃圾，也配跟我动手。"李天许拍拍身上的衣服，"这件衣服比你半年生活费都贵，你有种撕坏了试试？"

局面几乎无法控制。

直到有人低声道："老师来了。"

李天许瞟了罗刻一眼，走到修远面前，一把撕下字条，道："放心，等课间我会再给你贴回去。"

他带着字条走了。

修远却感觉那不是张字条，而是个文身，早已渗入自己皮内。

又仿佛毒虫吐出的毒液，消融肌肉。

课间，李天许果然如约又把字条贴在修远的背上。

一上午反复几次，那毒液已经渗入骨髓，白骨变得漆黑。

中午吃饭时字条又被李天许贴上。修远趴在桌子上，一动不动。

"喂，英雄，该吃饭了。"李天许讽刺道。

修远依然不动。

"干吗，想要赖啊？"李天许不满道。

"要个头的赖！谁规定他必须吃中午饭了！他就不想出教室，怎么着？！"诸葛百象拍桌子大吼。他目睹了早上食堂的惨状，实在不忍修远再经历一回那地狱一样的场景了。

"就是啊，赌约里面又没规定他必须去哪里！"陈思敏也帮腔。

"他就是不想出去，你凭什么管啊！"夏子萱更是气不打一处来。

周围帮腔的人太多了，李天许不好强求。而且去哪个地方供人观赏确实并不在赌约范围之内。李天许也是懂得见好就收，冷哼了两声，自己吃饭去了。

"唉，没想到李天许赢了，他还是厉害啊。"

"王者风范，霸气侧漏。"

风评已经开始转向了。这世界常常如丛林，强者会有人赞叹，而道德仁义并不总是管用。

陈思敏、诸葛百象、夏子萱、柳云飘和罗刻等人看着呆若木鸡的修远，面面相觑。柳云飘低声道："修远真坚强啊，能忍到现在。"

诸葛百象痛苦地摇摇头，眉头紧蹙："他已经崩溃了。"

无人关注之处，占武回过头来看了一眼修远的眼睛，一丝微笑若有若无。

同桌刘语明忽然道："修老大，你就在教室待着吧，我去食堂给你打饭回来！"

旁边又有人道："还打什么饭，李天许都走了，直接把字条撕下来啊，想去哪儿去哪儿呗！"

刘语明一愣，说："对啊！"然后伸手准备去撕字条，却见原本如死人一般一动不动的修远忽而轻轻摇了摇头。

"这……"刘语明愣住，一时间不知所措，看向其余众人。

"唉，到底能不能反悔啊……早知道不骂李天许无耻了，我们现在反悔也没这么大压力。"

其余人逐渐离开，去食堂吃饭了。教室里只剩下修远、诸葛百象、罗刻、柳云飘、陈思敏、夏子萱几人。

夏子萱哭出声来，柳云飘也哽咽着："修远，撕下来吧，真的，他不能把你怎么样的……"

是啊，就算自己撕下来又能怎么样呢？李天许能怎么样？并不能啊。可是修远如果真愿意抵赖，早就自己撕下来了，甚至一开始就不会让李天许贴上去。

诸葛百象摇了摇头，无可奈何地走了出去。

罗刻看着眼前的场景，只觉得无比心痛，猛然冲出教室去，不知所终。

陈思敏低声道:"也不知道刘语明有没有帮忙带饭。我再去买一份吧。"

10分钟后,陈思敏返回教室,手上提了一份饭,放到修远桌上。

"修远……"陈思敏见修远一动不动,并没有吃饭的打算,轻轻唤道。

他依然一动不动,将脸埋在手臂间。

"让他一个人安静会儿吧……"夏子萱终于红着眼睛说道,"我们去教室外面吧,就在走廊上待着,等下别让李天许进来,一直堵他,堵到午自习开始,老师进教室。"

陈思敏明白过来。李天许的言语讽刺对修远会有更大的伤害,把他挡在门外,等到老师来时再放进来,要么老师看到字条,插手终结此次赌约;要么至少能让修远安静地过一个中午吧。

"唉,修远真的不该再继续执行这个赌约了……"夏子萱又感叹道。

"难啊。"诸葛百象万般无奈,"那天晚上李天许没来,我们都以为他输了,要逃跑了,教室里一片辱骂和鄙视李天许的声音,如果修远此刻终止赌约了,那些声音就相当于骂修远了……两相比较下来,这种精神痛苦未必就比现在轻了。"

"可是……唉。"夏子萱也不知如何解释,反正她觉得,目前的羞辱是不可忍受的,至少是她不能忍受的。如果是她,她一定会不堪其辱,选择赖账或者逃跑,"修远性子太倔了,他不肯赖账,不知道谁能劝得动他……咦,我想起来了!他好像跟十四班的一个女生很熟,要不要叫她来劝修远?"

"天啊!千万不要!"诸葛百象惊叫道,"那对修远的打击就更大了!这不相当于多了一个人来围观吗?最好让那个女生从头到尾都不要知道此事!你还真是不理解男生的心思啊……"

夏子萱意识到问题所在,不再言语。

诸葛百象慨叹一声,心想:一个众人敬仰的英雄,忽然沦落到被千人围观嘲讽,世间还有更严重的屈辱吗?韩信当年受胯下之辱,性质虽然恶劣,但过程较短,以时间来算,也不过是被围观羞辱了大约半小时吧。修远被这样围观羞辱十几个小时,怕是只有古时候罪大恶极游街示众的囚犯才会有的待遇了。可是囚犯是因为犯了伤天害理的大罪啊,修远又做错了什么呢?

所幸李天许回寝室睡觉忘了时间,错过了中午再次羞辱修远的机会。李天许睡眼蒙眬地走进来的时候,李双关差不多该进教室了。李天许努努嘴,将修远背后的字条撕下来:"啊,睡过头了。字条先存起来,课间再贴上。"

诸葛百象、陈思敏、夏子萱等人心里盘算着:晚上再给修远带一次饭,不让他出教室门,减少被围观的机会;晚上晚点儿走,校园里的人差不多散尽了,黑灯瞎火的时候再回寝室,这一天的屈辱就算结束了吧。

这样想着,几人才稍稍放下心来。

第六十五章

斗智斗勇——保护学霸的计划

午自习期间,二班看似平静,全班学生却各自思绪翻飞。诸葛百象回头看着眼神空洞的修远,心中有无尽感慨。他忽然想起自己一生所经历的痛苦、绝望和屈辱,恐怕没有一件能与今日之修远相提并论了。他简直不敢想象如果此事发生在自己身上,当作何反应。自己恐怕早就崩溃发狂了吧?

罗刻扭头看看修远,也是一阵叹息。修远今日之辱说到底还与他有点儿关系,他却不能帮修远做些什么。他看着修远的苦难,联想到自己一生中的种种艰难困苦,更觉得悲从中来。

下午第一堂物理课,讲解了上周的一次小测评的试卷。讲完压轴题的时候,差不多也就下课了。

"好了,多选题的最后一题,还有压轴题都很典型,是力学、运动学、电磁学的综合。好好改错,有不懂的再来问……"

"老师先别走!我没听懂!"忽然有人高声叫道。循声看去,竟然是诸葛百象。

"啊?"物理老师一愣,问,"哪道题,哪里没听懂?"

"多选题,为什么B选项是错的啊?我算的答案B选项是对的啊!"诸葛百象争辩道。

"咦,刚刚不是说过了吗? B选项明显不对吧,这里要用冲量的公式,不能直接用总体机械能守恒……"物理老师还在奇怪,平时成绩优秀的诸葛百象怎么连这道题也不会做了?

夏子萱、罗刻、陈思敏、柳云飘等人倒是反应过来了,也纷纷嚷起来。

"老师,我就是用了冲量公式啊,算出来还是B选项啊!"陈思敏跟着叫道。

"对啊,不算总体守恒,而是把运动过程拆解开以后,一步步地用机械能的算法算,算出来也是B选项吧?"罗刻也叫道。

夏子萱、柳云飘等人跟着也嚷道:"对啊,我也觉得B选项是对的啊!"

这下倒让物理老师有点儿怀疑了，怎么班里最优秀的几个学生全都异口同声地说那个错误的答案是对的呢？难道是自己算错了？不可能吧？

"怪了，我们一起再算一遍。不同的思路做出来应该是一样的答案才对啊……"物理老师于是在黑板上开始运算起来。

李天许也终于反应过来了——这几个人是想活活把课间时间拖完了！这样老师一直在教室里，修远就不用被贴字条了！

"唉，你们怎么回事？你看我算的，B选项明明是错的嘛！你们哪一步没算对？"物理老师用冲量、分步骤机械能守恒等几种不同算法分别算了一遍，证实了B选项确实是错的。

"哦，不好意思，中间有个数算错了。"诸葛百象耸耸肩，让物理老师备感无语。

"算了算了，有问题就该提出来，小误会没关系。"

这一题刚刚讲完，台下又有人喊了起来："哎，刚才那题并不难啊，真正难的是最后一题啊！"这正是修远的同桌刘语明。

还来！又想拖延时间！见这么多人护着修远，李天许有些愤怒了："老师，该下课了！要上洗手间！"

物理老师看向李天许，正在犹豫是不是该下课了，还没做出决定，立刻又听见有人喊起来："要上厕所你自己去呗，我们还要听课呢！老师快讲啊，压轴题好难啊！"

诸葛百象、陈思敏、罗刻、柳云飘、刘语明等人纷纷响应，班级里叫嚷声一片，不禁让物理老师又怀疑起来——咦，这次压轴题有这么难吗？怎么这么多人不懂啊？难道我没讲清楚？只得道："啊，想上洗手间的同学可以自己去啊，剩下的同学一起再来看看这道压轴题的关键步骤……"

护着修远的人太多，李天许只能强压下怒火，只身走出去。

修远僵硬的肢体终于活动了一下，感激地看着诸葛百象等人。但终究很难打起多少精神来。

一下午，每节课的课间都有不少人闹着要问问题，不让老师走，几乎就没怎么正常下课过。老师们还在暗自感慨，看来学生们还是很好学的啊！高考临近了，学生们的学习积极性越来越高了。就是问的问题有点儿奇怪，很多基础题非说不会……

李天许不吭声，不知道在想些什么。

陈思敏、夏子萱对视一眼。照他们这样的护法，对修远的侮辱差不多可以挡下来了。

下午下课后，该吃晚饭了。夏子萱主动来到修远身边，说："修远，你还是待在教室里吧，我去帮你买饭。"

李天许站在边上，冷哼一声："哼，好多护花使者啊，都没机会让你出去遛一遛了。字条贴上吧。"说着把印着"命运的奴隶"的字条往修远背上一贴。夏子萱厌恶地瞪了他一眼，李天许却回以微微一笑。

诸葛百象不悦道："现在我们可是完全履行了赌约的，没有任何耍赖的地方！"他生怕李天许找碴儿，更增加修远的痛苦。

"知道。"李天许冷笑道，"我也没有任何违约的地方。"

两边对峙了一会儿，李天许终于走了出去。

班级里没有多少人了，夏子萱去买饭了，罗刻、诸葛百象和陈思敏也去吃饭了。修远一个人趴在座位上。

对于他来说，这一天太过漫长，仿佛一个世纪一般。这一天他所感到的耻辱，似乎已经超越了这一生耻辱的总和了。一整天，他全身发抖，紧咬着牙，大脑里一团糨糊，心跳飞快，一会儿额头发烧，一会儿手脚发冷，背后又直冒汗。他甚至在中午趴在桌子上时，都感觉如梦魇一样，早上被人从食堂一路围观到教学楼里的场景在大脑中反复播放，逼得他几乎要失控发狂。他大口喘气，硬挺着忍受极端的痛苦。

好在有一帮朋友护着，从下午到晚上，这些痛苦剧烈地减弱了。

夏子萱带了饭回来给修远："这一份给你的，多打了几个菜。"她自己也还没吃，带了另一份才回来，就在教室里陪着修远一起吃了起来。

"谢谢……"修远有气无力道，"我把钱给你吧……"

"算了算了，这点儿钱不用纠结了，你快吃吧。"

修远也不再说话，低头准备吃饭。忽然走廊上传来议论声。

"哪一个啊？哦，哈哈哈，居然是真的！"

"太搞笑了吧？行为艺术家啊！"

"好像还是个名人？那次在台上演讲的就是他吧？"

"是啊，灵魂人物啊！不过现在好像有点儿'秀逗'了吧，哈哈哈……"

修远听到这些声音，忽然觉得全身再次绷紧，一口饭几乎咽不下去。夏子萱大惊，扭头看去，只见教室窗台上趴着几个外班的学生，对修远一阵指指点点。

李天许就站在这些人旁边。

夏子萱一愣，不知道是怎么回事，修远却反应过来了——那些是李天许叫过来围观的人。

就这么发愣的一小会儿工夫，有几个人来到走廊上，凑到窗边："哪儿啊？哪儿啊？真的假的？"

"看看看，那一个！太搞笑了吧。"

"啊，围观一个神经病患者这么有意思吗？答案是，确实挺有意思啊！哈哈哈！"

"唉，这恶趣味，真是——让人喜欢啊！"

"难得一见啊！对了，'命运的奴隶'是什么意思啊？他跟魔鬼签了契约吗？"

……

围观的人越来越多，几乎把整个走廊占满了。

走廊本就不宽阔，有十几二十人在走廊上就显得满满当当了，而现在，在窗边、前门、后门处围观的人，至少有三四十个了。有些大胆的甚至直接走进教室里来看热闹了。

夏子萱蒙了，不知如何应对。

修远看着走廊上几十张狰狞的面孔，听着刺耳的调笑与讽刺声，只觉得全身快要爆炸了，痛苦地埋下头。

诸葛百象吃完饭回来，看到走廊上站着这么些人，对着修远大声调笑、指指点点，大吃一惊，怒吼道："怎么回事？哪来这么多人！"

李天许漫不经心道："哦，我在各个班里都有些朋友，最近学习压力大，需要找点儿乐子放松一下嘛。"

诸葛百象顿时明白了，这是李天许作的妖。只需在全年级各个班里有七八个熟人，每个熟人再把班里闲着无聊、爱看热闹的同学叫上四五个，就能搞出这三四十个人的阵势了。

"你！"诸葛百象想不到李天许居然能使出这么无耻的招数，一时间气得说不出话来。

"干吗？我又没犯规。只准你们想办法，我就不能动动脑子吗？"李天许挑衅道。显然，这是为了报复他们帮助修远的应对招数——既然你们让修远不用出门被人看见，那我就把人叫上门来围观。

陈思敏、柳云飘、罗刻等人也吃完饭来到教室，被走廊上的景象震惊了——这到底是怎么回事？

夏子萱愤怒地冲出来："走开！不要围在我们班门口！"

那几十号人还没做出反应，李天许立刻接道："不用走！不进班里去就行了，他们站在走廊上有什么问题？走廊是你家的吗？"又转头对那些人打招呼："各位亲爱的兄弟姐妹，走过路过不要错过啊，百年一见的趣事，赶紧看啊，有手机的拿出来拍照啊！"

虽然学校管制手机，但总有人偷偷带着的。现在，真的有两三个人拿出手机开始拍修远的窘迫样子了。屏幕里，修远背后"命运的奴隶"五个大字无比清晰。

陈思敏、罗刻、夏子萱等人几乎气得浑身发抖。诸葛百象又吼着："不准拍照！你违规了！"

李天许立刻又辩解道："我没有拍，所以我没有违规。他们要拍，我管不了，你有本事就去管啊，有种你去法院告他们啊。哈哈哈！"

显然，法院可不会受理这种鸡毛蒜皮的小事。

陈思敏率先反应过来，大喊着："跟我进来！"然后拉着众人冲进去，拉上窗帘并关上门——这样他们就看不到修远了。然而声音总是挡不住的，门外羞辱和调笑的声音此起彼伏。

"唉，这人是故意炒作呢，还是高考压力太大，已经疯了？"

"看样子像是疯了，可能原本就有神经病的潜在基因。"

"啊，很像啊！神经病是可以遗传的吧？可能是家族神经病啊。"

"我看他这个样子高考很难考好啊！据说原来是个学霸，但是现在已经疯了，怎么办？"

"没事，去考艺术专业啊！很多艺术家本身就是精神有点儿问题的！"

……

各种戏谑越来越难听，毫无尊重可言。可惜声音这东西太难挡住，窗帘和门毫无作用，每一句话都如同带毒的飞刀，直插入修远的耳朵里，他痛得生不如死。

李天许的小计谋成功了。

高三的学生本就苦闷无聊，总有些已经放弃了高考、对自己没有什么期望的成绩垫底的学生，需要在这无聊中找点儿事情做。刚好，修远背后贴字条的奇怪惩罚正击中了他们的兴奋点，让他们在无聊地等待高考的时间里找到了一点儿恶臭的乐趣。这就像是一个病毒式传播的营销方案，莫名其妙地一下就火了起来。

走廊上的人越来越多，而且一拨拨地不断更换。这一批人看够了戏，心满意足地离开了，下一批好事者又围了过来。而你又不可能完全把门封死了不开，因为其他同学总有正常进出班级的需求。每当进出一个人，门一开，围观的人就透过门缝往里寻找那个背后贴字条的怪人，一饱眼福。李天许更是故意频繁地进出教室，众人拿他毫无办法。

所有人都蒙了，不知道如何应付李天许的奇招。

这一日，修远仿佛在地狱里游了一回，火烧、冰冻、锤打、鞭抽，诸多酷刑一样不少。晚自习前的一个多小时里，走廊上一拨拨地换人，就没有安静过。

"出名了，出名了，我感觉高考状元都没他有名啊！"

"是啊，高考状元年年有，这样的奇葩搞笑大咖可不常见。"

"怎么不出来走走啊？让我们饱饱眼福啊！我看高兴了可以给你打赏的嘛！"

"是啊是啊，可以打赏啊！"

"没错啊！出来直播打赏啊！"

走廊上又掀起了"直播啊""打赏啊"的叫声。

修远趴着一动不动，宛如死人一般，诸葛百象看着已经崩溃的修远，忍无可忍，冲出去大吼："闭嘴！"

"关你什么事！走廊是你家的啊！"

"我就爱看直播，你管得着？"

两边吵成一团，直到有偶然路过的老师把人群驱散："干吗啊？怎么这么多人聚在走廊上？都是哪个班的学生啊？赶快回去上自习！都什么时候了，不高考了啊？"

围观的人勉强散去，走廊上安静下来，修远却觉得大脑轰鸣，嘲讽和侮辱的声音不绝于耳。

晚自习终于结束了。

按照陈思敏等人的安排，修远留到最后全校快要熄灯的时候再走，这样学校里的人已经很少了，不会再有围观的人了。

晚自习结束时是10点，李天许离开教室前，心满意足地说道："今天这一天可太有意思了。修远大神，到12点结束，还有两个小时，你自觉点儿，不要提前撕下来哦，可不要当无耻之徒啊！我先回去睡觉了。哎呀，今天好像兴奋过头了，有点儿困了呢。"说罢离开教室。

看着李天许离开，众人稍稍松了一口气，回头看向修远。

这一天，也终于要结束了。

他的苦难终于到头了。

可是真的到头了吗？如此剧烈的精神伤害，就在高考前不到20天的时间里，谁知道会持续多久？会对修远后续的学习状态造成多大的打击？众人试问自己，如果受到这样剧烈的伤害和侮辱，还能正常学习吗？能保证不崩溃就不错了。夏子萱心想：自己现在是能上末流985学校的水平，如果受到这样的侮辱，可能要精神崩溃，高考说不定连一本线都上不了。

修远纵使要坚强一些，又能好到哪里去？

这正是李天许的算计。

他的算计太恶毒了，不仅给了修远一天的侮辱，更让他系在高考成绩上的人生被命运撕裂得粉碎。

他的算计又太精准了，能成功，而且打击深刻，真的能够改变修远未来的命运。

又过了约一个小时，晚上11点了，教学楼要熄灯了。这一个小时里，修远待在教室里，诸葛百象、夏子萱、罗刻、陈思敏、柳云飘等都留在教室里自习，一边自习，一边守着修远。一个小时里没有出什么问题，李天许也没有再出现，教室外也没有多余的人员围观。

大约终于平静了吧。

"我先回去了，困了。"诸葛百象说，"后面应该没什么问题了。这栋楼11点30分锁门，修远看着差不多到点了也可以走了。"

陈思敏又从窗户里伸出头去看了看整个校园，说："学校里也没什么人了，应该不会出问题了。"

修远有气无力道："今天谢谢你们了。都回去吧，我自己一个人静一静。"

众人互相对视一眼，点点头，然后离开了。

空荡荡的教室里只剩他一个人。

他手里抓着一支笔，翻开书，惯性地想背背单词，默写一下数学题型的结构化，却发现手还在发抖，指关节隐隐作痛——心理上的痛苦，已经能够传递到肉体了。他叹口气，将笔插进裤子口袋里，站起身——双腿发软地——在教室里徘徊着。

他看了看陈思敏留给他的手表，11 点 30 分了，又看看窗外，校园里已经没什么人了，可以回去了吧。

终于结束了。

第六十六章

绝望的天台

夜已经深了,校园里无比安静。这初夏的夜晚掩盖了白天的燥热,一切喧嚣与纷扰被黑幕遮掩,营造出一片宁静的假象。

修远拖着疲惫的身体走下楼去,没有遇到一个人。每下一级台阶,背后贴的纸在空气中摇曳,就会发出与衣服摩擦的声音,在寂静之中显得分外刺耳。

他完全不知道这一天是怎么过来的,一生都没有经历过如此巨大的痛苦。与今日之屈辱相比,中考失利、作为班里倒数的五名被实验班淘汰都不值一提了。他在心中苦笑,人的苦难真的可以无穷无尽啊,总有一个可以击碎你最后的防线。

若是几年之前,他早已经被击倒了,彻底失控了。今天他还能撑到现在,已然是个奇迹——但也只是勉强撑住而已。他隐隐知道,他的心态已经崩溃,大脑一片混乱,甚至连身体都跟着起了诸多负面反应。后面两周多的时间他如何准备高考?他又如何走上高考的考场?以现在的状态,不要说深奥的压轴题了,就连大量中等难度的题目也不是这崩溃的脑神经能够带得动的了,如同被撕扯得磨损的电线撑不住使用正常的家用电器一样。

这样的状态,其实已经算得上遭受严重的心理创伤了,许多严重的导致学生重度抑郁乃至自杀的校园霸凌,造成的心理创伤程度也不过如此了。按照标准处理程序,他需要立刻休学并进行心理干预,至少要半年的心理康复治疗才能稍稍缓解,并要在余生的许多个日夜里不断挣扎,以求今日地狱般的折磨不要将自己的心吞噬。

然而这一切都无法执行,因为高考在即,他不可能休学,更没有钱去找什么心理医生。他不知道该怎么面对未来,只能短暂地歇息着,苟且偷生。

就在这一刻,无人围观,无人侮辱,他只能在此处稍作休息。

他又从教学楼的正门向寝室走去,幸好路上依然没有人。他低着头,向寝室挪着步子。他用大脑中勉强留出来的一线清醒思考着:我该怎么办?我的高考该怎么办?以目前的状态,考清华、北大什么的就不用谈了,就连保持平时能上中上游 985 学校的水平都不可能了。大脑一片混乱，心智已经不是损耗而是几近毁灭，连正常的思考都做不到了，还怎么复习？怎么高考？又要多长时间才能恢复过来？

他感知着自己内在崩塌的精神碎片，不断地体会着人生被毁于一旦的绝望。

他努力回忆着曾经学过的安抚情绪的方法，可惜诸如呼吸法之类的方法此刻已经派不上用场了，就好比特效感冒药可以治头痛，却治不了肿瘤转移到脑部的重病。冥想？他不知道冥想有多么大的威力，可是他平日的冥想并没有练得多么深入，此时也难以依靠它来救急了……

他想不出任何方法能够自救。

他想：我没救了。

他低垂着头颅在沉寂的校园里挪着步子，直到听到前面传出人的声音。

他惊愕地抬起头，意外发现一群人，大约十个，正等在他回寝室的必经之路上。

这里是从教学楼回寝室的必经之路，就在操场入口旁边，这里忽然出现了十几个人！

等他抬头的时候，距离已经非常近了，足以看清那些人的脸了。站在最前面的那个女生，分明是舒田！后面一群人便是十四班的诸位同学，鲁阿明、叶歌海、梅羽纱、杨乾智、樊龙等人都在。

他愣住了，为什么这里会忽然出现十四班的众人？

舒田等人见了修远，纷纷向他走过去："修远，这里！"

修远彻底蒙了——这到底是怎么回事？"你们……怎么在这里……"他看见舒田小步跑过来，想起背后那耻辱的字条，想起自己曾经对舒田的帮助，想起舒田对自己崇拜的眼神，再次全身颤抖起来，只觉得刚刚脱离了野兽的洞窟，又坠入魔鬼的冰窖。

舒田略感奇怪道："不是你叫我们来的吗？有个人跑到我们班里来，说你要找我们，趁着高考最后两周时间，教我们一些临时冲分的方法，让我们晚上11点多在这里等你……"

李天许！又是李天许！

修远几乎要歇斯底里了，却又感觉全身力气被抽空了，嘴唇颤抖着道："没有……他骗你们的，我没有……"

可惜已经晚了，叶歌海已经发现了他背后贴的字条，惊叫道："啊，你背后有个东西！谁跟你开玩笑呢？"

他一喊叫，十几个人立刻全部围了过来，颇为诧异地看着修远："啊，真的有个东西，谁贴的啊？"

舒田也被引起了好奇心，想绕过去看看，却见修远一脸慌乱，一步步往后退："不要看了！你们被骗了，你们被骗了……"

"啊？那家伙开玩笑的啊？"

"呸，那人真无聊，骗我们玩啊！"

"修远，那你把那张字条撕下来啊！"

修远脑袋发蒙，根本不知道如何跟他们解释，他已经连解释的力气都没有了。他已经受了一天的侮辱，此刻却觉得再也无法忍受，忍不住把手伸向背后，把那字条撕下来。可他又仿佛被诅咒了一般，手臂僵硬无法扭到背后去。他又想起班级里几十人一起骂李天许无耻之徒的情景，那些声音仿佛一瞬间全都向自己涌过来，让他更加痛苦不已。他瞪大眼睛看着十四班的众人，一步步地向后退，突然猛地一转身，奋力向操场深处的黑暗里狂奔而去。

这是他最后的力气。

"修远！"舒田等人不明所以，也不知该如何应对眼前怪异的场景。修远为何背后有字条？为何突然发疯了似的跑了？为何眼神如此晦暗？为何……

来不及反应，修远已经消失在黑夜里。

"可能是被人恶作剧贴了字条，不好意思吧？"

"那也太夸张了吧……"

"修远……"舒田略显担心地呢喃着。

他一个人奔跑入绝望的黑暗，远离了路旁的灯光，丢失了视野，两腿飞速地捯着而又颤抖着，终于扑倒在操场上，脸重重地摔在操场的泥土里。所幸这不是水泥地，而是长着草的足球场，所以他没有受重伤，只是脸上沾满了泥土。他呆呆地趴在泥土里不知多久，感到寒冷，终于爬起来。

他立在黑暗的操场中央，不敢再向寝室楼走去，只得向着操场上寝室楼的反方向走。

然而他也不知道要去哪里。

他失魂落魄地绕来绕去，终于绕到操场主席台旁边的一座小矮楼边上。这是学校的库房，楼顶可以上去，面积还挺大，只不过平时除了一些维修工人没人会上去而已。主席台两侧的灯刚好能照到库房矮楼的楼顶天台，修远或许就是被这黑暗之中的光芒引了过去吧。他一瘸一拐地爬上通往楼顶天台的窄小梯子。

那些绝望到极致的人，总不免要找个高处登上去。有些想要从高处一跃而下，有些想要在高处看清远方的路，又有些，也许只是想在高处吹吹风而已。他不知为何要爬上去，但他却终于爬上去了。

然后他在楼顶看到一个人。这人蹲在天台边缘处的地上，手上拿着一块红色的砖头碎片，借着主席台上的灯光，在水泥地上写着什么字。

"占武？"他一愣，"你怎么……"

占武一回头，看见修远，也有些意外。

"吹风。"

"吹风？"

夏日的夜晚，没有阻碍的高处确实风更大一点儿，原来占武就是在这里乘凉。真是不一样的人，连乘凉都选择不一样的地方。

占武看着修远，嘴角忍不住露出一丝笑意。

笑他吗？今天的修远遭受了无尽的嘲笑，背后贴着一张字条在校园里招摇过市，又被人追到教室里围观，如同动物园的猴子一般。好笑吗？实在太好笑了。修远已经无力和占武争吵些什么了。

"今天很特殊啊，被人游街示众了一天。"占武轻松道。

"……"

"背后的字条还没撕下来呢？"

"愿赌服输……"修远有气无力，低下头。

"愿赌服输，精神可嘉。"

修远忽然抬起头看着占武。他是毫无争议的最强者，就连狂傲的李天许也不敢招惹他；他次次稳拿第一名，甚至成绩稳定在700分以上，对他而言考上清华或北大毫无压力；他考前心态放松，情绪平静，甚至还有心情在这里吹风乘凉；他从小一直优秀，直到现在，直到未来，都不会有任何坎坷。

是啊，初中常年第一，稳压卢标；中考全校第一、全市第七；高中又是常年第一，稳上清华或北大。可见未来他又将是热门专业的高端人才，一生衣食无忧、名利双收已是看得见的道路。

"世界上，怎么会有你这样的人……"修远喃喃道。与自己历经无数坎坷相比，占武的一生太顺风顺水了，实在是命运的宠儿。至少在高中阶段，他从没见占武遇到过什么困难，而自己却经历了无数波折与苦难——中考失利，被实验班淘汰，学习多次遇到瓶颈，转校失败，以及今日的奇耻大辱。他无神的眼睛如同深渊里的灰烬，死死盯着占武。

"我怎样了？"占武淡然道。

"不用经历这么多的迷茫、这么多的痛苦、这么多的屈辱……"修远低下头，目光扫向地面，"平庸命运的卑微，你可曾体会过些许？无尽苦难的绝望，你可曾经历过一点儿？凡人的局限……"他喉头哽咽，说不出话来。

占武不再看修远，站直了身体，背对着灯光，面向操场上广阔的黑暗。他的身后一片光明，眼神透过黑暗。修远抬头看向他，看见灯光打在他的背后，停在他的侧脸处。他的耳朵被灯光照亮，眼睛停留在黑暗里。他的身体便是一道分界线，冷酷的脸庞一半光一半影。

修远跟着占武的目光看向操场的黑暗，一无所见。

不知多久以后，占武转身，向着修远身后的楼梯口处走去。他要回寝室休息了。

他不看修远一眼，没有表现出任何想要与修远交流的欲望。

他从修远身边擦身而过时，听到修远喃喃道："我还曾经想要向你学习，却不想你这样天赋异禀的幸运儿，与我这样被命运唾弃的人，毫无可比性。我所经历的黑暗与绝望，你永远不曾经历、不会经历……"

在某一瞬间，占武的身体微微停住，嘴角在黑暗中稍稍勾起，然后走过。

他下楼了，终于只剩下修远一人留在楼顶天台。

第六十七章

人物传：占武——神相篇

天空阴云密布，电闪雷鸣。

一切，将要结束了。

14 岁，身高 143 厘米，体重 36 公斤。

他费力地站在楼顶天台的边缘处，在风中摇曳，不知何时将要坠落。他眼神一片灰暗，仿佛纸张燃尽之后的空虚与幻灭；脸色惨白，却又泛着灰暗的黑气。他的皮肤如枯木般干裂，肌肉如沙砾一般松散而不成形；骨骼纤细，右腿膝盖处骨裂且错位。

他呼吸不畅，鼻塞，肺部刺痛，横膈膜处堵塞，消化不良；脊柱弯曲，佝偻；大腿根部皮肤溃烂，脚底皮肤皲裂，长水疱；舌根发苦，呼吸中有腐臭的气味。

他全身缠绕着死亡的气息。

他大脑纷乱，念头闪烁，却又全都围绕着一个念头——死亡。

他的身体表面飘散着一些残余的憎恨，如同熄灭的篝火最后的几缕青烟。曾经在虚弱时，他用极为强烈的憎恨来驱动自己，提供力量。憎恨燃起黑色的火焰，燃烧他的生命之元，深入骨髓。如今骨骼被掏空，与皮肉一起暗淡下去。他带着憎恨的信念，却再也无法调动出力量。

他虚弱地呼出一口气，心想：我已经没有憎恨了吗？

他以憎恨为动力，已经好久了。皮肉和骨头里没有憎恨的力量，倒是让他觉得陌生。他憎恨什么？脑海里闪现出无数痛苦的画面——父母的殴打与精神虐待，老师的羞辱与斥责，同学的欺辱、孤立、嘲笑和拳脚霸凌……

他有太多可以去憎恨的东西，而他却没有了憎恨的力气。

他站在教学楼楼顶，低头看下去。操场上是一群在大雨降落之前慌忙逃窜的学生，路边有抱着一堆试卷行色匆匆的老师。侧边马路上，一辆辆汽车飞驰而过，尖锐的鸣笛声混杂在狂风里，交通灯闪烁，斑马线上行人奔跑，小孩摔倒，家长大叫。

他站在楼顶俯视着一切，忽然感到一切都很渺小。

操场上，学生很渺小，身形如蟑螂；篮球如一只蚂蚁；老师不过是一个移动的色块。马路是灰色的长条，汽车如爬虫；更远地方的人，只是一个卑微的黑点。

他看着这些渺小的人、事、物愣神，只觉得他们越来越小，蜷缩在浩大的天地间。他又惊觉，那曾经在他生命中出现的欺辱和虐待他的人，一样如此渺小。

他背负着沉重的苦难，这些苦难当然是源于那些欺辱、虐待他的人——无亲情可言、只知打骂压榨的父母；冷漠、无能而又凶恶的老师；卑劣、残暴又尖酸刻薄的同学……所以他也一直因憎恨着他们而产生驱动自己前行的力量。可今日在这风雨飘摇的楼顶天台，他俯瞰着众生万物，忽然觉得不仅仅如此。那无边无尽的痛苦与背负，不可能只来源于这些人啊！他身在其中，最清楚苦难之重，最清楚绝望之深。

那样惨绝的痛苦，必然是有更宏大的源头。

他终于仰起头，看向天空。

天空阴云密布，云层交叠之处如同天空丑陋的裂痕。闪电在云层中窜动，雷声隆隆，仿佛是对凡俗众生的恐吓，天威滚滚。一道闪电终于劈了下来，破裂云层而出，直穿过远处旷野的地面，巨大的炸裂声传来，校园里传出几声女生的惊叫，惊叫又被狂风吹散。

街上的行人有伞，风一大，伞就拿不住乃至被刮落。凡俗的世间有意志，命运若残酷，意志就被粉碎与湮灭。

他看着天，暗想：一切的一切，都是源于你啊。

如果他没有这样的父母与家庭，只是个孤儿，他也不会经历这沉重的痛苦，可他偏偏有；即便有这样的父母，如果能有几个友好的同学给他些许温暖，他不会经历这样深重的苦难；即便遇到残酷的同学，如果他的学校与老师能够正常一点儿，对热爱学习的学生给予一些鼓励，他也不会陷入无尽的绝望。他意志强大，逢山开路，遇水架桥，无数次绝处求生，却依旧难敌天意，仿佛命运为他特殊定制一般，给他制造无穷的困境，一浪高过一浪。

人力终有穷尽时，天命之能无绝期。

他的大脑中出现宏大的画面，那是他的一生，他的欲望、意志、挣扎与哭喊。他看见自己在人海之中，被推挤、踩踏，匍匐在地面上。他早看见那踩踏的人面目狰狞，此时又终于看见那些人身上都吊着绳索——肩膀、手肘、手腕、手指、背、腰、腿、膝盖、脚踝……每一处都连着大大小小的绳索。这些绳索抖动着，牵动着凡人的一举一动。

他顺着绳索看去，目光直追到云层里，遥不可见。

他终于看到自己的身上，也吊着重重的锁链。如此沉重的锁链，任他如何挣扎也挣脱不开。

又一声雷鸣，大雨倾盆而下。

他抬头看天，任由雨水砸向自己枯萎的脸，乃至击中眼球。

他凝神看天，如此安宁而又深远。他逐渐感到周围的一切都消失了，只剩下他，只剩下这黑暗的天。他开始忘却熙熙攘攘的来人去物，紧紧盯着黑暗无边的天空。

一切都源于你，一切都是你。
我的敌人从来没有其他，只有你。
我愤怒与憎恨的从来没有其他，只有你。
他的眼角与脸庞上流淌着水，分不清是雨水还是泪水。眼神灰暗，脸上肌肉僵硬，仿佛对一切都无动于衷。
可是那又如何呢？一切终将结束了啊。
他终于又低下了头，看向楼底下的地面。
他将要终结。
我怕死吗？他问自己。他心如死水，暗自冷笑，我所经历的比死亡更加痛苦万倍，又怎会怕死呢？
他拖着骨裂的右腿，又往前迈了一步，左脚踏过天台地砖的分界线，距离坠落的边缘只有半步之遥。
生死一线之间。

（背景音乐：*Pilgrimage*）
他的大脑忽然再次回忆起无数的画面：
他不想被父母说是废物，他开始学着像班长那样预习课文，课前看课文，抄写公式；
他害怕背古诗背不出来被打麻将输钱的母亲怒吼，被醉酒的父亲痛打，于是摸索着定期复习；
他找老师问问题，被老师说是题做少了，不解答就把他赶回来，他只好反复抄老师的 PPT、板书和解题步骤；
他狠狠握着拳头，下定决心要为自己而活下去，省了饭钱买便宜的辅导书加以练习；
他被老师批评不会提问题，于是反复逼着自己提问、预习、写提问表；
他对老师产生心理阴影，耳鸣、眩晕，无法听课，老师又不准他去问其他老师，于是他逼着自己自学，自己给自己讲课；
他被老师干扰，不准他学习其他内容，只能坐着发呆，于是他只好学会凭空回忆学过的内容；
他被老师撕碎写了"优+"的作文本，说他不配得"优+"，他只能大哭后在笔记本上反复写着稚嫩的鼓舞自己的话；
他下狠心一定要上好学校，上临湖实验初中部，发狂地逼着自己提高成绩，不允许出现看错题和计算错误，不惜自残，不惜用最野蛮的训练方法，把每一道看错的题目连看十遍、五十遍、一百遍，甚至偷了同学不要的口算练习册来训练计算精确度；

他千方百计弄到了母亲用来赌博的钱去买奥数辅导书，发狂地自学、练习，以一己之力攻克他人需要专业奥数老师带领入门的高难度内容。

……

可在天命之下，这一切又有什么意义呢？

他不甘，想在其中找到一些意义。过程的精彩？路上的风景？感人的故事？这些拼搏与努力都是在为自己争取希望啊，如同黑暗中的人向着光明伸出手。可是希望本身的生存与毁灭又是被结果决定的。结果失败，那便是希望的破灭，希望的破灭又会生出绝望。而结果是单纯靠努力可以决定的吗？即便你努力到极限，超越一切凡人之所能，也无法确定能胜过天意。

所以希望本是空中楼阁、沙上城堡；绝望更如黑夜鬼魅，如影随形。

乃至越是强烈的希望，越会生出惨烈的绝望。

可是难道要从一开始就放弃希望吗？万一命运本没有那么残酷，只在人生前半截设置了些许坎坷呢？

他没有再思考，反正在他这里，命运已经彻底明晰，要给他无穷无尽的绝望。

所以"过程的精彩""路上的风景"之流好听的词汇，在他无边的痛苦与绝望面前不过是自我麻痹的说辞而已。

或许凡人对抗残酷的天命本无意义吧？如果在挣扎之后，命运厌倦了、放手了，便给人营造出了胜利的假象，诸如"不要放弃希望，花朵终会盛开""一切努力终会有结果"等鸡汤言语。而碰到自己这般命运惨绝的，便是撕破了天命之下卑微人类的遮羞布，看尽凡俗肉体的无能。

那么，为什么不去死呢？

有这苦难无穷、黑暗无边的烂命，我根本不怕死啊；我所受的苦难与痛苦，早已超越了死啊，他想。他再次看向天空。是天要我死吗？

过去的每一分都是痛苦，未来的每一秒亦不会有可期的光景，他想。

天空中乌云越发浓密，雨越来越大，他周身全湿。温度因大雨骤降，他的身体寒凉入骨。

痛苦是无穷无尽的啊，他想。昨日的苦难已于昨日产生痛苦，昨日的苦难又于今日带来痛苦。今日的苦难化作明日的昨日，明日又以今日的苦难而痛苦相续。步步败退，时时困苦，何时才是安息之时？

这一生中，他步步皆是苦难与绝望，何时曾得过安息？

他站在天台边缘，缓缓张开双臂，身体前倾。

一切绝望便于此刻平息吧。
他将坠落。

又一道闪电呼啸而过,进而天雷炸响。他死水一般寂静的心灵因受惊而微微一动。
他身形定住,愤怒地想,便是死前的这一刻也不让我真正安宁下来吗?一定要打一个雷来惊扰我吗?
死亦不得安息吗?!
他的一切念头都于此刻破灭。

他怒目瞪向天空,咬牙切齿,又燃起些许不知从何而来的恨意,伸出一只手,两指做剑指状而指向天空,用尽全身残余之力朝天怒吼——
"啊!!!"
他的怒吼被风雨和雷鸣声轻易覆盖,无人听见,他却怒吼不绝。
"啊!!!
"来啊,一道闪电劈死我啊!
"来啊,狂风吹落我啊!不是我自己跳下去,你把我吹下去啊!
"来啊,尽你之能,继续制造无穷的困境来围攻我啊!"
他嘶吼,而目光直射天际。
他这一生都任由黑暗在背后追杀,而他在前方奔逃躲闪。这一刻,他终于转身,灵魂透过眼睛直视最深处的黑暗。
他脸上的狰狞逐渐消失,剩下磐石般的坚毅。
他的躯干消瘦,手足却不再颤抖。
他的剑指指向天际无穷处,仿佛是一场最终的对峙。
狂风再吹,他不摇动;雷电再响,他不惊扰。
轰——隆——隆——隆——隆!电闪雷鸣!
他静静地站在天台上,直视天空。
他再也看不见楼下的人,看不见周围的建筑物,甚至看不见云雨雷电,他的目光忽然透过一切,直抵天空无穷无尽之处。
他仿佛灵魂进入虚空之中,广大无穷,深远无穷,寂静无穷。
他仿佛生命已经终结,又仿佛生命也无穷。
在那虚空之间,他感到自己的肉体消解,只剩下精神与意识。
起初,虚空里闪过人来人往、高楼霓虹之景;
接着,虚空里掠过高山密林、江河湖海之象;

随后，虚空里浮现星辰日月、银河无际之光；

最终，一切虚幻归于平静，而他直盯着虚空最深处如如不动。

他的手亦指向虚空最深处，仿佛穿越一切迷局。

风雨不减，雷电不宁。

他的大脑开始轰鸣。

他的身体开始颤抖、震动。

仿佛是在他的灵魂之内或是之外，开始产生新的能量。

如丝丝水迹，

如涓涓细流，

如滔天大浪，

如瀚海无边，

绝望与黑暗轰然粉碎，痛苦与迷茫化为云烟。

力量的气息从更深处涌现出来，如细流注入骨髓，越来越满，充斥其间；然后一点点外溢，浸润肌肉；最终穿透皮肤，环绕身外。

他仿佛身披一层金光，更仿佛那光芒由内而外，照得身体每一个细胞透亮。

他感到身体发热，寒凉的气息仿佛流出体外，骨髓最深处的阴冷逐渐消散。然后肌肉充盈鼓胀，皮肤坚韧。他的腰椎和下腹仿佛热气澎湃，接着后腰发热，然后似乎有一股热流顺着脊椎往上冲去。最后周身遍热，在狂风冷雨之中手脚发热，强劲有力。

他的气息下沉，呼吸循环直至下腹。左手自动张开并绷紧，筋骨带着皮肉透出很强的力度。右手以剑指指天，如轩辕利剑，又如羿射九日之箭。身躯挺直而神情坚毅，仿佛通天之塔。目光如炬，仿佛有烈焰纷飞，燃亮虚空。

他的恨意忽而再次燃起，汹涌滔天，却不再将他身体覆盖，仿佛凝聚成一股可控的气息，附着在右手的剑指上，利刃和神兵再多一层威力。

他长久地站立在天台之上，天空之下万物寂静，如置身虚空。所有的希望湮灭，绝望亦随之湮灭。希望破灭后又露出懦弱与虚妄，他看到希望的光明本是现实的偏离，看到现实的偏离本是无勇气应对现实的世界，然后颠倒妄想，悲喜沉浮。

如果我不惧死亡，为何要惧怕现实？

生死之惧若了，一切惊惧皆当了。

于是懦弱与虚妄亦破灭。

他直视天空，神情冷峻，意识空灵。

命运跌宕起伏，无希望，亦无绝望；世事成败流转，无难，亦无易。

苦难无生亦无灭，意志无灭亦无生。
因为心在此处不在他处；
因为念在此时不在他时。

世界纷繁复杂却又清宁单一。
天命作祟，那就战！
此刻战！
此处战！
不论胜败，来则应战，心神安定，不拒不迎。
此刻战，我便与此刻合一，即战即合。
此刻之外再无他刻，战之以一息安定，即刻永恒。
应无穷天命以无穷意志，
不灭之意志不以凡俗欲望生。
不以好斗勇猛生，
不以求生惧死生，
不以万人鼓舞生。
我即是意志，无生本生；
我今愿是，我今即能。
天地四方，无来无去；
古往今来，不生不灭。

这无源之源便为一切力量之源了，而一切开合明灭尽在我手。

我是，超越希望与绝望的战斗之魂；
我是，破碎懦弱与虚妄的金刚之拳；
我是，断灭过去与未来的永恒一息；
我是——

第六十八章

寂静之夜

　　修远颓然地站在天台上，占武淡然地从他身边走过。他轻轻叹了一口气，抱怨命运又有什么用呢？羡慕占武的命运和天赋又有什么用呢？

　　他失神地看着无尽的黑夜。操场主席台边上的灯只照亮了库房楼顶天台的一块面积，在茫茫黑暗之中显得突兀。天台的水泥地上微微明亮，光明之中投下他黑暗的身影。修远低下头，看着自己的身影发呆。

　　终于，他的余光瞟见了天台边缘上的几行字。他猛然想起来自己刚上天台时，占武正蹲在地上用红砖写字，地上的字正是占武所写。他在颓然之中也生起一点儿好奇——占武写的什么？

　　他挪了几步过去，只见地上用砖写的文字笔力遒劲，但又不同于那些标准的书法字体。修远不通书法，只觉得那字很特别，但又说不出有什么感觉。修远再看那字的内容，更觉得一头雾水。

　　"这是……这是什么？"修远喃喃道，"占武写的随笔吗？还是日记？不像啊，日记应该找个日记本写吧……"

　　他又盯着看了一会儿，依然不明所以："'放下凡人的身份'……那是什么？'破灭幻想'——破灭什么幻想？

　　"'每一刻都是永恒'……为什么一刻是永恒？是什么重要时刻吗？

　　"'天地四方大光明，古往今来大无畏'……好大气的句子……

　　"'过去的余波'是什么？过去……余波……

　　"'百兽嘶吼，天地为我狂歌'……好有气魄，狂放，野气……"

　　修远边看边想，不过不明白的地方太多了，越看越疑惑，一种怪异的感觉在心里隐隐升起来。

　　唉，杀神占武，考上清华或北大不在话下，离高考只有十几天的时候，居然还有闲情逸致深夜到天台上写些不知是日记还是随笔的东西啊。人与人之间的差距，真的比人与猪之间更大啊。他有这番雅兴，至少说明心情很放松吧。反观自己，却是经历了地狱般的一天，遭几百上千人围观羞辱、冷嘲热讽。

更重要的是，他再次陷入迷茫，对整个世界与人生。

为何，我会沦落至此？

修远感到稍微恢复了一点儿力气，试图做一点儿自我安慰。他奋力地想：我到底遭遇了什么？要说三模考试成绩，自己其实已经考得很好了，分数是历史新高。在这个时间点上，其他学生若是要情绪崩溃，必然是因为高考压力太大、模拟考试成绩不好导致的。自己发挥优秀，又何须崩溃呢？

这是他对自己的安慰，这安慰也很有道理，毕竟对于一个高三学生来说，高考成绩才是最重要的，理性地说，要比今日遭遇的羞辱重要得多。可是这样的想法起到的自我安慰效果微乎其微，并不能让修远好受多少。

我究竟为什么这么痛苦和绝望？

直接原因当然是今日遭遇的巨大羞辱。可是既然这羞辱只是短期的刺激，根本比不上高考重要，为什么还能让自己绝望到这种程度？修远隐隐感到，背后更重要的是一种信念的覆灭。羞辱的起因是他的成绩低于李天许，而更早的起因则是，他想要为罗刻证明一个信念——后天的努力可以超越天赋与资源，甚至再进一步，证明命运是可以改变的。

是啊，这种对信念的执着才是此事的内核。

而输给李天许便仿佛是信念的毁灭，各种围观嘲讽和羞辱也在此基础上才发挥了巨大的威力。信念的毁灭如同太阳的坠落，黑夜降临之后，各种羞辱才如同邪魔鬼怪一般铺天盖地而来。

可是自己的信念为何这么容易就被毁灭了呢？他忽然回忆起，正是在旁边的操场主席台上，自己曾经发表过一通振奋人心的演讲。他高喊，要燃起最纯粹的战斗之火；要有不灭的意志、永恒战斗的无尽能源；他是为抗争命运而生的战士；他意志不灭，从起点到终点……

无数的豪言壮语，铁骨铮铮，为何突然就消失了？

虽然给自己立志向和目标而又半途而废的事情他也经历过许多次，常有间歇性有鸿鹄大志、持续性混吃等死的情况——可是之前那一次演讲不同啊！当时他明明感觉到，自己是真的已经通透了，已经从内而外地有所领悟了，已经……总之，他至今记得当时自己所爆发出的巨大的力量，那种从灵魂深处爆发出的不惧一切困难、绝对不会被打倒的力量。他一生中从未有过那样强烈的力量，仿佛通达天地、内外明澈、无坚不摧。

而这无坚不摧的力量，今日却被摧毁了。

细想起来，真是讽刺啊。

修远在这天台上，感受着夏日夜晚的凉风从自己皮肤上拂过，看着地上占武所写的不明所以的怪异文字，忽然又想起上一次演讲事件之前，也是偶然碰到了占武，偶然被占武所启发而获得了巨大的力量。那时自己正处于巨大的低谷之中，那种怀疑世界与人生的感觉，正与今日类似。

修远忍不住又凑过去看了看地上的文字。

没有人能两次走进同一条河，但这条河与那条河未必就有太大的区别。细细品一品那些文字，或许会再有些启发呢？就仿佛上一次听占武说了几句话，就莫名地拥有了巨大的力量一般。

"似乎比上次说的话更难懂了啊……"修远轻轻叹气，"'超越希望与绝望'，说得很好，可是怎么超越呢？像我这样受到羞辱、信念崩塌而绝望的人，怎么超越绝望？嗯……'超越希望'又是什么意思？放弃希望？放下希望？希望与绝望又是什么关系……"

他越想越多，越想越乱。有些东西完全看不懂，有些东西好像能看懂，却又感觉懂得肤浅，未必就是真懂。

"似是而非的句子太多了……可是以占武的水平，必然不会写一些无意义的东西吧？应该是我的能力跟不上他的文字了……"今日的修远原本就很衰弱了，这会儿思考占武的奇异文字更想得头晕，"算了，先抄下来吧，有空再去研究……"

一愣神，忽然想起没笔没纸。手往口袋里一插，啊，有一支从教室里带出来的笔。可是没纸啊，要不就写在手上吧。再一看，那"几行字"倒还有点儿多，细细一数得有二十多行，一百多字。

"手上也写不了那么多字啊……"

算了吧。

他看着那文字，忽然想到之前班里在流传临湖实验高中的天字一号学神安谷所写的《谷神密语》，而占武也颇有兴趣地从他这里要去看了看，还记了下来。

"那这一段文字，可能是他对《谷神密语》的回应？"修远暗想。

他看着文字呆住，忽然就地坐下来，闭上眼睛，做出冥想的姿态。

他已经许久没有认认真真地练习过冥想了，然而在此夜他忽然来了兴致，安安静静地坐了下来。他的背后是那张写了"命运的奴隶"五个字的字条，他的面前是占武所写的文字，他的四周是无边的黑暗。

而他安坐在此，一片寂静。

或许是夜深了，天地帮他滤去了浮躁；或许是风清凉，带走了他乱如尘埃的焦虑。他逐渐陷入寂静之中，似乎比往日的冥想更能安下心来。

在寂静之中，某些信息忽然从他脑海中闪过。他回忆起当初诸神之会时占武与安谷的对话——

何谓凡人？

希望与绝望。

何谓希望？

懦弱与幻想……

即战即合……

即刻永恒……

凝结意志于此息，没有过去，没有余波……

……

这些信息在他的大脑里闪烁穿梭，如同流星雨一般忽明忽灭，最终都归于平静。

修远还停留在寂静之中，操场上空忽然传出微弱的警铃声——那是晚上12点学校值班人员下班的提示声音。

是的，晚上12点了。

这一天终于真正结束了。

修远缓缓睁开眼，忽然想起来，自己的背后还贴着那张羞辱性的字条。按照约定，要到12点赌约才算结束，字条才能撕下来。"终于……"

修远吃力地反手扯去背上贴着的字条，看着纸上"命运的奴隶"五个字。又一愣，他忽然意识到就用这张纸写字。他将这张纸铺在地上，蹲下去，提笔将占武所写的字句一行一行抄下来。

姿势别扭，他抄得很艰难、很慢，抄着抄着却又感觉越来越平静，之前那绝望而虚弱的感觉快速减少。

这一段文字也没有标题，或许是占武还没来得及写标题就被自己打断了吧？修远心想：干脆自己给他加一个标题吧。既然学神安谷所写的名为《谷神密语》，那么……

他在抄写文字的纸顶端正中间郑重写下四个字——

"武神密语"。

他小心地把这张纸收好。这一张怪异的纸，正面写着"命运的奴隶"五个字，反面抄有一篇名为《武神密语》的文章。

我于此刻放下凡人的身份，
超越希望与绝望。
我于此刻破灭一切幻想，

超越懦弱与虚妄。
我以肉体与灵魂点燃意志之火，
直至死亡火焰不灭。
我于即刻之中发现永恒，
凝结意志于此息，每一刻都是永恒。
当黑暗笼罩，以我意志燃烧。
当恐惧来袭，以我一息安定。
烈焰纷飞，黑暗消亡，天地四方大光明！
虎啸龙吟，妖邪退散，古往今来大无畏！

物来则应，
物去不随。
不随人之身语，
不随我之虚妄。
不随过去的余波，
不随今日之纷扰。

是以，我于即刻战意勃发，
命若惊涛，
气如烈焰，
百兽嘶吼，
天地为我狂歌！

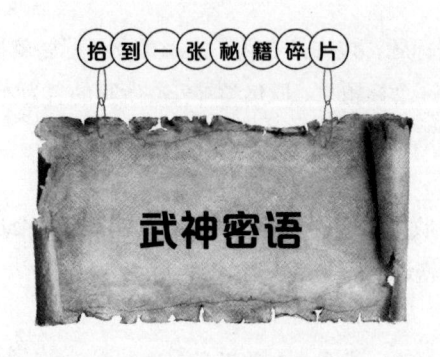

拾到一张秘籍碎片

武神密语

第六十九章

高考前状态调整

　　修远回到寝室时已经很晚了，轻声上床睡下。他把那张写有"命运的奴隶"和《武神密语》的纸塞到了枕头底下。夜渐深了，寝室里很安静，只听见室友呼吸的声音。校园也安静，微风吹过树叶摇曳的沙沙声响，在校园里隐隐飘荡。

　　修远清空大脑，缓缓做深呼吸，白日里的羞辱与绝望逐渐淡化，心情复归平静。修远心中暗想：这真是奇特的一天啊。白天遭遇了巨大的羞辱，情绪崩溃，晚上莫名碰到占武，抄了他的一段话，在夜色里安静地坐了一会儿，然后那些如大浪滔天一般的绝望又逐渐平息消散了。

　　这样沉重的打击，他原以为至少是几个星期，甚至几个月都难以缓过来的——然而却似乎轻易地飘散了。

　　他心想：这就是所谓过去的余波吗？这余波，可以影响到今日与明日，也有可能不会产生太大的影响。你若拦住它，主动陷进去纠缠不放，这余波或许就要经年累月了；而通过某些特殊的方式，或许只会产生很小的影响，须臾即过。

　　真是神奇啊，难道外界困境对自己的影响，竟是可以通过某种方式来自行控制和调节的吗？可是又该怎样控制呢？今天如此快速地度过了一场情绪上的大劫难，修远自己都感到惊异，为什么自己恢复得如此之快？对比往常与痛苦纠缠在一起的情况，又有哪些区别呢？似乎与占武所写的那段话有关？但也许又不仅仅如此。

　　想着这些超越自己理解能力的事情，修远逐渐睡着了。

　　再醒来的时候，是早上 6 点 20 分左右，他被寝室里的声音吵醒。一睁眼，只见床边围了几个人，有同寝室的室友，还有诸葛百象与罗刻，同桌刘语明也从隔壁寝室过来了。

　　"啊？怎么这么多人？"修远睡眼蒙眬。

　　"啊，来看看你，休息得怎么样了？"诸葛百象问道。

　　"还行吧……怎么感觉好像我在住院一样，一群人来慰问我？"

"啊，主要是怕你心灵受伤，所以来看看……"罗刻试探着问，"昨天……对你没什么影响吧？"

罗刻实在是不会说话，昨天那样惨烈的羞辱怎么可能没有影响呢？其他人瞟了罗刻一眼，赶紧关切地看向修远，却见修远一脸轻松："啊，好像挺刺激的，过去了就过去了吧。今天好像感觉还不错。"

"哈！挺刺激？"诸葛百象倒是一愣。根据他对人的心理与情绪的理解，昨天那样巨大的羞辱，是极有可能要造成沉重的心理阴影的，如果条件允许，不仅要立刻进行心理干预，还要长期跟踪治疗才行。然而修远却说"挺刺激的"？今天居然感觉还不错？

"哇！修老大厉害，心理素质过硬啊，比石头还硬！"刘语明叫起来，"佩服佩服！不愧是大哥啊！"

其他人也缓过劲来，露出轻松的表情，倒是罗刻与诸葛百象对视一眼，对修远的轻松有些不敢置信。难道是修远在刻意隐瞒、故作轻松？可是看他的表情也不像啊。罗刻看到修远的眼神清明透亮，神色泰然；诸葛百象也觉察到修远肢体放松，精神十足。

难道他真的这么容易就恢复了？太厉害了吧！

昨日如此惨痛的经历，诸葛百象与罗刻仅仅是旁观者就感觉惨不忍睹、不忍回顾，而亲历者修远却处之泰然，实在是无法理解。

"你们起得也挺早啊，先去吃饭吧，我还要收拾、洗漱一下。"修远道。室友们纷纷去食堂吃饭了。虽然正式的早自习7点才开始，但李双关要求学生们6点45分到教室提前开始早读，余下的吃饭时间也就比较紧张了。

"你们怎么不去吃饭？"修远见罗刻与诸葛百象还在寝室里没走，随口问道。

"啊，我们……我们等你一起去吧。"罗刻道。

眼瞅着四下没有其他人，诸葛百象又低声问道："修远，真的没事吗？千万不要憋着、忍着，有什么想法就说出来吧，别把我们当外人。"

诸葛百象自是好意，修远轻松一笑："昨天晚上睡觉之前就恢复得差不多了，现在情绪稳定，心态放松，这一劫算是过了吧。你们可能觉得奇怪，昨天白天那么惨烈的经历，怎么那么容易恢复过来？其实我自己都觉得很诧异，没想到自己这么皮糙肉厚啊，哈哈！"

"这……"听修远的话，他倒是真的没有掩盖，而是确实恢复了。诸葛百象更加惊异了，这与他十几年来积累的心理学知识不相符啊。

"不过话说回来，或许与这个东西有点儿关系吧。"修远说着从枕头底下抽出昨天收藏的那张字条，递给罗刻与诸葛百象。

罗刻接过字条，一展开，发现居然是昨天修远背上贴着的字条，不禁眉头一皱："这怎么还留着？"诸葛百象却发现纸张背后还有字，伸手抓过字条："后面是什么？"

两人凑在一起默默看了起来。

"好深奥……"过了一会儿,罗刻感叹了一句,"这是什么啊?你写的?"

修远摇摇头,道:"我抄下来的。你看标题。"

"'武神密语'?什么意思?"罗刻一时没反应过来。

诸葛百象忽然瞪大眼睛:"武神……密语?谷神密语?难道是……"

"没错,占武写的,我抄了下来。"修远点点头,"看了以后感觉挺舒服的,昨天原本感到很虚弱,看完它之后,好了不少。似乎比《谷神密语》更适合我啊,以后就用它来做积极心理暗示了。"

诸葛百象与罗刻又对视一眼,更加不敢置信了——因为看了这一段文字,所以心态就恢复了?太诡异了吧?

"……命若惊涛,气如烈焰,百兽嘶吼,天地为我狂歌……什么意思啊?算了,回头再好好研究吧。"罗刻说,"既然没事的话,赶快去食堂吃饭吧,早习要开始了。"

修远喃喃着重复了最后几句话——百兽嘶吼,天地为我狂歌,又想到了昨日李天许的张狂与欺辱,不由得暗笑起来。

是啊,真是百兽嘶吼,天地狂歌啊……

5月底,距离高考只剩两个星期,班里氛围紧张。修远面无表情地进入教室开始早读,其他人看了他一眼,似乎一切又恢复正常了,昨天的骚乱只是一段偶然的小插曲。教室里背诵英语单词的声音响亮,念叨语文诗词和生物知识点的声音穿插其间。那头李天许得意地看着修远埋头读书的身影,面带笑容,似乎还在回顾昨日胜利的喜悦。他知道修远埋头不与人说话是心理受了重创,进而复习与高考都会受到巨大影响,自己蓄谋半年多的计划也终于实现了。

在仅剩的两周多时间里,各科已经全部复习完毕,只剩下无穷无尽的刷题与查缺补漏。学生们的状态也是两极分化,或是焦虑不堪,或是干脆休闲起来,因为觉得只有两个星期,复习也复习不了什么,一副大局已定、不必勉强的样子。

相比起来,临湖实验这种省重点学校的学生就更加淡定一些。复习还在继续,并没有丝毫松懈,但情绪并不紧张,显出有条不紊的样子。

"这个周末去二中看看,可能需要你弟弟帮下忙。"卢标拍了拍妖星的肩膀。

"去二中干吗?"妖星疑惑。

"你没看通知吗?我们的高考考场分配到二中了,要去看看,最好能进教室。"

"啊,这么倒霉啊,抽签抽到去二中考试了。不过有必要提前去看吗?还要进教室?"

"有必要,因为会影响到考试的状态。"卢标正色道。

"哈？"妖星又疑惑，"这有什么影响？"

"这属于考试策略的一部分——考前状态调整。高考最大的风险在于临场紧张、发挥不出全部实力。要想不紧张，需要调整自己的考前状态。最基础的内容就是让自己身心放松，适当加强体育锻炼调整身体状态。除此之外，还可以通过熟悉考试场景来提升高考发挥的稳定性，因为我们会被抽签分配到自己不熟悉的地址去考试。人在熟悉的环境里更容易放松，更容易发挥出正常的水平，不容易失误。如果不提前熟悉环境，临时直接去考试，阴沟里翻船的概率会变大。"

"熟悉二中？你不是之前在二中待过半年吗？还需要熟悉？"

"虽然待过，但是这次的考场教学楼不是我原来待的那栋楼，依然需要熟悉一下。"

"这么仔细？"妖星又问，"不过你只看一次也算不上熟悉吧？"

"去过一次总比没去过好，而且可以通过大脑模拟来加强。"

"通过大脑模拟来加强？这又是什么意思？"妖星又困惑了，"你这家伙花样还真多啊，解释解释吧。"

"很简单，去过一次以后，记住路线和周围环境，记住考场那栋楼里面的教室布局，还可以拍几张照片辅助记忆。然后做大量的高考模拟试卷，按照高考的模式来做，严格计时，且学科的时间顺序也与高考一致。

"做模拟试卷的时候就可以用上之前记下来的场景了。不要直接开始做题，而是先做大脑想象，想象自己从家里出发，进入二中，进入教学楼，走进考场坐在课桌旁，暗示自己，这就是高考。然后再开始按照顺序限定时间地做高考模拟试卷，如此一来，就相当于在大脑内进行了一次真实的高考。"

"这样操作……"妖星微微眯起眼睛，"唔，似乎会有效果啊，大脑的自我欺骗会发挥作用，与真实的高考混淆，就好像真实的高考进行过好几次了，于是紧张感自然降低……"

"嗬，你倒是理解得快。我中考之前就做过这个模拟，效果很好。第一次模拟的时候真的产生了比较紧张的感觉，模拟了两三次之后紧张感就降低了不少。等到中考的时候，我已经模拟了七八次了，基本上就轻车熟路了，算是发挥出了正常的实力。"

"然后以全市第九进了二中。"

"……"

妖星冷不丁地嘲讽了卢标一句，卢标一脸怨念地瞪着他。

"啊，开个玩笑……嗯嗯，我是说，其实这方法原理不复杂。人对任何来源单一的情绪都会在不断重复中逐渐变得麻木。比如玩游戏，最开始玩很兴奋，但如果不切换场景，同一个关卡重复地玩，两三次以后兴奋感就会降低，重复十几二十次就不会觉得有任何好玩的地方了。所以游戏必须不断切换场景，正是因为同一个场景会让人的情绪麻木。

"同理，高考让人紧张，因为高考的频率太低，没法频繁经历，但通过大脑模拟却能间接实现不断重复经历高考，于是紧张感就在不断地重复中越变越低。"

"嗯，怎么样，去吧？"

"行，我联系下我弟。"

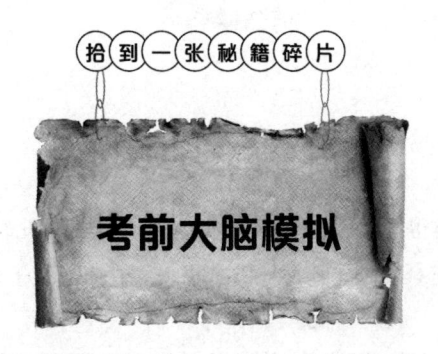

拾到一张秘籍碎片

考前大脑模拟

第七十章

卢标的感悟

高考临近,周末难得放了两天假,因为要给学生们一点儿时间和空间去调整状态。不过大多数学生依然选择留校,依然在教室里自习。周六下午,兰水二中高三实验二班里居然坐得满满当当,就仿佛根本没有放假一样。

"你们倒是有闲情逸致,要来看环境?"诸葛百象从教室里走到校门外,给了妖星和卢标两个校牌——这是他提前借到的,"卢标,好久不见,你考上清华或北大应该稳了吧?"

"不好说,还得看临场发挥。"卢标淡淡一笑,"你看,连熟悉考场、缓解紧张这种小策略都用上了,就是为了冲清北。"

"嗯嗯,你要是不说我还没意识到,熟悉考试环境这么重要呢。这次我们班的人虽然大多数是在本校考,但学校里也有不少教学楼是我们之前没去过的,说起来也有必要去熟悉一下。"

卢标和妖星分到的考场正是二中高三年级的教学楼,诸葛百象将他们带到一间教室前,道:"这就是你们的考场了。环境就是这个样子,无非就是到时候会清场,把桌子重新摆放一下。"

"嗯。"卢标一路上四处瞻望,又拿手机拍了好几张照片,仿佛间谍在做侦察一般。

妖星随意看了看,对熟悉环境这件事情倒是没有卢标那么重视。或许是因为他本身心态更好,压力没有卢标那么大吧。卢标志在清北,而妖星作为一个有潜在上清北实力的人,却是只要考上985学校就够满足了,于是就基本没什么压力了。这种无压力的状态,加上妖星自己的心理修为,原本就不容易紧张。

"你好像最近几次模拟考试都考得不错呢?不会是作弊了吧?"妖星忽然转向诸葛百象道。

"滚!"诸葛百象白了妖星一眼。

"那你怎么进步这么大?吃了兴奋剂也不会有这个效果吧?你这分数距离我都不太

远了。"

"滚！"

"唉，别那么绝情嘛，大哥我诚心向你请教呢。"

"没听出什么诚意。"

"啊！我知道了！肯定是我给你辅导起效果了，你不好意思承认对不对？"

"……"诸葛百象有点儿无语，"你还真是会给自己脸上贴金啊。"

其实妖星的辅导不过是讲解了一些知识点、提供了一点儿资料而已，虽然肯定会有用，但不至于产生决定性的影响。甚至诸葛百象愿意接受他辅导这件事情，就已经是在某种改变发生之后才会出现的。

"另外我看你状态还蛮好的嘛，好像一点儿都不紧张？这心理素质，都快赶上我了，啧啧啧，真是了不起啊……"

诸葛百象又白了他一眼，懒得理他。

旁边的卢标终于熟悉完了环境，也参与到这兄弟俩的对话里来。"听说百象从610分左右提高到650分了？这个分数段能提高40分，非常难得了。其实别说妖星了，我都很好奇是怎么提起来的？高三这么紧张焦虑的环境，很多人都是状态越来越差的，你却状态越来越好了，很厉害啊。"

"哎，虽然是赞扬的话，但是从你卢标嘴里说出来却感觉有点儿怪啊……你都到能上清北的水平了，我哪敢在你面前装厉害？"诸葛百象笑道。

卢标却正色道："这不仅是分数的问题，状态调整本身就是门学问。说实话，我高三一年没什么进步，一直是那个在清北分数线边缘吊着的水平。你在高三不断进步这一点上，原本就比我厉害。"

"这……"诸葛百象一时语塞，"啊，对了，我给你们看一个有意思的东西吧。"诸葛百象转移了话题，然后掏出一张写了十几行字的纸。

"什么有意思的东西？嗯？你写的？不对，看起来有点儿深奥，不像是你的水平……"妖星边看边喃喃自语。

"你看东西就好好看，不要废话行不行……"诸葛百象十分不满。

倒是卢标一眼看到了标题，惊异道："武神密语？武神……难道是占武写的？"

"占武？"妖星听到这个名字，一时愣住。没错啊，这样深奥而又气势非凡、大气磅礴的文字，应该是占武的风格啊。

诸葛百象点点头："上次你们给我的《谷神密语》也在我们班流传开了，占武也看过。后来他写了这段文字被我们发现了，我们推测，这可能是一种回应吧。其实这段文字本没有标题，是我们给它取了个《武神密语》的标题。"

卢标紧紧盯着纸上的内容，微微皱着眉头思索。"超越希望与绝望……破灭妄想……懦弱与虚妄……懦弱……"

妖星见卢标静心品味文字，也不打扰，自己也细品起来。一时间，几人陷入沉默。

"虚妄……懦弱……不能接受考上清北之外的学校，是强硬还是懦弱？对未来有强烈的期待，不能接受一点儿对规划的背离，这是坚守还是虚妄？希望的本质是什么？是否存在放弃绝望而只保持希望的可能性？凡人执迷于希望与绝望又会有什么后果……放弃……"

卢标喃喃自语着，思绪杂乱，最后也只能叹一口气："一时半会儿是领悟不透了。"随后掏出手机拍了照片，大概是要留以后再研究了。

妖星也不说能否看懂，只是耸耸肩："值得细品，比安谷的文字更强势一些，确实是占武的风格。"

卢标跟着感叹："是啊，正是最适合占武的风格，最适合占武的身份……"

"适合……适合？"妖星听罢随口道，"从结果上来看，当然是适合的，但若是只说'适合'这两个字，就仿佛在说这是老天给他安排的一样。但实际上对于占武这样的大神来说，恐怕要说他自己选择的更贴切——这是他愿意接受且想要的身份。"

卢标忽然愣住。"适合"这个词，不适合用在占武身上吗？他一直以为，是要"适合"才好的啊，是要内外匹配、承前继后才好的啊！可是他理解了妖星随口而说的话，他的意思是，从旁观者的角度看，以结果而论，占武的现状当然是适合他命运特性的，至少是部分匹配的。但从先后顺序而言，如果说是适合，那就是依然有一部分是顺应命运而生的，乃至被命运塑造的、天定的。而如此强大的占武，又岂能是被命运塑型的？

所以，占武的身份，与其说是"适合"占武，倒不如说，是占武自己选择的，他想要这样的身份。

"那么，我呢？"卢标只觉得内心震动，忽然想到了自己。与禅师谈话过后，这些日子里他一直在纠结，怎样的身份才是适合自己的？然而他却没有换一个角度想——怎样的身份是他自己想要的？

他又想到占武与禅师会谈时曾说过的一句话——我是，即我能。他忽然自己又在心里补了一句——我愿，即我是。

他愣在那里，只觉得忽而日月旋转，天地变得无限广大，那个他挣扎其间的暗室粉碎，四面墙崩裂垮塌，然后他置身于无限广袤的天地间，仰望天空，蓝天白云无边无界……

他喃喃着："我愿即我是，我是即我能……哪有什么适不适合，只需问自己所愿即可，这才是真正的强者啊……"

看着卢标自言自语的样子，诸葛兄弟俩对视一眼，耸耸肩。过了一会儿，卢标终于从那愣神的状态中走出来了，妖星与卢标一起逛了一阵子，然后离开二中，打了辆出租车，返回临湖实验了。

"禅师与占武都跟你有过交流，你似乎也从两人那里都受到过启发，哪一头对你的帮助更大一点儿呢？"出租车上，妖星问卢标。

"这……很难比较啊。要说对我的影响，可以说安谷带我上路，而在路上遇到了占武，给我指了未来的方向。其实安谷和占武都是世所罕见的人杰，又何必比个高低呢？安谷天资聪慧又受到极细致的培养，各方面能力出众，境界高深，凡是在她身边的人，都能从她身上学到不少东西。"卢标说着，又想起自己刚才受到的启发，道，"而占武出身贫寒，却凭一己之力逆天改命，凡人封神，如那个同学所说，占武这种人，仅仅是活在这个世界上，让人看到他，就算是对世界的贡献了……"

妖星与卢标离开之后，诸葛百象又找来夏子萱、修远、罗刻、陈思敏等人。卢标用大脑模拟来增加熟悉度、降低高考紧张感的方法，诸葛百象从妖星那里听来，就立刻分享给了修远等人。

"我们几个考点都在7号楼，那是高二的教学楼，我们也没有去过。按照卢标的理论，需要去熟悉一下。"

"我觉得这个方法很有道理啊！"陈思敏兴奋起来，"越熟悉的东西越不容易引发紧张，环境也是一样的嘛！多做几次模拟去熟悉，高考就更不容易紧张到发挥失误了！啊，没想到卢标都去临湖实验了，还能给我们带来新的策略方法呢！太好了！"

修远点点头："没错，不知道效果有多强，但理论上肯定会有一定的效果，那就可以去做了，哪怕只有一点点的帮助也不要错过。把所有细节都做到极致，争取在高考时做出最强一击！"

几人绕着7号楼走了一圈，从正门进去，然后分头去看考场。修远的考场是三楼高二六班教室，罗刻、诸葛百象在四楼的高二三班，夏子萱在二楼高二十五班，柳云飘、陈思敏则在一楼高二二十班。

修远爬上三楼，一个人在走廊上踱着步子。高二的学生在周六下午已经放假走人了，教学楼里没多少人。修远在考场外透过窗户向内看去，看着暂时还凌乱的教室。一周多以后，他将在这间教室里参加高考。三年了，不知不觉三年过去了啊。三年前他因中考失利而来到这所二流中学，命运就此被改变。三年来，他几经沉浮，经历过堕落，经历过奋力拼搏，经历过迷茫，最终又披荆斩棘奋勇前行。一周后他将在这间教室里参加高考，再次迎来决定命运的关口，这一次，他会成功吗？

教室里还很凌乱，课桌密集地排在一起，桌面上各种杂物堆叠——课本、水性笔、笔记本、试卷、水杯、书立……一周以后这些杂物都会被清空，变成整整齐齐的考场。高中三年将在这里终结，而新的旅程即将开启。

修远深呼一口气,将大脑内的杂念排空。现在还不是感慨和怀念的时候,高考还没有结束。他认真查看了环境,甚至闭上眼睛在大脑里模拟了几次高考的场景——教室呈现考场状态,自己从教学楼门口走进来,进入整齐的教室,教室里坐满了考生,讲台上面站着两名监考老师,自己则坐在座位上考试。

等到回教室以后,他将反复多次进行这样的大脑模拟,并按照高考科目顺序完成试卷,实现尽可能逼真的对高考场景与流程的模拟。

十几分钟后,修远下楼,其他人都在楼下等着了。

修远随口问:"都熟悉完了?"

夏子萱说:"嗯,其实差别不太大,看一下就够了,更重要的应该是大脑反复模拟高考流程了。"

"后面几天就是反复做模拟试卷了。"罗刻道。

陈思敏又强调:"不仅仅是做模拟试卷,还要在大脑内模拟高考场景,找高考的感觉,通过一周多时间的反复模拟让自己对高考不再紧张。"

"日常体育锻炼也不能忽视,这是缓解焦虑情绪的重要方法。每天晚上慢跑我们统一时间一起坚持吧,免得一个人有时候会忘掉,有时候又犯懒。"柳云飘提议道。

众人相视一笑,眼睛里透出坚定而充满信心的光芒。

高考,真的要来临了。

▶ 第七十一章 ◀

最后一届学生

　　高考前几天该做什么，其实是有讲究的。每年高考前几天，总有这样的案例：有的家长一想，孩子高考好辛苦啊，出去吃顿大餐吧。然后出去大吃一顿，孩子消化不良，或者过度兴奋，于是第二天发挥失常。

　　或者有的学生觉得，平时睡得晚太累了，怕高考精力不够，于是高考前两三天开始提前睡觉，原本 12 点睡觉的，现在直接变成晚上 9 点睡，结果生物钟临时紊乱了，反而连续几天休息不好。

　　还有的学生，觉得之前刷题太累，高考前几天应该放松下，不要再刷题了。于是高考前三天只是轻松地翻翻书，也不做试卷了，结果到高考发现手生了，题感没了，也会影响发挥。

　　总之，各种奇怪的操作都会导致高考发挥失常。

　　修远、诸葛百象等人一起讨论了一番，制定了一套比较保险的考前方案。

　　第一，高考最忌讳紧张，而紧张会由短时间的剧变造成，所以高考前要尽量避免剧烈的变化，包括饮食变化、作息变化、学习节奏变化等。尽量与之前的学习和生活节奏大体保持一致比较好。

　　第二，做题还是需要的，尤其是配合大脑模拟一起，不断重复高考流程制造熟悉感，减缓紧张。但为了避免疲劳，可以适当减少量，稍微多一点儿休息时间。经过商议，原本晚上 11 点 30 分左右睡觉的诸位学生，改为 10 点 40 分到 11 点睡觉了。

　　第三，体育锻炼不要停，慢跑、冥想等活动继续坚持，还可以适当增加散步。身体保持最好状态，大脑才能保持最好状态。

　　第四，诸位同学可以在考前紧密抱团，多一起交流下，避免一个人控制不住念头瞎想。在有人陪伴的情况下，情绪更容易稳定下来。

　　老师讲课已经大幅减少甚至结束了，偶尔会发现一点儿需要补充的重点，或者是根据最新得到的动态做一做押题，花不了多少时间。剩下的时间基本上全都是学生自习了，老师只充当值班守卫了。

李双关几乎是全天候地守在班里了。这一届高三，是他带的历届高三中最特殊的一届了。班里有占武这样的学神，几乎能稳上清华或北大了，如果没有意外，他将成为兰水二中有史以来第一个上清华或北大的人。这是学校挖人战略的阶段性重大成果，李双关也会因此沾光。

班里还有修远这样的具有巨大影响力的学生。修远的演讲带来全校震动，乃至以一己之力带动了整个学校的学习氛围，对班级的影响更是巨大。短短几个月时间，班级进步巨大，乃至有了压过隔壁实验一班的势头。随着成绩的增长，学校领导对实验二班的重视竟然超过了实验一班。虽然之前与修远有过矛盾，但最终双方各退一步，化解矛盾，李双关还从修远身上受到一些启发，开始重新审视教育。

李天许性格虽然不太讨喜，但也是一员悍将，运气好可以冲到清北线边缘，正常发挥可以考上交大、浙大或者南京大学这个层次的学校，对于学校来说也非常重要。至于诸葛百象、陈思敏、罗刻等人，原本只是能上边缘985学校的水平，谁能想到高三这一年不断进步，竟然也提高到了能上中等985学校的实力，让人惊喜。

至于夏子萱、百里思等人也有能上边缘985学校或者重点211学校的水平，且数量不少，也是学校高分段的重要构成部分。

李双关在教室里巡视着，心想：算起来，自从自己与修远的矛盾解决后，班级里再没什么大事发生，这一届高三反而带得异常轻松。或许是由于人变得轻松了，与学生的关系也莫名改善，他甚至好几次背后听到学生夸他"人变好了"。

这是李双关带的最后一届高三了。这一届带完后，他将离开教学一线，正式接受学校预备校长的职位。他看着教室，看着教室里几十张面孔，又看了看讲台与黑板，心中忽然生出不舍之情。

这是我带的最后一届学生了啊……

隔壁实验一班响起一阵掌声，过了一会儿，一班班主任严如心走了出来。李双关见班里没什么事，顺道走出去与严如心闲聊起来。

"跟学生说了什么？鼓掌很热烈啊。"李双关随口道。

"嗐，没什么，简单鼓励了几句。李老师，你没做一番演讲鼓舞下士气啊？"

"没有。我感觉现在班级里士气已经挺高涨的了，就没再说什么了。"

"哦？这可不是你的风格啊！我记得往年你总要发表一番演讲，博得学生满堂喝彩的。是准备留到高考前一天再说吗？"

李双关摇摇头："今年不了。我最近感觉，有些时候老师需要退到幕后作为一个辅助者，而不必作为教学的中心。既然在我没有鼓动的情况下学生们的士气就已经很旺盛了，那我也就没必要多此一举了。"

"啊，无为而治了呀？李老师，你又到新的境界了嘛！不愧是要当校长的人了。"严如心笑道。

李双关不好意思地笑道："哪有什么新境界，只不过不断做些探索而已。当老师这么多年，越来越感受到'教学相长'不是一句空话啊。现在的年轻学生越来越厉害了，时不时会给我一些启发啊。老教师有很多经验，但如果不跟着时代走，不跟着学生的特点一起变化成长，经验反而要成为负担了。"

"是啊，是啊，时代变化太快，我们这些老教育人总是不经意间就被落下了。想要跟上时代，不容易啊。真的是要活到老学到老啊。"

李双关点点头，又看向教室里四十个身影。他想多看一眼这些孩子，他的最后一批学生。

"对了，刚刚接到马校长通知，要你和我下午3点去一趟他办公室。"

"哦？什么事？"李双关好奇。

"啊，我的一个朋友，长隆实验初中的副校长兼德育主任，马校长想和他谈一谈初三毕业生的输送问题，找他到学校来聊聊。我肯定要去陪坐，你嘛，未来的校长，这个比较重要的人事问题，也会让你知晓一下，甚至参考下你的意见。马校长一直很器重你的嘛。"

李双关点点头，看了看教室，打电话叫了另一个老师来值班，然后与严如心一起走向马泰的办公室。

到校长办公室时，马泰已经与来人聊了起来："……哈，不敢当啊。民办学校这一点和公立学校有些区别，学校高层自主权比较大，我们也会尽量发挥这个优势，做各方面的改革尝试……"

"啊，李双关来得正好。嗯，严老师，你的老朋友提前十几分钟到了，先跟我聊了会儿。"马泰跟李双关和严如心打招呼。

"杨耀民啊！好久不见啦！"严如心热情地打了招呼，"哎呀，马校长，您还不知道，这位杨老师可是难得一见的好老师呢！特别擅长学生德育方面的工作，对学生特别用心、特别照顾。他曾经做了好几件轰动兰水市家长圈的事情呢！"

"哦？"马泰笑道，"杨老师刚才还没来得及跟我提到呢，严老师，你介绍介绍？"

杨耀民不好意思道："哪里哪里，夸张了……"

严如心热情道："一点儿不夸张，连我都听好几个家长讲过了。几年之前啊，杨老师曾经为了一个住宿比较远的学生上学方便，把自己在学校里的房子让出来给这个学生住了半年呢。还有，长隆实验初中有一个在家长群里名声很好的政策，给初三年级前五十名的学生提供教师食堂的免费餐券。别看这是个小问题，其实很多家长是不放心孩子在外面吃饭的,小孩子嘛,总喜欢买一些垃圾食品,但家长又没时间给学生做饭、带饭,心里是很在意这个问题的。但学校的教师食堂就不一样了,肯定更放心,所以家长对这个政策特别满意……"

杨耀民又不好意思道:"都是些不足挂齿的小事嘛……"

马泰说:"杨老师谦虚了。给年级排名靠前的学生提供免费餐券,这是花了小成本树立了大的名声,家长很吃这一套。不仅如此,还可以和贫困生扶持政策结合起来,对你们学校吸引家境贫困的优质生源也有作用。把自己的住房借给上学路程远的学生住,更是对提高学校声誉和个人声誉有大利益的美谈嘛!"

马泰一开口就把几个举动的实际作用点了出来。他作为校长,凡事直接往实际利益上考虑,第一反应就是名声与招生问题,早已成了习惯。

严如心尴尬地笑道:"啊,不过我看杨老师最初做这些行为,还是出于对学生的关心吧——当然,这些举措也确实起到了提高学校声誉、促进招生的效果。"

"嗯。"马泰微笑着点点头。

杨耀民也跟着微笑、点头,心里却在庆幸当年在危机之下灵机一动憋出了几招,没想到后面几年居然受益颇深。

那还是四年多以前,杨耀民在副校长的位置上待了已经六年之久,主抓德育。彼时正是新校长上任、学校内掀起改革浪潮的时候。杨耀民本来并非有才之人,混上副校长的位置基本上是熬资历熬上去的,而且德育工作虽然很重要,却较难做出什么亮眼的成绩,不像成绩进步那样一目了然。然而毕竟职位上是副校长兼德育主任,薪资福利方面待遇还是非常高的,而且这职位还不太操劳,又没什么考核压力,被学校里的其他人垂涎已久了。长久以来,杨耀民一直隐隐感到一股职位不保的压力。

而新校长上任表明改革的态度,学校里的人事任免必然会有一番动作。杨耀民自是紧张不已,要知道,学校里早有其他老师对他占着高位却无甚大贡献的状态多有抱怨了。若是被其他人顶替下来,自己这张老脸往哪儿搁啊?

"可恶,7月初中考招收结束,正式的任免决策就要公开了,今天晚上的会议要是不赶紧提一点儿有意义的建议出来,真的要倒霉了……"杨耀民心道。彼时已经是6月下旬了,留给他的时间已经不多了。他万分焦虑,甚至生出了强烈的恐惧。他整个人几乎魂不守舍了,大脑一片杂乱。那种被人当众指责无能、无所作为,然后削去职位、黯然离场的画面,仿佛近在眼前了!

这怎么可以接受!

可是以他的才能,也实在不能立刻提出什么改革措施或者想出促进学校发展的良好建议。他能想出来的招数早就向新校长提出来了,但全部被驳回,甚至一些在会议上提出来的建议还被其他老师讥笑,嘲讽那些是"空话""正确的废话""毫无执行的可能性"。

　　他吃过中饭就开车到了学校附近，停完车以后却在学校门口不敢进去。他焦虑地踱着步子，汗流浃背。

　　上午还看得见些许太阳的天，中午时分突然就阴云密布了，正好应了杨耀民此刻的心情。随后乌云越来越密，竟然狂风大作、电闪雷鸣，下起大雨来。

　　"这鬼天气！"杨耀民心乱如麻，"还让不让人思考了？到底该怎么办……品德建设不受重视，那几个家伙每次都反对我给德育单独设立课程，说抢占课时；负责心理咨询的那个老师又不愿意被德育教育合并进去，非要单独申报项目！到底怎么办……"

　　他打着伞在校门旁边几十米处的空地上来回踱步，越发焦虑。"完了，完了，没办法了……"他在大雨中喃喃自语，脸上是隐忍的悲痛。

　　又一道闪电在云层里呼啸而过，进而天雷炸响。他被雷声震得大脑发蒙，全身虚脱一般。他绝望了，几乎要倒在狂风暴雨中。逐渐地，他的手甚至抓不住伞，黑伞被风刮走，在路面的积水上漂游着。他痛苦地仰头看着天空，任凭雨水打在他的脸上，沾满了他的眼镜。

　　他的眼前就是长隆实验初中的校园，就是初二的教学楼，但他却仿佛什么都看不见了。

　　他仰头绝望地看着教学楼，不知过了多久，突然全身开始颤抖，仿佛遭受了剧烈的冲击一般。大脑里思绪纷飞，无数念头快速地闪过。"不能放弃，不能放弃，一定有办法……"一个学生冒雨从他眼前跑过，衣裤全湿，他忽然就来了灵感——要是学生中午放学不用走很远的路回家，不就不用在极端天气里遭罪了？他的灵感又更进一步——我在学校里有一套教师住房，房子比较老，装修简单，反正平时我也不住，不如借给学生住怎么样？他的灵感最终成形了——房子只有一套，借给谁？当然是从年级前几名的学生中挑一个住得比较远的学生了！如此既体现了自己的无私，又帮助了学生，岂不妙哉？那些只注重学生成绩的人也没法反对了——我让学生中午多休息半个小时，节约了路上的时间，那也是有利于提高成绩的嘛！

　　不过这样只帮到了一个学生，似乎涉及面太少了啊！单凭这一条似乎不足以保住自己副校长的位置。

　　他又生出第二个灵感——干脆让这些成绩好的学生不要回家吃饭，也不要在外面买饭了，就在学校里吃！不过学生食堂的饭那么难吃，学生肯定不愿意……行！那就让学生到教师食堂去吃饭！还不愿意就免费送他们餐券！这样家长也放心，学生也方便，而且可以扩大点儿范围，至少发五十份出去，这样应该有点儿用了……

　　杨耀民越想越兴奋——就这么办！既能提高学校声誉，又有可操作性，而且成本也不高，再加上自己身先士卒、做出表率提供自己的住房，不可能有人提反对意见的——这不就体现出自己的作为和贡献了嘛！

他高兴得几乎要跳起来！今天真是灵感爆发，想出了这么完美的方案……

杨耀民从他的回忆里回过神来，心里感叹，没想到四年前的灵机一动，不仅让自己保住了位置，甚至今天还能发挥用处。

"今天找杨校长主要想谈一下毕业生的去向问题。"马泰又道，"您也看到了，我们二中这几年发展得非常快，教学质量不断提高，不仅考上985学校的学生数量每年递增，而且甚至能够培养出能上清北级别的人才。就在这一届高三，我们就有一个稳定能上清华或北大的学生，还有一两个是有望冲击清北的。其他能上上游985学校的水平的学生数量也是迅速增加。

"要知道，我们的基础生源质量可是比临湖实验差了很多的，能培养出这些学生可是非常能够反映实力的。我觉得长隆实验初中完全可以考虑让部分优秀学生更多地考虑一下我们学校嘛！毕竟在我们这里得到的重视和资源倾斜，是临湖实验完全比不了的。另外那个奖学金制度我们也一直在持续，额度上还有提高……"

中考与高考时间差距不大，高考前夕也是中考前夕。兰水二中针对初三毕业生的招生战又打响了……

当所有高三老师都在忙着辅助学生准备高考的时候，李双关却被马泰叫到办公室里去配合进行新一届高一的招生工作。李双关不由得感叹，校长和老师的工作方式确实是大为不同啊，根本无法专心扑在一件事情上，必须是多任务同时进行。眼下马校长又要抓高考，又要关注新一届高一招生，还要准备假期的教师培训，还要迎接市局的多项检查……这样的忙碌生活也许就是自己以后要过的日子吧。

相比下来，学生就专注多了。在高考前夕，所有人都只为高考而做准备，无须分心做其他事。此时距离高考只剩下五天，五天之后，便是千万人的一场无声的决战。

第七十二章

高考前夕

最后的几天里，修远等人不断地做往年高考真题和今年的押题卷，不断地在大脑内做高考全流程模拟。一遍又一遍地模拟之后，紧张感越来越低，心态越来越平和，产生了一种轻车熟路的感觉。

教室里越来越安静了，所有人都在埋头刷题，偶尔有人拦住巡视的老师，小声请教几个试卷上的问题。夏日的燥热在这样静谧的氛围里也淡去了许多。

时间流逝，终于来到高考前的晚上。有人说这是大决战的前夜，也有人把它称为黎明前的黑暗。这一夜不知会有多少人失眠，多少人抑制不住地思绪纷飞。三年了，一千多个日夜的刻苦奋斗将在明日进行交付验收，所有的思考和情绪将化为考场上的奋笔疾书。高考是千军万马过独木桥，是一分压倒几百乃至几千人的残酷竞争，又是通向更高学府的入场券。许多年轻人需要以此门票为自己打开大门，见到更大的世界，站上更高的起点。

这是一场不容有失的考查，每个人都需要将自己最高的水平发挥出来。而最终的成绩又不仅仅取决于临场发挥，更是每一日的勤奋、聪明与策略的累积。高考前一夜是如此的特殊，这一夜，你无法再进行更多的积累，所有推脱给明日的努力就此断绝，妄想熄灭，剩下的或是一片坦然，或是凭空焦虑。

人生中如此多的日日夜夜，能够在日后数十年里都被铭记的不多，高考前一夜却是其中之一。多少人在十年后还记得高考前夜的焦虑不安，记得那一夜失眠看着窗外夜空发呆的情景。

由于学校本身就是考场，很多教学楼要清场布置，所以绝大部分学生都回家备考了。少数住得远、不方便回家的，学校安排了图书馆和另外的教学楼给学生自习。

修远、罗刻、陈思敏、诸葛百象、夏子萱、柳云飘、百里思等人都在学校的老破图书馆里自习。晚上 10 点，自习结束的铃声响了，图书馆里一阵窸窸窣窣的响动，许多学生起身回寝室准备睡觉了。

"10点了，该回去休息了吧？"柳云飘放下水性笔问。

"是啊，明天该高考了，今天得早点儿睡觉啊！"罗刻伸了个懒腰回应道。

"唉，我怕今天晚上睡不着觉啊！"柳云飘又感叹道。

"乌鸦嘴！别说这种话，越说越睡不着！"陈思敏抱怨起来。

三年了，这该是从来都抱怨时间不够睡不好觉的学生们第一次担心睡不着吧。

修远严肃道："行了，别闹，我们按照提前制定的标准步骤走吧。先把文具、准考证检查一遍，放回寝室锁在柜子里，然后去操场集合，慢跑加散步20至30分钟，再回去洗漱，这样差不多接近11点了，可以上床睡觉了。如果睡不着，可以躺在床上冥想，或者练习提取策略，把语文的文言文诗词全部回顾一遍，这样很容易就睡着了。"

相比其他学生的慌乱，修远等人对考前的安排计划得非常详尽，连如何睡觉都规划好了。

一众人等按照规划检查好文具、准考证，返回寝室保管好后又来到操场。这片操场他们是如此熟悉，上百次在这里慢跑、散步，高三后期更是每日结伴来此锻炼。这黑夜宛如旧时好友，路灯仿佛青梅竹马，跑道如同亲密战友。而今天，大约是最后一次再与它们相伴了。

修远轻轻叹口气，看着眼前的景象，不禁有些怀念起高中的日子来。这三年，可谓波澜起伏的三年。他中考失利进入二中，一路作死被实验班开除，然后又遇到林老师打开新世界的门，起死回生重进实验班。一路高歌猛进，又随着林老师的离开而陷入瓶颈，企图转校而失败，心态崩溃，又偶然被占武启发开悟，重拾意志，突破瓶颈。到了临高考前还冒出李天许的惨烈羞辱，又莫名稳住心态安心复习至今。人生啊，真是一段奇妙的旅程啊！

"开始吧！"修远终于说道。

几人排着松散的队列，由修远领头绕着操场跑起步。跑步速度不快，因为要避免意外受伤，避免消耗体力过度影响休息和第二天的高考。由于高一、高二学生放假腾考场，以及部分高三学生回家休息，这一晚学校的人很少，操场上锻炼的人更比以前减少了七八成，修远这一群人便显得格外突出。

慢跑的习惯已经坚持大半年了，众人的身体素质都比高一、高二时好了不少，再加上速度不快，众人只是微微喘气，稍稍流汗。不一会儿五圈跑完，修远降低了速度。

"差不多了吧，后面散步两圈，缓一缓气。"

绕着操场慢慢走着，众人只觉得身心舒缓，情绪平静，没有半分紧张。他们已经为高考做了太多准备，现在没有紧张的必要了。

其实紧不紧张很多时候源于你做了多少准备，平日准备得越充足，高考紧张度就越低。修远等人不仅平日里认真学习，使用各种策略优化学习流程、提高学习效率，而且做了大量的高考流程大脑模拟，还为消除紧张情绪做了多手准备，呼吸法、体育锻炼和积极心理暗示多管齐下，甚至连如何睡好觉都提前规划好了。准备到这种程度，还有什么好紧张的呢？真的是尽人事而听天命了。

"紧张吗？我看你表情怪怪的。"妖星瞟了卢标一眼。

两人正在学校图书馆里自习。同样是由于部分教学楼做考场、部分学生回家备考，临湖实验高中里也没有多少学生了。妖星和卢标虽然考场被安排到了兰水二中，不过还是在学校自习。明日一早，妖星的父亲诸葛道一将会开车过来接他们去二中。

"很奇特的感觉，倒不是紧张……"卢标眼神有些呆滞。

"哦，怎么奇特了？"妖星来了兴致。要说高考临场发挥这种事情，妖星的性格是很占优势的，因为他心态平和，实力强劲，却对高考成绩没有太多要求，因此完全不用紧张。像他这样的人，不仅不太可能发挥失误，甚至很有可能超常发挥。

"格外地……平静。"卢标淡然道。

"哦？"妖星有些意外。以卢标的状态，他其实是很容易考前焦虑的。因为卢标对考上清华或北大有很大的执念，而本身的成绩又不是太强，刚刚超出清北线一点点而已，一不小心就可能滑下去了。这种状态自然很难安下心来。

可是卢标却说自己格外地平静？

"开阔，博大，所以平静。"卢标微微眯起眼睛，"就好像心里淤塞时，登高望远，只觉得眼界开阔，心胸豁然博大，日常生活中的烦琐事务顿觉渺小而不值一提。看得远了就不拘泥于近，观得大了就不拘泥于小，然后不为眼前的问题所困，心中便会平静。"

"好浓的一碗鸡汤啊！"妖星叫道，"你什么时候变成这风格了？刚才的话，几分实，几分虚？听着很抽象呢。"

卢标一笑，说："随口抒发点儿感想，又不是论述整个心智变化的完整思维链条，当然抽象了一点儿。话都是有感而发的真话，没有虚的。但话说回来，若是几个月之前有人跟我说这番话，我也会觉得很虚，是没有实际意义的鸡汤。只有当自己深有领悟之后，这话中才会附上实际的意义。"

"那你到底感悟了什么呢？"

"原来局限于高考这一件事，眼睛只看到高考，大脑只能思考高考，高考成了我的整个世界，而这世界又因为我在清北边缘线上的成绩而不安稳，这样怎能不紧张？但跳出来想，即便发挥失误了又怎样？要么复读，要么上一个弱一点儿的学校——又如何呢？人生就过不下去了吗？高考是生命中的一段旅程，虽然非常重要，但也并不是生命的全部。我之前太执着于高考，正是因为对人生缺乏认知，缺乏面对的勇气和信心，总觉得如果上不了清北我就完了，未来的目标就没法实现了，就会活得很悲惨。

这样的信念必然导致我对高考感到紧张。

"而实际上，上清北有上清北的活法，不上清北也有不上清北的活法。复旦、交大、人大、浙大、南大等高校当中，不一样有诸多栋梁之材、人生无比精彩吗？虽然这些学校确实比清北的资源略微弱了一点儿，但如果我执着于这么一点儿资源的区别，又说明了什么？说明心态很弱势，太弱了，对自己没有信心，认为必须要有极端的资源辅助才能做出一番成就来。所以我之前对于清北的极端执着，看起来是自我要求很高，但本质上其实是对自我的否定。

"如果没有发挥好，没有上我规划的学校，我不过是换一个地方继续拼搏而已，人生的进程并不会停止。如果发挥得特别差，那大不了复读一年而已。如果我对自己从小接受的教育有信心，对自己的能力有信心，不论哪一种结果我都可以接受。我不仅相信自己现有的能力，更相信自己的成长性。如果分数稍微低了一点儿，我相信我在复旦、交大、浙大等学校里一样能取得不俗的成就，因为我从小所受的教育决定了我最强的一点不是应试，而是面向真实社会时所能体现的综合素质。如果分数不慎低了很多，我相信我在复读的一年里也会有巨大的进步。

"今日的我，不以高考为中心，不让自己的心神被高考牵引着转，而是以自我为中心，守住自己的意识，平和地度过高考这件事而已。我看着它缓缓走来，我知道它将缓缓离去，如此而已——我便感受到格外地安宁。"

"哟，有点儿深刻了啊。你要早几个月就有这觉悟，说不定成绩又会往上进一步呢。"

"哈，也正是因为高考这样的特殊时间点，才会让我有此感悟吧。你呢？在高考这样的特殊日子里，有没有什么特殊的想法呢？"

妖星看着图书馆书架上满满当当的书，陷入思考："咦，高考这么特殊的日子，我好像没啥感觉呢？我倒是觉得跟禅师、占武见面时感触比较多，刚才还想着高考完了去找这两人聚一聚……"

"其实我也很好奇啊，像禅师、占武这样的学神，在未来的日子里又会怎样呢？他们在大学、在社会中，还能爆发出如高中那样耀眼的光芒吗？"

"高考之后，拭目以待吧！"

▶ 第七十三章 ◀

大决战！高考来临！

今日，便是高考。

高考！

万千学子整装待发，这一天，整个社会为高考聚焦，所有事务为高考让路。路上交警巡逻防止交通拥堵造成考生无法赶往考场，每个考点学校的门口都有警察维护秩序，考点附近还有热心的群众免费发放水性笔、直尺等，防止有考生遗漏文具，又拉出印有"前方高考考点，严禁鸣笛"的大横幅。路上两辆车相对，堵在道上，原本都不服气地对峙着，若是一方突然叫一句"我车里有要高考的学生"，另一方纵然再是暴脾气，也得立马后退让路，这是整个社会不成文的规矩，否则会惹得围观群众群情激愤骂死你。

三年了啊！一千多个日夜的辛劳，将在此刻验收成果了！学生们的脸上是怎样的神情，脑海又波动着哪些思绪？有人表情镇定静静地等待考试时间到来，还有人兴高采烈地和周围的同学闲聊着；有人反复地检查自己的文具和准考证，更有那么一两个人忽然惨叫一声"准考证忘记拿了"然后飞奔远去……

上午8点10分左右，兰水二中各栋教学楼下已经聚集了不少学生。距离考场开门还有十几分钟，学生们在门口等待着。校园外，李双关等高三带班老师没有安排巡考任务，就在学校门口阴凉处等候着。

（背景音乐：*Man At Arms*）

修远站在考场楼底下。他身着短袖运动服，左手拎着装有文具和准考证的文件袋，眼睛看向熟悉的校园，身姿挺拔，眼中饱含自信。

他的身边站着罗刻、陈思敏、夏子萱、柳云飘、百里思、诸葛百象等人，同样气势高昂，对影响命运的高考毫不畏惧。

他们仿佛即将迈入战场的士兵，精神抖擞，目光炯炯有神。他们训练有素，技能娴熟，带着强大的自信。他们上千个日夜的拼搏，将汇聚成今日考场上斩杀难题的力量！

从中考到高考，从稚嫩到成熟；从刚上高一的惊慌失措与举目茫然，到此刻的镇定自若与内心洞明。

我们翻越了书山题海，经历了信念起伏。然而终究在炼丹炉里重铸、重生，光芒万丈。在这一刻，我们已无惧任何挑战了！

铃声响起！进入考场！

"啊，高考开始了啊。"

"是啊，真是决定命运的时刻啊。"

"不知道这些学生紧不紧张？我一个不参加高考的老师都紧张起来了！"

老师们心情焦虑地闲聊着。

李双关微微一笑，说："紧张有什么用？相信这些学生吧！相信他们三年的努力，相信他们的优秀！甚至相信他们是长江后浪推前浪，一代更比一代强！

"相信这一代的年轻人，比我们更加聪明，受到了更好的教育，未来也将会做出比我们更优秀的事迹！

"相信在国家和社会蓬勃发展的时代浪潮里，这些年轻人将一步步成长壮大，展露才华，成为新一代的国家栋梁！

"相信他们的才华不仅仅是在应对考试时掌握了各种技巧，更能够在广大的世界里探索和发现，适应乃至改变世界！"

李双关一口气说了许多，慷慨激昂之情影响了周围的老师。

物理老师感慨："是啊，这一代的年轻人有更大的能量，将转化为推动时代发展的新的动能！"

化学老师感慨："没错，他们将用自己的才华与世界发生反应，释放自己的热量！"

生物老师感慨："正是如此，一代比一代更强，这是生物的进化！"

历史老师感慨："说得对，年轻人不断成长，这是不可阻挡的历史趋势！"

地理老师感慨："从这里走出去的年轻人，将散布到五湖四海，以经天纬地之才，在不同的经纬度过好自己的人生，为社会做出自己的贡献！"

政治老师感慨："今日他们的素养表现为考试的分数，明日他们的才能将体现在经济、政治、文化的方方面面！"

语文老师感慨："天行健，君子以自强不息，这些优秀的年轻人是民族积极文化的传承！"

数学老师感慨："明日的他们将比今日更加优秀啊，他们命运的曲线是无数次求导后依然为正的增函数！"

英语老师感慨："Good point! 国家有这样一批优秀的年轻人，明日的中文将与今日的英文一样成为国际最通用的语言！"
……

修远、罗刻、诸葛百象、陈思敏、柳云飘、夏子萱、百里思等人相视一笑，然后昂首挺胸，并肩跨入考场大楼。那踏入考场的步伐铿锵有力，那直视前方的眼神坚定决绝。

来！战！

为理想而战；

为信念而战；

为过去三年的拼搏努力而战；

为未来人生的更高起点而战！

谁说青春的激昂只能在运动与热舞中体现？为高考而付出的艰辛努力难道不让人热血沸腾？

谁说校园里年轻的学生只懂应试、不懂人生？三年里为命运与信念的拼搏难道不是精彩的人生？

你看到了枯燥的课本、教辅资料和试卷，可曾看到纸张背后无数感人的故事？

你看到了竞争激烈的考试、分数和排名，可曾看到狭小竞争背后绚烂多彩的灵魂？

许多人以为，高中与外面的社会是割裂的，高中是天真单纯乃至幼稚的，它与成人世界的艰辛、迷茫和险恶大相径庭。仿佛一个人从小学到高中是一个世界——校园世界；而从大学开始便进入了另一个世界——真实的世界。

这样的划分，多是以工作赚钱为主要因素而做的。是啊，高中生埋首高考，是"两耳不闻窗外事，一心只读圣贤书"的状态，而成人则要为生计奔波，为工作、金钱、家庭等烦恼。乃至大学生，不也要开始操心未来的工作问题了吗？不也要在大三乃至更早就开始实习和为工作做准备了吗？如此来看，在高考这里切下一刀分出两个世界，不是挺合适的吗？

可是并非如此！你可知道，人生常常是同构的啊！

所谓"同构"，即许多事情有相同或类似的结构、类似的模式、类似的意义。你以为你先是在校园里待了十几年，然后再进入社会，进入一个完全不同的世界，但你有没有想过，其实你的校园就是一个社会，它们拥有类似的结构；你的学生生涯即是你的整个人生，它们也拥有相似的本质和特性。

这就是所谓的"学习即是生活"，你可以在你的学习之中看到你的整个人生。

人生，常常是相同思维和行为模式的反复出现和表达。

当一个人遇到一道数学难题而快速放弃，心想"反正我也学不会的时候"，你应当不仅是看见一个人放弃了一道数学题，还要洞悉，这是一个人表达出了"遇到困难就逃跑"的思维和行为模式。

当一个人因为班级氛围不好而不想学习的时候，你应当预知，在未来人生的工作和事业中，他也可能会因为经济环境、工作环境不如意而轻易向生活投降，并在事业上一无所成——他将重复他的人生模式。

当一个人面对自己各科里的一个短板科目，不愿去花心血想办法将总分提起来的时候，你可以推测，他在未来生活和工作中进行某个重大项目而缺少必要条件时，他大概率不会想办法创造条件完成项目，走向成功巅峰，而会本能地自我局限、原地停留、坐以待毙。

这就叫作模式。

你可能会疑惑，未来的生活、事业场景和当前的初高中学习完全不一样啊，哪里会有这么强的联系呢？

少年啊，须知，重要的永远不是外在的环境，而是你的思维、你的态度、你的行动。外面的世界永远是纷繁复杂的，而决定性的因素却在你的内心——是你的心与思维，在与这个世界相互呼应。

同样的心，同样的思维与行为模式，完全可以在不同的场景中反复制造出相似的结果。

所以你当明悟而练出慧眼，你当意识到，你当下的每一个学习场景和动作都具有多重意义。它既是你当下的学习，也是你未来的工作、事业和人生。一张试卷的方寸之地，四面墙围出的数十平方米，即是你整个世界的缩影。

反过来，当你面对学习的困难坚韧不拔，你便是选择了在整个人生中坚韧；今日你突破一个学习障碍的经历，又将化为你明日突破人生中其他障碍的强大信念的根基。

一花一世界，一叶一菩提。人生便是人生，又哪里分什么校园和社会？两者在同一片天空之下，同一片大地之上，你的校园之心，即是你的社会之心，即是你的人生之心！

不用期待明日，今日就是你的人生。

不用把努力推卸给未来，每一日都是你的命运关卡。

这短短三年里正蕴含着整个人生，枯燥的学习生涯里更折射出无限可能的精彩。

命运的大决战啊，正于此刻开启！

高中三年曾缓缓走来，它于今日终于到达最高潮；

今日之后它将缓缓离去，但未来的许多日子都将投射出它的身影！

它值得歌者为之高歌，值得饮者为之举杯！
这是旧故事的终结，是新故事的起点。
未来之门，即将打开！

第七十四章

备战志愿填报

连续几天的高考，看似时间充裕，却让很多学生精疲力竭了。最后一天下午，各考场门口人头攒动，学生们奔涌而出。或是开怀大笑，宣告自己告别题海、迎来自由；或是急切地聚拢同学，规划起高考后的旅游和娱乐；或是垂头丧气、郁郁寡欢，甚至已经准备复读了。

修远、诸葛百象、罗刻、陈思敏、夏子萱、柳云飘等人走出考场，长吁一口气。几人在学校门口聚了起来，脸上神色不一。

高考完之后，有些人急匆匆地开始对答案、估分数，也有人极力避免提前知道成绩，免得自己心情不好。陈思敏不知其他伙伴是什么态度，小心试探道："考得……怎样？"

罗刻耸耸肩："不知道，应该是正常发挥吧。"

诸葛百象说："不好说，反正没什么意外，也没有紧张，全程很平静。"

"那就是好事了吧！"夏子萱说，"我也感觉很平静，都模拟了那么多次，想紧张都紧张不起来了！百里思，你呢？"

"啊，我感觉数学、物理、化学简单，生物有好几个空没填，并且语文作文写得比较散，但是英语听力做得还不错，因为用倍速法训练好像有些效果……总的来说中等发挥吧。"百里思一如往常说话似连珠炮。

"我好像考得比平时好一点儿？"柳云飘兴奋地说，"英语作文提前背过，数学虽然压轴题不会，但是前面小题做得比较顺利。还有物理，本来是我最弱的科目，但这次好像没太多难题。修远，你呢？"

除了自己的成绩以外，大家最关心的应该就是修远的成绩了。

修远抬头看着天空，脸上露出笑容。

"看样子考得很好啊？"诸葛百象说。

"哈，不知道。真的不知道。只是觉得现在很轻松啊！"修远岔开话题，"好好休息一下吧！高考终于结束了，该放松一阵子了。"

众人见修远岔开话题，也不追问，顺势讨论起高考后的规划。

"我先回去睡三天的觉吧……"罗刻打起哈欠，"困死了。我今天晚上 11 点睡觉，明天上午 11 点之前绝对不会起床！"

"哈，我也要补觉了。不过我明天肯定要去逛街的！还要去做个头发！然后办张健身月卡！"陈思敏兴奋地叫起来。按照她的规划，高中毕业以后，就该开始注重个人形象了，发型设计、减肥塑形都已经提上日程。

"我想出去旅游！谁要跟我一起吗？"夏子萱兴奋地说。

"我去我去！哎，等等，你准备去哪儿旅游？"柳云飘说，"哎，算了，不管你去哪儿旅游我都要跟去！反正别在这座城市待着就行了！赶紧给我换换风景！"

诸葛百象说："啊，我好像还没什么安排呢，可能要跟我家人一起商量下，也许和我哥一起出去旅游吧。不过之前还没沟通过，不知道我哥有什么想法。"

唯独修远提出了一点儿疑惑："咦？你们没人准备思考下填报志愿的问题吗？"

"那个不是成绩出来以后再想的吗？"柳云飘说。

"不能大意吧。填报志愿涉及对专业、职业甚至整个社会的理解，是非常复杂的事情，而且是我们这些被封闭在校园里的学生最弱的环节。我估计没那么简单能够搞定，听讲座、看攻略、搜集资料……可能需要提前很长时间就开始做准备了。"

"啊，修远想得真远啊，我都只顾着玩了……"

"嗯。越是提前准备越稳妥吧。不过中间间隔的时间很长，娱乐放松一下，再查查资料，两件事也可以同步进行。"

几人交流完，又感慨了一番，各自迈着轻松的步伐回家了。

修远最后回头看了一眼学校大门，心里忽然升起莫名的感叹。那是一种多么复杂的情绪啊！无数悲欢的记忆纠缠在一起，无数人生路上的感悟融汇于一刻。那些狂喜与绝望，黑暗与光明，局限与突破，寒冰与热烈，孤寂与陪伴……而这一切，就随高考一起结束了吗？

他忽然觉得，一切就仿佛一场梦。这场梦刻骨铭心，融化在他的每一寸皮肤里，又渗入他的每一分骨肉里，最终化为他灵魂中浓墨重彩的一部分。他是他，他又单纯的是他。有梦里凡俗的他，那个玩世不恭、嬉皮笑脸、自大而中考失利的他；有挣扎的他，那个迷茫、无措、反抗而最终绝望的他；又有觉醒的他，破碎幻想，直面现实，最终重新定义并实现了自我的他。

修远看着这承载了他三年时光的校园，微微一笑，离开了。他想：这三年的旅程并不会终结，他将永远记得那一段日子，并不断从中获得改变未来的力量。

高考结束三四十分钟后，考生就差不多都离场了，剩下少数人在校园里闲逛着。

或许是部分二中的学生舍不得这陪伴了三年的校园吧？也许曾经厌恶甚至憎恨过这里，因为有太多辛苦与疲惫就发生在校园之中，可是当一切都结束之时，所有的厌恶都消失殆尽，只留下眷念与不舍。

人的感情总是这般矛盾啊！

妖星和卢标从考场出来以后，相视一笑。"晚上什么安排？找个地方一起吃一顿，然后去乒乓球馆打打球？还是直接回家休息？"妖星伸了个大大的懒腰问道。

"直接回家睡觉吧，倦了。高考这场战斗太漫长了，也太累了。今天终于结束了啊，该好好休息一下了。说起来，在今天这个特殊的时间节点上，还真有一种说不出的复杂感觉啊。仿佛一切都告一段落，又仿佛一切刚刚开始。三年的迷茫、徘徊、挣扎、感悟、拼搏……全部汇聚到今天然后截止了。人生中有几个三年？有几个如此高强度的三年？未来又将会如何？新的挑战与高中的困难是大同小异还是截然不同？而面对挑战的应对模式又当如何？今日我生出一种感觉，三年的高中仿佛就已经是浓缩的一生，在这小小的校园之中就看到了整个世界……"卢标感慨颇多。

"新的世界里，该有不同的困境、不同的成长吧。"妖星笑道。

"或许一沙一世界，未来已在此处窥见一斑。或许高中三年本是人生中一个毫不特殊的阶段，未来只是高中的平凡延续，继续解决未解决的问题，长成该有的样子。或许……"卢标停顿下来，笑道，"谁知道呢？总之暂时要好好休息一番了。"

"是啊，好好休息休息吧……"妖星也点点头，"不过出去打打球、吃顿饭也是休息的一种形式嘛……"

卢标笑着摇摇头："你不回去跟你弟弟商量下假期怎么出去玩？"

卢标始终没有出去玩的兴致，妖星只好耸耸肩："好吧，那你休息吧。我弟想出去旅游，我大约跟他一起去吧。话说这个季节去非洲避暑感觉挺不错的……"妖星心情放松地扯着些不着边的话，与卢标一起走出二中考场。

人几乎散尽以后，一个女生才缓缓从考场教学楼里走出来，绕着二中闲逛起来。妖星如果看到这名女生一定会后悔不迭，因为此人正是禅师安谷。这一日下午太阳并不烈，白云遮日之下还有些许凉风。高考后的安谷也显得比较放松，由于她此前并没有来过二中，之前与二中的占武等人会面也是在学校边上的公园里。这次她的高考考点被安排在二中，考完后她倒也不急着走，顺着二中的各种小道转了两圈。

安谷的脸上带着若有若无的微笑，看不出悲喜起伏，也推断不出她高考发挥得好坏。不过以她的能力和水平，原本就是稳上清北的，没有任何意外可言。甚至有人认为，安谷极有可能是这一届高考的省状元。她今日一身普通少女的打扮，身着中长款白裙，脚上是休闲皮质凉鞋。虽是打扮普通，但那如幽静山谷、清风万里的气息却不可掩藏。只是路上的学生们带着高考过后的狂热和兴奋才没有太多人注意到她。

她绕了两圈后，正欲离开，忽然瞥见操场边上的一棵大树下坐着一个男生。

"咦？是他……"

校园里已经没什么人了，那男生坐在树底下的草上，背轻轻地靠着树干，如此地静谧，仿佛与草木融为一体，树荫斑驳之下，居然不易察觉到他的存在，或许是被树荫隐藏的缘故？他的肢体柔和而放松，微微抬着头，眼神安定，似乎在看着前方空旷的操场，又似乎在看着远处的天空。

这画面如此安宁，甚至有一丝夏日的慵懒。天空中飞过几只鸟，几声清脆的鸟叫更显诗情画意。

安谷缓步向他走过去。

一只不知名的小鸟忽然从树梢上滑翔而下，竟落在男生的右边肩膀上。先是定了几秒钟，接着又迈起小碎步，在男生肩上、胳膊上移动起来。男生轻轻扭过头，看着小鸟，又伸出左手食指到小鸟脚下，于是小鸟配合地迈步到男生的指尖。这画面如此和谐，仿佛草木、人、鸟，甚至远处的天空都融为一体。

安谷走到男生面前，微笑着看着他。男生一抬头看见禅师，却不显得吃惊，只是平静地继续看他指尖的无名之鸟。他的眼神如此深邃、平静而柔和，肢体舒展，又带有一丝疲倦。禅师也不打扰他看鸟的兴致，只是站在几米外安静地看着他。些许时间，安谷竟仿佛也融进这画面里，浑然天成。

一阵凉风吹过，男生额前刘海儿飘动，忽然轻轻一摆手，将鸟送入天空。

"你怎么在这里？"

"我考点被分配在你们学校了呀。"

男生站起来，盯着安谷的眼睛，过了一会儿道："你的高考似乎没什么意外。"

"你也一样呢。"

两人静静地看着对方的眼睛，仿佛千言万语融合在这目光的交接里。

"后面一段时间有什么打算呢？"安谷问道。

"没什么打算，等分数出来而已。"男生语气平淡。

"可以准备下填报高考志愿的事情呢。"安谷微笑着建议道，"有什么头绪吗？"

"没有。从没研究过这事，全部精力都用来打刚刚结束的这一仗了。当然，志愿填报这事的重要性无须多言，它既是校园与社会的连接点，又是某种分界线。既要算经济账，又要算兴趣账，甚至还可以包含人生意义与自我评价的追逐。若要多个维度都兼顾到，确实是个麻烦事。这方面，你似乎是先行一步了，有什么建议吗？"

安谷微微一笑，道："天心。"

▶ 第七十五章 ◀

人物传：禅师——天心篇

天地开合，星辰明灭。

云雾流空，山海回响。

我是安谷，此时在泰山顶上。5月下旬，泰山正处于相对淡季。五一来的游客已经离去，暑假的高峰期尚未开始。这一日山上还有小雨，游客更少了。

半个多月后的6月中旬便是中考了，大多数同学都在积极备考，我却随他来到了泰山顶上。

中考对于我来说没什么压力，这是我可以临阵离开的原因之一。但为何来到泰山顶上，还需有更多理由。这理由他不会直接告诉我，反而是我的任务之一。

我们已在酒店住了三天，这一日我又来到了泰山顶上。他让我站在泰山最高点，说："再感受。"

第一天，我不知道来此有何目的，不知道要感受什么，只在山顶静静地坐了一天。先是四处张望，看泰山，俯视天下的景。风景自然瑰丽雄浑，但游历了许多山水之后，在泰山上倒未必有特别的感觉。看完了景观便觉得无聊了，心又稍微躁动起来，于是干脆闭眼打坐。

山顶空气清凉，倒是比平时练习时更加神清气爽，但也仅此而已。

第二天又上来，他依旧让我在泰山最高点上自行安静地感悟，没有任何提示。我又盘腿坐下来，缓缓进入深沉的寂静中。

在寂静中，我感到大脑没有阻碍，心神可以随意游动，眼睛透亮，可以跳出视角的束缚回观自己。我看到自己一年多以来神清气爽的状态，思维奔流而无限制，随心所欲地控制自己的意识。随着思维流的彻底成熟，我的学习又进一步，效率再次提高，而心态又不随外物变动，盛赞与指责亦不乱我心。这一层境界繁花似锦，光彩夺目，又如同海市蜃楼挥之即去，一切于心中复归平静。

今天下了雨，虽然只是微微细雨，连伞都不必撑，但地面已经湿了，无法就地坐下。我便直直地站在山顶，眯着眼睛看着远山，看着山谷和虚空，然后呼吸均匀，进入寂静。

云雾缭绕，仙气飘飘。我的意识如此寂静安定，仿佛一切都静止了，云雾在我眼前流动如同镜头慢放，一丝一缕的变化清晰地映射在大脑里。有时风一大，云雾便急急飘散；风若小，云雾便缓缓流淌；风停之时，云雾便静止。

我心中忽然放出光亮。上一次在长久的寂静里，我找到了自己心智卡顿的点——那从幼儿时期遗留的缺憾与不安全感，然后用寂静的力量抚平。自此之后，无牵无挂，进退自如，来去平滑。然而平静之下逐渐又透出另一幅光景。来去平滑无碍，谁令它来，谁使它去？

我？我的意识与思维，当然受我驱动——而我又受谁驱动？

我终于来到这个关键的点上。

他在我身旁大约20米处，三天了，一直如此。我坐他也坐，今日我站着，他便也立在云雾之中。我急急地走向他，说："我的自由意志。"

他看着远处山谷的眼神收回来，瞟了我一眼，又移开目光。他与这山川林木浑然一体。

我悻悻然退下，再回到山巅。

为何不对？为何我的自由意志不是答案？是"我"不对，还是"自由"有误？

我立于山巅，再次安息，然后沉入寂静。

许多画面在大脑中闪现、穿梭。

"我要当科学家！我喜欢研究宇宙物理！"8岁时我说。

"我要做老师！我这么聪明可以教会很多学生！"9岁时我说。

"商务谈判是合纵连横，资本扩展与收缩是兵法进退，经营企业是我的兴趣。"10岁时我说。

"金融投资的本质是认知的兑现，更本质的是对世界的观察与探索。我可以成为一代金融巨鳄。"11岁时我说。

"诸多策略都有成就，知其本末表里，更兼知人心，我应当成为一代教育家。"12岁时我说。

"传统文化精华内藏，外部乱象丛生，我当使国学精华开云见日，广为流传。"13岁时我说。

……

如此诸多反复，志向不一，谁对谁错？

每一个方向都光辉亮丽、大有可为,如何选择?

每一个都是我的自由意志,难道都对?

如果选了这一个,对另一个会不会感到遗憾?这是自由的展现还是局限?抑或是遗憾原本就不可避免?

……

一片凌乱。

我又安住下来,呼吸吐纳。

中午吃了些干粮,喝了热粥,不多时又站回山顶,在云雾之中寂静如初。

所有路径都有意义?抑或所有路径都无意义?当我选择这一条路时,我又是因为什么而选了它?每条路的意义都足以高谈阔论许久,而我明白那只是表象,是大脑所做的自我说服。

外界信息与游动的意识一结合,便产生出一种带有逻辑表象的志向与幻想。每当外界信息变化,每当意识游动,志向与幻想便随之而动,廉价的逻辑与意义随之生灭。在此生灭里,自由意志如同瞎眼的蠢驴,四处碰壁头破血流。

如此,一切目标又有何意义?

目标固定,只会是由于心中缺损的固定啊,如此方能不游离摆动。而执着于一个心中的缺口,又有何意义?

而我的心中没有大的缺口,又当如何?因而得自由?又或是因而迷茫飘荡?

可是圆满无缺为何又会导致迷茫飘荡?

我是谁?我该归于何处?

我长叹一口气,眼神迷离,又扭过头去看他。

他没有回头,但他知道我在看他,我知道他知道我在看他,而他知道我知道。他也在寂静之中,他看得见我却不执于我,我与这天地间的万物一起映入他的眼帘。而我看着他的身影。

他忽而微微抬起头,看向天空。

我回过头,也看天空。

在泰山顶上,我向来习惯于站在俯视天下的角度,这也是人之常情。泰山之景在脚下,在前后左右,唯独不在天上。泰山的美是高山林木,是山间云雾,而不是天空——泰山的天与别处的天并没有什么区别。

这一次,我微微昂首,看着天空。

今日有雨,天空仿佛低垂,云雾盖顶。那便用心看吧。

我闭上眼睛,双手在身体两侧缓缓举起,仿佛天空可以用双手触碰,用身体感应。

而我仿佛真的感受到了这天空的意境，脑海中开云见日，辽阔万里，茫茫无际。

然而它只是天空而已。

又许久，我又恍惚感到，天地连为一体，我不仅看见天，也看见云雾和山谷，密林飞鸟。仿佛有通天之塔肃然而起，一路连天通地，而我居于其间。

天地仿佛向我汇聚而来，手足延伸，遍揽山河大地入我胸怀。身体如同消融，我不再仅仅是我，我是风之形，是水之意，是林木晨光，是山川河流，是日月星辰，是万物纵横之天地。

我的意志化解。我张开手掌，渺小的意志消散于云雾间。

天地开合，星辰明灭。

云雾流空，山海回响。

虚空中生出宇宙，银河流淌；星球上阴阳开合，清浊分离。尘土安定，阳光雨露，生机勃发，天地之气滋养人类，一步步进化为万物之长。然后村落聚合，国家兴起，民族与文化在历史的长河里沉浮飘荡。或如雄狮结伴而行，咆哮一时；或如猛禽翱翔四海，撕咬全球；或如野草春生冬灭，循环轮转。

山林中无虎之时，猿猴争雄。

天地间无龙之时，猛禽称霸。

而今，天地气变，潜龙抬头，终日乾乾，或跃在渊，四海之势尽在于此。

这一方小小的天地，是万物的天地，更是人的天地啊。

忽然山谷间狂风四起，云雾奔流，巨大的力量席卷而来，贯穿我的身体。我的眼神中仿佛聚集了天地之精气，能观万里之景。

时运流转，大势将至。

天人和合，气力如一。

顺道而动，乘势而起，

我心即天心，天心即我心。

第七十六章

高考分数揭晓！学霸的再聚会

十几天后，高考成绩揭晓了。

许多人在电脑或手机前一遍遍地输入自己的准考证号，疯狂地按着刷新键，然后或开怀大笑、喜极而泣，或沉默不语、潸然泪下。

所谓"人生四喜"，久旱逢甘雨，他乡遇故知，洞房花烛夜，金榜题名时。但在这个时代，国家强大的调动力量让久旱之地也不会缺水断粮，互联网使人在天涯海角也不会丢失亲友的信息，日渐开放的恋爱观让洞房花烛不再终生难忘，唯独金榜题名的狂喜，依然与高考的压力一样强烈。

看到手机或电脑前优越分数的一刻，强烈的惊喜会让人终生难忘，许多人在数十年后都还记得自己从座位上跳起来尖叫狂吼的兴奋，并且一人欢快而全家跟着喜悦，幸福的力量如同山间溪流穿梭在每一块石头的缝隙里。也有人看到令人失望的分数后，浑身发软，背后一身冷汗，在数十年后还记得自己当初内心悲凉的感觉。

学生们一查完了信息，然后班级的微信群、QQ群里一阵信息的狂轰滥炸，各个名为"相亲相爱的一家人"的群里嘀嘀声此起彼伏。这一夜，许多人、许多家庭无眠。

三日后，几名学生在兰水市一家茶楼聚起来，包厢里充满了快活的气氛。组合沙发上分别坐着实验二班的诸葛百象、夏子萱、罗刻、陈思敏、柳云飘、百里思、修远，以及十四班的舒田。

"哇，带了个美女来？"柳云飘坏笑着问修远，"你们现在是什么关系？"

修远也不说话，看了看身边的舒田，然后伸手将她揽入怀里，一切不言自明。舒田脸上洋溢着幸福的微笑。包厢里一阵掌声与欢呼。

闹腾了几分钟，陈思敏开口说道："汇总下高考分数吧？我猜今天这里的各位应该都考得不错！"

"为什么啊？"夏子萱问。

陈思敏一摊手："考得不好的估计就没兴趣来聚会了。我也叫了其他几个人出来聚，结果都是分数不理想，说是不想和我们这些学霸凑到一块儿去。"

"嗯，有道理啊！"柳云飘插话，"赶紧报分数吧！陈思敏，你提议的，你先来！我看你肯定考得很好呢！"

"我啊？"陈思敏不好意思地一笑，"还行吧，649分！跟三模成绩差不多，没有超常发挥。"

"哇，厉害！不要太贪心啦！"柳云飘大声道，"我才611分，我已经觉得自己考得很好了，你们学霸也别这么欺负人啊！"柳云飘在高三上学期时，还是在550至570分游荡的水平，高考611分，已经是大幅度进步了。

"百里思，到你了！"

百里思也不犹豫："我还是老样子啊，数学、物理都接近满分，但英语、语文、生物不太好。总分614分。夏子萱，到你了！"

"哈，说就说吧。我622分！"夏子萱笑道。

"哇，也不错啊！话说这分数能上985学校吗？"柳云飘一边恭喜一边问。

"能上弱一点儿的985学校了，但是怕没什么好专业，可能也要看一些强的211院校。"

"厉害！"柳云飘赞叹道，"罗刻呢？你肯定特别厉害啦！"

罗刻轻轻一笑，道："跟三模差不多，635分。估计上一个普通985学校了。"他又拍了拍诸葛百象的肩膀说，"还是他比较厉害，你们问问他的分数吧。"

众人于是一起看向诸葛百象。

诸葛百象笑道："654分，还可以。大约是能上个中等985学校的样子。"

听到654分，众人一阵惊呼！厉害啊！这分数不仅能上中等985学校，还能选比较热门的专业了。众人对着诸葛百象一阵恭喜，诸葛百象不好意思道："好啦好啦，别夸我了，修远才是压轴大戏啊！别磨叽了，修远，报分数吧！"

所有人的目光汇聚到修远身上，充满了期待。自高三以来，修远一直是班级里的灵魂人物，是大家最好的朋友甚至精神领袖，他考一个好成绩，大家不仅不会嫉妒，还会为他高兴。反过来，如果修远成绩不太好，大家也难免跟着失望。

舒田以仰慕的眼神看着修远，期待他报出自己的分数——虽然她早已经知道了。

修远迎着众人期待的目光，微微一笑，语气波澜不惊："682分。"

"天啊！"

所有人都惊呼起来。

"恭喜啊！修远！你太厉害啦！"

"学神啊！受我一拜！"

"我要爆炸啦！人与人的差距太大了！"

……

修远倒是显得无比平静，笑而不语。

一阵喧哗之后，又有人问："修远，你各科目多少分啊？说出来让我们长长见识！"

"啊，好吧。"修远顿了顿，道，"数学最高，143分，压轴题最后一问没做，然后不知道哪里扣了点儿步骤分。英语137分，算是发挥不错，之前一直是120分左右。说起来要感谢你们呢！英语就是按照你们汇总起来的各种小技巧练习的，最后几个月单科提高了十几分！"

众人相视一笑，能帮到修远，仿佛是一种荣幸。

"语文是另一门超常发挥的科目了，126分。我感觉这次作文分数应该不错，学校提前发的押题资料，应该算是押到了一部分题目，反正我用了资料中的部分素材和思想。"

其他人听罢也点点头："嗯，这次好像我们学校的人语文分数都比平时偏高，应该是作文集体占了优势。"

"物理是传统强项，94分；化学91分也正常；生物超常发挥了，91分，原来都是80分左右。这个要感谢柳云飘提供的方法，我最后几个月生物基本上是在用抽认卡复习的。"

"哈哈哈！想不到我也能帮到修远大神啊！"

又是一阵对修远的夸赞。忽然夏子萱提出一个问题："这个分数，能上清华或北大吗？"

所有人突然愣住，才意识到这个问题的重要性。

平心而论，修远虽然成绩优秀，但距离清华或北大一直是有距离的，所以大家也从没有往那个方向去想。可是如今修远超常发挥了，比平时又多考了十几分，会不会已经够得上清华或北大的分数线了呢？难道修远真的可以……

修远一摊手，说："不知道呢。我还特意去查了往年的清华、北大的分数线，最近几年，最低的一次北大的分数线降到了678分，这样算我刚好够了，不过……估计很难碰到这样的'小年'，今年的题目也不算太难，所以……"

所以还是不行吗？众人有点儿失望。

"唉，管他呢，平行志愿你还是可以填个北大嘛，服从调剂，然后其他志愿按照正常的填。也许运气好能捡个漏，谁知道呢？我听说过一个顶级的211学校，平时比一本线高七八十分的，结果有一年莫名其妙没人敢报它，导致居然贴着一本线招进去了一个人，被那个人捡了个大漏！"

"嗯，平行志愿可以冲一冲。"

忽然诸葛百象又问道："对了，谁知道占武多少分？"

众人相互张望，居然没人知道。"呃，占武太高冷了，好像没人主动找他问分数啊。"陈思敏感叹。

夏子萱忽然神秘一笑，说："我不知道占武多少分，恐怕连他自己都不知道。但我知道他的排名，这是李老师告诉我的。"

"啊？不知道分数但知道排名？为什么？"柳云飘一脸疑惑。

倒是诸葛百象和陈思敏率先反应过来："难道……难道是高分屏蔽？"

夏子萱点点头："没错，高分屏蔽。据李老师的内部消息，占武应该是全市第二名，全省第四名！"

所有人都呆住了！早知占武是大神，却没料到他"神"到如此地步！众人目瞪口呆，不知如何评价。

"全省第四名？天，这可真是……"

修远问道："全省第四还只是全市第二？那全市第一是谁？"

诸葛百象说："毫无疑问，是临湖实验高中的那个人。"

"你是说，封号'禅师'的那位？"

夏子萱点点头："没错，那位是全省第二，全市第一！"

"啊，可惜，第二啊。"

众人又是一阵感慨唏嘘。

"你们谁知道卢标的分数吗？"修远忽然想起了卢标。

众人又是一阵相互张望，没人知道。

"等下，我现场问下，我哥肯定知道。"诸葛百象掏出手机发了条消息出去。不一会儿手机叮的一声，诸葛百象看了看手机道："哇，卢标厉害，692分！这分数应该能上清北了。"

众人轻轻地感叹了一阵子，倒也不算热烈，毕竟卢标是早年成名的学神，能上清北也正常。

"对了，你哥考得怎么样？"夏子萱问诸葛百象。

"他啊，684分吧，也是除了清北其他学校随便选的那种，不过平行志愿也会冲一下清北。"

"啊，这兄弟俩真厉害啊，而且一个比一个厉害。"罗刻低声感叹。

陈思敏又问道："对了，你们有没有人知道李天许的成绩？"

"是啊，不知道高考他和修远谁赢了？"罗刻也问。

修远笑道："哈，还记着他呢？该比的已经比完了，高考是自己的事情，没必要比来比去。"

既然修远已经不在意了，其他人也就准备换个话题了。不过柳云飘忽然低声道："我不知道李天许多少分，但我知道，他考得非常差！"

"非常差？怎么说？"众人原本已经准备换个话题了，此刻却又被突然吊起兴致来。

"李天许的成绩原本是能够上顶级985学校的，甚至有可能冲刺清北。但我估计他这次高考的分数可能会掉到上211学校这个档次去，连普通985学校都上不了。"

"哈？不会吧？怎么会考得那么差？话说你是怎么知道的啊？"所有人再次大惊。话说今天众人惊讶的次数可真不少。

柳云飘压低声音道："道听途说，不过应该是比较准确的小道消息……"

"啥？快解释解释！"陈思敏和夏子萱都催促。

"呃，怎么说呢，应该是，我有一个朋友的朋友……的朋友，跟易姗比较熟，从她那里听来的。"

"那易姗怎么知道的？她和李天许很熟？"陈思敏又问。

"易姗和李天许确实比较熟……"柳云飘意味深长地说道，"大致情况应该是，易姗问李天许成绩，李天许一开始不回她，问了好几次以后，李天许叫她滚……"

"就这？没了？"夏子萱不明所以。

"你想啊，原本他们两个关系是比较密切的，如果李天许考得是正常甚至超常的分数，会直接叫她滚吗？必然是考得特别差啦！当然，具体有多差那就不知道了，但肯定很差。"柳云飘分析道。

众人又是一阵唏嘘——没想到李天许发挥失常这么严重！实在是让人……惊喜啊！"哈哈哈！"几个人幸灾乐祸地笑了起来。

柳云飘又说道："易姗考得也不好，她正常成绩应该是能上一本学校的，但这次掉到二本去了。"

众人一阵唏嘘，夏子萱又开口打断了众人的思索。

"对了，明天下午学校有场讲座，关于志愿填报和专业选择的，有个什么高考填报志愿专家到学校讲课，然后高三的所有班级在教室里看直播。这个是自愿参与的，你们要去吗？"

陈思敏点头，说："去看看吧。说实话，志愿怎么填、专业怎么选，我还没有确定呢！也没什么思路。"

夏子萱又说："唉，你们明显能上中上游985学校的分数，志愿和专业选择都方便。像我们这种在211学校和985学校边缘线上的分数才纠结呢！学校大类纠结，城市选择纠结，专业又纠结。修远，你有什么想法吗？你不是很早就开始研究这些东西了吗？"

修远不好意思地笑了笑："是啊，高考刚结束就开始查找资料了，结果……也没查出来什么特别深的东西，都是些各学校排名、专业排名之类的，结果学校发的手册上也有类似的内容。"

"那就去听听学校的讲座吧！反正闲着也是闲着。"陈思敏说。

随后众人又开始聊起一些假期的旅游趣事和见闻，不在话下。

第七十七章

二中的盛况

第二日下午2点，修远、陈思敏、罗刻、诸葛百象等二班学生再次返回学校，准备收看讲座。此时返回学校已经有种别样的感觉了，三年来在教室里的疲劳、压抑与厌烦几乎全部消失，还生出许多不舍来。教室里已经没有堆得满满当当的书本和试卷，整洁的桌面倒是显得有些空荡。

"啊，好久不见啊！你去哪儿玩了？"

"兄弟，你考得不错啊！等下去不去打球？"

"我准备骑行到云南去，谁要跟我一起啊？"

"别扯淡了，组队打游戏啊？"

"哎呀，今天商场打折，比网店更优惠啊，有人要去逛街吗？"

"哎，我报了舞蹈课，有没有人要一起去？"

"你们谁找了兼职吗？怎么找的啊？我也想赚点儿零花钱，混点儿社会经验呢！"

四十个人的班级，大约到了三十人，大家齐聚一堂的机会已经越来越少了——或许这就是最后一次？毕竟交志愿表的时候不需要齐聚，很多时候是零零散散地来的。就算以后组织聚会，大概也是几人十几人的小聚了，很难再有全班大部分人都到的场合了。夏子萱身为班长，更是感慨万千。这些同学，不知何时会再相见呢？

她心中深深地不舍。环视全班，似乎除了李天许、易姗几个人外，其余人都到了。她一瞬间回想起三年来的点点滴滴，不觉眼睛有些湿润。

"舍不得吗？"

旁边一个声音响起，是诸葛百象。

"嗯。"她点点头。

"是啊，三年就这么结束了。之前苦苦等待它结束，结束之后却又平添了许多不舍。"诸葛百象也感叹着，"不过，人生终究是要向前看的啊，过去的岁月，总会过去。"

旁边陈思敏说："虽然人生是向前看的，虽然过去的岁月总会过去，可是高中三年难道就不会留下一些永恒的东西吗？

"我不知道你们是什么想法，但我觉得高中三年已经彻底改变了我。对于我来说，它不仅仅是高压应试、背会了很多知识点和题型而已，它还给了我许多人生启发和领悟。这三年，我体验了迷茫与从迷茫中解脱，体验了绝望与从绝望中奋起，体验了孤独与团队合作，体验了服从权威与受到启发产生自己的想法，更体验了面对困难，尝试用不同的方法去解决……"

诸葛百象笑道："是啊，如你这般，真的可以从高中三年里学到很多东西，甚至是远超应试的东西。只不过，大部分人可能并不会有你这样的体会，对于很多人来说，高中三年只是单纯的疲惫与煎熬而已。"

修远点点头："是啊，同样的人生路径，却可以走出不一样的精彩。高中三年不是天堂也不是地狱，你能从中获得什么，更多的还是取决于你以怎样的姿态去面对它吧……"

修远又想：或许未来的路也是如此吧？人生难免多坎坷，而坎坷过后是迎来一次成长，还是只留下一身伤疤？你面对困难的时候采取怎样的态度，站在了怎样的高度，将会决定这人生坎坷之路的意义吧。

教室里一片轻松欢乐而又留恋不舍的气氛，大家忙着约旅游、约打游戏，互换同学录。

修远又特意看向占武。封号"杀神"的占武，可以说是改变他命运的重大助力，几乎堪称人生导师了。这个封号为"杀神"的人，外表高冷、性格冷漠的人，却在最关键的时刻，给予了他重要的直接帮助，和更重要的间接启发，想想还真是有意思啊。

他盯着占武的侧脸看，忽然又生出一种陌生感和异样感。自高考完到现在，他不过二十天左右的时间没有见到占武而已，此时却觉得占武的气质与原来大不一样了，虽然还是有浓烈的自信和强者的气息，但那种冷漠、杀气腾腾的感觉几乎一扫而空，整个人变得平和了许多，仿佛长久的黑夜结束，旭日初升而明光四射。修远不禁诧异起来，何以占武的气质变化得如此之快？

而校长办公室里的气氛则激烈而忙碌多了。

"别扯淡了！张老师！我不管你在哪儿旅游，赶紧给我飞回来！明天新闻发布会，你必须到场！"一个中年男人激动地对着电话叫道。挂了电话他又转向办公室里的另外几个人："肖校长，高三志愿填报的事情由你全权负责了，我完全腾不开手了！刘主任，你的招生方案要改了，重点不够突出！单说一个学生考上清华，力度够吗？绝对不够！全省第四啊，全省第四！你知不知道全省第四是什么意思？这要放在往年，临湖实验高中的第一名也进不了全省前十！你这么简单的几百字能写出什么来？重写！

大篇幅专题报道！把占武从高一进来到高三毕业我们是怎么培养的，全都写出来！全校语文老师随你调用！必须写一篇最高质量的文章出来！"

这是二中的校长马泰，他又对着办公室里的李双关和严如心大声道："你们两位是最了解占武的老师，全程配合刘主任！他写这篇文章肯定需要了解占武的很多学习和生活细节，你们两人带着班级的所有学科老师，一定要给出充足的素材，全程支持刘主任！"

马泰又转头对另一位老师大声道："下周我参加教育局的会议，要做工作总结，你赶紧给我重写一份发言稿！一定要把这次高考成绩的相关信息写进去！重点强调占武考上清华，另外还有不少能上浙江大学、南京大学、武汉大学等985重点学校的学生，也要写进去！

"写的时候要注重高度，注意立意和方向！看清楚了，这不是一两个尖子生偶然考好的问题！是大批量的考上985学校的学生集中出现的盛况！这说明什么？不能从哪一届学生的偶然表现说，必须从整个学校教学风气、课程改革形式、教师队伍管理等更高的维度详细论述！另外再把高二年级组的老赵叫过来……"

短短几分钟，马泰连续安排出去近十个任务，平时没什么人的校长办公室里各位老师进进出出，喧嚣忙碌得如同菜市场一般。每位老师都领到了不轻的任务，甚至有人是被临时从外地叫回来的，中断了自己的旅游计划。

然而每一位老师的脸上都洋溢着热烈的笑容，即便中断了旅游计划也没关系，即便任务很重要连续加班加点也没关系，即便这加班加点并不会有额外的工资也没关系。因为兰水二中正迎来它建校以来的最高光时刻——

学校终于出了一个考上清华大学的！

而且还是全省第四名！

马泰兴奋得一宿没合眼，连续几天都精神亢奋；李双关接到消息在家里疯狂地边跳边叫，吓得老婆直骂他神经病；严如心看到成绩直接号啕大哭，学校第一个考上清华的学生就是她全程带出来的，她在退休之前已经没有遗憾了；招生办的老师收到通知兴奋地连拍了几十下桌子，手掌通红也不觉得痛，去和初中的老师、校长谈判时也更有底气了。而实验二班的所有老师都跟着激动起来，这既是作为教师的巨大荣誉，也意味着数万元的奖金将进入每个人的账户；就连高一、高二的老师们也无比兴奋，这样的消息放出去，至少可以好好激励一下自己的学生……

整个学校教师团队陷入狂欢之中。

好一阵忙碌之后，其他教师陆续离开了校长办公室，只剩下马泰和李双关了。马泰背靠着皮椅，大口喘着气，仿佛刚刚剧烈运动完一样。李双关也是满面通红，汗流浃背。

"李双关啊，李双关……哎，你现在有什么感受？"马泰忽而轻松地问李双关。

"我？我……"李双关不知如何回答，忽然狂笑起来，"哈哈哈……"

马泰看着李双关失态的样子，也莫名跟着大笑起来："哈哈哈！"

许久之后，两人才停了下来。

"虽然之前已经有预期，占武应该是能上清华或北大的，不过等到真正成绩出来的这一刻，还是太惊喜了啊……全省第四，清华招生组主动打电话过来……"马泰喘着气，"没想到啊，没想到，我卸任之前也会经历这样的大喜啊……"

李双关呆呆地盯着马泰的办公桌，嘴角挂着明显的笑容。

马泰又接着感叹道："这下我就算退下来，也没有遗憾了啊……"

李双关终于回过神来，说："是啊，是啊，这样我脱离了一线也没有遗憾了……说起来，马校长来学校十年了啊，十年了……还记得十年前学校是个什么样子吗？别说什么考上清华、北大的了，连考上985学校都困难，咱们连三中、七中都比不过。可是现在呢？一个学生全省第四，几十个考上985学校！对于我们学校来说，这已经是盛况了啊！十年啊……"

两人一番感叹，许久之后李双关才说："马校长，今晚有空咱们带几个教师出去庆祝一下吧！我现在先去班里看看，讲座快要开始了。"

李双关带着无尽的感慨回到二班，推门看见一个班的学生整整齐齐地坐着。平日里师生间的紧张和权威压制的感觉已经消失了，只剩下轻松与留恋。李双关站在门口看着几十个学生，一时说不出话来，心想：这是我带的最后一届学生了。

学生里忽然有人带头鼓起掌来，然后掌声越来越大，还伴有吹口哨和欢呼声，全班沸腾起来。

"李老师，据说我们班有十几个上了985学校分数线的，是不是真的啊？"

"李老师，我们考得这么好，能不能给我们发点儿钱啊，我想出去旅游啊！"

"李老师，要不要给我布置点儿英语作业啊，我放假放多了有点儿无聊啊！"

……

李双关听着学生们的玩笑话，淡淡一笑，然后打开电视屏幕，平静地说道："好了，恭喜同学们，总体来说考得很不错。不过也不要掉以轻心，还有最后一关志愿填报没有完成呢。听讲座吧！"

趁着转身打开电视的工夫，李双关偷偷擦了下眼角的几滴泪水。他在学生面前表情平静，但内心何尝不是波澜起伏？看着这群学生，李双关有一种深深的感叹，这三年里，不仅仅是他在教学生，他自己又何尝没有从这群学生身上学到许多东西？他见证了学生的成长，有成绩的成长，也有比成绩更宝贵的人生的成长。

在与学生的交流互动中，他也受到巨大的启发，认知发生了改变，教育的观念也再次升级。他不再是那个只懂得严厉教学，将学生牢牢掌控的单纯的严师了，他看到一个人内在生命力的伟大，看到了人内心成长与觉醒之力的强大。他想起了学校高层内部和投资方关于一年后由他接替马泰担任校长的决议，深吸一口气，带着憧憬又带着紧张。在这三年里他领悟到的东西，能否融入到未来的教育生涯里？他将不再是几十个学生的教育者，而是成为几千名学生的教育者了。责任更重大了，意义更重大了，理想近在眼前。

一个多小时以后讲座结束，李双关叮嘱了几句填报志愿的注意事项和规则，便宣布解散了。学生们三五成群地聚集在教室内和走廊上，各自讨论着什么。

"唉，什么玩意儿，这讲座没什么干货啊！"修远感叹道，"主要都是些学校排名的东西，手册上早就有了。"

"是啊，什么心理性格之类的东西也没讲清楚，而且感觉意义也不大啊，没什么可操作性。"陈思敏说。边上夏子萱、罗刻也表示同意。

"我的问题也解决不了啊！我就想知道什么专业最能赚钱……当然还要结合我的分数，太好的学校、太热门的专业去不了——那我到底该怎么选啊？"柳云飘抱怨。

诸葛百象说："是啊，好像没什么用。不过我现在马上要去临湖实验高中了，他们学校好像今天下午也有一场志愿填报讲座，4点开始，我哥已经在等我了。我准备去认真听听，你们要去吗？"

这是诸葛百象的优势，由于哥哥妖星在临湖实验高中，所以有什么信息第一时间就汇总过来了。众人疑惑道："能进去吗？我们又不是临湖实验的学生。"

"没事，今天因为有讲座，所以是开放日，很多家长和学生进进出出的。"诸葛百象解释道。

"那太好了！"众人高兴地叫道，然后预备出发。修远道："稍等下，我发微信问下舒田，看看她要不要一起去。"

忽然边上传出一个声音："既然是开放日，那我也去吧。"

众人扭头看去，居然是占武！

第七十八章

新的旅程

天啊！高冷的占武居然主动跟他们搭话了！众人大为惊讶，又有点小兴奋，围着占武叽叽喳喳地走出校门。等舒田到后，众人叫了几辆出租车去了临湖实验。陈思敏、修远、柳云飘和占武共乘一辆出租车；夏子萱则主动拉上舒田，和罗刻、诸葛百象上了另一辆出租车，笑着说要好好挖一挖舒田和修远的八卦。

修远微微一笑，上了第一辆车，并识趣地主动坐到了副驾驶座上，让两个女生和占武坐在后排。一路上陈思敏和柳云飘都激动得手足无措，终于又有机会和大神近距离接触啦！这可是马上就要毕业的当口，谁知道以后还有没有机会？只是碍于占武平日里"杀神"封号的威名，她们一开始还颇为紧张而不敢开口，又憋不住想要搭话的欲望，于是支支吾吾了半天。然而几分钟以后，两人也明显感觉到了占武身上的气场变化，只觉得全然没有了平日里高傲冷酷的气质，反而脸上挂着一丝若有若无的淡淡的笑容，隐约有一种终结过去重获新生的轻松。

她们心里也疑惑起来：怎么才二十多天不见，感觉他像换了一个人似的？

柳云飘忍不住开口道："占武，你……你可真厉害啊，不愧是天字一号学神啊，恭喜你高考考这么高分啊！不过说起来也只是你正常的水平而已……"

占武听罢扭头看向柳云飘，眼里没有了往日的锋锐，全是平静，嘴角的笑容也更明显了，说道："嗯，谢谢，我考得还行。"他一边说一边看着柳云飘的眼睛，四目相对，柳云飘只觉得心跳漏了一拍，一瞬间脸红起来——天啊！夭寿啦！占武在盯着我看啊！

啪！赶紧捂脸！

边上的陈思敏侧身看着占武和柳云飘两人，心里也大为惊异——怎么感觉占武的眼神简直是既平静又柔和？这也变化太大了吧？到底是她胆子大些，直接问道："占武啊，怎么感觉你变化这么大啊？跟原来完全不一样了！"

修远坐在前排副驾驶座上，也打起精神专注地听了起来。他也好奇这个问题的答案。

占武靠在出租车的座椅上，轻松道："哦，那我以前是什么样子呢？"

"这……"陈思敏微微一怔，低声道，"以前可能……稍微有点高冷，甚至冷酷？"

"以前是杀气腾腾的，所以叫封号'杀神'嘛！"修远补充道。

"对对对！"柳云飘点头称是。

占武又笑道："那么我以前为什么是那种气质呢？"

"啊？"三人同时愣住，柳云飘奇怪道："这……性格不是天生的吗？这哪有为什么？"

"性格和气质有点区别吧？"陈思敏道，"气质……好像是练出来的？又好像跟心态有点关系？说不好……"

修远忍不住插话："就算气质是能练的，但你这气质变得也太快了吧？这才大概三个星期而已呢！你是怎么练的啊？你这几个星期到底做了什么啊？"

"什么都没做，也没练什么东西。"占武道，"自然变化而已。"

"这……"三人都说不出话来了，心里却不约而同地想：怎么可能！什么都没做，怎么会有这么巨大的变化！

难道占武在故意隐藏些什么？修远想：也是啊，说到底他跟我们也不太熟啊，可能他有些秘密不想告诉我们呢？

出租车在临湖实验高中的门口停下了，一群人下了车，校门口熙熙攘攘的人群当中有两个身影一边向他们打招呼一边走了过来，正是妖星和卢标。

"哟，来了这么多人啊！"妖星高声打招呼，"又见面了啊！回想起上一次见面，还是上一次呢！"

诸葛百象白了他一眼，道："听君一席话，如听一席话。"

兄弟俩以玩笑话对玩笑话，看得出心态轻松。卢标也上前打了招呼。

"卢标大神！又见面啦！"陈思敏、夏子萱几人也打了招呼。占武最后下车，卢标和妖星看到占武的瞬间，也是颇为震惊。"这个占武怎么感觉是个假的？"妖星开玩笑道，心里却默默分析起人的性格转变的相关理论来。卢标盯着占武看了半天，脑子也是飞速运转：这是什么逻辑、什么规律的体现？他怎么突然气息大变了？

诸葛百象催道："别愣着了，带路吧！"

一行人向校园深处走去，边走边聊。陈思敏问起妖星的志愿填报，妖星的志愿其实已经选定，学校选了浙江大学，专业是心理学。由于他的分数够高，兴趣也明确，所以没什么好纠结的。他对学校举办的志愿填报的讲座兴趣不大，主要是陪着弟弟诸葛百象等人。柳云飘又着急地问卢标："你呢大神？你选清华还是北大？读什么专业啊？"

卢标笑道："我应该会报北大，但是选什么专业还没定，有可能就服从调剂了。我的分数过北大分数线并不多，专业的选择空间也不大。"

"那也是上的北大嘛！万人景仰啊！"诸葛百象笑道。

几分钟后，众人到了一个大会议室门口。妖星介绍道："这是学校大会议室，能容纳四五百人，还有直播功能。本校学生一般就在教室守着屏幕看直播了，有些家长和爱凑热闹的学生就进去看现场版的。"

众人入场，在后排找了位子坐下。

讲座开始前，几人又闲聊了其他同学的去向。临湖实验高中这一届成绩不错，能上清华、北大的人数有二十多个，其中禅师全省第二名更是大出风头。据说禅师准备报北大的社会关系专业——有点儿令人意外，这么高的分数居然没有选金融等大热专业；叶玄一准备报清华微电子系。另外二十多名能上清华、北大的学生，意向志愿则零散分布在北大数学、北大光华、北大元培、北大中文，清华物理、清华新雅、清华自动化等诸多院系。二中等人一边听着临湖实验的辉煌战绩，一边耸耸肩，又不由得看向占武——他是二中最大的招牌了。

不知道占武会怎么选专业？

一个多小时以后，讲座结束了，这回的讲座倒是感觉不水了，颇有些有深度的启发。众人一边往校门口走，一边讨论着讲座的内容。

"我觉得讲座里提到的一个观点很值得思考——专业选择要有预判性，不仅要考虑现在的热门度，还要考虑未来八到十年的热门度。你想，大学就是四年，研究生两到三年，这就差不多七年了，至少要考虑七年以后的专业需求度。"柳云飘说。

"那当然啦！可真正的难点就在于如何预判这么久以后的专业热门度和行业趋势啊！"夏子萱说。

"那个主讲老师不是提到了一个大势思维吗？人口趋势、科技趋势、政府战略等因素决定了未来的多个行业和产业的发展趋势，我们选专业要好好考虑这一点。"修远看了看自己记的笔记说。

"他还提到了一个有意思的观点，一些不起眼的冷门专业其实也没那么差，甚至有不少隐藏的机会。比如小语种专业，会随着中国的全球影响力增大、贸易往来增加而变得更有实用价值。又如护理专业，其实能顺应未来的人口趋势，发展也不会差——这些冷门专业我之前都没考虑过，也不知道它们的发展前景。"罗刻一边思索一边说。

卢标问道："占武有什么想法吗？你准备报哪个？"

占武简明地答道："清华，经管吧。"

卢标有些意外："哦？我还以为你要报计算机，研究人工智能之类的呢。最近大模型发展得很快啊，人工智能有很大的发展空间。"

旁边的柳云飘也说："对啊，我感觉占武很有那种冷酷又绝对理性的理科大佬的气质，研究人工智能之类的不正好嘛！"

陈思敏白了她一眼,说:"你可别在那'气质''气质'的了,没看到占武的气质完全变了啊?"

"啊,对哦!"

走至校门口,众人意外地发现门口居然站着一道熟悉的身影,大气而灵动,俨然是禅师!

"哇!快看!又碰到一个大神!"众人惊叫。

妖星和卢标也高声打招呼:"林安谷!好巧啊!"

禅师听完了讲座准备回家,正在校门口等车。听见后面有人喊自己,于是回头看众人,眸中神光流转,嫣然一笑,向众人点头示意。安谷一眼瞥见占武,略显讶异地微笑道:"哦?你进展挺快的呀?"

这句话听起来没头没脑的,但修远明白,这是安谷也立刻就注意到占武的变化了。只是不明白这"进展"说的是什么?修远在一旁看着两人,暗自揣测着。

占武微微一笑:"嗯。到岸了,自然就下船了,何必执着?新的阶段,可以用新的工具了。"

卢标、妖星两人恍然大悟——原来如此!心里对占武更是赞叹有加——真是一个伟大而自由的灵魂啊!旁边陈思敏、夏子萱、罗刻、诸葛百象等人并未听懂,却莫名觉得这句话带有巨大的力量,也跟着心情喜悦起来,脸上露出笑容。见占武与安谷只简单聊了几句就没再说话了,他们便热烈地挤了进去,呈半圆形围住安谷开始问东问西。占武笑笑不说话,退到另一边去了。

修远听到占武说什么"到岸""下船",低下头若有所思;又忽然抬头看向其他人,不由得向后退了几步,想要将所有人的笑脸都收入自己的眼帘。

他看见了站在最右边的安谷,站在最左边的占武。

他看见了站在安谷左边的卢标,站在占武右边的妖星。

他看见了中间的诸葛百象、陈思敏、夏子萱、柳云飘、罗刻。

他仿佛又抽身出来,看见了自己。

每个人都走出了自己的路。

安谷,几乎是生长于绝对的顺境,绝对的阳,绝对的白,出生便在天堂,以她的心愿和机缘,她成长到了今天的碾压一般清北学霸的巅峰高度。

占武,几乎是生长于绝对的逆境,绝对的阴,绝对的黑,出生即在地狱,以他的不灭的意志与神之领悟,他成长到了今天完全不弱于禅师的境界。

卢标,妖星,比较顺利的人生中略带迷茫与缺陷,以他们的执着与坚持,最终也能拨开迷雾,领悟人生。

而罗刻,在颇为贫困的家庭中靠着温暖与关爱,以他的忍耐与抗争,赢得了自己的机会与成长。

诸葛百象、陈思敏、夏子萱、柳云飘，居于两极之中，各有各的福分，各有各的障碍。然而都用心用力，不断突破瓶颈。

而修远自己呢？他的成长恐怕是众人之中最大的了！修远看着从占武到安谷众人的身影，不由得心生感慨：当天上和地下这两个极点上都开辟出了路，居于天地之间的日月星辰、山河沟渠里，又岂会有绝境？

每个人都能找到一条属于自己的人生路啊！

他心里忽然又生出一个疑惑：为什么会如此呢？为什么高山深渊、沼泽丛林，一切障碍终究都挡不住有心人前行呢？明明外界的困难是可以无限大的，而人用以克服这无限大的障碍的力量，到底从哪里来？

这问题如此深奥，但只一瞬间，他就有了答案——因为从一开始，人类就一直保有着最伟大的财富啊！

他的心底发出呐喊。

致敬吧！

致敬那自由的灵魂！

致敬那自由的意志！

致敬那愿意不断成长与前行的，进击之心！

在众人边上不远处，有三个不和谐的身影，看起来更加稚嫩，身高也略矮，不像是高中生。三人看着临湖实验高中校门上的金黄色大字，表情不一。

一个穿着黑色运动衣的男生叹口气："唉，还是没考上临湖实验高中，只能去二中读书了。算了，已经看过了，走吧，我心愿已了。这学校终究也不是我能上得了的。"他的脸上写满失落。

穿着蓝色运动衣的男生昂然道："然而也不能就此泄气！就算中考没考好又怎么样？高中继续努力，难道就不能改变自己的命运吗！你知道吗？二中今年出了一个能上清华的学生！说明什么？说明即便在二中那种学校，我们一样充满了希望！"

穿白色短裙的女生坚定地点点头："没错，不能就此放弃自己！你知道吗？上次我们同学群里传的那篇学生演讲，那个叫修远的学长，就是二中的！据说他今年也考得非常好，虽然上不了清北，但也能上一个顶级985学校了！"

穿黑色运动衣的男生忽然也紧紧地握住了拳头，道："也是啊！没错！他们既然能行，为什么我不行！我不能就这样认命！"

三人皆喊道："决不放弃！"

修远看着三张年轻而坚毅的面孔，不禁感慨良多，仿佛看到三年前的自己，又仿佛看到比当年的自己更坚定而热烈的火焰。

　　他抬头看向湛蓝纯澈的天空，灵魂里忽然生出无限的喜悦——
　　进击之心，永不泯灭！

　　《进击的学霸》全书至此结束！
　　再见！

策略师叶修

　　（在公众号"学习策略师"中输入关键词"进击之心"，可查看小说各角色心智成长的路径梳理与要素分析。）